Blutschuld

Tanya Huff

Autor | Tanya Huff
Deutsch von | Dorothee Danzmann

Lektorat | Oliver Hoffmann
Korrektorat | Thomas Russow und Angela Voelkel

Art Director | Oliver Graute
Satz | Angela Voelkel
Umschlagillustration | Tobias Mannewitz

1. Auflage 2004
ISBN 3-937255-08-7
Originaltitel: Blood Dept

Für Sean „Sebastian" Smith. Er hat mir die Stadt nicht nur erklärt; durch ihn wurde sie lebendig.

EINS

„Wie fühlst du dich?"

Der junge Mann versuchte ein Schulterzucken, hatte aber nicht die Kraft dazu. „Gut", murmelte er und sah die Ärztin mit müden Augen an. Die Wunde am Einschnitt pochte, und er war zu erschöpft, um pinkeln zu können, ohne daß ihm der riesige Pfleger den Pimmel hielt, aber das würde er der Frau nicht unter die Nase reiben. Es gab Leute, die behaupteten, er habe Probleme mit Autoritätspersonen. Wenn schon!

Er hatte das Geld. Jetzt wollte er es auch ausgeben. „Wann kann ich gehen?"

„Gehen?"

„Hier abhauen!" brummte der junge Mann.

„Um dir das mitzuteilen, bin ich heute morgen gekommen." Die Ärztin trat vom Bett des jungen Mannes zurück, und ihr Gesicht zeigte keinerlei Regung. „Du wirst heute nachmittag gehen."

„Wann genau?"

„Bald schon."

Als sie weg war, zog er die Beine unter der Bettdecke hervor und setzte sie vorsichtig auf den Boden. Langsam richtete er sich auf, ließ den Bettpfosten los und tat den ersten Schritt. Das Zimmer drehte sich, und er wäre gefallen, hätte sich nicht sofort eine fleischige Hand, die ihn mühelos aufrecht hielt, um seinen Arm gelegt.

„Sie sind ein gottverdammter Leisetreter!" sagte der junge Mann wütend und wandte sich zum Pfleger. „Hätten mich fast zu Tode er..."

Der Griff um seinen Arm verstärkte sich, und so ging der letzte Rest des Satzes in einem plötzlichen Schmerz unter.

„Sie tun mir weh, Mann!"

„Das weiß ich." In den Tiefen sanfter brauner Augen glitzerte etwas, was normalerweise unter einer Maske hingebungsvoller Friedfertigkeit verborgen lag.

Die untergehende Sonne strich mit einem sanft fließenden Goldton über die Wellen der English Bay, vergoldete ein paar Jogger im Sunset Beach Park, zog an den Stränden am False Creek Spuren aus glitzerndem Bernstein, drang sogar durch das gefärbte Fensterglas im vierzehnten Stock einer Eigentumswohnanlage namens Pacific Palace und in die Augen eines jungen Mannes, der beim Anblick des Sonnenuntergangs tief aufseufzte. Vancouver, British Columbia, eingeschmiegt zwischen die hohen Berge der Rocky Mountains und die Wasser der Straße von Georgia, erfreute seine Bewohner mit den wohl schönsten Sonnenuntergängen der Welt – aber das Seufzen des jungen Mannes am Fenster hatte mit der Sonne nur wenig zu tun.

Tony Foster schirmte sein Gesicht mit der Hand gegen die Sonne ab, starrte aus dem Fenster und zählte die Minuten. Um exakt 19:22 Uhr piepste der Alarm an seiner Armbanduhr. Die blaßblauen Augen immer noch unverwandt auf den Horizont gerichtet, stellte er ihn ab und legte leicht den Kopf in den Nacken, in Erwartung der Geräusche aus dem Innern der Wohnung, die ihm anzeigen würden, daß die Nacht wirklich begonnen hatte.

Henry Fitzroy lag in völliger, eindeutig künstlich geschaffener Finsternis und schüttelte den Zugriff der Sonne ab. Das leise Rascheln des Baumwollakens, das entstand, wenn sich sein Brustkorb hob und senkte, sagte ihm, daß er einen weiteren Tag heil überstanden hatte. Er hörte diesem Rascheln zu, bis es vom Herzschlag, der im Raum hinter seiner fest verschlossenen Schlafzimmertür seiner harrte, und schließlich von den Tausenden anderer Geräusche hinter den Wänden seines Refugiums übertönt wurde.

Henry war diese Art des Erwachens, diese fortgesetzte Verletzlichkeit, bis er endlich voll bei Bewußtsein war, immer verhaßt gewesen. Jeden Abend war er bemüht, die Zeit, in der er hilflos und noch nicht völlig bei sich dalag, zu verkürzen. Wirklich erfolgreich schien er dabei nicht zu sein, aber die damit verbundene Anstrengung verlieh ihm das Gefühl, nicht ganz machtlos zu sein.

Er spürte das Bettuch auf der Haut, er spürte die völlig unbewegte Luft ...

Dann plötzlich Kälte.

Eine Kälte, die es gar nicht geben konnte.

Henry hatte sein Schlafzimmer, das kleinste der drei in der Wohnung, nicht an die Klimaanlage angeschlossen. Das Fenster war mit Sperrholz vernagelt, die Ritzen zwischen den Platten sorgfältig abgedichtet. Vor dem Fenster hingen dichte Vorhänge. Er hatte an allen vier Seiten der

Tür flexible Gummiabdichtungen angebracht, die zwar nicht luftdicht waren, aber dennoch solche drastischen Temperaturänderungen nicht durchlassen würden.

Nun spürte Henry, daß er nicht allein war.

Bei ihm im Zimmer war jemand. Jemand ohne Geruch, ohne Puls, ohne Fleisch, ohne Blut.

Dämonisch? Vielleicht. Henry würde nicht zum ersten Mal einem der Herren der Hölle gegenüberstehen.

Henry zwang seinen eher unwilligen Arm, sich zu bewegen und schaltete die Nachttischlampe ein.

Mit halbgeschlossenen Augen – denn selbst 40 Watt können vorübergehend blenden, wenn man empfindliche Augen hat – erhaschte er einen kurzen Blick auf einen jungen Mann, der am Fußende seines Bettes stand. Dann war das schwache, durchsichtige Bild auch schon wieder verschwunden.

„Ein Geist?“ Tony warf ein Bein über die breite Seitenlehne der grünen Ledercouch und schüttelte den Kopf. „Du machst Scherze, oder?“

„Falsch geraten.“

„Spitze! Ich wüßte gern, was er wohl will. Die wollen immer etwas“, fügte er an Henrys fragend gehobene rotgoldene Braue gerichtet hinzu. „Das weiß doch nun wirklich jeder.“

„Jeder?“

„Henry! Erzähl mir bloß nicht, du hättest in vierhundertpaarundfünfzig Jahren nie einen Geist zu Gesicht bekommen!“

Henry Fitzroy, unehelicher Sohn Heinrichs VIII., einstmals Duke Richmond and Somerset, stand, eine Hand gegen die kühle Fensterscheibe gepreßt, die andere in die Seitentasche seiner Jeans verhakt, da und erinnerte sich an eine Nacht im ausgehenden 18. Jahrhundert. Damals hatte er mit ansehen müssen, wie eine junge Königin völlig außer sich laut schreiend einen langen Flur entlanggerannt kam, um ihren König abermals um die Gnade anzuflehen, die ihr nie zuteil werden würde. Mehr als zweihundert Jahre zuvor hatte Katherine Howard an seiner Hochzeit mit ihrer Kusine Mary teilgenommen. Zu Katherines eigener Hochzeit war Henry nicht erschienen – ihre Heirat mit seinem Vater hatte vier Jahre nach seinem „Tod“ stattgefunden. Im Juli 1540 hatte man Katherine zur

Königin gekrönt, im Februar des Jahres 1542, nur neunzehn Monate später, war sie enthauptet worden.

Sie war jung gewesen, töricht und höchstwahrscheinlich auch des Ehebruchs schuldig, dessen man sie angeklagt hatte, aber dennoch hatte sie es nicht verdient, daß ihr Geist nun, ewig unfrei, gezwungen war, immer wieder den Augenblick zu durchleiden, in dem sie erkannt hatte, daß sie würde sterben müssen.

„Henry?“

„Was immer er will“, sagte Henry, ohne sich umzuwenden, „ich bezweifle, daß ich es ihm werde geben können. Ich kann die Vergangenheit nicht ändern.“

Tony schauderte. Wie eine fast sichtbare Wolke hatten sich die Jahrhunderte um den Freund gelegt und hüllten ihn in einen Vorhang aus Zeit und Erinnerung. „Du machst mir Angst.“

„Ja? Tut mir leid.“ Der ehemalige Prinz schüttelte seine Melancholie ab, wandte sich um und zwang sich zu einem Lächeln. „Du scheinst es eher lässig zu sehen, wenn man von einem Gespenst heimgesucht wird.“

Tony war froh, Henry wieder bei sich zu haben. Er zuckte die Achseln, und in dieser Bewegung war eine Spur des Straßenjungen zu erkennen, der er einmal gewesen war. „Er hat ja auch dich heimgesucht, nicht mich. Außerdem lebe ich jetzt mehr als zwei Jahre mit dir zusammen – und die ganzen Verrückten, die ständig im Laden auflaufen! Ich habe mittlerweile gelernt, das Unerwartete locker zu nehmen.“

„Hast du das?“ Es gefiel Henry ganz und gar nicht, mit den Verrückten in einen Topf geworfen zu werden, die die Videothek heimsuchten, in der Tony angestellt war. Sein Lächeln wurde breiter, und er zeigte Zähne. Als er hörte, wie sich der Herzschlag des jungen Mannes beschleunigte, ging er durchs Zimmer und schlang seine elfenbeinfarbene Hand um eine schlanke Schulter. „Ich habe also die Fähigkeit eingebüßt, dich zu überraschen?“

„Das habe ich nicht gesagt.“ Tonys Atem kam in rauhen Stößen, als nun ein kühler Daumen an seinem Kinn entlangstrich.

„Vielleicht nicht mit genau diesen Worten.“

„Henry?“

„Ja?“

Tony schüttelte den Kopf. Ihm reichte die Gewißheit, daß Henry nicht fortfahren würde, wenn er, Tony, es nicht wollte. Sie war ihm sogar mehr als genug, denn Tony wollte gar nicht, daß Henry aufhörte. „Nichts. Nicht weiter wichtig.“

Wenig später drangen spitze Zähne durch zarte Haut und bohrten sich in eine Ader, und eine Zeitlang wurden all die Toten im Blut der Lebenden fortgespült.

Die warme Abendsonne im Gesicht fuhr Corporal Phyllis Roberts die Commissioner Street entlang, summte den neuesten Hit von Celine Dion vor sich hin und schlug auf dem Lenkrad mit den Fingerspitzen den Takt dazu. Die neuen Fahrzeuge der kanadischen Hafenpolizei verfügten über Klimaanlagen, aber Corporal Roberts schaltete ihre nie ein, weil sie sich beim Fahren mit geschlossenen Fenstern stets wie in einer Raumfähre eingeschlossen vorkam, ein Gefühl, das sie nicht mochte.

Corporal Roberts hatte bereits seit drei Stunden Dienst und war guter Stimmung. Bislang war nichts schiefgelaufen.

Als Corporal Roberts Dienst drei Stunden und fünfzehn Minuten gedauert hatte, hörte sie auf zu summen.

Sie bog gerade in den Vanterm ein, einen der siebenundzwanzig Kais für Fracht- und Kreuzfahrtschiffe im Hafen von Vancouver und derjenige, den Roberts zur Zeit am wenigsten mochte, und mußte die Augen zusammenkneifen, um die winzigen Gestalten dreier Männer ausmachen zu können, die vor dem riesigen Bug eines in Singapur registrierten Containerschiffes wie Zwerge wirkten. Helle, auf hohen Pfosten angebrachte Lampen zeichneten ein Schachbrettmuster aus Containerstapeln und scharf umrissenen Schatten auf den hölzernen Ponton, wobei sie die Gesichter der drei Männer so verschwommen erscheinen ließen, daß Corporal Roberts ihnen fast schon direkt gegenüberstehen mußte, ehe sie feststellen konnte, daß sie einen der drei kannte.

Roberts ließ die Uniformmütze im Wagen liegen, griff zu der langen Stabtaschenlampe mit Gummigriff, vergewisserte sich mit einem kurzen Handgriff, der eher auf Gewohnheit beruhte als auf der Befürchtung, die Waffe auch wirklich einsetzen zu müssen, daß ihr Gummiknüppel dort hing, wo er hingehörte und trat auf die Männer zu. „Lädst du in Nachtschicht, Ted?“

Ted Polich, der kleinste der drei Schauerleute, wies mit dem Kopf auf den Brückenkran, der über dem Kai zu lauern schien wie ein riesiger mechanischer Raubvogel. „Die Kontrollen sind verschärft worden, und der

Schweinehund hier zieht nach links. Wir wollten das heute nacht wieder hinkriegen, damit es uns morgen nicht aufhält."

„Was Gott verhüten möge", murmelte Roberts. Der Handel mit den Pazifik-Anrainerstaaten hatte derart zugenommen, daß der Hafen von Vancouver sein Äußerstes geben mußte, um die anfallende Arbeit bewältigen zu können. „Wo ist die Sache, die ich mir ansehen soll?"

„Vorne am Bug. In einem von diesen Strudeln zwischen Mole und Schiff." Polich verfiel mit Roberts in Gleichschritt und steckte die Hände in die Taschen seines speckigen Overalls. „Wir dachten, sie schicken uns die städtische Polizei."

„Tut mir leid. Fürs erste müßt ihr mit mir vorlieb nehmen. Bis wir wissen, ob das auch wirklich stimmt, was ihr da gesehen haben wollt."

„Denken Sie, wir haben uns das ausgedacht?" fragte einer der anderen Männer indigniert und streckte den Kopf vor, um der Polizeibeamtin einen tadelnden Blick zuzuwerfen.

Corporal Roberts schüttelte den Kopf und seufzte. „Das wäre zuviel des Guten."

War es auch.

In dem engen Dreieck zwischen dem Bug des Schiffes und der Mole hüpfte der nackte Körper eines Mannes auf und ab. Sein Rücken wirkte wie eine dunkle, mit Haut überzogene Insel, gegen die, wie schwarzes Seegras, die Haare schlugen.

„Mist."

Polich nickte. „Meine Worte. Meinen Sie, er ist selbst da reingesprungen?"

„Das bezweifle ich." Es sprangen zwar manchmal Selbstmörder von der Lion's Gate Bridge, aber bisher war der Polizei noch kein Fall untergekommen, bei denen diese Verzweifelten sich die Zeit genommen hätten, sich vor ihrer Tat zu entkleiden. Roberts richtete ihre Taschenlampe auf das Wasser und ließ den Lichtstrahl langsam über die Leiche gleiten. Ein Muster aus großen und kleinen Flecken zierte die Haut. Der Mann war nicht alt, würde nun auch nicht mehr älter werden, wie Roberts finster feststellen mußte, und hatte noch nicht lange im Wasser gelegen.

„Komisch, warum wohl manche oben bleiben und manche sinken", sinnierte Polich, der neben der Beamtin stand. „Der Typ besteht doch nur aus Haut und Knochen, der hätte doch eigentlich gleich auf Grund ... verdammter Mist! Sehen Sie sich das mal an!"

Auch die anderen beiden Schauerleute traten aufgeregt näher, um besser sehen zu können.

Roberts wurde nach vorn gedrängt und schwankte einen Moment lang am äußersten Kairand, ehe sich wie ein speckiger, stoffbezogener Rettungsring ein muskulöser Arm vor ihren Körper schob und sie in letzter Minute vor einem möglicherweise nicht ungefährlichen Bad bewahrte. Sie holte tief Luft, bedankte sich bei Polich und wies die anderen beiden Männer scharf zurecht.

Als die beiden zurücktraten, zu sehr mit dem Leichnam im Wasser beschäftigt, um wirklich vom Tadel der Beamtin beeindruckt zu sein, murmelte einer von ihnen: „Was zum Teufel ist denn mit seinen Händen passiert?"

Der Sonnenuntergang der folgenden Nacht fand hinter einer so dichten Wolkendecke statt, daß nur das immer schwächer werdende Licht bezeugte, daß die Sonne wirklich untergegangen war. Um 19:23 Uhr schaltete Tony seinen Wecker aus und drehte den Ton einer völlig unsinnigen Fernsehdebatte ab, die nur gesendet wurde, weil sich der Anpfiff zu einem Heimspiel der Seattle Mariners des Wetters wegen verzögerte. Wenn alle auf ein wichtiges Baseballspiel warteten, wer wollte dann schon davon hören, daß es im Land nicht genug Organspender gab? Tony hätte sich nie *träumen* lassen, daß ihm Fergie Oliver eines Tages fehlen könnte! Er lehnte sich zurück, blickte den Flur entlang, lauschte auf die ersten Anzeichen für Henrys Rückkehr ins Leben und wartete darauf, daß ein Gespenst mit seinen Ketten rasseln würde.

Die Sonne lockerte langsam ihren Griff, und Henrys Sinne fingen an, wieder normal zu arbeiten. Der Vampir ließ wohl hundert vertraute Gefühle vor seinem geistigen Auge vorüberziehen und verwarf sie alle: die Brise, die mit eisigen Fingern über seine Wange strich, durfte es eigentlich gar nicht geben. Mühsam brachte Henry seinen rechten Arm dazu, sich zu bewegen und die Nachttischlampe einzuschalten.

Der Geist stand dort, wo er am Vortag auch gestanden hatte – ein junger, nicht besonders auffälliger Mann, dem ein Haarschnitt und eine Rasur gutgetan hätten und der Jeans und T-Shirt trug. Die Umrisse des Mannes waren nicht wirklich klar zu sehen, und obwohl Henry erkennen konnte, daß sein T-Shirt eine Aufschrift trug, konnte er sie nicht lesen.

Entweder hatte sich die Schrift nicht vollständig materialisiert, oder Henry wurde durch die Dinge auf dem Ankleidetisch hinter dem halb durchsichtigen Oberkörper des Geistes abgelenkt – was zutraf, hätte er nicht sagen können. Henry konnte sich nicht erinnern, den jungen Mann in lebendem Zustand je gesehen zu haben.

Er hatte erwartet, die Erscheinung würde sich auflösen, sobald er sich aufrichtete, aber sie blieb am Fuß des Bettes stehen. *Er wartet auf etwas.* Der Geist schien in seiner ganzen Haltung vor Erwarten förmlich zu schreien – falls man denn überhaupt an der Körperhaltung eines körperlosen Wesens irgend etwas ablesen konnte.

„Na gut." Henry seufzte und lehnte sich gegen die Kopfstütze seines Bettes. „Was willst du?"

Der Geist hob langsam beide Arme und verschwand.

Henry starrte noch einen Augenblick auf die Stelle, an der er gestanden hatte und fragte sich, was mit den Händen des Mannes geschehen sein mochte.

„Er hatte keine Hände?" Als Henry nickte, fing Tony an, nachdenklich an seiner Unterlippe zu kauen. „Waren sie – waren sie eher abgeschnitten oder abgerissen oder abgefressen oder was?" wollte er dann wissen.

„Sie waren einfach nicht da." Henry nahm eine Flasche Wasser aus dem Kühlschrank, öffnete sie und leerte sie in einem Zug. Mineralwasser erfreute sich einer wachsenden Beliebtheit, und Henry sah darin ein wahres Gottesgeschenk. Er bezog alle notwendigen Nährstoffe aus dem Blut, das er zu sich nahm, brauchte aber dennoch auch Wasser, wie jeder lebende Organismus, und die Chemikalien, die die meisten Stadtverwaltungen dem Trinkwasser aus Reinigungszwecken zufügten, ließen ihn krank werden. Bakterien wurden von seinem Immunsystem einfach nicht beachtet; gegen Chlor jedoch rebellierte es. Henry warf die leere Plastikflasche in den Korb, der für den Gelben Sack bestimmt war, lehnte sich an den Küchentresen und starrte auf seine eigenen Hände. „Sie waren einfach nicht da", wiederholte er.

„Dann wette ich, daß ich weiß, was er will: Rache. Sie wollen eigentlich immer Rache."

Angesichts der felsenfesten Überzeugung, mit der Tony diese These vorbrachte, hob Henry erstaunt die Brauen und fragte, woher Tony eigentlich seine Kenntnisse bezog, woher er so genau wußte, was Gespenster wollten.

„Filme und so – du weißt schon. Er will, daß du ihm hilfst, sich an dem Typen zu rächen, der ihm die Hände genommen hat."

„Wie soll ich das denn bewerkstelligen?"

„Jesses, Henry, ich weiß es nicht. Du hast doch mit Vicki gearbeitet – hat die dir denn überhaupt nix beigebracht?"

„Überhaupt nichts."

Tony verdrehte die Augen. „Meinetwegen auch überhaupt nichts."

Vicki Nelson, Privatdetektivin, einstige Polizeibeamtin, einstige Geliebte, Vampirin: ein einziges, allzu kurzes Jahr lang hatte Henry mit ihr zusammengearbeitet. Dann hatte das Schicksal sie beide einander so nahe gebracht, wie es ihm und Seinesgleichen überhaupt möglich war und genau so auch wieder auseinandergerissen. Henry hatte Vicki den Kuß schenken müssen, um ihr das Leben zu retten. Dann hatte die Wandlung ihn gezwungen, sie gehenzulassen. Sie aufzugeben. Vampire sind an ein Revier gebunden; sie jagen allein. Vicki war nach Toronto zurückgekehrt und damit auch zu ihrem sterblichen Liebhaber, und Henry selbst hatte sich an der Westküste ein neues Leben aufgebaut.

Ob sie ihm etwas beigebracht hatte?

Ja.

Irgend etwas über Gespenster ohne Hände?

Nein.

Henry wiederholte seinen Gedankengang laut, damit Tony daran teilhaben konnte, und fügte hinzu: „Eins habe ich von ihr gelernt: Ein Detektiv bin ich nicht. Ich bin Schriftsteller, und wenn du mich jetzt entschuldigen würdest: Ich gehe schreiben." Henry hätte nicht sagen können, warum ihn jeder Gedanke an Vicki so dünnhäutig werden ließ und machte sich eilig auf den Weg zu seinem Computer, wobei er im Vorbeigehen auf den Fernseher wies: „Die Regenpause scheint vorbei."

Eine halbe Stunde später mußte Tony feststellen, daß das Staccato der Tastatur, auf das er gewartet hatte, noch nicht eingesetzt hatte und drückte die Tür zu Henrys Arbeitszimmer auf. An der Schwelle blieb er stehen. Der Bildschirm war leer, bis auf eine Kapitelüberschrift.

„Die Erscheinung hat dich ziemlich aufgewühlt, was?"

„Wie kommst du darauf?" fragte Henry, ohne sich umzuwenden.

„Du sitzt nur da und starrst auf deine Hände."

„Vielleicht war ich ja tief in Gedanken versunken."

„Henry, du schreibst Schmonzetten. Dabei darf man gar nicht zuviel nachdenken."

Henry war siebzehn Jahre lang Herzog gewesen und mehr als 450 Jahre lang Vampir: Er hatte lange gebraucht, um zu merken, wann man ihn auf die Schippe nahm. Tony war in diesem Lernprozeß ein- zweimal knapp mit dem Leben davongekommen. Henry sah auf und seufzte: „Ich kann immer nur denken: warum ausgerechnet ich." Er lachte, aber es klang nicht wirklich fröhlich. „Das hört sich egoistisch an, denn immerhin spukt es bei mir nur. Mich hat niemand verstümmelt und ermordet." Henry schob seinen ergonomisch perfekt geformten Stuhl zurück, drehte sich einmal und stand auf. „Ich muß raus hier, ich muß auf andere Gedanken kommen."

„Prima!" Tony grinste. „Im Capri spielen sie um Mitternacht Bram Stokers *Dracula*."

„Warum nicht." Henry amüsierte sich über den völlig verdutzten Gesichtsausdruck seines Freundes, drehte den jungen Mann einfach um und schob ihn sanft zur Tür hinaus. „Ich habe gehört, Gary Oldman sei fantastisch in der Rolle."

„Gehört hast du das?" spuckte Tony wütend, während ihm Henry keine Wahl ließ und er sich wohl oder übel sanft, aber bestimmt durch die Tür befördern lassen mußte. „Von mir hast du das, von mir, und als ich dir das damals erzählt habe, hast du nur gemeint, du gehst nie in Vampirfilme! Soweit zu deinem: Warum eigentlich nicht!"

„Dann habe ich eben meine Meinung geändert." Henry konnte nicht anders, er mußte hinzufügen: „Vielleicht schnappen wir uns ja auch noch einen kleinen Happen zu essen, wenn wir schon mal in der Stadt sind."

Die Fahrstühle im Pacific Palace waren die schnellsten und geräuschlosesten, die man mit Geld kaufen konnte. Henry hielt die Fingerspitzen leicht gegen die glatte Stahltür zum Fahrstuhlschacht gepreßt, neigte den Kopf zur Seite und lächelte. „Hört sich an, als würde Lisa wieder einmal einem Taxifahrer ausführlich ihre Meinung sagen."

Tony verzog das Gesicht. „Mann, bin ich froh, daß sie uns beide gern hat."

Dann kündigte die Glocke das Näherkommen des Aufzugs an, und die beiden Männer traten von der Tür zurück.

„Hallo Jungs!" Lisa Evans hielt mit behandschuhter Hand den Arm ihrer bezahlten Gesellschafterin umklammert, trat auf den Gang hinaus und setzte ein sehr teures, sehr perfektes Grinsen auf. Blendend weiße Zähne zwischen funkelnd roten Lippen betonten auf gespenstische Art die totenkopfartigen Züge, die das Gesicht der alten Frau prägten, seit das

Alter letztlich doch über die jahrelangen Bemühungen der kosmetischen Chirurgie triumphiert hatte. „Wollt ihr euch ins Nachtleben stürzen?"

„Wir gehen uns nur im Kino die Mitternachtsvorstellung anschauen", erklärte Henry, während Tony dafür sorgte, daß sich die Fahrstuhltür nicht schloß. Henry nahm die freie Hand der alten Dame und zog sie galant an die Lippen. „Was ist mit Ihnen? Sie waren wohl wieder mal Herzen brechen."

„In meinem Alter? Machen Sie sich nicht lächerlich." Lisa Evans entzog Henry ihre Finger, schlug ihm leicht gegen die Wange und wandte sich ihrer Begleitung zu. „Was haben Sie da zu grinsen, Munro?"

Mrs. Munro schien sich in keiner Weise ungerecht behandelt zu fühlen und strahlte weiter wohlwollend auf ihre ältliche Arbeitgeberin hinunter. „Ich mußte nur gerade an Mr. Swanson denken."

„Swanson interessiert sich für mein Geld, nicht für meine alten Knochen!" Dennoch richtete sich die alte Dame stolz auf und tätschelte den Kopf der Nerzstola, die sie über einem Kostüm aus Rohseide trug. Lisa Evans war einst Mätresse eines reichen Holzhändlers aus Vancouver gewesen. Mit Hilfe einiger geschickter Investitionen war es ihr gelungen, aus einer großzügigen Abfindung ein ansehnliches Vermögen zu machen. „Außerdem interessiere ich mich nicht für ihn. Die guten Männer sind alle tot." Sie ließ ihre glitzernden Augen erst über Henry, dann über Tony schweifen und setzte hinzu: „Oder schwul."

„Aber Miss Evans!"

„Regen Sie sich ab, Munro. Ich sage den beiden nichts, was sie nicht selbst wissen." Nachdem sie ihre Begleiterin zurechtgewiesen hatte, wandte Miss Evans ihre Aufmerksamkeit wieder den beiden Männern zu. „Wir kommen gerade von einer dieser wirklich ermüdenden Wohltätigkeitsveranstaltungen – es wird ja von einem erwartet, daß man hingeht, wenn man schon Geld hat. Organe waren es diesmal – glaube ich."

„Organe?" wiederholte Henry mit einem leisen Lächeln, denn er wußte genau, daß Lisa Evans diese ermüdenden Wohltätigkeitsveranstaltungen, bei denen ihr Scheckbuch sicherstellte, daß man sie nach Strich und Faden umwarb und umschmeichelte, von ganzem Herzen genoß. Er wußte auch, daß es Absicht war, wenn die alte Frau vorgab, gar nicht genau zu wissen, an welcher Veranstaltung sie gerade teilgenommen hatte. Geld in den Mengen, wie Miss Evans sie ihr eigen nannte, verdiente man nicht, ohne genau zu wissen, wohin jeder einzelne Dollar wanderte. „Körperorgane?"

„Ja." Tiefliegende Augen verengten sich plötzlich zu einem stechenden Blick, der schon Horden staatlich geprüfter Buchhalter dazu gebracht hatte, sich in die nächste Ecke zu verkriechen. „Haben Sie einen Organspenderausweis?"

„Ich fürchte, meine Organe wollen die nicht."

Der Blick wurde ein wenig sanfter: Miss Evans zog genau den Schluß, den Henry beabsichtigt hatte. „Das tut mir leid. Aber solange man lebt, kann man noch hoffen, und die Medizin vollbringt ja heute wahre Wunder." Sie grinste. „Schließlich ist es ein Wunder, daß ich immer noch am Leben bin!" Sie zog ihre Begleiterin hinter sich her den Flur hinab, was ein wenig so aussah, als würde ein großes Schiff von einem winzigen Lotsenboot durch den Hafen geschleppt, und winkte den beiden Männern zum Abschied fröhlich zu. „Tun Sie nichts, was ich nicht auch täte!"

„Das läßt uns einigen Spielraum", murmelte Henry, als sich die Fahrstuhltüren schlossen und Mrs. Munros aufgeregte Proteste nicht mehr zu hören waren.

Tony ließ sich gegen die Wand der Fahrstuhlkabine sinken, die Hände in den Hosentaschen. „Ehe ich Miss Evans kennenlernte, dachte ich immer, alle alten Damen seien leicht verwirrt und würden riechen. Vielleicht schickst du deinen Geist einfach mal rüber zu ihr."

„Warum das denn?"

„Wo doch alle guten Männer tot sind ..."

„Oder schwul", ergänzte Henry. „Was, wenn sich nun herausstellt, daß mein Geist beides ist? Mit Lisa würde ich mich ungern anlegen."

Tony dachte an die Folgen, die das haben könnte, und schauderte. „Ich wollte dich immer schon mal fragen, warum du zu allen im Haus so freundlich bist. Immerfort redest du mit Leuten. Ich habe gedacht, es wäre für dich sicherer, ein wenig ..."

„... zurückgezogener zu leben?"

„Ein großes Wort. Privat, wollte ich sagen, aber zurückgezogen geht auch."

„Menschen fürchten sich vor dem, was sie nicht kennen." Die beiden Männer verließen den Fahrstuhl in der Tiefgarage der Wohnanlage und gingen nebeneinander zu Henrys BMW. „Wenn die Leute denken, sie kennen mich, haben sie keine Angst vor mir, und wenn dann das Gerücht entsteht, ich könnte unter Umständen gar nicht der sein, der ich zu sein vorgebe, dann vergleichen sie das Gerücht mit dem, was sie über mich zu wissen meinen und schlagen es in den Wind. Wenn sie nichts in der Hand haben, mit dem sie das Gerücht vergleichen können, dann sind sie eher geneigt, ihm Glauben zu schenken."

„Du freundest dich also zu Tarnzwecken mit Menschen an?"

Henry runzelte die Stirn und sah zu, wie Tony zur Beifahrertür ging. „Nicht immer."

„Aber manchmal schon?"

„Ja."

Tony hob den Kopf, sah Henry über das Autodach hinweg in die Augen und fragte: „Was ist mit mir?"

„Mit dir?"

„Was bin ich? Auch Tarnung?"

„Tony ..." Aber dann sah Henry den Ausdruck in Tonys Augen und wußte, daß die Frage nicht nur so nebenbei gestellt worden war. „Tony, dir vertraue ich mit allem, was mich ausmacht. Das kann ich sonst nur von zwei anderen Menschen auf der ganzen weiten Welt sagen, und einer von denen zählt noch nicht mal wirklich."

„Weil Vicki Vampirin geworden ist?"

„Weil Michael Celluci nie zugeben würde, einen ... Verfasser von Liebesromanen zu kennen."

Henry hatte den jungen Freund zum Lachen bringen wollen, und es war ihm gelungen. Aber Tonys Lachen klang ein wenig künstlich, und den ganzen Rest der Nacht hatte Henry Mühe, dieses Künstliche wieder aus der Welt zu schaffen.

Sie hatte den Artikel zu spät entdeckt, um noch in derselben Nacht etwas unternehmen zu können, und das Warten hatte ihre Stimmung nicht gerade verbessert.

„Hat Richard Sullivan heute Dienst?"

Überrascht, weil der scharfe Ton sie verwirrt hatte, sah die Pflegerin auf den Dienstplan. „Ja, Frau Doktor. Er ..."

„Ich will ihn in meinem Büro sehen. Sofort."

„Ja, Frau Doktor." Es hatte keinen Sinn zu protestieren, zu sagen, der Kollege beseitige gerade die Folgen eines unglückseligen Zwischenfalls mit einer Bettpfanne. Sofort hieß sofort und keine Sekunde später. Sie ließ Sullivan ausrufen und hoffte nur, daß das, was Sullivan verbrochen hatte, für eine Kündigung nicht ausreichen würde. Es gab nur wenige Pfleger, die bereit waren, jede Scheißarbeit zu machen, ohne sich ständig darüber zu beklagen, und es fiel jedem schwer, den großen Mann nicht zu mögen, dessen Augen, die freundlich blickten wie die eines Welpen, nicht leicht zu widerstehen war.

„Was wissen Sie darüber?“

Sullivan blickte auf den Zeitungsartikel und dann wieder in das Gesicht der Ärztin. Auch wenn er hätte leugnen wollen: Jedes Wort erstarb ihm unausgesprochen auf den Lippen. Sie konnte die Antwort auf seinem Gesicht ablesen.

„Dann ist das einer der Unsrigen?“

Sullivan nickte.

„Welchen Teil Ihrer Instruktionen hatten Sie da nicht verstanden?“

„Es ist nicht, weil ...“

„Oder gefällt Ihnen die Arbeit nicht? Ist nicht alles genau so, wie ich es Ihnen beschrieben hatte?“

„Doch. Ich meine: Mir gefällt der Job, und es ist alles so, aber ...“

„Eigeninitiative wird von Ihnen nicht erwartet, Sullivan.“

Sullivan war viel größer als die Ärztin; es ging eigentlich nicht an, daß er sich vor dem Zorn dieser Frau am liebsten in der nächsten Ecke verkrochen hätte. Aber genau so war ihm zumute.

Der Geist trug ein T-Shirt der Rockband Cult and Jackyll, einer regional bekannten Gruppe, die ihr Plattenstudio im Norden Vancouvers hatte. Henry wunderte sich ein wenig darüber, daß es kein T-Shirt der Grateful Dead war: Er war immer der Meinung gewesen, in der Unterwelt herrsche ein recht simpler, ziemlich makaberer Sinn für Humor. Die Arme des Geistes endeten nach wie vor knapp oberhalb der Handgelenke, und er schien auch diesmal auf irgend etwas zu warten.

Tony war der festen Überzeugung, das Gespenst wünsche Rache.

Die Theorie kann genauso stimmen wie jede andere auch. Henry seufzte. „Möchten Sie sich an der Person rächen, die Ihnen die Hände genommen hat?“

Auf den Zügen des Geistes zeigte sich Ungeduld; erste Anzeichen einer Persönlichkeit. Dann verschwamm die Erscheinung und verschwand.

Henry seufzte erneut. „Damit hätten wir die Frage wohl mit einem eindeutigen Ja beantwortet."

Die Wohnung war leer, als Henry aus dem Schlafzimmer trat. Nach einer Weile fiel ihm ein, daß Samstag war und Tony lange arbeitete.

„Was wahrscheinlich nur gut ist", verkündete Henry den Lichtern der Stadt. Er fragte sich, ob der Geist vielleicht erwartete, daß er seine Arbeit mit der Suche nach den abgetrennten Händen begann und ob er, Henry, bei dieser Suche nach Überresten aus Fleisch und Blut würde Ausschau halten müssen oder nach einem ätherischen Händepaar, das womöglich bei jemand anderem spukte.

Als Tony nach Mitternacht nach Hause kam, saß Henry in seinem Arbeitszimmer, schwer in die komplizierten Hofintrigen des Jahres 1813 verwickelt und ziemlich besorgt darüber, daß seine Heldin sich standhaft weigerte, den vorgesehenen Handlungsrahmen einzuhalten. Fast hätte ihn der Tagesanbruch noch am Schreibtisch erwischt, weil er sich nicht entscheiden konnte, ob Wellington nun den Verlobten der Heldin zum Colonel befördern sollte oder lieber nicht, und er mußte sich sputen, die sichere Zuflucht seines Bettes in letzter Minute zu erreichen. Die nächtliche Arbeit hatte ihn den gespenstischen Besucher vergessen lassen.

„Langsam wird die Sache ärgerlich. Wissen Sie denn wenigstens, wer Ihre Hände hat?"

Der Geist warf den Kopf zurück und schrie. Obwohl kein Laut aus der klaffenden Mundhöhle drang, spürte Henry, wie sich seine Nackenhaare aufstellten und Furcht sich um sein Herz legte. Während der Schrei anhielt, vermeinte Henry, eine ganze Schar von Geistern darin zu hören, die alle gemeinsam schrieen, die alle gemeinsam die Ungerechtigkeit ihres Sterbens beklagten. Gegen seinen Willen verzogen sich seine Lippen zu einem Knurren.

„Henry? Henry! Ist alles in Ordnung bei dir?"

Als letztes verschwamm das Gesicht des Geistes, immer noch zum anklagenden Schrei verzerrt.

„Henry!"

Henry brauchte einen Moment, um zu begreifen, daß das Pochen, das er hörte, nicht sein eigener Herzschlag war, sondern Tony, der verzweifelt auf die Schlafzimmertür einschlug. Er schüttelte die Verunsicherung ab, die sich in seinem Inneren festgesetzt hatte, und tappte auf bloßen Füßen durch das Zimmer. Unter seinen Sohlen fühlte sich der Teppich feucht und kühl an. Er schob die Riegel an der Tür beiseite und rief: „Alles in Ordnung."

Als er die Tür öffnete, fiel ihm Tony beinahe in die Arme.

Tony keuchte, als habe er gerade einen langen Wettlauf absolviert und hatte die Augen weit aufgerissen. Er trat einen Schritt zurück, um zu prüfen, ob Henry wirklich unversehrt vor ihm stand. „Ich hörte ... nein, ich spürte ... es war ..." Die Finger des jungen Mannes krampften sich um Henrys Schulter. „Was ist passiert? War das der Geist?"

„Ich muß ja raten, aber ich glaube, ich habe ihm eine Frage gestellt, die er negativ beantworten mußte."

„Negativ?" Tonys Stimme hob sich zu einem ungläubigen Quietschen, und er ließ die Arme fallen. „Das kannst du laut sagen. Das kam aus dem tiefsten Abgrund, aus dem völligen Nichts."

„So schlimm war es nun auch wieder nicht."

„Vielleicht nicht für dich."

Besorgt sah Henry Tony in die Augen. „Ist denn mit dir alles in Ordnung?"

„Ich glaube schon." Tony holte tief Luft, atmete langsam aus und nickte. „Soweit alles in Ordnung. Aber ich bleibe hier und sehe dir beim Anziehen zu." Er ließ sich gegen den Türrahmen sinken, zu verängstigt, um hartgesotten zu sein oder unabhängig oder auch nur an Henrys nacktem Leib interessiert. „Ich will nicht allein sein."

„Willst du wissen, was passiert ist?" Tonys Gesichtsausdruck stellte klar, daß er nicht hätte fragen müssen. Also berichtete Henry beim Anziehen, was passiert war, als er versucht hatte, dem Geist ein paar Informationen zu entlocken.

„Also kannst du jeweils nur eine Frage stellen, und wenn die Antwort ja ist, verschwindet er leise, und wenn die Antwort nein ist, läßt er es dich genau wissen, wie sehr du ihn enttäuschst."

„Nicht nur ihn. Als er schrie, konnte ich eine ganze Schar Toter spüren."

„Ja? Wie viele Tote ergeben eine ganze Schar?"

„Darüber macht man keine Witze."

„Vertrau mir, mir ist auch nicht nach Lachen zumute." Tony folgte Henry ins Wohnzimmer und ließ sich wenig anmutig auf ein Ende der schweren Ledercouch fallen. „Mein Gott, Spielshows von der anderen Seite des Grabes! Macht es dir was aus, wenn ich ein paar Lampen anschalte? Das Ding hängt mir immer noch nach.“ Als Henry mit einem Nicken seine Einwilligung gab, reckte sich Tony, schaltete die gesamte Deckenbeleuchtung ein und setzte sich selbst mitten in den Kranz aus hellem Licht. „Immerhin wissen wir jetzt zwei Dinge: Es geht dem Gespenst wirklich um Rache und es weiß nicht, wo seine Hände sind.“

„Was ist mit den anderen?“

„Können wir uns vielleicht mit einem Geist nach dem anderen befassen? Warum sollen wir uns unnötigen Ärger einhandeln?“

Henry, der sich in die Schatten am anderen Ende des Zimmers verzogen hatte, seufzte. „Ich wüßte immer noch gerne, warum er sich ausgerechnet mich ausgesucht hat.“

„Gleich und gleich gesellt sich gern.“

Henry zog die Brauen zusammen und beugte sich so weit vor, daß sein Gesicht vom Licht beschienen wurde. „Wie darf ich das verstehen?“

„Du bist ein Vampir.“ Tony zuckte die Achseln und strich sich über die winzige, fast verheilte Wunde, die in der sonnengebräunten Haut seines linken Handgelenks kaum zu sehen war. „Auch wenn du kein übernatürliches Wesen bist, auch wenn du letztlich nur biologisch anders bist ...“

„*Nur?*“

„Henry!“

Henry gab großzügig zu verstehen, er möge fortfahren, aber seine Lippen blieben gekräuselt.

„Hör’ zu: Über dich kursieren bergeweise Mythen. Zugegeben: nicht über dich als Person, aber über Deinesgleichen, und die umgeben dich wie ...“, ein wenig hilflos breitete Tony die Arme aus, „... wie metaphysischer Nebel, und ich wette, dadurch fühlt der Geist sich angezogen. Ich wette, das zieht ihn zu dir hin.“

„Metaphysischer Nebel!“ wiederholte Henry. Er schüttelte den Kopf und lehnte sich zurück. „Hast du in Toronto auch schon so geredet?“

„Du brauchst gar nicht so verdammt überheblich zu tun!“ Tonys entspannte Haltung war vergessen, und er wies mit einem anklagenden Finger in Henrys Richtung. „Das ist eine einleuchtende These. Oder hast du etwa eine bessere?“

Die Vehemenz, mit der der junge Mann seine Meinung vorgetragen hatte, überraschte Henry, und er mußte zugeben, daß er selbst keine bessere Theorie hätte benennen können, aber ehe Tony weiterreden konnte, unterbrach er ihn mit erhobener Hand. „Draußen auf dem Gang ist irgend etwas los."

Tonys Stirnrunzeln wurde heftiger. „Ich höre nichts ... Scheiße!" Mehr brauchte er nicht zu sagen, denn Henry stand bereits an der Tür.

Er hatte die Besatzung des Krankenwagens gehört. Als er jetzt in den Flur trat, rollten sie eine Bahre aus Wohnung 1404. Die winzige Gestalt unter dem Laken lag still, eine dünne Hand baumelte erschlafft an einer Seite herab. Die Sanitäter versuchten noch im Laufen Wiederbelebungsmaßnahmen, aber Henry wußte, daß Lisa Evans unwiederbringlich tot war.

Um ein Haar wäre Henry zähnefletschend zurückgewichen, als sich Mrs. Munro an seinen Arm klammerte. Aber er konnte sich beherrschen und hatte die heftig schluchzende Gesellschafterin wenige Minuten später in sein Auto verfrachtet, um dem Krankenwagen zu folgen. In erheblichem Tempo rasten sie auf das St. Pauls Krankenhaus zu, und Tony reichte Mrs. Munro aus der Schachtel, die sich im Handschuhfach befand, ein Papiertaschentuch nach dem anderen.

Die Ärzte in der Notaufnahme kamen rasch zur selben Diagnose wie Henry. Auch sie hatten den Tod zu oft gesehen, um ihn zu verwechseln.

„Sie war sehr alt", sagte der leitende Arzt, Dr. Zvane, sanft.

„Es gibt Leute, die noch älter sind!" protestierte Mrs. Munro. Tony reichte ihr ein weiteres Taschentuch.

„Stimmt." Der Arzt zuckte die Achseln und rieb sich mit den Knöcheln die müden Augen. „Ihre Zeit war wohl gekommen, mehr kann ich nicht sagen. Wir haben getan, was wir konnten, aber sie war von uns gegangen und hatte nicht vor, zurückzukehren."

Mrs. Munro umklammerte Henrys Arm so heftig, daß menschliche Knochen daran wohl zerbrochen wären, und schniefte. „Das sieht ihr ähnlich. Man konnte sie nie dazu bringen, eine einmal gefaßte Meinung zu ändern."

Als sie wieder im Auto saßen, hatte Mrs. Munro aufgehört zu weinen. Obwohl Henry ihr angeboten hatte, sie zu fahren, wohin sie wollte, hatte sie gebeten, in die Wohnanlage zurückgebracht zu werden. „Ich muß meine Sachen holen. Meine Tochter holt mich dann dort ab."

„Wir haben uns ‚Jeopardy' angesehen", erklärte sie, denn nun, wo alles unwiederbringlich vorbei war, konnte sie über das Geschehene reden. „Eine Championrunde. Miss Evans hatte gerade: ‚Wer ist Captain Kirk?' gerufen, als sie plötzlich ein Wimmern von sich gab und sich die Hände auf die Ohren legte. Es sah aus, als würde sie etwas ganz Schreckliches hören, aber ich selbst konnte gar nichts hören, und dann, als nächstes, da war sie ... fort."

Henrys Augen fanden im Rückspiegel die Tonys. Ganz offensichtlich dachten beide Männer dasselbe.

„Ich glaube nicht, daß er das mit Absicht tut."

„Das ist mir egal. Er ist für den Tod dieser alten Dame verantwortlich, und ich sage: Soll er doch ohne Hände zur Hölle fahren."

Tony saß wieder in seinem Lichtkreis. Er bebte. Henrys Stimme hatte mühelos die Distanz zwischen Schlafzimmer und Wohnzimmer überbrückt, als gäbe es sie gar nicht, und jedes einzelne seiner Worte hatte messerscharf geklungen. Wenig später trat Henry ins Zimmer, und Tony sah, daß er sich umgezogen hatte. Er trug Schwarz, und über diesem Schwarz schien sein Gesicht, schien sein Haar förmlich zu leuchten. Tony hätte sich die Frage sparen können, doch er stellte sie: „Wo gehst du hin?"

„Jagen."

Es war fast unmöglich, die erwartungsvolle Haltung des Geistes zu ignorieren.

„Du kannst da rumstehen, solange du willst", verkündete Henry leise und drohend. „Ich werde dir nicht helfen."

Der Geist warf den Kopf zurück und schrie.

Mit ihm schrie der unsichtbare, unhörbare Chor der Toten.

„Ich dachte, du wolltest ihm keine Fragen mehr stellen!"

„Habe ich auch nicht." Henry starrte auf die Stadt hinab und lauschte, in der Erwartung, eine Sirene heulen zu hören, die Finger gegen das Fensterglas gepreßt, alle Rückenmuskeln zum Zerreißen gespannt. „Ich habe ihm gesagt, er könne von mir keine Hilfe erwarten."

„Das scheint ihm nicht gefallen zu haben."

„Nein, das gefiel ihm nicht."

Schweigend standen die beiden zusammen und warteten auf die Geräusche, die ein weiterer Tod mit sich bringen würde.

Schließlich seufzte Tony tief auf und ließ sich auf das Sofa fallen. „Wir hatten scheinbar Glück. Niemand, der alt genug war, niemand, der nahe genug dran war. Vielleicht sagst du nächste Nacht einfach nichts."

Er wartete und wartete. Als Henry versuchte, das Zimmer zu verlassen, schrie er.

Sie sahen zu, wie der Krankenwagen ankam. Sie fanden heraus, daß das Baby der Franklins im Schlaf gestorben war.

„Babys ... mein Gott." Zwei Jahre zuvor hatte Tony zugesehen, wie ein uralter ägyptischer Zauberer einem Baby die Lebenskraft geraubt, sie einfach in sich aufgesogen hatte. Die Eltern des Kindes waren weitergegangen und hatten nicht mitbekommen, daß ihr Baby tot war. In Alpträumen wurde Tony immer noch von diesen Bildern geplagt. „Das ist Erpressung."

„Ja, und das hat mich wütend gemacht." Das Plastik krachte vernehmlich, als Henry den Hörer abnahm.

Tony schluckte. Henrys Zorn konnte so furchterregend sein wie die stummen Schreie eines Geistes. Dann brachte der junge Mann ein schiefes Lächeln zuwege und fragte: „Rufst du die Geisterjäger?"

„Nicht ganz. Ich habe entschieden, daß das hier kein Fall für einen Autor von Liebesromanen ist."

„Na, vielleicht nicht, aber ..." Tony ließ den Rest der Frage ungesagt, denn nun hatte Henry den Lautsprecher seines Telefons eingeschaltet. Nach zweimaligem Klingeln sprang ein Anrufbeantworter an.

„Victoria Nelson, Privatermittlungen. Im Moment kann niemand Ihren Anruf entgegennehmen. Bitte hinterlassen Sie nach dem Pfeifton eine Nachricht ..."

ZWEI

Detective Sergeant Michael Celluci schloß leise die schwere Eisentür hinter sich und trat vorsichtig in die von tiefen Schatten bevölkerte Wohnung. Aus dem Büro direkt unter den Dachstreben drang ein trüber Lichtschein, der aber gleich wieder vom Hauptraum mit seiner 5,50 m hohen Decke geschluckt wurde. Früher hatte das Haus eine Glasfabrik beherbergt, die in der Rezession hatte schließen müssen, woraufhin das Gebäude verwaist war. Dann kam die Stadterneuerung und mit ihr die Umwandlung der alten Fabrik in nicht wirklich sehr brauchbaren Wohnraum für die besser verdienenden Randgruppen Torontos. Die meisten neuen Bewohner kleideten sich fast ausschließlich in Schwarz, und hatten alle mehr oder weniger etwas mit „Kunst" zu tun, Cellucis in dieser Frage nicht eben bescheidener Meinung nach oft eher äußerst am Rande.

Lautlos – die weichen Sohlen seiner Schuhe machten kein Geräusch auf dem Teppich, der an einer Wand entlang die Strecke markierte, die man betreten durfte – näherte sich Mike der Lichtquelle.

„Aber was ist mit dem Typ, den du sehen kannst? Was hat er für eine Funktion? Ist er deren Gewerkschaftssprecher oder was?" Dann Schweigen. Offenbar hatte die letzte Frage einen Antwortschwall ausgelöst. „Schon gut, tut mir leid. Wirklich. Ja, ich *nehme* es ernst. Stell' ihm unverfängliche Fragen und warte, bis ich komme." Der alte schwarze Schreibtischstuhl wurde nach hinten gekippt und knarrte ängstlich, als er nur noch auf zwei Beinen ruhte. „Frag' ihn Sachen, von denen du *weißt*, daß er sie mit ja beantworten muß."

Mike stand am äußersten Rand des kleinen Arbeitsraums unter dem Dach, nur eine Armlänge vom Schreibtisch entfernt und streckte die Hand nach der mit einem Sweatshirt bekleideten Schulter aus, die direkt vor ihm aufragte. Aber noch ehe er die Hand schließen konnte, wurde sie gepackt und in einem fast unerträglich harten Griff festgehalten.

Die Frau, die ihn festhielt, warf Mike einen geringschätzigen Blick zu, der zu sagen schien „*Netter Versuch*", und sprach ungerührt weiter. „So schwer kann das doch nicht sein. Du warst doch auch mal ein Mann, und tot bist du auch – und früher einmal warst du am Leben."

Warst *du* am Leben? Celluci warf der Frau einen fragenden Blick zu. Sie zog ihn zu sich heran und plazierte ihn auf einer Ecke des mit Papieren übersäten Schreibtischs.

Dann runzelte sie die Stirn, gab ihm mit einem knappen Nicken zu verstehen, daß er richtig gehört hatte und versuchte, ihrem Anrufer Mut zuzusprechen. „Das können auch ruhig dumme Fragen sein, Hauptsache, er muß sie mit ja beantworten. Ich komme, so schnell ich kann." Sie seufzte und lehnte sich zurück, das Gesicht zu einer Miene verzogen, die Mike nur allzu vertraut war. Als er diese Miene zum ersten Mal zu sehen bekommen hatte, hatten sowohl er als auch die Frau Uniform getragen, und der Blick hatte ihm gegolten. Es gab nur eine mögliche Erklärung für diese Miene: Die Person am anderen Ende der Leitung versuchte wahrhaftig, Vicki Nelson Ratschläge zu erteilen.

Das hatte sie noch nie gut vertragen. Damals nicht, als sie noch in Uniform steckte und fand, sie sei ein Geschenk Gottes an die Metropolitan Toronto Police. Auch nicht, nachdem man sie zum Detective befördert hatte. Weder, als die Augenkrankheit Retinitis Pigmentosa sie zwang, die Arbeit aufzugeben, die sie so sehr geliebt und so hervorragend geleistet hatte, noch in ihrer Zeit als Privatdetektivin – und auch nach der Wandlung nicht.

Wenn ich es nicht wüßte, dachte Celluci und sah Vicki zu, die immer ungeduldiger und dann allmählich richtig verärgert wirkte, *könnte ich so vom Ansehen her nicht sagen, was sie ist.*

Vicki sah kaum anders aus als früher. Ein wenig dünner vielleicht, ja, und wesentlich blasser, aber sie benahm sich nicht viel anders als früher; sie war immer schon anmaßend gewesen und arrogant und hatte schon immer eine ziemlich festgefügte eigene Meinung besessen.

Nun gut: Blut hat sie damals nicht getrunken ...

„Das reicht mir jetzt aber!" Nun war Vicki ernsthaft verärgert, und ihrem Ton nach hatte sie ihren Gesprächspartner gerade bei einem ihrer Meinung nach zu ausführlichen Monolog unterbrochen. „Ich komme, so schnell ich kann, und wenn du nicht da bist, wenn ich eintreffe, mache ich gleich wieder kehrt und fahre nach Toronto zurück." Mit diesen Worten knallte sie den Hörer auf die Gabel, wandte sich an Celluci und sagte: „Henry hat ein Gespenst und will, daß ich es ihm vom Hals schaffe."

Kalte Finger legten sich auf Cellucis Nacken. „Henry?"

„Höchstpersönlich."

„Ist der denn nicht mehr in Vancouver?"

Mit silbergrauen, leicht zusammengekniffenen Augen sah Vicki auf. „Doch, ist er."

„Du hast dich gerade bereiterklärt, einmal quer durch das ganze Land zu fahren und dich um sein ..." Trotz allem, was sie zusammen durchgemacht hatten – trotz der Dämonen und Werwölfe und Mumien und der wiedererweckten Toten, trotz der Vampire – kräuselten sich Mikes Lippen verdächtig, „... um sein Gespenst zu kümmern?"

„Habe ich."

„Da du mir das als *fait accompli* hinknallst, kann ich wohl davon ausgehen, daß meine Meinung zu dem Thema irrelevant ist?"

Vickis Brauen zogen sich leicht zusammen. „Mike, dieser Geist erschreckt Menschen zu Tode, und er wird damit weitermachen, bis jemand herausfindet, warum und ihn stoppt. Henry hat so etwas nicht gelernt." Mike wollte etwas erwidern, wurde aber von einer warnenden Hand daran gehindert. „Wag jetzt bloß nicht, mir zu sagen, ich hätte es auch nicht gelernt! Das ist ein Mörder. Ich setze einen Mörder außer Gefecht, und es ist egal, ob der tot ist oder nicht."

Das war egal, da hatte Vicki durchaus nicht Unrecht. Aber Mikes Reaktion hatte mit dem Geist an sich nichts oder doch nur am Rande etwas zu tun. Mike schob sich an Vicki vorbei und stürmte aus dem Büro, da der Hauptraum mehr Platz dafür bot, aufgeregt auf und ab zu gehen. „Weißt du, wie weit Vancouver ist?"

„Etwa 4.500 Kilometer."

Er stürmte zur Tür und wieder zurück. „Hast du dir klargemacht, wie kurz die Nächte um diese Jahreszeit sind?"

„Knapp neun Stunden lang." Vickis Ton legte nahe, daß diese Tatsache sie auch nicht gerade erfreute.

„Erinnerst du dich, wie du endest, wenn du bei Sonnenaufgang noch draußen bist?"

„Gut durch."

Mit ausgebreiteten Händen wippte Mike auf den Ballen auf und ab. „Du willst also 4.500 Kilometer zurücklegen, in Etappen, die knappe neun Stunden dauern dürfen, ohne Zuflucht vor der Sonne? Hast du überhaupt einen Begriff davon, wie gefährlich das ist?"

„Ich will schon seit längerem einen gebrauchten Kleinbus kaufen und den entsprechend umbauen."

„Entsprechend umbauen!" wiederholte Celluci ungläubig und versuchte, seine Besorgnis als Wutanfall zu tarnen. „Du gibst doch den ganzen Tag lang eine feststehende Zielscheibe ab, egal wo du auch parkst! Willst du einfach nur darauf warten, daß du zu Holzkohle verglühst?"

„Dann komm doch mit."

„Ich soll mitkommen? Um dem verdammten Henry einen Gefallen zu tun?"

Vicki stand ganz langsam auf und starrte den Freund mit zusammengekniffenen Augen an. „Also darum geht es? Um Henry?"

„Nein!" Das stimmte auch – zumindest teilweise. „Es geht darum, daß du dich unnötig in Gefahr begibst. Haben die in British Columbia keine Privatdetektive?"

„Keine, die mit so was umgehen können und keinen, dem Henry traut." Sie lächelte, ein Lächeln, mit dem sie sich selbst ein wenig zu verspotten schien, spreizte die Hand, legte sie auf Mikes Brust und fügte im Takt mit dessen Herzschlag hinzu: „Ich möchte kein Holzkohlenbrikett werden. Ich könnte deine Hilfe brauchen, Mike!"

Celluci schloß abrupt den Mund und verkniff sich alles, was er sonst noch hatte sagen wollen. Die alte Vicki wäre nie in der Lage gewesen, um Hilfe zu bitten. Als Henry ihr sein Blut gab, hatte er damit nicht nur ihr Äußeres gewandelt, und dafür haßte Celluci den untoten, Liebesromane schreibenden königlichen Schweinehund von ganzem Herzen.

„Ich denke darüber nach", grummelte der Detective. „Jetzt koche ich erst mal Kaffee."

Vicki hörte, wie er in die winzige Küche stürmte und dort Schranktüren heftiger öffnete und schloß, als wirklich notwendig gewesen wäre. Sie holte tief Luft und erfreute sich an Cellucis Duft. Er hatte immer schon wunderbar gerochen, einen heißen, männlichen Duft verströmt, und sie war jedesmal wild geworden, wenn sie einen Hauch davon in die Nase bekommen hatte. Wild wurde sie immer noch. Aber jetzt machte Mikes Geruch sie noch dazu hungrig.

„Bringst du eigentlich nie deinen Müll weg?" zischte der Detective.

„Warum sollte ich? Er stammt schließlich nicht von mir."

Celluci hatte nicht schreien müssen, Vicki konnte ihn auch aus der Entfernung gut hören, hätte ihn auch gehört, wenn er geflüstert hätte. Sie konnte das Blut in seinen Adern hören, und manchmal glaubte sie, sogar seine Gedanken hören zu können. Bestimmt machte er sich wirklich Sorgen um die Gefahren, die die Reise mit sich brachte; im Grunde jedoch wollte er nur deswegen nicht mit nach Vancouver, weil er Henry Fitzroy keinen Gefallen tun mochte. Aber genausowenig mochte er sie allein nach Vancouver – und somit zu Henry – fahren lassen.

Vicki schloß die Buchungen ab, an denen sie gesessen hatte, als Henrys Anruf sie unterbrochen hatte, sicherte die Dateien und wartete darauf, daß Mike seine Entscheidung traf, wobei sie sich fragte, ob ihm klar war, daß sie gar nicht vorhatte, ohne ihn loszufahren.

Die Tatsache, daß Henry von einem Geist verfolgt wurde, der Ratespiele mit tödlichem Ausgang mit ihm veranstaltete, überraschte Vicki nicht. Es gab auf der Welt nicht mehr viel, was sie überraschen konnte. *Es gibt mehr Dinge zwischen Himmel und Erde ...* das Zitat prangte auf Vickis Visitenkarte. Shakespeare hatte ja keine Ahnung!

Was Vicki wirklich überraschte, war die Tatsache, daß Henry sich an sie gewandt hatte. Daß er sie gebeten hatte, sein kleines Rätsel lösen zu helfen. Er war bei ihrer Trennung damals so felsenfest davon überzeugt gewesen, daß sie einander nie wiedersehen würden, einander nie wiedersehen dürften.

Als sei er in der Lage, ihre Gedanken zu lesen, kam Celluci genau in diesem Moment ins Zimmer und fauchte: „Ich dachte, Vampire können sich kein Revier teilen."

Vicki hob das Kinn. „Ich weigere mich schlichtweg, Sklavin meiner Natur zu sein."

Mike schnaubte. „Ja. Toll. Erzähl das der Vampirin, die früher mal hier wohnte."

„Ich war ja verhandlungsbereit." Vicki protestierte, aber sie fühlte, wie sie unwillkürlich die Fangzähne entblößte. Die andere Vampirin hatte Vicki verhöhnt, indem sie einen von Vickis Freunden umgebracht und die Innenstadt von Toronto für sich beansprucht hatte. Als Vicki die Gegnerin schließlich getötet hatte, hatte sie dabei keinerlei Bedauern verspürt und auch keine Schuldgefühle und schon gar nicht das Bedürfnis, Detective Sergeant Michael Celluci in allen Einzelheiten über das Vorgefallene zu informieren. Nicht nur, weil Celluci nun einmal war, was er war – in diesem Falle eben ein Mensch –, sondern eher, weil er war, wie er war. Er hätte die Sache nicht verstanden, und Vicki wußte, daß sie es nicht hätte ertragen können, wenn Mike sie so angesehen hätte, wie er manchmal Henry ansah.

Also hatte sie ihm nur mitgeteilt, daß sie gewonnen hatte.

Aus Vickis halbherzigem Knurren wurde fast so etwas wie ein Lächeln. „Henry und ich kommen schon zurecht. Das schaffen wir."

Celluci versteckte sein eigenes Lächeln hinter seinem Kaffeebecher. Diesen Ton kannte er, und er fragte sich belustigt, ob Henry eigentlich klar war, wie wenig Wahl ihm in der Revierfrage blieb. Celluci wollte zwar nicht, daß Vicki nach Vancouver fuhr, wußte aber, daß er sie nicht würde aufhalten können – dazu war er nicht selbstmörderisch genug veranlagt. Da sie nun mal – so oder so – zum Fahren entschlossen schien, würde er sie auf keinen Fall allein fahren lassen. Zu sehen, wie seine blutsaugende königliche Bastardheit von Vickis Weigerung, sich seinen Erwartungen entsprechend zu verhalten, wie von einer Dampfwalze überrollt wurde – das würde bestimmt Spaß machen.

„Die Runde geht an dich. Ich komme mit."

„... im Moment ist alles ziemlich ruhig, und ich habe die Zeit."

Inspektor Cantree schnaubte. „Zeit hätten Sie immer, Detective. Ich wundere mich nur darüber, daß Sie sich wirklich ein wenig davon nehmen wollen."

Celluci zuckte die Achseln. „Es geht um einen Freund Vickis da im Westen."

„Einen Freund Vickis. Ach so." Der Inspektor starrte auf den Ölfilm auf seinem Kaffee. In seiner Pranke wirkte der schwere Keramikbecher fast zierlich. „Wie geht es unserer Victory dieser Tage? Ich habe gehört, sie war mit ein paar ziemlich merkwürdigen Fällen befaßt, seit sie zurück ist."

Celluci zuckte erneut die Achseln. „Irgendwer muß die ja bearbeiten, und ein Gutes hat es: Die Leute rufen Vicki, nicht uns."

„Stimmt." Cantrees Augen wurden schmal, und der Blick, den er seinem Untergebenen zuwarf, wirkte recht nachdenklich. „Von Ihnen hatte ich nie den Eindruck, Sie seien der Typ für diese ganze paranormale Okkultismusscheiße."

Mit Mühe unterdrückte Celluci ein drittes Achselzucken. „Meist macht sie ja auch den ganz normalen, ziemlich langweiligen Kram. Betrogene Eheleute, betrogene Versicherungen, Sie wissen schon."

„Meist", wiederholte Cantree. Das klang nicht wie eine Frage, also gab Celluci auch keine Antwort.

Inspektor Cantree wäre einst fast der erleuchtete Jünger eines uralten ägyptischen Gottes geworden und war diesem Schicksal nur um Haaresbreite entronnen. Die anderen, die auch in den Zauberbann der Gottheit geraten waren, hatten sich für das Geschehen eigene Erklärungen zurechtgelegt, aber Cantree hatte darauf beharrt, die Wahrheit zu erfahren. Danach war er nie wieder auf die Sache zu sprechen gekommen, und so vermochte Celluci nicht zu sagen, wieviel sein Chef von dem, was er sich hatte anhören müssen, auch wirklich geglaubt hatte.

Die Erinnerung an diese Vorkommnisse stand einen Augenblick lang zwischen den beiden Männern im Raum. Dann wischte Cantree sie beiseite. Die Geste, mit der er das tat, war eindeutig, und Celluci hätte sie mühelos wie folgt übersetzt: *In diesem Jahr schon allein in dieser Stadt siebenundvierzig Mordfälle. Ich habe genug um die Ohren.* „Nehmen Sie ruhig Urlaub, Detective. Aber in zwei Wochen will ich ihren Hintern wieder hier sehen, ausgeruht und arbeitswillig."

„In *diesem* Ding kommen wir nie und nimmer bis nach Vancouver!"

„Ich weiß, er macht nicht viel her ..." Vicki stemmte die Hände in die Hüften, ließ einen kritischen Blick über den zerbeulten, verdreckten blauen Kleinbus gleiten und beschloß, Celluci lieber nicht zu sagen, daß dieser bei Tageslicht wohl noch schlimmer aussehen würde. Im Licht der Bewegungsmelder in Mikes Auffahrt sah er schon schlimm genug aus. „Sein Innenleben ist mechanisch gesehen völlig in Ordnung."

„Seit wann *siehst* du *mechanisch*?"

„Tue ich ja gar nicht." Sie drehte sich zu Mike um, sah dem Freund in die Augen und ließ ein wenig verbale Muskeln spielen. „Aber mich scheißt keiner mehr an."

Da der Kleinbus als Lieferwagen gedient hatte, gab es keine Rückfenster, die man hätte verkleiden müssen. Hinter den Vordersitzen hatte Vikki eine Trennwand einziehen lassen, die mit breiten Dichtungsmanschetten gegen Lichteinfluß gesichert war. Eine identische Trennwand befand sich unmittelbar vor der Hecktür des Wagens.

„Das hast du ja ziemlich schnell hingekriegt." Celluci wischte ein paar Sägespäne von der vorderen Trennwand und runzelte beim Anblick der innen angebrachten Riegel, die sicherstellen sollten, daß es keine ungebetenen Gäste geben würde, die Stirn. „Was, wenn wir einen Unfall bauen und ich dich da rausholen muß?"

„Dann wartest du einfach bis Sonnenuntergang, und ich sorge dafür, daß ich da selbst wieder rauskomme."

„Keine Klimaanlage, und da drin wird es heißer werden als in der Hölle."

Vicki zuckte die Achseln. „Ich glaube nicht, daß ich das mitkriege."

„Du glaubst nicht?" Cellucis Stimme hob sich zu einem schrillen Kreischen; und er brachte sie nur mühsam wieder in eine normale Tonlage. Ein

Blick auf die dunklen Fenster der umliegenden Häuser machte ihm deutlich, daß seine Nachbarn alle noch schliefen und höchstwahrscheinlich gern auch noch weitergeschlafen hätten. „Aber genau weißt du es nicht?"

„Ich weiß genau, daß ich nichts fühle. Abgesehen davon ..." Das Vampirdasein hatte Seiten, die Vicki nur kennenlernen konnte, wenn sie sich mit ihnen konfrontiert sah. Henry hatte ihr gezeigt, wie man trank, ohne Schaden anzurichten, wie man sanft die Erinnerungen seiner Opfer manipulierte und wie man sich unter den Sterblichen zu bewegen hatte, die den Tag bevölkerten. Aber er hatte ihr nicht gesagt, daß schwimmen für einen Vampir nicht in Frage kommt, weil dessen erhöhte Knochendichte dazu führte, daß er wie ein Stein auf den Grund sank – was einen Bademeister am Schwimmbecken des YMCA zu Tode erschreckt hatte. Henry hatte ihr auch nicht gesagt, was passieren mochte, wenn sie den Tag auf der Ladefläche eines geschlossenen Kleinlasters verbrachte. „Die Ärzte des VSV empfehlen, das Rückfenster einen Spalt offenzulassen und nie in direktem Sonnenlicht zu parken."

Mike starrte sie verständnislos an. „Wer?"

„Der Vampirschutzverein. Das war ein Witz." Vicki tätschelte den Arm des Freundes. „Schon gut. Wie findest du das Bett?"

Mike schielte über Vickis Schulter in den Bus. Das Bett hatte 20 Zentimeter hohe gepolsterte Seitenwände. „Sieht aus wie ein Sarg ohne Dekkel. Ich schlafe da nicht drin."

„Mach', was du willst, aber denk daran, wer nachts am Steuer sitzt, wenn du schlafen sollst." Vicki tat, als würde sie den Wagen um eine Ecke lenken und ahmte das Geräusch quietschender Reifen täuschend echt nach.

Da sich Vickis Fahrstil am besten als eine Mischung aus reinem Kamikaze und der berüchtigten Fahrweise der Taxifahrer in Montreal beschreiben ließ, zuckte Celluci zusammen und blickte auf seine Uhr. Sie hatten geplant, noch vor Tagesanbruch aufzubrechen; das ließ keine Zeit für einen Streit über das Bett oder über Vickis Fahrkünste, und da er letztere zur Genüge kannte, würde er lieber nicht darauf bestehen, die Polsterung aus ersterem zu entfernen. „Also los. Es ist vier Uhr zwölf, und in weniger als fünfundvierzig Minuten geht die Sonne auf." Vicki hob erstaunt beide Brauen, und Celluci zog stolz ein zerfleddertes Buch aus der hinteren Hosentasche. „Der Bauernkalender. Alle Sonnenauf- und -untergänge für das ganze Jahr. Ich wollte nicht unvorbereitet sein."

„Vorbereitet worauf?" Vicki richtete sich zu ihrer vollen Größe von 1,76 m auf und funkelte Mike gefährlich und durch und durch menschlich an.

Solche Streitgespräche hatten zwischen den beiden in diversen Variationen schon lange vor Vickis Wandlung stattgefunden. „Was ist? Bist du immer noch der Meinung, ich könne nicht selbst für mich sorgen?“

„Zwischen Sonnenaufgang und Sonnenuntergang nicht“, gab Celluci sanft zu bedenken, womit er sich weigerte, in den Streit einzusteigen.

Vicki sackte zusammen. Leider Gottes hatte er total, absolut und unanfechtbar recht. Das ging ihr total gegen den Strich – nicht einmal so sehr die Tatsache, daß der Freund recht behielt, nein: So blieb eben nur gar kein Raum für einen zünftigen Streit.

Celluci wußte genau, was in Vicki vorging, und seine Mundwinkel zuckten, als er das Buch in die Hosentasche zurückschob.

Vicki trat vor, strich ihm eine überlange schwarze Haarsträhne aus der Stirn und murmelte: „Aber nachts stellt sich mir niemand in den Weg.“

Eingehüllt in warme Dunkelheit, die so dicht war, daß sie sich über sie legte wie eine Decke aus schwarzem Samt, lag Vicki auf dem Bett, das so sehr einem Sarg glich, vibrierte im Takt mit dem sechszylindrigen Motor des Kleinbusses, der schon lange nicht mehr ganz der Beschreibung des Herstellers entsprach, und konnte die Sonne spüren. Die Haut zwischen ihren Schultern juckte. Zwei Jahre war sie nun Vampirin, und immer noch hatte sie sich an das Näherkommen des Tages nicht gewöhnen können.

„Es fühlt sich an wie diese allerletzte Sekunde, ehe dir jemand von hinten auf den Kopf schlägt: Du weißt, was gleich passiert und kannst nichts, gar nichts dagegen machen. Nur dauert es länger ...“

Diese Beschreibung hatte Celluci nicht gerade beeindruckt, und Vicki sah ein, daß sie ihm das kaum verdenken konnte – sie fand sie selbst auch nicht wirklich beeindruckend. Als Celluci in der Nacht den Kleinbus unter die hellste Lampe gefahren hatte, die er in einer Auffahrt fand, um ihn methodisch nach winzigen Löchern abzusuchen, wäre Vicki am liebsten aus der Haut gefahren, so sehr plagte sie das Bedürfnis, auf der Stelle ihre Zuflucht aufzusuchen. Celluci hatte ihren Beteuerungen, sie habe bereits alles genauestens geprüft, gar nicht zugehört. Aber Celluci war ja auch immer schon der Meinung gewesen, sie, Vicki, ginge unnötige und verrückte Risiken ein.

Risiken: Ja, die ging sie ein.

Verrückte Risiken jedoch nie!

Oder jedenfalls fast nie.

Vicki stellte erstaunt fest, daß ihr Musikfetzen aus der Operette *HMS Pinafore* durch den Kopf gingen und leckte sich die Lippen, die immer noch nach der Erinnerung an Cellucis Mund schmeckten. Er hatte bis zum Sonnenaufgang warten und dann erst losfahren wollen, aber Vicki hatte darauf bestanden aufzubrechen, sobald sie sich in ihrem fahrbaren Unterschlupf eingeriegelt hatte. Sie hatte genau gewußt, daß sie es nicht schaffen würde, mit ihm zusammen auf ...

... das große Vergessen zu warten.

Der Hauptverkehrsstrom bewegte sich in diesen frühen Morgenstunden nach Toronto hinein, nicht heraus, und der Kleinbus mochte zwar nicht viel hermachen, ließ sich aber erstaunlich gut fahren. Celluci wußte ziemlich genau, daß er das, was hinten im Wagen lag und wie eine Leiche aussah, niemandem würde erklären können, weshalb er vorsichtige fünf Stundenkilometer über der zulässigen Höchstgeschwindigkeit fuhr, um nicht von der Straßenwacht aufgegriffen zu werden. So mußte er sich damit abfinden, daß fast alle anderen Autos, die mit ihnen zusammen auf der Autobahn unterwegs waren, den Kleinbus überholten.

„Laß dich doch blitzen, am besten mit Foto!" murmelte er finster, als ein ziemlich zerbeulter und verrosteter alter K-Car an ihm vorbeizischte. Leider Gottes hatte die neue Regierung Ontarios die Überwachungsfahrzeuge, aus denen heraus Schnellfahrer nicht nur geblitzt, sondern auch ein Foto von ihnen geschossen wurde, jüngst aus dem Verkehr gezogen. Angeblich hatte deren Einsatz keine positive Wirkung gezeigt. Celluci hatte keine Ahnung, woher die Vollidioten am Queens Park ihre Informationen bezogen; seiner Erfahrung nach hatte die Präsenz der Wagen zumindest die Fahrer, die unter Verfolgungswahn litten, bewegt, tatsächlich langsamer zu fahren.

In Barrie hielt er, um zu frühstücken und sich die Beine zu vertreten. Kurz vor Waubaushene hielt ihn der Unfall eines Lastzugs eine gute Stunde lang auf, und als er dann endlich am Centennial Diner in Bigwood hielt, um Mittag zu machen, hatte er Sonny und Cher bereits dreimal auf drei verschiedenen Kanälen, die sich alle auf alte Schlager spezialisiert hatten, „I Got You Babe" singen hören und fragte sich allmählich grimmig, ob er sich wirklich weiterhin durch diese Rock'n'Roll-Hölle jagen lassen wollte, nur um Henry dem verdammten Fitzroy zu Hilfe zu eilen.

„Ich hätte mir mehr Mühe geben sollen, ihr die Sache auszureden!" Schwungvoll zog Mike den mit einem Papierfähnchen versehenen Zahnstocher aus seinem doppelten Hamburger. Wen scherte es, daß es an der Westküste keinen einzigen Privatdetektiv gab, dem Henry trauen konnte? „Wie will er denn neue Freunde gewinnen, wenn er nie mit Fremden spricht?"

„Stimmt etwas nicht?"

Celluci rang sich ein Lächeln ab und warf es der Kellnerin zu, die noch im Teenageralter war. „Alles klar." Die junge Frau ließ ihn auf ihrem Weg in die Küche nicht aus den Augen, und Mike sah ihr dabei zu. Dann seufzte er. *Spitze: Erst bringt er Vicki dazu, einmal quer durchs Land zu reisen, wobei sie ihr Leben aufs Spiel setzt, und nun hat er mich soweit, daß ich Selbstgespräche führe.*

Aus dem mit Fliegendreck übersäten Radio, das über der Kuchentheke hing, verkündete Sonny Bono erneut seine allumfassende, alles bezwingende Liebe.

„WaWa?" Vicki hatte die Fäuste in die Hüften gestemmt und rollte die steifen Schultern. „Warum WaWa?"

Celluci zuckte die Achseln und sah der Freundin wohlwollend zu. „Warum nicht auch mal WaWa? Ich dachte mir, die Gans hier solltest du nicht verpassen."

„Die Gans?" Langsam drehte Vicki sich um und nahm die neun Meter hohe Stahlskulptur zur Kenntnis, die als Silhouette gegen einen grauen, mit orangenen Streifen durchzogenen Himmel aufragte. „Ah ja. Nun habe ich sie gesehen. Ich hoffe, das war nicht der Höhepunkt deines Tages."

„Fast", gestand Celluci ein. „Wie fühlst du dich?"

„Als wäre mein Körper einen Tag lang in einer gepolsterten Kiste rumgeschleudert worden. Abgesehen davon prächtig."

„Hast du ..." Er hielt peinlich berührt inne, als ein Wagen in die kleine Parkbucht einbog, aus dem zwei Kinder sprangen, die sofort den Weg zu den Toiletten hinaufstürmten.

„Hunger?" Vicki trat so nahe an Celluci heran, daß sie seine Körperwärme spüren konnte, und grinste. „Du kannst das ruhig sagen, auch wenn ein paar Kinder zuhören könnten. Die denken doch nur, ich will mir einen Hamburger reinziehen – daß ich Appetit auf Ronald Mac Donald haben könnte, darauf kommen die nicht."

„Der Spruch war widerlich."

„Eher nicht – er hat meinen Appetit geweckt."

Er packte sie an den Oberarmen und stoppte sie. „Das kannst du vergessen. Ich bin zu alt für eine schnelle Nummer im Auto." Aber sein Protest klang nicht wirklich überzeugend, und nachdem die Kinder und der andere Wagen verschwunden waren, ließ er sich überreden.

Viel war dazu nicht nötig.

Zwanzig Minuten später kletterten die beiden auf die Vordersitze, und Vicki streckte die Hand aus, um eine Mücke zu fangen, die auf Cellucis Rücken zu landen drohte. „Das kannst du vergessen, Schwester!" murmelte sie und zerdrückte das Tier zwischen Daumen und Zeigefinger. „Er hat schon hinten im Büro gespendet."

„Wir sind gerade an Portage la Prairie vorbei?" Mit einem Stirnrunzeln blickte Celluci von der Landkarte von Manitoba auf. Er hatte nicht gut geschlafen, und der Kaffee aus der Thermoskanne, die Vicki ihm in die Hand gedrückt hatte, als er aus dem rückwärtigen Teil des Kleinbusses getaumelt kam, hätte den Dreck auf einem Müllauto zum Schmelzen gebracht. Er trank ihn trotzdem – nach zwanzig Jahren Polizeikaffee konnte er so gut wie alles trinken –, aber zufrieden war er nicht. Die Nachricht, daß sie den Punkt, an dem er hatte das Steuer übernehmen wollen, um einiges überschritten hatten, hatte ihm gerade noch gefehlt. „Das heißt, deine Durchschnittsgeschwindigkeit lag zwischen 125 und 130 Stundenkilometern!"

„Was willst du mir damit sagen?"

„Mit der Geschwindigkeitsbegrenzung hier auf der Autobahn können wir ja mal anfangen: 100 Stundenkilometer. Aber das ist nicht alles – die Begrenzung selbst", fügte er leicht sarkastisch hinzu und mühte sich ab, die Karte wieder zusammenzufalten, „ist nicht nur durchaus vernünftig, sie ist auch gesetzlich vorgeschrieben."

Vicki, die eigentlich hatte erwidern wollen, daß für jemanden mit ihrem Reaktionsvermögen 100 Stundenkilometer lächerlich langsam waren, preßte die Lippen zusammen und zuckte lediglich die Achseln. Ihre Meinung änderte nichts an den gesetzlichen Vorschriften. Wenn Celluci nun behauptet hätte, ihre Fahrweise stelle ein Risiko dar – darüber hätte sich streiten lassen.

Vicki lehnte sich an den Bus und starrte hinaus auf die Äcker, die den Parkplatz der Tankstelle umgaben. Die Tankstelle selbst war geschlossen, und außer den Sternen gab es hier nur noch das Licht von Cellucis Taschenlampe. Das alles machte den Eindruck, als seien sie beide die letzten lebenden Menschen auf der ganzen Welt. Vicki mochte dieses Gefühl nicht, das sie auf ihrer raschen Fahrt vom Lake Superior Richtung Kenora und auf die Grenze zwischen Ontario und Manitoba zu durch die Nacht begleitet hatte. Selbst in Winnipeg waren bis auf einen verschlafenen Tankwart an der rund um die Uhr geöffneten Tankstelle mit Kaffeeausschank, an der sie den Wagen aufgetankt hatte, und zwei Obdachlose, die sie im Vorbeifahren im Schutz einer Brücke hatte schlafen sehen, kaum Menschen auf der Straße gewesen. Sie hatte den Weg durch die Innenstadt Portage la Prairies genommen, statt auf der Umgehungsstraße des Trans Canada Highway zu fahren, aber es war wohl noch zu früh gewesen; alles schien zu schlafen.

Für gewöhnlich lebte und jagte Vicki in einer Stadt mit drei Millionen Einwohnern, von denen zumindest eine Million nie zu schlafen schien. In der Einsamkeit der Prärie fühlte sie sich verletzlich und wie auf dem Präsentierteller.

„Gib her." Sie streckte die Hand aus und riß Celluci die halb zusammengefaltete Landkarte aus den Händen. „Leg sie doch einfach an den Falzen wieder zusammen, so, wie sie vorher war. Was kann daran so schwer sein?"

Verletzlich, wie auf dem Präsentierteller und schrecklich schlecht gelaunt. Sie erwiderte Mikes erstaunten, verärgerten Blick, indem sie leicht mit der Karte wedelte, was fast schon als Entschuldigung gelten konnte. „Diese Landschaft hier geht mir so langsam auf den Geist."

Der Bundesstaat Saskatchewan zollte der Tatsache Rechnung, daß niemand auf einer schnurgeraden, völlig ebenen Straße wirklich nur 100 Stundenkilometer fahren würde und erlaubte 110. Was bedeutete, daß fast alle Verkehrsteilnehmer 120 fuhren. Eingedenk der Fracht, die er mit sich führte, schloß Celluci einen Kompromiß mit sich und fuhr 115 Stundenkilometer.

Nachdem er mehr Weizenfelder passiert hatte, als er in seinem ganzen bisherigen Leben zu Gesicht bekommen hatte, bog Celluci um 19:17 Uhr Ortszeit auf einen Lastwagenrastplatz am Rande von Bassano im Bundesstaat Alberta ein, parkte, stellte den Motor ab und fragte sich, ob gerade ein Sonny&Cher-Revival stattfand, von dem er erst jetzt etwas mitbekam. Sollte er sich noch ein einziges Mal gezwungen sehen „I Got You Babe" anzuhören, würde er jemanden verprügeln müssen. Er parkte den Bus so, daß Vicki aussteigen konnte, ohne dabei gesehen zu werden und begab sich mit steifen Knien hinüber zum Restaurant. Die Sonne würde um 20:30 Uhr untergehen; so blieb ihm eine Stunde für das Abendessen.

Die Tagessuppe war Rinderbrühe. Mike starrte in seinen Suppenteller und dachte an all die Mahlzeiten, die er mit Vicki zusammen verzehrt hatte, an die Tankladungen Kaffee, die halbvertrockneten Butterbrote, die sie sich irgendwo im Vorüberhasten zu besorgen pflegten. Plötzlich deprimierte ihn der Gedanke unendlich, daß sie nie mehr losziehen würden, um sich Dim Sun zu besorgen oder Paprikahuhn, daß sie noch nicht einmal mehr den Pizzaservice rufen würden, um sich dann gemütlich die Hockeynacht im Fernsehen reinzuziehen.

„Ist etwas mit der Suppe?" Eine ältere Frau stand, in eine blütenweiße Schürze gehüllt, hinter dem Tresen und blickte Celluci besorgt an.

„Nein, danke, die Suppe ist prima."

„Freut mich zu hören. Die kommt nicht aus der Dose, die koche ich selbst." Als Mike nicht gleich eine Antwort parat hatte, schüttelte die Frau den Kopf und seufzte. „Kopf hoch, Junge. Sie sehen aus, als hätten Sie gerade Ihren besten Freund verloren."

Mike runzelte die Stirn. Nicht wirklich verloren: Vicki war ihm weiterhin alles, was sie immer gewesen war, nur eben keine Gefährtin, mit der er sein Essen teilen konnte, und das konnte gemessen an allem anderen doch unmöglich wirklich so schlimm sein. Aber in diesem Moment schien es ihm schrecklich. *Ich habe gedacht, ich könnte damit umgehen ...*

Als die Kellnerin die Suppenschale entfernte und durch einen Teller mit Steak und Bratkartoffeln ersetzte, bekam er das kaum mit.

Vampirin, Nachtwandlerin, Nosferatu – Vicki war kein Mensch mehr. Zugegeben: Sie hatte sich in einer Art auf die Beziehung zu ihm eingelassen, wie es ihr vor der Wandlung nicht möglich gewesen wäre; aber was waren denn schon die paar Jahre, die sein Leben noch dauern würde, gemessen an der Unsterblichkeit?

Der Rhabarberkuchen schmeckte wie Sägemehl, und er ließ die Hälfte davon stehen.

Mit gebeugten Schultern, die Hände in den Seitentaschen seiner Jakke vergraben, machte Celluci sich auf den Rückweg zum Bus. Ihm war klar, daß er sich gerade in Selbstmitleid suhlte, schien aber wenig dagegen tun zu können.

Als der Motor des Busses mit einem lauten Heulen ansprang, traf ihn das völlig überraschend. Er stand anderthalb Meter von der vorderen Stoßstange des Wagens entfernt und starrte durch den dünnen Film aus toten Fliegenkörpern, der sich auf der Windschutzscheibe gebildet hatte, in das grinsende Gesicht eines jungen Mannes von höchstens zwanzig Jahren. Erst als der Bus zurückstieß und in einer eleganten Kurve mit quietschenden Reifen Richtung Autobahn raste, begriff er, was vor sich ging.

Man stahl ihren Bus.

Instinktiv setzte Celluci dem Fahrzeug nach, merkte aber schon bald, wie wenig Sinn das hatte, weil er den Wagen niemals würde einholen können, und blieb keuchend stehen. Er warf einen Blick auf die Uhr: 20:27 Uhr.

Noch drei Minuten, dann würde Vicki aufwachen.

Sie würde sofort wissen, daß etwas nicht stimmte, daß nicht er es war, der da am Steuer saß. Sie würde die Trennwand hinter den Sitzen hochreißen ...

Dem Autodieb stand eine verdammt unangenehme Überraschung bevor!

Celluci starrte dem staubigen Heck des Busses nach, der jetzt auf einer Landstraße im Sonnenuntergang verschwand und fing an zu lachen. Es tat ihm sehr leid, daß er nicht miterleben konnte, was für Augen der Typ machte, wenn Vicki wach wurde. Er lachte noch, als die Kellnerin, die mit einem besorgten Ausdruck im Gesicht aus dem Restaurant getreten war, mit ihm zusammentraf. „War das nicht Ihr Bus?"

„Ja." Er grinste auf die Frau hinab und fühlte sich zum ersten Mal seit Stunden wieder richtig gut.

„Wollen Sie von uns aus die Polizei anrufen?"

„Nein, vielen Dank. Aber ich hätte gern noch ein Stück von diesem phantastischen Rhabarberkuchen."

Vollständig verwirrt folgte die Frau ihm durch das Restaurant und sah mit großen Augen zu, wie er sich auf einen Tresenhocker fallenließ. Als Celluci auf die Uhr sah und vergnügt vor sich hin kicherte, schüttelte sie nur den Kopf. Ein so netter Mann, und sie war froh, daß die Dinge, die ihn vorhin so bedrückt hatten, ihn jetzt nicht mehr zu bedrücken schienen. Aber sein Verhalten konnte sie nicht verstehen. „Was wird denn nun aus dem Bus?"

Cellucis Mundwinkel verzogen sich vergnügt, und er griff nach der Gabel. „Der kommt schon wieder."

Irgend etwas war falsch.

Vicki lag in der Dunkelheit und sortierte Geräusche, Gerüche und Gefühle.

Der Bus bewegte sich noch. Mike hatte aus Sicherheitsgründen darauf bestanden, jeweils mindestens eine halbe Stunde vor Sonnenaufgang und vor Sonnenuntergang einen Parkplatz aufzusuchen. Er hatte dieser Vorsichtsmaßnahme völlig unnötiges Gewicht beigemessen; Vicki bezweifelte, daß er nun plötzlich seine Meinung geändert haben sollte. Entweder war ihm sein kostbares kleines Buch abhanden gekommen, oder er hatte nicht von der Autobahn abbiegen können. Oder er saß gar nicht selbst am Steuer.

Über Cellucis Duft, der in der Polsterung des Bettes hing, lag der Geruch des Motors: Benzin und Öl und erhitztes Metall. Vickis Geruchssinn, normalerweise äußerst scharf, nutzte ihr wenig. Die drei kleinen Schweinchen hätten den Wagen lenken können, und sie wäre nicht in der Lage gewesen, sie zu riechen.

Vicki kniete sich dicht hinter die Sperrholzwand, filterte die Geräusche des Verbrennungsmotors aus und hörte den Herzschlag eines Fremden.

Aus ihrer Kehle drang ein leises Knurren. Mühsam widerstand sie der Versuchung, einfach durch die Wand zu brechen und dem Fremden das Herz aus dem Leibe zu reißen und schob statt dessen behutsam die Riegel zurück. Wenn sie ihrer Wut freien Lauf ließ, würde sie keine Antwort auf ihre Fragen bekommen, würde nicht erfahren, was mit Mike geschehen war. *Erst kriege ich ein paar Antworten ...*

Für den jungen Mann am Steuer war es, als sei der Beifahrersitz in der einen Sekunde noch leer gewesen und in der nächsten von einer jungen Frau besetzt, die ihn furchterregend anlächelte.

„Fahr' rechts ran", sagte die Frau leise.

Dem jungen Mann fuhr ein Schreck in die Knochen, wie er ihn in seinem ganzen Leben noch nicht verspürt hatte. Hastig bremste er und fuhr mit einem unbeholfenen Schlenker auf den Seitenstreifen. Als er den Bus endlich zum Stehen gebracht hatte, schlug sein Herz so heftig, daß er kaum zu atmen vermochte.

„Stell' den Motor ab."

Der Junge wimmerte, als er den Zündschlüssel umdrehte. Er verstand selbst nicht, warum er dieses Wimmern einfach nicht unterdrücken konnte. Als kalte Finger nach seinem Kinn griffen und seinen Kopf mit Gewalt zur Seite drehten, wimmerte er lauter.

„Wo ist der Mann, der dieses Fahrzeug gefahren hat?"

Im Dämmerlicht schimmerten ihre Augen unwirklich silbern. Der junge Mann hätte nicht sagen können, wie der Rest der Frau aussah, denn er sah nur diese Augen. „Der ist in Rubys Steak House. Vielleicht acht Kilometer hinter uns."

„Ist er verletzt?"

Der junge Mann galt gewöhnlich nicht als phantasiebegabt und hatte doch plötzlich eine deutliche Ahnung davon, was mit ihm geschehen würde, sollte er die Frage mit Ja beantworten. Sein Magen zog sich zusammen, und er mußte heftig schlucken.

„Wenn du kotzt", teilte die Frau ihm mit, „kannst du's aufessen. Beantworte meine Frage."

„Ihm ging es gut. Wirklich." Sie schien mehr hören zu wollen, und so fügte er hinzu: „Ich hahab' in den Außenspiegel geschaut und da hahat er gelacht."

„Gelacht?"

„Ja."

Vicki runzelte die Stirn und gab das Kinn des jungen Mannes frei. Warum hatte Mike gelacht? Seit wann fand er Autodiebstahl witzig? *Gut, er hat gehalten, um zu Abend zu essen, und jemand hat den Bus geklaut. Warum findet er das lustig?* Dann sah sie die goldenen und rosafarbenen Streifen am Horizont und verstand den Witz.

Wenn Rubys Steak House wirklich nur acht Kilometer entfernt war, dann war dieser arme Wurm hier mit einer schlafenden Vampirin im Wagen losgefahren, und das nur wenige Minuten vor Sonnenuntergang.

Als sie sah, daß der junge Mann am Griff der Fahrertür herumfummelte, schnappte sie sich seinen Arm. „Nicht so rasch", murmelte sie – eine gedämpfte Drohung, aber deutlich genug. „Wie heißt du?"

„KKkyle."

Der Junge wirkte eigentlich recht attraktiv, auf eine unrasierte, leicht anrüchige Art und Weise. Schlank, aber mit schönen Muskeln. Hübsche blaue Augen. Ihr Blick blieb am Puls an seinem Hals hängen. „Wie alt bist du, Kyle?"

„Zweiundzwanzig."

Alt genug. Vicki ließ den Hunger hochkommen.

Kyle sah, wie sich das Lächeln der Frau veränderte. Verstand fast, was dieses Lächeln hieß. Ihr Gesicht war sehr blaß. Die Zähne sehr weiß.

„Ich glaube, der Junge hat beschlossen, keine Autos mehr zu klauen."

„Ach ja?" Mike grinste Vickis Profil an, das im grünen Schimmer der Lichter am Armaturenbrett kaum zu erkennen war. „Wie kommst du denn darauf?"

„Ich glaube, er traf die Entscheidung, nachdem ich ihm erklärt habe, was für ein großes Glück er doch gehabt hat."

„Glück?"

„Aber ja doch. Als er das Auto klaute, saß immerhin nur ich drin." Vikki wandte sich zu ihrem Gefährten und ließ den Bus einen Moment lang ohne Führung den Highway entlangrasen. Ihre Augen leuchteten, und ihre Stimme versprach für später vieles. „Ich habe ihm nur klargemacht, daß beim nächsten Mal vielleicht etwas wirklich Gefährliches drinsitzt."

Am folgenden Morgen ging die Sonne um 4:56 Uhr Pacific Time auf. Um 4:30 Uhr bog Vicki auf einen Parkplatz ein, den man eingerichtet hatte, damit Reisende die wunderbare Aussicht genießen konnten und auf dem ihr Bus das einzige Fahrzeug war. Die Fahrt westwärts durch die Rockies hatte ihre Nacht um eine Stunde verlängert. Sie hatten drei zusätzliche Stunden gewonnen, seit sie Toronto verlassen hatten, aber die der vergangenen Nacht würde die letzte sein, denn nun hatten sie die Grenze zum Bundesstaat British Columbia überschritten und würden noch vor Einbruch der Dunkelheit Vancouver erreichen. Ab jetzt fanden Sonnenauf- und -untergang wieder in ein und derselben Zeitzone statt.

Vicki drehte sich auf dem Fahrersitz um und starrte in die Dunkelheit ihres Unterschlupfes. Celluci hatte sich standhaft geweigert, bei geschlossener Trennwand zu schlafen, und sie konnte ihm das kaum verdenken, auch wenn der Gesang seines Blutes hinter ihrem Rücken sie eigentlich ständig ein wenig ablenkte. Die nächtliche Fahrt hatte große Anforderungen an Vicki gestellt: Sie hatte zwei Nationalparks durchquert und den größten Teil eines riesigen Gebirges hinter sich gelassen. Da war es nur gut, daß sie sich an dem jungen Kyle ausgiebig genährt hatte; so war es ihr gelungen, ihre Aufmerksamkeit größtenteils dem Fahren zu widmen.

Der Schlaf glättete die Ecken und Kanten, die fünfzehn Jahre Polizeiarbeit auf Cellucis Gesicht hinterlassen hatten, und er wirkte viel jünger als achtunddreißig.

Achtunddreißig.

An Mikes linker Schläfe waren die ersten grauen Haare aufgetaucht.

Wie viele Jahre würden ihnen bleiben? Fünfzig? Vierzig? Was würde sie den ganzen langen Rest der Ewigkeit ohne ihn anfangen? Sie dachte an die eigene Unsterblichkeit und ertappte sich dabei, wie sie um den unausweichlichen Tod des Freundes trauerte, der noch munter war und lebte. Henry hatte sie davor gewarnt, sich solch fatalistischen, verzweifelten Grübeleien hinzugeben, aber es fiel Vicki schwer, sich diese Warnung ins Gedächtnis zu rufen und gleichzeitig zuzuhören, wie hinter ihr ein menschliches Herz sich durch die letzten ihm verbleibenden Jahre pochte.

Mann, Vicki: Reiß dich gefälligst zusammen! Die junge Frau lehnte sich vor, packte Celluci bei den Schultern und rüttelte den Freund unsanft wach.

„Was zum ..."

„In zwanzig Minuten geht die Sonne auf, Mike. Ich lasse dich allein, du kannst dich zurechtmachen." Vicki kletterte aus dem Bus, trat an die Leitplanke des Parkplatzes und starrte auf die Gipfel der Rocky Mountains, deren Silhouetten majestätisch vor dem Grau aufragten, das der Himmel stets kurz vor der Dämmerung zeigt und die so sehr ein perfektes Gebirge bildeten, daß sie fast schon unecht wirkten.

Das ist wirkliche Unsterblichkeit, mußte Vicki sich eingestehen. *Verglichen mit diesen Felsbrocken lebe ich einfach nur ein bißchen länger als der Durchschnitt.* Sie hörte, wie sich Mike von der anderen Seite des Wagens her näherte und sagte: „Bei der Tankpause habe ich Henry eine Nachricht auf den Anrufbeantworter gesprochen. Er weiß, daß wir heute bei ihm eintreffen."

„Ja? Wird er da sein?"

Vicki kniff die Augen zusammen und drehte sich auf dem Absatz um: „Warum sollte er nicht?"

„Ach, ich weiß nicht. Vielleicht ist *er* ja wenigstens bereit anzuerkennen, wo seine Grenzen liegen." Nach drei auf der Straße verbrachten Nächten fühlte sich Mike müde und steif und selbst alle Wonnen eines

Frühlingsmorgens inmitten einer der schönsten Landschaften der Welt würden ihn erst wieder beeindrucken können, wenn er gepinkelt und eine Tasse Kaffee getrunken hatte.

„Er wird schon da sein."

„Warum bist du dir da so sicher?"

„Ich habe gesagt, er soll nicht abhauen."

„Das hätte ich ahnen können", brummte Celluci leise vor sich hin und folgte Vicki zum Bus. Er fing ihr Handgelenk auf, als sie den Arm hob, um sich den Nacken zu massieren. „Ist dir eigentlich nie in den Sinn gekommen, daß Henry Fitzroy vielleicht mehr Ahnung hat, was es heißt, Vampir zu sein, als du?"

Vicki wandte sich um, ohne Cellucis Hand abzuschütteln, obwohl sie beide wußten, wie leicht ihr das gefallen wäre. „Vielleicht weiß er das, aber Henry weiß nicht, was es heißt, ich zu sein, und ich werde mich auf seinen Scheiß mit der Unvereinbarkeit von Revieren nicht einlassen."

Weil er den Zweifel in ihren Augen erkannte, ließ Mike die Sache auf sich beruhen. Sie würden das noch schnell genug herausfinden.

Als er hörte, wie die Riegel zurückgeschoben wurden und sich die vordere Trennwand hob, warf Celluci die Reste seines Hamburgers einer Möwe zu, die auf dem Parkplatz des Einkaufszentrums Wache schob, und rollte das Fenster hoch. Er sah zwar niemanden, der sich in Hörweite befand, aber einen Lauscher wollte er jetzt wirklich nicht dabeihaben.

Vickis Blick, die silbernen Augen von einem Rest Gold der untergehenden Sonne gefärbt, glitt an ihm vorbei. „Wo sind wir?"

„Cariboo Street, im Ostteil der Stadt. Ich dachte, du wolltest wach sein, wenn wir ankommen."

Vicki starrte aus dem Fahrerfenster hinaus auf Vancouver, die See, Henry Fitzroy. Dann sah sie Celluci an, sah ihn sich ganz genau an.

Celluci bekam das merkwürdige Gefühl, noch nie in seinem Leben so durchschaut und erkannt worden zu sein und spürte, wie er zu schwitzen begann. Als er meinte, Vickis Blick keine Sekunde länger ertragen zu können, lächelte die Freundin und strich ihm die überlange Haarsträhne aus dem Gesicht.

„Vielen Dank. Ganz schön feinfühlig für einen Typen, der jede einzelne Folge von Baywatch aufzeichnet."

Drei

Mit zusammengekniffenen Augen starrte Henry auf den Geist ohne Hände, der am Fußende seines Bettes stand, schlug mit mechanischen, präzisen Handbewegungen die Bettdecke zurück und setzte sich auf. Auf keinen Fall durfte er seinem Zorn freien Lauf lassen. Das würde nur einen wütenden, anklagenden Aufschrei nach sich ziehen – und den Tod eines weiteren unschuldigen Menschen.

Henry wartete. Er beobachtete den Geist und hoffte insgeheim, dieser möge der sinnlosen Fragen müde sein. Als klar wurde, daß das nicht geschah und der Geist zu seinem Schrei ansetzte, zischte Henry: „War deine Mutter eine Frau?"

Die durchsichtigen Gesichtszüge verzerrten sich zu einem ärgerlichen Stirnrunzeln, aber der Geist hielt sich an die Regeln und verschwand unhörbar.

„Mann, dein Gespenst ist aber wütend."

Henry hielt inne, eine Hand bereits auf der Klinke der Badezimmertür, und wandte sich zu der Ecke des Korridors um, in der Tony wartend lehnte. „Konntest du ihn spüren?"

„Spüren?" gab Tony zurück und versuchte, seine Angst unter gespielter Tapferkeit zu verbergen. „Fast sehen konnte ich die Wut, die aus deinem Zimmer drang. Ich habe mich schon gefragt, ob mit dir alles in Ordnung ist."

„Mir geht es gut. Mir kann er ja nichts anhaben."

„Ach ja? Warum malträtierst du dann den armen Türgriff?"

Henry lockerte die Faust und starrte auf das kaum noch identifizierbare Metallstück, das aus der Badezimmertür ragte. „Vielleicht bin ich etwas ... irritiert. Aber wenn ich geduscht habe, geht es mir bestimmt besser." Er trat einen halben Schritt vor – einen nackten Fuß bereits auf den Badezimmerkacheln, den anderen noch auf dem Teppichboden im Flur – und hielt dann inne. „Du arbeitest doch eigentlich samstags."

Tony holte tief Luft, hob das Kinn und blickte Henry tapfer in die Augen. „Ich habe getauscht", verkündete er, auf Widerspruch gefaßt. „Ich wollte da sein, wenn Vicki kommt."

Rotgoldene Brauen hoben sich. „Um sie vor mir zu schützen?"

„Vielleicht." Tony hatte einen Wutanfall erwartet, wohl wissend, wie gefährlich der ihm werden konnte. Aber jetzt hätte er selbst einen Wutanfall besser gefunden als die Belustigung, mit der Henry ihn ansah. „Oder dich vor ihr."

Henry erkannte, daß er die Gefühle des jungen Mannes schwer verletzt hatte, und seufzte müde. „Ich weiß das zu schätzen, Tony, wirklich, aber eins muß ich dir zu deiner eigenen Sicherheit sagen: Wenn irgend etwas passiert, ganz egal was, stell dich nicht zwischen uns. Ich würde dir nie absichtlich Schaden zufügen, aber ich bin mir nicht sicher, wie weit ich in diesem Fall mit guten Absichten komme."

„Warum bist du denn dann hiergeblieben? Du willst doch sowieso in die Hütte, du hättest bei ihrer Ankunft längst weg sein können."

„Wenn ich nicht in der Wohnung bin, wenn Vicki eintrifft, dann glaubt sie mir nie, daß zwei Vampire einfach nicht zusammensein können. Dann denkt sie weiter, ich übertreibe und ein Verhalten, das so tief in unserer Natur wurzelt, könne per Willenskraft überwunden werden." Henrys Augen wurden dunkel, und um den ganzen Mann schien sich eine Aura uralter Macht zu legen – trotz des schicken Bademantels aus dunkelgrünem Samt. „Wenn ich aber den ersten Teil der Nacht hier verbringe, wenn ich wirklich mit ihr zusammentreffe, dann kann ich ihr meinen Standpunkt klarmachen, und zwar auf die einzige Art, die sie akzeptiert."

Tony nickte bedächtig. Er kannte Vicki, seit er fünfzehn gewesen war und sich auf der Straße hatte durchschlagen müssen. Henrys Erklärung war einleuchtend. „Wahrscheinlich war sie eins von den Kindern, die sich Bohnen in die Nase stecken."

„Wie bitte?"

„Du weißt schon." Tonys Stimme hob sich zu einem Kreischen. „Nein, Vicki, nicht die Bohne in die Nase stecken!"

Henry grinste. „Zweifelsohne."

„Du bist also hiergeblieben, um ihr zu zeigen, daß du recht hast?"

„Genau."

„Nicht etwa, weil du sie wiedersehen wolltest?"

„Vampire halten ihre Beziehung nicht aufrecht, wenn das Band zwischen Erzeuger und Kind erst einmal zerschnitten ist." Damit stellte Henry klar, daß er die Diskussion für beendet hielt. Er trat ins Badezimmer und schloß nachdrücklich die Tür hinter sich.

Woraufhin sich die Türklinke löste und polternd zu Boden fiel.

Tony bückte sich, um sie aufzuheben und drückte seine Finger in die Kerben, die Henrys Finger hinterlassen hatten. *Stell' dich nicht zwischen uns,* wiederholte er im Geiste. *Ja, ja, als würde ich nichts lieber tun, als mich zwischen den Terminator und die Chefin der Außerirdischen zu stellen ...*

Michael Celluci sah zu, wie Vicki unruhig in der Fahrstuhlkabine auf und ab ging – drei Schritte zurück, drei Schritte vor – und hielt weise den Mund. Mehr als alles andere hätte er jetzt gerne gewußt, ob die Freundin je daran gedacht hatte, daß Henry unter Umständen ja recht haben mochte. Leider konnte er die Frage nicht laut stellen, obwohl sich die Worte in seinem Mund förmlich darum prügelten, ausgesprochen zu werden: Vickis Gesicht zeigte ganz klar, daß sie diese Möglichkeit durchaus in Erwägung gezogen hatte und immer noch in Erwägung zog.

„Im ganzen Haus hängt sein Geruch", murmelte sie gerade finster, und ihre Nasenflügel bebten.

„Sag mir nicht, daß er hier in die Ecken pinkelt!"

Vickis Zähne schienen länger als gewöhnlich, und sie zischte: „Das habe ich nicht gemeint."

„Das sollte ein Witz sein!" Als sie herumwirbelte, um ihn wütend anzustarren, hob Celluci besänftigend die Hände. „Ich wollte uns nur aufheitern."

„Ach so." Die Fahrstuhlglocke kündigte den 14. Stock an. Vicki wirbelte erneut herum und stellte sich vor die Tür.

Kopfschüttelnd folgte Celluci ihr auf den Flur. „Du brauchst dich nicht zu bedanken." Ihrer beider Namen hatten auf einer Liste gestanden, die dem Wachmann am Eingang vorlag, und so hatte man sie einfach durchgelassen, ohne vorher in Henrys Wohnung anzurufen. Es war ihnen nicht klar, was sie erwartete, und wenn Henry so dumm gewesen war, zu Hause zu bleiben, konnte es nach Vickis bisherigem Verhalten zu urteilen ein recht stürmischer Abend werden. Mike ertappte sich bei einem sehnsüchtigen Gedanken an seine Dienstwaffe, die er in Toronto gelassen hatte, auch wenn er nicht hätte sagen können, wen er damit erschießen wollte.

„Sie kommt.“ Henry wandte sich zur Tür, und Tony dachte bei sich, wie sehr er einer Katze glich, die auf irgendwelche Bewegungen im tiefsten Schatten starrte, die außer ihr niemand auch nur wahrnehmen konnte. Wenig später erschütterten drei gleichmäßige Schläge gegen die Tür – *aufmachen, Polizei* – die erwartungsvolle Stille und verwandelten sie in lauter kleine, ungeheuer spitze Einzelteile.

„Mach du auf.“ Henry verschränkte die Arme hinter dem Rücken und trat in die hinterste Ecke des Wohnzimmers. „Es ist wohl am besten, wenn ich Abstand wahre.“

Tony kam es so vor, als müsse er befürchten, sich an den Erwartungssplittern zu verletzen. Er trat zur Tür, holte tief Luft und öffnete.

Celluci, der gerade zum zweiten Mal hatte klopfen wollen, senkte den Kopf.

Vicki, die auf den Flur hinausgestarrt hatte, drehte sich rasch um.

Tony teilte nun seit bereits mehr als zwei Jahren die Wohnung mit einem Vampir, und das war auch gut so, denn sonst wäre er in diesem Moment schreiend davongelaufen. So räusperte er sich nur, hinderte seine weichen Knie erfolgreich daran, unter ihm nachzugeben und zwang sich zu einem Begrüßungslächeln. Zumindest hoffte er, daß die Grimasse als Begrüßungslächeln durchgehen würde. „Hi! Prima siehst du aus.“

Seine Stimme verriet, wie sehr er sich fürchtete. Nun gab es einige Menschen, deren Angst Vicki großes Vergnügen bereitete, aber Tony gehörte nicht dazu. *Willst du Henry gleich hier und jetzt beweisen, daß er recht hat?* schalt sie sich wütend und rang um Fassung. *Ich lasse mich nicht von blindem Instinkt steuern!*

Tony sah den silbernen Glanz aus Vickis Augen schwinden und warf Celluci einen erschöpften Blick zu, den dieser mit einem vielsagenden Achselzucken beantwortete. Ehe jedoch einer der beiden Männer etwas sagen konnte, hatte Vicki ihre Stimme wiedergefunden.

„Ich war vier Tage im Auto unterwegs. Ich muß ganz dringend duschen, und ich sehe aus wie Scheiße, aber vielen Dank für die nette Lüge.“ Vikki legte den Kopf schief und sah sich Tony genau an. Zu dessen Verwunderung kam er sich unter diesem prüfenden Blick keineswegs wie ein rohes Steak vor. „Du wiederum siehst wirklich toll aus. Du bist nicht mehr so mager, hast ein wenig Farbe bekommen ...“ Vicki runzelte die Stirn. „Aber dein Haar ist viel zu kurz.“

„Das ist jetzt Mode“, protestierte Tony beleidigt und fuhr sich mit der Hand über den kurzrasierten Schädel.

Vicki seufzte. „Tony, auch Keanu Reeves sah mit dem Bürstenschnitt nicht wirklich gut aus. Willst du uns nun hereinbitten oder sollen wir im Flur stehenbleiben?“

Mit roten Ohren trat Tony einen Schritt zurück. „Entschuldigung.“

„Genauso unsere Schuld wie deine“, gab Vicki zu. Sie warf einen wohlwollenden Blick in den Eingangsbereich der Wohnung, die Henry gekauft hatte, nachdem Vicki nach Toronto zurückgekehrt war – und trat auf einen säulengetragenen Rundbogen zu. „Zum Wohnzimmer geht es hier lang?“

„Ja, aber ...“ Doch Vicki war bereits verschwunden, und Tony konnte seinen Satz nicht beenden. Statt dessen blickte er nun zu Detective Sergeant Michael Celluci auf, mit dem er, als er noch auf der Straße lebte, nie richtig gut ausgekommen war. Heute jedoch, das konnte Tony der Miene des Detective entnehmen, würden sie die Vergangenheit begraben, um sich statt dessen der gemeinsamen Gegenwart zuzuwenden.

„Ist er im Wohnzimmer?“

Tony seufzte. „Ja.“

„Warum – wo er doch so fest an diese Reviersache glaubt?“

„Er will beweisen, daß er recht hat.“

Das verstand Celluci ebenso, wie Tony es verstanden hatte. „Das kann ich ihm nicht verdenken. Hoffen wir, daß wir es alle überleben.“

Gemeinsam gingen die beiden Männer ins Wohnzimmer, wobei beide hofften, die dort herrschende Stille möge ein gutes Zeichen sein.

Henry stand am Fenster; in seinem Rücken hatten die Lichter Granville Islands gerade durch die Dämmerung zu dringen begonnen. Er hielt den Kopf hoch erhoben und hatte die Arme verschränkt. Er trug ein blaues Seidenhemd, verwaschene Jeans und weiße Turnschuhe. Die Lippen hatte er so fest zusammengepreßt, daß sie nur noch einen dünnen Strich bildeten; seine Augen waren sehr dunkel.

Vicki stand an dem betont modernen Eßtisch, die Finger der rechten Hand mit aller Kraft auf dessen grüne Glasoberfläche gepreßt. Sie hielt den Kopf hochgereckt, und die Finger ihrer linken Hand öffneten und schlossen sich in einem stetigen Wechsel. Sie trug ein blaues Seidenhemd, verwaschene Jeans und weiße Turnschuhe. Ihre Lippen waren so weit hochgezogen, daß man die Spitzen der Zähne sehen konnte. Ihre Augen glitzerten silbern.

Tony, der an der Schwelle stehengeblieben war, spürte, wie die Spannung zwischen den beiden Vampiren immer mehr zunahm. Sie konnte jeden Moment explodieren, ohne daß jemand auch nur ein Wort gesagt hatte. Was dann? Dann würde es unausweichlich zu Gewalt kommen, und Tony hätte beim besten Willen nicht sagen können, wie er dieser entgegentreten sollte oder ob er überhaupt den Mut dazu aufbringen würde, vorausgesetzt, er hätte gewußt, wie! Wie ein Kampf der beiden wohl aussehen mochte? Würde Blut fließen? Oder versuchten Vampire instinktiv, eine Verschwendung dieses überaus wertvollen Rohstoffs zu vermeiden?

Neben Tony ließ Mike einen spöttischen Blick durch den Raum gleiten, pfiff leise durch die Zähne und bemerkte trocken: „Wie ich sehe, seid ihr dabei, euch Uniformen zuzulegen. Was kommt als nächstes? Einheitsjacken? Baseballkappen?"

Tony warf dem anderen einen entsetzten Blick zu und trat so weit zurück, daß ihm der breite Rücken des Detective notfalls Schutz bieten konnte.

Das Stilleben zerbarst. Henry gab ein Zischen von sich und sprang vor, aber bei Vicki gewann der Sinn für Situationskomik die Überhand über den Instinkt. Sie starrte Henry an, blickte dann an sich selbst hinunter und mußte kichern. „Mein Gott! Wir sehen wirklich aus wie die untoten Kessler-Zwillinge."

Henry blieb mit bebenden Nüstern stehen und wandte sich Vicki zu.

Sein Angriffsversuch hatte ihn vom Fenster weg tiefer ins Zimmer hineinmanövriert. Vickis Lächeln wandelte sich in ein Knurren, und sie zog sich hinter den Eßtisch zurück. „Komm mir nicht so nahe!" Sie wollte nicht angreifen, war aber nicht sicher, ob sie es würde verhindern können, wenn Henry sich ihr noch weiter näherte. Sie gab ihr Äußerstes, über den Instinkt hinweg den Freund sehen zu können, den Liebsten, den Mentor, der sie gelehrt hatte, sich in den Parametern ihrer neuen Existenz zu bewegen. Doch in dem Wissen, was sie beide jetzt, in diesem Moment, waren, ging die Erkenntnis dessen, was sie einander einst gewesen waren, immer aufs neue verloren.

„Hier ist mein Revier, Vicki!" Henry trat vor, anmutig, tödlich. „Nicht deins. In meinem Revier hast du mir nicht zu sagen, was ich zu tun und zu lassen habe."

„Zumindest reden sie miteinander!" murmelte Celluci an niemand bestimmten gewandt. „Das ist doch schon ein Fortschritt."

Die beiden Vampire schenkten dem Detective keinerlei Beachtung, und Tony wünschte aus ganzem Herzen, er möge den Mund halten.

An Vickis Kinnlade zuckte ein Muskel. „Du hast mich hergebeten!"

„Du hast darauf bestanden, wir könnten zusammenarbeiten", hielt er ihr spöttisch entgegen.

„Könnten wir auch, wenn du dein Fürst-der-Finsternis-Gehabe einstellen und ein paar Schritte zurückweichen würdest."

„Ich tue doch gar nichts, Vicki. Ich bin älter und mächtiger als du. Du kannst nicht anders, du mußt mich als Bedrohung sehen und reagieren."

„Als was siehst du mich denn?" grollte sie voller Wut, weil seine Worte angedeutet hatten, daß er in ihr keine Bedrohung sah.

„Als etwas, das ich entfernen muß." Henrys Brauen senkten sich, und seine Stimme klang schneidend. „Ich wünsche nicht, daß mir ein Kind meine Jagdgründe kaputtmacht."

Noch ehe sie sich wirklich bewußt zum Angriff entschlossen hatte, setzte Vicki auch schon über den Tisch. Ihre Hände griffen nach Henrys Hals und fanden nichts als Luft. Noch im Sprung wirbelte sie herum, war aber aus dem Gleichgewicht und hatte daher keine Chance, Henrys Gegenschlag abzuwehren. Die Wucht dieses Schlags schleuderte sie gegen die Wand, und Henry war über ihr, seine Finger bohrten sich in ihren Hals, noch ehe sie richtig auf dem Boden lag.

Als Tony einen Schritt vortrat, legte sich eine große Hand auf seine Schulter und zerrte ihn zurück.

„Nein", sagte Celluci leise. „Sie müssen das austragen."

Erschrocken blickte Tony zu ihm auf. Er mochte nicht glauben, daß Mike Celluci einen solchen Kampf zulassen wollte, aber der größere Mann runzelte zwar besorgt die Stirn, ließ jedoch seine Hand unverwandt auf Tonys Schulter und seinen Blick ebenso unverwandt auf den beiden Kämpfenden ruhen.

Henry kniete auf Vickis Oberarmen; er hatte die Finger um ihren Hals gelegt, und Vicki erstarrte. Sie sah Henry in die Augen und gestand ihre Niederlage ein.

„Wir können nicht zusammenarbeiten", verkündete Henry ohne jegliches Imponiergehabe, und seine Stimme klang nur noch flach und erschöpft. „Du mußt hier sein, um deine Arbeit tun zu können. Also gehe ich. Ein Freund stellt mir seine Hütte auf dem Grouse Mountain zur Verfügung. Ich reise jetzt sofort ab und komme erst wieder, wenn du den Fall gelöst hast." Henry wandte den Blick keinen Moment lang von Vickis Augen ab. Dann gab er ihren Hals frei und stand auf.

„Also hast du bewiesen, daß du recht hast." Vicki kam langsam wieder auf die Beine, wobei sie sich mit einer Hand an der Wand abstützen mußte. „Macht dich das glücklich?"

Henry seufzte, und einer seiner Mundwinkel verzog sich zu einem halben Lächeln. „Wenn ich ehrlich sein soll: nein."

„Bleib'", flüsterte Mike und ließ endlich Tonys Schulter los. „Behalte sie im Auge, aber geh erst zu ihr, wenn sie sich beruhigt hat."

„Halten Sie mich für meschugge?" gab der jüngere Mann zurück. Er hatte die Augen weit aufgerissen, da das Adrenalin das Blut in seinen Adern mächtig in Wallung gebracht hatte. „Wo gehen Sie hin?"

„Ich muß mit Fitzroy reden."

„Worüber?" Dann folgte Tony Mikes Blick und sah Vicki dastehen, einfach nur dastehen, mit geschlossenen Augen, die linke Hand bis zum Handgelenk in die Lederpolsterung des Sofas gebohrt. Sie keuchte. „Ach ja. Schon gut."

Als Henry sich anschickte, mit einer schwarzen Tasche über der Schulter die Wohnung zu verlassen, erwartete ihn Celluci an der Tür. Henry blieb stehen, einen Gutteil des Eingangsbereichs noch zwischen sich und dem viel größeren Mann, zu dem er, wäre er näher an ihn herangetreten, hätte aufsehen müssen. „Sie haben mir etwas zu sagen?"

„Sie haben das mit Absicht gemacht."

„Was?"

„Den Kampf heraufbeschworen. Sie wußten, daß sie Sie nach diesem Spruch würde angreifen müssen. Anders hätten Sie sie nicht davon überzeugen können, daß Sie recht haben."

„Das haben Sie schlau erkannt, Detective". Prüfend betrachtete Henry die Miene des anderen und wußte nicht genau, was darin zu lesen war. „Werden Sie ihr das sagen?"

„Das weiß ich noch nicht. Aber ich würde Sie gern etwas fragen: Was wäre, wenn Sie Unrecht hätten?"

Henry runzelte die Stirn: „Womit?"

„So, wie ich das verstanden habe, ist die Sache hier etwas ganz Neues in der Geschichte von ... von ..."

„Vampiren?"

Celluci wurde rot. „Ja. Zum ersten Mal stehen sich zwei von euch gegenüber, ohne um ein Revier kämpfen zu wollen, denn Vicki will Ihr Revier nicht. Was, wenn sie beide sich auch hätten einigen können?" Celluci breitete die Hände aus und trat zurück. „Das werden Sie jetzt nie erfahren."

„Das werden Sie jetzt nie erfahren."

Den ganzen Weg zu seinem Wagen dröhnten Mikes Worte in Henrys Ohren. Vickis Geruch lenkte ihn ab, im Fahrstuhl, in der Tiefgarage. Der Geruch eines anderen Raubtiers in seinem Revier und der Duft der Frau, die er einmal geliebt hatte.

Leider beharrte sein Instinkt darauf, in ihr zwei verschiedene Personen zu sehen.

Henry glitt auf den Fahrersitz des BMW und ließ den Kopf einen Moment lang auf das Steuerrad sinken. Zwischen dem Geruch, der ihn jetzt umgab und dem Duft, an den er sich erinnerte, bestand ein Unterschied, und dieser Unterschied erinnerte ihn daran, wieviel er verloren hatte.

Henry mußte all seine in mehr als 450 Jahren mühsam erworbene und gefestigte Kraft aufbringen, um wirklich abreisen zu können.

Sein Revier zu verlassen, das sich nun in den Händen eines anderen Vampirs befand.

Vicki zu verlassen.

Tony zeigte Celluci und Vicki nur rasch die Wohnung und nahm dann Rollschuhe und Helm aus dem Flurschrank. „Es wird spät, und ich muß, na ja, ich muß los." Celluci zog fragend die Brauen hoch, und Tony erklärte ein wenig betreten: „Ich ziehe so lange zu Freunden. Henry meinte, das sei sicherer. Weil Vicki nicht daran gewöhnt ist, mit dem Geruch von Blut in der Nase aufzuwachen."

„Aber ich bin doch auch hier."

„Na ja, ich glaube, Henry geht davon aus, daß Sie auf sich selbst aufpassen können."

„Er hat das ja alles gründlich durchdacht, was?" Mike schnaubte und sah dann Tony zu, der Vicki beobachtete, die am Fenster stand und auf die Stadt hinausstarrte. An genau so einem Fenster hatte Henry immer gern gestanden, damals in Toronto. An Tonys Miene konnte Celluci ablesen, daß Henry auch hier in Vancouver am liebsten am Fenster verharrte. Vielleicht war das ja bei allen Vampiren so; als Jäger stand man halt gern herum und sah sich das Revier von oben an. Aber Celluci mochte es nicht, wenn Vicki ihn an Henry erinnerte.

„Henry ist es gewohnt, seinen Willen zu bekommen."

Celluci brauchte einen Augenblick, um zu begreifen, daß Tonys ruhige Aussage die Antwort auf seine eigene, eher rhetorisch gemeinte Frage war. Aber ehe ihm eine Erwiderung einfallen konnte, wandte sich Vicki vom Fenster ab.

„Aber morgen bei Sonnenuntergang bist du hier, nicht?" fragte sie, und das klang so, als sei ihr das wichtig.

Tony nickte verwundert, aber auch erfreut. „Wenn du mich hier haben willst."

„Das letzte Mal – das einzige Mal –, als ich in Vancouver war, habe ich der Stadt selbst keine große Beachtung geschenkt." Sie hatte nichts und niemandem groß Beachtung geschenkt außer dem Hunger und der Notwendigkeit, ihn beherrschen zu lernen. An Blut konnte sie sich erinnern, sonst an kaum etwas. „Wenn wir diesen Geist zur Ruhe betten wollen, brauchen wir jemanden, der sich auskennt."

„Auf dem Tisch liegen Stadtpläne und so", hob Tony an, aber Vicki unterbrach ihn.

„Die Stadtpläne sagen einem nur, wo die Straßen sind, nicht, was in den Straßen passiert." Vicki verschränkte die Arme und ließ sich erneut gegen das Fensterglas sinken. „Ich kann mir nicht vorstellen, daß du nicht ganz genau weißt, was da draußen vor sich geht. Oder haben sie dir zusammen mit dem Schulabschluß auch noch ein paar Ohrstöpsel und eine Augenbinde verliehen? Auf der Straße warst du immer mein bester Satz Augen und Ohren, Tony."

Tony wirkte immer noch erfreut, zuckte nun aber entschuldigend die Achseln. „Ich bin nicht mehr auf der Straße."

„Aber du kriegst immer noch einiges mit, hörst viel und hast ein Talent dafür mitzubekommen, wie einzelne Teile zusammengehören."

„Wofür habe ich ein Talent?"

„Muster zu erkennen – im Chaos."

„Wirklich?"

„Wirklich."

Mit roten Ohren bemühte sich Tony, das Kompliment beiseite zu schieben und versuchte vergeblich, sich nicht anmerken zu lassen, wieviel es ihm bedeutete. „Ordnung im Chaos? Du solltest mal Samstag nachmittag im Laden sein, wenn die Videos von Freitag nacht zurückkommen! Ich muß wirklich weg jetzt, aber ich bin morgen bei Sonnenuntergang wieder da. Auf dem Tisch bei den Stadtplänen liegt eine Liste mit den dummen Fragen, die Henry dem Geist schon gestellt hat. Die Telefonnummer der Wohnung, in der ich sein werde und meine Nummer auf der Arbeit hängen am schwarzen Brett beim Telefon. Toll, dich wiederzusehen!" Tony grinste, und in seinem Grinsen lag ein wenig von der alten Unverschämtheit eines Straßenkinds. „Sie auch, Detective."

An der Tür blieb er kurz stehen, die Rollschuhe in der einen Hand, den Helm in der anderen, über der Schulter den Rucksack. „Henry mag es nicht, wenn ich zuviel zu essen hier bunkere, aber im Gefrierfach sind ein paar Tiefkühlsachen, und unten auf dem Parkdeck ist ein kleiner Laden, wenn Sie hungrig sind. Der hat bis Mitternacht offen."

„Tiefkühlsachen?" fragte Vicki ungläubig.

„Nicht für dich!" Kichernd schloß Tony die Tür hinter sich.

Vicki versuchte, die Vorstellung von Blutkonserven – sauber beschriftet, aufgestapelt und tiefgefroren – wieder loszuwerden und kehrte zum Fenster und zum Blick auf die Stadt zurück. Zum Blick über Henrys Revier.

„Gut." Mike lehnte sich mit der linken Hüfte gegen die Sofalehne. „Was hast du dem Jungen da für einen Honig ums Maul geschmiert?"

„Wie meinst du das?"

„Vicki, ich bin's! Du kannst den Scheiß lassen."

Ohne sich umzudrehen zuckte Vicki die Achseln. „Wir brauchen ihn. Tony kennt die Stadt. Er weiß mehr als wir."

„Ja und?"

„Vielleicht wollte ich ihn nicht auch noch verlieren. Henry ist so ..."

„Anders?"

„Nein. Er hat sich nicht verändert, ich bin anders. Ich weiß noch, was ich einmal für ihn empfand – das ist alles noch da, aber ich komme nicht dran. Freund, Geliebter, das sind nur Worte. Wenn ich ihn sehe, haben sie keine Bedeutung. Henry hatte recht. Er hatte recht, und ich hatte unrecht, und was noch erschwerend hinzukommt ..." Ihre Worte klangen wieder vertraut, entschieden. „Was erschwerend hinzukommt: Ich hasse nichts so sehr, wie unrecht zu haben."

Celluci strich sanft über das Loch, das Vicki in das Leder der Couch gerissen hatte und beschloß, seine Unterhaltung mit Henry nicht zu erwähnen.

Die Sonnenbrille schützte Henry vor dem blendenden Scheinwerferlicht entgegenkommender Wagen, und doch war er froh, endlich in die zur Hütte führende Staubstraße einbiegen zu können, denn die Lichter hatten ihn durchaus irritiert. Er warf die Brille auf den Beifahrersitz, lokkerte die Schultern und lehnte sich zurück. Nachdem bei einem besonders heimtückischen Schlagloch die Ölwanne seines Wagens auf einem hervorspringenden Stein aufgesetzt hatte, drosselte er auch seine Geschwindigkeit.

Henry hatte den 1976er BMW als Neuwagen gekauft, hatte ihn durch die langen harten Winter Torontos gepflegt, in denen fast immer Streusalz auf den Straßen gewesen war und hatte nicht die Absicht, ihn durch einen anderen Wagen zu ersetzen. Die meisten Vancouverer schienen diese Einstellung zu teilen. Seit seinem Umzug nach B. C. hatte es Henry immer wieder erstaunt, wie viele oft mehr als zwanzig Jahre alte Autos hier noch herumfuhren – nicht wenige mit Originallackierung – und wie neu wirkten. Im Osten wären diese Autos längst auf Schrottplätze gewandert oder in die liebevolle Obhut von Sammlern übergewechselt. Hier, im Westen, fuhr man sie alltäglich. Ein- oder zweimal hatte Henry beim Blick aus dem Fenster fast vergessen, in welchem Jahrzehnt er sich gerade befand.

Er drosselte sein Tempo noch weiter, als ein Waschbär im Licht der Scheinwerfer des BMW langsam die Straße überquerte, anscheinend ohne den Tonnen Stahl, die sich da mit einiger Geschwindigkeit näherten, überhaupt Beachtung zu schenken. Henry kannte Waschbären als Stadtbewohner und war verwundert, diesen hier so weit draußen auf dem Lande anzutreffen. In Vancouver gab es sie überall; sie waren so zahm, daß sie im Stanley Park Leckerbissen schnorren gingen, und in Vickis dreistöckigem Wohnhaus in Toronto hatte sich sogar eine ganze Waschbärenfamilie auf dem Dachboden eingenistet.

Vicki.

Er hätte wissen müssen, daß seine Gedanken irgendwann wieder zu ihr zurückkehren würden.

Was, wenn Sie unrecht gehabt hätten?

Das werden Sie jetzt nie erfahren.

So ist es besser. Henry packte das Steuer so fest, daß es empört aufstöhnte. *Ich hätte sie vernichten können, wäre ich geblieben und hätte die Beherrschung verloren.*

Oder sie dich, flüsterte ein leises Stimmchen in seinem Hinterkopf und erinnerte ihn daran, daß Vicki in ihrer doch erst kurzen Zeit als Bewohnerin der Nacht bereits einmal des Reviers wegen gemordet hatte.

Einen Kampf, den sie eigentlich nicht hätte gewinnen dürfen, gegen eine weitaus ältere und erfahrenere Gegnerin. Aber Vicki besaß ein ungeheures Talent dafür, gängige Konventionen auf den Kopf zu stellen.

War die Bindung zwischen Erzeuger und Kind erst einmal gelöst, dann hatten Vampire keinen Kontakt mehr zu denen, die ihnen den Kuß geschenkt hatten: So war es Henry beigebracht worden, daran hatte er geglaubt, und in diesem Glauben hatte er stets sein Leben eingerichtet ... Vicki hatte die Annehmlichkeiten des 20. Jahrhunderts zu Hilfe genommen – Telefon, Faxgerät und Internet –, um sich daranzumachen, einen Grundsatz, den Henry mehr als 450 Jahre lang als gegebene Tatsache hingenommen hatte, einfach vom Tisch zu wischen. Sie hatte ihn angerufen, ihm Faxe geschickt, ihm per E-Mail sarkastische Monologe zukommen lassen; sie hatte die Verbindung zu ihm aufrecht erhalten und sich einen Dreck darum geschert, was Vampire im allgemeinen taten und was nicht.

So waren sie beide Freunde geblieben, ganz einfach, weil Vicki es so und nicht anders hatte haben wollen.

„Über die Entfernung hinweg sind wir Freunde", gab Henry zu und lenkte den Wagen vorsichtig auf einen Weg, der noch schlechter war als die Staubstraße. „Körperliche Nähe ist etwas ganz anders."

Du hast nicht die Beherrschung verloren, erinnerte ihn die innere Stimme. *Du warst nur wütend, und wenn du sie nicht provoziert hättest, hätte sich vielleicht auch Vicki beherrschen können, trotz ihrer Jugend. Sie war sich dessen so sicher, und wie du genau weißt, reicht das bei Vicki in den meisten Fällen aus.*

Das werden Sie jetzt nie erfahren.

„Halt den Mund!" Mit einer wütenden Handbewegung schaltete Henry den Motor aus und starrte auf das winzige Blockhaus, das im Licht seiner Frontscheinwerfer vor ihm stand. Die Dachfenster schienen sich unter ihren tiefgezogenen Gauben über ihn lustig zu machen.

„Was geschehen ist, ist geschehen", murmelte Henry, schaltete auch die Scheinwerfer aus und trat in die Nacht. Hier würde er bleiben, bis Vicki den Fall gelöst hatte. So würde er sie wenigstens nicht stören, ihre Konzentration nicht beeinträchtigen, wie es der Fall wäre, wenn sie sich im selben Revier aufgehalten hätten. Von Vicki hing das Leben Unschuldiger ab. Jetzt war einfach nicht die Zeit, Grenzen zu testen, die die Tradition ihnen setzte.

Der Geist war Henry erschienen, und deshalb war Henry verantwortlich für die Tode, die er verursachte. Man hatte Henry im zarten Alter von sechs zum Duke of Richmond and Somerset gekrönt; Verantwortung war etwas, das er sehr ernst nahm.

Celluci trat aus der Duschkabine in das Handtuch, das Vicki ihm hinhielt, und seufzte zufrieden. „Das wurde höchste Zeit."

„Ich weiß." Sie schnippte ihm einen Tropfen Wasser ins Gesicht. „Du fingst schon an zu riechen."

„Ich dachte, du magst meinen Geruch."

„Du magst auch den Duft von Leder und hängst dir trotzdem keine Kuhhaut unter die Nase." Vicki fuhr mit dem Finger durch die nassen Haare um Mikes Bauchnabel und seufzte tief, die Augen halb geschlossen. „Glaub' mir, jetzt riechst du wesentlich appetitlicher."

Er versuchte, nach ihr zu greifen, aber sie entwand sich ihm mühelos. „Vicki, ich muß erst mal eine Nacht schlafen. In einem Bett, das sich nicht bewegt."

„Soll ich aufhören?"

Der Finger zog Kreise, die immer weiter wurden, und Mike rang nach Luft. „Das habe ich nicht gesagt." Wenig später, draußen im Flur, stellte er sich erneut auf die Hinterbeine. „Aber nicht in Fitzroys Bett!" Kurz darauf erbebte Tonys Bett unter dem Gewicht von zwei Körpern, und Celluci mußte Vicki am Kinn packen, um ihren Kopf von seinem Körper loszureißen. „Wenn du ihn abbeißt", murmelte er, „kannst du nie wieder damit spielen!"

Tony hatte das größte Schlafzimmer der Wohnung, und in dem Licht, das durch die Fensterwand drang, die sie und Celluci von der Stadt trennte, konnte Vicki die Gegenstände im Zimmer so klar erkennen, als seien alle Lampen im Raum eingeschaltet. Sie schlüpfte unter Cellucis Arm hervor, schüttelte die Kissen so auf, daß sie sich bequem gegen die Wand lehnen konnte und setzte sich auf. „Es ist schon komisch, daß ich jetzt hier bin."

Celluci rollte sich auf die Seite und ließ ein kaum wahrnehmbares Grummeln hören: „Warum?"

„Weil ich um das Revier gekämpft und verloren habe. Trotzdem ist Henry abgereist." Sie zog ihre Knie an, schlang die Arme darum und sah stirnrunzelnd in die Nacht. „Ich will dieses Revier nicht, aber ich habe das Gefühl, es erobert zu haben. Nur, daß ich das nicht habe. Henry hat gewonnen. Aber ich bin hier. Ergibt das irgendeinen Sinn?" Sie wartete gar nicht erst auf eine Antwort. „Ich habe das Gefühl, daß irgend etwas fehlt, aber ich weiß nicht, was. Es fühlt sich irgendwie falsch an, und ich weiß nicht, was ich tun muß, damit es sich richtig anfühlt. Oh Gott!" Sie ließ den Kopf sinken. „Da dichte ich schon wieder ein Schmalzlied. Es geht mir auf den Geist, wenn ich so rede."

Mike murmelte etwas, was Spott gewesen sein mochte, und sein Atem strich warm über die Haut an Vickis Hüfte.

„Mike?" Sie streckte die Hand aus, um ihn zu rütteln, hielt dann aber inne und überlegte es sich anders. *Er braucht Schlaf. Ich ziehe mich eben mal an und werfe einen raschen Blick auf alles, was Vancouver so zu bieten hat.*

Aber das tat sie dann doch nicht.

Mit sanften Fingern strich sie über Cellucis Haar, hüllte sich in die vertraute, tröstende Umarmung, die sein Leben ihr bot, und ließ die Nacht verstreichen, ohne Teil davon zu sein.

„Wir haben eine weitere Übereinstimmung."

„So rasch?" Stirnrunzelnd blickte er auf die Papiere, die auf seinem Tisch verstreut lagen, auf die manikürte Symmetrie seiner Fingernägel, auf das Telefon. Er arbeitete gern lang, weil er dann das Büro ganz für sich allein hatte; meist hieß es auch, daß niemand ihn störte. „Ist das nicht gefährlich?"

„Gefährlich? Inwiefern?"

„Indem es zur Entdeckung führen könnte."

„Ich habe Ihnen doch schon mehrfach gesagt, das Timing ist wirklich ganz zufällig. Ich habe keine Kontrolle darüber, wann Übereinstimmungen eintreten. Entweder passieren sie oder nicht." Die Stimme, die aus dem winzigen Lautsprecher drang, schaffte es, völlig neutral zu klingen, als sei ihr beides recht. „Aber wenn diese neue Liste, die Sie mir geschickt haben, stimmt ..."

„Sollte sie, ich habe schließlich genug dafür bezahlt."

„... dann habe ich einen jungen Mann in meinen Unterlagen, der auf einen Ihrer Anwärter paßt."

Er trommelte mit den Fingerspitzen auf der schimmernden Mahagonioberfläche seines Schreibtischs herum und wog seine Optionen ab. „Sie denken, der junge Mann willigt ein?"

„Sie willigen immer ein, wenn man sie auf die richtige Art und Weise anspricht."

„Natürlich." Er unterbrach die Stimme, ehe sie fortfahren konnte. Über die Spender wollte er nichts wissen; sie gingen ihn nichts an. „Nun gut, machen Sie ihm ein Angebot. Wenn er einwilligt, sagen Sie mir sofort Bescheid, damit die Verhandlungen mit dem Käufer beginnen können."

Als die Sonne ihr Kommen ankündigte, stand Henrys Wagen sorgfältig im Schuppen der Hütte versteckt, und auch sonst ließ von außen nichts auf Henrys Anwesenheit schließen. Zwar war es unwahrscheinlich, daß der Tag der Hütte Besucher bescheren würde, aber 450 Jahre Überlebenstraining hatten den Vampir gelehrt, daß Vorsicht und Umsicht das Wichtigste überhaupt waren. Sollte irgend jemand wirklich den schmalen Wirtschaftsweg entlanggewandert kommen, dann würde dieser Jemand vor einer nach außen hin verwaisten Hütte stehen. Henry wußte genau, daß er von Nachbarn mehr zu befürchten hatte als von irgendwelchen Vandalen; Vandalen verlassen nur selten und ungern ihre ausgetretenen Pfade.

Mit Balkonen, die frei über einer Klippe zu schweben schienen, lag das Haus zwar einsam, aber für Henry dennoch unmittelbar über einer Nahrungsquelle: Der Freund, der Henry das Haus zur Verfügung gestellt hatte, hatte sich bitter beklagt, die Feriensiedlung „Breeze" unter seinem Haus habe die Grundstückspreise der Gegend drastisch gesenkt, aber Henry persönlich begrüßte die Aussicht, die er von hier oben genoß. Jedes einzelne pastellfarbene Häuschen am Fuß der Klippe enthielt mindestens eine Mahlzeit.

„Warum sich nicht auch einmal ein paar Wochen Landleben gönnen?" fragte Henry sich grimmig und verriegelte die Balkontür.

Weil du ein Vampir bist. Weil das hier nicht dein Revier ist. Weil eine andere Vampirin in der Zwischenzeit in deinem Revier jagen geht. Weil Mike Celluci recht haben könnte ...

„Genau deswegen ..." Zähne prallten resolut aufeinander und verhinderten jedes weitere Grübeln, „genau deswegen bleibe ich jetzt, wo ich bin."

Das war ein kleinmütiger Beschluß, und Henry war längst zu erwachsen, um sich selbst zu belügen. Aber zumindest verhinderte die Entscheidung, daß sich seine Gedanken weiterhin im Kreise drehten.

Leider hatte man den begehbaren Kleiderschrank im größten der Schlafzimmer mit Zedernholz ausgeschlagen, das einen heftigen Duft verströmte. Henry wünschte, er hätte einen Stapel von Tonys frisch gewaschener Wäsche dabei, um den Duft zu überdecken, sicherte die Schranktür mit einem Kantholz und streckte sich auf dem Feldbett aus, das er zuvor im Schrank aufgeschlagen hatte. Als zusätzliche Vorsichtsmaßnahme hing ein Verdunkelungsvorhang, wie er auch am Theater verwendet wird, über der Kleiderstange und umgab das Feldbett wie ein lichtundurchlässiges Moskitonetz.

Der letzte Tag, den Henry in einem Kleiderschrank verbracht hatte, war der Tag unmittelbar nach dem Tod und dem Verschwinden von Vikkis Mutter gewesen. Auch damals hatte er, wie jetzt, seinen Aufenthalt so risikoarm wie möglich gestaltet.

Plötzlich mußte Henry die Stirn runzeln. Er fragte sich, wann er überhaupt zum letzten Mal ein Risiko eingegangen war.

Er war Vampir.

Nachtwandler.

Fürst der Finsternis.

Warum kam ihm sein Leben mit einem Mal so völlig normal vor, so sehr wie das eines Ottonormalverbrauchers?

Jedes Risiko, das er in den letzten Jahren eingegangen war, ließ sich direkt zu Vicki Nelson zurückverfolgen.

Die Bettwäsche war gewechselt worden, aber trotzdem roch es im ganzen Zimmer nach Henry. Vickis Instinkt sträubte sich gegen diesen Geruch, aber gegen den Instinkt stand die unbedingte Notwendigkeit, vor dem Tag Schutz zu suchen, und letztlich siegte die Vernunft, obwohl Vikkis Hände zitterten, als sie die Tür hinter sich verriegelte. Sie verbrachte nicht zum ersten Mal eine Nacht im Unterschlupf eines anderen Vampirs, aber ihre letzte Erfahrung dieser Art hatte sich unmittelbar an den Einsatz einer Sonnenbank angeschlossen, mit deren Hilfe Vicki die Vorbesitzerin des betreffenden Unterschlupfs in ein Häufchen verkohlter Knochen und eine Handvoll Asche verwandelt hatte. Richtig vergleichen ließen sich die beiden Dinge wohl kaum.

Die Erinnerungen, die Henrys Duft in Vicki weckten, lagen im Widerstreit mit den Reaktionen, die ihre – ihrer beider – Natur vorschrieb. Sie versuchte, ihre Natur zufriedenzustellen, indem sie Henrys Schlafzimmer einer gründlichen Untersuchung unterzog.

„Was habe ich gesagt?“ Mit Mühe dämpfte Vicki ihre Stimme – welchen Sinn hatte es schon, das eigene Unterbewußtsein anzuschreien? „Keiner da! Niemand lauert im Schrank, auch nicht der winzigkleinste Widersacher hat sich in einer Schublade versteckt. Auch unter dem Bett niemand.“

Der Sonnenaufgang streckte seine Fühler nach ihr aus, und Vicki schlug die Bettdecke zurück und schlüpfte zwischen die Laken. Sie lauschte dem beruhigenden Lärm von Cellucis Herzschlag und ...

Celluci schlief tief und fest bis kurz nach elf Uhr und blieb danach noch eine Stunde liegen, einfach nur, weil es möglich war. Henry Fitzroy hin oder her: Der Detective hatte Urlaub. Als er dann endlich aufstand, brummte sein Schädel, und sein Körper schmerzte an Stellen, die er nie zuvor bewußt wahrgenommen hatte. Scheinbar hatte das bequeme Bett den Schäden, die er sich in nächtelanger Folter auf der Straße zugezogen hatte, Gelegenheit geboten, sich endlich bemerkbar zu machen.

Nach einer langen und heißen Dusche ging es ihm schon besser.

Der Anblick der Kaffeemaschine mit dazugehörigem Kaffee – beides stand auf dem Kühlschrank – munterte ihn zusätzlich auf.

„Sie wollen Nordamerika in die Knie zwingen?“ brummte er vergnügt, während sich in der Küche köstlicher Duft ausbreitete. „Ganz einfach:

Man muß nur Juan Valdez entführen und vielleicht noch ein oder zwei andere kolumbianische Kaffeebarone dazu."

Celluci füllte sich einen Kaffeebecher, den das Emblem eines Radiosenders aus Seattle zierte, nahm den Stapel alter Zeitungen aus dem Altpapiercontainer und trug alles zusammen ins Wohnzimmer, um es sich in einem der beiden riesigen Ledersessel bequem zu machen.

Je eher sie den Geist loswurden, desto eher konnten Vicki und er wirklich Urlaub machen. Oder zumindest heimfahren.

„Wo ein Gespenst ist", murmelte Celluci nachdenklich vor sich hin und breitete eine erste Zeitung aus, „da muß doch auch irgendwo eine Leiche sein."

Zedernholz?

Henry brauchte einen Moment, um sich zu erinnern, wo er sich befand. Als es ihm einfiel, verzog er das Gesicht. Bislang hatte er Zederduft immer gern gerochen. „Kein Wunder, daß sich die Motten von dem Zeug fernhalten!"

Ihm waren im Schlaf keine neuen Erkenntnisse gekommen. Der menschliche Verstand kann zwar schlafend über mögliche Problemlösungen stolpern, aber Vampire, vor denen schließlich die Ewigkeit liegt, sind gezwungen, sich Nacht für Nacht ihren Problemen direkt zu stellen. Tagsüber schaltet sich ihr Unterbewußtsein aus – wie alles andere auch.

Noch bevor sich Henry aus den Falten des Verdunkelungsvorhangs hatte befreien können, wußte er, daß sein Problem unverändert weiterbestand. Die Erkenntnis traf ihn mit voller Wucht, und voll hilfloser Wut sprang er mit einem Satz aus dem Bett und zog vehement an der Schnur, mit der man die Deckenleuchte im Schrank einschaltete.

Auf engstem Raum standen sich die beiden Nase an Nase gegenüber.

Henrys Augen tränten in der plötzlichen Helligkeit und er zischte: „Bist du mir gefolgt?"

Der Geist verschwand wortlos.

VIER

Vicki lag mit angespannten Sinnen im Dunkeln und forschte nach Anzeichen für die Anwesenheit eines Geistes. Laut Henry hätte sie Kälte und ein eindeutiges Gefühl der Verunsicherung spüren müssen. Angeblich war es unmöglich, den Geist nicht mitzubekommen.

„Warum kriege ich ihn dann nicht mit?" murmelte sie verärgert, stützte sich auf den Ellbogen und knipste die Nachttischlampe an.

Im Zimmer lag Henrys Geruch; ansonsten war es leer.

Draußen vor der Tür, in der Wohnung, klingelte das Telefon.

„Wer hat angerufen?"

Celluci legte den flachen, fast formlosen, hochmodernen Hörer wieder zurück auf die Gabel. „Henry", sagte er, ohne sich umzudrehen.

„Wenn er wissen will, welche Frage ich dem Gespenst gestellt habe, hat er Pech gehabt." Vicki lehnte sich mit der Schulter an die Wohnzimmerwand und verschränkte die Arme vor der Brust. „Unser übersinnlicher Freund ist nicht aufgetaucht."

„Aufgetaucht schon." Mike holte tief Luft und atmete ganz langsam wieder aus. Alles war mit einem Mal sehr viel komplizierter geworden. „Er ist Henry gefolgt. Ist ihm heute abend erschienen, wie gehabt."

„Scheiße. Was jetzt?"

„Er kommt zurück."

„Hierher?"

„Hierher."

Vicki richtete sich auf, und ihre Stimme wurde lauter. „Was erwartet er nun von mir?"

„Das hat er nicht gesagt." Mit ausgebreiteten Händen wandte sich Mike endlich zu Vicki um. Sie trug ein übergroßes Herrenhemd, hatte sich aber nicht die Mühe gemacht, die Knöpfe zu schließen. Celluci war einen Moment lang abgelenkt, schob dieses Gefühl aber energisch beiseite und fügte grimmig hinzu: „Ich sehe das so: Wir haben die Wahl. Entweder wir gehen heim, oder wir bleiben, und du kriegst die Chance zu beweisen, daß du doch recht hattest."

Vicki kniff die Augen zusammen. „Falls du das vergessen haben solltest: Wir haben bereits bewiesen, daß Henry recht hatte. Wir können nicht zusammen sein, ohne aneinanderzugeraten."

Celluci seufzte und lehnte sich mit der rechten Hüfte an den Eßtisch. „Vicki, auch wir beide können nicht zusammensein, ohne uns zu streiten, aber das hindert uns nicht daran, es trotzdem zu tun. Wenn du meinst, Fitzroy kann mit seinem Problem nicht allein fertig werden – wobei ich dir übrigens zustimmen würde, falls es dich interessiert –, dann müßt ihr beide irgendwie miteinander klarkommen."

„Wie sollen wir mit einem biologischen Imperativ klarkommen?"

„Du bist doch diejenige, die immer gesagt hat, du würdest dich nicht von biologischen Gegebenheiten beherrschen lassen."

Sie zögerte einen Augenblick und blickte dann zu Boden. „Ich habe mich geirrt."

Es war Mike nie schwergefallen, Vickis Gedanken zu erraten, und ihre kürzlich vollzogene Metamorphose hatte daran nichts geändert. Wenn sie bereit war, einen Irrtum einzugestehen, ohne daß dazu eine mehrstündige hitzige Debatte nötig war, in deren Verlauf ihr ein Dutzend handfester Beweise vorgelegt werden mußte, dann zeigte das, wie sehr ihre Niederlage im Kampf mit Henry ihr Weltbild ins Wanken gebracht hatte, nämlich weitaus stärker, als Celluci bisher angenommen hatte. Es wurde Zeit, dieses Weltbild wieder gerade zu rücken. „Er hat den Kampf mit Absicht heraufbeschworen. Er hatte nicht vor, euch beiden die Chance zu geben, miteinander auszukommen."

Vickis Blick löste sich abrupt vom Hartholzmuster des Parkettfußbodens, und sie blickte dem Freund direkt ins Gesicht. Ihre Augen funkelten. „Weißt du das genau?"

„Das hat er zugegeben, ehe er abfuhr."

„Aber du sagst es mir erst jetzt?"

„Aber hallo!" Mike hob beide Hände auf Brusthöhe – bestenfalls eine symbolische Verteidigungsgeste. „Ich bin hier nicht der Böse!"

„Nein." Mit zusammengebissenen Zähnen rang Vicki darum, sich den Kampf, wie er wirklich stattgefunden hatte, noch einmal vor Augen zu führen, ihn von all den Gefühlen zu befreien, mit denen die Ereignisse des frühen Abends in ihrem Kopf verknüpft waren.

„Du hast darauf bestanden, wir könnten zusammenarbeiten", hielt er ihr spöttisch entgegen.

„Könnten wir auch, wenn du dein Fürst-der-Finsternis-Gehabe einstellen und ein paar Schritte zurückweichen würdest."

„Oh, dieser lausige Huren..." Alle Flüche der Welt schienen irgendwie unangemessen. Vickis Hände ballten sich zu Fäusten. Sie machte auf dem nackten Absatz kehrt und stürzte zurück ins Schlafzimmer.

„Wo gehst du hin?"

„Mich anziehen."

An und für sich eine unverdächtige Aussage; aber aus Vickis Mund klang die Ankündigung sehr nach einer Drohung. Von dem starken Gefühl getrieben, jetzt könne nur noch eine ordentliche Dosis Koffein helfen, eilte Celluci in die Küche und schenkte sich eine weitere Tasse Kaffee ein.

„Tut mir leid, daß ich so spät komme. Erst hat mich so ein Taxiheini fast umgenietet, und dann ..." Tony beendete den Satz nicht, denn nun war Celluci durch den Türbogen ins Wohnzimmer getreten, und der junge Mann konnte sehen, wie finster der Detective dreinblickte. „Was ist los?"

„Fitzroy kommt zurück. Der Geist erscheint nur ihm persönlich."

Tony starrte auf den Helm in seinen Händen. Aus Hunderten winziger Regentropfen starrte sein Spiegelbild zurück. „Er kommt zurück?" Als der Detective nicht gleich antwortete, sah Tony auf und begegnete einem prüfenden Blick. „Was ist?"

„Du willst nicht, daß er zurückkommt?"

„Das habe ich nicht gesagt." Tony warf den Helm zu den Rollschuhen auf den Fußboden und schob sich die nasse Jacke von den Schultern. „Die Wohnung gehört ihm, oder? Was hat Victory jetzt vor?"

„Victory geht jagen."

Beide Männer zuckten zusammen und wandten sich unwillkürlich der Stimme zu, die hinter ihnen erklungen war.

Tony hatte erwartet, Vicki ähnlich gekleidet zu sehen wie Henry, wenn der als Fürst der Finsternis auf die Jagd ging. Er war erstaunt über Vickis Jeans, die Turnschuhe und die ganz und gar nicht wie ein Vampirkleidungsstück wirkende helle Jacke. Abgesehen von der Tatsache, daß sie keine Brille mehr trug und ihre riesige Handtasche im Schlafzimmer hatte liegenlassen, sah sie nicht anders aus als in hunderten von Sommernächten in Toronto, als Tony noch auf der Straße gelebt hatte und ihr oft über den Weg gelaufen war.

Andererseits sah sie aber auch wieder ganz anders aus.

Dann wieder doch nicht.

Tony blinzelte. Es war, als betrachte man eins dieser Bilder, auf denen man einmal eine Vase und dann wieder einen Menschen zu erkennen meinte. „Äh, Victory, nimm es mir nicht übel, aber die Vampirin in dir schimmert durch."

Vicki wirkte erstaunt und mußte dann lachen. Eine kaum merkliche Veränderung ging mit ihr vor, dann saß die Maske der Zivilisation wieder fest. „Besser?"

„Ja. Aber ... Henry kommt doch, wäre es da nicht ..." Tony warf Celluci einen hilfesuchenden Blick zu, der sich jedoch ganz eindeutig nicht einmischen wollte. „Solltest du dann nicht lieber hier sein?"

„Willst du mich warnen? Soll ich lieber nicht in Henrys Revier jagen?"

Diese Stimmung kannte er. Er hatte sie wohl schon hundert Mal bei Henry erlebt. „Hältst du mich für doof?"

„Nein." Als sie ihn anlächelte, konnte er der Versuchung, das Kinn zu heben, kaum widerstehen. Er stieß einen Seufzer der Erleichterung aus, als Vicki sich an Celluci wandte. „Entschuldigst du mich bei Henry, wenn ich nicht vor ihm zurück sein sollte?"

„Vicki!" Celluci legte der Freundin die Hand auf den Arm, und es schien Tony, als wirke Vicki ein wenig weicher, als sie zu ihm aufsah. „Sei vorsichtig."

„Ich bin immer vorsichtig."

„Unsinn!" Aber er ließ sie gehen.

An der Tür blieb sie noch einmal stehen. „Trifft sich die schicke Welt immer noch an der Denman, Tony?" Er hatte noch kaum zum Nicken angesetzt, da war sie auch schon fort.

Henry jagte gern auf der Denman Street. Tony nagte an seiner Unterlippe und wandte sich an den Detective. „Ich dachte, Sie bitten sie, nicht zu gehen!"

Mike schnaubte. „Wohl kaum. Wenn sie in dieser Stimmung ist, ist es sicherer, sie nicht um sich zu haben."

„Ja, aber ..." Tony spreizte die Hände und wußte nicht genau, wie er sich ausdrücken sollte.

„Ich weiß, was sie ist, Tony." Mikes Stimme klang überraschend sanft. „Das gefällt mir nicht, aber die Alternative gefällt mir noch weniger." Er räusperte sich, plötzlich peinlich berührt von diesem spontanen Austausch an Vertraulichkeiten. „Hast du zu Abend gegessen?"

Tony wies darauf hin, daß Henry es nicht mochte, wenn die Wohnung nach Essen roch, und daraufhin bestellte Celluci Pizza.

„Dann kann er sich mal über was anderes aufregen."

„Als über Vicki?"

„Als über Vicki."

Tony hatte damit gerechnet, sich in Gegenwart des Detective unwohl zu fühlen und war erstaunt, als das Gegenteil eintrat und er sich mehr und mehr entspannte. Da saßen sie nun, zwei Männer, die zusammengekommen waren, weil sie gemeinsame Freunde hatten, und der größte Unterschied zwischen ihnen war eigentlich die Altersdifferenz. Sie konnten sich sogar freundschaftlich darüber streiten, was für einen Belag ihre Pizza haben sollte.

Sie hatten die übergroße, mit einer doppelten Käsemenge, Pilzen, Tomaten und Peperoni belegte Pizza zur Hälfte verzehrt, als Mike sich zurücklehnte und sich Tomatensauce vom Kinn wischte. „Nun? Sagst du mir, was mit dir los ist?"

„Nichts ist ..." Tonys halbherziger Protest blieb in der Luft hängen. Er sah Celluci an, daß dieser ihm ohnehin nicht glaubte. „Sie würden es nicht verstehen."

„Tony, wenn es um Henry geht, dann stehen die Chancen nicht schlecht, daß ich der einzige Mensch auf der Welt bin, der dich versteht."

„Ja, kann schon sein." Tony kaute, schluckte und wußte nicht genau, ob er lediglich Zeit schinden wollte, um zu überlegen, wie er sich ausdrükken sollte oder ob er der Frage an sich aus dem Weg gehen wollte. Er spürte, daß Celluci auf eine Antwort wartete. Nicht ungeduldig, aber doch so, als wolle er wirklich wissen, was den Jüngeren bedrückte. Nach einer Weile legte Tony sein halb gegessenes Pizzastück aus der Hand und wischte sich Fett von den Fingern. „Das bleibt unter uns?"

„Wenn du möchtest."

Tony ließ noch ein paar Minuten verstreichen, in denen Mike erwartungsvoll schwieg, und seufzte dann. „Als ich Henry kennenlernte, war ich niemand, und wenn es ihn nicht gegeben hätte, wäre ich auch heute nicht der, der ich jetzt bin. Er hat dafür gesorgt, daß ich wieder zur Schule gehe und meinen Abschluß mache, einfach nur weil er, nun, weil er geglaubt hat, ich könne das und ..." Tony pulte mit dem Finger ein kaltes Käsestück vom Teig. „Das hört sich ziemlich blöd an."

„Nein." Celluci schüttelte den Kopf und erinnerte sich, wie er selbst mehr als einmal plötzlich in Gleichschritt mit Henry Fitzroy verfallen war. „Das kleine Arschloch hat so eine Art, dafür zu sorgen, daß man seinen Erwartungen gerecht wird."

„Ja, genau, das ist es. Er erwartet einfach." Tony zerlegte seine Serviette in winzige fettige Stückchen und fuhr dann fort: „Das Problem ist nur, daß er mich als Person bei diesen Erwartungen manchmal gar nicht wahrnimmt. Ich meine, er hat es sich nicht ausgesucht, sich mir gegenüber zu erkennen zu geben; Vicki hat mich ihm mehr oder weniger einfach in den Schoß geworfen, und er hat mir gegenüber nie das empfunden, was er ihr gegenüber empfand." Dann erinnerte sich Tony, wer sein Gesprächspartner war, und errötete. „Tut mir leid."

„Schon gut, ich weiß, was er empfunden hat." *Aber Vicki ist Teil meines Lebens,* fügte Celluci selbstgefällig bei sich hinzu, *nicht seines.* „Mir scheint, es wird Zeit, daß du losziehst und dir ein eigenes Leben aufbaust."

„Vielleicht." Tony hob den Kopf und sah Mike direkt in die Augen. „Aber wie kann man einen wie Henry einfach verlassen?"

Vicki ließ sich vom Taxifahrer vor dem Sylvia Hotel an der English Bay absetzen. Ihre Erinnerung an die drei Nächte, die sie mit Henry in dem von Weinreben bewachsenen viktorianischen Gebäude verbracht hatte, um zu lernen, wie man eine Welt für sich nutzt, deren Teil man nicht mehr ist, gehörte zu den wenigen nicht blutgetränkten Bildern, die ihr aus ihrer „Kindheit" in Vancouver im Gedächtnis geblieben war. Sie blieb einen Augenblick lang vor dem Haus stehen und erinnerte sich daran, wie Henry sie überleben gelehrt hatte; dann ging sie die zwei Straßenzüge hinüber zur Denman Street.

Die Denman verlief quer durch das Westend Vancouvers, ziemlich genau von Südwesten nach Nordwesten. Sie war Fußgängerzone, eine wunderschöne Flaniermeile – und somit erstklassiges Jagdgebiet.

Es hatte aufgehört zu regnen, und die hellerleuchteten Straßencafés, deren Markisen immer noch ein wenig feucht glänzten, füllten sich. Regen störte die Bewohner Vancouvers wenig – was sinnvoll war, da es sehr häufig regnete –, und ihre Cafés bedeuteten ihnen viel. Vicki ließ ihren Blick über die Menschenmassen gleiten; da drängten sich die Jungen und

Topmodischen Seite an Seite mit den nicht mehr ganz so Jungen und trotzdem immer noch Modischen, und alle strahlten etwas Sportliches und Gesundheitsbewußtes aus. Wie anders war da doch der eher finstere Punklook, den das modische Toronto derzeit bevorzugte! Hier sah trotz der späten Stunde ein jeder so aus, als plane er, nach dem Cappuccino noch eine Runde Rollschuh zu laufen, das Mountainbike zu bewegen oder mit dem Kajak auf die offene See hinauszusteuern. Wäre Vicki besserer Laune gewesen, hätte sie es witzig gefunden. So ging ihr der Anblick dieser Menschen auf die Nerven.

Vielleicht war das mit der Denman ja ein Fehler gewesen. Vicki starrte zwei junge Männer in flotten Leinenhosen an, bis sie ihr den Weg freigaben. Sie suchte nach etwas leicht Gefährlichem, nach etwas, womit sie ihre Anwesenheit in Henrys Revier eindeutig und ein für alle Mal unter Beweis stellen konnte. *Daß auch nie eine Rockerbande da rumhängt, wo man sie braucht.*

Dann sah sie ihn.

Er saß in einem der Cafés, allein, ganz auf das Notizbuch konzentriert, das vor ihm auf dem Tisch lag. Ein schlanker Schatten inmitten all der Muskelmänner. Er wirkte vertraut.

Er sah Henry auffallend ähnlich.

Beim näheren Hinsehen erwies sich die Ähnlichkeit als rein oberflächlich. Der Mann trug Schwarz, seine Haut war blaß, aber das blonde Haar war zu lang und das Gesicht eher rechteckig, ohne die Rundungen des Hauses Tudor. Im Stehen war er höchstwahrscheinlich auch wesentlich größer als Henry.

Dennoch ...

Als der Mann aufsah, fing Vicki durch das Fensterglas hindurch seinen Blick, hielt ihn einen Moment lang und verschwand dann in der Nacht. Sie verbarg sich im Schatten zwischen zwei Häusern und beobachtete lächelnd die Tür des Cafés. Sie kannte solche Männer. Sie wußte, daß er zu denen gehörte, die immer meinen, es müsse da noch etwas geben, mehr, etwas anderes, ganz gleich, was der gesunde Menschenverstand dazu sagte. Solche Männer wollten glauben, all die Mythen seien wahr.

Wollten sie so gern glauben, taten es aber letztlich doch nicht.

Die Tür ging auf, und der Mann stand auf dem Bürgersteig. Vicki konnte sein Herz heftig schlagen hören, und als er die Augen schloß, wußte sie, daß er nach dem winzigen Moment suchte, den sie beide zusammen erlebt hatten, nach dem Geheimnisvollen. Ein älterer Mann mit deutlich slawischem Akzent, der den Arm um eine gutgekleidete Dame gelegt hatte, bat ihn, von der Tür wegzutreten. Der junge Mann mußte sich sichtlich anstrengen, in die Realität seiner Gegenwart zurückzufinden. Er entschuldigte sich bei dem Paar und ging dann, ein leicht wehmütiges Lächeln auf den Lippen, die Denman entlang. Eine Hand ließ er hängen und fuhr damit sanft durch die Blätter der Grünpflanzen, die die Terrasse des Straßencafés vom Bürgersteig trennten.

Vicki ließ den Hunger hochkommen.

In sicherem Abstand folgte sie dem Lied des Blutes, bis der Mann dann die breiten Stufen zu einem vierstöckigen viktorianischen Sandsteingebäude an der Barclay Street emporzusteigen begann. Als sein Schlüssel im Schloß der Haustür steckte, trat Vicki aus der Nacht hervor, legte dem jungen Mann die Hand auf die Schulter und drehte ihn zu sich um. Irgendwo in den Tiefen seiner Augen, die fast so silbergrau leuchteten wie Vickis eigene, sah sie, daß er sie erwartet hatte.

Denn er wollte so gern an das Geheimnisvolle glauben.

Also schenkte sie ihm ein Geheimnis, an das er würde glauben können.

„Was meinst du: Wer von beiden ist zuerst wieder da?"

„Henry." Celluci zappte durch diverse Kanäle und fragte sich verärgert, warum sich jemand, der so viel Geld hatte wie Fitzroy, keinen besseren Fernseher kaufte. Für seine Stereoanlage hatte er, so wie es aussah, ein kleines Vermögen bezahlt. „Es ist Montag nacht, da wird da oben in den Bergen nicht viel Verkehr sein, und er kommt gut durch."

„Er wird wahrscheinlich trinken wollen, ehe er herkommt, denke ich. Damit er nicht überreagiert."

„Wegen Vicki? Soll ich mal raten: Das hat sie mit einkalkuliert. Henry erwartet Vicki hier, wenn er eintrifft, also wird sie dafür sorgen, daß sie nicht da ist, auch wenn sie sich auf der anderen Straßenseite verstecken muß, damit sie auf jeden Fall mitbekommt, wie er vorfährt." Celluci zappte durch drei Fernsehkomödien – alle vom selben Produzenten gedreht, zwei davon aus den siebziger Jahren –, eine Episode der klassischen Version von Raumschiff Enterprise, die er bestimmt schon hundert Mal gesehen hatte und mußte danach zu allem Überfluß feststellen, daß vier verschiedene Sender das gleiche Fußballspiel übertrugen. „500 Kanäle, und auf 499 läuft immer nur Scheiße. Was ist das hier?"

Tony steckte den Kopf durch die Küchentür, wo er die Reste ihrer gemeinsamen Mahlzeit beseitigte. „Eine regionale Talkshow", sagte er, nachdem er sich die Sache ein paar Minuten angesehen hatte. „Patricia Chou. Die ist knallhart. Eine meiner Lehrerinnen an der Abendschule sagt, die Frau mache Kamikazereportagen. Weil sie nach der ganz großen Story sucht, mit der sie dann bei einer der überregionalen Fernsehgesellschaften landen kann. Im Stadtrat hat die Hälfte der Mitglieder Schiß vor ihr, und ich habe gehört, sie würde eher ins Gefängnis gehen, als Informationsquellen preiszugeben. Wer der alte Mann ist, weiß ich nicht."

„Der alte Mann", schnaubte Celluci erbost, „ist ungefähr zehn Jahre älter als ich!"

Tony zog sich weise zurück.

Auf dem Bildschirm runzelte Patricia Chou die Stirn und sagte: „Sie wollen also damit sagen, Mr. Swanson, die Ängste, die viele Menschen haben, wenn es um Organspenden geht, seien völlig unbegründet?"

„Ängste", verkündete ihr Gast, „basieren oft auf einem Mangel an Wissen."

Eine gute Antwort. Celluci warf die Fernbedienung auf die Glasplatte des Beistelltischchens – Fitzroy hatte eindeutig eine Vorliebe für zerbrechliche Möbel – und lehnte sich zurück, um in Ruhe zuzuschauen.

Auf dem Bildschirm lehnte Swanson sich auf ähnliche Art und Weise zurück und blickte mit der Selbstsicherheit eines Mannes, der schon oft Interviews überstanden hat, in die Kamera. „Wir wollen uns diese Ängste einmal der Reihe nach ansehen. Erst einmal haben Menschen, die über Geld oder Beziehungen verfügen, keine besseren Chancen auf ein neues Organ. Der Computer findet für jedes zur Verfügung stehende Organ den bestgeeigneten Empfänger. Da geht es um die Blutgruppe, Größe, die Krankheit des Patienten und darum, wie lange dieser bereits auf der Warteliste gestanden hat."

Patricia Chou lehnte sich vor und streckte einen schlanken Zeigefinger aus, um ihren Worten Nachdruck zu verleihen. „Aber was sagen Sie in diesem Zusammenhang zu den Berichten, denen zufolge einige Prominente Organspenden erhalten haben?"

„Ms. Chou: Wenn Sie sich die Sache genau ansehen, werden Sie feststellen, daß in diesem Fall das Problem bei der Berichterstattung liegt. Über diese Prominenten wird berichtet, weil sie berühmt sind und nicht, weil bei ihnen eine Organtransplantation vorgenommen worden ist.

Hunderte von Menschen bekommen neue Organe und kommen nie in die Medien, und ich versichere Ihnen, meine Frau würde heute noch leben, wenn ich in der Lage gewesen wäre, ihr ein Organ zu kaufen."

„Ihre Frau starb an chronischem Nierenversagen?"

„Ja." Mr. Swanson mußte sich räuspern, ehe er fortfahren konnte, und Celluci, der im Laufe der Jahre Trauer in jeder nur denkbaren Form gesehen hatte, hätte schwören können, daß dieses Räuspern nicht gespielt war. „Drei Jahre hat sie an der Dialyse gehangen. Drei Jahre hat sie auf eine passende Niere gewartet. Drei Jahre lang starb sie, und meine Frau ist nicht die einzige: Annähernd ein Drittel der Patienten, die auf eine Transplantation warten, stirbt, und deswegen unterstütze ich aktiv die British Columbia Transplant Society."

„Aber die Kosten einer Transplantation sind doch sicher in diesen Zeiten der allgemeinen Kürzungen ..."

„Kosten?" Swanson starrte Ms. Chou direkt an. „Wissen Sie eigentlich, Ms. Chou, daß die Kosten im Gesundheitswesen im letzten Jahr um mehr als eine Milliarde Dollar niedriger gelegen hätten, wenn man allen Patienten, die am Ende des Jahres immer noch auf eine Transplantation warteten, eine neue Niere hätte einpflanzen können?"

Das hatte Ms. Chou nicht gewußt, und sie war auch, wie man an einer leichten Anspannung ihrer Augen feststellen konnte, nicht erbaut, daß Swanson sie unterbrochen hatte. „Um auf die Ängste zurückzukommen, Mr. Swanson, die in der Öffentlichkeit herrschen: Was ist mit Organdiebstahl?" Sie betonte das letzte Wort so stark, daß es noch einen Moment oder zwei in der Luft zu hängen schien.

„Organdiebstahl ist unmöglich, zumindest was die Länder der Ersten Welt betrifft. Dazu bräuchte man Ärzte, die bereit wären, außerhalb der Legalität zu arbeiten, teure Kliniken und Laboratorien, man müßte ein eigenes Computersystem einrichten und es wasserdicht sichern – ich sage nicht, so etwas sei nicht möglich. Ich sage lediglich, die Kosten wären so immens, daß sich die Sache nicht lohnen würde."

Gute Antwort, mußte Celluci zugeben. *Wenn auch nicht spontan.* Swanson hatte eine Frage aus dieser Richtung wohl erwartet.

„Aus rein marktwirtschaftlicher Sicht ließe sich mit Organdiebstahl kein Profit erzielen?"

„Genau. Sie müssen auch Gangster anheuern, um Spender zu beschaffen, die dann ja nicht freiwillig spenden würden, und ich nehme an, ein verläßlicher Gangster, wenn es so etwas überhaupt gibt, ist auch nicht gerade billig."

Chou ignorierte den Versuch, das Interview auf eine etwas weniger dramatische Ebene zu heben und fuhr fort: „Also hat die Leiche, die man im Hafenbecken fand, eine Leiche, der man operativ eine Niere entfernt hatte, nichts mit Organdiebstahl zu tun?“

Auf diese Frage, erkannte Mike, war das ganze Interview ausgerichtet gewesen.

Mr. Swanson spreizte die Hände, und seine gepflegten Fingernägel glitzerten im grellen Studiolicht. „Für die operative Entnahme einer Niere kann es eine ganze Reihe von Gründen geben, Ms. Chou. Der menschliche Körper braucht nur eine.“

„Sie glauben nicht, daß in diesem Fall jemand anderes die andere brauchte?“

„Ich glaube, daß genau diese Art unverantwortlich reißerischer journalistischer Berichterstattung dafür verantwortlich ist, daß ein gefährlicher Mangel an Organspendern herrscht und Menschen wie meine Frau sterben müssen.“

„Aber es gibt doch bestimmt Leute, die bereit wären, auch zu zahlen ...“

Der Bildschirm wurde schwarz, und Henry legte die Fernbedienung zurück auf den Beistelltisch.

Celluci bekam Henrys Anwesenheit im Zimmer erst mit, als dieser sich direkt zwischen ihn und den Fernseher stellte. Der Detective versuchte, einen Haufen Muskeln zu lockern, die sich bei Fitzroys plötzlichem Auftauchen völlig verkrampft hatten, und zischte wütend: „Mußten Sie das tun?“

„Nein, mußte ich nicht.“ Henrys Tonfall machte klar, daß er genau die Wirkung erzielt hatte, auf die er es abgesehen hatte. „Wo ist Vicki?“

Celluci blickte über Henrys Schulter zur Küchentür hinüber, schlug die stumme Warnung in den Wind, die Tony deutlich im Gesicht geschrieben stand, und sagte langsam und deutlich: „Jagen.“

„Jagen.“ Henrys Stimme klang ausdruckslos und enthielt doch Millionen Botschaften.

„Als Sie sie baten, herzukommen, wußten Sie doch genau, daß das passieren würde.“

„Ja.“ Henry verschränkte die Finger beider Hände eng ineinander, denn er hatte Angst, die Beherrschung zu verlieren und womöglich mit der Faust durch die Scheibe des Glastischs zu fahren. Er trat ans Fenster und starrte hinaus auf die Lichter Granville Islands. „Ich wußte, daß es so kommen würde.“

„Aber deswegen muß es Ihnen ja noch lange nicht gefallen."

„Sie brauchen gar nicht so überheblich zu tun, Detective."

„Überheblich? Ich?"

In der Küche zuckte Tony zusammen. Er fragte sich, ob lange Jahre im Polizeidienst einem Menschen wohl die Illusion verliehen, persönlich unverletzbar zu sein oder ob man diesen Glauben bereits mitbringen mußte, wenn man sich für den Polizeidienst bewarb. Wie dem auch sein mochte: Detective Sergeant Mike Celluci schien sich bei seinem Flirt mit dem Tod prima zu amüsieren.

„Sie weiß, daß Sie ihren Angriff gestern bewußt provoziert haben. Ich habe es ihr gesagt." Mike war nicht so entspannt, wie er nach außen hin wirkte und beobachtete aufmerksam die Muskeln, die sich unter Henrys rohseidenem Jackett spannten und wieder lockerten. Einen direkten Angriff würde er nicht überleben. Auch keinen halbherzigen, wenn er ehrlich sein wollte – was bei der einen Rangelei, die zwischen ihm und Henry stattgefunden hatte, eindeutig unter Beweis gestellt worden war.

„Wenn Sie gerade versuchen, mich von Vicki abzulenken und sich selbst als Opfer anzubieten, Detective, dann kann ich Ihnen versichern, daß das nicht nötig ist. Wir haben gar keine Wahl, wir müssen zusammenarbeiten, wenn wir diese Erscheinung zur Ruhe betten wollen, und wie es scheint, muß ich mir wohl eingestehen, daß es durchaus möglich sein könnte, die Revierbezogenheit, die unsereins innewohnt, zu überwinden."

„Das ist ja wirklich großzügig von dir."

„Verdammt noch mal, Vicki!" Celluci sprang so rasch auf, daß er das Gleichgewicht verlor, auf den Knien aufschlug und jeansbekleidete Knochen auf blankpoliertes Hartholz trafen. „Müßt ihr euch immer derart an einen anschleichen?" Stöhnend kam der Detective wieder hoch. „Erst er und dann du!"

Vicki legte die Hände auf die Rückenlehne des Stuhls, aus dem sich Celluci eben erst unsanft erhoben hatte, und zwang sich gleichermaßen, dem Freund ein Lächeln zu schenken und den Blick von Henry zu lösen. „Du solltest dir nicht soviel Koffein reinziehen."

„Ihr Typen solltet pfeifen, ehe ihr irgendwo reinkommt", gab Celluci erbost zurück.

Ihr Typen.

Typen wie sie und Henry.

Nun war es nicht mehr länger möglich, das Band aus Hitze, das sie und den anderen Vampir verband, zu ignorieren. Mit ausdrucksloser Miene stand Henry am Fenster, die Augen im Schatten der dichten Brauen. Vikki hätte nicht sagen können, was er dachte, war sich noch nicht einmal sicher, ob sie es wirklich wissen wollte. Sein Geruch ließ ihr die Nackenhaare zu Berge stehen.

„Also ...“ Vicki bemühte sich sehr, nicht herausfordernd zu klingen – und sei es auch nur, um zu beweisen, daß sie das konnte, und sie konnte zwar nicht neutral klingen, aber zumindest klangen ihre Worte wie die eines Menschen. „Ich höre, du schuldest mir eine Entschuldigung.“

„Ja.“ Henry senkte den Kopf. „Aber ich habe 450 Jahre in dem Glauben verbracht, Vampire seien nicht in der Lage, ein Revier zu teilen, Vicki. Du kannst von mir nicht erwarten, daß ich über Nacht meine Meinung ändere.“

Vickis nächste Worte klangen eindeutig spöttisch. „In der Regel beginnen Entschuldigungen mit den Worten: Es tut mir leid.“

„Es tut mir leid. Du hattest recht. Ich hatte unrecht. Ich habe dir keine Chance gegeben. Diesmal werde ich das.“

„Weil du nicht anders kannst.“

Henry zuckte die Achseln. „Das gebe ich zu.“

„Wenn du diesen Fürst-der-Finsternis-Scheiß noch einmal abziehst, Henry, dann bin ich über alle Berge.“

„Wie du bereits früher schon erwähntest.“ Plötzlich lächelte er, und Vicki sah vor sich keinen Konkurrenten mehr, sondern einen der beiden Männer, die sie gegen ihren Willen zu lieben gelernt hatte. „Du hast dich nicht verändert, von dem Offensichtlichen einmal abgesehen – du bist weiter ganz du. Als ich den Tag aufgab, wurde ich ein ganz anderer Mensch.“

Mike, der immer noch zwischen den beiden stand und seinen besorgten Blick ununterbrochen von einem zum anderen wandern ließ, schnaubte. „Ja. Wird wohl so gewesen sein. Sie waren vorher ein königlicher Bastard, und hinterher waren Sie auch einer, mit allem, was das so mit sich bringt. Aber Sie waren ja erst siebzehn, als es geschah, da will ich gern glauben, daß Sie sich verändert haben. Sie sind einfach erwachsen geworden – eine Wandlung, die jeder von uns durchmacht.“

Henry öffnete den Mund und schloß ihn wieder, ohne etwas gesagt zu haben. Selbst Vicki wirkte leicht überwältigt.

Erfreut über die Wirkung, die er erzielt hatte, trat Celluci so weit vor, daß er nicht mehr direkt zwischen Henry und Vicki stand, sondern mit den beiden ein Dreieck bildete. „Wo das nun geklärt ist, sollten wir ein paar kleinere Probleme auch noch gleich klären. Zunächst einmal: Wo soll Vicki ihre Tage verbringen? In Ihrem Bett jedenfalls nicht ...“

„Damit wollen Sie wohl sagen: nicht in einem Bett mit mir. Das wäre auch nicht möglich."

„Worauf Sie ihren Arsch verwetten können."

Henry beachtete den Einwand nicht. „Die Wohnung gegenüber steht leer und ist genauso geschnitten wie meine. Das kleine Schlafzimmer ließe sich leicht sichern. Die Frau, der die Wohnung gehört, ist vor kurzem gestorben. Auf meinem Weg in die Stadt habe ich bei ihrer Gesellschafterin angerufen ..."

„Sie haben ein Mobiltelefon?"

„Versuchen Sie, auf dem laufenden zu bleiben, Detective: Wir leben schließlich in den Neunzigern. Wie dem auch sei: Mrs. Munro verläßt die Stadt und wird die nächste Woche bei ihrem Sohn in Kamloops verbringen. Sie hat uns netterweise erlaubt, die Wohnung ihrer verstorbenen Arbeitgeberin zu nutzen."

„Wirklich nett von ihr."

„Nicht? Aber seien Sie versichert, daß meine Überredungskünste in diesem Fall im wesentlichen pekuniärer Art waren. Mrs. Munro erbt einen Großteil der Hinterlassenschaft ihrer Arbeitgeberin. Aber zur Zeit ist sie gerade arbeitslos und verfügt über kein eigenes Einkommen, solange das Testament noch nicht rechtskräftig ist. Ich bin bei ihr vorbeigefahren, um mir den Schlüssel zu holen, und ich bin sicher, daß die Wohnung unseren Ansprüchen gerecht wird." Mit diesen Worten zog Henry einen Schlüsselring aus der Tasche und warf ihn Vicki zu, die ihn mit einer Hand auffing.

Und zurückwarf. „Es ist dir nie in den Sinn gekommen zu fragen, was ich davon halte?"

„Du kannst auch jederzeit gern den Tag in deinem Kleinbus eingesperrt verbringen."

„Kann sie nicht; den hat schon mal einer versucht zu klauen." Es bereitete Mike großes Vergnügen, nicht auf Henrys verwundertes Stirnrunzeln einzugehen. „Nimm die Schlüssel, Vicki. Er hat dich gebeten herzukommen – da gehört es sich nur, daß er sich um deine Unterbringung kümmert."

Widerstrebend streckte Vicki die Hand aus. „Wenn du es so siehst ..."

„Genau so sehe ich das." Celluci wartete, bis der Schlüssel abermals die Hand gewechselt hatte, und fuhr dann fort: „Mein zweiter Punkt bezieht sich auf das Revier und wie wir verhindern, daß ihr euch gegenseitig an die Gurgel geht. Die Stadt ist groß. Warum kann Vicki nicht einfach in einem Gebiet jagen, das Sie nicht nutzen? Als damals diese andere Vampirin nach Toronto zog, schienen Sie so etwas doch für machbar zu halten."

„Leider geht es nicht nur um die Jagd, Detective, es geht auch um Kontakte. Ich habe mir in der Vergangenheit Städte mit anderen geteilt, aber wir hatten immer ganz klare Grenzlinien bestimmt, und zwischen den einzelnen Gebieten lag neutraler Boden. Unsere Wege haben sich nie gekreuzt."

Ehe Celluci etwas erwidern konnte, warf Vicki ein: „Das geht nicht. Wenn ich herausfinden will, wer unseren ruhelosen Geist umgelegt hat, dann sind die Grenzen, die mir die Nacht auferlegt, schon schlimm genug. Wenn ich einen Hinweis erhalte, dann weiß ich nicht, wohin er mich führt, dann kann ich das gar nicht wissen. Ich muß dem Hinweis nachgehen, und da wären klar umrissene Grenzen nur hinderlich."

„Vielleicht kann ich ja helfen, ich habe eine Idee."

Vicki drehte sich um und starrte wütend nicht Tony an, sondern die anderen beiden Männer. „Warum habt ihr mir nicht gesagt, daß er da ist? Ihr beide standet mit dem Gesicht zur Küche."

„Sehr unvorsichtig, Vicki!" Henry fiel mühelos in seine alte Rolle als Lehrer und Führer zurück, denn damit kannte er sich aus. „Du hättest wissen müssen, daß er da ist. Du hättest ihn riechen, seinen Herzschlag hören müssen."

„Sein Geruch hängt hier überall in der Wohnung und sein Herzschlag wurde von der Geschirrspülmaschine übertönt."

„Welchen Gefahren so ein moderner Vampir doch ausgesetzt ist!" murmelte Celluci.

Tony trat grinsend vor. „Genau das wollte ich ja sagen: Ihr beiden seid moderne Vampire. Ich meine: Dieser Kram, man könne sich ein Revier nicht teilen, das war wahrscheinlich im Mittelalter sinnvoll, als die Dörfer nur ein paar hundert Einwohner zählten und mehr als ein Vampir wahrscheinlich aufgeflogen wäre. Aber in dieser Stadt leben fast drei Millionen Menschen."

„Da könnte er recht haben", gab Vicki zu. „In diesem Haus wohnen wahrscheinlich ungefähr so viele Menschen wie in einem noch nicht einmal kleinen Dorf des 15. Jahrhunderts."

„Aber das hier ist meine Stadt ..."

„Mein Gott, Henry, in West Vancouver warst du noch nie! Da könnte glatt ein anderer Vampir leben und sechs Ghule und eine Familie Außerirdischer, und du hättest keine Ahnung. Außerdem hast du ja schon gesagt, daß man Städte aufteilen kann. Das hat mit all dem hier nichts zu tun."

„Hier geht es um eure Einstellung." Tony trat an das Dreieck heran, blieb aber am Rande stehen. „Du hast doch selbst immer gesagt, Henry, die Zeit verändere dich nicht und du müßtest deswegen selbst mit der Zeit gehen, weil du sonst auf der Strecke bleibst. Du hast auch gesagt, du würdest höchstwahrscheinlich irgendwann mal dein Badetuch rausholen und dich zur letzten Bräunung legen, wenn du zu weit hinter der Zeit zurückbleibst."

„Letzte Bräunung?" wiederholte Vicki mit einem ungläubigen Blick in Henrys Richtung.

„Das habe ich so nie gesagt."

„Vielleicht nicht mit genau diesen Worten", gab Tony zu. „Aber gemeint hast du es so." Der junge Mann wirkte mit einem Mal sehr ernst und richtete einen intensiven, besorgten Blick erst auf Henry, dann auf Vicki. „Ändert euch oder krepiert!"

Nach einer ganzen Weile zuckte Vicki die Achseln. „Sieh mal, Henry, ich versuche ja gar nicht, dein Revier zu übernehmen, und Nahrung ist genug für uns beide da. Also gibt es eigentlich keinen logischen Grund, einander an die Gurgel zu gehen. Wir sollten durchaus miteinander auskommen können, solange das eben notwendig ist."

„Hör doch mal auf dein Blut, und dann sag mir, ob du wirklich glaubst, was du eben gesagt hast."

„Ich höre auf meinen Verstand. Das solltest du auch versuchen."

Henry knurrte. Vicki ebenfalls. Beide traten einen Schritt vor.

„HE!" Cellucis Stimme zerriß die Spannung im Raum. „Reißt euch zusammen! Ihr benehmt euch wie Straßenköter, nicht wie zwei angeblich denkende, fühlende Wesen!" Vicki und Henry interessierten sich plötzlich auffallend für ihre Fußspitzen. „Die Zeiten ändern sich. Ändert euch mit ihnen oder gesteht euch ein, daß ihr das nicht könnt und hört auf, hier meine Zeit zu verschwenden. Davon habe ich nämlich, verdammt noch mal, viel weniger als ihr."

Den Blick immer noch zu Boden gerichtet murmelte Vicki: „Ich mache dir einen Vorschlag, Henry. Ich verspreche dir, ich veranstalte keine kindischen Raubzüge durch dein Revier, wenn du mir versprichst, daß du ein wenig lockerläßt."

„Das wird nicht einfach sein."

„Nichts, was es wirklich wert ist, ist je einfach."

„Verschon mich bloß mit Platitüden", murmelte Celluci.

Henry trat vom Fenster weg, und Vicki wich einen Schritt zurück, sorgfältig darauf bedacht, den Abstand zwischen ihnen beiden zu wahren. Henry blieb einen Augenblick lang stehen, als wolle er die Distanz zwischen sich und den anderen erproben. Als weder Celluci noch Vicki Anstalten machten, näherzukommen, seufzte er müde und sagte: „Im Keller sind die Sachen, die du brauchst, um das Fenster nebenan zu sichern. Sieh dir doch mit Celluci die andere Wohnung an, während Tony und ich sie heraufbringen."

Mit Mühe konnte Vicki, als Henry an ihr vorbeiging, dem Bedürfnis widerstehen, ihn anzuknurren. So nickte sie nur, denn ihrer Stimme mochte sie nicht trauen. Celluci warf einen kurzen Blick in das Gesicht der Freundin und zog sie dann vorsichtig an sich. Sie riß ihren Arm los, blieb aber dicht bei ihm. Sein Duft sollte Henrys Geruch überlagern können.

„Also!" sagte sie dann, als sich die Tür schloß und sie mit Mike allein war. „So schlimm war's ja gar nicht. Wir sind doch wirklich weitergekommen."

„Dann lockere mal deinen Unterkiefer."

An Vickis Kiefer zuckte ein Muskel. „Noch nicht."

Als genug Zeit verstrichen war und sie auf ungestörten Abzug aus der Wohnung rechnen konnten, begaben sich die beiden hinüber in die Nummer 1409.

„Jesus, Maria!"

„Und Josef und alle Heiligen!" ergänzte Vicki.

Marmorverkleidete Wände; vier verschiedene Vorhangkordeln an jedem Fenster; alle Möbel sahen aus, als trügen sie einen Überzug aus Rohseide; nur Perserteppiche auf dem Boden. Zwei- und dreidimensionale Kunstwerke, sorgsam verteilt, um ordentlich Eindruck zu schinden: Die Wohnung 1409 sah aus, als habe man sie extra für die Photographen des *Vancouver Life Magazine* eingerichtet.

„Ich hätte nie gedacht, daß es wirklich Menschen gibt, die in so etwas leben." Vicki kehrte den Wonnen des Wohnbereichs den Rücken und machte sich auf die Suche nach den Schlafzimmern. „Was meinst du: Ist der Rest der Wohnung auch so?"

Zwei chinesische Tempelhunde aus Terrakotta bewachten in der einen Ecke des größten Schlafzimmers einen riesigen Korb mit getrockneten Rosen. Fünfzig verschiedene Kopfkissen in allen nur denkbaren Größen und Farben waren am Kopfende des übergroßen Doppelbettes aufgeschichtet, und die Tagesdecke aus Seidenmciré paßte farblich zur Tapete. Die Vorhänge waren aus demselben Material wie die Tagesdecke, allerdings um einiges dunkler.

„Dieses Zimmer hat wahrscheinlich soviel gekostet wie mein ganzes Haus", murmelte Mike erschüttert.

„Auf jeden Fall schicker als das Holiday Inn", stimmte Vicki ihm vergnügt zu, trat zurück in den Flur und öffnete die Tür zum kleinsten der drei Schlafzimmer. „Oh Gott!" Sie erstarrte an der Schwelle. „Hier kann ich nicht schlafen!"

Celluci blickte ihr über die Schulter und mußte prusten.

Eine riesige Puppe in einem gehäkelten Röckchen in Rosa und Weiß thronte mitten auf einer Tagesdecke aus rosa Satin. Der rosa Bettvorleger paßte genau zu den rosa Rüschen des Fenstervorhangs, der sich wiederum farblich mit den rosa Rüschen am blaßrosa Lehnstuhl ergänzte. Die Ankleidekommode und ein Holzkoffer am Fußende des Bettes waren auf antik getrimmt und weiß, und das Bett selbst war die schrecklichste Scheußlichkeit in Messing, die Vicki je zu Gesicht bekommen hatte. Überall Schnörkel und Emailleblümchen, und in der Mitte sowohl des Fuß- als auch des Kopfteils des Bettgestells prangte je ein riesiges Herz.

Celluci lachte so sehr, daß seine Beine ihn nicht mehr tragen konnten und er gegen die Wand sank, wobei er sich den Bauch hielt. „Die Vorstellung ...", wollte er erklären, blickte wieder von Vicki zum Bett und zurück und konnte den Satz nicht zu Ende bringen.

„Die Vorstellung ... " Ein weiterer Versuch scheiterte.

„Was ist los, du Scherzkeks? Zu feminin das Ganze für eine Vampirin?"

„Vicki ...", Celluci wischte sich mit der einen Hand die Lachtränen aus dem Gesicht und wedelte mit der anderen im Zimmer umher. „... ich werde mit dem Gedanken an *dich* in dieser Umgebung nicht fertig! An die andere Sache hatte ich noch nicht mal gedacht."

Vickis Lippen zuckten. „Sieht aus wie von Nesthäkchen eingerichtet, nicht?"

Wenig später fand Tony die beiden Schulter an Schulter auf dem Fußboden vor. Sie sahen aus wie Leute, die sich gerade eben fast totgelacht hätten. „Niemand hat mein Klopfen gehört", erklärte er. „Was war denn so komisch?"

Mit einer Kopfbewegung wies Vicki auf das Zimmer und rang nach Luft. „Eine Plastikkrypta ganz in Rosa, die glatt in eine Nußschale paßt."

„Ja. Gut." Tony warf einen Blick in das Zimmer, zuckte die Achseln und sah dann wieder die beiden an. „Ich weiß nicht, wovon du redest, aber die Sachen, die du zum Abdichten des Fensters brauchst, sind draußen. Henry meinte, es sei am besten, wenn er nicht reinkommt. Um seinen Geruch nicht hier reinzutragen, du weißt schon."

Mit dem Rücken zur Wand schob Vicki sich wieder hoch, reichte Celluci die Hand und konnte sich dann gerade noch zurückhalten, ihn mühelos hochzuziehen. Beweise ihrer Kraft nervten den Freund mehr als alles andere. Als sie sah, daß Tony sie beobachtete und genau wußte, was sie da gerade getan hatte, biß sie irritiert die Zähne zusammen. „Hier handelt es sich keineswegs um eine Frau, die dem Machismo ihres Typen nicht zu nahe treten will und deshalb so tut, als sei sie schwächer, als sie ist!" grollte sie. „Du siehst einen Menschen vor dir, der einen Kompromiß eingeht, weil ihm an einem anderen Menschen etwas liegt."

Tony wich mit erhobenen Händen zurück. „Ich habe doch gar nichts gesagt."

„Ich konnte hören, was du denkst."

Als Vicki mit wütenden Schritten an ihm vorbeistürmte, warf Tony Mike einen Blick zu. „War sie immer schon so launisch?"

Mike schenkte der Frage keine Beachtung. „Was faselst du von Machismo?" wollte er wissen und folgte Vicki den Flur entlang. „Wovon zum Teufel redest du?"

Tony seufzte. „Schon gut." Er trottete den beiden nach, wartete auf eine Pause in der Auseinandersetzung und verkündete dann: „Henry sagt, wenn ihr die Sachen in der Wohnung habt, sollten wir uns alle bei ihm drüben treffen, um den Fall zu besprechen."

Celluci lehnte zwei anderthalb Zentimeter dicke Sperrholzplatten gegen die Wand und runzelte die Stirn. „Wäre es nicht klüger, uns einen neutralen Ort zu suchen?"

„Er sagt, seine Wohnung geht, weil Vicki ihren Duft dort ohnehin schon versprüht hat."

„Was hat er gesagt?"

„Mensch! Vicky!" Mit weit geöffneten Augen wich Tony zurück, bis er gegen eine Kommode stieß und nicht mehr weiterkam. Er streckte die Hand aus, um einen antiken Kandelaber festzuhalten, der beim Zusammenstoß mit seinem Kopf ins Wanken geraten war und stieß hervor: „Reg dich ab. Ich wiederhole nur, was Henry gesagt hat."

„Das klingt ja gerade so, als hätte ich an die Möbel gepißt."

Tony erinnerte sich an die Unterhaltung, die er vor nicht allzu langer Zeit mit Celluci geführt hatte und hielt es nicht für angebracht, hinzuzufügen, daß Henry außerdem gemurmelt hatte: „Mein Gott, wie sehr sie mir fehlt!“ Tony hatte sich stark versucht gefühlt anzumerken, Vicki befände sich lediglich auf der anderen Seite des Flurs und Henry sei, wenn sie ihm fehlte, daran verdammt noch mal selbst schuld. So einen Ton aber schlug man Henry gegenüber nun einmal nicht an.

„Ich schlage vor, Sie gehen rüber zum Leichenschauhaus der Stadt Vancouver und identifizieren dort eine Leiche, während Vicki und ich das Zimmer herrichten.“

Henry blickte Celluci über die gesamte Länge des Eßtischs hinweg an und zog eine rotgoldene Braue hoch. „Was soll ich?“

„Wenn es einen Geist gibt, dann stehen die Chancen nicht schlecht, daß irgendwo auch eine Leiche ist.“ Celluci wußte nur zu genau, daß der mühsam errungene Waffenstillstand im Zimmer auf wackligen Füßen stand und keine Störungen vertrug. Also bemühte er sich, ruhig zu bleiben und sich auch nicht durch Gesten zu verraten – selbst wenn ihm die Tatsache, von einem Autor von Liebesromanen derart von oben herab behandelt zu werden, natürlich gehörig gegen den Strich ging, was er eigentlich auch gerne zum Ausdruck gebracht hätte. „Wenn es sich dabei um eine Leiche ohne Hände handelt und diese Leiche auch noch gefunden wird, dann stehen die Chancen sehr gut, daß die ganze Sache irgendwann einmal in der Zeitung steht. Also bin ich heute nachmittag, als ihr beide euren Schönheitsschlaf hieltet, Ihren Altpapierkasten durchgegangen.“ Mike nahm eine zusammengefaltete Zeitung hoch und warf sie Henry hin. „Eine Leiche ohne Hände wurde aus dem Hafen gefischt. Zur selben Zeit, als Ihr Geist erstmals auftauchte.“

„Mein Geist ist das nicht“, ließ Henry angespannt verlauten.

Celluci zuckte die Achseln. „Wie dem auch sei. Die Leiche befindet sich wahrscheinlich noch im Leichenschauhaus. Die Polizei konnte sie noch nicht identifizieren, das hätte sonst in einer der neueren Ausgaben der Zeitung gestanden.“

„Was, wenn das die richtige Leiche sein sollte?“ Über den Tisch hinweg schob Henry Mike die Zeitung wieder zu.

„Dann finden wir heraus, was die Polizei weiß", hob Celluci an, „und dann ..." Eiskalte Finger schlossen sich wie ein Schraubstock um sein Handgelenk.

„Mein Fall, Mike. Wollen wir nicht erst mal ein wenig darüber reden, ehe du ihn für mich löst?"

Celluci wandte sich Vicki nur halb zu und sah ihr auch nicht direkt in die Augen, da er genau wußte, wie gefährlich das war. „Unser Fall, Vicki. Ich dachte, wir besprechen ihn, wenn Henry im Leichenschauhaus ist. Oder soll ich lieber zu Tony ziehen und Urlaub machen, und du sagst mir einfach Bescheid, wenn du wieder heim willst?"

Vicki runzelte die Stirn und gab Cellucis Arm frei. Sie wollte keinen der beiden Männer ansehen, ließ ihren Blick statt dessen durch das Zimmer schweifen und mußte mit einem Mal herzlich lachen. „Ich glaube, beim Gedanken daran, du könntest diese Drohung wahrmachen, geht Tony gerade der Arsch auf Grundeis!"

„Auf Grundeis nicht!" protestierte Tony, während die anderen drei sich umwandten, um ihn anzustarren. „Aber ich wohne bei Freunden, die nicht viel Platz haben, und es ist ja nicht so, als ob ..." Seine Stimme wurde leiser und er warf Vicki einen wütenden Blick zu. „Danke!"

„Du kannst nach Hause kommen", erinnerte Henry ihn. „Mein ursprünglicher Plan scheint ja ... hinfällig."

„Nee." Tony rutschte in seinem Stuhl hin und her. „Meine Sachen sind jetzt da, und John und Gerry haben extra Platz geschaffen. Da wäre es unhöflich, einfach abzuhauen."

„Wie du meinst." Henry runzelte nachdenklich die Stirn, aber ehe er etwas sagen konnte, warf Celluci, der Tony genau beobachtet hatte, ein: „Es wäre gut, wenn Sie sich im Krankenhaus auch eine Kopie des Autopsieberichts besorgen könnten."

Die rotgoldenen Brauen hoben sich, aber wenn Henry am Timing des Einwurfs etwas verdächtig vorkommen mochte, war er offenbar bereit, dies auf sich beruhen zu lassen. Wenn Tony mit Mike Celluci Geheimnisse haben wollte, dann ging ihn das nichts an. „Sonst noch etwas?" fragte er trocken und stand auf.

„Ja. Liefern Sie uns schriftlich eine detaillierte Beschreibung ihres Geistes – achten Sie besonders auf alles, was ihn von der Leiche im Leichenschauhaus unterscheidet."

„Was ist mit den anderen? Denen aus dem Schrei?"

„Können Sie sie beschreiben?"

Henry, der nie gern und schon gar nicht unter diesen Umständen zugab, zu etwas unfähig zu sein, schüttelte den Kopf. „Nein."

„Dann sollten wir sie momentan außer acht lassen und uns auf die Beschreibung konzentrieren, die Sie uns liefern können."

„Leg' die Beschreibung zum Autopsiebericht", ordnete Vicki an und erhob sich ebenfalls. „Wenn ihr uns jetzt entschuldigen würdet ..." Ihr Ton machte klar, daß es ihr egal war, ob Henry sie entschuldigte oder nicht. „Wir versiegeln jetzt meinen Unterschlupf, und du siehst zu, daß dein Geist Fleisch und Knochen kriegt."

„Vicki."

Sie hielt inne, eine Hand auf der Rückenlehne ihres Stuhls.

„Wie ich vorhin schon erklärte: Es ist nicht einfach, einen Glaubenssatz über Bord zu werfen, an den ich mich über 450 Jahre lang gehalten habe. Selbst wenn ich dessen Wahrheitsgehalt nie überprüft habe, auch wenn er nicht mehr gelten sollte: Der Glaube daran, daß Vampire nicht in der Lage sind, miteinander Körperkontakt zu haben, hat zumindest eine lange Tradition."

Vickis Hand legte sich auf Cellucis Schultern, und sie drückte, als sie spürte, wie der Freund sich versteifte, beruhigend zu. „Ich bin nicht gerade eine traditionelle Vampirin, Henry."

Henry lächelte; ein Lächeln, an das Vicki sich gut entsann. Das Lächeln, das sie vor ihrer Wandlung gekannt hatte. „Dann hör auf, die Nervensäge zu spielen."

FÜNF

Das städtische Leichenschauhaus befand sich im Keller des Vancouver General Hospital. Henry nahm an, aus dem gleichen Grund, aus dem Krypten immer weit unterhalb von Kathedralen erbaut worden waren: je tiefer im Boden, desto kühler die Raumtemperatur und desto geringer die Gefahr, daß die Verwesungsprozesse auf andere Teile des Gebäudes übergriffen.

Henry war nie gern in Krankenhäuser gegangen. Nicht nur des grellen Lichtes wegen, das für seine an Dunkelheit gewöhnten Augen sehr schmerzhaft war. Auch nicht wegen des allgegenwärtigen, unangenehmen, mit dem Geruch von Krankheit vermischten Geruchs nach Desinfektionsmitteln.

Es war die Verzweiflung, die für Henry jeden Besuch in einem Krankenhaus so unangenehm werden ließ.

Wie dichter Rauch hing sie in den Gängen; sie ging von den Patienten aus, die wußten, daß sie sterben würden und von denen, die fürchteten, sterben zu müssen. Da spielte es kaum eine Rolle, daß sich die moderne Medizin mehr Erfolge als Mißerfolge auf die Fahnen schreiben konnte.

Ein Raubtier lauert den Schwachen auf. Den Wehrlosen. Den Verzweifelten.

Henry hatte bereits getrunken, aber als er über die Türschwelle in das Gebäude trat, machte sich sofort der Hunger lautstark bemerkbar und rüttelte an den Gitterstäben von Henrys Selbstbeherrschung. Dem Hunger ging es nicht ums Nähren – er war aufs Töten aus. Töten, weil er töten konnte, weil ihn so gut wie alle hier darum anzuflehen schienen. Als sich die Tür hinter Henry schloß, spürte er, wie sich jegliche Zivilisiertheit davonstahl und den nackten Hunger bloßlegte, der direkt darunter geschlummert hatte.

Henrys Plan war, sich durch den Eingang zur Notaufnahme Zugang zum Krankenhaus zu verschaffen. Hier durfte er hoffen, in dem allgemeinen Chaos, das in der Notaufnahme eines jeden größeren städtischen Krankenhauses zu herrschen schien, unbemerkt vorgehen zu können. Was das Chaos betraf, so hatte er mit seinen Überlegungen richtiggelegen, aber dafür hing über dem vollbesetzten Wartezimmer derart dichter Blutgeruch, daß Henry kurz davor war, die Kontrolle über den Hunger zu verlieren. Zu deutlich war er sich all der Schwachen und Verletzten um sich herum bewußt, deren Leben angstvoll in einer nach Verzweiflung stinkenden Atmosphäre vor sich hinpochte. Henry trat von der Tür weg weiter in das Gebäude hinein.

Niemand versuchte, ihn aufzuhalten.

Jeder, der ihn sah, schaute schnell wieder weg.

So rasch er konnte durchquerte Henry den dichtbesetzten Warteraum der Notaufnahme und glitt durch die erste Tür zu einem Treppenhaus, die er fand. Die Luft hier war reiner, aber Henry hatte wenig Zeit, sich zu sammeln.

Der Volksmund sah das zwar anders, hatte aber in diesem Fall unrecht: Vampire tauchen durchaus in Spiegeln und auch auf den Bildschirmen von Überwachungskameras auf.

Manchmal, dachte Henry, als er die Treppenstufen in Höchstgeschwindigkeit hinabglitt – ein dunkles Flackern auf einem weit entfernten Monitor – *manchmal hasse ich dieses Jahrhundert!*

Zwei Treppen tiefer fand er eine Tür mit der Aufschrift STÄDTISCHES LEICHENSCHAUHAUS/ZWEITES PARKDECK und trat erleichtert in einen schwach beleuchteten Flur. Von drei Neonröhren an der Decke brannte je nur eine. Henry nahm an, das hatte er den Budgetkürzungen zu verdanken – hier unten liefen ja auch keine Patienten und um diese Tageszeit nur wenige Angestellte herum. Trotzdem wußte er das Schummerlicht zu schätzen. Seiner Meinung nach gehörte eine Barriere aus Schatten ganz einfach in jeden Korridor, der in einer Leichenhalle mündete.

Nach wie vor mit gefletschten Zähnen, aber wesentlich souveräner, als er es seit dem Verlassen seines Autos gewesen war, folgte Henry der Spur vieler Tode bis zu einer unverschlossenen Tür. Er streifte sich im Gehen ein Paar Lederhandschuhe über, die er gewöhnlich beim Autofahren trug, durchquerte geräuschlos einen Vorraum, in dem ein Büro untergebracht war und trat dann in die Leichenhalle.

Hier fiel ihm das Atmen noch leichter. In diesen Räumen beherbergte das vergossene Blut kein Leben mehr, und die Toten hatten alle Schrekken hinter sich.

Nur sechs der großen Kühleinheiten waren in Gebrauch. Fünf davon trugen die Namen der Person, die sie beherbergten. In der sechsten Schublade ruhte die Leiche des Mannes ohne Hände, die man aus dem Hafen gezogen hatte.

Das Gesicht der Leiche wies schwere Schlagverletzungen auf – Henry hätte nicht sagen können, ob der Tote sie sich erst im Wasser oder davor schon zugezogen hatte –, zeigte aber immer noch klare Umrisse, an denen Henry seinen Geist wiedererkennen konnte. Letzte Zweifel beseitigte der bluttriefende Dolch, der, leicht verschwommen und wohl in Eigenarbeit gestochen, als Tätowierung den linken Oberarm des Mannes zierte.

Alle Unterlagen der Leichenhalle waren per Computer erfaßt, aber in einem großen Aktenschrank, der eine ganze Wand des Büros einnahm, wurde von den aktuelleren Autopsieberichten zusätzlich ein Computerausdruck aufbewahrt. Henry brauchte nicht lange, um anhand der Nummer an der Lade die entsprechende Akte im Schrank ausfindig zu machen und hatte bereits die erste Seite in den Fotokopierer geschoben und den Einschaltknopf des Gerätes betätigt, als er vom Flur her Schlüssel rasseln hörte.

Kevin Lam eilte den Flur entlang und warf seinen Schlüsselbund von einer Hand in die andere. Er wollte nur noch nach Hause, irgend etwas essen, was nicht nach Desinfektionsmitteln schmeckte und sich hoffentlich im Fernsehen die Übertragung irgendeines Sportereignisses ansehen können: Die Schicht, die hinter ihm lag, war mörderisch gewesen. Baseball wäre jetzt genau das richtige. Nicht, daß er Baseball wirklich gemocht hätte, sein Kopf jedoch war nach zehn Stunden Schufterei so leer, daß er außer Baseball nichts mehr verstehen würde.

Wenn ich erst mal im Auto sitze, dann bin ich sicher. Dann können sie mich nicht mehr zurückholen. Dann kann ich heim. Da Kevin die Augen unverwandt auf die Tür zum Parkdeck gerichtet hielt, hätte er den kleinen Lichtstreifen unter der Bürotür des Leichenschauhauses fast übersehen.

Unter der Bürotür des Leichenschauhauses, in dem um diese Zeit eigentlich niemand mehr etwas zu suchen hatte.

Das Milchglas im oberen Teil der Tür war dunkel. Es sah nicht so aus, als sei noch jemand bei der Arbeit.

„Wer zum Teufel läßt denn dann den Kopierer laufen?" Kevin warf einen sehnsüchtigen Blick auf die Tür zum Parkdeck und seufzte. Wenn er jetzt den Wachdienst rief, würde er unter Umständen stundenlang hier festsitzen, auch wenn sich herausstellte, daß eigentlich nichts los war, und sollte sich herausstellen, daß nichts los war, dann würde er nichts als Spott ernten und Zielscheibe für jeden Witz sein, den man im Krankenhaus über die Leichenhalle riß. „Also mache ich einfach die Tür auf, stelle selbst fest, daß nichts los ist, und dann gehe ich nach Hause."

Aber wenn nun doch etwas los ist? fragte er sich dann, als er den Schlüsselbund schon in die Hosentasche geschoben hatte und sich anschickte, die Tür zu öffnen. Aber dann mußte er über sich selbst den Kopf schütteln. *Als würde ernsthaft jemand um Mitternacht in der stockfinsteren Leichenhalle herumstehen und kopieren!*

Henry hätte reichlich Zeit gehabt, sich zu verstecken. Er hatte nur keine Lust dazu.

In dem Augenblick, in dem der Pfleger als Silhouette in der offenen Tür auftauchte, eine Hand nach dem Lichtschalter ausgestreckt, packte Henry ihn an der Knopfleiste seines Kittels, zog ihn ins Zimmer und schloß die Tür.

Gellend dröhnte der Hunger in Henrys Ohren. Vickis Gegenwart hatte die Fesseln gelockert, in die Henry ihn geschlagen hatte, die drückende Verzweiflung und der Blutgeruch im oberen Teil des Krankenhauses hatten noch zusätzlich daran gezerrt. Nur der Selbsterhaltungstrieb verhinderte das Schlimmste. Henry schleuderte den ungebetenen Gast auf einen der Schreibtische.

Im Zimmer war es nicht vollständig dunkel: An verschiedenen Geräten glommen die Standby-Lämpchen, und über der Tür leuchtete matt ein Licht, das den Ausgang markierte. Kevin sah ein blasses Oval über sich, ein Gesicht. Er fühlte sich in den unergründlichen Tiefen dunkler Augen versinken und unterdrückte einen Schrei, als eine kalte Stimme ihm Schweigen befahl.

Starke Finger – eiskalt und doch glühend – griffen nach seinem Handgelenk; Gefühle rasten seinen Arm hinauf, im Gleichklang mit seinem Puls, und dann fing sein Herz an, noch fieberhafter zu rasen. Sein Atem wurde schneller. Das mochte Furcht sein – oder etwas sehr viel Finstereres.

Er verstand nichts, als das blasse Gesicht verschwand und dieselbe kalte Stimme murmelte: „Und ihr habe ich kindisches Verhalten vorgeworfen." Als das Gesicht erneut auftauchte und die Stimme ihn anwies, alles zu vergessen, gehorchte er nur allzugern.

Kurz nach Henry war auch Tony gegangen, und gegen zwei Uhr hatte Vicki Celluci zu Bett geschickt. Bis auf eine kleine Lampe in Form eines Halbmonds, die den Eingangsbereich beleuchtete, waren alle Lichtquellen der Wohnung gelöscht. Durch die offenen Vorhänge drang die Stadt ins Wohnzimmer, eine Stadt, die den Bewohnern der Nacht jegliche Dunkelheit und alles, was auch nur annähernd an Dunkelheit erinnerte, vom Leibe hielt. Vicki hatte sorgfältig die ungeöffnete Post zweier Tage auf einen Stapel gelegt und beiseite geschoben, saß nun am Mahagonischreibtisch, starrte auf ein leeres Blatt Papier und wartete auf Henry.

Bald würde er kommen; mußte er kommen, wenn er ihr auch nur die geringste Chance geben wollte, den Autopsiebericht zu lesen und ein oder zwei Schlüsse daraus zu ziehen, ehe die Sonne aufging.

Solange Vicki sich darauf beschränkte, auf *Henry* zu warten, ging es ihr prima. Wenn sie anfing, darüber nachzudenken, was Henry war, färbten sich all ihre Gedanken knallrot.

Vampir.

Aber er war immer Vampir gewesen – er war nicht derjenige, der sich geändert hatte.

Vicki spielte an dem schweren Füllfederhalter herum, den sie in einer der Schreibtischschubladen gefunden hatte, drehte das glatte, schwarze, schwere Schreibgerät in den Händen, und die Wiederholung der immer gleichen Bewegung schien sie ein wenig zu beruhigen.

Gut. Ich bin nicht mehr, was ich war, aber ich bin immer noch die, die ich war. Ich habe damals die Grenzen akzeptiert, die meine Augenkrankheit mir setzte – vielleicht nicht gerade mit Anmut und Würde – wie sie sich ehrlicherweise eingestehen mußte – *aber ich habe sie akzeptiert. Ich habe mich durch diese Grenzen nicht hindern lassen, mein Leben so zu leben, wie ich es wollte. Ich bin hier, um einen Mörder zu finden und werde nicht zulassen, daß Henry Fitzroy mir in meine Arbeitsweise hineinredet. Er ist mein Freund, und wir werden uns benehmen wie Freunde, und wenn ich ihn dafür in Stücke reißen und mich an seinen dampfenden Eingeweiden ergötzen muß.*

Der Federhalter zerbrach in ihren Fingern.

„Verdammte Scheiße!“

Heftig atmend konnte sich Vicki gerade noch davon abhalten, die Einzelteile einfach in die Gegend zu schleudern und ein ganzes Zimmer voller ziemlich teurer Polstermöbel mit Tinte zu tränken. Der Kampf um Beherrschung hatte sie so angestrengt, daß sie am ganzen Körper zitterte. Vorsichtig legte sie beide Füllfederhalterhälften auf den Tisch, sprang auf und versetzte ihrem Stuhl einen heftigen Fußtritt.

Während eine kleine Stimme in ihrem Kopf verwundert fragte, was das nun wieder gewesen sein sollte, eilte Vicki zur Tür: Der Hunger hatte sein

Haupt erhoben. Aus der Spiegelwand neben der Wohnungstür starrten sie silbergraue Augen an. Vicki packte die Türklinke und mußte dann feststellen, daß sie ein anderes Herz hören konnte, das im Takt mit ihrem schlug.

Henry.

Im Flur. Fast schon an der Tür.

Vampir.

Dann kam ihr ihr Gedächtnis zur Hilfe und fügte Cellucis Definition hinzu: Autor von Liebesromanen.

An diese Definition klammerte sich Vicki, und es gelang ihr, ihren Instinkt zu bändigen. Ihr Atem ging langsamer, und das Dröhnen in ihren Ohren wurde zum leisen Rauschen. Nun gut, dann war es eben so: Vampire teilten ihr Revier nicht mit anderen Vampiren. Aber es stand nirgends geschrieben, daß sie es nicht mit einem Autor von Liebesromanen teilen konnte.

Wie Tony gesagt hatte: alles eine Frage der Einstellung.

In Fragen der Einstellung bin ich groß! Durch diesen Gedanken bestätigt riß Vicki die Tür auf. „Warum hast du so lange gebraucht?"

Henry wich einen Schritt zurück, um ihr nicht zu nahezukommen. Seine Augen wurden dunkel, und er bleckte die Zähne. „Übertreib' es nicht, Vicki!"

„Hey ..." Vicki breitete die Hände aus, eine Geste mit Doppelfunktion: So konnte sie einerseits betonen, daß ihre Worte versöhnlich gemeint waren und stand andererseits bereit, Henry an die Gurgel zu gehen. „Wer übertreibt hier? Ich habe nur eine Frage gestellt." Aus irgendeinem Grund klangen die Worte wie eine Herausforderung, und das hatte Vicki wirklich nicht beabsichtigt. Mit der Tür zwischen ihnen beiden war ihr die Sache einfacher erschienen; jetzt, von Angesicht zu Angesicht, ließ sich die instinktive Reaktion auf die Bedrohung, die Henry darstellte, wesentlich schwerer ignorieren. „Es wurde spät, Henry. Ich habe mir Sorgen gemacht."

„Warum hast du dir Sorgen gemacht?"

Weil du alt bist und langsam wirst ... wo zum Teufel kam das denn her? Erschüttert verfrachtete Vicki den Gedanken in die hinterste Ecke ihres Unterbewußtseins. „Schon gut. Was hast du herausgefunden?"

Keine Antwort war vielleicht für beide das beste. Henry hatte die Drohung kommen sehen und bemerkt, wie schwer es Vicki gefallen war, sie wieder zu unterdrücken. Ihre Selbstbeherrschung war wirklich erstaunlich, besonders, wenn man berücksichtigte, daß sie ja erst kurze Zeit die Nacht bewohnte. Ein Hauch von Eifersucht – wie leicht es ihr fiel, die Anforderungen ihrer Natur einfach nicht zu beachten – mischte sich in den Strudel an Gefühlen, der unter der Gelassenheit tobte, die Henry nach außen hin zur Schau stellte. „Zu dem Geist gehört in der Tat ein Körper. Ich habe den Autopsiebericht kopiert und dem Ganzen eine genaue Beschreibung beigefügt."

„Danke." Vickis Finger zerknüllten den gelben Schnellhefter, den Henry ihr gereicht hatte, und dann schloß sie rasch die Tür zwischen ihnen. Sie hörte genau, daß er noch einen Moment vor der Tür verharrte, ehe er hinüber in seine Wohnung ging. Erschöpft sank sie gegen geschnitztes Zedernholz. „Soweit zum Selbstschutz mit Hilfe von Definitionen: Autor von Liebesromanen!" Ein alter Instinkt riet ihr, Henry nachzueilen und sich mit ihm zu versöhnen. Neue Instinkte drängten darauf, ihm nachzugehen und ihn zu vernichten.

Vicki verharrte gegen die Tür gelehnt, bis das Potpourri an teuren und harmlosen Gerüchen, mit dem die Wohnung erfüllt war, sich mit Henrys Duft vermischt hatte. „Langsam geht mir die Sache wirklich auf den Keks! Ich lasse mir nicht mein Dasein diktieren. Von niemandem!" Sie ging zum Schreibtisch zurück und warf den zerknitterten Ordner mit aller Wucht auf das blankpolierte Holz. „Ich werde das auf die Reihe kriegen ..."

Den Rest des Satzes verschluckte sie lieber: „... und wenn es mich umbringt." Unter den gegebenen Umständen mochte dies doch eine zu große Herausforderung des Schicksals sein.

In der Wohnung am anderen Ende des Hausflurs stand Henry am Fenster, starrte auf Vancouvers Westend hinab und massierte sich die pochenden Schläfen. Es hätte schlimmer kommen können – er hatte mit Schlimmerem gerechnet. Keiner von ihnen beiden hatte den anderen angegriffen, und ihre Unterhaltung war zwar kurz gewesen, aber im großen und ganzen doch recht zivilisiert verlaufen. Es sah allmählich aus, als hätte Vicki die ganze Zeit recht gehabt. Vielleicht ließen sich die alten Regeln ja wirklich ändern.

Immerhin hatten auch die Kojoten jahrhundertelang als einsame Jäger gelebt und lernten nun, im Rudel zu jagen. Einer seiner Mundwinkel zuckte; er erinnerte sich an einen Bericht, den er vor nicht allzu langer Zeit im Fernsehen gesehen hatte. Dort war es um Kojoten gegangen, die in Nord-Vancouver Haustieren nachstellten.

„Kein besonders schmeichelhafter Vergleich also, wenn ich es recht bedenke", murmelte er an die Nacht gewandt.

Es hatte ihn überrascht, wie stark Vicki war – obwohl er sich eigentlich nicht hätte wundern dürfen: Vickis Stärke erwuchs aus ihrer Persönlichkeit, nicht aus dem, was sie war. Jetzt, wo Henry seinen Anflug von Eifersucht überwunden hatte, stellte er fest, daß in ihm ein zaghaftes Vertrauen in diese Stärke Fuß zu fassen begann und dabei uralte Regeln und Erwartungen beiseite schob, und mit dem Glauben an Vicki kehrte auch der Glaube an ihn selbst zurück.

Da war durchaus noch das Begehren, Vicki in blutige Einzelteile zu zerlegen und sie aus seinem Revier zu schaffen, aber nun erkannte er zum ersten Mal, daß er dieses Begehren nicht unbedingt würde ausleben müssen.

Henry eilte ins Badezimmer, um den ihm immer noch anhaftenden Krankenhausgestank abzuwaschen und fühlte sich mit einem Mal voller Hoffnung.

„Mike, wir müssen vor Sonnenaufgang miteinander reden." Nur reine Erfahrung ließ Vicki aus Cellucis gebrummter Antwort ein: „Ich bin schon wach", heraushören, eine Behauptung, die sie nicht recht glauben mochte, denn die Augen des Detective waren weiterhin fest geschlossen, und auch sein Atem klang immer noch nach Schlaf.

Statt sich geborgten Bettzeugs zu bedienen, hatte Celluci es vorgezogen, seinen Schlafsack in der Mitte des übergroßen Doppelbettes auszurollen, aber er hatte ihn nicht zugezogen. Vicki kniete sich neben ihn, griff durch den offenen Reißverschluß und packte den wärmsten Teil von Cellucis Anatomie.

„Heilige Mutter Gottes! Deine Hände sind eiskalt!"

Sie grinste. Es war ihr gelungen, so schnell zurückzuweichen, daß sein wütender Faustschlag sie nicht hatte treffen können. „Jetzt bist du wach."

„Das kannst du laut sagen." Er blinzelte über ihre Schulter, und es gelang ihm, die Leuchtziffern des Weckers auf dem Nachttisch zu erkennen. „4:03 Uhr. Toll! Wehe, du hast jetzt nichts wirklich Wichtiges zu bereden!"

„Dann hast du mich also gehört, als ich sagte, wir hätten etwas zu besprechen?"

„Ich habe doch gesagt, ich bin wach." Celluci gähnte und schob sich ein weiteres Kissen unter den Kopf. „Was gibt es?"

„Wenn das *unser* Fall sein soll, dann müssen *wir* darüber reden."

„Hättest *du mir* nicht einfach einen Zettel hinlegen können?"

„Dich weiterschlafen lassen?" Vicki schnappte sich den Ordner, den sie am Fußende des Bettes abgelegt hatte, ließ sich im Schneidersitz neben Celluci nieder und fing an vorzulesen. „Henrys Geist war ein Weißer, zwischen zwanzig und fünfundzwanzig Jahre alt, Raucher, der wahrscheinlich an Schlägen starb, die er sich einige Zeit vor seinem Sturz ins Wasser zugezogen hatte. Innerhalb des letzten Monats vor seinem Tod wurde ihm operativ eine Niere entfernt, daran ist er aber nicht gestorben. Nach seinem Tod hat man die Hände, die Handgelenke und gute zwei Zentimeter der Unterarme entfernt, wahrscheinlich mit einer Axt. Dann wurde seine Leiche im Hafen gefunden." Mit gerunzelter Stirn starrte Vicki auf die Kopien der Fotos, die dem Autopsiebericht beigefügt gewesen waren. „Da er immer noch unidentifiziert im Leichenschauhaus liegt, können wir davon ausgehen, daß die Polizei sein Bild durch ihre Computer gejagt hat und ihn nicht finden konnte. Die Kollegen müßten jetzt eigentlich drei Dinge tun."

Celluci zog die Brauen hoch – er hätte wetten können, daß die Kollegen von der Polizei von Vancouver ganz begeistert gewesen wären, hätten sie hören können, was sie Vickis Meinung nach zu tun hatten – und gab der Freundin zu verstehen, sie solle fortfahren.

„Erst einmal sollten sie mit den Fotos hier durch die Krankenhäuser ziehen, in der Hoffnung, daß ihn jemand erkennt, der mit der Nierensache zu tun hatte."

„Ich bin ziemlich sicher, daß die Kollegen daran gedacht haben", murmelte Celluci. „Allzu viele Orte kann es hier ja nicht geben, an denen man sich eine Niere herausnehmen lassen kann."

„Das hängt davon ab, wie du *hier* definierst", gab Vicki zu bedenken. „Der Typ hätte sich sonstwo auf der Welt herumtreiben können, ehe er nach Vancouver kam und sich umlegen ließ." Grinsend schlug sie Mike mit dem Ordner auf die Brust. „Zum Glück wissen wir etwas, was die Polizei nicht weiß. Die Leiche war nackt, als man sie aus dem Wasser zog, aber Henrys Beschreibung nach trägt der Geist das T-Shirt einer hiesigen Rockband. Wir können uns also auf Vancouver und die unmittelbare Umgebung beschränken."

„Sollten wir nicht der Polizei mitteilen, daß der Typ von hier ist? Falls du es vergessen hast, Beweismittel zurückzuhalten ist ein Verbrechen."

„Gut. Sagen wir es ihr." Vicki tat, als telefoniere sie. „Hallo? Morddezernat? Der Unbekannte, den Sie in der Leichenhalle haben, der ohne Hände – er kommt hier aus der Gegend. Woher ich das weiß? Er spukt bei einem Kumpel von mir. Der Kumpel ist Vampir und hat das T-Shirt erkannt, das der Geist trägt." Vicki legte den imaginären Hörer auf und schnaubte. „Lieber nicht. Dann sollten die Kollegen sich um die Tätowierung kümmern." Sie reichte Celluci eine Seite mit kopierten Fotos.

Mike seufzte, schaltete ein Licht ein und prüfte nun selbst die Bildersammlung. „Sie haben ihn übel zugerichtet. Hat Henry ihn anhand der Tätowierung identifiziert?"

„Das habe ich ihn nicht gefragt."

In Vickis Ton lag der Befehl, nicht zu fragen warum nicht, und so gab Mike kommentarlos die Seite zurück. „Die Tätowierung sieht aus wie Marke Eigenbau, auf der Straße gemacht. Gibt nicht viel her, woran man sich halten kann. Was ist die dritte Sache?"

„Die Kollegen sollten sich in der Unterwelt umtun."

„Auf der Suche wonach?"

„Warum, meinst du denn, hat man ihm die Hände abgehackt?"

Mike zuckte die Achseln. „Irgendwo sind seine Fingerabdrücke gespeichert."

„Dann doch aber auch mit Foto."

„Aber nicht so." Celluci breitete die Kopien vor sich aus. „Für so ein Gesicht spuckt kein Computer eine ID aus, und die Durchsicht von Verbrecheralben dauert unendlich lange. Dafür hat niemand Zeit, und so schiebt man das immer ganz unten auf die Prioritätenliste."

„Ich glaube ja, daß man ihm die Hände abgehackt hat, weil man sie gebrauchen konnte."

„Die Fingerabdrücke eines Toten?"

„Das ist eine Möglichkeit, und das organisierte Verbrechen paßt auch zu deiner Theorie mit dem Organdiebstahl."

„Hey, das ist gar nicht *meine* Theorie!" protestierte Celluci. „Ich habe nur wiedergegeben, was ich im Fernsehen gesehen habe."

„Das paßt alles zusammen. Die Mafia sucht immer nach neuen Mitteln und Wegen, Geld zu machen. Sie stellen Körper zur Verfügung, damit sich die Reichen Organe für Transplantationen kaufen können, und mit den Händen veranstalten sie dann ihre eigene perverse Version von Müllreduzierung, Müllwiederverwertung und Müllumwandlung: Sie präparieren Waffen, mit denen sie jemanden umlegen wollen, mit den entsprechenden Fingerabdrücken. Das würde sogar den Fundort der Leiche erklären: Die Hafenarbeiter sind alle, wirklich alle in der Gewerkschaft, lassen niemanden da arbeiten, der nicht organisiert ist, und die Gewerkschaften haben schon immer mit der Mafia zusammengearbeitet."

„Wie bitte? Jimmy Hoffa ist ab nach Vancouver, als er damals spurlos verschwand?" Celluci warf die Papiere wieder aufs Bett und fuhr sich mit beiden Händen durch das Haar. „Ganz schön weit hergeholt!"

„Gut, vergiß das mit den Gewerkschaften. Aber ich behaupte immer noch, die einfachste Erklärung ist in der Regel auch die richtige Erklärung."

„Du hältst deine Theorie für eine einfache Erklärung?" wollte Celluci in einem übertrieben ungläubigen Ton wissen, der nur zum Teil gespielt war. „Falls es dir entgangen sein sollte: Es gibt nur eine Leiche. Damit kann man nicht viel Geld machen."

„Es wurde nur eine Leiche gefunden, Mike. Entweder fangen sie gerade erst an und haben die Frage der Entsorgung noch nicht wirklich im Griff, oder der Typ hier ist in die falsche Strömung geraten. Wie dem auch sei: Einen so komplizierten Apparat baut niemand einer einzigen Niere wegen auf."

„Falls die fehlende Niere irgend etwas mit dem Mord zu tun hat und nicht reiner Zufall ist. Was ein Zufall ist, weißt du doch noch, oder?"

Vicki schenkte dem Einwand keine Beachtung. „Außerdem müssen wir ja irgendwo anfangen, und wir haben sonst verdammt noch mal nichts in der Hand. Mit der Unterwelt befasse ich mich morgen. Wenn man sich ansieht, wie sehr sich die Einwandererrate aus China in letzter Zeit erhöht hat, dann stehen die Chancen nicht schlecht, daß zumindest eine der Triaden auch in Vancouver operiert."

„Leider Gottes kann ich dagegen nichts vorbringen ..."

Vicki verzog spöttisch die Lippen: „Armer kleiner Junge."

„Aber trotzdem finde ich, das sind alles Sachen, die eigentlich die Polizei erledigen sollte. Warum überlassen wir sie nicht den Kollegen? Du weißt so gut wie ich, was die Beamten davon halten würden, wenn sich eine Privatdetektivin – noch dazu eine, die nicht von hier ist – und ein Bulle auf Urlaub, der auch nicht von hier ist", fügte er eilig hinzu, als er sah, wie Vickis Augen sich silbern färbten, „in ihre Angelegenheiten mischen. Typen von außerhalb, die auftauchen und ihren Fall aufmischen."

„Normalerweise würde ich dir ja zustimmen." Celluci blickte ungläubig drein, und Vicki runzelte die Stirn. „Würde ich echt! Aber leider Gottes hat Henrys Geist ziemlich eindeutig kundgetan, daß er von Henry gerächt zu werden wünscht, und von daher müssen wir den Mörder finden, ehe die Polizei es tut, denn sonst kann Henry bis in alle Ewigkeit Rätselraten mit den Toten spielen."

„Darauf würde ich es ja glatt ankommen lassen", verkündete Celluci, dem die Vorstellung, Henry Fitzroy könne in die Enge getrieben werden, ziemlich gut gefiel.

„Ich nicht."

Womit diese Debatte sich erledigt hatte.

„Warum sollte es einen Geist scheren, wer ihn nun rächt?"

„Woher zum Teufel soll ich das wissen?"

„Ich werde nicht zulassen, daß Henry die Vampirbürgerwehr spielt."

„Darum hat dich auch niemand gebeten."

„Für diese Debatte ist es mir zu früh am Morgen." Mike unterdrückte ein Gähnen. „Aber ich komme darauf zurück, darauf kannst du Gift nehmen! Eher friert die Hölle zu, als daß ich zusehe, wie Henry das Gesetz in die eigenen Hände nimmt."

„Schon wieder die alte Leier?" fragte Vicki trocken.

„Nur weil er es schon mal getan hat, wird es dadurch nicht richtig." Mike, den sein Gewissen quälte, rutschte unsicher hin und her. In der Nähe Henry Fitzroys hatten die Grenzen zwischen Gerechtigkeit und Gesetz so eine Art, zu verschwimmen – Mike mochte das nicht, hatte bisher aber auch noch nichts unternommen, es zu verhindern. *Wo,* fragte er sich, *ziehe ich die nächste Grenze?*

Er seufzte tief, blinzelte zu Vicki auf und wünschte, sie würde näher ans Licht heranrücken, damit er ihr Gesicht hätte sehen und dessen Ausdruck lesen können, statt nur ein blasses Oval vor sich zu haben. „Ich nehme an, ich soll tagsüber ein paar Aufträge für dich erledigen."

Vicki nickte und zog träge mit einem Finger Kreise in seinem Brusthaar. „Ich will, daß du diese Interviewerin fragst, warum sie denkt, es sei Organdiebstahl. Worauf stützt sie ihre Theorie? Vielleicht weiß sie etwas oder hat etwas gehört ..."

„Oder vielleicht erfindet sie das alles nur so en passant."

„Vielleicht. Du kannst ja auch recht haben ..." Sie schlug ihn sachte, als er im gespielten Entsetzen zurückschreckte. „... die fehlende Niere könnte Zufall sein. Aber ich hätte trotzdem gern gewußt, warum sie die Sache aufgebracht hat."

„Was, wenn ihre Gründe eher etwas mit Einschaltquoten als Fakten zu tun haben?"

„Dann können wir immer noch an den Verbindungen zur Unterwelt arbeiten."

Das Glitzern in Vickis Augen entlockte Celluci einen weiteren tiefen Seufzer. „Du freust dich darauf, in der Kacke zu rühren, stimmt's?"

„Mach dich nicht lächerlich."

„Du lügst immer noch verdammt schlecht, Vicki." Mike streckte die Hand aus und ergriff Vickis Rechte. „Denk' daran: Du bist unsterblich, aber nicht unverletzlich."

Vicki beugte sich vor und preßte ihren Mund auf seinen. Ein paar erhitzte Augenblicke später löste sie sich wieder. „Ich werde vorsichtig sein, wenn du zugibst, daß an meiner Theorie etwas dran sein könnte."

„Du kennst mich doch: Ich bleibe immer nach allen Seiten offen."

Sie fuhr ihm mit der Zunge über die Lippen. „Wenn du kein so guter Lügner wärst, würde ich dir das sogar glauben."

Punkt 5:00 Uhr klingelte der Wecker. Ronald Swanson streckte die Hand aus, um ihn abzuschalten. Dann fiel ihm ein, daß das Geräusch ja außer ihn selbst niemanden mehr störte. Er ließ sich wieder in die Kissen sinken, strich nicht vorhandene Falten aus dem Laken auf der anderen Bettseite und dachte an den Telefonanruf, den er gleich tätigen wollte.

Seit Monaten fanden die grundlegenden Vorbereitungen statt, und in der letzten Nacht hatte er gemeinsam mit einem vertrauenswürdigen Angestellten im Osten die letzten Details ausgearbeitet. Heute sollte der Handel abgeschlossen werden.

Aus Sicherheitsgründen wäre es wahrscheinlich besser gewesen, sich davon ebenso fernzuhalten wie von den Spendern, aber das brachte Swanson nicht übers Herz. Seine persönliche Hingabe an alle Details, sein Finger am Puls der Firma hatten ihm unanständig viel Geld eingebracht, weswegen es ihm schwerfiel, gewohnte, bewährte Methoden aufzugeben.

„Was nicht kaputt ist, sollte man nicht reparieren", murmelte er, schlug seine Bettdecke – eine Decke für nur eine Person – zur Seite und stieg aus dem Bett. Seine Füße hinterließen bei jedem einzelnen Schritt einen tiefen Abdruck im dichten Teppichboden. Er ging ins Badezimmer, das zum Schlafzimmer gehörte und schloß aus alter Gewohnheit die Tür hinter sich, ehe er dort die Beleuchtung einschaltete.

Im finsteren, verlassenen Schlafzimmer zeigte der Wecker 5:03 Uhr.

„Tony? Mike. Ich habe dich doch nicht geweckt, oder?"

Tony sah verschlafen auf die Uhr, die im Bücherregal stand und richtete sich mühsam so weit auf, daß er sich gegen das Kopfende des Sofabettes lehnen konnte. „Doch. Es ist erst acht. Was ist?"

„Erst acht!" Die Wiederholung erfolgte mit dem unausgesprochenen Zusatz *diese jungen Leute*. „Arbeitest du heute nicht?"

„Doch, aber erst um zehn." Er gähnte und kratzte das fast millimeterkurze Haar auf seinem Schädel. „Ich habe noch haufenweise Zeit."

„Toll. Ich muß wissen, auf welchem Kanal ich gestern diese Talkshow gesehen habe."

„Die Talkshow?" Tony starrte auf das Wohnzimmerfenster mit seinen vielen kleinen Fensterstreben, das fast hinter ein paar großen Hängepflanzen versteckt lag und verlor sich in dem Versuch festzustellen, ob die Wellen im Fensterglas real waren oder ob er einfach noch nicht richtig sehen konnte.

„Sie lief gestern, ehe Henry nach Hause kam. Patricia Chou interviewte einen Geschäftsmann namens Swanson. Es ging um Nieren."

„Ach ja." Tony wurde langsam wach und entschied, die Wellen seien in der Tat Teil der Fensterscheibe. „Ja und?"

Langsam, geduldig und sehr deutlich drang Cellucis Stimme durch die Telefonleitung. „Welcher Sender war das?"

„Die Nummer?"

„Nein, der Name!"

Tony gähnte nochmals und wußte plötzlich wieder, warum ihm Celluci nie wirklich sympathisch gewesen war. „Ich glaube, er heißt Community Network. Sonst noch was? Soll ich einen Termin für Sie vereinbaren?"

„Nein danke, aber halte heute mal die Ohren offen. Wenn es wirklich eine Mafiagruppe gibt, die Organe klaut – was Vickis augenblickliche Theorie ist ...", Cellucis Ton legte nahe, daß er diese Theorie für sehr unwahrscheinlich hielt, „... dann müßte man doch auf der Straße irgendwas davon mitkriegen."

„Wahrscheinlich schon. Ich aber werde acht Stunden in einer Videothek stehen, und das einzige, was ich heute zu hören bekomme, ist das Summen der Bänder, wenn ich die Spielfilme vom Wochenende zurückspulen muß, die irgendwelche rücksichtslosen Vollidioten zurückbringen, die die Verträge nicht lesen können, die sie unterschrieben haben."

„Da bleiben immer noch der Arbeits- und der Rückweg, und essen mußt du auch. Vicki sagt, du kannst so was am besten, Tony. Wenn da draußen Gerüchte im Umlauf sind, werden sie dir auch zu Ohren kommen."

Mit roten Ohren murmelte Tony seine Zustimmung.

„Bitte entschuldige mich bei deinen Gastgebern, falls ich die auch geweckt haben sollte."

Tony ließ den Hörer auf die Gabel fallen und wünschte sich, er könnte seine privaten Videos ebenso einfach zurückspulen wie die im Laden. Er war weit gekommen, aber einige Reaktionen hatte er noch nicht im Griff. „Kaum streichelt man mich, da führe ich mich schon auf wie ein streunender Köter." Er seufzte, holte einmal tief Luft und erfreute sich am Duft frisch aufgebrühten Kaffees – Marke Haselnuß und Sahne –, der aus der Küche drang. Er beschloß, sofort aufzustehen, da offenbar entweder Gerry oder John auch schon wach waren und in der Küche herumhantierten. Er zog sich ein T-Shirt über, das zu den Boxershorts paßte, in denen er die Nacht verbracht hatte und stellte fest, daß er sich darauf freute, mit jemandem gemeinsam frühstücken zu können.

Besonders, da er selbst nicht auf der Speisekarte stand.

Das Community Network hauste im Kellergeschoß eines dreistöckigen Spitzgiebelhauses an der Ecke Tenth Avenue und Yukon Street, gleich hinter dem Rathaus. *Was in gewisser Weise sinnvoll ist*, dachte Celluci: Immerhin befaßte sich der Sender offenbar in der Hauptsache mit der Berichterstattung über die Politik der Stadtverwaltung.

„Immer schön nah an der Quelle bauen", murmelte der Detective und fügte ein zwischen zusammengepreßten Zähnen hervorgestoßenes: „Verdammter Schweinehund!" hinzu, als ein sehr viel kleineres, wendigeres Fahrzeug unmittelbar vor seiner Nase direkt in den einzigen freien Parkplatz einbog, den er hatte erspähen können. Die Fahrer in Vancouver pflegten zwar nicht so einen Kamikazestil wie die in Montreal, besonders entspannt wirkten aber auch sie nicht. Selbst wenn er es ungern tat, sah sich Celluci schließlich gezwungen, den Bus auf einem städtischen Parkplatz abzustellen, und seine Laune besserte sich erst dann wieder, als ihm einfiel, daß ja Henry für die Kosten aufkommen würde.

Der Empfangsbereich des Senders – neun Treppenstufen unterhalb des Straßenniveaus, also eher in einem Zwischengeschoß als wirklich im Keller gelegen – war ursprünglich einmal in neutralen Eierschalentönen gestrichen worden. Danach hatte man jede freie Fläche mit Flugblättern, Ankündigungen, Nachrichten und Postern aller Art bepflastert. Die Frau am Empfang hatte sich knapp über dem Gummiband, das einen rötlichblonden Pferdeschwanz zusammenhielt, vier Bleistifte ins Haar geschoben und benutzte gerade einen fünften, um sich hektisch Notizen zu machen. Es hörte sich ganz so an, als habe ihr jemand die Terminplanung ruiniert, und ihr Teil der Unterhaltung klang immer unhöflicher und dafür immer entschiedener. Celluci bekam nicht alles mit, aber er kam nicht umhin, die Frau wegen der Beherrschung, die sie zu wahren imstande war, sehr zu bewundern.

„Unter dem Strich sagen Sie mir also, der Abgeordnete hat erst nach der gerade stattfindenden Sitzung Zeit für ein Interview?" Die Notizen verschwanden unter heftigen schwarzen Strichen. „Aber nach der Sitzung müssen wir mit dem Stadtverordneten nicht mehr über die Änderungen im Flächennutzungsplan reden, weil die dann gelaufen sind. Ich würde mich sehr freuen, wenn Sie sich wieder meldeten." Der Hörer wurde mit etwas mehr Nachdruck, als erforderlich gewesen wäre, auf die Gabel geworfen. „Du scheinheiliger Speichellecker."

Sie holte tief Luft, blickte auf, schenkte Celluci ein strahlendes Lächeln und sagte: „Ich nehme an, Sie können nicht einfach vergessen, was Sie da eben gehört haben?"

Celluci erwiderte das Lächeln ganz bewußt mit einem besonders charmanten eigenen. „Was soll ich gehört haben?"

„Herzlichen Dank. Was können wir für Sie tun?"

„Ich bin hier, um mit Patricia Chou zu reden." Als ihr Gesichtsausdruck sich daraufhin änderte, fügte er hinzu: „Mein Name ist Celluci. Ich hatte angerufen."

„Richtig, sie hat das erwähnt." Die Frau stand auf und streckte Mike die Hand hin. „Ich bin Amanda Beman, Patricias Produzentin."

Ihr Händedruck erinnerte ihn an Vickis – minus die neuerworbene, unwillkommene Fähigkeit, Knochen zu brechen. „Arbeiten denn Produzentinnen in der Regel auch am Empfang?"

„Machen Sie Witze? Bei unserem Budget arbeite ich auch in der Telefonzentrale und leere die Papierkörbe. Kommen Sie." Bleistiftenden bebten, als sie mit dem Kopf auf eine Tür wies, an der nur zwei Blätter Papier hingen. Verglichen mit der Papierdichte an der sie umgebenden Wand konnte die Türfläche praktisch als leer gelten. Auf dem einen stand: *Bitte die Klingel betätigen, sollte der Empfangstresen nicht besetzt sein*, und der Zettel darunter – hellgrüne Buchstaben auf dunkelgrünem Grund – verkündete: KLINGEL KAPUTT! BITTE KLOPFEN.

„Später geht es hier wesentlich hektischer zu", erklärte Amanda und führte Mike einen leeren Flur entlang. „Unser Frühstücksfernsehen besteht aus fertig gedrehten Lehrfilmen, die uns die Universität von British Columbia zur Verfügung stellt, also arbeiten wir bis mittags mit einem Minimum an Beschäftigten." Sie warf ihm einen müden Blick zu. „Danach werden wir auch nicht viel mehr."

„Dennoch war Ms. Chou gleich heute früh schon hier."

„Sie wird auch die Letzte sein, die geht. Unsere kleine Patricia würde gern Geraldo Rivera werden, wenn sie mal groß ist."

„Sie waren auch hier ..."

„Ich bin immer hier." Sie blieb vor einer unbeschrifteten Stahltür stehen und senkte die Stimme. „Sie müssen ziemlich überzeugend gewirkt haben, wenn es Ihnen gelungen ist, Patricia zu so einem frühen Termin zu überreden, und Sie sehen so aus, als könnten Sie durchaus selbst auf sich achtgeben, aber mein Gewissen läßt es nicht zu, Sie ungewarnt da reingehen zu lassen. Also: Wenn sie sagt, Sie könnten sie ruhig Patricia nennen, dann meint sie das genau so; Patricia, unter gar keinen Umständen Pat. Dann: Nichts von dem, was Sie ihr erzählen, bleibt unter vier Augen. Wenn Patricia es verwerten kann, dann tut sie es auch. Noch eins: Wenn sie der Meinung ist, Sie könnten ihr nützlich sein, dann wird sie Sie auch benutzen, und angesichts der Tatsache, daß Sie nicht gerade potthäßlich sind, rate ich Ihnen, immer in Bewegung zu bleiben. Geben Sie bloß kein feststehendes Ziel ab." Damit klopfte die Produzentin an die Tür und wies Celluci an, einzutreten. „Viel Glück."

„Langsam bekomme ich das Gefühl, ich sollte mich lieber mit Peitsche und Stuhl bewaffnen", murmelte der Detective und griff nach der Türklinke.

„Eine Zyankalikapsel wäre praktischer", erwiderte Amanda fröhlich. „Wir brauchen Patricia. Sie nicht. Also: immer schön in Bewegung bleiben."

Als die Tür sich schloß, hörte er die Frau leise vor sich hinsummen: „Ding, dong, die Hex' ist tot." Dann hörte er nichts mehr, denn der schwere Stahl schluckte alle vom Flur hereindringenden Geräusche. *Dann kann ich ja davon ausgehen, daß mich auch niemand hört, wenn ich schreie.*

Ursprünglich einmal war der Raum ein einziges riesiges Rechteck aus Ziegelsteinen gewesen, das man mit Hilfe von Bücherregalen in zwei kleinere Arbeitsbereiche unterteilt hatte. Einer der Bereiche war kleiner als der andere und hatte noch dazu keine Fenster. Zielsicher ging Celluci hinüber in den größeren.

Die Frau, die dort am Computer arbeitete, nahm keine Notiz von seiner Anwesenheit, auch wenn sie sowohl das Klopfen ihrer Produzentin als auch Cellucis Eintreten gehört haben mußte. Celluci hatte nicht den Eindruck bewußter Unhöflichkeit; er war einfach nur nicht so wichtig wie die Arbeit, mit der die Frau gerade beschäftigt war. Was allerdings, wenn er es recht bedachte, schlimmer als Unhöflichkeit und die reinste Beleidigung war. Jahrelange Polizeiarbeit hatten Celluci jedoch gegen Beleidigungen abgehärtet – es sei denn, sie wurden von Gewaltakten begleitet.

Er verschränkte die Hände auf dem Rücken und sah sich um.

Bücherregale fungierten nicht nur als Raumteiler, sondern bedeckten auch zwei der drei Seitenwände des Raums und reichten an der dritten bis zur Höhe der Fenster. Sie schienen zu gleichen Teilen mit Büchern, Videos und Ordnern bestückt, aber es waren dort auch einige gerahmte Fotos ausgestellt:

Patricia Chou, die etwas vom Bürgermeister von Vancouver entgegennahm. Patricia Chou im Händedruck vereint mit dem amtierenden Ministerpräsidenten von British Columbia. Patricia Chou zusammen mit einem bedeutungsvoll lächelnden Mann, in dem Celluci den Vertreter der „Recht auf Leben"-Bewegung erkannte, der eine siebenundfünfzig Jahre alte Geburtshelferin mit einer Kugel aus seinem 7,62 Millimeter-Präzisionsgewehr bedacht hatte, weil es ihm nicht gefiel, daß die Ärztin in städtischen Kliniken legale Abtreibungen vornahm. Selbst auf diesem Foto lächelte Ms. Chou, allerdings war der Ausdruck, mit dem sie sich den in Handschellen befindlichen Heckenschützen ansah, der einer Frau, die gerade unter ihrem Absatz etwas höchst Unappetitliches zerquetscht hatte und darüber sehr zufrieden war.

Detective Sergeant Celluci war der ganz persönlichen Ansicht, die Welt wäre um einiges besser und seine Arbeit um einiges leichter, wenn die Aufmerksamkeit, die die Medien normalerweise Kriminellen zukommen ließen, statt dessen den Opfern geschenkt würde, also die Medien Kriminelle einfach nicht beachteten. Deren Namen und Bilder sollten Mikes Meinung nach nur auf Fahndungsblättern und in Gerichtsakten auftauchen. Er fand es falsch, wenn ihnen bei Talkshows Redezeit eingeräumt wurde, ganz gleich, wie regional der Sender auch sein mochte.

„Sie sind Mike Celluci." Als Celluci sich zu ihr umwandte, warf Ms. Chou einen Vorhang aus mitternachtsschwarzem Haar über die Schulter zurück und fuhr fort, ehe der Detective etwas sagen konnte: „Sie wollten mit mir über die Sendung gestern abend reden." Ihr Ton legte nahe, gleich zur Sache zu kommen und ihre Zeit nicht zu vergeuden.

Celluci warf einen prüfenden Blick auf das Gesicht der Frau und entdeckte etwas, das die Kameras ihm verborgen hatten: Sie war sehr jung, hatte wohl erst vor kurzem ihr Studium abgeschlossen. Sie war noch nicht lange im Geschäft; die Welt hatte noch keine Zeit gehabt, all die harten Ecken und Kanten von Ehrgeiz, Intelligenz und Ego abzuschleifen.

Sie glich sehr der Vicki, die Celluci vor Jahren kennengelernt hatte.

Da kenne ich mich aus, das habe ich bereits erlebt, die Narben kann ich vorweisen. „Wie ich am Telefon schon sagte, Ms. Chou: Ich habe eine Freundin, die gern wissen möchte, warum Sie der Meinung sind, die Leiche, die man im Hafen von Vancouver gefunden hat, könne Opfer eines Organdiebstahls gewesen sein."

„Wie ich ebenfalls bereits am Telefon sagte: Ich wüßte gern, warum Ihre Freundin das wissen will."

„Meine Freundin denkt in der Sache ähnlich wie Sie."

„Da ist Ihre Freundin die einzige in der ganzen großen Stadt, der es so geht. Sie denken da anders?"

Mike zuckte die Achseln, bedacht darauf, möglichst neutral zu wirken. „Ich möchte gern offen bleiben."

„Offen?" Die Wiederholung hätte um ein Haar spöttisch klingen können. „Warum redet Ihre Freundin nicht selbst mit mir? Warum schickt sie Sie?"

„Sie ist beschäftigt."

„Beschäftigt", wiederholte die junge Frau und kniff die Augen zusammen. Sie lehnte sich im Stuhl zurück, starrte Mike eine ganze Weile stumm an und zog dann eine Augenbraue hoch. „Von der hiesigen Polizei sind Sie nicht, oder?“

Er erwiderte ihren Blick, zog dieselbe Braue hoch und bedauerte, ihr seinen Namen genannt zu haben. „Wie kommen Sie darauf, daß ich überhaupt bei der Polizei bin?“

„Zum einen wandert Ihr Blick die ganze Zeit im Raum umher. Zweitens sind Ihre Hosenbeine trotz der gängigen Mode so weit, daß Sie am Knöchel ein Pistolenhalfter befestigen können. Drittens signalisiert die Art, wie Sie am Telefon reden, ganz eindeutig Polizei – wenn man Sie persönlich vor sich hat, fällt es nicht ganz so auf. Viertens sind Sie nicht von der hiesigen Polizei, denn sonst hätten Sie sich gleich ausgewiesen.“ Ms. Chou starrte Mike weiterhin unverwandt an wie ein Hai auf Beutezug. „Sie sind bei der Bundespolizei, nicht? Die Sache ist größer, als ich dachte. Vielleicht sogar international.“

Der Ehrgeiz der Frau loderte so hell, daß Celluci die Hitze fast zu spüren meinte. Wenn Tonys Theorie stimmte und Patricia Chou auf der Suche nach einer Story war, die ihr einen Platz in den überregionalen Medien verschaffen würde, dann schien die Frau offenbar – aus Gründen, die Celluci im Moment noch nicht ganz klar waren – der Meinung zu sein, sie habe diese Geschichte nun gefunden. Aber für wen zum Teufel sie ihn hielt, das hätte er nicht sagen können.

„Wenn ich Ihnen nun alles sage, was *Ihre Freundin* wissen will“, fuhr Ms. Chou fort und lehnte sich mit funkelnden Augen vor, „dann kriege ich die Exklusivrechte auf die Story, wenn sie publik wird.“

Mike seufzte. „Ms. Chou, es gibt vielleicht gar keine Story.”

„Exklusivrechte!“ wiederholte sie und ließ keinen Spielraum für Verhandlungen.

Celluci wußte, wann er klein beizugeben hatte – besonders, wenn es ihm eigentlich egal sein konnte. Seiner Meinung nach standen die Chancen, daß der Unbekannte aus dem Hafen von Vancouver von Organdieben ermordet worden war, ungefähr so hoch wie Henry Fitzroys Chancen, den Literaturpreis des Innenministers verliehen zu bekommen. „Gut, die Geschichte gehört Ihnen.“ Warnend hob er die Hand: „Sobald es wirklich eine Geschichte gibt.“

Patricia Chou nickte und lehnte sich zurück. „Also: Sie wollen wissen, warum ich denke, man habe den jungen Mann seiner fehlenden Niere wegen umgebracht. Das ist ganz einfach: Es gibt viele Leute, die eine Niere brauchen; das bedeutet, daß die Organdiebe jede Menge Daten haben, aus denen sie sich einen potentiellen Käufer aussuchen können – noch dazu aus einem Datenbestand, der relativ zugänglich ist, da jeder einzelne Patient an der Dialyse hängt."

„Warten Sie." Eine erhobene Hand stoppte den Redefluß der jungen Frau. „Sie sprachen von Käufern."

„Verschenken werden sie die Nieren nicht, Mr. Celluci. Da eine Dialysebehandlung zu Infektionen und zu Schlaganfällen, Herzinfarkten und anderen schlimmen Dingen führen kann, kann ich wohl mit Sicherheit davon ausgehen, daß sie nervt. Ich weiß ziemlich genau, daß sich Leute finden lassen, die ziemlich viel hinblättern würden, um von der Maschine zu kommen. Außerdem verlaufen Nierentransplantationen in 98% aller Fälle erfolgreich, also kann man auf das Produkt fast schon so etwas wie eine Garantie geben. Deswegen haben sie auch nur eine Niere genommen und nicht das Herz, die Lungen, die Hornhäute der Augen und all die anderen Sachen, die Leute so verzweifelt dringend brauchen. Die linke Niere – die bei der Leiche fehlt – wird bei Transplantationen am häufigsten verpflanzt. Die Operation ist eine der einfachsten Transplantationen, die man machen kann. Das liefert den Dieben einen großen Datenbestand an Ärzten, die so eine Operation ausführen können, und je mehr Ärzte sie zur Auswahl haben, desto größer die Chance, daß sie einen finden, der sich korrumpieren läßt."

„Dafür müßten die sich Zugang zu zwei völlig unterschiedlichen Computersystemen verschaffen. Das kann so einfach nicht sein."

„Wir leben in den Neunzigern, Mr. Celluci. Jeden Tag schleichen sich zwölfjährige Hacker in die Computer internationaler Verteidigungssysteme."

Leider konnte Mike diesem Argument nichts entgegenhalten. „In der Zeitung wurde erwähnt, die Wunde, die bei der Nierenentnahme entstanden war, sei so gut wie verheilt gewesen."

Patricia Chou nahm einen Bleistift und klopfte mit dessen Radiergummiende auf den Schreibtisch. „Was wollen Sie damit sagen?"

„Warum haben sie ihn so lange am Leben erhalten? Warum haben sie nicht einfach eine Niere entnommen und ihn dann sterben lassen?"

„Ich nehme an, sie haben ihn so lange leben lassen, bis sie sicher sein konnten, daß der Körper des Empfängers die Niere nicht abstößt. Wenn das passiert wäre, dann hätten sie, solange der Spender noch lebte, eine weitere Niere zur Verfügung gehabt und die ganze Sache noch einmal versuchen können."

„Warum die Hände?"

„Fingerabdrücke." In ihrem Ton schwang ein leiser Tadel: *Spielen Sie mir gegenüber bloß nicht den Dummen.* „Ist die Leiche identifiziert, fällt es der Polizei wesentlich leichter, die Informationen zusammenzutragen, die zu der für den Mord verantwortlichen Person oder den Personen führen können."

„Was hat Swanson mit der ganzen Sache zu tun?"

„Swanson war nur als Sprecher für die Transplant Society von British Columbia da. Ich wollte jemanden, der sich gut auskennt und auch eine gewisse Stellung innehat, dazu bewegen zuzugeben, daß solche Dinge möglich wären."

Anscheinend wußte Ms. Chou auf alles eine Antwort – nur war ihre letzte Bemerkung keineswegs eine vollständige Antwort gewesen. Die junge Frau erinnerte Mike mehr und mehr an Vicki. „Und?"

Sie lehnte sich ein wenig vor, und zwischen ihren leicht offenstehenden Lippen schimmerten die Zähne durch. „Ich habe festgestellt, daß ich ihn nicht mag. Ich habe vor dem Interview Nachforschungen über ihn angestellt und herausgefunden, daß er nicht nur stinkreich ist, sondern auch keinerlei Laster hat. Er arbeitet hart, er spendet reichlich, und damit hat es sich."

„Reiche dürfen aber nun mal keine hart arbeitenden, netten Menschen sein?"

„Heute nicht mehr. Ich sage ja nicht, daß er an diesem Ding mit dem Organdiebstahl beteiligt ist, aber er hatte, wie ihr bei der Polizei wohl sagen würdet, auf jeden Fall Motiv und Gelegenheit." Zur Unterstützung ihrer These hob sie einen Finger nach dem anderen. „Seine Frau starb an Nierenversagen, während sie auf eine Transplantation wartete. Er hat mehr Geld als die meisten Regierungen, und mit genug Geld hat man die Möglichkeit, so gut wie alles zu tun."

„Er scheint so einen Organdiebstahl aber für unmöglich zu halten. Seine Argumente klangen einleuchtend."

Ms. Chou lehnte sich zurück und wedelte abwertend mit der Hand. „Das sollten sie auch, oder? Wußten Sie, daß Swanson eine Privatklinik gegründet hat, in der Menschen im letzten Stadium eines Nierenversagens auf eine neue Niere warten können?"

Celluci verschwendete einen Augenblick darauf, inbrünstig zu hoffen, er persönlich möge nie das Mißfallen der jungen Reporterin erregen. „Nein, das wußte ich nicht. Ich nehme an, die Polizei fand Ihre Theorien nicht gerade hilfreich?"

Patricias Lippen verzogen sich zu einer Grimasse. „Die Polizei hat mich mehr oder weniger beschuldigt, einen urbanen Mythos zur Sensationsgeschichte aufzubauschen, um persönlich davon zu profitieren."

Wie sind die denn bloß darauf gekommen? fragte Mike sich trocken. „Sie stellen viele Mutmaßungen an, Ms. Chou, aber richtige Fakten haben Sie keine."

„Was hat Ihre Freundin?"

Mit einem schiefen Lächeln gab er zu, daß sie ins Schwarze getroffen hatte. „Noch mehr Vermutungen. Aber sie sagt auch, daß wir irgendwo anfangen müssen, weil wir ansonsten einfach verdammt noch mal nichts in der Hand haben. Ich danke Ihnen, daß Sie sich Zeit für mich genommen haben." Er streckte ihr die Hand hin und fügte hinzu: „Sobald wir Fakten haben, sage ich Bescheid."

Ms. Chous Hand verschwand in der des Detective, und trotzdem wirkte es so, als steuere sie die Geste, nicht er. Sie war aufgestanden, und nun konnte Celluci sehen, daß sie viel kleiner war, als ihre Persönlichkeit ahnen ließ. Ihr Lächeln ließ so viele Zähne aufblitzen, daß Celluci daran denken mußte, wie viele der Leute, auf die er in den letzten paar Jahren gestoßen war, keine wirklichen Menschen gewesen waren. „Na, dann machen Sie das mal."

Sie hatte das nett genug gesagt, aber trotzdem war es eine deutliche Drohung. *Wenn du mich bescheißt, dann kannst du dich begraben lassen, und das wird kein Zuckerschlecken.*

Unter anderen Umständen hätte Celluci wohl anders reagiert, aber kleine Frauen verunsicherten ihn immer irgendwie, also schob er sich einfach nur zur Tür hinaus und zählte im Flur seine Finger, um sicherzugehen, daß sie ihm jeden einzelnen wiedergegeben hatte.

Wenig später saß er im Kleinbus und ging die Informationen durch, über die er jetzt verfügte.

Eine Leiche ohne Hände und mit einer fehlenden, operativ entfernten Niere, die man aus dem Hafen von Vancouver gefischt hatte.

Patricia Chous Erläuterungen, warum die fehlende Niere für eine illegale Transplantation gebraucht worden sein konnte, klangen völlig plausibel, auch wenn ihre Abneigung gegen Ronald Swanson das nicht war.

Das organisierte Verbrechen hatte sich in der Tat in der Vergangenheit der Fingerabdrücke von Toten bedient, und das würde die fehlenden Hände erklären, außerdem hatte Vicki recht mit der Behauptung, die Mafia sei immer auf der Suche nach neuen Verdienstmöglichkeiten. Zumindest schien die Vorstellung von einem kriminellen Ersatzteillager einleuchtender als der Gedanke, ein hochangesehener Geschäftsmann mit einer sozialen Ader könne Organe verscherbeln, als handle es sich um hochwertige Radios, die man aus irgendwelchen Autos geklaut hat.

Laut Patricia Chou war ein Markt für Nieren durchaus vorhanden.

Celluci bettete den Kopf auf das Lenkrad und schloß die Augen. *Na prima: Nun haben sie mich soweit, daß ich das fast auch schon glaube ...*

SECHS

„Halte die Ohren offen ..."

Tony steckte die nächste Kassette in das Rückspulgerät und ging dabei rabiater vor, als eigentlich notwendig gewesen wäre. Viel war ihm bis jetzt noch nicht zu Ohren gekommen: Er hatte mit anhören können, wie jemand mit einer äußerst weit hergeholten Geschichte zu begründen suchte, warum die Kassette, die er zurückbrachte, nun völlig unbrauchbar war – aus dieser Unterhaltung hätte sich leicht ein schlechter Fernsehfilm machen lassen –, und ein pensionierter Vertreter für Büromaschinen hatte, wie jeden Montag, langatmige Besprechungen sämtlicher Filme vorgetragen, die er sich am Wochenende angesehen hatte. Nicht gerade, was man als Stadtgespräch hätte bezeichnen können.

„Vicki sagt, du kannst das am besten ..."

„Na ja," brummte Tony und starrte aus dem Fenster. Er war wahrlich nicht so dumm, sich nach dem Hunger und der Kälte und all der Angst zurückzusehnen, aber manchmal fühlte er sich doch sehr abgeschnitten von einer der wenigen Sachen, die er wirklich gut konnte.

Auf der gegenüberliegenden Straßenseite lehnten zwei Teenager an der Mauer einer Bank und ließen sich von der Sonne bescheinen. Der eine war ein magerer Schwarzer, der andere ein ebenso magerer Weißer; der einzige sichtbare Unterschied zwischen ihnen war die Hautfarbe. Sie trugen identische, verdreckte Armeehosen, abgetragene Docs und ärmellose schwarze T-Shirts; das eine war verblichen und zeigte ein blaßrotes Friedenszeichen, das andere war mit einem elfenbeinfarbenen Totenkopf geschmückt. In beider Nasen glitzerten über den eifrig sich bewegenden Mündern Ringe aus Stahl.

Tony zog verärgert die Brauen zusammen. Lippenlesen war gar nicht so einfach, wie es im Fernsehen immer dargestellt wurde. Er begann, den beiden Worte in den Mund zu legen, da er ihrer eigentlichen Unterhaltung nicht folgen konnte. „Hast du von der Gang gehört, die Organe vertickt? Als würde irgendwer einfach so hingehen und eben mal so eine Niere abwerfen, Mann!"

„Was zum Teufel murmeln Sie da vor sich hin, Foster?"

Tony zuckte zusammen und wandte sich seinem Chef zu, der unbemerkt aus dem vorderen Raum nach hinten gekommen war. Er verschluckte die Antwort, die ihm auf der Zunge lag und die, als er noch auf der Straße lebte, unweigerlich jeder auf diese Frage erhalten hätte: „Das geht Sie gar nichts an, Mister." Statt dessen sagte er leise: „Ach, nichts."

Der ältere Mann schüttelte den Kopf und übergab Tony einen Stapel mit Kassetten, die neu einsortiert werden sollten. „Ich sage es nicht zum ersten Mal, Foster: Sie sind ein ganz Komischer. An die Arbeit."

„Vicki sagt, du kannst das am besten ..."

Es ging noch nicht einmal so sehr darum, daß er Vicki enttäuschen würde; Tony schien es, als habe er einen Teil seiner Persönlichkeit verloren.

Er klemmte sich die Kassetten unter den Arm und schlängelte sich um den Tresen herum. In genau diesem Moment streckte einer der Teenager auf der anderen Straßenseite dem anderen die Hand hin, eine so ungewöhnliche Geste, daß sie Tonys Neugier weckte und er einen Augenblick stehenblieb, um zu sehen, was weiter geschehen würde. Die beiden schüttelten einander sehr formell und ein wenig steif die Hand und gingen dann auseinander. Als der eine sich umwandte und mit dem Gesicht zum Laden stand, lächelte der Totenkopf auf seinem T-Shirt.

Tony rieb sich mit der freien Hand die Augen und sah noch einmal hin. Ein altes, verwaschenes T-Shirt, sonst nichts.

Natürlich hat der Schädel gegrinst. Die grinsen immer. Tony, du hängst zuviel mit Vampiren rum! Aber dennoch rann ein dünner Schweißbach eiskalt zwischen Tonys Schulterblättern hinab, und die Hand, mit der er die Videokassetten in die Regale sortierte, zitterte.

„Hast du mein Geld?"

Das Lächeln des Fahrers war so harmlos, daß es fast stupide wirkte. „Es ist in dem Beutel da."

Der Beutel war in einem Billigverfahren mit dem Logo der Vancouver Grizzlys bedruckt worden – seinesgleichen kursierten millionenfach in der Stadt. Ein kurzer Kampf mit dem Reißverschluß, der beharrlich klemmte, dann öffnete sich der Beutel, und verschiedene Stapel gebrauchter Geldscheine – Zehner und Zwanziger – kamen zum Vorschein.

„In Ordnung!" Wie leicht der Beutel war, der doch so viele Träume beherbergte. „He, was zum Teufel grinst du so?"

Der Fahrer steuerte die dunkle Limousine über die Lion's Gate Bridge in Richtung Nord-Vancouver, und sein Lächeln wurde noch breiter. „Es freut mich immer, wenn jemand das Leben auf der Straße hinter sich lassen kann."

Dürre Arme schlangen sich um den Beutel. „Ja, ja. Du bist ein guter Samariter." Ein mißtrauischer Blick fiel auf das Armaturenbrett. „Hattest du letztes Mal nicht einen grauen Wagen?"

„Du denkst doch nicht, ich fahre bei dieser Sache mein eigenes Auto?" Der Ton war spöttisch, überlegen.

„Nein. Wohl nicht."

Schweigend fuhren sie die North Shore entlang, und außer dem leisen Summen der Klimaanlage war nichts zu hören. Als der Wagen vom Mt. Seymour Parkway in die Mt. Seymour Road abbog, rutschte der Teenager nervös auf dem Beifahrersitz herum. „Willst du mir nicht die Augen verbinden oder so?"

„Warum?"

„Damit ich ... du weißt schon: Damit ich niemandem etwas erzählen kann."

„Wem willst du denn etwas erzählen?" kam die ruhige Gegenfrage.

„Niemandem! Verdammt ..." Im Gegensatz zur landläufigen, romantisierenden Ansicht über das Leben auf der Straße lernten die, die sich dazu wirklich gezwungen sahen, selten etwas über das wirkliche Leben. Die einzige Lektion, die die Überlebenden einer solchen Existenz gelernt hatten, war die des Überlebens. Wer diese Lektion nicht beherrschte, war per Definition nur noch eine traurige Ziffer in einer noch traurigeren Statistik. Der Junge im Wagen sah sich als Überlebenskünstler. Was eine Drohung war, das wußte er. Der Gorilla am Steuer bestand plötzlich aus viel mehr als nur den großen, freundlichen Hundeaugen.

Schweißnasse Handflächen hinterließen auf dem billigen Nylon feuchte Abdrücke. Ohne recht etwas zu sehen starrte der Teenager durch die getönte Windschutzscheibe und erging sich in schönen Phantasien darüber, wie er dem Fahrer eins in die selbstzufriedene Fresse gab. Erst als sie durch ein Tor fuhren und in eine Privatstraße einbogen, nahm er seine Umgebung wieder wahr, und seine Augen weiteten sich ein wenig. Sie wurden noch größer, als die Klinik in Sicht kam.

„Das sieht aber nicht wie ein Krankenhaus aus."

„Stimmt." Am Ende der Auffahrt verkündete ein Schild: „Nur für Angestellte". „Unsere Kunden haben ungern das Gefühl, in einem Krankenhaus sein zu müssen. Für die Illusion, daß sie das nicht sind, blättern sie ziemlich viel auf den Tisch."

„Was für Kunden habt ihr denn, Mann?“

Der Fahrer lächelte: „Reiche.“

Reiche. Der Junge streichelte die Bündel, die sich durch das dünne Material ertasten ließen. Reiche Leute – so wie er.

Eine gängige Polizeiregel besagt, daß persönliche Besuche mehr an Informationen zutage fördern als Telefongespräche. Gestik und Mimik lassen sich nicht so leicht verstellen wie die Stimme, und dann geben Details in der Umgebung des Befragten oft unverzichtbare Hinweise. Michael Celluci stieß die Tür auf, die zu den Büroräumen der British Columbia Transplant Society führte, und ihm ging durch den Kopf, wie wenig bei diesem „Fall“ mit gängigen Polizeiregeln zu tun hatte. Aber wenn man es recht bedachte, hatte er sonst nichts zu tun.

„Kann ich Ihnen behilflich sein?“ Die Frau hinter dem Empfangstresen der BC Transplant Society fixierte Celluci mit dem stählernen Blick der professionellen freiwilligen Helferin, die sich durch nichts beeindrucken läßt. Celluci bekam das deutliche Gefühl, auf eventuelle Nützlichkeit überprüft zu werden und meinte die Gedanken der Frau förmlich zu hören: *Muskeln, wie schön! Wir müssen doch bestimmt irgendwas rücken.*

„Ist Ronald Swanson da?“

Die Augen der Frau verengten sich. „Geht es um diese Frau?“

„Wenn Sie sich auf das Interview beziehen ...“

„Seit ich meinen Dienst angetreten habe, sind Sie der vierzehnte, der danach fragt – die anderen dreizehn haben sich allerdings mit einem Anruf zufriedengegeben.“ Auf den gepuderten Wangen der Frau zeichneten sich hektische rote Flecken ab. „Jetzt sage ich Ihnen, was ich den anderen auch schon gesagt habe: An dem, was Patricia Chou da behauptet, ist nicht ein Körnchen Wahrheit, und man sollte sie vor Gericht stellen für die Verbreitung dieser schrecklichen, schrecklichen Geschichte. Jedes gespendete Organ geht direkt an die Person auf der Warteliste, die es am dringendsten braucht. Ein Organ wird nie an den Meistbietenden verkauft!“

Celluci fühlte sich zu Unrecht angegriffen, breitete versöhnlich beide Arme aus und setzte die Miene auf, mit deren Hilfe er in der Vergangenheit noch immer an Informationen gekommen war. „Innerhalb des Systems gewiß nicht, aber wenn es nun jemandem gelänge, das System zu umgeh...“

„Das geschieht nicht."

„Aber es könnte geschehen."

„Ich denke, Mr. Swanson hat eindeutig erklärt, warum ein solch schreckliches Vorgehen einfach unmöglich ist."

„Nein, Madam. Er hat nur gesagt, es würde schwierig und teuer werden, und deswegen möchte ich ihn auch sprechen." Anfangs hatte Celluci sich versucht gesehen, in den rauheren Gegenden der Stadt nach irgendwelchen Mafiaaktivitäten Ausschau zu halten. Davon war er abgekommen: Er wollte gern noch ein Weilchen am Leben bleiben. Wobei nicht die Mafia das Problem war; die hätte er gewiß überlebt. Dafür würde Vicki ihn umbringen, weil er ein solches Risiko eingegangen war.

Mit bebenden Nasenflügeln legte die Empfangsdame beide Handflächen auf den Tresen und beugte sich vor: „Die Transplant Society kann sich extrem glücklich schätzen, daß ein Mann mit dem Vermögen und der gesellschaftlichen Stellung Mr. Swansons bereit ist, so viel für uns zu tun. Aber der Mann ist auch sonst noch extrem beschäftigt, er verbringt seine Tage nicht hier. Wenn Sie ihn also sprechen wollen, müssen Sie ihn in seinem Büro anrufen. Sie finden die Nummer des Maklerbüros Swanson sicher in den Gelben Seiten des Telefonbuchs von Vancouver."

Damit war er entlassen – so eindeutig, als habe die Dame den Telefonhörer aufgelegt. Celluci bedankte sich dafür, daß sie sich Zeit für ihn genommen hatte, drehte sich um und verließ das Büro.

Der fünfzehnte Anrufer tut mir wirklich leid, dachte er, während er auf den Fahrstuhl wartete.

Das Maklerbüro Swanson stand in der Tat in den Gelben Seiten, und Ronald Swanson und seinem Betrieb schien es wirklich außerordentlich gutzugehen, wie man aus der Größe der Anzeige im Telefonbuch schließen konnte. Leider würde man niemanden in einem Betrieb dieser Größenordnung dazu bewegen können, einen Anruf zum Chef persönlich durchzustellen, es sei denn, der Anrufer gab sich als Mitglied der Mordkommission zu erkennen. Schade, zu schade, daß Celluci hier nur auf Urlaub war.

Stirnrunzelnd ließ Celluci das Telefonbuch in die Plastikhalterung zurückgleiten und verließ die Telefonzelle. Zum ersten Mal verstand er wirklich, wie Vicki sich gefühlt haben mußte, als ihre nachlassende Sehkraft sie zwang, den Polizeidienst zu quittieren. Celluci mochte das Gefühl nicht besonders.

Zum Glück war ein Gespräch mit Ronald Swanson nicht wirklich notwendig. Celluci hatte den Mann eigentlich nur kennenlernen wollen, um sich selbst ein wenig zu beruhigen. Der hatte ja nun offensichtlich einige Gedanken an die Frage eines professionellen Organdiebstahlrings verschwendet und war zu dem Ergebnis gekommen, daß sich so etwas nicht lohnen würde und von daher unwahrscheinlich war. Celluci hätte sich das gern noch ein wenig ausführlicher erläutern lassen.

Der Detective war nach dem Gespräch mit Patricia Chou um ein Haar geneigt gewesen, Vickis Theorie, was den Organdiebstahl betraf, Glauben zu schenken. In diesem Fall wäre Swanson – selbst wenn man Ms. Chous persönlichen Rachefeldzug erst einmal außer acht ließ – ebenso verdächtig gewesen wie die namenlosen Gangsterbosse Vancouvers.

Aber eine einzige Leiche, eine einzige Niere; damit ließ sich doch kein Profit machen.

Also mußten irgendwo noch andere Leichen sein.

Oder es würde bald weitere Leichen geben.

Beiden Möglichkeiten konnte Celluci nicht wirklich etwas abgewinnen.

Das Zimmer war klein und hatte ein Fenster, das weit oben, nahe der Decke, angebracht war. Man hatte die Wände bis zu einer Höhe von 1,50 m blaßrosa gestrichen, und auch die Bettdecke war rosa. Das sollte wohl beruhigend wirken, aber der Teenager mußte bei dieser Farbgebung an Hustensaft denken, und so gefiel sie ihm überhaupt nicht.

Den Schlafanzug mochte er auch nicht, aber der Fahrer hatte ihm unmißverständlich zu verstehen gegeben, daß er duschen und dann in den Schlafanzug schlüpfen sollte.

Zumindest war der Schweinehund nicht geblieben um zuzugucken.

Ehe der Junge auch nur die Schuhe aufband, verriegelte er sorgfältig die Badezimmertür. Dann duschte er, so rasch es ging. Er konnte sich einer wachsenden Verunsicherung nicht erwehren, und leider war auch der Schlafanzug nicht dazu angetan, ihm Sicherheit zu vermitteln.

Wenigstens hat er vorne kein Loch, aus dem mein Pimmel rausfallen kann!

Er klemmte den Geldbeutel fest unter den Arm und drückte probehalber einmal auf die Klinke. Verschlossen. Der Junge hatte es nicht anders erwartet. Sie würden es wohl nicht gern sehen, wenn er sich auf dem Gelände herumtrieb und die reichen Patienten nervte.

Als die Klinke unter seinen Fingern nachzugeben begann, gab er sie hastig frei und wich mit klopfendem Herzen zum Bett zurück. Er entspannte sich nur wenig, als die vertraute Gestalt der Ärztin auftauchte. Sie schob ein Wägelchen aus rostfreiem Stahl vor sich her.

„Guten Tag, Doug. Geht es dir gut?“

„Ist schon in Ordnung. Was ist das?“ Mißtrauisch beäugte er die Instrumente, die auf der oberen Ablage des Rolltischs lagen.

„Bluttransfusionen des Spenders erhöhen die Überlebensfähigkeit des transplantierten Gewebes. Von daher ...“ Mit professioneller Brutalität entfernte die Ärztin die sterile Verpackung eines Wattetupfers, „... muß ich dir jetzt ein wenig Blut abnehmen.“

Später, als es vorbei war und er im Bett lag und sich schwach und schwindelig fühlte, versuchte er, sich aufzumuntern, indem er mit den Fingern nach dem Beutel tastete. *Es wäre nicht so schlimm,* dachte er und wehrte sich gegen die Angst, die ihm den Hals zuschnürte und sich kalt und klamm auf seine Haut legte, *wenn ich aus dem Fester gucken könnte ...*

Celluci schreckte hoch und warf sich quer über das übergroße Doppelbett, um an das Telefon zu gelangen. Der Wecker auf dem Nachttisch teilte ihm die Uhrzeit mit: 19:04 Uhr. Noch vierzig Minuten bis Sonnenuntergang. Um 15:00 Uhr hatte er sich eine halbe Stunde lang aufs Ohr legen wollen, war dann aber offenbar müder gewesen, als er gedacht hatte. Jetzt verschwand der zierliche, überaus damenhafte Telefonhörer fast in seiner Hand, aber schließlich schaffte er es, sich das richtige Ende ans Ohr zu halten. Ein Blick auf die Anzeige: eine vertraute Nummer. „Was hast du für mich, Dave?“

Am anderen Ende der Leitung seufzte sein Partner, Detective Sergeant Dave Graham, tief auf. „Danke, mir geht es gut, und dir? Ich habe die Namen und Adressen, die du wolltest.“

„Danke. Warum rufst du von daheim aus an?“

„Vielleicht war ich auf dem Nachhauseweg, als du angerufen hast? Vielleicht hat es ein wenig gedauert, dem System diese Informationen zu entreißen, und ich wollte den Rest des Abends mit meiner Familie verbringen? Vielleicht wollte ich nicht, daß sich die ganze Abteilung fragt, warum du dich nun plötzlich für die Mafia von Vancouver und irgendwelche Maklerfirmen interessierst? Such dir was aus.“

Mike grinste. „Kannst du das noch mal sagen?"

„Du kannst mich auch mal, Kumpel. Hast du was zu schreiben?"

„Moment." Mike drückte die Tastensperre und eilte in die Küche, wo er am Nachmittag neben der sehr teuren Nachbildung eines alten Wandtelefons einen Notizblock und eine Dose mit Bleistiften entdeckt hatte. „Ich bin fertig, schieß los."

„Beachte bitte, daß ich nicht frage, warum du das alles wissen willst."

„Ich weiß das zu schätzen, Dave."

„Ich möchte ja zu gern glauben, daß du einfach nur aufregende Ferien haben willst und nicht in einen von Vickis meschuggenen Fällen reingeraten bist, die meiner Meinung nach alle direkt ans Privatfernsehen gehen könnten."

„Vielen Dank."

„Ja, so naiv und blauäugig bin ich nun mal. Laß dich nicht umbringen, Mike."

Der erste Teil der Liste – von den fest etablierten Kräften bis zu aufstrebenden Neuankömmlingen – umfaßte mehr Namen, als Celluci gedacht hatte. Über Ronald Swanson dagegen gab es nichts; der Mann hatte noch nicht einmal ein Strafmandat für falsches Parken offenstehen.

Henry erwachte zornig. Das war zu erwarten gewesen, denn Vickis Geruch – der Geruch eines Eindringlings, eines konkurrierenden Raubtiers – hing immer noch im Raum. Henry war auf dem Rücken liegend zu sich gekommen, die Oberlippe zu einem leichten Knurren verzogen, und es dauerte ein wenig, ehe er die Haut der Oberlippe von den ausgetrockneten Zähnen gelöst hatte.

„Das Problem hatte Brad Pitt bestimmt nie", murrte er und tastete nach dem Lichtschalter.

Ungeduldig wartete der Geist ohne Hände am Fußende des Bettes. Der Anblick der Leiche im Leichenschauhaus hatte Henry nicht so sehr verstört – sie war ja nur tot gewesen. Der Geist hier war über den Tod hinausgegangen, und Schatten klammerten sich an ihn. *Geisterhafte Schatten*, kam es Henry in den Sinn, und er schüttelte rasch den Kopf, um den Gedanken wieder loszuwerden. *Das hat gerade noch gefehlt – jetzt bete ich schon H. P. Lovecrafts Lieblingsadjektive nach!*

Der Geist hob die verstümmelten Arme, aber ehe er zu seinem Schrei ansetzen konnte, zischte Henry ihn an: „Das warst doch du, die Leiche da in dem Leichenschauhaus, oder?“

Ohne die Arme zu senken, mit einer Miene, die man fast hätte verdrießlich nennen können, verschwand die Erscheinung.

Henry war wieder allein, setzte sich auf, stellte die Füße auf den Teppich und hielt inne. Im Raum hing der Geruch eines anderen Vampirs; dieses Problem hatte Henry zur Kenntnis genommen, wenn auch noch nicht endgültig geklärt. Den Geist hatte er vertrieben – bis zum Sonnenuntergang –, und doch blieb ein Gefühl der Verunsicherung. Da war doch noch etwas ...

Genauer gesagt: Etwas war nicht da.

Tony.

Henry hörte den pochenden Herzschlag der ihn umgebenden Stadt, aber aus den Grenzen seines Refugiums drang kein Gesang von Blut an sein Ohr. So viele andere Dinge waren vorhanden – da stach Tonys Abwesenheit deutlich hervor und verschaffte Henry ein eindeutiges Gefühl der Erleichterung.

Henry starrte sein Spiegelbild an und mußte feststellen, daß er es erstaunlich angenehm fand, allein zu sein.

„Warum bist du so aufgekratzt?“

„Bin ich doch gar nicht.“ Kaum waren die Worte ausgesprochen, verschwand auch schon das erwartungsvolle Glänzen aus Vickis Augen.

Mike runzelte die Stirn. Es war nie gut, wenn sie meinte, ihm etwas vorenthalten zu müssen – meist war das sogar ein eindeutig schlechtes Zeichen. Er sah der Freundin aufmerksam zu, wie sie durchs Wohnzimmer ging, sich einen Stuhl mit reichverzierter Rückenlehne schnappte und rittlings darauf Platz nahm, aber er konnte nichts an ihr entdecken, was eine Erklärung hätte sein können. „Das ist ein alter Stickley“, knurrte er, als sie sich mit dem Stuhl nach vorn kippen ließ, um auf dem Tisch nach ihren Notizen zu langen. „Versuch, ihn nicht kaputtzumachen.“

„Bleib ruhig, Mike. Ich weiß nicht, warum du immer denkst, mir könne man teure Möbel nicht anvertrauen. Was hast du herausgefunden?“

Er schob ihr ein Blatt Papier in die gierigen Finger. „Das sind die Gründe, die Ms. Chou veranlassen zu glauben, die fehlende Niere könne unser Motiv sein.“

Vicki überflog die in der vertrauten Handschrift abgefaßten Zeilen. „Klingt überzeugend."

„Ich wußte gar nicht, daß man dich erst noch überzeugen muß." Ehe Vicki etwas erwidern konnte, gab er ihr ein weiteres Blatt Papier. „Die Gründe, die Ronald Swanson veranlassen, die Sache für unpraktikabel zu halten."

„Du hast mit ihm gesprochen?"

„Nein. Das sind die Argumente, die er in der Sendung vorbrachte. Die, an die ich mich noch erinnern kann."

„Wenn Swanson für das Transplantationsprogramm arbeitet, liegt es in seinem Interesse, Spekulationen im Keim zu ersticken. Er ist also nicht unvoreingenommen."

„Es liegt in Ms. Chous Interesse, einen Skandal heraufzubeschwören. Das ist auch keine unvoreingenommene Herangehensweise."

„Aber die Niere ist das einzige Motiv, das wir bisher haben benennen können, also sollten wir dem nachgehen."

„Was hältst du von einem einfachen Mord im Gangstermilieu, um später dann die Hände verwenden zu können?"

„Die Niere sollen wir außer acht lassen?" Vicki warf dem Detective ein ernstes, ganz und gar unaufrichtiges Lächeln zu und griff nach Bleistift und Papier. „Wir haben das Was; einen Toten, dem eine Niere fehlt und beide Hände. Wir haben das Wo; dank der Bekleidung, die Henrys Geist trägt, wissen wir, daß er hier aus der Gegend stammt. Wir haben das Warum ..."

„Wir haben ein mögliches Warum", unterbrach Celluci.

„Auch gut: ein mögliches Warum; eine fehlende Niere, das heißt Organe gegen Profit. Also ..." Sie warf den Bleistift in die Luft, sah zu, wie er bis zur Decke flog und fing ihn geschickt auf, als er zu Boden taumelte. „Als nächstes also das Wer. Unser einziger Hinweis sind die fehlenden Hände; fehlende Hände verweisen oft auf die Mafia, und die ist immer auf der Suche nach neuen Einnahmequellen und kann auf jeden Fall verbrecherische Hacker, verbrecherische Ärzte und loyale Gangster ausfindig machen und bezahlen." Das erwartungsvolle Glitzern war wieder da. „Ich denke, damit haben wir die Einwände deines Mr. Swanson vom Tisch."

„Was ist mit Mr. Swanson selbst?"

„Warum sollte Swanson Hände abhacken?"

„Ich mag es nicht, wenn du eine Frage mit einer Gegenfrage beantwortest", grollte Mike.

„Das ist mir bekannt. Mir fallen zwei Gründe ein, warum die Mörder die Hände entfernt haben könnten. Entweder sind die Fingerabdrücke der Leiche irgendwo gespeichert, und wenn man die Hände verschwinden läßt, versteckt man dadurch auch die Identität. So ein Vorgehen ließe auf bedauernswerte Unkenntnis moderner Polizeimethoden schließen. Wenn die Leiche irgendwo ein Strafregister hätte, wäre sie mittlerweile identifiziert worden. Oder die Abdrücke sind nirgendwo gespeichert und somit nützlich. Womit wir wieder bei der Mafia wären. Morgen früh haben wir die Scheiße hier aufgeklärt."

„Wie?"

„Ich finde heraus, wer die wichtigsten Banden in dieser Stadt anführt." Vicki zeigte Zähne, zu weiß, zu lang. „Dann stelle ich ein paar Fragen. Die Chefs wissen immer, was die anderen Gangs so treiben – darum bleiben sie ja auch Chefs."

Mike hatte eine plötzliche Vision von ungeheuren Blutmengen auf ungeheuer teuren Anzügen. „Wie willst du herausfinden, wer die Drahtzieher sind?"

„Da stelle ich einfach weiter unten ein paar *Fragen*."

Vickis neue Persönlichkeit hatte ein paar Aspekte, die Celluci so unfaßbar fand, daß er sich noch nicht einmal die Mühe machte, sie verstehen zu wollen. Aber ihr jetziges Benehmen war ihm vertraut. „Du freust dich darauf?"

„Warum sollte ich mich nicht freuen?" Vicki klang gleichzeitig herausfordernd und defensiv. „Du kannst dir nicht vorstellen, wie schwer es ist, sich immer zurückzuhalten. Weniger zu sein, als man sein könnte."

„Inwiefern? Weniger gewalttätig?" Celluci beugte sich zu der Freundin vor, die Oberarme auf dem Tisch, und der Stoff seines Polohemdes spannte sich über seinen Armmuskeln, als würde er gleich reißen. „Ich ziehe dir den Zahn ja ungern, aber mit diesen Grenzen müssen wir leben. Das ist der Preis, den wir für die Zivilisation zahlen."

„Gib's auf, Celluci." Auch sie lehnte sich nun vor. „Verkneif dir die heilige Nummer. Du kannst doch für diesen Abschaum, den ich mir ...", als sich seine Augen verengten, hielt sie einen Herzschlag lang inne, „... gleich vorknöpfen werde, unmöglich Mitleid empfinden! Was ist das?" Mißtrauisch beäugte sie die Liste, die er ihr hinhielt.

„Die einfachere Art. Ich habe Dave gebeten, mir die Namen und Adressen der Leute, die du suchst, aus dem Rechner zu fischen."

„Oh." Das Blatt baumelte zwischen Daumen und Zeigefinger.

Hätte Celluci ihre Sehnsucht nach Blutvergießen noch fördern wollen, hätte er sie nur auf die Leibwächter hinweisen müssen, mit denen die Leute, die sie sich vorknöpfen wollte, ganz sicher umgeben waren – da würde sie sich durch ganze Sicherheitskordons durchbeißen können. Da er aber weder Vicki noch sich selbst daran erinnern mochte, zu welcher Gewalt sie fähig war, bemerkte er statt dessen so trocken wie möglich: „Ganz schön lang, die Liste, für eine Nacht. Warum teilst du sie dir nicht mit Henry?"

„Henry?" Ihre Augen wurden silbern. „Nein. Kein Henry. Das ist meine Jagd, meine!"

„Ich sage das nur ungern, aber Henry ist gar nicht so völlig unfähig. Früher hat er doch solche Sachen für dich erledigt."

„Das war früher!" entgegnete Vicki, die letzte Silbe schon fast ein Knurren.

Mike starrte sie ein paar Sekunden lang an und lehnte sich dann zurück. „Also hatte er doch recht."

„Womit?"

„Mit seinen Ansichten über deine Unfähigkeit, mit ihm zusammenzuarbeiten." Vicki hatte zwar nicht immer die vollständige Kontrolle über das, was sie geworden war, doch Celluci ging felsenfest davon aus, daß sie ihn nie verletzen würde. Manchmal allerdings, wenn er die Grenzen ihrer neuen Existenz testete, mußte er sich schon fragen, ob er damit auch den Glauben an eine eigene Unantastbarkeit bewußt auf die Probe stellen wollte. Das fragte er sich auch jetzt, als Vicki ganz langsam aufstand. Sie erschien ihm mit einem Mal viel größer, als sie eigentlich war. Die Härchen an Cellucis Armen stellten sich auf, und er spürte, wie sich sein Kinn gegen seinen eigenen Willen in die Höhe reckte – ein instinktiver Unterwerfungsreflex, der sich irgendwie an seinem Bewußtsein vorbeigeschlichen hatte. Nur mühsam gelang es ihm, das Kinn wieder zu senken.

Mit blitzenden Augen trat Vicki vor, legte die Hände um den Stuhl, auf dem sie gesessen hatte und verwandelte ihn in Kleinholz, immer eine Handvoll nach der anderen. Wenig später zischte sie – heftig atmend, was nichts mit dem Holzmachen zu tun hatte, sondern mit ihren Anstrengungen, die Beherrschung zu wahren: „Nun siehst du, wozu du mich getrieben hast!"

„Wozu ICH dich getrieben habe!" Mikes Herz schlug so laut, daß selbst er es hören konnte. Er wunderte sich ein wenig, daß Vicki mit ihren feinen Ohren außer diesem Herzklopfen noch irgend etwas anderes hören konnte – seine Stimme zum Beispiel. „Ich glaube nicht, daß das meine Schuld war."

„Nein." Nun schimmerten Vickis Augen fast grau, einen Rest Silber konnte man auch dem Lichteinfall zuschreiben. ‚Wohl nicht." Sie streckte die Hand über den Tisch und strich dem Detective die Haarsträhne aus der Stirn. „Aber du hast nicht das Recht, mir vorzuwerfen, ich sei leichtsinnig!"

„Wohl nicht." Er fing ihre Hand und preßte die Lippen auf die kühle Innenhaut ihres Handgelenks – eine Geste, die sie umgekehrt wohl hunderte von Malen praktiziert hatten. „Was jetzt?"

„Jetzt rufe ich Henry an."

„Anrufen?"

„Ja! Per Telefon!" Sie entwand sich seinem Griff und schlug ihn leicht auf beide Wangen. „Du bist nicht der einzige mit guten Ideen zur Vereinfachung der Dinge, du mit den hübschen Beinen!"

Stirnrunzelnd sah er ihr nach. „Hübsche Beine?"

„... einer von denen ist wirklich der Mann, nach dem wir suchen?" fragte Henry, faltete die Liste zusammen und schob sie in die Tasche. Er hatte versucht, weder spöttisch noch überheblich zu klingen, und beides war ihm unter dem Strich erstaunlich gut gelungen. Aber waren Vicki und er am Telefon nicht immer miteinander klargekommen?

„Was? Du meinst, vielleicht sagt eines deiner ... Subjekte einfach: Ja, ich bin es, ich habe an der gesamten Westküste Organe verhökert. Normalerweise schmeißen wir die Leichen immer auf hoher See über Bord, aber der Typ im Hafen ist wohl in die falsche Strömung geraten?"

Mit Mühe sorgte Henry dafür, daß man ihm das Lächeln nicht an der Stimme anhörte – Vicki hatte angesichts der Vorstellung, er könne die Wahrheit vor ihr aufdecken, unglaublich indigniert geklungen. „Ja. Nehmen wir einmal an, eines meiner ... Subjekte sagt so etwas zu mir. Wenn du mir wirklich die Hälfte aller Namen genannt hast, stehen die Chancen 50:50."

„Du brauchst mir nicht zu sagen, wie die Chancen stehen, Henry. Ich bin ja vielleicht nur eine kindische kleine Vampirin ..."

Henry konnte Celluci im Hintergrund protestieren hören und war heilfroh, den Anfang des Streits zwischen den beiden nicht mitbekommen zu haben.

„... aber ich habe wesentlich länger als Mensch gelebt als du und war auf jeden Fall verdammt viel länger Ermittlerin."

„Ich wollte ja auch gar nichts anderes behaupten."

„Nein, du wolltest nur sagen, daß du mich hier gar nicht brauchst ..."

Mit leicht gerunzelter Stirn rief Henry sich die gesamte Konversation noch einmal ins Gedächtnis und versuchte herauszufinden, wie die Freundin zu diesem Trugschluß gekommen sein mochte. „Vicki, ich mag vielleicht durchaus *in der Lage* sein, Gangsterbosse einzuschüchtern, aber ich wäre von allein nie auf die Idee gekommen, daß uns das bei unserem Fall weiterhelfen könnte."

„Ach."

„Also brauche ich dich, um in dieser Sache meinem trägen Kopf etwas auf die Sprünge zu helfen."

„Ach." Er hörte sie seufzen. „Jetzt weiß ich nicht mehr, ob ich dich für erwachsen oder überheblich halten soll."

„Was wäre dir denn lieber?"

„Das war eine typische Celluci-Frage! Ich will nicht mehr, daß ihr beide so viel zusammengluckt." Aber er konnte sie lächeln hören, also war alles in Ordnung.

„Das kann ich voll und ganz verstehen."

Sie schnaubte, ein rein menschliches Geräusch. „Könntest du nie! Wer als erster zurück ist, hinterläßt dem anderen eine Nachricht auf dem Anrufbeantworter."

„Wir sollten uns also deiner Meinung nach nicht treffen?" Wie aus heiterem Himmel traf Henry die Erinnerung an den Puls an Vickis Halsansatz, an ihre weiche, von der Sonne geküßte Haut, die nun nie mehr so wunderbar gebräunt sein würde, und er verpaßte in der plötzlich über ihm zusammenschlagenden Welle aus Einsamkeit ihre Antwort. „Es tut mir leid, ich ..."

Vickis Stimme klang sanfter, als Henry sie seit der Wandlung je vernommen hatte. „Mir tut es auch leid."

„Alles klar?"

Vickis Hand ruhte noch auf dem Hörer. Sie wandte sich Mike zu und zuckte die Achseln. „Ich habe Henry jeden zweiten Namen genannt. Er weiß, was wir suchen. Wie du gesagt hast: Völlig unfähig ist er nicht."

Cellucis Brauen zogen sich zusammen, als er den Hauch von Melancholie in Vickis Stimme vernahm. „War es okay zu telefonieren?"

„Warum denn nicht? Quer übers Land oder quer über den Flur, das ist letztlich dasselbe."

Er fehlt dir, nicht? Aber Celluci war nicht dumm genug, diese Frage zu stellen. Fitzroy konnte ihr gar nicht fehlen – der untote königliche Schweinehund war ja immer noch vorhanden –, ihr fehlte, was sie einst gemeinsam gehabt hatten, und daran wollte er sie nicht erinnern. Ihn freute sie ja, die eindeutige Gewißheit, daß die beiden ihre alte Beziehung nie wieder würden aufnehmen können. Aber er mochte auf keinen Fall als selbstgefälliges, unsensibles Arschloch dastehen.

„Mußt du trinken?“ fragte er statt dessen.

Die Melancholie verflog umgehend. Vicki grinste, und ihre Augen glänzten. „Ich esse heute auswärts.“

„Ach ja, stimmt.“ Unter dem Strich fand Mike den Gedanken, Vicki könne sich am Blut der Gangsterbosse Vancouvers satt saufen, viel weniger problematisch als ihre sonstigen, sanfteren Mahlzeiten. An die Nächte, in denen diese stattfanden, dachte er ungern. Er sprang auf und gesellte sich zu Vicki, die schon auf dem Weg zur Tür war. „Wenn du einen Moment wartest, komme ich mit. Tony arbeitet bis neun. Ich schau mal im Videoladen vorbei und frage ihn, ob er mit mir essen geht.“ Als sich beide Brauen der Freundin fragend hoben, seufzte Mike. „Früher hatte das Wort ‚Essen‘ nie all diese doppelten Bedeutungen!“

Vicki hatte sich schon halb umgewandt, um etwas zu erwidern; Celluci hatte die Wohnungstür bereits verschlossen, und als die beiden merkten, daß sie nicht allein im Flur standen, war es zu spät für alles, was nicht nach Rückzug oder Flucht ausgesehen hätte.

„Henry.“

„Vicki.“

Scheiße! Aber noch hört sich das nach normaler Konversation an, vielleicht kommt es ja nicht zum Desaster. Beide trugen schwarze Jeans und schwarze T-Shirts; Vicki dazu Turnschuhe und einen schwarzen Baumwollpullover. Celluci wußte, daß der Pullover aus Baumwolle war: Er hatte ihn für die Freundin gekauft. Fitzroy trug halbhohe Leinenschuhe und einen schwarzen Leinenblazer. Celluci wußte, daß der Blazer aus Leinen war: Er hatte zu Hause genau denselben und würde ihn sofort wegwerfen, wenn er wieder nach Toronto kam. Henry und Vicki sahen einander sehr ähnlich; wie sehr, fiel Celluci nun zum ersten Mal wirklich auf.

An der Kleidung lag es nicht. Tausende von Möchtegern-Vampiren überall auf der Welt kleideten sich mit mehr untotem Stil als diese beiden.

Es lag auch nicht an der Haut und den Haaren. Zwar waren beide blond, aber Fitzroys Haar wies einen deutlichen Rotton auf, und Vicki war aschblond. So stand es jedenfalls auf der Packung mit dem Färbemittel.

Es war – nur, einfach, simpel, ganz und gar – ihre Art. Beiden war eine *Bellezza mortale* zu eigen, eine tödliche Schönheit. Celluci hätte nicht sagen können, warum ihm der Begriff zuerst auf Italienisch in den Kopf kam, in einer Sprache, in der er nie zu denken pflegte und bei der es ihm gerade für den Hausgebrauch reichte. Aber Englisch, das schlichte, alltägliche Englisch, schien hier einfach unangebracht.

Es war nicht nur die tödliche Schönheit; beiden war ein vollständiges und unerschütterliches Bewußtsein über den eigenen Wert und den eigenen Platz in der Welt zu eigen.

An Selbstsicherheit hatte es Vicki nie gefehlt. Aber schon ihr erster Blick auf Henry hatte damals ihre simple, alle Einwände in den Wind schreibende Gewißheit, mindestens ebenso richtigzuliegen wie jeder andere auch, noch einmal neu definiert und zu einer rasiermesserscharfen Klinge werden lassen. Fitzroy hatte diese Selbstgewißheit natürlich immer schon besessen – eines der Dinge, die Celluci von jeher an ihm gehaßt hatte, auf das er immer reagiert hatte.

Mikes Herz schlug im Takt mit dem Kraftfeld, das sich zwischen Henry und Vicki aufgebaut hatte. Das sie und ihn umgab. In diesem Moment, auf diesem Flur, bei der Betrachtung dieser beiden, die einander genau beobachteten, verstand der Detective die Verkündigung: *Ich bin.*

Damit reicht es jetzt aber auch! Mit italienischen Definitionen, die unerwartet aus dem Nichts in seinem Kopf auftauchten, konnte Mike umgehen; Blasphemie war eine andere Sache. *Vater, vergib mir, denn ich habe gesündigt; vor zwei Jahren habe ich zuletzt gebeichtet, aber das liegt nur daran, daß ich mit einer Vampirin schlafe. Ja. Klar.*

Als ein paar musikalische Klänge die Stille erschütterten, hob der Detective erst den rechten Fuß, schob ihn vor, setzte ihn ab und wiederholte dann – fast schien es ihm wie ein Wunder – dieselbe Bewegung mit dem linken Fuß: Er schritt direkt zwischen den beiden hindurch. „Ich unterbreche nur ungern einen Moment, der wie geschaffen ist für ein Foto in Kodacolor, Leute, aber der Fahrstuhl ist da."

Einen Herzschlag lang konzentrierte sich das Kraftfeld auf etwas Neues. In seinem Rücken spürte Celluci es, heiß und kalt zugleich, und er hatte eine kurze Vision von Vickis Fingern, die einen Stuhl zerlegten. Erstaunt darüber, daß er sich immer noch bewegen konnte, trat er über die Schwelle in die Fahrstuhlkabine. Dann drehte er sich um. Wie erwartet starrten die beiden ihn an. Vickis Mundwinkel waren zu einem halben Lächeln verzogen; bei ihr hatte der Sinn für Humor über das Melodram gesiegt. Henry trug seine Fürst-der-Finsternis-Miene zur Schau. Mike straffte die Schultern. Eine Beziehung mit Vicki Nelson – und zwar sowohl mit der lebenden als auch mit der untoten – überlebte nur, wer ein ebenso gesundes Selbstbewußtsein hatte wie sie, und vor dem verdammten Henry Fitzroy würde der Detective nun gewiß nicht das Knie beugen. „Kommst du, Vicki?“

Als sie nickte und auf den Fahrstuhl zuging, trat er zurück, um ihr Platz zu machen.

In der Fahrstuhlkabine blieb sie stehen, und ihr Lächeln wurde breiter. „Kommst du, Henry?“

Selbst Celluci hörte die Herausforderung in ihren Worten. Zum Teufel, das wäre selbst einem Tauben zwei Häuser weiter gelungen. „Vicki ...“

Eine blasse Hand hob sich. Da gab ein Prinz zu verstehen, daß sich das Fußvolk nicht einzumischen brauchte. „Ich glaube nicht. Nein.“

„Warum nicht? Verlierst du dann deine heilige Selbstkontrolle? Wirst du zu alt für das Ganze?“

„Vicki!“ Mike hätte sich den Atem sparen können. Mit derselben Raffinesse, mit der Schulkinder einander Beleidigungen an den Kopf werfen, hatte Vicki Henry die Herausforderung hingeschleudert, und der konnte sie ebensowenig ignorieren wie irgendein kleiner Raufbold auf dem Pausenhof.

Celluci stand mit dem Rücken zur Wand, während sich Vicki zwischen ihm und der Tür befand und sah nun zu, wie Henry dem Fahrstuhl näherkam. Er wollte Vicki packen und heftig schütteln, sie fragen, was zum Teufel das sollte. Aber warum, wo er es doch nur zu genau wußte. *Auf Vicki ist Verlaß: Wenn sie einem etwas klarmachen will, dann nimmt sie dazu einen gottverdammten Preßlufthammer. Ich hätte verdammt noch mal zu Fuß gehen sollen ...*

Die Tür schloß sich und streifte dabei flüsternd den Stoff von Henrys Blazer. „Parkdeck eins, bitte.“

Mit leicht geneigtem Kopf, die silbrigen Augen von Schatten umwölkt, drückte Vicki auf den Knopf, ohne genau hinzusehen.

Nicht der Fahrstuhl setzte sich in Bewegung, wie Celluci feststellen mußte: Sein Herz rutschte ihm in die Hose.

Henry und Vicki wechselten zur selben Zeit ihre Positionen, zu schnell, als daß das Auge eines Sterblichen eine Bewegung hätte registrieren können. Eben noch hatten sie einander gegenübergestanden – Henry mit dem Rücken zur Fahrstuhltür –, und schon befand sich Vicki links von Celluci, Henry rechts von ihm. Zwar sahen sie einander immer noch direkt an, nun aber aus einer Distanz, mit der sie vielleicht würden leben können. Ein leises, warnendes Knurren – man fühlte es eher, als daß man es hörte – durchdrang den geschlossenen Raum und brachte jedes einzelne Härchen auf Cellucis Körper dazu, sich aufzurichten. Kein sehr angenehmes Gefühl; der Detective wußte nur zu genau, wie wenig vonnöten war, um die zerbrechliche Balance in der Kabine in ein chaotisches Blutvergießen zu verwandeln und widerstand mit Mühe dem Bedürfnis, sich zu kratzen. *Wenn wir jetzt noch unten ankommen, ohne daß jemand ...*

Im sechsten Stock hielt der Fahrstuhl.

Die Tür öffnete sich.

Beide Vampire fuhren herum, um sich dem Störfaktor zu stellen.

Celluci wußte nicht genau, was das Paar, das im sechsten Stock auf den Fahrstuhl gewartet hatte, sah und wollte es auch gar nicht wissen. Leichenblasse Gesichter und ein sich rasch ausbreitender verräterischer Fleck auf der Vorderseite einer teuren Seidenhose sagten genug. Mit zusammengebissenen Zähnen sprang er vor und drückte auf den Knopf, der die Fahrstuhltür wieder schloß.

Mit dem Schließen der Tür verhallte auch der schrill aufsteigende, panische Angstschrei, und mit einem Mal war es Celluci ganz gleich, ob einer seiner Begleiter die Fassung verlieren könnte: Er verlor sie selbst.

„Das reicht jetzt!" zischte er und wandte sich um. „Mir steht es bis hier ...", eine Hand fuhr in Scheitelhöhe durch die Luft, „... mit euch beiden. Ihr stopft jetzt sofort diesen Kreaturen-der-Nacht-Scheiß wieder dahin, wo er hergekommen ist! Habt ihr gesehen, was ihr mit den jungen Leuten gemacht habt? Habt ihr das gesehen? Hat einer von euch überhaupt mitbekommen, daß da zwei in eure blöden kleinen Machtspielchen geraten sind?"

„Blöd...", setzte Vicki an, aber Celluci unterbrach sie rüde.

„Ja, blöd. Niemanden schert es einen Dreck, wer von euch beiden hier der Oberblutsauger ist. Das interessiert nur euch selbst, und das wäre ja an und für sich auch kein Problem, außer, daß ihr nicht allein auf der Welt seid und es euch offenbar egal ist, wen die Kugeln treffen, wenn ihr anfangt herumzuballern!"

„*Sie* sind noch am Leben ..."

Er wirbelte zu Henry herum. „Da soll ich mir wohl ein Ei drauf braten, was?" Zu wütend, um sich um die Folgen zu scheren, begegnete er den dunklen Augen mit einem festen Blick und forderte sie zum Schlimmsten heraus.

Henrys Lippen entblößten seine Zähne.

Vicki trat vor, um sich ihm in den Weg zu stellen.

Celluci streckte beide Arme aus. Er spannte die Muskeln bis aufs äußerste an, stemmte je eine Hand gegen je eine Brust und hielt die beiden getrennt; der schiere Wahnsinn des Vorhabens gab ihm die Kraft, einen Herzschlag lang so zu verharren. Zwei. Drei. Mit zusammengebissenen

Zähnen weigerte er sich, lockerzulassen. Auch wenn ihm schwarz vor Augen wurde.

Vicki und Henry sahen sich in einem Griff gefangen, den es eigentlich gar nicht geben durfte, und da stieg die Erinnerung hoch und besiegte den Hunger.

Die drei hatten eben Vickis Mutter zum zweiten Mal zur Ruhe gebettet. Beide Männer trugen Verletzungen an Leib und Seele – Vicki jedoch lag im Sterben. Henry hatte getan, was er konnte, aber er war nicht stark genug gewesen, die Sache zu Ende zu bringen; er brauchte zusätzliches Blut. Michael Celluci hatte ihm seins geboten, auch wenn er annehmen mußte, damit alles zu verlieren.

Seit mehr als 450 Jahren nun lebte Henry als Beobachter inmitten der Menschen. Cellucis Angebot war die erstaunlichste Sache, die er je erlebt hatte.

Bis jetzt.

Detective Sergeant Michael Celluci war groß und sehr stark, aber nicht Körperkraft gebot dem Hunger Einhalt. Es war seine Haltung. Das gelang einer Haltung, die ihn wagen ließ zu verkünden: „Das werde ich nicht zulassen", und das angesichts der Tatsache, daß die Wahrscheinlichkeit, daß ihm Gehör geschenkt wurde, ungefähr so groß war wie die Überlebenschancen einer Schneeflocke Mitte August – wie er selbst wohl gesagt hätte.

Wieder einmal wurden Henry die Qualitäten dieses Mannes vor Augen geführt, und es beschämte ihn, daß man ihn daran hatte erinnern müssen.

Vickis Blick ruhte immer noch auf Henrys Gesicht, und auch sie erinnerte sich an alles, woran er sich erinnerte und empfand, was er empfand. Zum ersten Mal sah sie sich in Henrys Gegenwart gezwungen, an jemand anderen zu denken. Sie riß den Blick von Henry los, betrachtete mit Entsetzen den Puls, der zwischen Cellucis verkrampften Halsmuskeln pochte und zu Henrys Scham gesellte sich ihre eigene.

Celluci konnte spüren, wie die beiden nachgaben und ließ die Arme sinken. Er hätte ohnehin keine Wahl gehabt; jetzt, wo der Druck verschwunden war, sanken sie von ganz allein nach unten. Immer noch lag eine gewisse Spannung in der Luft, die aber seltsamerweise weder von Henry noch von Vicki auszugehen schien.

Eine ruhige Stimme, die Celluci um ein Haar nicht wiedererkannt hätte, verkündete: „Ich glaube, wir hatten einfach vergessen, daß aus großer Macht und Stärke ebenso große Verantwortung erwächst."

„Ich glaube, ich hatte vergessen, was eigentlich wichtig ist." Vickis Stimme war unverwechselbar, aber sie erklang mit einem rauhen Unterton, den der Detective nicht oft zu hören bekam.

„Was dasselbe ist." Zu Mikes großer Verwunderung streckte ihm Henry – einfach nur Henry, ein Mann, wie Mike nur einfiel, den er doch eigentlich schätzen und sogar mögen gelernt hatte – die blasse Hand hin. „Ich möchte mich entschuldigen. Ich wünschte, ich könnte versprechen, daß es nicht wieder geschieht, aber das kann ich nicht. Wohl aber kann ich versprechen, mich in Zukunft besser zu benehmen."

Sein Handschlag war kühl, wie der Vickis.

Dann war er verschwunden.

„Wo ..."

„Parkdeck eins. Der Bus steht auf Parkdeck zwei. Einer von uns fährt ihn doch heute nacht?"

Mike blinzelte, um den Schweiß aus den Augen zu bekommen und erlaubte Vicki, ihm den Arm unter die Achseln zu schieben und ihn zu stützen. „Du kannst ihn haben. Ich finde ohnehin bestimmt keinen Parkplatz."

„Dann setze ich dich bei Tony ab."

„Gut." Im Parkdeck war es feucht und kalt, was nichts mit der Klimaanlage zu tun hatte, sondern mit der Tatsache, daß dieses Stockwerk so tief unter der Erdoberfläche lag. Mike ertappte sich beim Gedanken an Gräber. „Vicki? Was habe ich da gerade getan?"

„Du bist mit einem einzigen Satz auf ein Hochhaus gesprungen."

„Das Körperliche meine ich nicht ..."

Vicki seufzte. Das tat sie nicht mehr oft; sie hatte die Angewohnheit verloren, seit sie nicht mehr zu atmen brauchte. „Du hast uns daran erinnert, mehr zu sein statt weniger."

Er blieb stehen und sah auf sie hinab. „Versuchs noch mal."

„Du hast uns gesagt, wir sollten aufhören, uns wie Vollidioten zu benehmen."

„Ja, das weiß ich, aber normalerweise hört ihr doch nicht auf mich."

„Diesmal ..." Vicki streckte die Hand aus und strich ihm die schwarze Locke aus der Stirn.

Henry hat auf dich gehört ...

Sie schlang die Arme um ihn, legte ihre Wange an seine Brust und fand zumindest einen kleinen Trost im steten Puls seines Lebens. „Ich liebe dich, Mike."

„He, das glaube ich dir." Sein Kinn ruhte auf ihrem Scheitel, und er fragte sich, was sie ihm wohl gerade verschwiegen haben mochte.

SIEBEN

Vicki hielt direkt vor einer Zufahrtstraße, nur zwei Blocks von der Videothek entfernt, in dem Tony arbeitete.

Celluci öffnete die Beifahrertür des Wagens, nur um sie gleich wieder zu schließen. „Könntest du mir einen Gefallen tun?"

„Jeden!"

Das Schnauben des Detective sprach Bände. „Versuch bitte einfach, dich ein wenig vorzusehen. Denk nicht, daß es in den Kreisen so zivilisiert zugeht wie weiland beim Paten ..."

„Noch nicht mal so zivilisiert wie da, wo sie Sonny umlegen und den Schwager würgen? Oder da, wo sie Fredo im See versenken?" Vickis Brauen hatten sich in gespieltem Entsetzen gehoben. „Wie war das doch gleich im Teil drei – bringen sie da nicht den Papst um?"

„Vicki ..."

„Michael ...", unterbrach sie ihn spöttisch, indem sie seinen besorgten Tonfall nachamte. „Sieh mal: Ich war doch auch mal Bulle; ich habe doch geholfen, die Leichen einzusammeln. Ich weiß, daß das keine braven Jungs sind!"

„Ich wollte ja auch lediglich anmerken, daß sich das organisierte Verbrechen in den letzten Jahren stark verändert hat." Celluci drehte sich auf seinem Sitz so, daß er Vicki direkt ins Gesicht sehen konnte. „Die meisten der alten Garde sind tot und begraben, entweder wirklich tot oder so unwichtig geworden, daß sie ebenso gut tot sein könnten. Die neuen sind hinterhältige Monster. Sie töten, weil sie töten können. Einst gab es so etwas wie Regeln - die Zeiten sind vorbei." Mike hielt Vickis Arm umklammert; früher hätte er sich bemüht, nicht zu fest zuzupacken – heute konnte es gar nicht fest genug sein. „Den neuen Typen geht es um Macht pur – nicht mehr um Macht als Mittel zum Zweck."

Vicki lächelte, wobei ihre Zähne im Scheinwerferlicht der vorbeifahrenden Autos unnatürlich weiß schimmerten. „Macht und Stärke sind kein Problem für mich."

„Das mag sein, aber bitte denk an zwei Dinge: Du sollst ein paar Fragen stellen, nicht die Stadt säubern." Die Art, wie Vicki die Brauen hob, gefiel dem Detective ganz und gar nicht, aber er zog es vor, nicht darauf einzugehen, da er in dieser Frage ohnehin keine große Wahl hatte und, auch wenn er das ungern tat, wohl oder übel auf Vickis gesundes Urteilsvermögen vertrauen mußte. „Vergiß bitte auch nicht, daß es zwischen unsterblich und unverwundbar durchaus einen Unterschied gibt." Mit diesen Worten beugte er sich vor, küßte die Freundin rasch auf die Lippen und kletterte dann hastig aus dem Bus, ehe er sich vergessen und sie fragen konnte, was sie denn nun genau vorhabe.

„Ich gehe schon keine bescheuerten Risiken ein, Mike!" Mike schien es, als sei das blasse Oval von Vickis Gesicht weiter von ihm entfernt, als die rein körperliche Distanz rechtfertigte. „Auf die Gefahr hin, daß ich mich anhöre wie einer dieser durchgeknallten Helden in den Actionfilmen: Ich komme ganz bestimmt wieder."

Zumindest hatte sie sich die Bemerkung verkniffen, er müsse sich keine Sorgen machen. „Um 4:16 Uhr geht die Sonne auf."

„Was zum ..."

„Was zum was, Bynowski?"

„Ich weiß nicht." Mit gerunzelter Stirn beugte sich Bynowski näher zum Monitor, auf dem in allen Einzelheiten die vordere Einfahrt zu sehen war. „Da war so ein Flackern ..."

In diesem Moment ging der Alarm an der Vordertür los.

Zwei Augenpaare starrten auf den Bildschirm, der mit der Kamera über dem Vordereingang verbunden war: Da schwang die stahlverstärkte Tür, die eine solide Sperre zwischen dem Haus und dem Rest der Welt hätte darstellen sollen, träge in ihren Scharnieren hin und her.

Gary Haiden warf seinem Arbeitskollegen einen raschen, anklagenden Blick zu: „Hat der Boß nicht gesagt, du sollst abschließen?"

„Ich habe abgeschlossen!"

Mit einem kurzen Nicken wies Haiden auf den Monitor: „Sieht aber nicht danach aus." Sein Ton ließ anklingen, daß er diesen Verstoß weitermelden und Bynowski logischerweise dafür würde büßen müssen. Was Haiden völlig egal war.

„Ja? Dann sieh doch gefälligst genau hin, du Scheißer!"

Beide Hälften des Schlosses waren im einem technisch eigentlich völlig unmöglichen Winkel verdreht.

Auf dem Monitor, der den vorderen Hausflur zeigte – weitere Einblikke in das Hausinnere gab es nicht – entstand nun auch ein kurzes Flakkern, von dem keiner der beiden Männer etwas mitbekam. Sie hatten selbst zu viele Türen eingetreten, um den Zustand des Türschlosses mißverstehen zu können.

„Scheiße, Scheiße, Scheiße, Scheiße, Mist verdammter!“ Bynowski langte nach der Sprechtaste der Gegensprechanlage, aber zu spät: Eine lederbekleidete Hand legte sich über seine Finger, ehe er die Taste erreicht hatte. Als Fingerknochen brachen, stöhnte er lediglich auf, zum Schreien viel zu erstaunt. Aber dann blickte er in silbern schimmernde Augen und bereute sofort, sich nicht die Zeit für einen Schrei genommen zu haben. Vielleicht hätte er ja geholfen. Ein Schlag, den er noch nicht einmal hatte kommen sehen, warf ihn aus dem Stuhl gegen die rückwärtige Wand. Dort ging er, überströmt von seinem eigenen Blut, zu Boden.

Haiden hatte sich hastig umgewandt und fasziniert zugesehen, in welch hohem Bogen der Körper seines Kollegen durch die Luft segelte. Der Schwung, mit dem er sich im Stuhl gedreht hatte, hatte ihn auf den Füßen landen lassen. Sein Instinkt gewann die Oberhand, während sein Verstand noch protestierte, und so zog er die Pistole. Vor sich sah Haiden eine große, schwarzgekleidete Frau. Verzweifelt versuchte der Verstand des Mannes, ihn davon zu überzeugen, daß es besser sei, schleunigst die Flucht zu ergreifen, weil ansonsten nämlich diese Frau das letzte wäre, was er in seinem Leben je sehen würde. Aber Haiden schenkte seinem Verstand keine Beachtung. Schließlich hatte er sich nicht aus dem Sumpf der Straße hochgearbeitet, indem er ständig irgendwelchen Ängsten nachgegeben hatte, und er sah keinen Grund, ausgerechnet jetzt damit zu beginnen.

Der blasse Blick der Frau glitt von Haidens Gesicht zu seiner Pistole und wieder zurück. „Nein“, sagte sie sanft.

Im Laufe der Jahre hatten viele Menschen „nein“ zu Haiden gesagt. Manche bettelnd, manche wimmernd, andere immer wieder, ganz starr vor Unglauben – aber immer voller Furcht. Als Warnung gesprochen war ihm das Wort nie zu Ohren gekommen, und so erkannte er denn an diesem Abend die Warnung im „Nein“ der Frau auch nicht.

Zeit seines Lebens war Haiden Raubtier gewesen; nun war er zum ersten Mal Beute, und er hatte noch viel zu lernen.

Einen knappen Herzschlag später wimmerte er vor Schreck. Erbarmungslos bohrten sich starke Fingerspitzen in seinen Hals und hinterließen ein Muster aus weißen Halbmonden; in beiden Händen waren einzelne Knochen gebrochen – aber Schmerzen empfand er keine. Die verloren sich in dem glänzenden weißen Lächeln, von dem er ganz offenbar den Blick nicht lösen konnte.

„Ist der Boß daheim?" fragte das Lächeln.

Bis zu diesem Augenblick war Gary Haiden überzeugt gewesen, daß er sein Leben für Sebastien Carl geben und selbst dem Tod mit einem verächtlichen *„Fick dich doch selbst!"* entgegentreten würde. Nun mußte er feststellen, daß er sich geirrt hatte, denn er sagte ganz etwas anderes: „Der ist mit seiner Frau im großen Schlafzimmer hinten. Sie ziehen sich zum Abendessen um." Haiden hoffte inständig, diese Auskunft werde reichen.

Sebastien Carl war allein im Schlafzimmer und gerade damit beschäftigt, sich ein paar schwarze Seidensocken anzuziehen. Im an das Schlafzimmer angrenzenden Badezimmer ließ das Summen eines Föns auf den Aufenthaltsort von Mrs. Carl schließen.

Vicki wußte, daß sie Sebastien Carl noch nie zuvor in ihrem Leben gesehen hatte, und trotzdem kam der Mann ihr irgendwie vertraut vor. Sie hatte den Raum bereits durchquert und eine Hand um Carls Hals geschlungen, als ihr endlich klar wurde, warum das so war: Der Gangster verfügte über ein Wissen um die eigene Macht und Stärke, das fast schon vampirisch anmutete. *Mir gehört die Welt,* schien dies Wissen zu sagen, *und dich gibt es gar nicht, außer ich beschließe, dich zu benutzen.*

Vicki hatte den Mann fast erwürgt, ehe es ihr gelang, die plötzliche Raserei wieder in den Griff zu bekommen. „Ich bin nicht wie du!" knurrte sie und schenkte den Fingern, die sich in ihre Handgelenke verkrallt hatten, keine Beachtung. „Ich will dir nur ein paar Fragen stellen." Eine in Seide gehüllte Hacke traf sie unterhalb des Knies. „Laß das sein!"

Carl war klüger als Haiden und gab den Widerstand auf. Er starrte Vikki aus zusammengekniffenen Augen an, die Finger immer noch um die Handgelenke der jungen Frau gekrallt. Sein Brustkorb hob und senkte sich mit den kurzen, flachen Atemzügen, die seine lädierte Luftröhre ihm gestatteten. *Aber der Tod ist doch meine Waffe!*, schien seine Miene empört zu rufen, *nicht deine!*

Vicki ließ dem Hunger größeren Spielraum – es fehlte nicht viel, dann hätte er sich vollends Bahn gebrochen. „Organdiebstahl. Tust du so was?"

„Nein." Carls Antwort war mehr Hauch als gesprochenes Wort. Er mochte leugnen, daß der Tod in den silbriggrauen Augen wohnte, von denen er den Blick nicht wenden konnte, belügen konnte er diese Augen nicht.

„Weißt du, wer so was tut?"

„Nein."

Mit der freien Hand zog sie eine der Kopien, die Henry von den Fotos im Autopsiebericht angefertigt hatte, aus ihrer hinteren Hosentasche, glätte das zusammengefaltete Stück Papier, indem sie es heftig schüttelte und hielt es dem Mafioso unter die Nase. „Hast du diesen Mann je gesehen?"

„Nein." *Mach schon,* forderte sein Blick sie heraus. *Tu dein Schlimmstes.*

Frustriert warf sie ihn aufs Bett. Er federte hoch, rollte sich über die rote Satinsteppdecke und kam hoch, in der Hand eine Pistole vom Kaliber 22. Als er den Abzug zum zweiten Mal betätigt hatte, war er tot.

Jeanna Carl schaltete den Fön aus, strich sich eine sonnengebleichte Haarsträhne aus dem Gesicht und runzelte die Stirn. „Sebastien?" rief sie. Als keine Antwort kam, trat sie aus dem Bad. „Hast du gerade ... Scheiße!"

Jeanna war nur zu gut bekannt, welchem Beruf ihr Mann nachging; der Anblick einer Leiche auf dem Schlafzimmerfußboden überraschte sie von daher nicht allzu sehr. Als sie dann feststellen mußte, daß es sich bei der Leiche um die ihres Mannes handelte, war sie doch ein wenig erstaunt. Vollends verwunderte sie die Tatsache, daß er nicht auf dem Rücken lag und sie ihm trotzdem ins Gesicht sehen konnte: irgendwer ...

Oder irgendetwas, jammerte ein Stimmchen in Jeannas Hinterkopf und sie musste einen Aufschrei unterdrücken.

... hatte Sebastien den Hals um 180 Grad verdreht.

Jeanna sprang über die Leiche, kletterte auf das Bett und öffnete mit zitternden Fingern den Safe, der in die Polsterung des Kopfendes eingebaut war. Alles da! Schwer atmend drückte die Frau ein Häufchen Geldbündel an die Brust und bemühte sich, einen klaren Gedanken zu fassen. Noch bestand durchaus die Möglichkeit, heil hier rauszukommen. Sie mußte lediglich Sebastiens Körper an den Fuß der Treppe schaffen – Gottseidank hatte sie nicht zugelassen, daß er einen Bungalow baute! – und die Sache als schrecklichen Unfall darstellen. Sebastiens Anwälte wußten sicher, was in einer solchen Situation zu tun war. Eine rasche Beerdigung, dann würde sie das Geld nehmen und ...

„Nicht weit damit kommen!" Wenn es den Bullen nicht gelang, sie zu Tode zu hetzen, würden das die Geschäftspartner ihres Mannes tun und bei dieser Gelegenheit sein Reich in blutige Einzelteile zerlegen. „Die können mich alle mal!"

Zwanzig Minuten später war der Safe leer, und Jeannas Porsche röhrte aus der Garage, um dann den Marine Drive hinab zu verschwinden.

Die blicklosen Augen Haidens und Bynowskis starrten weiterhin unverwandt auf die Monitore.

Der Stadtteil Vancouvers, der unter dem Namen Kitsilano bekannt war, hatte sich offen zum Yuppietum bekannt, als sich die Nachhut der Babyboomer – der geburtenstarken Jahrgänge der Nachkriegszeit – auf dem Höhepunkt ihrer finanziell äußerst erfolgreichen Karrieren als Börsenmakler, Computerfachleute, Sicherheitsanalysten und Gangsterbosse Kinder und Hypotheken angeschafft hatte, um seßhaft zu werden. Aber Kitsilano galt trotzdem immer noch als nettes und respektables Viertel, und es erstaunte Henry, daß er hier jagen gehen sollte.

Gabriel und Lori Constantine veranstalteten einen Grillabend. Reglos stand Henry in den Schatten und hielt die Nase in den Wind. In der Luft lag ein starker Geruch nach verkohltem Tintenfisch, und Henry hatte mit einem heftigen Niesreiz zu kämpfen. Sechs Lebewesen hielten sich in der Nähe des Wohnhauses auf, und da Gabriel Constantine der Gastgeber war, konnte man davon ausgehen, daß er einer davon war.

Vor dem Haus standen zwei Wagen geparkt, in denen jeweils zwei bewaffnete Männer saßen, und zwei weitere Männer, die eindeutig kein Liebespaar waren, schlenderten den Strand entlang. Henry beschied, eine verdeckte Vorgehensweise sei sinnvoll. Wenig später kletterte er auf den Schnellkomposter im Nachbargarten, von dort aus über den Zaun und trat, die Lippen angesichts des Gestanks der toten Blüten verzogen, in den tiefen Schatten unter einem Fliederstrauch.

Der Garten der Constantines unterschied sich in nichts von den anderen, die Henry auf seinem Weg hierher durchquert hatte. Ohnehin waren die Unterschiede zwischen diesem Haus und den anderen in der Straße rein oberflächlich, und der Grillabend hätte auch auf jedem anderen Grundstück der Gegend stattfinden können.

Abgesehen von den Gästen.

Henry ging davon aus, daß die Constantines nur selten ihre unmittelbaren Nachbarn zum Grillen baten. Es gibt in der Regel für Raubtiere nur einen einzigen Grund, sich mit ihrer Beute abzugeben.

Der Garten selbst wurde von vier Männern gesichert, die über ihren Polohemden Jacketts trugen. Henry wartete, bis einer von ihnen an den Rand des Schattens trat, in dem er sich verborgen hielt, und trat dann so weit vor, daß er den pausenlos umherstreifenden Blick des Bewaffneten einfangen konnte. Ehe dem Mann klar war, was vor sich ging, hatte Henry auch schon in das einfache Muster seiner Gedanken eingegriffen und eine Neuordnung vorgenommen. „Sag Constantine, er soll kommen und sich drüben am Zaun etwas ansehen – nichts Gefährliches, nur etwas, was er deiner Meinung nach wirklich selbst sehen sollte."

Die meisten Menschen, die in eine Jagd geraten, verhalten sich wie ein Kaninchen im Scheinwerferlicht eines Autos: Jeder bewußte Gedanke verliert sich in dem Wissen um den drohenden, unvermeidbaren Tod. Selten nur verfügte jemand über eine stärkere Selbstbeherrschung. Der Gangster, zu nichts anderem abgerichtet als dazu, Befehle zu befolgen, nickte, wandte sich um und ging auf den Pool zu. Lange würde das von Henry arrangierte Muster in seinem Kopf nicht halten. Das war aber auch nicht nötig.

Henry konnte den Herzschlag des Kindes hören, das in einem der Schlafzimmer im ersten Stock schlummerte und hatte von daher auch keine Probleme damit, der Konversation am anderen Ende des Grundstücks zu folgen. Da ging es um Privatschulen, Musikstunden und darum, wie schwierig es doch war, eine verläßliche Haushälterin zu finden. Es ging um importierte Autos und wie sie im Vergleich zu den einheimischen Fahrzeugen abschnitten und um Leute, die einfach nicht begreifen wollten, daß alles immer teurer wird. Die Gespräche waren ineinander verwoben wie verhedderte Wollknäuel. Alles klang so unschuldig; ein harmloser Lauscher hätte nie erraten, was für Geschäfte in diesem Haushalt dafür sorgten, daß die Rechnungen bezahlt werden konnten. Dann hörte Henry den Teil der Unterhaltung, der sich auf sein Zusammentreffen mit Constantine bezog.

Der Mafiaboß runzelte die Stirn, fegte mit einer Handbewegung die Nachfrage eines Gastes beiseite und forderte seinen Wachposten auf, ihm den Weg zu weisen. Irgend etwas schien dahinten im Garten zu sein, etwas Wichtiges, das konnte er der Miene seines Angestellten entnehmen. Constantine setzte vollstes Vertrauen in die Zuverlässigkeit seines Sicherheitsapparates und die Normalität des Stadtteils, in dem er lebte.

Was könnte dir hier auch schon etwas anhaben?, fragte Henry sich spöttisch, als Gangsterboß und Gangster auf ihn zukamen. *Hier, umgeben von Sattelitenschüsseln und Gasgrills und Rasenflächen, die alle von der Gartenbaufirma ‚Unkrautex' betreut werden?* Henry lächelte, als die beiden Männer beim Flieder ankamen; er liebte rhetorische Fragen.

Constantine hatte nicht mitbekommen, daß der Kopf seines Vollstrekkers noch leerer war als gewöhnlich. Er hieß den Bewaffneten Wache stehen und warf selbst einen vorsichtig prüfenden Blick in den Schatten – zu seinem großen Entsetzen warf der Schatten den Blick zurück.

„Wenn Sie sich bewegen, bringe ich Sie um."

All die Tode, mit denen der Mafioso je zu schaffen gehabt hatte, kehrten zurück und hießen ihn willkommen. Hätten seine Gäste im Dunkeln sehen können, dann hätten sie mitbekommen, wie sich die Schultern ihres Gastgebers verkrampften und ein sich rasch ausbreitender Schweißfleck sein T-Shirt verfärbte. Weil er mit dem Rücken zu ihnen stand, hätten sie den Ausdruck abgrundtiefen Entsetzens, der sich auf seinem Gesicht ausbreitete, ohnehin nicht mitbekommen. Auch nicht, wie langsam alle Farbe aus seinem Gesicht wich.

Ein paar *sanfte* Fragen, so leise gestellt, daß niemand sie hören konnte, förderten zu Tage, daß Constantine von einem profitträchtigen Organhandel nichts wußte und auch Henrys Geist nicht identifizieren konnte. Die Auskünfte waren glaubwürdig. Aber über eine ganze Menge anderer unangenehmer Dinge wußte der Mann durchaus Bescheid.

Trotz der Vorfälle, die sich in dem einen Jahr ereignet hatten, in dem Vicki seine sterbliche Geliebte gewesen war, hatte sich Henry nie als Vampir-Batman gesehen – als Comichelden, der des Nachts unterwegs ist, um im Dunkeln die Welt vom Übel zu befreien. Natürlich war er stets willens und in der Lage gewesen, jeden zu vernichten, der sich ihm in den Weg stellte, wie man eine Küchenschabe vernichtet, die es wagt, einem über den Weg zu laufen. Aber er hatte wirklich nie das Bedürfnis verspürt, die Unsterblichkeit mit der Suche nach dem Bösen und dessen Vernichtung zu verbringen. Dafür gab es einfach zu viel davon.

Des schlafenden Kindes zuliebe ließ Henry die Schabe Constantine am Leben und legte ihr nur nahe, sich als Dank dafür einem anderen Berufsfeld zuzuwenden.

„Das Essen war gut!“ Mike trat aus der Schwingtür des Restaurants und wurde fast von einem Trio junger Frauen überrannt. Zwei davon wichen geschickt aus; die dritte blieb stehen und musterte ihn unverblümt von oben bis unten. Dann grinste sie ihm zu und eilte ihren Freundinnen nach, die bereits um die Ecke gebogen waren und auf der Robeson Street laut vor sich hinkicherten. Die drei waren definitiv keine Nutten – Celluci hatte im Verlauf seiner Dienstjahre genügend Prostituierte eingebuchtet, um eine Schöne der Nacht auf den ersten Blick erkennen zu können –, und eigentlich wirkten sie alle drei viel zu jung, als daß sie so spät nachts noch hätten unterwegs sein dürfen ...

„Und? Spüren Sie gerade Ihr Alter?“

Überrascht blickte Mike auf seinen Begleiter hinab. „Habe ich das etwa laut gesagt?“

Tony schüttelte den Kopf. „Nein. Sie haben geseufzt.“

„Das haben wir Alten so an uns.“ Celluci holte tief Atem, um die Restaurantluft aus seinen Lungen zu befördern. „Immerhin habe ich noch alle Zähne und kann eine gute Mahlzeit genießen.“

„Schön. Ich fand, wo Sie schon mal hier am Meer sind, sollten sie auch in den Genuß von Meeresfrüchten kommen – zumindest ein Mal.“

„Ist das so? Sucht Fitzroy sich hier freitags immer einen Matrosen?“

Mit weit aufgerissenen, blassen Augen starrte Tony zu Celluci empor. „Mann, Sie haben sich wirklich verändert! Sie sind nicht mehr so ...“, es entstand eine peinliche Pause, in der Tony aber nichts weiter erhielt als einen höflich fragenden Blick. „Nicht mehr so verklemmt wie früher!“

„In den letzten zwei Jahren hat sich für mich ja auch allerhand geändert.“

„Ja? Was denn?“

„Vicki.“

„Ach - Vicki ändert sich und dann ändern Sie sich, weil Sie sie lieben?“

„So in der Art.“ Celluci seufzte noch einmal und starrte die Thurlow Street hinab auf die Wasser der English Bay, die in der Ferne glitzerten. „Wie weit sind wir von deiner Wohnung weg? Von Fitzroys Wohnung, meine ich, nicht von der, in der du momentan übernachtest.“

Tony zuckte die Achseln und ging auf die Frage, wem welche Wohnung gehören mochte, nicht ein. „Ein ganzes Stück.“

„Zu Fuß machbar?"

„Aber sicher. Die Thurlow runter bis zur Davie, dann die Davie lang, bis zur Seymour und ab nach Hause. So fahre ich immer mit den Skates." Er sah auf seine Füße hinunter und schüttelte den Kopf. „Ohne Skates dauert es natürlich länger. Hoffentlich haben Sie es nicht eilig."

Irgendwo weiter im Süden heulte eine Sirene.

Mikes Mund wurde zu einem dünnen Strich. „Ganz und gar nicht." Er setzte sich in Bewegung und versuchte mit wenig Erfolg, die Geräusche der Nacht auszublenden. „Zum Rumsitzen und Warten fehlt mir die Begabung."

Der Mann, dem der zweite Name auf Vickis Liste gehörte, hatte für ein paar Tage die Stadt verlassen.

„... mehr weiß ich auch nicht. Wirklich nicht. Bitte!"

Der dritte hatte lange gearbeitet. Sie erwischte ihn, als er gerade sein Büro verlassen wollte.

Zwischen ihm und Vicki stand lediglich ein einzelner Leibwächter, und dann war da nur noch eine Wolke grässlich stinkenden Aftershaves und...

Die drei Jungs, die sonst eigentlich noch auf ihn aufpaßten, fanden ihren Boß wenig später. Er kauerte hinter den Mülltonnen in einem Hinterhof, nicht weit von seinem Büro entfernt. Als sie sich ihm näherten, erhob er sich langsam und vorsichtig, und sie konnten sehen, wie er mühsam um Fassung rang.

„Was war denn los?"

„Die Nacht ..." Der Gangsterboß räusperte sich und versuchte, die Angst herunterzuschlucken, die ihm im Halse steckte. Auf seinen Wangen schimmerten feine Schweißtropfen, die unter Garantie nichts mit dem kühlen Lüftchen zu tun hatten, das von der Straße her in den Hinterhof wehte. „Sie hat mich voll erwischt. Die Nacht."

Der älteste der drei Bewaffneten warf seinen beiden Gefährten einen fragenden Blick zu: Der Chef hatte Englisch mit ihnen gesprochen, nicht Chinesisch wie sonst immer. Dann wechselte auch er zu dieser Sprache, da der Verängstigte es offensichtlich so wollte. „Ist Ihnen etwas passiert?"

„Wo ist Fang?" Mit zusammengekniffenen Augen musterte der Mafioso die Schatten hinter drei breiten Rücken. „Er sollte mich doch beschützen."

„Fang ... verschwand. Zusammen mit Ihnen."

Der Gangster ballte die Fäuste, damit niemand merkte, wie sehr ihm die Finger zitterten, aber er konnte nicht verhindern, daß die Furcht seiner Stimme einen schneidenden Unterton verlieh: „Wo zum Teufel wart ihr?!"

Das Steuerrad knarrte protestierend. Vicki starrte es an, runzelte die Stirn und zwang sich dann, locker zu lassen. Es wurde immer schwerer, sich nicht zu nähren, sich nicht mit der Furcht zusammen auch das Blut einzuverleiben.

Aber wenn du daran erst einmal Geschmack gefunden hast, hatte Henry damals gewarnt, *wird dich dein Verlangen danach von einem Exzeß zum anderen führen. Sei also sehr vorsichtig.*

„Schon gut. ‚*Wenn du dich der dunklen Seite zuwendest, wird sie auf ewig dein Leben bestimmen.*' Ach halt doch die Klappe, Obi Wan!" Vicki schnitt eine wütende Grimasse, stieg mit Macht auf das Gaspedal ihres Wagens, überfuhr eine Ampel, die bereits auf Gelb stand und raste schwungvoll um ein paar Kurven, wobei nur noch zwei der Wagenräder Kontakt zur Straße hielten und lautstark gegen diesen Fahrstil aufbegehrten.

In jedem einzelnen von Vickis Nervensträngen tobte der Frust. Es war wie stundenlanger Sex ohne Orgasmus in Sicht. „Wehe, Celluci ist nicht fit, wenn ich heimkomme. Er wird all seine Kräfte brauchen!"

Yuen-Zong Chen, seinen Geschäftpartnern als Harry bekannt, wartete im Flur, während einer seiner Jungs das Männerklo überprüfte. Nicht so sehr, weil Harry fürchtete, man könne ihn dort ermorden wollen – er pinkelte nur äußerst ungern, wenn ihm dabei jemand zusah. Zwei nicht weniger bedeutende Mitglieder des vornehmen Clubs, in dem er sich gerade aufhielt, wurden aus der Toilette geführt, und Harry trat höflich beiseite.

„Alles klar, Mr. Chen." Der Gangsterboß betrat die Waschräume, und sein Untergebener nickte dem Leibwächter zu, der am anderen Ende des Flures Wache stand. Dann bezog er direkt vor der Toilettentür Stellung, und sein Fuß, der in einem handgenähten Lederschuh Größe 42 steckte, zuckte im Takt mit den durch das ganze Clubhaus tönenden Schlagzeugrhythmen.

Harry Chen erleichterte sich, seufzte tief und zufrieden auf und trat an die Waschbecken aus rostfreiem Stahl. Eins dieser Becken zeigte Spuren eines weißen Pulvers, und Chen schüttelte voll Widerwillen den Kopf. Sein Widerwille war nicht einmal gespielt; Harry Chen glaubte fest daran, daß nur schwache Menschen und Narren ihr Leben mit Drogen zerstörten. Daß diese schwachen Narren Harry selbst zu seinem Reichtum verholfen hatten, machte sie nicht weniger schwach, nicht weniger närrisch.

Chen bewegte die Hand vor der Lichtschranke unter dem Wasserhahn. Als das warme Wasser zu fließen begonnen hatte, blickte er auf in den Spiegel. „Nie ist das verdammte Licht hell genug, wenn man ..." Der Rest des Satzes blieb dem Mann im Halse stecken, denn hinter ihm stand der Tod und sah ihm über die Schulter.

Henry lächelte und zeigte Zähne. „Harry Chen?"

Chen erstarrte; er wußte, daß das keine wirkliche Frage gewesen war, daß der Mann mit dem hellen Haar genau darüber im Bilde war, wessen Leben er da in Händen hielt. Die eigenen Hände hielt Harry weit von sich gestreckt, und das Wasser troff von ihnen zu Boden, als er sich nun umwandte.

„Sollten Sie um Hilfe rufen, sind Sie tot, ehe das erste Wort Ihre Kehle verlassen hat", teilte Henry höflich mit, als der Chinese den Mund öffnete.

„Ich bin sowieso tot." Aber er war noch nicht ganz tot, und so sprach Harry leise und versuchte auch gar nicht, das Zittern in seiner Stimme zu verbergen, gegen das er ohnehin nichts tun konnte. In seiner Brust lag verzweifelte Hoffnung im Widerstreit mit panischer Angst. „Wer schickt Sie? Ngyn, dieser vietnamesische Schweinehund? Nein." Chen beantwortete die Frage selbst. „Der würde keinen verdamm... " Chen mußte plötzlich feststellen, daß bestimmte rassistische Beschimpfungen unter den gegebenen Umständen wohl kaum sinnvoll waren und setzte neu an. „Ngyn würde nicht Sie einsetzen. Sie sind Profi, nicht? Wer immer Sie geschickt haben mag: Ich zahle mehr. Viel mehr. Bargeld, Drogen, Mädchen, was Sie wollen, Mann, ich kann es ihnen beschaffen." Durch das Schweigen des blassen Fremden ermutigt hob er den Blick, und sofort war der kleine Teil seines Verstandes, der nicht vor Angst laut aufschrie, froh, daß er gerade auf der Toilette gewesen war. „Sie sind ... Sie gibt es doch gar nicht ..."

Der Protest kam in abgehackten Worten, jedes von einem kurzen, flachen Atemstoß begleitet. Henry hatte Mühe, ihn zu verstehen. „Mich gibt es nicht?", fragte er ruhig, beeindruckt von der zur Schau gestellten

Willenskraft, auch wenn er für den Mann selbst nichts als Geringschätzung übrig hatte. „Dann haben Sie nichts zu befürchten, oder?"

„Bringen Sie ... es ... hinter sich ..., Sie Hurensohn."

„Erst müssen Sie mir ein paar Fragen beantworten."

Chen schluckte und kämpfte gegen das Bedürfnis, sein Kinn zu recken. „Sie können mich mal."

Ein Knurrlaut drang tief aus Henrys Kehle.

Ein paar Minuten später drang ein neues Musikstück aus den allgegenwärtigen Boxen, und der Leibwächter, der vor der Toilettentür stand, öffnete diese einen Spalt breit. „Alles klar, Mr. Chen? Mr. Chen?"

Die Leiche wies keinerlei Spuren auf. Nichts, woran sich hätte ablesen lassen, wie Harry Chen ums Leben gekommen war.

Harry Chen hatte nichts gewußt. Henry warf die Lederhandschuhe, die er gewöhnlich beim Autofahren trug, auf den Beifahrersitz, legte schwungvoll und recht unsanft den ersten seines BMW ein und fädelte sich ein wenig ruckartig in den fließenden Verkehr ein. Er mußte dringend trinken, den Hunger stillen, die Erinnerung an die Männer, die er befragt hatte, mit Blut abwaschen. Er hatte gerade noch vermeiden können, sich an Harry Chen zu nähren, aber das hatte ihn große Überwindung gekostet.

Sich an einem solchen Mann zu nähren hätte bedeutete, sich an all den Leben zu nähren, die dieser zerstört hatte. Das hätte Henry nie getan.

Aber trinken mußte er. Dringend.

Bars und Kneipen schlossen ihre Pforten, die Clubs, die erst nach der offiziellen Sperrstunde in irgendwelchen Fabriketagen und hinter Bühneneingängen versteckt zu arbeiten begannen, öffneten die ihren. Auf der Straße herrschte mehr Verkehr, als Mike für möglich gehalten hätte.

„Das liegt daran, daß die Leute hier im Westend auch wohnen und nicht nur einkaufen und sich amüsieren." Tonys erklärende Handbewegung schloß die riesigen Wohntürme, die zwischen vier– und fünfstöckigen Sandsteingebäuden emporragten und die Sterne zu verdecken drohten, ein. „Hier ist es nicht wie in Toronto, hier mischt sich alles. Letzten

Herbst sind sogar ein paar Amerikaner aus Seattle herübergekommen, um sich anzuschauen, wie wir das so prima hinkriegen."

Über das stolze ‚wir' mußte Celluci schmunzeln – dann fuhr er hastig herum, als aus dem Hinterhof, an dessen Einfahrt sie gerade vorbeigegangen waren, das Klappern umstürzender Mülltonnen erklang, begleitet von einem leichten Aufprall und verschiedenen üblen Flüchen.

„Immer mit der Ruhe." Tony legte Mike die Hand auf den Arm. „Das sind nur Tonnentaucher."

„Was?" fragte Celluci erstaunt und erlaubte dem Jüngeren, ihn zurückzuhalten.

„Obdachlose, die die Mülltonnen durchgehen und nach Sachen suchen, die sie verkaufen können. Manche arbeiten mit Haken, manche tauchen einfach direkt in die Tonnen." Tony schob die Hände in die Vordertaschen seiner Jeans und trat mit der Fußspitze gegen ein Stück Zement, das aus dem Bürgersteig gebrochen war. Sein Gesicht lag im Schatten, und doch konnte Celluci erkennen, dass ihm die Tatsache, daß er im Vergleich zu den Obdachlosen fast schon als wohlhabend gelten konnte, peinlich war. „In Vancouver gibt es viele Penner. Ist ja auch irgendwie logisch. Ist tausendmal besser, als sich drüben im Osten den Arsch abzufrieren und zu krepieren." *Mir ist egal, wie Sie das werten,* implizierte sein Ton.

Celluci jedoch, der oft genug in jedem Winter die sterblichen Überreste von Menschen in Leichensäcken hatte verstauen müssen, die an die Grundmauern millionenschwerer Bürotürme gekauert der Kälte erlegen waren, die bloßliegende Haut an den Stahlgittern der Luftschächte der U-Bahn festgefroren, meinte nur: „Da magst du Recht haben."

Ein paar Minuten lang gingen die beiden schweigend nebeneinander her.

„Ich habe ein neues Leben hier", verkündete Tony dann plötzlich. „Ich habe Arbeit, ich gehe zur Schule, ich habe eine Chance bekommen, und das wäre nie passiert, wenn es Henry nicht gäbe."

„Hast du das Gefühl, du seiest ihm dafür etwas schuldig?"

„Etwa nicht? Ich schulde ihm wirklich etwas."

„Hat Henry je angedeutet, daß er das auch so sieht?" Celluci wußte verdammt genau, daß dem nicht so war. Henry Fitzroy mochte zwar ein arroganter, untoter *Autor von Liebesromanen* sein, aber er war kein Mann, der die Seele eines anderen als Lehen beanspruchte.

„Henry braucht gar nichts zu sagen, ich spüre das auch so." Tony schlug sich dramatisch gegen die Brust, um seinen Worten Nachdruck zu verleihen. „Hier."

„Gut. Was ist mit all den Dingen, die du für Henry getan hast?"

Tony schnaubte. „Was denn?"

„Alles, was so bei Tageslicht erledigt werden muß. Leute, mit denen man sich befassen, Arrangements, die man während der Büroöffnungszeiten treffen muß." Celluci blickte auf Tony hinab und fand dessen hellblaue Augen unverwandt auf sein Gesicht gerichtet. „Selbst wenn man gewisse andere Bereiche der Beziehung einmal außer Acht lässt ...", Mikes rechter Daumen fuhr über die winzige Narbe an seinem linken Handgelenk, „... wirst du feststellen, wie sehr sich das alles ausgleicht."

„Henry vertraut mir sein Leben an." Das klang fast wie eine Frage.

„Du hast ihm auch dein Leben anvertraut."

Die Straßenlaterne über den beiden gab ein schwaches Brummen von sich; der jüngste Hit einer populären Hardrockband pulsierte durch ein unbeleuchtetes, offen stehendes Fenster, und beide Männer sprangen hastig zurück, als ein Ford Mustang Cabriolet mit offenem Verdeck die Granville Road hinab und auf die Brücke zubretterte.

„Sollen das sechzig sein, du Arsch?" schrie Tony, sprang auf die Straße und zeigte dem Wagen, dessen hellgelbe hochgezogene Stoßstange in der Nacht verschwand, den berühmten Stinkefinger. „Die Idioten in ihren schnellen Autos denken doch alle, die Brücke sei die gottverdammte Autobahn!" ereiferte er sich immer noch, als er bereits zusammen mit Mike auf der anderen Straßenseite stand. „Die würden doch noch nicht mal halten, wenn sie einen überfahren haben!"

„Fühlst du dich jetzt besser?"

Tony wußte nicht genau, ob sich der Detective auf seinen Wutausbruch bezog oder auf die Unterhaltung, die diesem Ausbruch vorangegangen war. Er zuckte die Achseln – dann war ihm mit einem Mal klar, daß er sich in der Tat besser fühlte. „Ja!" sagte er. Als sie noch einen Straßenzug hinter sich hatten, fügte er hinzu: „Danke."

Vicki öffnete die Tür zur Lagerhalle, und sofort strömte Blutgeruch in die Nacht. Vicki schluckte; sie hatte Mühe, sich zu beherrschen. Eine ungläubige kleine Stimme in ihrem Hinterkopf wollte dringend wissen, was zum Teufel sie vorhatte. Sie schenkte der Stimme keine Beachtung, trat über die Schwelle und ging lautlos den dunklen Korridor entlang, der von zwei hohen, bis zur Decke reichenden Regalen voller Industriekacheln gebildet wurde.

Da, wo ein zweiter Korridor den Mittelgang querte, fand sie eine Leiche. Man hatte dem Mann viermal in den Rücken geschossen und dabei die Pistole direkt aufgesetzt; so machten die Profis das gern: Es dämpfte den Schall aus der Pistolenmündung, weshalb weniger Gefahr bestand, gehört zu werden.

Vor sich konnte Vicki Bewegung spüren, und dahinter hörte sie das ruhige Summen von Stimmen. Offenbar schickte jemand sich an, die Stimmen zu umzingeln. Der aufsteigende Hunger erschwerte Vicki das Denken und Planen; sie wußte, daß sie eigentlich verschwinden sollte. Die Jagd, die hier stattfand, ging sie nichts an.

Sie fuhr sich mit der Hand über das Gesicht, versuchte, die Ablenkung auszublenden, die das vergossene Blut des Ermordeten darstellte und blickte aufmerksam zu den stählernen Dachsparren hinauf. Dann lächelte sie, griff nach der Querstange der nächststehenden Regaleinheit und zog sich hoch: Die Paßstrasse schien niemand gegangen zu sein.

„Nein! Unter dem Strich ist es so: Wenn Waffen aus dieser Stadt weggeschafft werden, mache ich das. Ich. Nicht du und ich." Mit gerunzelter Stirn beugte sich der ältere der beiden Männer, die einander an einem Tisch gegenübersaßen, vor. „Wie alt bist du jetzt, David – sechsundzwanzig? Siebenundzwanzig? Du hast es weit gebracht, David, und hältst dich selbst für einen der Größten, aber du bist noch nicht groß genug, um es mit mir aufzunehmen und das weißt du auch."

Das Nicken, mit dem der andere Mann die Worte seines Gegenüber zur Kenntnis nahm, signalisierte nicht, daß er sie auch billigte. „Offener Krieg schadet dem Geschäft, Mr. Dyshino."

„Da hast du verdammt noch mal Recht, und deswegen bleiben wir beide hier hocken, wenn es sein muß, bis morgen früh, bis wir uns verdammt noch mal geeinigt haben." Der Tisch, an dem die beiden saßen, stand auf einer Freifläche, auf der gewöhnlich Gabelstapler geparkt wurden. Man hatte in diesem Teil der Halle einige der vorhandenen Scheinwerfer eingeschaltet, aber sie vermochten nicht wirklich bis zum ölgetränkten Fußboden durchzudringen. So verschmolzen die Schatten der sechs Männer, die um den Tisch herumstanden, mit anderen Schatten, die sie umgaben.

„So etwas brauchst du dir doch nicht anzuhören!“ warf einer dieser sechs, derjenige, der hinter David Engs linker Schulter stand, wutentbrannt ein.

„Wir wollen doch hören, welchen Kompromiß Mr. Dyshino vorzuschlagen hat.“

Adan Dyshino verdrehte die Augen. „Einen ‚Kompromiß‘ wird es nicht geben, du Vollidiot! Du hältst dich einfach raus!“

Eine manikürte Hand hob sich und schnitt den wutschnaubenden Protest des Stellvertreters hinter dem Stuhl ab. „Ich gebe gern zu, daß der Waffenhandel nur ein kleiner Teil meiner Unternehmungen ist, aber ich möchte nun einmal nicht auf ihn verzichten. Also sind wir offenbar wieder einmal in einer Sackgasse.“

Von ihrem Sitz in den Dachsparren aus sah Vicki, wie Engs Männer sich, verborgen in den Schatten, um den freien Raum mit dem Tisch scharten und Stellung bezogen. Wild und hämisch grinsend genoß sie den Anblick; Vicki war es nur zu recht, daß sich der Abschaum hier offenbar gegenseitig umbringen wollte.

Ein Geräusch, mit dem sie nicht gerechnet hatte – Metall schlug auf Metall – lenkte Vickis Aufmerksamkeit auf den obersten Boden des Regals, das ihr am nächsten stand. Dort lag, halb hinter einer Kiste mit Vinyl-Parkettimitat verborgen, ein Schütze, Gewehr im Anschlag. Er hielt den Blick unverwandt auf die Linie gerichtet, an der das Licht der Scheinwerfer endete und die Finsternis begann. Aufmerksam durchforschte Vicki die Schatten im Raum und fand drei weitere Heckenschützen.

Na, das kann ja spannend werden!

David Eng war zahlenmäßig im Vorteil, aber Dyshinos Männer hielten die erhöhten Stellungen.

Henry witterte Vickis Duft, blieb stehen und fragte sich, was zum Teufel in der Lagerhalle los sein mochte. Dann stieß er leise knurrend die Eingangstür auf. Im Lagerhaus roch es nach Schweiß, Furcht und Erwartung.

„Wir sind nirgends, du kleiner Scheißimmigrant, du!“ Dyshino sprang auf. „Wir sind hier nicht in Hongkong! Wir sind in Kanada, und ich sage dir …“

Eine Salve aus einem 9-Millimeter-Maschinengewehr erwischte den Mann an der rechten Schulter. Er drehte sich einmal um die eigene Achse, und der Rest des Kugelhagels tötete den Mann, der hinter ihm gestanden hatte. Er stürzte zu Boden und rollte zur Seite, bis er unter dem Tisch zu liegen kam. Um ihn brach die Hölle los.

Henry hatte neben dem Mann gehockt, der in den Rücken geschossen worden war; beim plötzlichen Lärm der ersten Gewehrsalve zuckte er überrascht zusammen. Dann antworteten weitere Salven, und sofort war der Vampir auf den Beinen und rannte in die Richtung, aus der der Lärm kam. Vicki …

Vicki war baß erstaunt, als sie Henry in den Lichtkreis stürmen sah, ein plötzlich auftauchender Schatten, das bleiche Gesicht, die hellen Haare kaum zu erkennen. Der Schütze in ihrer Nähe murmelte etwas, das sich wie „Bullen!“ anhörte, und als sie genau hinsah, mußte sie feststellen, daß der Mann Henry im Visier hatte.

Der Schuß löste sich in dem Moment, als Vickis Faustschlag den Schützen traf und ihn in hohem Bogen durch die Luft schleuderte. Henrys Schmerzensschrei übertönte das Geräusch, mit dem der Kopf des Schützen nach dem Sturz aus neun Metern Höhe auf dem Zementfußboden aufschlug: Es hörte sich an wie der Aufprall einer überreifen Melone.

Nun stieg der Geruch von Henrys Blut auf und überlagerte sofort den beißenden Gestank des Schießpulvers, den heißen Metallgeruch verschossener Kugeln und den warmen, fleischigen Geruch der Männer da unten auf dem Boden. Vicki roch Henrys Blut, das Blut, durch das sie zur Vampirin geworden war.

Der Hunger durchbrach alle Barrieren.

Wie in Zeitlupe schien die Zeit zu vergehen. Henrys Blick glitt von dem roten Fleck, der sich langsam auf den Fingern seines rechten Handschuhs ausbreitete, zu dem Loch in seinem Arm. Schmerzen spürte er keine. *Ich habe einen Schock,* sagte er sich. Dann hob er den Kopf und sah, wie ein junger Mann mit eiskalten Augen sein Maschinengewehr so in Anschlag brachte, daß es genau in seine Richtung zielte. Jede Bewegung war gezielt und durchdacht; Henry schien es, als bewege er sich unter Wasser. Er streckte die Hand aus, griff nach der Mündung des Maschinengewehrs und schlug dem Schützen die Waffe ins Gesicht.

Als der Gangster fiel, pochte es einmal heftig in Henrys Wunde, und ein kurzer Schmerz durchzuckte seinen Körper. Dann gewann die Zeit ihr normales Tempo wieder.

Er spürte Vickis Wutschrei eher, als daß er ihn hörte und hatte nicht die Kraft, sich am Antworten zu hindern.

Dyshino hielt seine verletzte Schulter umklammert und sah schreckensbleich zu, wie ein weiterer seiner Männer zu Boden ging. Er war tot, noch ehe sein Körper auf dem Zement aufschlug.

Von allen Regalverstrebungen prallten Kugeln ab.

Einer von Engs Männern lugte, die Venen vollgepumpt mit Adrenalin, hinter einem Gabelstapler vor und verteilte wild grinsend seine Kugeln in die Grobrichtung, in der er Dyshinos Leibwächter vermutete. Bei einigen der anderen Männer galt dieser Schütze als durchgeknallt; er liebte Szenen wie diese, den Lärm, das Chaos, das ganz und gar Unpersönliche des Tötens. Als sei man mitten in einem Videospiel! Welchen Kitzel brachte es denn schon, sich lautlos anzuschleichen und einen einzigen Schuß abzugeben?

Mit einem Mal wandelte sich das Grinsen des Mannes zu einer schmerzverzerrten Grimasse; ein eiserner Griff, den er nicht abschütteln konnte, hielt seine Schultern umklammert und er fühlte sich emporgehoben, um in der Fahrerkabine des Gabelstaplers abgesetzt zu werden.

Er schrie.

Seine Finger spannten sich um den Abzug seiner Waffe.

Er schickte zweien seiner Gefährten den Tod: einen völlig unpersönlichen Besucher.

Beide Seiten stellten ungefähr zur selben Zeit fest, daß sie es mittlerweile mit einem Feind zu tun hatten, der es auf alle Beteiligten abgesehen hatte.

Leider war es da schon viel zu spät.

Der letzte Heckenschütze kletterte von den Dachsparren und versuchte verzweifelt, dem Tod zu entkommen. Er glitt aus, aber es gelang ihm, auf den Beinen zu bleiben, und er fing an zu rennen, sobald er festen Boden unter den Füßen hatte. Ein Schritt, zwei ...

Vicki streckte eine Hand aus, packte den Mann am Hinterkopf, drückte ihn zu Boden und legte seinen Hals bloß – alles in einer einzigen Bewegung.

Dieses Blutbad war nicht, was David Eng geplant hatte. Der Mafiaboß kauerte hinter einer Rolle Vinylfußbodenbelag - der, den man nie zu wachsen braucht – und legte sacht die Hand auf die Schulter seines Stellvertreters. Als dieser sich zu ihm umwandte, wedelte er mit seiner Ingram in Richtung auf die Ausgangstür, die leider sehr weit entfernt war. „Laß uns abhauen.“

Der andere nickte erleichtert, und die beiden Männer machten sich auf den Weg den Korridor hinunter. Sie gingen langsam, Rücken an Rücken, und einer gab dem anderen Deckung. Fast hatten sie die Tür schon erreicht, da tauchte aus der Finsternis ein bleiches Gesicht auf.

„Wo wollt Ihr denn hin?“ zischte Henry, legte die Hand um die Ingram und drückte die Pistole zu Boden. Das Magazin leerte sich in einem Sprühregen aus kleinen Zementbrocken. Als das geschehen war, riß Henry die Pistole an sich und warf sie weit von sich.

Heulend vor Schreck rannte der Stellvertreter zurück in die Richtung, aus der sie gekommen waren und lief direkt in Vickis ausgebreitete Arme.

Die ließ wenig später die Leiche fallen und wischte sich mit dem Ärmel ihres Pullovers den Mund ab. Als sie bemerkte, daß Henry ihr zusah, Engs Leiche reglos zu seinen Füßen, lächelte sie, und ihre Augen schimmerten silbrig. „Ein paar sind noch übrig.“

Henry wandte sich halb dem Inneren des Lagerhauses zu, schüttelte dann aber den Kopf. „Es ist das Risiko nicht wert.“

„Sie haben uns gesehen ...“

„Sie haben etwas gesehen, nicht uns. Sie wollen uns nicht sehen, wenn wir jagen; es erinnert sie daran, wie es ist, wenn Kinder sich im Dunkeln fürchten.“

„Wo liegt denn dann das Risiko?“ Vicki trat auf den Freund zu und zog die reiche, fleischige, blutgeschwängerte Luft tief in sich ein. Ein weiterer Schritt, und ihre Handfläche lag flach auf Henrys Brust. „Sie haben keine Chance.“ Sie beugte sich vor und leckte ihm etwas Blut aus dem Mundwinkel. Sie hatte sich seit den ersten Tagen der Wandlung, als die Welt ein Kaleidoskop aus neuen Gefühlen gewesen war, nicht mehr so lebendig gefühlt.

Sanft packte Henry ihre Zunge mit den Zähnen und hielt sie fest, wobei er sorgsam darauf bedacht war, die Haut nicht zu verletzen.

Sie legte die Arme um ihn. Seine unverletzte Hand spielte in ihrem Haar.

Sie stöhnte, ihren Mund auf dem seinen, und schob David Engs Leiche mit dem Fuß beiseite.

Es war sehr schnell vorbei.

Henry Augen hatten bereits viel von ihrem dunklen Glanz eingebüßt, als der Vampir die Hand ausstreckte, um Vicki auf die Füße zu helfen. „Laß uns lieber hier abhauen, ehe jemand den Schußwechsel meldet.“

„Aber ...“

Er sag die Tode, die sie nicht gebracht hatte, in ihren Augen glitzern. „Nein.“ Als sie nicht auf ihn hören wollte und einen Schritt zurücktat, auf den Lichtkreis zu, packte er sie am Arm. „Vicki, hör zu. Wir müssen hier weg, ehe die Polizei kommt.“

Das war die Stimme, die sie ein Jahr lang durch das Chaos nach der Wandlung geleitet hatte. Der silberne Schimmer in Vickis Augen verblaßte. Zögernd ließ sie sich von Henry aus dem Lagerhaus führen.

Vom Meer her kam eine Brise auf und fegte den Blutgeruch fort, der die beiden Vampire umgab.

Vicki knurrte leise, als Henry sie berührte und blieb dann stehen, als er sie sofort wieder freigab. Sie starrte in sein Gesicht.

„Was ist?"

„Ich erinnere mich nur gerade." Woran, würde sie nicht sagen, das ging aus ihrem Ton klar hervor. „Bald geht die Sonne auf. Warte im Parkhaus auf mich. Wir können zusammen im Fahrstuhl hochfahren. Wir sollten reden." Dann war sie verschwunden.

Henry entledigte sich der Handschuhe, die schon anfingen, steif zu werden und schüttelte den Kopf. „Sie findet, wir sollten reden!" verkündete er der Nacht. Ehe er Vicki kennengelernt hatte, war Henry der Meinung gewesen, ihn könne nichts mehr überraschen. Womit er sich geirrt hatte.

Im Lagerhaus kamen die Überlebenden – zwei von Engs Leuten und Dyshino – im Lichtkreis am Tisch zusammen und warteten, ohne recht zu wissen warum, auf das Morgenrot.

Sie erwartete ihn in seiner Parkbucht. Äußerlich sah man ihr weder das Schlachten an, an dem sie teilgenommen hatte, noch das, was danach geschehen war.

„Erfrischungstücher und eine Bürste", erklärte sie trocken, als Henry angesichts ihres sauberen Mundes und der zurückgekämmten Haare fragend eine Braue hob. „Allmählich verstehe ich auch, warum unsereins Schwarz trägt."

Auf dem Weg zum Fahrstuhl hielten die beiden zwei Meter Sicherheitsabstand ein. Im Fahrstuhl selbst stellten sie sich in zwei verschiedene Ecken, und Henry musterte Vicki aufmerksam. „Ist alles in Ordnung?"

„Ich glaube, ich habe am Hintern einen blauen Fleck", sagte sie und rieb sich die verletzte Stelle. Dann schnaubte sie: „Beim nächsten Mal liegst du unten."

„Beim nächsten Mal?" Vicki hatte stets, von der ersten Begegnung an, mit großem Vergnügen Henrys Welt auf den Kopf gestellt, aber mit dieser Bemerkung hatte der Vampir nun doch nicht gerechnet. „Es hätte schon das erste Mal nicht geben dürfen! Das war gegen alle ...“

„Gegen was? Vorschriften im Handbuch für Vampire? Laß doch gut sein, Henry. Zum einen ...“, und hiermit hob sie den ersten Finger, „... ist ausreichend dokumentiert, daß viele auf eine durchlebte Gewaltsituation reagieren, indem sie Sex haben und zweitens ...“, der zweite Finger ging hoch, „... hat uns ganz offensichtlich der Blutgeruch überwältigt, also können wir vielleicht klarkommen, wenn wir uns Wäscheklammern auf die Nase setzen und drittens ...“, und hierbei glitzerte es schon wieder silbern in Vickis Augen, „...drittens war es so wunderbar, endlich mal loslassen zu können!“

„Es hat dir Spaß gemacht?“ Als sie grinste, hob Henry die Hand. „Nein. Ich meine das Loslassen.“

„Ja, es hat mir Spaß gemacht. Wem schadet es denn? Das waren Verbrecher. Abgesehen von dem, was sie vorher schon auf dem Kerbholz hatten, wollten sie sich heute gegenseitig umbringen.“

„Was, wenn keine Verbrecher bei der Hand sind, wenn du das nächste Mal dieses Gefühl auskosten möchtest?“

„Ich würde doch nie ...“

„Bis du dir da ganz sicher?“

Das Silber verblaßte. „Ich hätte mich beherrschen können, wenn du nicht angeschossen worden wärst.“ Als Vicki klarwurde, was sie da gerade gesagt hatte, wäre sie rot geworden, wenn sie dazu noch die Fähigkeit besessen hätte. „Wo wir gerade beim Thema sind: Wie fühlst du dich?“

„Die Kugel hat mich nur gestreift.“ Henry hatte die linke Hand in den Hosenbund geschoben, um den verletzten Arm zu stützen. Nun bohrte er einen Finger durch das Loch in seinem Jackett. „Morgen bei Sonnenuntergang findet du von der Wunde keine Spur mehr.“

„Warum zum Teufel bist du eigentlich einfach so in das offene Licht gerannt?“

Er zuckte die Achseln, wobei er einen kleinen Schmerzenslaut nicht unterdrücken konnte. „Ich hörte Maschinengewehrfeuer und dachte, du seiest in Gefahr.“

Sie schnaubte. „Mein Gott, du bist genauso schlimm wie Mike. Ich kann auf mich selbst aufpassen.“

„Ich weiß, aber du existierst noch nicht sehr lange in der Nacht.“

„Henry, ich reibe es dir ungern unter die Nase: Es war der Typ mit den Jahrhunderten Erfahrung auf dem Buckel, der heute Nacht mitten in einen Bandenkrieg gelaufen ist ...“

Im 13. Stock traten die beiden aus dem Fahrstuhl und sorgten rasch dafür, daß die gesamte Flurbreite als Abstand zwischen ihnen lag.

„Also: Was ist heute Nacht geschehen?"

„Wir haben beide getrunken", sagte Henry nachdenklich, aber es klang nicht gerade besonders überzeugt.

Vicki schüttelte den Kopf. „Ich glaube, es war mehr als das. Ich glaube, wenn wir erst einmal die Beherrschung fahren lassen, dann lassen wir damit auch all den Ballast fahren, der damit verbunden ist. Es scheint doch so, als könnten wir beide prima miteinander auskommen, solange wir uns auf vollständige Vernichtung konzentrieren."

„Dann ist das vielleicht der Grund dafür, daß wir als einsame Jäger operieren müssen. Wenn das, was heute Nacht geschehen ist, die Regel sein sollte, sobald unsereins sich zusammentut, dann hätten wir unsere Nahrungsmittelvorräte ziemlich schnell dezimiert."

Mit dem Schlüssel in der Hand blieb Vicki vor der Tür der Mietwohnung stehen. „Was geschieht morgen?"

„Mit dir und mir? Ich weiß nicht." Er lächelte und zeichnete die Kurve ihrer Wange in der Luft nach, denn für eine Berührung standen sie zu weit voneinander entfernt. „Aber eins weiß ich genau: Das herauszufinden wird wieder eine neue Erfahrung sein."

Mike schlief tief und fest. Vicki stand an der Tür des großen Schlafzimmers und sah ihm dabei zu, sah, wie sich seine Brust hob und senkte. Verfolgte die Linie, die der Arm bildete, den er über den Kopf geworfen hatte. Hörte seinem Herzschlag zu.

Er bewegte sich, und eine Haarsträhne fiel ihm ins Gesicht.

Sie trat vor, die Hand ausgestreckt, um das Haar zurückzustreichen, aber als sie sah, wie von der Handbewegung das blutgetränkte Bündchen ihres Pullovers hochrutschte und sich ein dunkler Strich auf ihrem Handgelenk abzeichnete, bleib sie stehen.

Mit einem Mal wollte sie nicht, daß Mike sie so sah.

Ihre Kleidungsstücke – alle Kleidungsstücke, auch die Turnschuhe – wanderten in die Waschmaschine. Kaltwäsche, Kaltspülung, eine doppelte Ladung Waschpulver.

Dann trat Vicki in die Duschkabine und sah dem Wasser zu, wie es sich rot färbte, ehe es im Abluß verschwand.

Acht

„4:09 Uhr." Mike ließ den noch nicht wirklich wachen Blick von der Nachttischuhr zu Vickis Gesicht wandern. „Du kalkulierst ziemlich knapp."

Vicki war länger in der Dusche geblieben, als sie eigentlich vorgehabt hatte; so lange, bis die aufziehende Morgenröte es ihr unmöglich machte, weiter unter dem prasselnden Wasserstrahl zu verharren. Dann hatte sie, in geborgte Badetücher gehüllt, eine Weile am Fußende von Cellucis Bett gestanden und sich nicht getraut, ihn wachzurütteln, weil sie befürchtete, er könne ... was sehen? Das Blut hatte sich in der Duschwanne zu ihren Füßen gesammelt und war dann gurgelnd im Abfluß verschwunden. Ansonsten war ihr doch nichts anzumerken – oder? Bestimmt nicht.

„Vicki?" Als der Kopf der Freundin hochflog, seufzte Mike ergeben und zog sich im Bett hoch, bis er den Rücken gegen das weiche, bequeme Leder des Kopfteils lehnen konnte. Vicki mochte ihre Ernährung umgestellt haben, ihre Gestik und Mimik waren unverändert geblieben, und gerade jetzt versuchte sie, ihm etwas zu verheimlichen. „Was ist los?"

„Nichts."

Beim Klang ihrer Stimme runzelte Mike leicht die Stirn und legte seine Hand auf die der Freundin. Deren Hand war zu seinem Erstaunen fast warm. „Stimmt alles mit dir, ist alles in Ordnung?"

„Willst du damit fragen, ob ich verletzt bin? Nein, alles in Ordnung." Angefaßt hatte sie niemand – bis auf Henry. „Wir haben wenig Zeit ...", die Sonne wartete direkt hinter den Gipfeln der Berge. „Ich komme lieber gleich zur Sache. Wenn jemand in der Stadt Organe erntet, dann nicht die Mafia. Die Leute, mit denen Henry und ich geredet haben, wußten von nichts. Sie selbst tun es nicht und haben auch nicht gerüchteweise vernommen, daß jemand anderes es tut."

„Du bist sicher, daß sie euch die Wahrheit gesagt haben?"

Vicki hob langsam den Kopf und starrte dem Detective direkt in die Augen. „Ganz sicher."

Sie saß nicht direkt in dem schwachen Lichtkreis, den die Nachttischlampe verbreitete und das Oval ihres Gesichtes lag im Schatten. In diesem Oval blitzten nun ein paar silbrige Funken auf, die aber wieder verschwunden waren, ehe Celluci in ihren Bann geraten konnte.

„Gut, dann bist du dir also sicher." Celluci hätte nicht sagen können, wo bei dieser ganzen Fürst-der-Finsternis-Sache die Grenzen lagen und hegte den schweren Verdacht, ganz so allmächtig, wie Henry und Vicki ihn glauben machen wollten, stünden Vampire letztlich gar nicht da. Aber Vicki hatte im Laufe vieler Jahre so viele verdächtige Personen befragt. Er konnte sich getrost darauf verlassen, daß sie schon merken würde, ob ein Mensch log oder nicht. „Dann wollen wir hoffen, daß du sie nicht auf dumme Ideen gebracht hast", fügte er trocken hinzu.

„Nicht, was Organdiebstahl betrifft."

Beim Klang ihrer Stimme stellten sich Cellucis Nackenhaare auf, und die Frage, welche Ideen sie der Mafia denn sonst noch in die Köpfe gesetzt haben könnte, erübrigte sich. „Wenn das organisierte Verbrechen nicht an der Sache beteiligt ist, haben wir auch keinen Grund mehr dafür, im Handel mit Organen das mögliche Motiv für den Mord zu sehen. Für den Mord an Henrys Geist kann es unendlich viele Gründe geben."

„Da magst du recht haben. Aber ihm fehlt nach wie vor eine Niere, also sollten wir uns noch eine Weile mit der Hypothese Organhandel befassen. Vielleicht hat deine Patricia Chou ja recht, was Swanson betrifft."

„Ms. Chou ist in keinerlei Hinsicht mein Eigentum, und Swanson hat eine völlig weiße Weste und führt, was das Gesetz betrifft, ein makelloses Leben."

„Irgendwann fängt jeder Gangster mal an."

„Gleich mit Mord loszulegen, weil man den Leuten die Nieren klauen will, scheint mir ziemlich gewagt für einen Anfänger." Vicki zuckte unverbindlich die Achseln, aber es war klar, daß sie in dieser Sache nicht lockerlassen würde. Manchmal geht es Polizisten eben so: Sie halten an einer Theorie fest, auch wenn diese auf nichts anderem beruht als auf einer Ahnung, obgleich alle und alles dagegen sprechen. Wenn sich herausstellt, daß sie recht hatten, wird ihnen nachgesagt, sie hätten bessere intuitive Fähigkeiten als andere. Wenn sich herausstellt, daß sie unrecht hatten – was häufiger der Fall ist –, werden sie als dickköpfig bezeichnet, als ichbezogen und nicht bereit, die zähe Kleinarbeit auf sich zu nehmen, die nötig ist, um einen Fall zu lösen. Die Tatsache, daß Vicki mit ihren „Ahnungen" häufiger recht als unrecht hatte, machte sie nicht weniger dickköpfig. „Was nun?"

„Ich finde, wir sollten mal eine Weile nicht mehr am ‚Wer' arbeiten, sondern uns der Frage ‚Wo' zuwenden." Nun konnte man die Sonne nicht mehr ignorieren. Vickis Schultern verkrampften sich, als erwarte sie einen Schlag von hinten. „Mike, ich muß jetzt los!"

Celluci hob die Hand und fuhr sich über die Wange, dort, wo eine nasse Haarsträhne ihn gestreift hatte. Das bißchen Nässe, der sanfte Druck, den ihre Lippen auf seinem Mund hinterlassen hatten und ein schwacher Geruch nach Zahnpasta war alles, was blieb, um ihm zu versichern, daß Vicki wirklich bei ihm im Zimmer gewesen war. Die Uhr zeigte 4:15 Uhr. Sechzig Sekunden bis Sonnenaufgang.

Vicki lag auf dem Rücken im rosa Zimmer, ein hastig gefaltetes Handtuch unter dem Kopf, um das Kopfkissen nicht naß werden zu lassen, und fragte sich, warum sie keinerlei Schuldgefühle verspürte wegen ... wegen ... sie runzelte die Stirn und mußte feststellen, daß sie nicht einmal genau wußte, wie viele Männer sie dort im Lagerhaus tatsächlich umgebracht hatte. Alle Einzelheiten waren mit dem Blut weggewaschen worden.

Sie zählten nicht. Weil die Männer nicht zählten. Nicht für sie. Ihr Leben nicht und ihr Tod auch nicht.

Aber Henry ...

„Also habe ich keine Probleme mit Gewalt, aber mit Sex?“ Vicki seufzte und wischte einen Wassertropfen fort, der von ihrer Schläfe zum Ohr fließen wollte. „Na, wenn das nicht die Na...“

4:16 Uhr.

Sonnenaufgang.

Celluci streckte die Hand aus und löschte die Nachttischlampe. Er würde froh sein, wenn Mitsommer käme und damit auch längere Nächte. Längere Nächte – das machte Vicki zwar nicht auskunftswilliger, ließ aber dem Detective mehr Zeit, die Wahrheit aus ihr herauszubekommen.

„Guten Morgen, Dr. Mui. Sie sind früh.“

Die Ärztin sah auf die Uhr. „Es ist fast 6:45 Uhr. Früh kann man das wirklich nicht nennen. Sind die Ergebnisse der Blutuntersuchung aus dem Labor zurück?“

Die Nachtschwester nickte und übergab ihr einen großen Umschlag. „Alle Patienten hatten eine ruhige Nacht."

„Danach hatte ich nicht gefragt." Die Ärztin klemmte sich den Umschlag unter den Arm, trat in die Eingangshalle und ließ die Tür zum Schwesternzimmer hinter sich zufallen.

Zicke. Das Lächeln der Schwester verriet nichts von ihren Gefühlen. Immerhin konnte es sein, daß Dr. Mui sich noch einmal umwandte, um durch die Vorhänge vor den Fenstern, aus denen alle Bürowände der Klinik zur oberen Hälfte bestanden, einen Blick zurückzuwerfen – mit diesen halb verglasten Wänden versuchte die Klinik zwei Fliegen mit einer Klappe zu schlagen: Man wurde dem Sicherheitsbedürfnis der Patienten gerecht und verhinderte gleichzeitig, daß das Gebäude zu sehr einem Krankenhaus glich. Die Arbeit hier war gut bezahlt – zu gut, um den Job aufs Spiel zu setzen, besonders jetzt, wo überall im Gesundheitsbereich drastische Kürzungen vorgenommen wurden. Für das, was die Nachtschwester hier verdiente, war Freundlichkeit der Drachin gegenüber nur eines von vielen Dingen, die sie zu leisten bereit war.

Dr. Mui gab sich alle Mühe, weder die Farne, die die Ärztezimmer schmückten, noch die Laura-Ashley-Drucke an den Wänden zu sehen und ging sofort in eines der beiden Sprechzimmer, zu denen man direkt von der Halle her Zutritt hatte. Im Gehen zog sie den Bogen mit den Laborergebnissen aus dem Umschlag und warf einen ersten Blick auf die Daten. Als sie beim Schreibtisch im Sprechzimmer angekommen war, machte sie einen sehr unglücklichen Eindruck.

„Dieser dumme, dumme Junge! Wie konnte er nur so dumm sein!"

Sie sank auf den Arztstuhl und ließ das Papier auf den Schreibtisch fallen. Diese Laborwerte änderten alles.

Das Telefon klingelte, als er sich gerade Tee eingoß. Kaffee trank er nur im Büro, zu Hause gab es Tee, weil Rebecca Tee stets lieber getrunken hatte als Kaffee – außer bei Urlaubsreisen in die USA. „Wo sie", wie die

Verstorbene zu sagen pflegte, „den Tee im Hafen von Boston damals mit kaltem Salzwasser übergossen haben und seitdem in der Kunst der Teebereitung nicht viel weitergekommen sind."

Er nahm das schnurlose Telefon, klemmte sich den Hörer unters Kinn und bellte ein kurzes Hallo, während er zum Kühlschrank ging, um sich Milch zu holen.

„Dr. Mui. Wir haben ein Problem. Die Bluttests, die ich letzte Nacht anordnete, zeigen, daß der Spender HIV-positiv ist."

„Ich dachte, er sei sauber."

„War er auch. Ich nehme an, er ist losgezogen und hat gefeiert, als er die gute Nachricht bekam."

„Das wird jetzt sehr unangenehm." Er nahm die Milch aus dem Kühlschrank und schloß diesen rasch wieder, denn mochte eine offene Kühlschranktür auch nur Pennybruchteile an Energiekosten verursachen: Er hatte sein Vermögen nicht damit gemacht, der Elektrizitätsgesellschaft von British Columbia Pennys in den Rachen zu werfen. „In weniger als zwei Stunden sitzen der Empfänger und sein Vater im Flugzeug hierher."

„Wesentlich unangenehmer wäre es, wenn wir den Empfänger infizierten."

Beide dachten einen Augenblick darüber nach, welche Folgen so etwas hätte.

„Gut." Er nahm einen Schluck Tee und setzte die Tasse dann auf dem Tisch neben einer Vase mit frischen Blumen ab. Rebecca hatte stets darauf bestanden, den Küchentisch mit frischen Blumen zu schmücken. „Ich rufe ihn an. Solange er noch nicht im Flugzeug sitzt, kann ich den Vater erreichen, er hat ein Mobiltelefon, und der Spender ..."

„Wir möchten doch nicht, daß er redet ..."

„Natürlich nicht. Gut, wir machen keinen Unterschied zwischen ihm und den anderen. Schaffen Sie ihn einfach so rasch es geht aus der Klinik."

Als die Ärztin aufgelegt hatte und die Milch sich wieder im Kühlschrank befand, drückte er auf einen Knopf und wählte aus dem Gedächtnis die Nummer des Käufers. Wie erwartet wurde die Unterhaltung unangenehm. Aber man muß ein verdammt guter Verkäufer sein, um mit dem Verkauf von Immobilien ein großes Vermögen zu erwirtschaften – selbst auf dem Markt von Vancouver, wo sich jede Immobilie rasch umsetzen läßt. Er konnte all seine alten Tricks noch abrufen, auch wenn es lange her war, seit er das letzte Mal irgend etwas verkauft hatte. Sicher schadete es auch nicht, daß er nach wie vor die beste Chance war, die dieser Vater seinem Sohn zu bieten hatte.

Als er zu seinem Tee zurückkehrte, war dieser kalt. Er trank ihn trotzdem. Rebecca hatte nichts gegen kalten Tee einzuwenden gehabt und ihn sich oft mit der Katze geteilt. Die Katze war ohne ersichtlichen Grund drei Monate nach Rebeccas Tod ebenfalls gestorben. Der Tierarzt hatte die Achseln gezuckt und angedeutet, es könne sich um ein gebrochenes Herz gehandelt haben.

Er beneidete die Katze; deren Trauerzeit war zu Ende.

„Nun zu den Nachrichten aus unserer Stadt: In der letzten Nacht erreichten die Gewaltverbrechen in Zusammenhang mit organisierter Kriminalität einen neuen traurigen Rekord. Die Zahl der Toten liegt im zweistelligen Bereich, und ...“

Die Gabel voll Rührei erstarrte auf halbem Weg zu Cellucis Mund. Fassungslos starrte der Detective das Radio an. „Elf Männer, unter ihnen Bandenchef David Eng, wurden in einem Lagerhaus für Fußbodenbeläge im Stadtteil Richmond tot aufgefunden, als Angestellte des Lagerhauses am Morgen zur Arbeit erschienen. Einige der Männer waren Schußwunden erlegen, bei anderen jedoch hat es den Anschein, als seien sie von einem wilden Tier zerfetzt worden. Da ein Teil der Toten bekanntermaßen für Adam Dyshinos Bande gearbeitet hat, geht die Polizei davon aus, daß es bei einem Treffen der beiden Gruppen zu einem plötzlichen Ausbruch von Gewalttätigkeit kam. Die Polizei weiß noch nicht genau, ob der Tod Sebastien Carls, dessen Leiche in seinem Haus in Ost Vancouver gefunden wurde, mit den anderen Ereignissen der letzten Nacht in Zusammenhang steht und versucht gerade, Mrs. Carls Aufenthaltsort ausfindig zu machen. Wer Informationen über diese oder ähnliche Verbrechen hat, wird gebeten, sich mit den Vancouver Crime Stoppers – dem Zusammenschluß von Polizei, Presse und Justiz zur Verbrechensbekämpfung – oder mit seinem örtlichen Polizeirevier in Verbindung zu setzen.“

„Aber ja doch!“ Mike schnaubte und aß weiter. Niemand meldete sich je mit Informationen über Gewaltverbrechen innerhalb der verschiedenen Mafiagruppen; Sinn und Zweck des organisierten Verbrechens war nun einmal das *Organisieren*. Mit Zeugen gingen diese Leute äußerst effizient um.

Vicki war also außer Gefahr.

Dann traf es ihn wie ein Schlag. Elf Männer. Vielleicht auch zwölf. Oder mehr? Tote, die man nicht gemeldet hatte, weil sie aussahen wie auf natürliche Weise umgekommen, einem Unfall zum Opfer gefallen?

Plötzlich war der Detective nicht mehr hungrig. Er starrte auf die Eier auf seinem Teller und suchte in dem Muster, das die scharfe Gewürzsoße auf dem Eigelb hinterlassen hatte, Antworten auf die Fragen, die auf ihn einstürmten. Elf Männer. Vielleicht zwölf. Alles Bandenmitglieder und höchstwahrscheinlich jeder von ihnen ein Mörder. Männer, ohne die die Welt zweifellos um einiges besser dastand.

Aber dennoch ...

Wenn das Gesetz nicht für alle und jeden galt, galt es für niemanden. Wer immer diese Männer getötet hatte, hatte gegen ein Gesetz verstoßen, und da spielte es keine Rolle, wie sehr ihre Beseitigung das Leben in der Stadt verbessern mochte. Wer diese Männer getötet hatte, hatte wahrscheinlich sogar gegen mehr als ein Gesetz verstoßen. Wenn es Vikki gewesen war ...

„Du ziehst voreilige Schlüsse", wies Mike sich streng zurecht und schob seinen Stuhl vom Tisch zurück. „Henry war schließlich auch unterwegs. Es muß nicht unbedingt Vicki gewesen sein."

Was, wenn es Henry gewesen war? Wurde die Sache dadurch irgendwie besser?

Genausogut konnte es auch keiner der beiden gewesen sein. „Zwei Mafiabanden auf einem Haufen, in einem geschlossenen Raum, da passiert so etwas schon mal. Hatten wahrscheinlich Hunde dabei." Hektisch durchforstete der Detective sämtliche Schränke der Küche, wobei er sich anstrengen mußte, nicht mit den Türen zu schlagen, um das feine, geschliffene Glas nicht zu gefährden, aus dem die Türfüllungen bestanden. Er fand drei komplette Eßservice, aber keinen einzigen Müllbeutel. Die vage Erinnerung an einen Raum, der mit einer Waschmaschine und anderen Haushaltsgeräten ausgestattet war, schickte ihn auf die Suche den Flur hinab. Gleich hinter der zweiten Tür fand er das gesuchte Zimmer, das offenbar an diesem Morgen benutzt worden war.

Die Waschmaschine war ein europäisches Modell. Man belud sie von vorn, wie einige der großen Geräte, die kommerziell betrieben werden, und sie verbrauchte angeblich nur halb so viel Wasser wie herkömmliche Maschinen. Waschmaschinen dieser Art kosteten in Nordamerika immer noch ein kleines Vermögen, und Celluci, der mehrmals hatte zuhören müssen, wie sich seine Tanten sehnsüchtig über die Vorzüge dieser Geräte ausließen, hatte sich oft zynisch gefragt, was wohl in fünf Jahren passieren mochte, wenn der Lack ab war und die Maschinchen überall die Waschkeller unter Wasser setzen würden. In dieser Maschine hier lagen – ganz unten in der Trommel – zu einem feuchten Klumpen zusammengeballt Vickis Kleidungsstücke, und zwar alle die sie in der vergangenen Nacht getragen hatte. Jeans, Hemd, Pullover, Unterwäsche, Basketballstiefel.

Elf Männer. Vielleicht zwölf.

Vielleicht war sie in eine Schlammpfütze gefallen. Hundert andere Möglichkeiten waren auch noch denkbar.

Mike steckte die Kleidung in den Trockner, schnappte sich aus dem Schrank in der Ecke des Zimmers einen Müllbeutel und war bereits auf dem Weg zurück zur Küche, als er ein leises Klopfen an der Wohnungstür vernahm.

Die Frau, die im Flur stand, sah aus, als würde sie jeden Moment zu weinen anfangen. „Es tut mir leid", sagte sie und wedelte mit der einen Hand ein wenig ziellos in der Luft herum, während sie mit der anderen in ihrer Handtasche nach einem Taschentuch kramte. „Als ich hier so stand, ist mir einfach alles wieder eingefallen!"

„Mrs. Munro?" fragte Mike zögernd.

Mrs. Munro putzte sich die Nase und nickte. „Ja. Es tut mir leid, daß ich so eine Heulsuse bin, aber der Blick durch die Tür eben hat mir erst wirklich klargemacht, daß Miss Evans tot ist."

Celluci wußte, daß die Höflichkeit nun verlangte, beiseite zu treten und die Frau in die Wohnung zu bitten. Daß es keinen einleuchtenden Grund dafür gab, ihr den Zutritt zu verweigern. *Hier schläft eine Vampirin. Kommen Sie bitte nach Sonnenuntergang wieder.* Das konnte er ja wohl kaum sagen.

„Ich will nur rasch ein paar Sachen holen, die ich mitzunehmen vergaß, in der Nacht, als Miss Evans starb." Die ältere Frau sah Mike erwartungsvoll an. „Ich bleibe nicht lange. Meine Tochter wartet unten im Auto auf mich."

Anscheinend blieb Mike nichts anderes übrig. Er trat zur Seite.

„Sie sind ein Freund Mr. Fitzroys?" Mrs. Munro seufzte tief und ging dann entschiedenen Schrittes den Flur hinab, wobei ihr Blick hastig von einer Wand zur anderen glitt, als wolle sie vermeiden, ihn allzulange auf einem Gegenstand verweilen zu lassen. „Miss Evans hielt große Stücke auf Mr. Fitzroy. Er hat mit ihr geflirtet, müssen Sie wissen, und dadurch hat sie sich jung gefühlt. Mir macht es nichts aus, Freunde von ihm hier wohnen zu lassen. Sie sind Polizist, nicht? Wie im Fernsehen! Genießen Sie und Ihre Freundin den Urlaub in Vancouver?"

Mike fragte sich, was Henry der Frau erzählt haben mochte und versicherte, er und seine Bekannte würden den Urlaub außerordentlich genießen. Dann sah er, wie die ältere Dame direkt auf das rosa Zimmer zusteuerte, beschleunigte seine Schritte und überholte sie. „Mrs. Munro", sagte er mit einer Stimme, die dazu angetan war, jede alte Dame zu entwaffnen, „es gibt da ein ganz kleines Problem."

Sie blieb stehen, die Hand bereits auf der Türklinke, und runzelte leicht die Stirn. „Ein Problem, Detective?"

„Meine – meine Bekannte schläft da drin."

„Immer noch?" Mrs. Munros Armbanduhr hatte ein schlichtes, weißes Zifferblatt mit großen schwarzen Zahlen. „Es ist fast zehn. Sie ist doch nicht etwa krank?"

„Nein." Dann fügte er hinzu, weil doch nichts über die Wahrheit geht, wenn man wirklich glaubhaft klingen will: „Sie hat ein Verdauungsproblem."

„Ach, die Ärmste!"

„Ja. Sie hatte eine wirklich schlimme Nacht." Celluci begegnete dem Blick der alten Dame und strahlte hoffnungsvoll, mit einem Ausdruck in den Augen, der schon unzählige Zeugen dazu gebracht hatte, sich urplötzlich ungeheuer vieler Einzelheiten zu entsinnen. „Ich hatte gehofft, sie könne noch ein paar Stündchen schlafen."

„Na ja ..."

„Geben Sie mir doch einfach eine Liste! Henry kann Ihnen dann heute abend all die benötigten Sachen in die Wohnung Ihrer Tochter bringen."

„Nein, nein, Mr. Fitzroy brauchen wir damit nicht zu behelligen. Er war bereits mehr als großzügig und, um die Wahrheit zu sagen ...", Mrs. Munros Pupillen weiteten sich bei der Erinnerung an Mr. Fitzroys unerwarteten Besuch, „... um die Wahrheit zu sagen, hat er mich ja auch ausdrücklich gebeten, hier nicht vorbeizukommen, solange Sie die Wohnung benutzen."

Mit diesen Worten gab Mrs. Munro die Klinke frei, und Cellucis Herz begann seine Tätigkeit wieder aufzunehmen. *Meine Überredungskünste waren zum größten Teil finanzieller Art,* hörte der Detective Henry sagen. Zum größten Teil.

„Wirklich wichtig sind die Sachen auch nicht, die ich holen wollte. Es ist nur so, daß wir gerade hier in der Gegend waren und meine Schwiegertochter sehr überzeugend sein kann."

Mehr, als Sie denken, liebe Frau! Wenn die Schwiegertochter in der Lage gewesen war, einen Befehl Fitzroys außer Kraft zu setzen, und sei es auch nur für kurze Zeit, dann war es sicher nicht übertrieben, die Dame für eine ganz erstaunliche Frau zu halten! Es gab noch andere Worte, mit denen sich solche Frauen beschreiben ließen, aber Vicki hatte den Detective mehr oder weniger gezwungen, diese nicht mehr zu verwenden. „Wir sind Ihnen sehr dankbar dafür, daß Sie uns gestatten, in Ihrem Heim zu wohnen."

Mrs. Munros Blick kam zur Ruhe, als sie sich im Wohnzimmer umsah. „Jetzt ist es wohl wirklich mein Heim. Miss Evans hat mir die Wohnung hinterlassen, müssen Sie wissen."

„Ach ja. Das wußte ich nicht."

„Sie hat sie mir vererbt. Aber ich werde sie verkaufen." Mrs. Munro hob eine kleine Messingskulptur auf, starrte sie an, als sähe sie sie zum ersten Mal und stellte sie dann langsam wieder an ihren Platz zurück. „Das alles hier ist eine Nummer zu groß für mich. Ich habe es gern ein bißchen gemütlicher."

Gemütlich? Nicht gerade das Adjektiv, mit dem Mike das rosa Schlafzimmer beschrieben hätte. Überwältigend war, wenn er es recht bedachte, das einzige Wort, das ihm zu dem Thema einfiel. Wortlos glitt er in Mrs. Munros Kielwasser dahin, als die Dame sich nun wieder der Ausgangstür zuwandte.

„Es tut mir wirklich leid, Sie gestört zu haben, Detective. Könnten Sie Mr. Fitzroy bitten, daß er mich in der Wohnung meines Sohnes anruft, wenn Sie abreisen?"

„Wenn wir Ihnen ungelegen sind, Mrs. Munro ..."

„Nein, nein, ganz und gar nicht." Sie lächelte freundlich, um zu bekräftigen, daß wirklich alles in Ordnung sei und blieb dann stehen, die Stirn in nachdenkliche Fältchen gelegt. „Ich hatte allerdings angenommen, Sie würden es sich im großen Schlafzimmer bequem machen."

„So ist es ja auch: Ich schlafe im großen Schlafzimmer."

„Ja, natürlich!" Ihr Ton legte nahe, daß nun alle Fragen geklärt waren. „Sie sind ja auch ein Freund Mr. Fitzroys!"

Als Celluci endlich verstand, was sie mit diesen Worten gemeint hatte, war Mrs. Munro längst verschwunden. Was gut war, denn die Reaktion des Detective fiel kurz, prägnant und unflätig aus.

Das Frühstück war für ein Krankenhausfrühstück gut gewesen. Es war nicht genug gewesen, dafür aber auch nicht aus der Mülltonne. Er hockte im Schneidersitz auf dem Bett, rauchte und wünschte, sie würden ihm die Kleider zurückbringen. Wenigstens die Stiefel – fast zwei Wochen hatte er im letzten Sommer Touristen angeschnorrt, bis er das Geld für die Stiefel beisammen hatte und wehe, sie gaben sie ihm nicht zurück! Dann würde die Kacke aber dampfen, und wie! Klar, jetzt hatte er Geld genug, sich zu kaufen, was er wollte, aber darum ging es nicht. Immerhin waren die Stiefel sein Eigentum.

Er drückte den Zigarettenstummel in einem Metallaschenbecher aus, der aussah wie mit Pockennarben übersät, und zündete sich sofort die nächste Zigarette an. Schon merkwürdig, daß sie ihm die Kippen gelassen hatten – aber sie waren ja auch nicht auf seine Lungen aus, insofern war es ihnen wohl egal.

Als die Tür aufging, blies er eine Rauchwolke in diese Richtung, um zu zeigen, wie unbeeindruckt er war, wie wenig ihn die Sache, zu der er sich bereit erklärt hatte, schreckte.

Dr. Mui blieb mit zusammengepreßten Lippen am Rande der blaugrauen kleinen Wolke stehen und starrte voller Widerwillen auf den jungen Mann. „Es ist Zeit für deine Spritze."

Er konnte nicht anders, er mußte kichern. Die ganze Sache klang viel zu sehr nach einem schlechten Horrorfilm! „Zeit für die Spritze", wiederholte er mit schwerem deutschen Akzent. „Dann klauen Sie mir das Hirn und stopfen es in irgendeinen Roboter, nicht?"

„Nein." Die einzelne Silbe ließ keinen Spielraum für Widerworte.

„Mensch, regen Sie sich ab, das war ein Witz!" Der Junge schüttelte den Kopf und machte Anstalten, die Kippe auszudrücken, aber die Ärztin hob die Hand. „Du kannst zu Ende rauchen."

„Danke." Aber er konnte nicht, nicht, während sie ihm zusah. Er nahm zwei tiefe Züge, brach die Zigarette in der Mitte durch und schob den noch warmen Stummel zurück in die Schachtel. Er würde ihn später fertigrauchen. „Also!" Er reckte das Kinn und bedachte die Ärztin mit seinem besten widerspenstigen Blick. *Mir geht das alles glatt am Arsch vorbei!* wollte dieser Blick sagen. „Schießen Sie los."

„Leg dich hin."

Er schnaubte, tat aber, wie ihm geheißen wurde. „Mann, ich hoffe nur, Sie sind den zahlenden Patienten gegenüber höflicher!" murmelte er.

Die Finger, mit denen die Ärztin seinen Schlafanzugärmel hochschob, waren kalt. Der Junge sah zur Decke. Nun rieb sie ihm die Armbeuge mit Alkohol ein.

„Nun? Zapfen Sie mir noch mehr Blut ab?"

„Nein."

Irgend etwas in der Stimme der Frau veranlaßte den Jungen, seinen Blick von der Decke zu lösen und auf ihr Gesicht zu richten, aber die Augen der Ärztin blickten unverwandt auf die Flüssigkeit, die sie in die Spritze zog. Als sich der Kolben zu ihrer Zufriedenheit gefüllt hatte, zog sie die Nadel aus der kleinen braunen Flasche, die sie in der linken Hand hielt, schob die Flasche zurück in die Tasche ihres Kittels und sah den Jungen an.

Dessen Nackenhaare richteten sich auf. Plötzlich wollte er mit der Spritze nichts mehr zu tun haben. „Ich habe es mir anders überlegt."

„Das steht dir nicht frei."

„Dumm gelaufen." Damit war er aus dem Bett gesprungen und hatte sich an die hinterste Zimmerwand geflüchtet, so weit, wie er der Frau entkommen konnte, ohne das Zimmer zu verlassen. Da stand er, den Rücken gegen die Wand gepreßt, die geballten Fäuste halb erhoben.

Dr. Mui warf einen vielsagenden Blick auf den Beutel unter dem Kopfkissen. „Aber das Geld hast du genommen", sagte sie. „Soll ich es wieder zurücknehmen?"

„Nein!" Der Junge trat einen Schritt vor, blieb stehen und starrte auf den Beutel. Geld genug, um aus der Scheiße rauszukommen. Er wußte nicht, wohin sein Weg ihn führen würde, aber er war nur zu vertraut mit dem, was hinter ihm lag, und ihm war völlig klar, daß er dorthin nicht zurückwollte. Nach einer Weile wiederholte er sein Nein, diesmal ruhiger. Wovor hatte er eigentlich Angst? Sie würden ihm schon nichts tun, sie brauchten ihn doch, brauchten ihn heil und gesund. Der Boden unter seinen nackten Füßen war kalt, als er zum Bett zurückging. Zitternd schlüpfte er unter die Bettdecke.

„Das war's?" fragte er keck und schaffte es, noch nicht einmal zusammenzuzucken, als die Nadel in seine Haut drang.

„Ja." Mit einer geschickten Bewegung drückte sie den Kolben durch. „Das war alles."

Als das Beruhigungsmittel seine Wirkung getan hatte, verließ sie das Zimmer.

„Wir wollen auf keinen Fall, daß sich die Pleite vom letzten Mal wiederholt!" teilte sie dem Pfleger mit, der im Korridor auf sie wartete und ihr Ton machte deutlich, daß er sich nur mit dem, was sie wollte oder aber nicht wollte, überhaupt zu befassen hatte. Seine Miene wiederum versicherte, daß er in dieser Frage völlig mit ihr übereinstimmte. „Wie er stirbt, ist mir egal, aber er muß anständig entsorgt werden. Verstanden?"

„Ja."

„Gut." Sie trat von der Tür weg. „Dann können Sie anfangen."

Er sprang vor wie ein Hund, den man von der Leine gelassen hat.

Celluci verspürte ein irrationales Bedürfnis danach, lieber in der Wohnung zu bleiben, für den Fall, daß Mrs. Munro zurückkam. Er unterdrückte dieses Bedürfnis, schloß die Wohnungstür hinter sich ab und ging zum Fahrstuhl. Je eher diese Sache geklärt war, desto eher konnten sie nach Hause zurückkehren und ihr eigenes Leben wieder aufnehmen.

Sie hatten mit ihrer Theorie, wer für Henrys Geist verantwortlich war, anscheinend danebengelegen. Nun, wo sie wußten, daß die Mafia nichts mit der Sache zu tun hatte, blieben ihnen leider rund zwei Millionen weiterer möglicher Verdächtiger. Vielleicht ein paar weniger, sollten die Medien recht haben, was den großen Andrang bei den Verbrecherbanden betraf.

Dann blieb da natürlich noch Ronald Swanson. Der Multimillionär, der Philanthrop, der trauernde Witwer, der Gutmensch.

Der Fahrstuhl kam, kaum daß Celluci den Rufknopf betätigt hatte.

Vicki beharrte darauf, weiterhin von Organdiebstahl auszugehen, und da die Polizei die Leiche nach wie vor nicht hatte identifizieren können, war davon auszugehen, daß der Tote seine Niere nicht bei einer konventionellen Operation eingebüßt hatte. Sowohl Vicki als auch Celluci selbst wußten, daß der Mann die Niere hier in der Gegend losgeworden war, und so schien die Theorie, er habe sie im Zuge eines illegalen Organaustauschs verloren, mehr und mehr stimmig. Doch was war mit dem Motiv? Warum hatte man ihm die Niere entfernt? Hier war die Antwort einfach: aus Profitgründen.

Also sollten wir vielleicht nach einem Ferengi Ausschau halten, schnaubte Celluci und betätigte den Fahrstuhlknopf für das Parkdeck.

Das T-Shirt der Band, die über einen lediglich lokalen Bekanntheitsgrad verfügte und von Henrys Geist getragen wurde, legte die Vermutung nahe, daß der Mann in Vancouver oder in der unmittelbaren Umgebung gelebt hatte und gestorben war. Da man ihn immer noch nicht identifiziert hatte, konnte man davon ausgehen, daß niemand ihn vermißte. Leider kamen, was Vancouver und Umgebung betraf, unendlich viele potentielle Organspender in Frage: Wie Tony erklärt hatte, war ein Winter an der Westküste dem Tod durch Erfrieren in Toronto oder Edmonton durchaus vorzuziehen.

Die offiziellen Transplantationszentren waren nicht an der Sache beteiligt. Also mußte es irgendwo eine Privatklinik geben – wer bereit war, viel Geld für ein Organ hinzublättern, würde sicherlich vor jedem Körperteil zurückschrecken, das irgend jemandem in irgendeinem Kellerloch herausgerupft worden war. Die Gelben Seiten des Telefonbuchs von Vancouver wiesen anderthalb Seiten mit Telefonnummern von Kliniken auf, von denen man aber sechzehn Institute sofort wieder vergessen konnte: Celluci bezweifelte sehr, daß es einen ganzheitlichen Weg für das Entfernen von Nieren gab. Der Name „Venenklinik Vancouver" hatte vielversprechend geklungen, noch mehr die dazugehörende, über eine Viertelseite reichende Anzeige. Diese versprach als Service der Klinik die Analyse lebender Blutzellen und zeigte eine lächelnde Frau mit langem schwarzem Haar. Offenbar jemand, der mit seinem Blut zufrieden war. Celluci hatte sich noch nicht entschieden, ob er Vicki gegenüber diese Anzeige zur Sprache bringen sollte oder lieber nicht.

Im zweiten Stock stieg ein bereits leicht kahlköpfiger Mann in einem Polohemd und weißer Hose zu Celluci in die Fahrstuhlkabine. Celluci nickte ihm zu, registrierte die teure Armbanduhr des Mannes und das exklusive Rasierwasser und nahm dann die Haltung ein, die man gemeinhin einnimmt, wenn man mit Fremden im Fahrstuhl fährt: Er richtete seinen Blick unverbindlich auf nichts Bestimmtes in halber Höhe der Fahrstuhltür.

Die Zahl der Käufer, die alle notwendigen Voraussetzungen für einen Organankauf mitbrachten – schwere Krankheit, viel Bargeld und die Bereitschaft, die Klappe zu halten –, war logischerweise begrenzt. Von daher konnte man nicht hoffen, bei einem zufällig aufgegriffenen Landstreicher auf Übereinstimmungen mit einem der potentiellen Kunden zu stoßen. Wollten diese Leute effektiv vorgehen, mußten sie von irgendwoher medizinische Informationen beziehen.

Celluci trat aus der Fahrstuhlkabine, ging auf die imposante Silhouette des Kleinbusses zu und lauschte auf das Echo, das seine Schritte auf dem Betonfußboden hinterließen. Im Gehen zog er die Autoschlüssel aus der Tasche und warf den Schlüsselbund von einer Hand in die andere.

In East Vancouver gab es eine offene ambulante Klinik, die für einen nicht gerade als wohlhabend zu bezeichnenden Stadtteil zuständig zu sein schien und in der, der Anzeige nach zu schließen, auch AIDS-Tests durchgeführt wurden.

Das war doch zumindest schon einmal ein Anfang.

Celluci stieg in den Bus, schloß die Tür hinter sich und stellte den Rückspiegel neu ein, während er versuchte, nicht an eine Ladung Wäsche in einem Trockner zu denken und auch nicht daran, wie gut doch der dunkle Bezug über den Bussitzen alle möglichen Flecken verdeckte.

Wenn er sich die Zeit genommen hätte, sich zuerst einmal einen Plan zurechtzulegen, wäre Celluci sicher Taxi gefahren: Die Klinik, die er aufsuchen wollte, lag in einem der ältesten Viertel der Stadt, an der Ecke East Hastings und Main Street, eingeklemmt zwischen dem Nachbau eines der historischen Häuser von Gastown und den geschäftigen Läden Chinatowns. Hier waren die Straßen eng, der Autoverkehr ein völliges Chaos und jeder Parkplatz wurde praktisch mit Gold aufgewogen.

Celluci erreichte die Ampel an der Kreuzung Pender Street/Carall Street und starrte wütend auf das Einbahnstraßenschild, das ihm die geplante Weiterfahrt verwehrte. Aus reiner Gewohnheit merkte er sich die Kennzeichen der beiden Wagen vor ihm, die noch links abbogen, als die Ampel bereits auf Gelb, dann auf Rot umsprang, lehnte sich dann zurück, trommelte mit den Fingerspitzen ungeduldig auf dem Steuerrad herum und wartete auf eine Lücke im schier endlosen Fußgängerstrom, die es ihm ermöglichen würde, nach rechts abzubiegen. Beim Warten sah er den Menschen zu, die ins chinesische Kulturzentrum gingen und hoffte sehr, es möge sich bei den drei mit Kameras behängten Frauen mittleren Alters, die alles hier einschließlich der zweisprachigen Straßenschilder lauthals als „wonnig" bezeichneten, um amerikanische Touristinnen handeln.

Als die Ampel grün wurde, fuhr er auf die Kreuzung, wo er sich sofort von weiteren Fußgängern gestoppt sah, die hier die Pender Street überquerten. In der Mitte der Grünphase ergriff er die Chance, die ihm eine Gruppe von Teenagern bot – sie waren beweglich genug, aus dem Weg zu springen –, und es gelang ihm endlich, um die Ecke zu biegen. Nun behinderte ein LKW den Verkehr, der nicht wirklich rechtmäßig in der zweiten Reihe stand und dennoch die Autos zwang, sich an ihm vorbeizuschlängeln. Celluci atmete tief und dankbar die warme Luft ein, die köstliche Düfte trug: frischer Fisch, Ingwer, Knoblauch und Abgase, vertraut und tröstlich. Vicki hatte vor ihrer Wandlung am Rande des Chinesenviertels Torontos gelebt, und die Düfte, die nun in Cellucis Nase drangen und zwischen den Häusern gefangen, nur gelegentlich durch wirklich starke Brisen vom Meer her aufgestört wurden, weckten Erinnerungen an ein weitaus unkomplizierteres Leben.

Als der Detective dann endlich die Columbia Street erreichte – nur einen Straßenzug entfernt –, hatte er genug Nostalgie getankt. Wie durch ein Wunder tauchte direkt vor ihm eine freie Parklücke auf, und ein wenig unbeholfen steuerte er den Bus hinein. Er kurbelte die Fenster hoch, verriegelte die Türen, vergewisserte sich, daß der Mann, der gegen die Grundmauern der Shing Li'ung-Handelsgesellschaft gelehnt auf der Straße hockte, auch wirklich noch atmete und hatte trotzdem schneller die nächste Straßenecke erreicht als das Auto, das hinter ihm gefahren war.

Nicht einmal einen Block weiter lag die East Hastings-Klinik, aber diese kurze Entfernung reichte schon aus, um das wohlhabende Chinesenviertel hinter sich zu lassen.

Die Fenster der Klinik, mit drahtverstärktem Glas versehen, ließen mit ihrer Größe darauf schließen, daß sich in diesem Gebäude einst ein Laden mit großer Schaufensterfläche befunden hatte. Celluci stand auf dem Bürgersteig, spähte durch die Scheiben, und sein Blick fiel auf drei ältere asiatische Männer, die auf orangefarbenen Plastikstühlen, wie man sie in allen öffentlichen Einrichtungen finden kann, Platz genommen hatten und auf das Profil eines Teenagers, der auf eine gestreßt wirkende Frau hinter einem hüfthohen Tresen einredete. Die beiden schienen zu streiten. Celluci beobachtete, wie die Frau auf einen unbesetzten Stuhl zeigte, dem Teenager allem Anschein nach einen strengen Befehl erteilte und dann im hinteren Teil des Gebäudes verschwand.

Immer noch mürrisch dreinblickend starrte der Junge ihr nach, schob dann einen Karton mit Infobroschüren der Gesundheitsbehörde beiseite, langte über den Tresen, schnappte sich von dort ein kleines Päckchen und rannte damit zur Tür. Celluci hatte ihn erwischt, ehe der Junge noch recht über die Schwelle gelangt war.

„Verpiß dich, Macker! Laß mich los!"

„Das habe ich ganz und gar nicht vor!" Mike steuerte seinen sich wehrenden Gefangenen zurück in die Klinik, wobei er darauf bedacht war, sich stets zwischen dem Teenager und der Tür zu plazieren.

„Das ist doch glatt ein Überfall, du Idiot! Laß mich los, sonst rufe ich die Bullen."

„Möchtest du meinen Ausweis sehen?" fragte Celluci ruhig und lockerte seinen Griff um den klapperdürren Arm ein wenig.

Der Junge entwand sich ihm, wirbelte herum, stand nun mit dem Rükken zum Tresen und starrte zu Celluci auf. „Ach du liebe Scheiße!" murmelte er dann ergeben, als er erkennen mußte, daß die Frage des großen Mannes nicht rhetorisch gemeint gewesen war.

„Was ist hier draußen eigentlich los?"

Celluci öffnete den Mund, um zu antworten und ließ ihn dann offen stehen. Er blickte auf die schönste Frau hinab, die er in seinem Leben je gesehen hatte.

„Sie verschwenden hier nur Ihre Zeit, Mister!" Mit einem breiten Grinsen streckte der Junge Mike die Hand hin. Dort balancierte auf der flachen Handfläche eine rechteckige kleine Schachtel mit Kondomen. „Ich wollte doch bloß nicht den Vortrag über Safer Sex abwarten, Doc! Auf dem Weg raus hat mich der Typ hier dann einfach festgenagelt."

Die Ärztin heftete onyxschwarze Augen auf Cellucis Gesicht. „Wer sind Sie?" fragte sie streng.

„Celluci." Der Detective räusperte sich, schüttelte den Kopf, und dann gelang es ihm endlich, seinen Verstand wieder zum Arbeiten zu bewegen. „Detective Sergeant Mike Celluci, Metropolitan Toronto Police."

Der Teenager starrte ihn ungläubig an. „Toronto? Mann, nun übertreiben Sie bloß nicht so maßlos."

„Befinden Sie sich nicht vielleicht ein wenig außerhalb ihres Reviers, Detective?" Blauschwarze Lichter tanzten in einem seidenen Vorhang aus ebenholzschwarzem Haar, als ein zarter Kopf sich zur Seite neigte.

Cellucis Erklärung, wie es dazu gekommen war, daß er den Jungen hatte hinter den Tresen langen sehen, ließ die Tatsache unerwähnt, daß die Klinik das eigentliche Ziel seines Besuchs in dieser Gegend war. Als er fertig war, richtete die Ärztin einen strengen Blick auf den Teenager. „Wer diese Klinik bestiehlt, bestiehlt seine Freunde."

„He! Sie hätten mir die Dinger doch sowieso gegeben!"

„Nicht alle auf einmal." Sie öffnete die Schachtel, entnahm ihr sechs kleine Plastikvierecke und gab sie dem Jungen. „Setz dich hin. Die Regel lautet, daß du die hier nur zusammen mit einem Vortrag kriegst, und den hörst du dir an, ehe du abhaust."

Murrend schob der Junge die Hände in die Taschen seiner übergroßen Jeans und setzte sich.

Die Ärztin stellte die Schachtel zurück hinter den Tresen und blickte wieder zu Celluci. Ihre Wimpern malten kleine gefiederte Schatten auf ihre Wangenknochen, die fein geschwungen waren wie zartes Porzellan. „Sie haben mir einen Gefallen getan, Detective. Kann ich etwas für Sie tun?"

„Essen Sie mit mir zu Mittag?" Seine Augen weiteten sich ungläubig, als er feststellen mußte, daß es seine Stimme gewesen war, die diese Einladung ausgesprochen hatte. Die Ärztin war gute 40 Zentimeter kleiner als er, und er hatte kleine Frauen immer als leicht bedrohlich empfunden. Seine Großmutter war knapp 1,60 m groß. *Mittagessen? Was habe ich mir bloß dabei gedacht?*

Einer der drei Greise murmelte etwas auf Chinesisch. Die beiden anderen kicherten.

Die perfekte Kinnlinie der Ärztin hob sich in einem aufmüpfigen Winkel. „Warum nicht?"

Der Jade Garden Palace war ein Dim Sum-Restaurant, das die Touristen noch nicht für sich entdeckt hatten. Wer per Zufall in die etwas heruntergekommene Wohnstraße geriet, in der das Restaurant sich befand, und nicht durch die grünen Isolierklinker der Außenverkleidung abgeschreckt wurde, dem genügte in der Regel ein Blick auf den gekachelten Fußboden, dem gleich im Eingangsbereich eine Kachel fehlte und auf die zerkratzten Plastiktische, um doch lieber nach einem etwas weniger farbenfrohen Speiselokal Ausschau zu halten. Die Ärztin und der Detective waren zu einer Zeit gekommen, wo eigentlich der Höhepunkt der mittäglichen Rushhour hätte toben sollen, aber außer ihnen waren die einzigen Gäste ein alter Mann in Frotteepantoffeln und eine gestreßte Mutter mit zwei Kleinkindern unter drei Jahren. Eins der Babys kaute zahnlos auf einem Hefekloß herum, der alte Mann ebenso.

„Ich esse hier gewöhnlich drei Hefeklöße, rotgebratenen Tofu mit Krabben und eine Frühlingsrolle", sagte die Ärztin, nachdem sie Platz genommen hatten.

„Das hört sich gut an." Mike tauschte seinen Stuhl vorsichtshalber gegen einen mit vier funktionierenden Beinen und ließ sich vorsichtig auf den fleckigen grauen Sitz sinken. Das Restaurant roch viel besser, als es aussah. „Aber für mich von allem bitte gleich die doppelte Portion."

„Das Restaurant führt verschiedene chinesische Biere, falls Sie Lust auf ein Bier haben?"

„Ich trinke nicht."

„Ist das nicht außergewöhnlich? Mir ist immer gesagt worden, ihr wärt eine ziemlich hart trinkende Bande."

„Das mag für einige Polizisten auch zutreffen." Der Kellner stellte vor die beiden eine Teekanne aus rostfreiem Stahl, die grünen Tee enthielt. „Aber viele haben auch andere Methoden entwickelt, mit dem Streß und der Belastung umzugehen."

Fasziniert sah er zu, wie sich ihre Brauen hoben: wie die Flügel eines schlanken, schwarzen Vogels. „Was tun Sie, Detective?"

„Ich streite mich mit einer Freundin."

Sie blinzelte verwundert. „Wie bitte?"

„Ich streite mich lautstark kreischend mit einer Freundin."

„Mit einer Freundin, die zurückkreischt?"

Celluci grinste und stellte fest, daß er anfing, sich wohlzufühlen. „Aber gewiß doch! Das ist immer sehr erfrischend." Er zog seine Einwegeßstäbchen aus dem Papier und brach das Paar in zwei Einzelteile. „Mir fiel gerade ein, daß ich ja gar nicht weiß, wie Sie heißen."

Die Wangen der Ärztin färbten sich knallrot. „Oh Gott, das tut mir leid! Ich heiße Eve Seto."

„Das muß Ihnen nicht leid tun. Sie sind doch ohnehin nur mit mir essen gegangen, weil die alten Männer in der Klinik gewettet haben, Sie würden es nicht tun."

„Das war so offensichtlich?" Mike wartete, bis der Kellner den Teller mit den Frühlingsrollen und eine flache Schale mit schwarzem Bohnenbrei auf den Tisch gestellt hatte. Dann zuckte er die Achseln. „Ich bin in meiner Familie der einzige Mann in meiner Generation und habe eine dreiundneunzig Jahre alte Großmutter. Glauben Sie mir: Ich kenne mich aus mit der Macht des Alters."

Dr. Seto starrte Celluci einen Moment lang unverwandt an, legte dann die Hand vor den Mund und lachte laut los.

Cellucis Frühlingsrolle befand sich auf halbem Weg Richtung Soße, als der Detective plötzlich feststellen mußte, daß ihm das Atmen schwerfiel. Eine sexuelle Reaktion war das nicht wirklich. Es war eher so, daß die Schönheit der Frau ihm gegenüber seine volle Aufmerksamkeit beanspruchte und kein Spielraum mehr blieb für so alltägliche Verrichtungen wie Einatmen und Ausatmen. Nach einer Weile zwang er sich, die Frühlingsrolle in das Mus zu tauchen, zu beißen, zu kauen und zu schlucken und in dieser banalen Beschäftigung mit dem Essen gelang es ihm, zumindest einen Teil seines Gleichgewichts wiederzufinden.

In bezug auf neue Erkenntnisse in der Ermittlung erwies sich das Mittagessen als Pleite. Der Ton der Unterhaltung blieb leicht und spielerisch; Dr. Seto schien darüber eindeutig erstaunt und erleichtert zu sein.

Auf dem Weg zurück zur Klinik fielen Celluci keine Belanglosigkeiten mehr ein, die er noch hätte zur Konversation beisteuern können, und so war er froh, als die Ärztin mit der einen Hand ihre Augen abschirmte, mit der anderen auf die gegenüberliegende Straßenseite wies und nachdenklich meinte: „Ich wüßte ja zu gern, was da drüben vor sich geht."

Da drüben, vor dem chinesischen Kulturzentrum, hatte gerade ein leuchtend gelber Übertragungswagen auf dem breiten Bürgersteig eingeparkt und war dabei, Unmengen elektronische Ausrüstungsgegenstände auszuspucken.

„Als würde man den Clowns im Zirkus zusehen, wie sie aus ihrem winzigen Auto purzeln", meinte Celluci bewundernd, als ein Stapel schwarzer Kästen aus dem Auto bugsiert wurde und auf einem Turm aus identischen, ebenfalls schwarzen Kästen landete, der bereits den Bürgersteig schmückte und jeden Moment umzustürzen drohte. Ein dürrer Mann mit Pferdeschwanz ließ die Kabel fallen, mit denen er sich gerade abmühte und rettete mit ein paar raschen, gezielten Handgriffen in letzter Sekunde den Kastenturm. Danach begann der Mann einen angeregten Streit mit jemandem, der sich noch im Wagen befand, aber dieser Streit endete, ehe er noch recht in Schwung gekommen war, denn nun kam Patricia Chou aus dem Kulturzentrum gestürmt.

Sekunden später waren alle wieder an der Arbeit; Kabel wurden verlegt, Geräte ausgeladen. Dr. Seto wirkte angetan. „Was sie wohl gesagt hat?"

„Sie kennen Ms. Chou?" Mike meinte, das aus dem Tonfall der Ärztin herausgehört zu haben.

Die Ärztin nickte. „Sie hat vor zwei, vielleicht drei Monaten eine Reportage über meine Klinik gemacht. Im großen und ganzen auch eine wohlwollende Reportage. Trotzdem kam ich mir hinterher ein wenig so vor, als sei ich ohne Narkose operiert worden." Als sie weitergingen, klang Dr. Seto nachdenklich. „Aber daß Sie sie auch kennen, das erstaunt mich. Hatten Sie nicht gesagt, Sie seien erst seit ein paar Tagen in Vancouver?“

„Eigentlich kann ich nicht behaupten, Ms. Chou zu kennen. Ich habe ihr Interview mit Ronald Swanson gesehen ...“

„Mit Ronald Swanson, dem Makler?“

Schlagartig fiel Celluci wieder ein, warum er überhaupt zur Klinik gekommen und Dr. Seto zum Mittagessen eingeladen hatte. „Ja. Kennen Sie den auch?“

„Befreundet sind wir nicht, falls Sie das meinen, aber wir sind einander vorgestellt worden. Seine Firma stiftete die Computer, mit denen wir in der Klinik arbeiten. In dieser Stadt gibt es ein gutes Dutzend gemeinnütziger Organisationen, die von seiner Großzügigkeit abhängen, und dann natürlich die Transplant Society: Für die ist er unermüdlich tätig.“

„Das konnte ich dem Interview auch entnehmen.“ Ehe Dr. Seto das Thema wechseln konnte, fügte Celluci hinzu: „Irgendwie ist das doch eine tolle Sache: Da entfernt man bei einem Menschen einfach ein Organ und setzt es einem anderen Menschen ein, und schon hat man ein Leben gerettet.“

„So einfach ist das leider nicht.“ Dr. Seto drückte auf den Knopf der Ampelschaltung, und sie warteten darauf, daß es grün würde. Aber auch in der Grünphase mußten sich die beiden noch ein wenig gedulden, ehe sie die Straße überqueren konnten: Ein orangefarbener VW-Bus, Baujahr Mitte der siebziger Jahre, hatte sich entschieden, noch bei Gelb rasch eben mal um die Ecke zu schießen.

„Haben Sie es denn schon einmal getan?“ bohrte Celluci hartnäckig nach und trat auf die Fahrbahn.

„Detective, die Frage könnten Sie sich eigentlich auch selbst beantworten. Würde ich in einer offenen Ambulanz arbeiten, wenn ich Transplantationsärztin wäre?“

„Nein, wohl kaum.“

„Ganz sicher nicht, und darauf können Sie Gift nehmen.“

„Ich habe mir sagen lassen, Nierentransplantationen seien noch nicht einmal so schwierig.“

„Was die Transplantation selbst angeht, stimmt das sogar. Aber danach bergen sie dieselben Risiken wie jede andere Transplantation auch: Die Organe können vom Körper abgestoßen werden, Infektionen können eintreten, und Infektionen sind tödlich.“ Sie wandte sich halb um und sah ihn durch einen Vorhang aus dichtem Seidenhaar an. „Wissen Sie, was für die Medizin des 19. Jahrhunderts die größte Errungenschaft war?“

„Daß es gelang, die Ärzteschaft vom Händewaschen zu überzeugen.“ Dr. Seto lächelte, und Mike konnte nicht anders, er richtete sich stolz ein wenig auf. „Sehen Sie! So dumm, wie ich aussehe, bin ich gar nicht!“

Vicki würde so ein Stichwort begeistert aufgegriffen haben. Dr. Seto jedoch schien besorgt und peinlich berührt: Was, wenn er wirklich dachte, sie hielte ihn für dumm? So blieb Celluci nichts anderes übrig, als sich für seinen dummen Spruch zu entschuldigen und den Rest des Weges über noch mehr Charme aufzufahren, als es ohnehin seine Art war.

In der Klinik ließ sich die Ärztin rasch dazu überreden, eine kleine Führung zu veranstalten. „Aber nur eine ganz kleine!“ Dieselben drei Greise wie vor dem Essen – zumindest war Celluci der Meinung, es seien dieselben – hockten auf ihren Stühlen und beobachteten jede einzelne Bewegung der Ärztin und ihres Begleiters.

Nieren wurden hier keine verpflanzt – es sei denn, dies geschähe in einem unterirdischen Geheimsaal. Viele Patienten der Klinik gehörten jedoch eindeutig zu der Gruppe von Menschen, die niemand wirklich vermißt, wenn sie verschwinden, und die von daher verschwinden können, ohne daß jemand großartig Fragen stellt. Genau so waren einige von ihnen offenbar auch bereits verschwunden.

„Sie kommen einfach nicht wieder“, seufzte Dr. Seto und schlüpfte in ihren weißen Kittel. „Manchmal ist das ganz schön frustrierend.“

„Haben Sie eine Ahnung, wohin diese Menschen gegangen sein könnten?“

„Vielleicht nach Osten, irgendwohin? Hoffentlich heim.“ Sie blickte nachdenklich, als würde sie Menschen vor sich sehen, die Mike natürlich nicht sehen konnte. „Aber leider muß ich wohl annehmen, daß die meisten von ihnen auf die eine oder andere Art in den Statistiken der Polizei gelandet sind.“

Als Mike das zerknitterte Foto aus dem Autopsiebericht aus der Tasche zog, schüttelte sie den Kopf. „Nein. Von meinen Leuten ist das keiner.“

Mike hatte schon Lügner getroffen, die ebenso überzeugend geklungen hatten und fast ebenso schön gewesen waren; dennoch glaubte er der Ärztin.

Nun stolperte eine Frau, die eindeutig unter Drogeneinfluß stand, schmerzverkrümmt in die Klinik und rief lauthals nach einem Doktor. Celluci verabschiedete sich hastig, auch wenn er bezweifelte, daß irgend jemand ihm noch Beachtung schenkte, und ging. Auf seinem Weg zurück zum Auto mußte er einen Anflug von Melancholie bekämpfen. In der Regel war er einmal im Monat mit Vicki zusammen Dim Sum essen gegangen, und oft waren sie in ihrem kleinen Lieblingsrestaurant im ersten Stock die einzigen weißen Gäste gewesen und hatten den Rest der Kundschaft um einige Zentimeter überragt. Manchmal waren die älteren Serviererinnen, die das Essen verkauften, an ihrem Tisch vorbeigelaufen und hatten, energisch den Kopf schüttelnd, gemurmelt: „Das wollen Sie bestimmt nicht."

Dim Sum essen gehen: etwas, was sie nie wieder zusammen würden tun können.

Ein Strafmandat über zwanzig Dollar wegen falschen Parkens half da auch nicht gerade.

Der Verkehr wurde erst ruhiger, als der Detective schon fast an seinem Ziel, der öffentlichen Bücherhalle, angekommen war ...

In der 14. Division der Polizei von Toronto hatte es, als Celluci noch in Uniform steckte, einen alten Sergeanten gegeben, der nie müde wurde, den jungen Beamten seine Lieblingserkenntnis einzubleuen: „Wird dieselbe Person während einer einzigen Ermittlung dreimal von verschiedenen Zeugen erwähnt, dann sollt ihr diese Person festnageln, denn damit habt ihr den Schweinehund, der das Verbrechen auf dem Kerbholz hat."

Zweimal war der Name Ronald Swanson bisher aufgetaucht.

Ein paar Nachforschungen, und Celluci hatte den Namen der Klinik, die Patricia Chou erwähnt hatte: *„... eine Privatklinik, in der Menschen im Endstadium des Nierenversagens auf eine Niere warten können ..."* In alten Ausgaben der Wochenzeitung *Business in Vancouver* konnte Celluci nachlesen, daß sich Ronald Swanson für die Planung und den Bau der Klinik verantwortlich zeichnete, im Aufsichtsrat dieser Institution saß und einen Gutteil der laufenden finanziellen Unterstützung zur Verfügung stellte.

Projekt Hoffnung hatte nicht auf der Liste der Kliniken gestanden, die Celluci im Telefonbuch gefunden hatte, aber das war auch nicht weiter verwunderlich. Vermutlich brauchte man die Empfehlung eines Arztes, um dort aufgenommen zu werden.

Erschöpft rieb sich Celluci die Augen. Er verließ den fensterlosen kleinen Raum, in dem sich die Mikroficheanlage der Bibliothek befand, zog eine Telefonkarte aus dem Portemonnaie und rief von der öffentlichen Telefonzelle im Eingangsbereich der Bücherhalle aus im *Projekt Hoffnung* an. Ohne sich weiter namentlich vorzustellen, erkundigte er sich bei der Person, die den Hörer abnahm, ob zum Personal der Klinik ein Chirurg gehöre, der Transplantationen vornehmen konnte. Die kühle, professionell klingende Stimme der Schwester am Telefon teilte ihm mit, dies sei der Fall. Celluci dankte der Frau und hängte ein.

Motiv: Swansons Frau war an Nierenversagen gestorben, während sie auf eine Transplantation gewartet hatte. Vielleicht wollte sich Swanson an dem System rächen, das ihn im Stich gelassen hatte. Oder der Tod seiner Frau hatte ihn mit der Nase auf einen Markt gestoßen, der nur darauf wartete, ausgebeutet zu werden.

Mittel: Swanson hatte Zugang zu medizinischen Geräten und Einrichtungen sowie die finanziellen Mittel, sich das erforderliche Personal zu kaufen.

Gelegenheit: Mal angenommen, Dr. Seto hatte keine Ahnung davon, daß sie Organspender zur Verfügung stellte. Swansons Firma hatte die Hastings-Klinik mit Computern ausgestattet. War er in der Lage, sich Zugang zu deren Unterlagen zu verschaffen und damit zu den Informationen, die er brauchte? Laut Patricia Chou bekam man geschulte Hacker praktisch an jeder Straßenecke nachgeworfen, und Studien hatten zutage gefördert, daß jeder zwölfte gesetzestreue kanadische Bürger durchaus auch gekauft werden konnte.

„Wenn man genug Geld hat, kann man einfach alles tun."

Dagegen ließ sich schwer etwas einwenden. Letztlich jedoch hatte Celluci nichts in der Hand, was man guten Gewissens als Beweismittel hätte bezeichnen können. Selbst dann nicht, wenn man die Phantasie aufs äußerste anstrengte. Er hatte nichts, was er der Polizei übergeben konnte, nichts, was diese zu einer Verhaftung veranlassen würde, nichts, um zu verhindern, daß Henry Fitzroy das Gesetz in die eigenen Hände nahm.

Die Verbindung zwischen Swanson und Henrys Geist mochte durchaus rein zufällig sein – sie rechtfertigte dennoch einen kleinen Ausflug zum *Projekt Hoffnung*.

Auf dem Rückweg zu seinem Wagen fragte Celluci sich, woher wohl die Computer der *British Columbia Transplant Society* stammen mochten. In Toronto, wo seine Dienstmarke etwas galt, hätte er jetzt genügend Gründe gehabt, ein paar Nachforschungen anzustellen. Ohne Vicki und Henry, die ja auch mit der Arbeit an diesem Fall befaßt waren, würde er jetzt erst einmal in Erfahrung bringen, in welcher Kneipe die Besten Vancouvers sich zum Umtrunk trafen, um sich dort ein wenig umzuhören und zu erfahren, in welche Richtung deren Ermittlungen gingen.

Wobei man nicht vergessen darf, daß ich selbst mich ja gar nicht mit diesem Fall beschäftigen würde, wenn dieser königliche untote Schweinehund von einem liebesromanverfassenden Vampir, dieser Henry Fitzroy, Vicki nicht in die Sache reingezogen hätte.

„Du hättest ja nicht mitzufahren brauchen", erinnerte ein Stimmchen in seinem Hinterkopf.

„Ja, ja!" schnaubte Celluci, während er sich in den Verkehr einfädelte. „Als hätte sie allein irgend etwas auf die Beine stellen können!" Über die Frage, was sie in der Zeit zwischen Sonnenuntergang und Sonnenaufgang in der Nacht zuvor erreicht haben mochte, wollte er sich ganz bewußt nicht weiter den Kopf zerbrechen.

Leider Gottes befand sich Celluci nicht in Toronto, Vampire waren an der Aufklärung des Falles beteiligt, und ihm fiel kein einziger plausibler Grund ein, warum ihm irgend jemand irgend etwas erzählen sollte.

Das *Projekt Hoffnung* nahm ein ziemlich großes Grundstück am Ostrand von Nord-Vancouver ein. Mike parkte den Bus an der Mt. Seymour Road, breitete eine Straßenkarte über das Lenkrad und versuchte, einen verwirrten Eindruck zu machen, für den Fall, daß Vorübergehende fragten, was er dort wohl zu suchen haben mochte. Er stand etwa 200 Meter von der langen Auffahrt zum Haus entfernt und konnte von seiner Warte aus ein einstöckiges Gebäude sehen, das sich große Mühe gab, nicht wie eine öffentliche Einrichtung auszusehen. So große Mühe, daß es schon wieder den gegenteiligen Effekt hatte: Niemand hätte die Klinik für etwas anderes als eine öffentliche Einrichtung halten können. Außer dem Haus sah Celluci einen halbleeren Parkplatz, einen Müllcontainer, und, auf dem angenehm gestalteten Grundstück verteilt, ein gutes halbes Dutzend leerer Bänke. Das Haus lag so, daß Celluci dessen Schmalseite und einen Teil der Rückseite sehen konnte, war aber so weit von der Straße entfernt, daß an genaue Einblicke und Einzelheiten gar nicht zu denken war.

Seufzend langte der Detective ins Handschuhfach, wo sich ein winziger, zusammenklappbarer Feldstecher befand, den Vicki einmal aus einer Laune heraus bestellt hatte, weil ihr die Anzeige gefallen hatte, mit der für ihn geworben worden war. In der Anzeige war behauptet worden, der KGB habe einst mit ähnlichen Geräten gearbeitet. Celluci war gern bereit, die Sache mit dem KGB nicht zu glauben, mußte aber zugeben – wenn auch nicht ausgerechnet Vicki gegenüber –, daß das Fernglas für ein Instrument seiner Größe wirklich nicht schlecht war.

Eine eingehendere Betrachtung des Klinikgeländes ergab, daß die Fenster des Hauses alle mit Rolläden ausgestattet waren und daß die Firma *Dailow Waste Removal* zweimal wöchentlich den Müllcontainer leerte.

„Wie lange soll ich hier hocken bleiben?" fragte er sein Bild im Rückspiegel. Überwachungen außerhalb der Stadt, wo die Menschenmassen keine Tarnung boten, waren dem Detective immer ein Greuel, und die Nummer als verirrter Tourist würde er nicht unbegrenzt durchhalten können. „Vielleicht gehe ich einfach rein und frage nach dem Weg. Bitte die Leute, mir zu helfen und dann ... hallo, was ist das denn?"

Ein großer, kräftiger Mann in verwaschenen Jeans und einem roten T-Shirt ging über den Parkplatz und kletterte in eins dieser topmodischen Autos, halb Sportfahrzeug, halb Geländewagen, die hier jeder zweite zu fahren schien. Der Mann konnte nur aus der Klinik gekommen sein. Celluci sah ihm durch das Fernglas zu, wie er seinen Wagen rückwärts an das Haus heranfuhr. Dann parkte er ihn in einem solchen Winkel, daß der Detective nur noch einen kleinen Teil der rechten vorderen Stoßstange sehen konnte.

„Warum, mein Junge, fährst du wohl rückwärts an ein Gebäude heran? Weil du etwas in deinen Kofferraum laden willst!" Celluci kniff die Augen zusammen, aber das nutzte auch nichts: Das Klinikgebäude war und blieb im Weg. „Was magst du da wohl einladen? Das ist die große Frage, nicht?"

Das konnte sonst etwas sein.

Die Chancen, daß es sich um eine Leiche mit nur einer Niere handelte, waren astronomisch gering.

„Aber das Leben ist voller Tücken, und manchmal hat man einfach Schwein." Celluci sah dem Wagen zu, der jetzt die Auffahrt entlangfuhr, warf den Feldstecher auf den Beifahrersitz und legte bei seinem eigenen Fahrzeug den Gang ein. Er tat weiterhin so, als studiere er die Straßenkarte, ließ den Mann im roten T-Shirt passieren und wartete ab, bis ein sicherer Abstand zwischen ihm und dem anderen entstanden war, ehe er seinen Bus wieder auf die Straße lenkte, um dem Mann zu folgen. Der Weg der beiden Fahrzeuge führte in den Mt. Seymour Provincial Park.

Als sein Objekt der Begierde in einen Feldweg einbog, folgte Celluci ihm nicht, sondern fuhr weiter die Hauptstraße entlang. Selbst er würde es wohl kaum schaffen, wie ein normaler Verkehrsteilnehmer auszusehen, wenn es keinen Verkehr gab. Nach einer etwas gewagten und äußerst illegalen Kehrtwende fuhr er so weit auf den rechten Seitenstreifen, wie es möglich war, ohne im Graben zu landen und hoffte, die Büsche würden sein Fahrzeug verbergen, sollte der andere Wagen urplötzlich wieder auftauchen.

Urplötzlich geschah dies nicht. Eine Stunde und zehn Minuten waren vergangen, als die Nase des SUV sich wieder auf der Mt. Seymour Road blicken ließ, um in Richtung Stadt einzubiegen.

„Aha! Wo er auch gewesen sein mag, weiter als fünfunddreißig Minuten Fahrt ist es von hier nicht entfernt."

Nach vierzehn Minuten auf dem Feldweg gelangte Celluci zu der traurigen Erkenntnis, daß er sich, obschon ganz in der Nähe eines der größten Stadtgebiete des Landes, mitten im Niemandsland befand. Hier gab es gar nichts, und mit gar nichts kam Celluci schlecht zurecht. Beton und Glas waren etwas anderes, damit kannte er sich aus; Bäume waren ihm ein Rätsel.

Nach sechzehn Minuten kreuzte ein zweiter Feldweg den ersten. Nun waren eindeutig Reifenspuren zu erkennen, die offensichtlich erst nach dem letzten Regen entstanden waren. Celluci warf im Geist eine Münze und entschied sich für den Querweg. Es konnte kein Zweifel daran bestehen, daß die Reifenspuren dort erst vor kurzem hinterlassen worden waren; zuletzt hatte es geregnet, als Celluci mit Dr. Seto beim Mittagessen gesessen hatte. Die Schleusen des Himmels hatten sich geöffnet, kurz nachdem die beiden ihre Bestellung aufgegeben hatten; die Wolken hatten sich entleert und waren wieder verschwunden, noch ehe der Kellner das Essen aufgetragen hatte.

Nach acht Minuten Fahrt auf dem neuen Weg hielt Celluci an einem verlassenen Holzfällerlager – zumindest sah der Ort aus wie ein verlassenes Holzfällerlager.

„Mein Gott, in dem Durcheinander hier kann man ja eine ganze Armee begraben." Wenn Leichen gefunden wurden, die jemand in der Wildnis vergraben hatte, dann in der Regel so, daß irgendwem auffiel, daß ein bestimmter Ort verändert worden war. Hier wäre das nicht aufgefallen; die Männer, die sich in diesem Teil des dichten Waldes ein Stück Lebensraum geschaffen hatten, waren dabei nicht gerade zimperlich vorgegangen. Über den Boden der künstlich geschaffenen Lichtung zog sich ein dichtes Muster aus alten und neuen Reifenspuren und Stiefelabdrücken, aus denen Mike nichts herauslesen konnte. „Na toll! Wo ist die Spurensicherung, wenn man sie wirklich einmal braucht? Ich hätte gern ein paar Abdrücke von den Stiefelspuren hier, und eigentlich sollte man die ganze Gegend nach Fingerabdrücken absuchen."

Er schüttelte den Kopf und stieß verzweifelt die Luft aus. Es stand ihm frei, an jeder Stelle zu buddeln, an dem ihm die Erde ein wenig frisch umgegraben schien, oder er konnte ...

„Suchen Sie mich?"

Mit einem breiten Grinsen wandte Mike sich um. „Ich suche nach irgendwem, der mir helfen kann! Ich habe mich heillos verfahren." Der Mann in dem roten Hemd war etwas größer als Celluci, was dem Detective nicht oft geschah. *Ist das nicht wieder einmal typisch? Daß es mir ausgerechnet jetzt passieren muß?* Der Mann zeigte Formen, die Celluci vertraut waren und die er ganz sicher während seiner Haftzeit durch intensives Hanteltraining erworben hatte: ein eindrucksvoller muskulöser Oberkörper ruhte auf den Beinen eines ganz normalen Typen. In dem streitlustig verzogenen Gesicht wirkten die großen braunen Augen ein wenig fehl am Platz; die 9-Millimeter-Halbautomatikpistole, die er auf Celluci gerichtet hielt und die in seiner riesigen Faust fast völlig verschwand, schien dafür umso besser zu passen.

Celluci hoffte immer noch, sich aus dem Schlamassel, in den er geraten war, irgendwie herausreden zu können – was immer dieser Schlamassel auch sein mochte. Mit weit aufgerissenen Augen starrte er baß erstaunt auf die Pistole. „He! Was soll die Knarre?"

„Sie standen so, daß Sie die Klinik beobachten konnten. Sie sind mir hierher gefolgt. Sagen Sie mir, was los ist."

„Ich weiß nicht, wovon Sie reden! Ich bin ein Urlauber aus Toronto, der sich auf der Suche nach dem Motel hier im Nationalpark verfahren hat!"

„Werfen Sie mir Ihre Brieftasche zu."

„Ah! Ich verstehe! Ich verstehe! Hier bin ich am Arsch der Welt und werde überfallen!" Mike zog seine Brieftasche aus der hinteren Hosentasche und warf sie dem anderen vor die Füße. Die Lederhülle mit der Dienstmarke ließ er wohlweislich stecken. Er hatte eine Chance. „Wollen Sie auch die Schlüssel für den Bus? Bedienen Sie sich ruhig, der verbraucht ohnehin zuviel Sprit!"

„Schnauze." Sanft blickende Augen wichen keinen Moment von Mikes Gesicht. Der Mann mit der Knarre ging in die Knie und griff sich die Brieftasche. Sorgfältig untersuchte er jedes Fach und sah sich alle Kreditkarten genau an, wobei er sich aber nie so weit ablenken ließ, daß Celluci auch nur eine einzige Bewegung hätte wagen können.

Dann schob er einen Finger tief in die Innenhülle der Brieftasche und zog eine Fotografie heraus. Seine Lippen verzogen sich zu einem triumphierenden Grinsen, und tief in den treuen Hundeaugen leuchtete etwas auf. „Ist das da ihre Oma da neben Ihnen, Officer Celluci?"

Neun

Noch ehe der Tag ihn völlig freigab, spürte Henry, wie die Kälte in einer makabren Parodie von Liebkosungen eines geliebten Menschen frostige Muster auf seine Haut zeichnete. Er öffnete die Augen, und ihm war, als könne er die eisigen Ströme förmlich sehen, die durch die Luft trieben wie Kältenebel im Winter.

Er wußte, daß Henry wach war. Henry spürte, wie er wartete.

Verärgert runzelte er die Stirn, schaltete die Nachttischlampe ein und setzte sich auf.

Er hatte sich geirrt: Nicht *er* wartete, *sie* warteten.

Der zweite Geist war ein wenig jünger als der erste. Nicht Mitte zwanzig, sondern eher noch nicht ganz zwanzig. In einem Nasenloch glitzerte ein Metallring. Der elfenbeinfarbene Totenkopf auf dem ärmellosen schwarzen T-Shirt, das diese neue Erscheinung trug, grinste Henry an, als wisse er die Ironie – ein Toter trägt einen Totenkopf auf der Brust – zu würdigen. Soweit Henry das beurteilen konnte, war dieser neue Geist anatomisch vollständig: Er hatte beide Hände behalten dürfen.

„Lieber Herr Jesus ..." Henry war sofort klar, daß er diese Worte nicht hätte laut aussprechen dürfen, aber da war es bereits zu spät.

Aus den offenen Mündern – weit offener, als in den Grenzen von Haut und Knochen eigentlich möglich – drang nicht ein einziger vernehmbarer Laut, und doch schrieen die beiden; Schreie, die das Ohr zwar nicht, die Seele dafür um so deutlicher hören konnte.

Henrys Herz fing an zu rasen, bis es fast so schnell schlug wie das eines Sterblichen. Dann packte ihn die Wut und verschaffte ihm eine Barriere gegen all das Elend, das ihn umgab. Wie konnten sie es wagen, ihm die Verantwortung für die Leben in seiner Umgebung aufzubürden! Wie konnten sie es wagen, sich seine Hilfe durch Erpressung zu erkaufen! Wie konnten sie wagen ... in diesem Moment drang ein unterdrücktes Stöhnen an das Ohr, an das die Schreie der Geister nicht hatten vordringen können. Das Stöhnen kam aus dem Flur und klang so verzweifelt, daß Henry mit einem Satz aus dem Bett sprang und in Windeseile das Schlafzimmer durchquerte. *Tony* ... unbeholfen – Henry war selbst erstaunt, wie sehr seine Hände zitterten – mühte er sich mit den Türriegeln ab. Offenbar hatte das Kreischen der Toten ihn stärker mitgenommen, als er für möglich gehalten hätte. Als ihm das klar wurde, wandte er sich voller

Zorn noch einmal von der Tür ab, um sich den Störenfrieden zu stellen, aber da waren die beiden auch schon verschwunden, und nur der Nachhall ihres Schreis hing noch im Zimmer.

Den letzten Riegel beförderte Henry mit einem heftigen Ruck aus dem Holz. Dann flog die Tür auf.

„Tony!"

Zusammengekrümmt wie ein Säugling kauerte Tony im Eingangsflur und schlug wieder und wieder seine Stirn auf ein Knie. Eine monotone Bewegung, zu der er schrill und im Rhythmus der Schläge leise vor sich hinwimmerte. Henry ließ sich auf den Boden fallen, legte beide Hände um den Kopf des Freundes und zwang ihn, stillzuhalten. „Es ist vorbei. Hör doch: Es ist vorbei." Sanft, aber stetig drehte er den Kopf des Jüngeren so, daß er ihm in die wild starrenden Augen sehen konnte. Seine Muskeln wurden ganz schlapp vor lauter Erleichterung; erst jetzt mochte er sich eingestehen, wie sehr er befürchtet hatte und wie wenig es ihn erstaunt hätte, in Tonys Augen Wahnsinn zu sehen, und er ließ sich auf die Hacken sinken. „Alles ist gut. Ich habe dich."

„Hen... Henry?"

„Ja. Ich bin es." Henry schob einen Arm unter Tonys zitternde Schultern und zog den Freund an die Brust.

„Es war dunkler ..."

Henry legte die Wange auf schweißgetränktes Haar.

Tony seufzte und drängte sich an Henrys Körper, als wolle er sich dessen Stärke vergewissern, genau spüren, daß ein starker Schild über ihn wachte. Dann fuhr er sich mit der Zunge über die Lippen und lehnte sich so weit zurück, daß er dem besorgten Blick des Älteren begegnen konnte. „Henry?"

„Ja?"

„Was zum Teufel hast du ihn gefragt?"

„Das frage ich mich auch gerade."

Henry schaffte es, ein Knurren zu unterdrücken; er hatte gespürt, wie Tony reagierte, als er sich verspannte. „Die Frage lautet auch nicht mehr: Was hast du ihn gefragt?" fuhr er fort und warf Vicki, die hinter ihnen aufgetaucht war, einen warnenden Blick zu, unter keinen Umständen näherzukommen. „Sie muß lauten: Was hast du sie gefragt?"

„Deinen griechischen Chor? Die Schreier im Hintergrund?" Als Henry den Kopf schüttelte, verstand Vicki, wie er das gemeint hatte. Zornentbrannt schlug sie mit der Faust ein Loch in die Mauer des Durchgangs zum Wohnzimmer. „Verfluchte Scheiße!"

Tony zuckte zusammen.

Henry schloß ihn fester in die Arme. „Damit machst du es auch nicht besser“, brummte er.

„Ich weiß. Tut mir leid.“ Vicki holte tief Luft und rang um Fassung. „Alles in Ordnung mit dir?“

Tony schluckte. Immer noch in die Obhut von Henrys Armen gekuschelt, zuckte er die Achseln. „Es ging mir schon besser.“

Aus der Ferne erklang der Lärm rasch näherkommender Sirenen und schnitt Vickis Antwort ab. Tony schloß die Augen. „Es hätte aber auch schlimmer kommen können.“

Als die Sirenen verstummt waren und die dichten Wände des Hauses die Geräusche der Sanitäter schluckten, drückte Henry Tony mit einem Arm an sich und sah Vicki direkt an. „Hat Mike auch was abbekommen?“

„Nein. Der ist Gott sei Dank noch nicht wieder zurück.“

„Zurück von wo?“

„Woher soll ich das wissen? Das kannst du ihn selbst fragen, wenn er auftaucht.“

„Mit Celluci oder ohne ihn: Wir müssen uns zusammensetzen.“

Sie nickte und wandte sich um.

„Vicki!“

Aus dem Vorwärtsschritt wurde eine Pirouette.

„Wohin willst du?“

„Mich anziehen.“ Eine Hand hielt den rüschenbesetzten Morgenrock geschlossen, der Vicki mindestens zwei Nummern zu klein war und ganz offensichtlich dem von Mrs. Munro zurückgelassenen Kleiderbestand entliehen worden war. Mit der anderen Hand, deren Knöchel der Putz der Mauer weiß gefärbt hatte, zeigte Vicki auf Henry. „Das solltest du übrigens auch in Erwägung ziehen.“

Henry war nackt, und mit einem Mal wurde ihm das auch wieder bewußt. „Wir sind in ungefähr einer halben Stunde bei dir drüben.“

„Ich dachte, es sei sicherer, wenn wir nur deine Wohnung benutzen.“

„Wir sind nicht die einzigen, um die es geht.“ Henry konnte zusehen, wie Vickis Züge immer weicher wurden, während sie – letztlich erfolgreich – versuchte, seinem Gedankengang zu folgen. Sie warf einen Blick auf Tony, der sicher gern ein wenig Distanz zwischen sich und den eben ausgestandenen Schrecken würde legen wollen, nickte und verschwand.

Tony wartete, bis er hörte, wie sich die Tür hinter ihr schloß. Dann löste er sich aus Henrys Armen. „Henry, ich kann jetzt nicht ...“

Henry brauchte eine Weile, um zu begreifen, was der junge Mann ihm damit sagen wollte. „Das habe ich auch nicht erwartet“, sagte er sanft und fragte sich, ob er Tony je Veranlassung zu der Annahme gegeben hatte, er würde die Befriedigung seiner Bedürfnisse derart rücksichtslos verfolgen.

„Aber du hast gesagt ... zu Victory hast du gesagt: in einer halben Stunde.“

„Ich weiß.“ Henry stand auf und half dem anderen auf die Beine, wobei er ihn fast hochziehen mußte. „Aber dabei dachte ich eher an dich. Du willst doch bestimmt duschen.“

Tony blickte an sich herunter, sah den dunklen Fleck vorn auf seinen Radlerhosen, und ihm war plötzlich bewußt, was dieser Fleck zu bedeuten hatte. Er wurde knallrot. „Oh Gott! Meinst du, Victory hat das mitbekommen?“

Es wäre wenig sinnvoll gewesen, ihn daran zu erinnern, daß Vicki über den Geruchssinn eines Raubtiers verfügte; also log Henry.

„Er ist immer noch nicht zurück?“

Vicki schnaubte und ging vor den anderen beiden her in die Wohnung. „Das weißt du genau! Die Sonne ist wirklich und ganz und gar untergegangen; er weiß also, daß ich wach bin.“

„Wahrscheinlich geht er einem Hinweis nach.“

„Das weiß ich selbst, Henry!“

Henry blieb am vorderen Ende des Sofas stehen und ermöglichte es Vicki so, die ganze Breite des Wohnzimmers als Distanz zwischen sich und ihn zu legen. Distanz war für sie beide trotz der Ereignisse der vergangenen Nacht immer noch die beste Verteidigung. „Machst du dir Sorgen?“

„Nein. Ich bin genervt. Der Schweinehund hat mir noch nicht einmal einen verdammten Zettel hingelegt.“ Hinter Vickis Rücken warfen Henry und Tony einander beredte Blicke zu. Vicki drehte sich gerade rechtzeitig um, um den letzten davon aufzufangen. „Was?“

„Wenn du dir Sorgen machst, fluchst du noch mehr als sonst“, rief Henry ihr ins Gedächtnis.

Vicki zeigte ihm den Stinkefinger: „Soviel sorge ich mich!“

„Vicki ...“

„Tut mir leid." Sie drehte sich um, lehnte die Stirn gegen das Fenster und zerdrückte in der Rechten eine Handvoll antiken Satinvorhang. „Deine Geister machen mich nur völlig nervös. Es gibt für Mike keinen zwingenden Grund, bei Sonnenuntergang hier zu sein. Der Mann ist fast vierzig, Herrgott noch mal! Es ist ja nun nicht so, als könne er nicht selbst auf sich aufpassen."

„Ich kann mir sogar vorstellen, daß er ziemlich gut darin ist, auf sich selbst aufzupassen."

„Ich habe dich nicht *gebeten*, mich zu beruhigen!"

Tony öffnete den Mund, aber Henry hob warnend die Hand, und so schloß er ihn wieder.

Einen Herzschlag später seufzte Vicki. „Na schön. Ja. Ich habe darum gebeten, beruhigt zu werden." Sie ließ den Vorhang los, sah sich suchend um, entdeckte ihre Notizen auf dem Beistelltisch, der sich direkt neben Henrys Knie befand, trat einen Schritt vor und blieb gleich wieder stehen.

Henrys Blick wanderte von dem Spiralblock zurück zu Vicki.

Vicki verlagerte ihr Gewicht auf die Ballen. Sie bereitete sich auf alles vor, was Henry tun mochte, war aber nicht willens, selbst den ersten Schritt zu tun. Das unerwartete Ende, das das Blutbad der vergangenen Nacht gefunden hatte, hatte sie an alles erinnert, woran sie bei ihrer Ankunft in Vancouver so fest geglaubt hatte. Wenn sie und Henry nur wirklich bereit wären, es miteinander zu versuchen, dann würden sie es auch schaffen; dann würden sie miteinander auskommen, auch im selben Raum. *Wenn wir bereit sind, vorher erst einmal ein gutes Dutzend Leute umzulegen, dann können wir miteinander auskommen!* beharrte eine Stimme in ihrem Hinterkopf, die Stimme der Erinnerung.

Ohne den Block noch einmal anzusehen, beugte sich Henry vor, nahm ihn vom Tisch und gab ihn Vicki.

Tonys Nackenhaare sträubten sich immer stärker, bis er das Gefühl hatte, alle Haare auf seinem Kopf stünden zu Berge. *Jesses, auf der Spannung zwischen den beiden könnte man ‚Dueling Banjos' spielen!* Er unterdrückte das völlig irrationale Bedürfnis, an der Luft herumzuzupfen wie an Banjosaiten, wartete und fragte sich, was er tun sollte – und ob er überhaupt etwas tun sollte! Was er am liebsten getan hätte, war ihm klar: Er hätte gern noch mindestens eine Lampe eingeschaltet. *Sie* kamen ja von allein nie auf den Gedanken, daß Menschen, mit denen sie zusammen waren, sich vor den Schatten fürchten mochten!

Langsam durchquerte Vicki das Zimmer, jeder Schritt steif und bar jeder Anmut. Rasch schlossen sich ihre Finger um den Block.

Nun bitte die unheilschwangere Musik! Tony war seelisch viel zu aufgewühlt, um Fassung wahren zu können. Also schloß er die Augen.

„Tony? Was ist? Stimmt etwas nicht?"

Er öffnete die Augen. Vicki saß in einem weichen Lehnstuhl am Fenster, den Block auf den Knien. Henry hatte es sich auch bequem gemacht: Er lehnte mit der Hüfte an der Seitenlehne des Sofas. Tony sah von einem Vampir zum anderen. Mehr denn je erinnerten die beiden ihn an Katzen: völlig zufrieden mit sich, selbstgerecht, beider Mienen absolut identisch und wachsam.

„Wir haben uns beide letzte Nacht sehr ausführlich genährt", sagte Henry, als Tony ihm einen fragenden Blick zuwarf. „Das scheint zu helfen."

„Wenn ihr euch genährt habt, dann seid ihr weniger revierbewußt?" Das hörte sich falsch an. Auch in der Nacht vor der vergangenen hatten sich beide genährt, und das hatte gar nichts geholfen.

„*Sehr* ausgiebig", betonte Vicki, ohne von ihren Notizen aufzublicken.

Tony hatte das unangenehme Gefühl, Vicki wäre rot geworden, wenn ihre Natur das noch zugelassen hätte. Tony hätte zu gern gewußt, was Victory Nelson peinlich genug war, um sie erröten zu lassen, beschloß aber, dieser Frage lieber nicht weiter nachzugehen. Alle Zeitungen Vancouvers hatten auf der Titelseite in riesigen Schlagzeilen von den elf Leichen berichtet, die in einem Warenlager in Richmond gefunden worden waren. Liebevoll hatten sich die Journalisten all der blutrünstigen Details angenommen, und wenn sich Henry und Vicki für diese Sache verantwortlich zeichneten, dann wollte Tony das gar nicht wissen. Auch so konnte er sein Wissen darum, daß Vampire wirklich existierten, schon kaum für sich behalten, und je weniger Details er zusätzlich zu diesem Wissen anderen gegenüber verschweigen mußte, desto besser.

„Ich weiß noch nicht einmal, warum ich hier herumsitzen muß", seufzte er statt dessen, fuhr sich mit den Händen durchs Haar und ließ sich auf einen Stuhl fallen.

„Du gehörst bei dieser Sache dazu, Tony."

„Ja?" Tony wischte sich die Hände an seiner Jeans ab und starrte auf die feuchten Abdrücke, die seine Handflächen auf den Hosenbeinen hinterlassen hatten. „Ja, das ist wohl so."

Henry stand auf und trat einen Schritt vor. Tony hatte geduscht, sich umgezogen und felsenfest darauf beharrt, es gehe ihm prima, die Geister hätten ihm nicht wirklich etwas antun können. Offenkundig war es aber so, daß es ihm ganz und gar nicht prima ging und die Geister ihm durchaus Schaden zugefügt hatten.

„Was für ein neuer Geist ist das genau?“ fragte Vicki, ehe Henry Tony hatte ansprechen können.

Erstaunt darüber, daß Vicki sich Tonys Leiden gegenüber so unsensibel zeigte, drehte sich Henry um, um der Freundin einen zornigen Blick zuzuwerfen. Sie erwiderte den Blick und schüttelte den Kopf. Henrys Brauen senkten sich bis zum Nasenansatz. Wie konnte sie es wagen! *Halte dich raus. Tony gehört mir.* Die Worte waren schon formuliert, wollten ausgesprochen werden, aber dann sah Henry Tony an und wußte, daß sie gar nicht mehr stimmten.

Was noch schlimmer war: Es überraschte ihn nicht.

Über 450 Jahre lang hatte Henry verdeckt unter Sterblichen gelebt; er hatte gelernt, seine Reaktionen zu kaschieren. „Die zweite Erscheinung“, sagte er langsam in Erwiderung auf Vickis Frage – denn etwas anderes gab es nicht wirklich zu sagen, zumindest nicht an diesem Ort, zu diesem Zeitpunkt – „die zweite Erscheinung ist ein jüngerer Mann, der noch beide Hände hat. Er sieht aus wie ein Straßenkind. Nasenring, Schnürstiefel ...“

„Ein grinsender Totenkopf auf einem ärmellosen schwarzen T-Shirt.“ In Tonys Stimme mischte sich ein schriller Unterton, wie eine Wiederkehr des Schreis der Geister.

„Kennst du ihn?“ Mit glänzenden Augen beugte Vicki sich vor. Henry knurrte, woraufhin Vicki auch die Zähne entblößte und sich ihm zuwandte. „Was stellst du dich so an? Wenn Tony ihn kennt, haben wir den Fall so gut wie geknackt!“

„Wenn Tony ihn kennt, hat er gerade einen Freund verloren.“

„Dann können wir dafür sorgen, daß er nicht noch mehr Freunde verliert.“

„Ich kannte ihn nicht, und er war auch kein Freund! Alles klar?“ Tony stützte die Ellbogen auf die Knie und barg sein Gesicht in den Händen. „Ich habe ihn nur auf der Straße gesehen. Ich kannte ihn nicht.“

„Meine Beschreibung trifft doch aber bestimmt nicht nur auf einen Jungen zu.“ Henry hielt einen Teil seiner Aufmerksamkeit weiterhin auf Vicki gerichtet, ging durchs Zimmer und kniete sich neben Tony. Die Dinge zwischen ihm und dem jungen Mann mochten dabei sein, sich zu ändern – gut, sie hatten sich bereits geändert –, aber doch nicht so sehr, daß es Henry daran gehindert hätte, seinen Trost anzubieten. „Vielleicht war er es ja gar nicht."

„Er war es."

„Bist du sicher?"

Tony war sich so sicher wie nur je in seinem ganzen Leben. Es hätte ihn nicht einmal gewundert, wenn Henry berichtet hätte, der Totenkopf habe in den Schrei der Geister eingestimmt. „Ja. Ganz sicher. Er verabschiedete sich gegenüber vom Laden, auf der anderen Straßenseite, von einem Kumpel. Sie gaben einander die Hand. Deswegen erinnere ich mich daran. Wenn man auf der Straße lebt, wird einem nicht oft die Hand geschüttelt." Aus irgendeinem Grund mochte er nicht erzählen, daß der Totenkopf ihn angegrinst hatte. Die beiden Vampire hatten bestimmt schon merkwürdigere Dinge gesehen und erlebt – sie waren ja selbst merkwürdiger als jeder grinsende Totenkopf –, und so standen die Chancen gut, daß sie ihm geglaubt hätten. Aber die ganze Sache war einfach zu unheimlich gewesen, und von unheimlichen Dingen hatte Tony in dieser Nacht genug gehabt.

„Meinst du, du könntest diesen Kumpel ausfindig machen?" fragte Vikki, ehe Henry etwas sagen konnte.

„Ich weiß nicht." Tony hob den Kopf. „Ich glaube schon, daß ich ihn wiedererkennen würde, wenn ich ihn sehe. Meinst du, er weiß, wohin der – wohin der Tote gegangen ist?"

„Ich glaube, es wäre einen Versuch wert, ihn zu fragen."

„Wenn dir das zu schmerzlich ist", hob Henry an und legte Tony die Hand auf die Schulter, „dann brauchst du nicht ..."

„Aber ich werde." Tony rutschte auf seinem Stuhl herum und sah Henry direkt in die Augen. „Ich muß einfach irgend etwas tun. Ich kann nicht nur herumsitzen und hoffen, daß die ganze Sache von allein vorbeigeht."

Vicki fühlte den Bezug der Couch unter ihren Fingern reißen und zwang sich, die Hand zu entspannen. Der Anblick von Henry auf Knien hatte sie immer schon schwer beeindruckt. *Vielleicht jagen wir deswegen allein,* dachte sie, als Henry aufstand und Tony sanft über die Wange strich. *Wenn wir zusammen sind, werden wir ständig daran erinnert, daß uns die berauschende Intimität, die wir vor dem Kuß miteinander teilten, nun für immer verwehrt bleibt. Dann sieht man in jedem anderen Vampir den ehemaligen Liebhaber.* „Ich störe ja ungern die zarte Idylle", zischte sie, erschrak selbst über ihren Ton und versuchte, ihn zu mildern. „Aber die Nacht ist kurz, und wir haben viel zu tun."

„Ist das so?“ Henry ließ die Hand wieder sinken.

„In dieser Stadt leben fast drei Millionen Menschen, Henry, und Tony kann sich nicht so bewegen, nicht so agieren wie du.“

„Ich gehe mit ihm.“

„Ist das klug?“

„Ich möchte ihn im Augenblick nicht allein lassen.“

„He! Ich bin nicht allein!“ Tony atmete mühsam aus, stand auf und starrte die beiden wütend an. „Ich hasse diesen ganzen Ich-weiß-es-besser-denn-ich-bin-eine-untote-Kreatur-der-Nacht-Scheiß wirklich und wahrhaftig. Ihr könnt euch beide verdammt noch mal einfach abregen! Ich gehe zurück in mein Zimmer und ziehe mir was an, was mehr nach Straße aussieht, und wenn du“, damit richtete er einen anklagenden Finger auf Henry, „mitkommen willst, um den Kumpel des neuen Geists zu finden, dann ist das in Ordnung. Ich kann deine Hilfe brauchen. Wenn nicht ...“

„Wir machen uns doch nur Sorgen um dich, Tony!“

Tony seufzte und verdrehte die Augen. „Gut. Danke. Habe ich etwas anderes behauptet?“ Damit verließ er die Wohnung, die Schultern hochgezogen, die Hände in die Vordertaschen seiner Jeans vergraben und immer noch vor sich hin murmelnd.

Nachdem sich die Tür hinter ihm geschlossen hatte, senkte sich peinliches Schweigen über das Zimmer.

„Na ja“, murmelte Vicki nach einer ganzen Weile. „Um einen meiner Soziologieprofessoren von damals zu zitieren: Der Wandel ist immerwährend.“

„Nur für uns nicht. Wir ändern uns nie.“

„Das ist doch Schwachsinn, Henry, und noch dazu melodramatischer. Du wandelst dich, oder du stirbst.“

Oder du stirbst. Die Imperative der Revierverteidigung brachen durch die zivile Oberfläche, die die beiden zwischen sich aufrechterhalten hatten. Henrys Augen schimmerten finster, seine Stimme klang eiskalt. „Willst du mir etwa drohen?“

Vicki spürte, daß sie auf diese Herausforderung reagierte. Sie wollte nicht, wollte an dem zerbrechlichen Waffenstillstand festhalten, den das Abschlachten und der Sex danach zuwege gebracht hatten. Nicht nur, weil das beweisen würde, daß sie die ganze Zeit recht gehabt hatte; daß es durchaus friedliche Koexistenz zwischen Vampiren geben konnte. Nein, sie wollte es auch, weil es hier um Henry ging und sie ihn – das, was sie einst gehabt hatten – zurückbegehrte. *So leicht gebe ich nicht auf!* rief sie der ganzen Welt warnend zu. *Wir werden miteinander auskommen, und wenn ich ihn dafür umbringen muß!* Sie hielt Henrys Blick stand und zwang ihre Instinkte, aufzugeben und sich wieder der bewußten Kontrolle unterzuordnen. „Nein“, sagte sie, als sie sicher war, ihrer Stimme trauen zu können. „Ich wollte dir nicht drohen.“

Das Telefon klingelte.

„Das wird Celluci sein, der sich zurückmeldet. Entschuldige.“ Der Bleistift, den Vicki immer noch in der Rechten hielt, zerbrach, aber sie schaffte es, den Blickkontakt zu Henry abzubrechen, sich umzuwenden und abzunehmen. Das war knapp gewesen. Wenn Henry es darauf anlegte, würde er die hauchdünnen Barrieren durchbrechen, die ihr heftiges Bedürfnis, ihm an die Kehle zu gehen, mühsam in Schach hielten. Aber zumindest diesmal war es ihr gelungen, sich nicht irgendwelchen biologischen Gegebenheiten zu unterwerfen. Sie hatte sich ihnen nicht unterworfen, als sie noch bei Tage gelebt hatte und wollte verdammt sein, wenn sie ihnen gestattete, sie jetzt zu beherrschen, wo die Sonne für sie für immer gesunken war. Es war, wie es so schön hieß, Zeit, die Nacht zurückzuerobern. Der Hörer ächzte unter ihrem Griff, hielt aber stand.

„Was?“

Henry schaffte es mühsam, sich umzudrehen und aus dem Zimmer zu gehen, wobei er sich bei jedem Schritt ins Gedächtnis rufen mußte, daß er mitnichten das Revier, das er für sich beanspruchte, einer anderen überließ. Zu seiner großen Verwunderung fiel ihm das leichter als in früheren Nächten. Die alte Weisheit von der Übung, die den Meister macht, schien sich wieder einmal zu bewahrheiten. Wie bei den meisten Dingen im Leben – selbst im Leben eines Unsterblichen. Die Hacken seiner Lederschuhe knallten auf den Fliesen aus mexikanischem Schiefer, mit denen in dieser Wohnung der Eingangsflur ausgelegt war, und Henry konnte feststellen, daß bei ihm die Vernunft wieder Oberhand gewonnen hatte. *Es ist Vicki,* erklärte er seinem Bild in dem goldgerahmten Spiegel neben der Tür. *Sie will dein Revier gar nicht.*

Sein Spiegelbild antwortete mit einem schiefen Grinsen. *Es ist Vicki* – damit war im großen und ganzen auch schon alles gesagt. Vicki war schon als Sterbliche einmalig gewesen – nichts, was sie jetzt tat, konnte Henry wirklich überraschen. In der kurzen Zeit, die ihnen zusammen vergönnt gewesen war, hatte er Dinge getan, die er, auf sich allein gestellt, zu tun nie auch nur in Erwägung gezogen hätte. *Vielleicht ist es wirklich nicht not-*

wendig, das Kind mit dem Bade auszuschütten. Nun sollte man Henry keineswegs mit Paulus auf dem Weg nach Damaskus verwechseln, aber dennoch kam seine letzte Erkenntnis einer Offenbarung sehr nahe. *Vielleicht,* wiederholte er nachdenklich im Geiste.

„Das war nicht Celluci. Das war jemand, der nicht wußte, daß Ms. Evans tot ist."

Henry trat zurück unter den Rundbogen, der das Wohnzimmer vom Eingangsbereich trennte. Im Interesse gegenseitiger Aggressionsfreiheit ging er keinen Schritt weiter. „Du machst dir Sorgen um ihn."

„Mann, Sherlock: welche Erkenntnis!" Sie hielt beide Hände gegen die Fensterscheibe gepreßt und starrte auf die Stadt hinunter, in diesem Moment einmal nicht das Raubtier, das auf seine Beute hinunterstarrt.

„Warum?"

„Ich weiß nicht. Ich habe nur ..." Peinlich berührt zuckte sie die Achseln.

„So eine Ahnung?" Henry wünschte, er hätte das Zimmer durchqueren und sich neben Vicki stellen können.

„Ja, eine Ahnung. Nicht gerade sehr vampirgerecht, oder?"

„Wenn *du* diese Ahnung hast, schon."

Vicki fuhr herum, starrte Henry verblüfft an und hob eine Hand zu der Brille, die sie gar nicht mehr trug: Die Erinnerung an eine noch nicht ganz vergessene Geste. „Machst du dich lustig über mich?"

„Nein. Tue ich nicht." Aber er verstand, warum das für sie so geklungen haben mochte. „Vicki, niemand hat dir je gesagt, wie du Mensch sein sollst. Du warst Mensch, indem es dich gab. Laß dir von niemandem sagen, wie du das, was du jetzt bist, zu sein hast."

„Nicht einmal von dir?"

„Nicht einmal von mir, jetzt nicht mehr. Was du unbedingt wissen mußtest, habe ich dir im Jahr nach der Wandlung beigebracht. Der Rest ist ..." Nun war es an Henry, die Achseln zu zucken.

„Ego?"

Seine Augen wurden schmal, er hob das Kinn. „Tradition. Aber nur, weil wir immer auf diese Art und Weise reagiert haben, heißt das noch lange nicht, daß wir unbedingt so reagieren müssen."

Wenn Vicki nicht das Fenster direkt im Rücken gehabt hätte, hätte sie schockiert zurückweichen können. So hob sie nur beide Hände auf Schulterhöhe und rief erstaunt aus: „Mein Gott, Henry, du entwickelst dich!"

„Treib es nicht zu weit!"

Die Worte kamen begleitet von einer dunklen Warnung, die Vicki unter Garantie mit einem Knurren beantwortet hätte, wenn nicht ihr Sinn für Fair Play hätte eingestehen müssen, daß sie nichts anderes verdient hatte. *Aber der Spruch war sein Knurren wert!*

Vicki lehnte sich gegen die Fensterscheibe und hängte die Daumen in die Gürtelschlaufen ihrer Jeans. Weniger aggressiv konnte sie sich nicht geben. Immer noch lag das ganze Wohnzimmer zwischen ihr und Henry, und vielleicht würden sie immer diese körperliche Distanz brauchen – außer bei Massenabschlachtungen mit anschließendem gedankenlosem, blutgetränktem Sex, und diese unendlich berauschenden Gelegenheiten würden rar sein – aber im Moment sah es ganz so aus, als seien andere Distanzen nicht zwingend unüberwindbar. „Mach dich auf den Weg. Tony wartet sicher schon."

Tony. Beide wußten, daß sich hier eine Beziehung in der Auflösung befand, und dieses Wissen hing zwischen ihnen im Raum. Henry wischte es beiseite. „Was ist mit Celluci?"

„Ich weiß nicht. Ich nehme an, ich bleibe hier und warte auf seinen Anruf oder so."

„So war es aber eigentlich nicht geplant. Daß du hier wartest und ich draußen herumlaufe und ermittle."

„Ich kann schließlich nicht alles allein machen."

Rotgoldene Brauen hoben sich. „Es scheint als sei ich nicht der einzige, der sich entwickelt." Das kleine Rüschenkissen wäre um ein Haar in seinem Gesicht gelandet. „Hast du die Nummer meines Mobiltelefons? Vergiß nicht, daß Unterhaltungen auf Kurzwelle abgehört werden können", fügte er warnend hinzu, als sie seine Visitenkarte aus der Hosentasche zog und damit herumwedelte.

Vicki schnaubte und steckte die Karte zurück in die Tasche. „Sehe ich aus wie ein Mitglied der königlichen Familie?"

Der uneheliche Sohn Heinrich VIII. warf ihr das Kissen an den Kopf und war aus der Wohnung, ehe sie es auffangen konnte.

Auch wenn Vicki das jedem anderen gegenüber vehement geleugnet hätte: Sie war froh, daß er gegangen war. War er da, dann dominierten die komplexen Spannungen zwischen ihnen all ihre Gedanken, und gerade jetzt erschien ihr das Celluci gegenüber nicht besonders loyal.

Du wolltest uns doch hindern, einander in Stücke zu reißen, erinnerst du dich? Es war so: Wir sind zusammen auf eine ziemlich unerwartete Rauftour gegangen und haben wer weiß wie viele Leute umgebracht, und letztlich haben wir dann fast direkt neben einer der Leichen gevögelt. Das scheint zu helfen. Vicki schnaubte. Das konnte sie ihm doch wohl kaum erzählen, oder?

Daß Celluci fort war, nagte an ihr, und sie konnte unmöglich stillsitzen und untätig bleiben. Eigentlich bestand kein Grund zu der Annahme, er sei in Schwierigkeiten. Aber genausowenig bestand Grund zu der Annahme, dem sei nicht so. Irgendwie gelangte Vicki in das große Schlafzimmer, wo sie auf der Bettkante niedersank, Mikes Schlafsack an sich zog und sich in den Duft des Geliebten hüllte.

Würde ich mir ohne die Schuldgefühle auch Sorgen machen? fragte sie sich. *Laß gut sein,* wies sie sich dann selbst zurecht. *Das war eine blöde Frage.*

Energisch eilte sie zurück ins Wohnzimmer, setzte sich in den Lehnstuhl und nahm sich ihre Notizen vor. Es hatte ihr immer weitergeholfen, die Dinge aufzuschreiben; das war nach der Wandlung nicht anders geworden. Nur fehlte ihr jetzt der Kaffeebecher, der sonst immer in der linken Hand für das nötige Gleichgewicht zum Bleistift in der rechten gesorgt hatte. Sie überflog die gekritzelten Notizen, die Henrys zweiten Geist betrafen, schlug eine leere Seite auf und sah sich suchend nach ihrem Bleistift um. Der lag, in zwei Teile zerbrochen, direkt vor dem Fenster.

„Verdammt noch mal."

Sie sah, daß aus den Gelben Seiten des amtlichen Telefonbuchs ein Bleistiftende ragte und hatte dieses Schreibgerät schon fast aus dem Buch gezogen, als sie plötzlich innehielt und statt dessen die durch den Bleistift markierten Seiten aufschlug. Ihr Lesezeichen war der Stift nicht – also mußte Celluci ihn im Buch gelassen haben.

Nachdenklich fuhr sie mit dem Zeigefinger an den Anzeigen der Privatkliniken entlang. Entweder gehörten die Bürger Vancouvers zu den gesündesten des Landes, oder hier lebte eine Hypochonderkolonie! Anscheinend hatte Mike genau das getan, was Vicki ihm vorgeschlagen hatte: sich auf die Suche nach der Einrichtung begeben, in der man Henrys Geist die Niere entfernt hatte. Die East Hastings-Klinik, Ecke East Hastings und Main Street, war unterstrichen worden, und daneben hatte Celluci die Worte „hier anfangen" gekritzelt.

Nehmen wir an, er hat seinen Arsch so gegen zehn, spätestens elf aus dem Bett bewegt und sich als erstes dorthin begeben. Dann kann er unmöglich noch dort sein. Sie warf einen kurzen Blick auf ihre Uhr. Es war schon nach 21:00 Uhr. *Mike Celluci ist seit mehr als vierzehn Jahren Bulle – er kann auf sich selbst aufpassen. Er hat wahrscheinlich in einer dieser Kliniken Leute kennengelernt und ist dann mit denen Abendessen gegangen.*

„Scheiße!“ Wieder einmal mußte sie Bleistiftstücke beiseite werfen! Sie beschimpfte sich selbst mit allen ihr in den Sinn kommenden Ausdrükken als Volltrottel. *Der Mann muß schließlich essen, Vicki! Nur weil du und Henry ... das heißt noch lange nicht, daß er auch ...*

Aber Celluci war nicht dagewesen, als sie erwacht war und hatte sich nicht telefonisch bei ihr gemeldet, und er wußte genau, daß sie unbedingt erfahren wollte, was er bei seinen Recherchen herausgefunden hatte – falls er etwas herausgefunden hatte.

Die East Hastings-Klinik, Ecke East Hastings und Main Street.

Sie hatte Henry gesagt, sie würde auf Mikes Anruf warten – oder so.

Es sah ganz so aus, als wäre jetzt „oder so“ dran.

Zumindest hatte sie mit der Adresse einen Ansatzpunkt – wenn auch vielleicht nicht mehr als das.

„Wohin jetzt?“ Henry drosselte das Tempo des BMW, um einem Radfahrer Gelegenheit zu geben, sich um eine Reihe geparkter Autos herumzuschlängeln. Er und Tony hatten ihre Suche nach dem Gefährten des Geists im Videoladen begonnen und dann immer weitere Kreise gezogen – bisher ohne jeglichen Erfolg. Niemand hatte einen Jugendlichen gesehen, auf den Tonys Beschreibung zutraf.

„Das Jugendzentrum an der East Side. Wenn er da nicht ist, kennt ihn dort wahrscheinlich jemand.“

„Das ist östlich von Gastown, oder?“

Tony starrte weiter unverwandt aus dem Wagenfenster. „Ja und?“

„Ein bißchen weit weg. Wenn du ihn hier gesehen hast, in diesem Viertel.“

„Im Jugendzentrum ist man sicher, Henry, und man nimmt größere Entfernungen auf sich als die von hier nach Gastown, um irgendwo sicher zu sein.

„Tony.“

Auch wenn Henry nicht die Stimme des Fürsten der Finsternis verwendet hatte, veranlaßte irgend etwas an seinem Ton Tony dazu, sich umzuwenden.

„Du bist bei mir immer noch sicher.“

„Das weiß ich.“ Zur Abwechslung schien Wegschauen einmal der einfachere Weg – die haselnußbraunen Augen enthielten nicht eine Spur von Dunkelheit, nichts, das Tony zum Weitersprechen hätte zwingen können. Er schluckte und fand die Kraft, etwas zu sagen: „Vielleicht zu sicher." Eine Sekunde lang dachte er, Henry mache sich über ihn lustig, aber dann konnte er erkennen, daß im Lächeln des Freundes ebensoviel Trauer wie Spott lag.

„Ich nehme an, du redest vom Leben im allgemeinen und nicht von den unmittelbaren Umständen."

„Was für Umstände? Daß du fährst, ohne auf die Straße zu achten?" Bei den letzten Worten hatte Tony die Stimme erhoben, und nun klammerte er sich am Armaturenbrett fest und mußte zusehen, wie die Welt immer kleiner wurde, bis sie nur noch aus einem Tunnel aus rasendem Metall bestand. „Himmel hilf, Henry! Das war ein LKW! Das waren zwei LKW!"

Geschickt lenkte Henry den Wagen zurück auf seine eigene Fahrspur. „Das ist mir klar."

„Hör mal, wenn du nicht drüber reden willst, hättest du es nicht zur Sprache bringen müssen."

Hatte er das waghalsige Manöver absichtlich gefahren? Henry war nicht sicher. Er hatte doch lediglich eine Lücke im Gegenverkehr entdeckt und genutzt, oder? Geplant oder nicht: Der Augenblick für Vertraulichkeiten war vorbei.

Es gab in Vancouver wie in jeder Stadt vergleichbarer Größe Stadtteile, die heruntergekommen waren. Das Gebiet östlich von Gastown tauchte oft in Berichten über Armut und Kriminalität auf und gehörte zu den düstersten, die Vancouver zu bieten hatte. Theoretisch zahlte hier das Sozialamt einen Gutteil der in den Haushalten anfallenden Rechnungen; die Realität sah nicht ganz so wohlgeordnet aus.

Die Trennungslinie zwischen Besitzenden und Habenichtsen verlief erstaunlich abrupt. An einer bestimmten Kreuzung ließ Henry die Lichter und Touristenattraktionen von Gastown hinter sich und fuhr von da ab an verlassenen, mit Sperrholz verrammelten hohen Steinhäusern entlang, die einst die Stammfilialen der sieben wichtigsten internationalen Banken beherbergt hatten und nun Schulter an Schulter mit schäbigen Hotels und Pensionen ihr Dasein fristeten. Diese Straßen waren in den 40er und 50er Jahren das sehr lebendige Zentrum der Stadt gewesen; aber dann war der Kern dieses Zentrums abgewandert und hatte lediglich architektonische Hüllen hinterlassen.

Sie fuhren die Cordova Street entlang, in der Hotels und heruntergekommene Bars die einzigen funktionierenden Betriebe zu sein schienen, und Tony warf Henry einen Seitenblick zu und runzelte die Stirn, als er sah, wie der Vampir dreinschaute. „Was ziehst du so ein Gesicht? Hier gibt es doch nichts, womit du nicht spielend fertig wirst."

„Trotzdem", erwiderte Henry trocken, „mache ich mir ein wenig Sorgen darüber, wo ich den Wagen parken soll."

Tony schnaubte. „Da es sich bei deinem Wagen um einen BMW handelt, würde ich mir sogar ziemlich große Sorgen machen."

Ein unrasierter Mann, bekleidet mit einem Schlafanzugoberteil, einer Anzughose und Badelatschen aus Gummi, trat vom Bürgersteig auf die Fahrbahn, schenkte dem Quietschen verschiedener Reifenpaare keinerlei Beachtung und wanderte ein wenig ziellos im Zickzack über die Straße.

Henry verfolgte den Weg des Mannes sorgsam und trat erst wieder auf das Gaspedal, als ihm das sicher genug erschien. „Noch zehn Zentimeter, und ich hätte ihn erwischt."

„Er hätte es wahrscheinlich noch nicht einmal mitbekommen."

Je näher sie dem Jugendzentrum kamen, desto dichter drängten sich die Menschen auf den Bürgersteigen. Eine Gruppe kanadischer Indianer im Teenageralter lehnte am mit Maschendraht gesicherten Fenster eines Supermarktes, der wirkte, als befände er sich in einem Bürgerkriegsgebiet, und verfolgten unverwandt das Näherkommen des BMW, wobei sie die Köpfe völlig synchron bewegten.

„Schließ ihn nicht ab", riet Henry, als Tony sich vorbeugte, um den Knopf der Beifahrertür herunterzudrücken.

„Spinnst du?"

„Nein, ich hätte es nur nicht gern, wenn die Fenster kaputtgeschlagen werden. Wenn jemand die Tür öffnet, bin ich hier, ehe sie den Wagen irgendwo hinfahren können."

Das Jugendzentrum befand sich neben einem Hotel, das den stolzen Namen *Wappen von Cordova* trug.

„Hier wohnen wirklich Menschen?" murmelte Henry und starrte nachdenklich an der Vorderseite des Gebäudes hoch.

„Das Leben in dieser Stadt ist teuer, Mensch", erwiderte Tony, der sich alle Mühe geben mußte, den Rücken geradezuhalten und nicht in den altvertrauten Gang mit den hochgezogenen Schultern zu verfallen. „Wo sonst kann sich einer die Miete erlauben, wenn er von Sozialhilfe lebt?"

Henry hatte im Laufe der Jahrhunderte sicher Schlimmeres gesehen. Aus einer historischen Perspektive betrachtet wirkte die Gegend weder besonders gewalttätig noch besonders verarmt. Das einzige Problem war die Tatsache, daß es sich nicht um das 15. Jahrhundert handelte. Henry hatte in diesem Viertel nie gejagt und würde das auch nie tun – anders als die meisten vierbeinigen Raubtiere zog er es vor, sich nicht von den Verletzten und Kranken zu ernähren.

Vorsichtig kletterten die beiden über die Beine eines lang ausgestreckt auf dem Bürgersteig schlummernden Betrunkenen und beschleunigten ihr Tempo, als im Zuge einer warmen Brise der durchdringende Geruch nach altem Urin und frischem Erbrochenen an ihren Nasen vorbeistrich.

Im Vergleich zur Straße war das Zentrum so sauber, daß es fast schon wehtat. Die Inneneinrichtung aus Sperrholz und Plastikmöbeln mochte auf einen Mangel an Geldmitteln hinweisen, aber sicher nicht auf einen Mangel an Engagement.

In der Tür blieb Tony wie angewurzelt stehen.

„Alles in Ordnung?“ fragte Henry leise. Er war hinter den Freund getreten und hatte diesem beide Hände auf die Schultern gelegt.

„Ja. Nein. Es sind nur all die Erinnerungen ...“ Tony schüttelte Henrys Hände ab und trat einen Schritt vor, wobei er versuchte, keinen Anstoß an der Tatsache zu nehmen, daß er sich nicht hätte befreien können, wenn Henry das nicht erlaubt hätte. „Komm, laß uns sehen, wer hier das Sagen hat.“

„Der da.“ Henry wies mit dem Kinn auf einen großen Mann mit teilweise ergrautem Haar, das er aus einem pockennarbigen Gesicht zurückgekämmt trug.

„Wie kommst du darauf?“

„Wer stark ist, erkennt die Starken.“

„Mein Gott, welch profunde Erkenntnis!“ beschwerte sich Tony und folgte Henry durch die Menge. Er spürte, wie sich die Härchen in seinem Nacken aufstellten und er mußte sich des Gefühls erwehren, die letzten beiden Jahre seines Lebens seien eine Lüge gewesen und dies hier sei der Ort, an den er gehörte, von dem er sich nicht würde lösen können.

Henry wandte sich um und fing Tonys Blick auf, ehe dieser ihn abwenden konnte. „Du bist raus“, sagte er. „Du bist zu weit weg, um noch zurückzugehen.“

„Was meinst du damit?“

„Ich konnte deine Angst riechen.“

„Was?“ Tony wies mit einem Kopfnicken nach beiden Seiten. „Bei der Luft hier?“ Als Henry nickte, seufzte Tony. „Himmel hilf, da werde ich wohl ein anderes Hemd anziehen müssen, wenn ich heimkomme.“ Einen

Moment verharrten die beiden reglos, dann zuckte Tony die Achseln. „Vielen Dank auch."

Er sagte nicht, wofür, und Henry fragte nicht nach.

Abgesehen davon, daß er sauberer war als die meisten anderen Menschen im Raum – sowohl körperlich als auch, was den Genuß von chemischen Substanzen betraf –, hätte Joe Tait, der Leiter des Zentrums, ebensogut einer seiner vielen Gäste sein können, die gekommen waren, um kostenlosen Kaffee zu trinken und sich ein oder zwei angstfreie Stunden zu genehmigen. Er hatte Ecken und Kanten, die er sich nirgends anders als auf der Straße geholt haben konnte, und sein ganzes Auftreten sagte deutlich: *Ich bin keiner von denen.* Womit all die gemeint waren, die ständig sagten, es müsse etwas getan werden, ohne je wirklich etwas zu tun.

„Ja – vielleicht kenne ich die beiden." Kommentarlos hatte sich Tait die Beschreibung der beiden jungen Männer angehört, die Tony gegenüber der Videothek hatte miteinander reden sehen. Nun musterte der Sozialarbeiter erst Tony und dann Henry sorgsam mit zusammengekniffenen Augen. „Warum wollen Sie die beiden finden? Stecken die Jungs in Schwierigkeiten?"

„Einer von ihnen, und wir denken, der andere kann helfen."

„Wie helfen?"

„Wir hoffen, daß er uns sagen kann, wohin sein Gefährte gegangen ist."

Tait verschränkte muskulöse Arme über der breiten Brust. „In was für Schwierigkeiten steckt der Junge?"

„In tödlichen", erwiderte Henry und gestattete dem Hunger, kurz das Haupt zu heben. Sie hatten keine Zeit, herumzustehen und mit einem Mann, dessen Mißtrauen zwar unter den gegebenen Umständen völlig angebracht, aber dennoch äußerst hinderlich war, Rätselraten zu spielen. „Ich brauche die Namen der beiden, und ich muß wissen, wo ich sie finden kann."

„Kenny und Doug." Tait gab die beiden Namen nur ungern preis. „Wo sie sind, das weiß ich nicht."

„Wer von beiden ist wer?"

„Welcher ist denn verschwunden?"

„Der weiße Junge."

„Doug also. Aber ich weiß trotzdem nicht, wo Sie Kenny finden." Taits Lippen kräuselten sich, und er wies mit einer einladenden Geste in den Raum. „Stellen Sie ruhig ein paar Fragen, aber machen Sie sich keine allzu große Hoffnungen. Diese Jungs haben keinen Grund, irgendwem zu trauen."

Henry nickte, rückte die Maske wieder zurecht und entließ den anderen. „Danke."

Als Tony sich wieder den Besuchern zuwenden wollte, schlossen sich Taits dicke Finger, die eine Unzahl schwerer Silberringe nicht im geringsten zu behindern schien, behutsam um seinen Arm. „Einen Moment noch."

Beim Klang dieser Worte war auch Henry sofort wieder an Tonys Seite, die Augen unter finsteren Brauen zusammengekniffen, aber der junge Mann winkte ihn fort. Was immer der Sozialarbeiter auch von ihm wollte, gefährlich war es hier für ihn nicht.

Tait ließ Tonys Arm los und lehnte sich mit der Hüfte gegen einen der Sperrholztische. Gemeinsam warteten die beiden, bis Henry in ein Gespräch mit einer Gruppe Mädchen vertieft war. „Alles klar bei dir?" fragte der Ältere dann.

„Bei mir?"

„Ja, bei dir. Der Typ, mit dem du zusammen bist – ich kenne solche. Hier nennen wir sie Raubtiere." Tait hob eine schwielige Hand, als Tony den Mund auftat, um zu widersprechen. „Ich sage nicht, daß er nicht gut zu dir ist, aber er ist ganz offensichtlich der, der in eurer Beziehung die Macht hat."

„Das ist schon in Ordnung." Am liebsten hätte Tony hysterisch gekichert. Die Nacht war lang gewesen und war noch nicht einmal halb vorbei. „Wirklich, so ein Raubtier ist er nicht."

„Bist du sicher?"

Tony fuhr mit dem rechten Daumen über die Narbe an seinem Handgelenk. „Ganz sicher."

Niemand im Jugendzentrum schien mehr zu wissen, als sie bereits von Tait erfahren hatten. Aber Henry war überzeugt, daß drei der Leute, mit denen sie geredet hatten, sie angelogen hatten.

„Die Hälfte der Leute hier kennt die beiden wahrscheinlich vom Sehen", erklärte Tony, als Henry und er das Haus verließen. „Aber sie kennen keine Namen oder Adressen oder so. Wer auf der Straße lebt, hält sich eng an die eigenen Freunde und ist auch denen gegenüber nicht offen. Es ist einfach sicherer. Was machen wir jetzt?"

„Ich könnte warten, bis die Lügner sich verabschieden und ihnen dann draußen ganz privat ein paar Fragen stellen."

„Das wäre eine Möglichkeit. Du könntest aber auch die Typen fragen, die am Auto rumlungern."

Es waren drei. Tony meinte, die Stimme Joe Taits zu hören: *Hier unten nennen wir sie Raubtiere.* Wenn Tony noch nie in seinem Leben Raubtiere gesehen hätte, hätten ihm jetzt die Knie gezittert. So wie die Dinge standen, sah er in den drei Typen nur billige Kopien, nicht so furchteinflößend, wie sie selbst sich sahen. „Neben mir geht ein Vampir", murmelte er, „und ich werde nicht zögern, ihn einzusetzen!"

Henry lächelte und lüftete spekulativ eine Braue. „Wollen wir mal sehen, was sie wollen?"

„Ich würde sagen, das ist offensichtlich", seufzte Tony und schloß sich Henry an.

Der größte der drei hob sein Hinterteil von der Kühlerhaube des BMW, hängte die Daumen in den Hosenbund seiner Jeans, ließ das komplexe Muster aus blauen Tätowierungen spielen, das seine beiden bloßen Arme zierte und sagte: „Wie wir hören, stellt ihr hier Fragen."

„So, das hört ihr also?"

Na prima, wirklich clever, seufzte Tony im stillen, denn er erkannte den Ton, in dem Henry mit Menschen zu reden pflegte, denen er deutlich machen wollte, daß er sie für Trottel hielt. *Provozier sie ruhig! Als ob man die noch ermutigen müßte.*

Die drei wechselten triumphierende Blicke, und dann sprach wieder der Große. „Vielleicht haben wir ja ein paar Antworten."

„Wirklich?"

„Die beiden, nach denen ihr sucht, Kenny und Doug ... die arbeiten für mich. Wenn ihr von denen was wollt, dann müßt ihr euch an mich wenden."

„Sie arbeiten für dich?"

„Ja, sie arbeiten für mich." Ein anzügliches Grinsen stellte klar, wie das gemeint war.

Tony hielt krampfhaft die Hände hinter dem Rücken verschränkt und unterdrückte tapfer das starke Bedürfnis, sich hinter Henry zu verstekken und den Freund als Schutzschild zu nutzen. *Ich bin kein Stricher mehr!*

Henrys Stimme klang jetzt schärfer. Er roch, wie Tonys Furcht wuchs und kannte die Ursache dafür. Das machte es schwer, Höflichkeitsformen zu wahren, selbst die Art arroganter, distanzierter Höflichkeit, mit der er den dreien bislang begegnet war. „Weißt du dann auch, wo sie sind?"

„Sicher weiß ich das, und wir können euch hinbringen. Das kostet dann aber."

„Wir zahlen, wenn wir die beiden sehen."

Wieder ließ der Mann die Tätowierungen spielen: diesmal, indem er die Achseln zuckte. „Wie ihr wollt."

Tony versuchte, Henrys überhebliche Nonchalance nachzuahmen, als die fünf nun gemeinsam auf eine dunkle Hintergasse zugingen, wurde aber durch das sichere Wissen um das, was nun unweigerlich geschehen würde, stark behindert.

Am Ende der Gasse stand ein Müllcontainer. Er war fast so breit wie das Gäßchen selbst, das dadurch faktisch zur Sackgasse wurde.

Mit trockenem Mund verzog Tony sich in eine Ecke.

Henry berührte ihn sacht an der Schulter, ehe er sich den anderen zuwandte. „Wenn sie nicht im Müllcontainer sind ..." Er fing die Faust auf, die auf sein Gesicht zuflog und drückte zu; Knochen knackten.

Baß erstaunt starrte der tätowierte Mann auf den heulenden Körper, der sich zu seinen Füßen im Dreck wand. „Du Hund!" Blitzschnell zog er ein Messer, klappte es auf und sprang vor.

Der Gefährte, der ihm noch verblieben war, tat es ihm nach.

Henry ließ die Maske fallen. Nach dem Schlachtfest in der Lagerhalle bestand für ihn wahrlich keine Notwendigkeit zu trinken, aber er ließ dem Hunger freien Lauf und stachelte ihn noch an, getrieben von einer Wut, der Tonys Angst immer neue Nahrung gab. Diese Männer nährten sich von der Jugend der Kinder, die sie ausbeuteten. Sie waren die ekelhafteste Art Parasiten, die Henry sich vorstellen konnte und würden angesichts dessen, was sie getan hatten, jetzt noch viel zu gut wegkommen, denn sie würden lediglich sterben.

Kurz darauf kniete er neben dem ersten Mann, dem Mann, dessen Faust er zerquetscht hatte, packte diesen am Kinn und zwang ihn, ihn anzusehen. Die Schreie des Mannes verklangen zum Wimmern. „Deine Freunde sind tot", sagte Henry sanft. „Genau wie du."

Der faulige Gestank in der Gasse wurde noch fauliger, als nun der Schließmuskel des verletzten Mannes nachgab und dessen Blase sich entleerte.

„Wo ist Kenny?"

„Samson hat ein Zimmer, das er benutzt, weiter unten in der Straße. Doug ... ist verschwunden."

„Wohin?"

„Weiß nicht. Jemand hat ihm viel Geld gegeben. Tausende." Die Worte purzelten in panischer Hast aus seinem Mund, als könnten sie ihm Vergebung erkaufen. „Kenny sagt, mehr hat ihm Doug auch nicht erzählt. Doug ist nicht der erste. Gerüchteweise gibt es einen Mann, der bereit ist, dich von der Straße loszukaufen. Dir eine Chance zu geben. Aber es heißt auch, man müsse dazu etwas Besonderes sein."

„Weiß die Polizei von dieser Sache?"

„Wer zum Teufel redet schon mit der Polizei?"

Eine einleuchtende Antwort, wenn man bedachte, von wem sie kam. „Mehr weißt du nicht?"

„Nein, das ist alles." Der Mann konnte den Kopf nicht bewegen, also schaukelte er den Körper vor und zurück, und Tränen rannen ihm über beide speckigen Wangen. „Ich will nicht ... nicht sterben."

Henrys Hand wanderte vom Kinn des Mannes zu dessen Hals.

„Henry." Tony stolperte über eine ausgestreckt daliegende Leiche und war dankbar für das schlechte Licht in der Gasse. Sachte berührte er Henrys verspannte Schulter mit der gleichen Geste, mit der Henry ihm vor, wie es schien, unendlich langer Zeit Trost hatte zukommen lassen. „Nicht, bitte."

„Wenn du dir ganz sicher bist."

„Ich bin völlig sicher."

Henry beugte sich vor, bis die Finsternis den Willen des anderen Mannes aufsog und sagte dann leise: „Erinnere dich nicht an uns, aber erinnere dich an das, was heute nacht hier geschehen ist. Erinnere dich daran, warum es geschah. Such dir eine andere Arbeit." Er kam wieder auf die Beine, streckte sich und ordnete die Maske. „Alles klar?"

„Mit mir? Ich war an der Schlägerei gar nicht beteiligt!" Tony schob sich an Henry vorbei und eilte auf das helle Rechteck zu, das den Ausgang der Gasse markierte. Er konnte nicht anders, er war froh, daß der Zuhälter tot war. Aber das gefiel ihm nicht – er selbst gefiel sich nicht, weil er froh darüber war. „Komm, ehe sie uns das Auto auseinandernehmen."

Henry hob die Leichen in den Müllcontainer, wobei er achtgab, das scharfe Metall nicht zu berühren. Er konnte aus Tonys Worten heraushören, mit welchen widerstreitenden Gefühlen der Junge zu kämpfen hatte und bemühte sich sehr, seinen Ton möglichst neutral zu halten. „Hoffentlich warten die anderen Aasfresser ab, ob diese drei zurückkommen, ehe sie die Beute für sich beanspruchen. Ich hatte den Eindruck, die drei waren durchaus keine netten Menschen."

„Das kannst du laut sagen!"

Als sie auf die Straße kamen, schien die unmittelbare Umgebung auf gespenstische Art verlassen. „Was sie nicht sehen, darüber brauchen sie den Bullen keine Lügen zu erzählen“, erklärte Tony, während Henry und er zum Auto liefen.

Dem BMW ging es gut, auch wenn eine streunende Katze an beiden dem Bürgersteig zugewandten Reifen ihre Duftmarke hinterlassen hatte.

„Meinst du, jemand hat sich das Nummernschild gemerkt?“ fragte Henry, ließ den Motor an und hätte um ein Haar den Schalthebel in der Hand behalten, als er nun hektisch aus der Parklücke steuerte.

„Aber klar doch! Die schleppen hier alle Notebooks mit sich rum und geben da ihre Beobachtungen ein. Die meisten Leute in dieser Gegend kriegen noch nicht einmal klar, was das für ein Wagen ist! Das mit dem Nummernschild ist denen viel zu hoch.“ Tony machte eine Geste, als würde er ein Ei aufschlagen. „Das ist dein Hirn, wenn du auf Droge bist!“ Als Henry darauf nicht einging, seufzte er tief auf und schloß die Augen. „Ein Gutes hat die Sache. Offenbar ist Doug nicht erst der zweite Typ, der verschwunden ist, aber du hast lediglich zwei Geister am Hals, mehr nicht.“

„Warum würde sich irgendwer an einen Fremden verkaufen, ohne zu wissen, zu welchem Zweck er sich verkauft?“

„Die *ficken* wildfremde Typen für zwanzig Piepen! Wer stellt da schon groß Fragen, wenn es um einen Tausender geht?“ Tony wischte sich die Hände an den Hosenbeinen ab und öffnete die Augen. „Wohin jetzt?“

Henry, der gerade an einer Ampel hatte halten müssen, zuckte die Achseln. „Ich weiß …“ In diesem Moment flog sein Kopf zum geöffneten Fenster.

„Was ist?“

„Der Duft …“

„Du meinst Gestank.“

„Nein. Ich meine Vicki.“

Die Klinik war geschlossen, das Wartezimmer dunkel und leer, aber Vicki spürte, daß sich in dem Gebäude ein Lebewesen aufhielt. Ein winziger Lichtstrahl, kaum sichtbar, der offenbar unter einer der Innentüren hindurchdrang, legte die Vermutung nahe, daß jemand in den hinteren

Räumen der Klinik noch spät nachts arbeitete. Ein ziemlich ausgefeiltes Alarmsystem überzeugte Vicki davon, von einem Frontalangriff besser Abstand zu nehmen.

„Es gibt unter Garantie einen weiteren Eingang", murmelte sie, „und sei es auch nur, damit der Feuerwehrhauptmann zufrieden ist."

Vicki hielt sich in den Schatten verborgen und ging die Columbia Street hinunter bis zu der Hintergasse, die den Straßenblock hier in zwei Hälften teilte. Im ersten Müllcontainer, den sie in dieser Gasse passierte, schliefen zwei Menschen. Aus dem zweiten angelte eine alte Frau sich gerade ihr Abendessen. Als Vicki näherkam, ließ sich die Alte von dem Containerrand, auf dem sie gehockt hatte, zu Boden fallen, in der einen Hand einen halbvollen fettigen Pappkarton Bratreis mit Rind, in der anderen ein kurzes Stahlrohr.

„Verdammte Saubande. Laßt mich bloß in Ruhe!"

Die Frau war weder betrunken noch auf Droge – beides hätte Vicki gerochen, selbst in all dem Gestank, den die Gasse und ihre Bewohner ausströmten –, also war sie wahrscheinlich eine von tausenden von Psychiatriepatientinnen, die im Zuge der Einsparungen im Gesundheitssystem des Landes auf der Straße gelandet waren.

„Ich sag' dir, verpiß dich!"

Erstaunt darüber, mit welcher Kraft die Frau den Schlag gegen sie geführt hatte, fing Vicki das Rohr ab und schob der Alten zwei Zehner in die Finger. So kaufte sich die weiße Mittelschicht von ihren Schuldgefühlen los – Mikes Meinung nach. Womit er recht haben könnte. Zur Lösung des Problems trug das Geld ganz sicher nicht bei, aber es zu geben war besser, als gar nichts zu tun. Zumindest ein wenig besser.

Die alte Frau roch an dem Geld und hielt es dann Vicki wieder hin. „Ich geh' nicht mit Ihnen mit!" sagte sie. „Auch nicht, wenn Sie den Großen mitbringen."

„Den Großen?"

„Der einem sonst das Geld anbietet. Ein großer Typ, sehr groß. Hat Augen, sanft wie eine ganze Herde Kühe, als könnte Scheiße in seinem Mund schmelzen, und wenn man ihm in die Augen sieht, könnte man ihm fast trauen. Aber innen drin, da ist er fies und gemein, und das weiß ich genau." Das Hirn der Frau schien eine Kehrtwende gemacht zu haben, denn nun verschwand Vickis Geld in den mindestens drei Lagen Kleidung, in die die Alte gehüllt war. „Hüte dich vor dem Großen!" Plötzlich hockte sie sich an den Fuß der Mauer, klemmte sich das Stahlrohr unter den Arm und fing an zu essen. „Verdammte Gören", knurrte sie abschließend.

Vicki ging weiter.

Die Klinik hatte eine eigene Parkbucht, eine ziemlich enge Sache, selbst für den winzigen Importwagen, der dort geparkt stand, und eine Hintertür, die aus solidem Industriestahl gefertigt war. Über der Tür leuchtete eine helle Lampe, die Vicki die Tränen in die Augen trieb. Sie blinzelte, und dann fiel ihr auf, wie viele Dellen die Tür zierten. Die meisten schienen von Stiefelkappen zu stammen, aber irgend jemand hatte es hier, wie man an gewissen Spuren sehen konnte, auch einmal mit einem Brecheisen versucht, allerdings erfolglos. Ein kleines Schild neben der Tür wies darauf hin, daß man klingeln sollte, wenn das Licht über der Tür brannte. Unter dem englischen Text standen chinesische Schriftzeichen, und Vicki ging davon aus, daß der chinesische Text ungefähr dasselbe besagte.

Warum eigentlich nicht? Vicki drückte auf den Klingelknopf, hörte im Hausinnern die Glocke läuten und spürte, wie das Lebewesen näher kam.

„Ja? Kann ich Ihnen helfen?"

Die Stimme einer Frau; genauer: die Stimme einer jungen Frau. Mit neutraler Miene wandte sich Vicki an das Gitter der Gegensprechanlage. „Mein Name ist Vicki Nelson, ich bin Privatermittlerin und suche nach Michael Celluci."

„Celluci?" Die Verwunderung in der Stimme der Frau schien weniger dem Namen zu gelten als der Tatsache, daß sie ihn schon wieder zu hören bekam.

„Ja. Ich habe Grund zu der Annahme, daß er heute hier war, um mit Ihnen zu reden. Er ist mein Partner, und ich habe das Gefühl, er steckt in Schwierigkeiten."

„Einen Moment bitte."

Bravo! Wenn diese Frau Teil des Nierencoups ist, dann bist du gerade mit beiden Füßen in der Scheiße gelandet. Das war wirklich schlau von dir.

Quietschend öffnete sich die Tür.

Aber zumindest bin ich drin.

In ihrem Rücken schoben sich Riegel wieder an ihren Platz, und vor ihr tauchte im Licht am Ende des Flurs als Silhouette eine Gestalt in einem losen Kittel auf.

„Ich bin Dr. Seto, die Leiterin dieser Klinik. Bitte kommen Sie doch mit in unser Büro."

Als Vicki um die Ecke in das Büro gebogen war, hatten sich ihre Augen an das grelle Licht gewöhnt, und sie konnte sich die Frau genauer ansehen. „Ach, du liebes Bißchen!“

Dr. Seto runzelte die Stirn, nahm die Hand von der Rückenlehne eines alten hölzernen Schreibtischstuhls und schob eine ebenholzfarbene seidige Haarsträhne hinter ein Ohr. „Bitte?“

Erst die Reaktion der Ärztin zeigte Vicki, daß sie ihre Gedanken laut ausgesprochen hatte. Rasch murmelte sie ein paar entschuldigende Worte und war glücklich, nicht mehr rot werden zu können. *Wenn du eine von den Bösen bist, denn steckt Mike wirklich tief in der Tinte. Der hirnlose Ochse steht auf kleine, schöne Frauen.* „Sie – sind nur überhaupt nicht das, was ich erwartet hatte.“

Die Ärztin seufzte mit bebenden Nasenflügeln: Sie war daran gewöhnt, solche Reaktionen auf ihr Aussehen zu bekommen, und das ging ihr ziemlich auf die Nerven. „Detective Sergeant Celluci hat nicht erwähnt, daß er mit einer Privatermittlerin zusammenarbeitet. Vielleicht könnten Sie mir irgendeinen Ausweis zeigen?“

„Den hätten Sie sich ansehen sollen, ehe Sie mich reinließen“, gab Vikki zu bedenken und griff in die Seitentasche ihres Umhängebeutels.

„Das hätte ich getan, wenn Sie ein ...“

„Mann gewesen wären?“ vollendete Vicki und gab der Ärztin die Plastikhülle mit dem Ausweis.

„Ja.“ Offenbar verärgert über sich selbst warf Dr. Seto einen kurzen Blick auf Vickis Zulassung und gab sie dann zurück. *Nun sind wir quitt,* sagte die Miene der Ärztin so deutlich, als habe die Frau die Worte ausgesprochen. *Kommen wir zur Sache.* „Ich nehme an, der Detective wird vermißt?“ fragte sie dann. Vicki nickte. Dr Seto lehnte sich gegen die Tischkante und verschränkte die Arme vor der Brust. „Er war heute so gegen 11:30 Uhr hier. Er hatte einen von meinen Straßenjungs geschnappt, der gerade versuchen wollte, sich mit einem ganzen Kasten Kondome davonzuschleichen. Wir haben zusammen Mittag gegessen, und ich habe ihm die Klinik gezeigt, danach hatte ich zu tun, und der Detective ist gegangen.“

Ihr habt zusammen zu Mittag gegessen? „Sie wissen nicht, wohin er von hier aus gegangen ist?“

„Nein.“

Ihr habt zusammen zu Mittag gegessen! „Sind Sie da ganz sicher?“

„Ich habe nicht einmal mitbekommen, wie er fortging, ich hatte eine Patientin zu versorgen.“

Gut, dann haben sie also zusammen zu Mittag gegessen. Was ist schon dabei. Schließlich muß der Mann ja essen. Vicki starrte unverwandt auf ein Poster, das Innenaufnahmen aus einem Magen voller Geschwüre zeigte. Sie wagte nicht, der anderen Frau direkt ins Gesicht zu sehen, aus Angst, sie könne sich sonst bemüßigt fühlen, ihr die Antworten gewaltsam aus der Nase zu ziehen. „Können Sie sich vielleicht zufällig noch daran erinnern, worüber Sie und der Detective beim Mittagessen gesprochen haben?"

„Im wesentlichen haben wir höfliche Konversation gemacht, richtig besprochen haben wir eigentlich nichts."

Höfliche Konversation? Mike war noch nie in seinem ganzen Leben in der Lage gewesen, nicht von höflicher Konversation in eine Befragung überzugehen! Zumindest solange Vicki ihn kannte hatte er das nicht gekonnt, und das war schließlich der einzige Teil seines Lebens, der wirklich zählte.

„Wir verglichen das Leben in Toronto mit dem in Vancouver und ähnliches – Sie wissen doch, wie das ist!" Vickis Schweigen hatte die Ärztin nervös werden lassen. „Er hat mit keinem Wort erwähnt, daß er in Vancouver an einem Fall arbeitet; ich ging davon aus, daß er hier Ferien macht."

„Rein technisch gesehen stimmt das auch. Er hilft mir allerdings bei einer Sache."

„Sie kennen ihn schon sehr lange?"

Was immer zwischen den beiden passiert sein mochte: Diese Frage wurde in einem Ton gestellt, der deutlich machte, daß Dr. Seto nicht für Mikes Verschwinden verantwortlich war. Sollte sie ihn irgendwann einmal bewußtlos schlagen und in einen Keller schleifen, dann sicherlich nicht, weil sie ihm an die Nieren wollte. Vicki wandte ihren Blick von den Magengeschwüren – sie konnte nichts dagegen tun – ab, fing den Blick der Ärztin und hielt ihn fest. „Ja. Schon sehr lange."

Dr. Seto blinzelte, schwankte ein wenig und mußte sich mit einer Hand auf dem Tisch abstützen, um nicht das Gleichgewicht zu verlieren. Einen Moment lang hatte sie befürchtet, in silbriger Finsternis zu versinken, umhergewirbelt von wilden, ungezügelten Wellen aus reiner Energie. *Ich muß dringend wieder mal ausschlafen!* „Ich fürchte, ich kann Ihnen nicht behilflich sein", murmelte die Ärztin dann leise und richtete sich auf. „Ich weiß nicht, wohin er gegangen ist, nachdem er die Klinik verlassen hat."

Logischerweise hatte er eine der anderen Kliniken aufgesucht – aber welche? In welcher Reihenfolge war er vorgegangen? Nun war die Spur seit Stunden kalt. Vicki fühlte sich etwas hilflos. Energisch schob sie dieses Gefühl beiseite und wühlte in den Tiefen ihrer Tasche nach einer von Henrys Visitenkarten. „Ich danke Ihnen, daß Sie sich Zeit für mich genommen haben. Falls Ihnen noch etwas einfallen sollte, könnten Sie dann dieses Handy anrufen?"

„Es gibt nichts mehr, was mir noch einfallen könnte."

„Falls, Frau Doktor."

„Na gut. Falls."

„Ich dachte, Vicki wartet zu Hause in der Wohnung auf Mikes Anruf."

„Vielleicht hat er ja angerufen."

Tony schnaubte. „Vielleicht hatte sie keine Lust mehr zu warten."

„Das glaube ich sofort." Mit zum Fenster geneigtem Kopf prüfte Henry aufmerksam die Eastside-Gerüche, die hier noch in der Luft hingen und sich mit den ebenso starken, aber unendlich viel angenehmeren Düften Chinatowns mischten. Der Vampir tat sein bestes, seine Reaktion auf das sichere Wissen um die Tatsache, daß jemand anderes in seinem Revier herumschlich, gar nicht erst aufkommen zu lassen. „Hier ist es. Hier ist ihr Duft am stärksten." Mit zusammengebissenen Zähnen lenkte er den BMW an den Bordstein.

Tony starrte über den Freund hinweg auf die dunklen Fenster der East Hastings-Klinik. „Du meinst, sie ist hier reingegangen?"

„Ich glaube, sie will gerade da um die Ecke biegen."

Tony mochte sich noch so sehr anstrengen: Mehr als eine vage Silhouette in der Ferne konnte er nicht entdecken. „He, was steigst du aus dem Auto?"

Henry grinste düster. „Ich verschaffe mir Manövrierraum."

Vicki hatte von Anfang an gewußt, daß sie Celluci nicht in der East Hastings-Klinik antreffen würde, es sei denn als Gefangenen. Dennoch war sie zutiefst verärgert, daß er nicht dagewesen war. Einen Gefangenen hätte sie befreien können. „Wenn ich den Typen erwische und er nicht in

Fuß- und Handschellen geht, dann schiebe ich ihm die nächstbeste Telefonzelle ..."

Sie wirbelte herum, um sich der Brise zu stellen, die Hände nach vorn gestreckt, das Gewicht auf die Fußballen verlagert.

„Hat er angerufen?"

„Nein."

Henry nickte bedächtig. Eine andere Antwort hatte er nicht erwartet. „Du hattest keine Lust mehr zu warten."

„Ich habe Notizen gefunden, die darauf hindeuteten, daß er sich hier, in der Klinik, befinden könnte."

„War er hier?"

„Nein." Sie spie das Wort vor die Füße auf die Straße zwischen ihnen beiden, denn nun hatte sich ihr Zorn von Mike auf Henry verlagert, einfach, weil Henry da war. Fast wäre sie ihm an die Kehle gegangen. Sie spürte schon, wie sie sich anspannte, wie sie sich auf den Angriff vorbereitete.

Auch Henry bereitete sich vor, aber ihm fiel es leichter, die Fassung zu wahren. Er wußte, daß der, der die Beherrschung nicht verliert, letztlich auch eher siegen kann. „Das bringt niemanden weiter, Vicki."

„Denkst du denn, das wüßte ich nicht?" knurrte die Vampirin. „Kannst du dir überhaupt vorstellen, wie sehr es mich nervt, daß ich nicht mehr auf dich wütend werden kann, ohne dich gleich vernichten zu wollen?" Sie hob die Hand und wehrte Henrys Erwiderung ab und verharrte dann reglos in der Hoffnung, die Erinnerung daran, was nach der Schlachtorgie geschehen war, würde sie auch jetzt wieder beruhigen. Zu ihrer großen Erleichterung klappte es im großen und ganzen. „Also!" verkündete sie dann und ging auf das Auto zu. „Wie war es bei euch? Hattet ihr Glück bei der Suche nach Tonys Zeugen?"

„Irgendwie schon." Henry hielt sich neben der Freundin, aber vorsichtshalber eine Armlänge von ihr entfernt. „Der neue Geist heißt Doug. Wir haben uns mit seinem Zuhälter unterhalten."

„Den du dann getötet hast." Das war keine Frage; Vicki hörte diesen Tod in Henrys Stimme, und der Teil ihrer Person, der sich noch an die Frau erinnern konnte, die sie einst gewesen war, fragte sich, wo denn diese Art von Rechtsprechung quasi en passant wohl in all den Jahren gesteckt haben mochte, als sie sich redlich abgemüht hatte, ihre Stadt vom Abschaum zu befreien. *Da saß er in seiner Eigentumswohnung und hat Liebesromane verfaßt. Schon gut – tut mir leid, daß ich überhaupt nachgefragt habe.* „Hat er euch vorher irgend etwas sagen können?"

„Nur, daß jemand viel Geld zahlt für Leute, die etwas Besonderes sind."

„‚Besonders' – wie jemand mit derselben Blutgruppe wie ein Nierenkäufer?"

„Vielleicht; aber wie wollen sie das feststellen?"

Vicki wartete, bis ein LKW an ihnen vorbeigedonnert war und wies dann mit einem Kopfnicken auf die Klinik. „Indem sie sich Zugang zu deren Unterlagen verschaffen."

„Wie das? Mit Hilfe der Zeitarbeitsvermittlung für Hacker?"

„Wer eine Niere kaufen kann, Henry, der kann es sich sicher auch leisten, jemanden anzuheuern, der über solche doch recht rudimentären Hackerkünste verfügt." Sie erzählte ihm von ihrer Unterhaltung mit der alten Frau in der Nebengasse. „So wie es sich anhört, haben sie auch einen Muskelprotz mit fiesen Kuhaugen angeheuert."

„Bullen."

„Bullen?" Vickis ungläubiger Ton forderte eine rasche Antwort, die Henry auch zu geben bereit war.

„Das war ein Witz, Vicki. Ein Mann hat Bullenaugen, keine Kuhaugen."

„Weißt du, wenn das ein Witz sein soll, dann muß ich sagen, hat es mir besser gefallen, als wir noch versuchten, einander umzubringen! Was machen wir jetzt?"

Henry blieb beim BMW stehen, die Hand schon an der Fahrertür. „Wir fahren zurück und sehen in der Wohnung nach, ob Celluci zurück ist."

„Ist er nicht." Vicki beugte den Kopf und nickte Tony durchs Beifahrerfenster hindurch zu. „Wäre er zurückgekommen und hätte niemanden von uns angetroffen, dann hätte er dein Mobiltelefon angerufen."

Das in genau diesem Moment klingelte.

„Wenn man vom Teufel spricht", murmelte Henry und streckte die Hand durch das offene Fenster.

Tony gab ihm das schrill tönende Plastikgehäuse und signalisierte eine stumme Warnung: *Bitte sei höflich, wenn das Celluci ist.*

Henry runzelte die Brauen übertrieben erstaunt – *und warum sollte ich nicht höflich sein?* –, klappte die Sprechmuschel auf und brummte: „Fitzroy?"

„Hier spricht Dr. Eve Seto, von der East Hastings-Klinik. Ich hatte vor wenigen Minuten ein Gespräch mit einer Ms. Nelson; sie hat mir diese Nummer gegeben und ..."

„Einen Moment bitte." Lächelnd streckte Henry die Hand aus, um das Telefon zu übergeben, aber das Lächeln erstarb, als er feststellen mußte, daß es ihm unmöglich war, das Gerät wirklich weiterzugeben, einem anderen Vampir eines seiner Besitztümer zu überlassen. Er bleckte die Zähne und schob das Telefon Tony in die Hand. „Gib du es ihr!"

Vicki hätte das Gerät, das so sehr nach einem anderen Raubtier roch, am liebsten zerstampft und mußte ungeheure Selbstbeherrschung aufbringen, es statt dessen an ihr Ohr zu halten. „Hallo?"

„Ms. Nelson?"

„Ich habe Mr. Fitzroy per Zufall getroffen", erwiderte Vicki auf die unausgesprochene Frage der anderen Frau. „Er fuhr gerade mit seinem Auto vorbei, als ich auf die East Hastings Street trat."

„Ah so." Dr. Seto klang ganz so, als würde sie dieser Erklärung nicht viel Glauben schenken. „Mir ist etwas eingefallen, was nach dem Mittagessen geschah. Nur eine Kleinigkeit, aber ich habe mir gedacht, ich sollte es Ihnen sagen."

„Nach dem Mittagessen?"

Die beiden Männer wechselten neugierige Blicke.

„Was hat sie gegen Mittagessen?" flüsterte Tony.

Henry zuckte die Achseln. Er war in der Lage, sechs verschiedene Herztöne auszumachen, die in der Kellerwohnung gegenüber der Klinik vor sich hinschlugen, aber bei elektronischen Geräten versagte sein Lauschtalent.

„Ja. Wir waren auf dem Rückweg zur Klinik, als wir vor dem chinesischen Kulturzentrum Patricia Chou sahen und ..."

„Die Reporterin, die für den Regionalsender arbeitet?"

„Genau. Der Detective erwähnte, er habe ein Interview gesehen, das sie mit Ronald Swanson geführt hat ..."

„Mit Ronald Swanson, dem Makler?"

„Der Mann ist mehr als nur Makler, Ms. Nelson." Dr. Seto schlug einen scharfen Ton an. Vielleicht wollte sie Swanson verteidigen – wahrscheinlicher aber war sie Vickis ständige Unterbrechungen leid. „Der Mann hat mindestens tausend wohltätigen Einrichtungen hier in der Stadt Geld zukommen lassen. Unserer Klinik hat er das Computersystem gestiftet, und für die Verwirklichung von *Projekt Hoffnung* zeichnet er sich fast zu 100 Prozent verantwortlich."

„Was ist *Projekt Hoffnung*?"

„Ein Hospiz am Rande North Vancouvers, in dem Dialysepatienten auf eine Niere warten. Es gibt in der Klinik ein Denkmal für Swansons verstorbene Frau. Ein wunderbarer Platz, so ruhig, so beruhigend."

„Seine verstorbene Frau?"

„Ja, Swansons Frau starb an Nierenversagen, ehe sich ein Organspender für sie fand."

Vicki blinzelte, ein wenig überwältigt. „Haben Sie das alles Celluci erzählt?"

„Nein, aber wir haben über Nierentransplantationen gesprochen, wobei es allerdings nur darum ging, ob ich selbst welche durchführe."

„Transplantieren Sie Nieren?"

„Wir haben hier eine offene Straßenambulanz, wofür halten Sie uns?" Dr. Seto sprach weiter, ehe Vicki antworten konnte. „Aber es ist komisch: Der Detective hat mir dieselbe Frage gestellt. Wahrscheinlich liege ich falsch, aber haben Ihre Ermittlungen unter Umständen etwas mit der Leiche ohne Hände zu tun, die man im Hafenbecken gefunden hat? Die, bei der eine Niere fehlte?"

„Ich bin nicht befugt, das zu erörtern."

„Gut, ich darf Ihnen trotzdem etwas sagen. Sollten Sie gegen Swanson ermitteln, dann liegen Sie völlig daneben. Der Mann verschenkt sein Geld bei jeder Gelegenheit. Hier in der Gegend gilt er fast schon als Heiliger."

„Nur wenige Heilige machen Millionen im Immobiliengeschäft", gab Vicki trocken zu bedenken.

„Ich habe nicht vor, mich mit Ihnen zu streiten, Ms. Nelson. Ich dachte nur, Sie sollten vielleicht mit den Leuten von *Projekt Hoffnung* reden, wenn Sie auf der Suche nach Detective Celluci sind."

„Aber Sie haben mir doch vorhin, wenn ich mich recht entsinne, erzählt, Sie und Celluci hätten gar nicht über die Klinik gesprochen."

„Der Mann ist Polizist, Ms. Nelson." In Dr. Setos Augen der einzig wirkliche Ermittler in diesem Fall, das war klar zu hören. „Wenn man in dieser Stadt eine Verbindung zwischen Ronald Swanson und Nierentransplantationen sucht, dann führt einen das direkt zum *Projekt Hoffnung*."

Vicki bleckte die Zähne, bedankte sich bei der Ärztin für den Anruf, klappte das Handy zu und informierte die anderen dann über den Inhalt des Gesprächs. „Wer geht jetzt mit mir einen Blick auf dieses *Projekt Hoffnung* werfen?"

Henry schüttelte den Kopf. „Das sind mir zu viele Zufälle, all diese Mosaikteilchen, die plötzlich zusammenpassen. Du ziehst voreilige Schlüsse."

„Ja? Meiner Meinung nach formuliere ich eine These." In Vickis Augen blitzte es silbern auf. „Eine These, die ich zu überprüfen gedenke, indem ich zum *Projekt Hoffnung* rausfahre und in Erfahrung bringe, wie lange die Patienten dieser Klinik auf ihre Nieren warten müssen, und wenn ich irgend etwas wiedererkenne, was bei denen im Kühlschrank rumliegt, dann nehme ich den Leuten die Bude auseinander."

„Rausfahren zum *Projekt Hoffnung*? Wir alle?" Tonys Blick flog von Henry zu Vicki und wieder zurück zu Henry. „In einem Auto? Ist das ungefährlich?"

„Gute Frage", mußte Henry zugeben. „Was meinst du, Vicki?"

„Mit uns geht das klar", schnappte die sofort zurück, „solange wir uns völlig darauf konzentrieren, daß wir Mike finden wollen und am Ende der Reise unter Umständen sogar ein nettes kleines Blutvergießen winkt."

„Ach." Tony schloß einen Augenblick lang die Augen und holte dann tief Luft. Seine nächsten Worte richtete er ebenso an die Nacht im allgemeinen wie an sich selbst. „Das mit dem Blutvergießen schaffe ich nicht." Noch ein tiefer Seufzer, dann stieg der junge Mann aus und starrte Henry über das Wagendach hinweg an. „Ich gehe zurück in die Wohnung, und wenn der Detective sich meldet, rufe ich euch an."

Alle drei blieben einen Augenblick lang reglos stehen. „Wenn du das wirklich willst ...", brach Henry schließlich das Schweigen.

„Da bin ich mir sicher." Tony schluckte vernehmlich und verlagerte sein Gewicht von einem Fuß auf den anderen. „Tut mir leid, Victory. Ich kann nicht."

Vicki atmete einmal tief ein und dann ganz langsam wieder aus. Als sie sprach, klang ihre Stimme so sanft, wie Henry sie seit ihrer Wandlung nicht mehr hatte klingen hören. „Ich kann dich verstehen, und es gibt für dich keinen Grund, deine Sicherheit aufs Spiel zu setzen, nur weil Henry und ich uns nicht wie halbwegs zivilisierte Menschen benehmen können." In Sekundenschnelle war sie um das Auto herumgegangen und nahm Tonys Gesicht in die Hände. „Ist es in Ordnung, wenn wir dich hierlassen? Sollen wir dich nicht erst mal nach Hause bringen?"

Er berührte sanft ihre Handgelenke, und sie ließ die Hände wieder fallen. „Ihr müßt den Detective finden."

„Ihn gegen dich – den Tausch würde ich nicht eingehen."

Tonys Augen füllten sich mit Tränen, als ihm klarwurde, daß sie die Worte ernstgemeint hatte. Er mochte sich seine Rührung aber nicht eingestehen, schob die Tränen auf Müdigkeit, rieb sich mit beiden Fäusten die Augen und sagte forsch: „Macht euch um mich keine Sorgen. Ich schnappe mir bei einem der Restaurants in Chinatown ein Taxi."

„Hast du genug Geld dabei?“

„Verdammt!“ Mit hochroten Ohren wich Tony an das äußerste Ende des Bürgersteigs zurück. „Würdet ihr bitte endlich abhauen!“

Sie ließen die Fenster offen und hielten ihre Gesichter in die Brise. So ging es, aber auch nur gerade so eben.

„Meinst du denn wirklich, daß er da ist?“ fragte Henry, nachdem sie rasch einen nicht besonders zielsicher, aber dennoch recht zügig fahrenden alten Cadillac überholt hatten und auf die Brücke zuhielten.

„Ich weiß, daß er da hingegangen ist. Ich weiß, wie er denkt. Es gibt in der Polizeiarbeit keine Zufälle. Sobald Ronald Swanson sich als Gestalt entpuppt, die in unserem kleinen Drama häufiger auftaucht, kümmert sich Mike um den Mann, und das heißt, daß er auch die Sache mit dem *Projekt Hoffnung* herausgefunden hat und daß er dort hingegangen ist, um sich die Klinik anzusehen.“

„Du meinst, er könne in Schwierigkeiten stecken.“

Als Vicki sich noch einmal die verschiedenen Möglichkeiten vor Augen hielt, hatte sie plötzlich das Gefühl, als streiche ihr jemand mit einer Drahtbürste über die nackte Haut.

„Ich bin ganz sicher, er steckt in Schwierigkeiten.“

Zehn

„Hier können wir nirgends den Wagen verstecken."

„Such doch gar nicht erst nach einem Versteck. Fahr einfach auf den Parkplatz und halte da."

„Es ist bereits nach ein Uhr", gab Henry zu bedenken, der gerade an dem großen Hinweisschild für das *Projekt Hoffnung* vorbeigefahren war und nun bei den Torpfosten in die lange Einfahrt einbog. „Ich stelle ja ungern deine Erfahrung in Sachen Herumschnüffeln und Anschleichen in Frage, aber meinst du nicht auch, daß uns jemand bemerken wird? Sie haben hier zumindest eine Nachtschwester, die Dienst tut."

„Na und?"

„Du willst also reingehen und fragen, ob sie zufällig an eins ihrer Betten einen Detective Celluci gekettet haben?"

„Warum nicht?" Vickis Stimme klang nicht sehr nach ehemaliger Polizeibeamtin. Oder Privatdetektivin – oder überhaupt menschlich. Henry reagierte auf diesen Ton und mußte seine Reaktion unterdrücken, während Vicki fortfuhr: „Sie werden es nicht wagen, mich anzulügen. Außerdem merke ich, ob er hier ist oder nicht."

„Was, wenn er nicht hier ist?"

Vickis Zähne schimmerten elfenbeinfarben und verliehen ihrem Lächeln etwas eindeutig Bedrohliches. „Dann suche ich nach einem Großen mit Kuhaugen und stelle dem ein paar Fragen."

Vickis Selbstbeherrschung wies Kanten und Scharten auf, scharf genug, um sich daran bis aufs Blut zu schneiden. Hinter der Selbstbeherrschung konnte Henry die nackte, reinigende Gewalt branden hören. Vicki klang, als sei sie unmittelbar davor loszulassen. Das war nicht weiter verwunderlich, denn sie hatte die ganze Fahrt von der East Hastings-Klinik bis hierher zum *Projekt Hoffnung* in unmittelbarer Nähe zu Henry verbringen müssen; wie eine dritte Person hatte die Spannung zwischen ihnen im Auto gehockt. Henry spürte auch seine eigenen Barrieren schwächer werden und versuchte sich einzureden, dieser Ausflug könne als Fortsetzung des Eltern/Kind-Schüler/Lehrer-Verhältnisses gesehen werden, das sie beide immerhin einmal ein Jahr lang verbunden hatte. Aber diese Selbsttäuschung wollte ihm nicht gelingen. Wenn es nicht zu dem Blutbad kommen sollte, das beide während ihres Besuchs im *Projekt Hoffnung* vorausahnten, dann stand zu erwarten, daß sie einander an die Gurgel gehen würden, noch ehe er die Wagenschlüssel wieder in die Zündung gesteckt hatte, um die Rückfahrt anzutreten.

Vicki war aus dem Wagen gesprungen, kaum daß Henry geparkt hatte und pumpte heftig frische Luft in ihre Lungen, Luft, die nicht durch den Atem eines anderen Vampirs verpestet worden war. Wenn es hart auf hart kam, entschied sie bei sich und schob sich den Riemen der Umhängetasche über die Schulter, dann würde sie lieber zu Fuß gehen, als sich von Henry zurückfahren zu lassen! Noch besser: Sie würde nie wieder in ein Auto steigen, wenn er am Steuer saß! Der Typ fuhr tatsächlich langsam, wenn eine Ampel auf Gelb sprang, er überholte nicht, wenn sich die Gelegenheit bot und nahm jede Kurve unendlich langsam und bedächtig. Vicki hatte soeben die frustrierendsten fünfzig Minuten ihres Lebens verbracht, und nur eiserne Selbstbeherrschung hatte verhindert, daß sie den Freund hinter dem Steuer vorgezerrt und sich selbst dahinter gesetzt hatte. *Ich muß mir unbedingt wieder einen Führerschein besorgen.* Mit dünnen, zusammengepreßten Lippen eilte sie auf das Klinikgebäude zu. „Bitte, Vicki", rief Henry ihr nach, „vergiß nicht: Es ist besser, gar nicht erst gesehen zu werden, als hinterher den Eindruck korrigieren zu müssen, man sei gefährlich!"

„Mein Gott, Henry, du hörst dich an wie eine alte Folge von *Kung Fu*."

Henry verriegelte die Wagentüren und hastete Vicki hinterher. „Ich spreche aus Erfahrung ..."

„Ich weiß, ich weiß: mehr als 450 Jahre. Kein Wunder auch, daß du fährst wie eine alte Frau!" fügte sie leise hinzu, während sie die Kliniktür aufriß, die aus einem einzigen soliden Stück Zedernholz gefertigt war.

Im Haus trafen ein halbes Dutzend miteinander im Wettstreit liegender Gerüche Vicki wie ein Schlag und hätten sie um ein Haar gleich wieder rückwärts aus der Tür befördert – ein Rosenstrauß duftete in einer Glasvase; ein Raumspray sollte die Meeresbrise ersetzen, die von hermetisch abgedichteten Fenstern ausgesperrt wurde und über allem, unter allem, mit allem vermischt hing der Duft des Eau Desinfektion, das jede medizinische Einrichtung der Welt nun einmal zu tragen pflegt.

Vicki vermochte ein gutes Dutzend Leben zu spüren, die alle schliefen, was die Trennlinien zwischen ihnen verwischte und eine klare Unterscheidung schwermachte. Ob der Schlaf ein natürlicher war oder mit Drogen unterstützt wurde, hätte Vicki nicht sagen können; dazu fehlte es ihr an Erfahrung. Irgendwo in dieser Mischung von Leben meinte sie, den unverwechselbaren Geschmack von Mikes Existenz zu spüren. *Aber warum kann ich es nicht mit Bestimmtheit sagen?* Sie hatte so genau gewußt, daß sie würde sagen können, ob er sich in der Klinik befand oder nicht, daß sie diese plötzliche Unentschiedenheit als ungeheuer verunsichernd empfand. *Glaube ich, daß er hier ist, weil ich es so gerne möchte? Wenn ich mir gestern nicht mit Henry diesen horizontalen Tanz auf der Straße der Erinnerung geleistet hätte – könnte ich dann ganz sicher merken, ob Mike hier ist oder nicht?* Aber rasch fand sie auf all diese Fragen eine Antwort, mit der sie leben konnte: *Verdammt noch mal, Vicki, stell dich nicht so dämlich an!*

Die Verzweiflung, die über allem hier hing – eine Verzweiflung, in der, wie Vicki feststellen konnte, trotz des Namens der Klinik wenig Hoffnung mitschwang – machte es schwer, sich auf einzelne Leben zu konzentrieren. Das schloß auch Henry mit ein, und so beschloß Vicki lakonisch, daß alle Dinge nun einmal auch ihre guten Seiten haben und man die schlechten Seiten dann einfach in Kauf nehmen muß.

Eine einzige nicht schlafende Person gab es hier, und die starrte die beiden Besucher durch die dicken Glaswände der Schwesternstation hindurch fragend an.

„Wie recht ich doch hatte!" murmelte Henry. „Schon hat man uns bemerkt."

„Prima!" erklärte Vicki ein wenig zu forsch. Seit sie denken konnte, hatten Frauen in Schwesterntracht sie verunsichert. Sie fühlte sich in ihrer Gegenwart minderwertig – was daran liegen mochte, daß die Frauen selbst immer so ungeheuer kompetent wirkten. Vielleicht lag es aber auch an all dem Weiß, das sie umgab – Vicki vermochte es wirklich nicht zu sagen. Sie wußte nur, daß sie sich mit einem Mal nicht mehr ganz so sehr wie eine allmächtige Gestalt der Nacht fühlte, sondern eher wie jemand, der in ein Gebäude eingedrungen ist, in dem er eigentlich gar nichts zu suchen hat. Resolut straffte sie die Schultern, durchquerte schnurstracks die Eingangshalle und betrat das schlechtbeleuchtete Büro, in dem die Nachtschwester saß.

„Kann ich Ihnen behilflich sein?" Die Frage klang höflich, aber der Ton vermittelte eindeutig, daß die einzige Hilfe, die die Nachtschwester zu leisten bereit war, darin bestehen würde, den beiden den Weg zum Ausgang zu weisen.

„Ich bin auf der Suche nach einem Freund von mir."

„Wir sind ein privates Behandlungszentrum, nicht die Notaufnahme des städtischen Krankenhauses. Sie werden Ihren Freund hier wohl kaum finden."

„Er ist wahrscheinlich irgendwann im Laufe des heutigen Nachmittags eingeliefert worden."

„Heute nachmittag ist niemand hier eingeliefert worden."

„Soll ich?" fragte Henry leise und konnte dabei den leichten Spott in seiner Stimme nicht ganz unterdrücken. Er hatte Vicki schon mit größerem Elan Dämonen und Werwölfen gegenübertreten sehen – von Unmengen mordlustiger Sterblicher ganz zu schweigen.

Auf ihren Stolz bedacht lehnte Vicki das Angebot wortlos knurrend ab, fing den Blick der Nachtschwester und hielt ihn, wobei sie sich fast erfolgreich bemühte, die alte Programmierung abzuändern und sich stark und mächtig zu fühlen. „Sind Sie allein?"

Die andere Frau schüttelte den Kopf. In ihren weit geöffneten Augen unter ärgerlich gerunzelten Brauen spiegelte sich ein schwacher Silberschein. „Da ist noch ein Pfleger."

„Wo?"

„Er schläft auf einem Feldbett im Aufenthaltsraum der Angestellten."

„Warum ist er hier?"

„Er übernachtet manchmal in der Klinik, für den Fall, daß es Probleme gibt."

„Was für Probleme?" Vicki stützte beide Hände auf den Schreibtisch und beugte sich vor. „Etwa mit den sogenannten Spendern gekaufter Körperteile?"

Immer noch gefangen in den silbrigen Tiefen von Vickis Blick stand die Schwester auf und ahmte die Haltung ihres Gegenübers eins zu eins nach. Die Frau war fast ebenso groß wie Vicki. „Ich weiß nicht, wovon zum Teufel Sie reden."

Das war nicht die Antwort, mit der Vicki gerechnet hatte, auf die sie üblicherweise hätte zählen können. Leicht düpiert gab die Vampirin der Jägerin in sich mehr Bewegungsfreiheit, ließ ein wenig mehr von der Tarnung als Mensch fallen. „Haben Sie denn nie etwas Merkwürdiges mitbekommen? Patienten, die nicht ganz mit ihren Krankenakten übereinstimmen? Verschlossene Türen?"

Schweratmend schüttelte die Schwester den Kopf. „Was immer Sie auch sind, Sie machen mir keine Angst. Wollen Sie wissen, was mir Angst macht? Zwei halbwüchsige Kinder zu haben und einen Mann, der seit sechs Monaten arbeitslos ist und die Befürchtung, den Job hier zu verlieren, das macht mir Angst. Deswegen werden Sie von mir gar nichts erfahren."

„Wenn Sie tot sind", knurrte Vicki, denn sie war mit ihrer Geduld am Ende, „dann können Sie auch nicht mehr arbeiten!"

„Vielleicht sind Sie ja der Tod für einige Menschen. Das kann ich ...", nun endlich zeigte die Frau Angst. Die Stimme versagte ihr, und sie mußte sich räuspern, ehe sie weiterreden konnte. „... das kann ich sehen. Aber was immer Sie auch sein mögen: Mein Tod sind Sie nicht."

„Da hat sie recht", sagte Henry leise, beeindruckt von der Willensstärke der Frau, die sich durch nackte Einschüchterung nicht hatte verunsichern lassen. „Sie weiß, daß du sie nie ohne einen Grund umbringen würdest. Sie hat erkannt, daß du bluffst."

Vicki war einerseits irritiert, andererseits peinlich berührt, behauptete aber ihren Platz am Tisch. „Das heißt noch lange nicht, daß ich schwach bin!" warnte sie ihn und ballte die Hände zu Fäusten.

Henry hätte am liebsten spöttisch gelächelt, konnte es sich aber gerade noch verkneifen. Er trat ein wenig näher an die beiden Frauen heran. „Ich meinte das als Kompliment an sie, nicht als Herabwürdigung deiner Talente. Vielleicht solltest du doch lieber mich ..."

„Nein!" Diese Sterbliche gehörte ihr, da war es egal, ob es Henry vielleicht eher gelänge, sie zum Reden zu bringen. Vicki starrte die Frau mit zusammengekniffenen Augen an. „Scheint ja verdammt gut zu sein, der Job."

„Meist jedenfalls."

Meist. Vicki lächelte. „Wenn ich in diesen Zeiten einen Job hätte, der gut bezahlt wird, dann wäre ich wohl auch bereit, ein Auge zuzudrücken und einige Dinge, die nicht so sind, wie sie sein sollten, einfach nicht zu bemerken."

„Ich kümmere mich hier um die Patienten, und ich mache meine Arbeit sehr gut!" Die Schwester richtete sich auf und verschränkte die Arme vor dem Busen. „Was im Hintergrund vor sich geht, das geht mich nichts an."

„Natürlich nicht. Vergessen Sie, daß Sie uns je gesehen haben."

Die Lippen der Frau verkrampften sich zu einer schmalen Linie. „Nichts lieber als das."

„Mike ist hier drin."

Das Schild an der Tür wies den Raum als die elektrische Schaltzentrale aus.

„Bist du sicher?"

Vicki schenkte Henry keine Beachtung und kramte in den Tiefen ihrer Umhängetasche nach ihrem Satz Dietriche.

„Ich spüre eine ganze Reihe Leben, Vicki; oben, unten, um uns herum. Die meisten davon stehen unter Drogen, alle sind durch ihren Zustand zu einer einzigen amorphen Masse zusammengeschweißt. Wie kannst du sicher sein, daß eines dieser Leben Michael Celluci gehört?"

Vicki kniete nieder und suchte sich die zwei längsten Dietriche aus. „Ich stehe seinem Leben eben viel näher als du."

„Auch dein Bedürfnis ihn zu finden ist größer. Ich sollte dir das gar nicht sagen müssen, aber eigentlich wissen wir noch nicht einmal genau, ob er überhaupt hier war und was die Schwester mit den Dingen meint, die im Hintergrund vor sich gehen."

„Wir werden es auch nicht herausfinden, wenn wir nicht nachsehen." Vicki war erfolgreich: Die Tür öffnete sich, und die beiden standen in einem kleinen Flur, von dem zwei Türen abgingen. Eine der beiden führte wirklich in eine elektrische Schaltzentrale.

Die andere führte in ein Zimmer, das aussah wie ein beliebiges Krankenzimmer – bis auf die Wände aus Portlandzementhohlziegeln und das kleine, ganz oben an der Wand angebrachte Fenster. Vicki blieb in der Türöffnung stehen, starrte auf den Körper, der vor ihr auf dem Bett lag, und ihr Kopf fühlte sich wunderbar leicht und unbeschwert an, während sich alle Einzelteile ihrer Welt wieder zu einem soliden Ganzen fügten.

Cellucis Gesicht wies Wunden und Quetschungen auf. Die Haut über den Fingerknöcheln seiner rechten Hand war aufgeplatzt, und sein Herz schlug in einem Rhythmus, der nicht ganz der war, den Vicki kannte. Celluci roch nach Drogen und war mit Lederriemen ans Bett gefesselt.

Am liebsten hätte Vicki die Fesseln zerfetzt, den Freund in die Arme gerissen und ihn in Sicherheit geschafft. Aber niemand von ihnen befand sich in unmittelbarer Gefahr, und so würde sie Celluci zuliebe erst einmal herauszufinden versuchen, was sie ihm angetan hatten. Langsam trat Vikki also ans Bett und löste die Riemen. Später würde sie ihren Gewaltphantasien nachgeben können; später würde jemand für dies alles hier bezahlen.

„Mike?"

Eine rasche Prüfung – Vickis Hände strichen über Fleisch, das ihr so vertraut war wie ihr eigenes – brachte zutage, daß nichts Entscheidendes entfernt worden war.

„Komm schon! Wach auf."

Mikes Puls war stark und gleichmäßig. Vicki fuhr dem Freund mit dem Finger am Kinn entlang. Seine Bartstoppeln fühlten sich so rauh an wie Sandpapier.

Von der Tür aus sah Henry den beiden zu. Er wußte, daß er völlig in Vergessenheit geraten war und wunderte sich ein wenig darüber, wie schmerzhaft sich das anfühlte. All die territorialen Imperative, all die Angriffe, Gegenangriffe, all die gequälte Höflichkeit, die mühsam gewahrte Beherrschung, verschwanden in der Erinnerung daran, daß auch er Vicki einst geliebt hatte, und in diesem Moment haßte Henry Michael Celluci mehr, als er in seinem ganzen Leben jemanden gehaßt hatte.

Aber der Moment ging vorbei.

Celluci würde nie der letzten, größten Intimität teilhaftig werden, die Henry und Vicki miteinander gehabt hatten – ihr Leben, in seinen Armen wiedererschaffen, ihr Blut, das zu ihm, sein Blut, das zu ihr geflossen war. Alles, was danach kam ...

Henry konnte nicht anders, er mußte lächeln. Alles, was danach gekommen war, hatte einen Bruch mit Traditionen bedeutet, die er für unverrückbar gehalten hatte, war Leidenschaft, die durch Gemetzel noch angestachelt wurde, war blutgetränkter Waffenstillstand und etwas, was trotz allem, was dagegen sprach so aussah, als würde es sich zu einer Freundschaft entwickeln.

Er konnte Mike nicht hassen, jetzt, wo er selbst doch mehr von Vicki zurückerhalten hatte, als er je für möglich gehalten hätte.

„Es riecht nach Beruhigungsmitteln. Versuch, ihn wachzubekommen."

Vicki zuckte zusammen, als diese Worte aus Richtung Tür an ihr Ohr drangen und machte Anstalten, sich zwischen die Bedrohung, die sie dort witterte und den Körper auf dem Bett zu werfen. Sie brauchte einen Moment, ehe ihr klar wurde, daß es Henry gewesen war, der da gesprochen hatte und einen weiteren Augenblick, um sich daran zu erinnern, daß Henry zumindest im Augenblick keine Bedrohung darstellte. „Beruhigungsmittel? Wie kannst du das so genau sagen?" fragte sie.

„Aus Erfahrung."

„Ich will wirklich nicht wissen, wie du an diese Erfahrung gekommen bist, Henry." Vicki wandte sich wieder Celluci zu, zog diesem einen seiner Laufschuhe vom Fuß, griff das weiche Fleisch unten am Spann zwischen Daumen und Zeigefinger und kniff zu.

Cellucis Bein zuckte.

„Was machst du denn da?“

„Das ist Akupressur. Ich bearbeite einen Akupressurpunkt unten an seinem Fuß. Das soll helfen, die Wirkung der Droge abzuschütteln.“

„Wie ...?“

„Ich weiß nicht, wie!“ fauchte sie. „Das hat mir ein alter Streifenpolizist gezeigt. Wir haben das bei Leuten gemacht, die eine Überdosis Barbiturate genommen hatten; wenn es nicht klappte, waren sie aller Wahrscheinlichkeit nach tot. Komm schon, Mike! Wach auf!“ Sie kniff den Freund noch einmal.

Diesmal stöhnte er auf und versuchte, Vicki den Fuß zu entziehen. Langsam und mit flatternden Lidern öffneten sich die Augen des Detective, und schon hielt Vicki dessen Gesicht mit beiden Händen liebevoll umspannt. Er blinzelte sie an, und dann gingen die Lider auch schon langsam wieder zu, wobei sich die Augäpfel nach oben rollten.

„Michael Frances Celluci, wag es nicht, die Augen zuzumachen, während ich mit dir rede!“

„Jesus Christus, Vicki ... du hörst dich an ... wie meine Großmutter.“

„Ach ja!“ Cellucis Lippen waren trocken, also befeuchtete Vicki sie mit ihrer Zunge und leckte ihm dabei auch das Blut aus dem Mundwinkel.

„Das war ... keine Aufforderung“, ermahnte er sie, als sie sich dann zurückzog. „Wo bin ich ...“ Sein Blick glitt an der Freundin vorbei durch den Raum. „Ach du Scheiße.“

„Ich wollte nur sichergehen, daß du keine Knochen gebrochen hast, ehe wir dich abtransportieren.“

„Sehr umsichtig und rücksichtsvoll ...“ Dann runzelte Celluci die Stirn. „Wir?“ Er drehte den Kopf, bis er Henry sehen konnte, der immer noch in der Tür stand. „Was haben wir hier denn ... einen Waffenstillstand?“

Die beiden Männer sahen sich einen Augenblick lang an, dann sagte Henry leise: „Der Bus ist mit Ihnen abhanden gekommen. Irgendwer mußte ja fahren.“

„Sie hätten ihr ja auch ... Ihr Auto leihen können.“

„Das wollte ich dann doch lieber nicht tun. Als sie das letzte Mal mein Auto borgte, wurde sie seitwärts von einem Laster angefahren.“

„Ja ... aber da saß auch der Werwolf am Steuer.“

„Jetzt reicht es aber mit der Männerbündelei! Ja, wir haben einen Waffenstillstand – reicht dir das?“ Vicki drehte Cellucis Kiefer sanft so weit herum, daß der Freund sie wieder ansehen konnte. „Da die netten Menschen, die hier die Nieren rausbauen, ja wohl bald wiederkommen, muß ich dich fragen, ob es dir den Umständen entsprechend einigermaßen gutgeht. Können wir dich hier wegschaffen?“

„Nein.“

„Nein? Was heißt nein?“

„Nein, ihr könnt mich hier nicht wegschaffen.“

„Was ist los? Was haben sie dir angetan?“ Vickis Stimme drohte mit Gegenmaßnahmen; Auge um Auge, Zahn um Zahn; mindestens.

„Bis jetzt hat man mich nur entführt.“ Cellucis Gedanken wurden immer klarer, aber sein Körper war nach wie vor schwach. Er versuchte, sich aufzusetzen und hatte nicht die Energie zu protestieren, als Vicki ihn hochhob, ein Kopfkissen zwischen seine Schultern und die Wand schob und ihn sanft dagegen lehnte. „Ihr müßt mich hierlassen.“ Der Detective gab sich alle Mühe, Worte zu finden, die Vicki bewegen mochten zu tun, was er ihr sagte. Das war nie eine einfache Aufgabe, schon gar nicht jetzt, wo er nicht bei vollem Bewußtsein war. „Wenn ihr mich hier rausholt, werden wir nie erfahren, was hier wirklich läuft.“

„Mann, wir wissen, was hier läuft!“

„Wir wissen so gut wie nichts – außer, daß es Leute gibt, die überreagieren, wenn sie von Leuten verfolgt werden, die sich dann als Polizisten entpuppen.“ Celluci lieferte einen kurzen, präzisen Bericht von den Ereignissen des Nachmittags, und die Dinge gerieten nur einmal geringfügig aus dem Ruder, als Vicki feststellen mußte, daß Mike nicht wußte, wo sich der Bus befand. „Hör mal, Vicki“, bat Mike verzweifelt. „Können wir uns vielleicht später mit dem Bus befassen? Wenn wir ein wenig mehr Zeit haben?“

Vicki zog die Brauen hoch. „Wir hätten genug Zeit, wenn du aufhören würdest, dich so verdammt stur zu stellen!“

„Denk doch einfach, ich gehe hier verdeckten Ermittlungen nach.“

Sie lächelte dünn. „Denk du lieber daran, wie sie hier mit verdeckten Körperteilen von dir umgehen werden.“

„Vicki, vielleicht handeln die Leute hier gar nicht mit Körperteilen, vielleicht handeln sie nur mit Drogen. Bis jetzt kann ich sie lediglich der Entführung und widerrechtlichen Freiheitsberaubung beschuldigen.“

„Sowie des schweren Autodiebstahls.“ Sanft berührte Vicki die Wunde an Cellucis Wange und fügte hinzu: „Körperverletzung nicht zu vergessen.“

„Da kann er wohl sagen, es sei Notwehr gewesen."

„Mike, du bist ursprünglich aus denselben Gründen hergekommen wie wir: Ronald Swansons Name ist einmal zu oft aufgetaucht. Das kann kein Zufall sein. Zuerst finden wir heraus, daß der Mann hinter einer Privatklinik steckt, die sich auf Nierentransplantationen spezialisiert hat, und dann finden wir dich in eben dieser Privatklinik an ein Bett gefesselt. Das reicht mir."

Mike packte Vicki am Handgelenk, als er sah, wie sich ihre Augen silbern verfärbten. „Hör auf, nur zu reagieren und fang an zu denken. Nehmen wir mal an, du dringst in Swansons Haus ein und bringst ihn mit körperlicher Gewalt dazu, ein Geständnis abzulegen. Was dann? Du kriegst doch so nichts aus ihm heraus, was vor Gericht Bestand hätte. Wenn wir herausfinden und belegen wollen, was hier wirklich geschieht, dann muß es dazu eine richtige Ermittlung geben."

„Was tue ich denn deiner Meinung nach die ganze Zeit? Wandere ich ziellos in der Nacht umher?"

Elf Tote in einem Lagerhaus in Richmond – da war es einfacher, von ziellosem Umherwandern zureden. „Die meiste Zeit schon. Um diesen Kram hier richtig auseinanderzunehmen, brauchen wir Ressourcen, über die wir nicht verfügen."

„Wenn ich ein volles Geständnis bekomme, habe ich Ressourcen genug, Ronald Swanson auseinanderzunehmen."

„Nein."

In dem kleinen Wort lag eine solche Endgültigkeit, daß alles Silber aus Vickis Augen verschwand. „Was soll das heißen?"

„Wenn Swanson stirbt, wenn du ihn umbringst, dann ist das mehr, als ich ignorieren kann."

Sie entzog ihm die Hand und rieb an dem Band aus Wärme, das dort verblieben war, wo seine Finger sich befunden hatten. Mehr, als er ignorieren konnte. Das waren Worte, wie man sie sagt, ehe man zum „Auf Wiedersehen" übergeht. „Aber ..."

„Kein aber." Er packte sie bei der Schulter, schüttelte sie, zwang sie, ihm zuzuhören. „Genau hier ziehe ich den Schlußstrich."

Ein Herzschlag. Zwei.

„Ich mag keine Ultimaten."

„Ich mag keine vorsätzlichen Morde."

Wenn man es so formulierte, ohne alle Rhetorik, um die Sache zu verschönern, ohne die Hitze der Jagd, konnte Vicki nur zustimmen: Auch sie war gegen vorsätzlichen Mord. Dachte sie wenigstens. In ihrem rechten Mundwinkel zuckte ein schiefes Lächeln, als sie die Hand ausstreckte und dem Detective eine überlange Haarsträhne aus dem Gesicht strich. „Na ja, man muß wohl in jeder Beziehung auch einmal Kompromisse eingehen." Ein wenig erstaunt sah sie, wie sich Cellucis Gesichtszüge erleichtert entspannten und fragte sich, was er eigentlich erwartet haben mochte. Dann legte sie die Hand flach auf seine Brust und ließ sich ihrerseits durch den gleichmäßigen Schlag seines Herzens beruhigen. „Wo das nun klar ist: Was darf ich denn deiner Meinung nach tun?"

„Zuerst einmal darfst du mich hier zurücklassen ..."

„Das kannst du glatt vergessen."

„Verdammt noch mal Vicki, würdest du mir mal eine Sekunde lang zuhören? Wir finden nur heraus, was hier passiert, wenn wir sie nicht mit irgendwelchen übersinnlichen Sachen bedrohen. Leg mich hier ab, wie du mich vorgefunden hast, wobei du mich vielleicht ja nicht unbedingt wieder unter Drogen zu setzen brauchst ...", hier machte er eine erwartungsvolle kleine Pause und fuhr dann, als Vicki sich weigerte zu lächeln, seufzend fort: „... und dann fahr nach Hause und ruf die Polizei an. Sag denen, du hast hier in der Gegend geparkt, um dir in Ruhe die Straßenkarte anzusehen, und da hast du beobachtet, wie ein großer Typ in einem roten T-Shirt eine Leiche hier aus der Klinik zur Hintertür herausgetragen hat. Die Polizei wird kommen und findet dann ..."

„Nichts! Das hier ist ein geheimes Zimmer. Nicht mal die Nachtschwester kann sicher sagen, ob es sich hier befindet oder nicht – wie zum Teufel soll die Polizei es dann finden?"

„Also gut! Dann sag ihnen, du hast einen kranken Freund besucht und warst gerade wieder dabei, in dein Auto zu steigen, als du den Typen im roten T-Shirt mit der Leiche gesehen hast. Daraufhin hast du deine Nase durch die Hintertür gesteckt und dieses Zimmer hier gesehen. Dann bist du abgehauen, ehe der Typ nun wiederum dich sehen konnte, und nachdem du dir ein paar Stunden lang den Kopf zerbrochen hast und nicht wußtest, was du tun sollst, hast du dich letztlich entschieden, doch den Bullen Bescheid zu sagen."

„Darf ich jetzt eine Frage stellen?"

Cellucis Augen verengten sich; Vickis Ton gefiel ihm ganz und gar nicht. „Ja?"

„Du bist ein Bulle, versuch also, wie einer zu denken. Würdest du eine so hirnrissige Geschichte glauben?"

„Es ist egal, ob sie dir glauben! Hauptsache, sie fahren hier raus und prüfen deine Aussage nach."

„Ich glaube, ich kann mit einer Geschichte aufwarten, die sie glauben."

Das kam von Henry. Vicki drehte sich um, um ihn anzustarren, und Celluci schnaubte: „Stimmt, Sie verfassen ja auch Liebesromane!"

„Halt dich da raus, Henry."

„Vielleicht erinnern wir uns daran, daß du ja eigentlich für mich arbeitest? Ich finde, der Detective hat recht. Wenn wir sie wissen lassen, daß wir ihnen auf der Spur sind, verschwinden sie."

„Also bist du dafür, Mike hierzulassen, hier, wo er in Gefahr ist?"

Vicki preßte diese Worte zwischen zusammengebissenen Zähnen hervor und änderte ihre Haltung, um notfalls den Mann auf dem Bett besser verteidigen zu können.

Mike seufzte. „Beruhige dich. Was immer sie mit mir vorhaben, vor morgen früh passiert auf jeden Fall gar nichts."

„Woher willst du das wissen?"

„Dreimal darfst du raten! Ich habe den Bösen zugehört, als die sich draußen im Flur miteinander unterhielten, kurz bevor sie mich betäubten."

„Den Bösen?"

„Dem Großen, der mich hergeschleppt hat ..."

„Einer mit Kuhaugen?"

„Das könnte ich nicht beurteilen. Näher als bis zu einem Burger bin ich an eine Kuh nie rangekommen. Er sprach mit einer Frau, aber die habe ich nicht gesehen. Ich bin ziemlich sicher, daß sie letztlich diejenige war, die mir die Spritze gesetzt hat, aber er hat mir ein Kissen aufs Gesicht gedrückt, ehe sie ins Zimmer kam. Aber die beiden spielen keine Rolle." Er versuchte, sich so hinzusetzen, daß sein Kopf nicht allzusehr schmerzte und rückte sich das Kopfkissen zurecht. „Du mußt lediglich dafür sorgen, daß die Polizei vor morgen früh hier ist und ich mit ihnen an den Ort fahren kann, an dem man mich überfallen hat, damit sie dann die gleichen Schlüsse ziehen können wie ich."

„Welche wären das?"

„Daß man da draußen in den Wäldern eine ganze Armee begraben kann." Mikes Stimme wurde sanfter. „Mir passiert schon nichts, bis die Polizei kommt. Das verspreche ich. Du mußt ihnen lediglich eine wirklich gute Geschichte auftischen, so daß sie auch bestimmt herkommen und mich finden. Den Rest erledige ich dann."

„Warum nehmen wir dich nicht mit zur Polizei, und du kannst denen die Geschichte selbst auftischen?

„Wie bin ich aus den Fesseln rausgekommen?“

Sie warf verzweifelt die Hände hoch. „Soll ich denn an alle Einzelheiten denken?“

„Du denkst doch gar nicht nach!“ Er fing ihren Blick und hielt ihn, ohne Sorge darum, was er in diesen Augen finden mochte. „Wir müssen das Ganze so aufbauen, daß wir, nein, daß ich allein die Fragen beantworten kann, die sie stellen werden. Du und Fitzroy dürft damit nichts zu tun haben.“

Aussagen, Gerichtstermine – nie und nimmer würde das System sich bereit erklären, all das nach Sonnenuntergang anzusetzen. Vicki drehte sich um, warf Henry einen Blick zu und mußte feststellen, daß die beiden Männer vollständig einer Meinung zu sein schienen. Was noch schlimmer war: Auch sie mußte sich eingestehen, daß Cellucis Überlegungen viel Sinn ergaben. Nur sich selbst gestand sie das ein, nicht den beiden Gefährten. „Sie haben dich so betäubt, daß es den ganzen Abend lang vorhielt. Du bist nicht in der Verfassung, vernünftige Pläne zu schmieden.“

„Mein Körper fühlt sich an wie Griesbrei, und mir brummt der Schädel, aber meine kognitiven Fähigkeiten sind nicht beeinträchtigt.“

„Kognitive Fähigkeiten – klar doch. Als ob du immer so große Worte in den Mund nähmest.“ Seufzend machte sich Vicki daran, die Härchen auf Mikes Arm in die falsche Richtung zu streichen. „Aber die ganze Sache will mir immer noch nicht gefallen.“

„Laß das sein.“ Er fing ihre Hand in der seinen. „Wie lange brauchst du für die Fahrt in die Stadt? Eine Stunde? Wir haben Juni, Sonnenaufgang ist um 4:14 Uhr. Du hast doch heute nacht gar keine Zeit mehr, noch irgend etwas zu unternehmen. Also überlasse doch bitte der Polizei die Sache!“

„Die Geister wollen, daß Henry ihre Tode rächt ...“

„Dann soll Henry den Anruf bei der Polizei machen. Es ist die einzige Art, dafür zu sorgen, daß auch wirklich *alle*, die an dieser Sache beteiligt sind, kriegen, was sie verdienen.“

Vicki bleckte die Zähne. „Wenn sie dir weh tun, Mike ...“

„Dann kannst du ihnen auch weh tun.“ Celluci war sich ganz sicher, daß ihm nichts geschehen würde – sonst hätte er Vicki dieses Zugeständnis nicht gemacht. Deren Antwortlächeln fiel genauso aus, wie er es befürchtet hatte. „Das ist der einzige Weg, alle Eventualitäten zu berücksichtigen, Vicki! Ich verlange ja gar nicht, daß du darüber glücklich bist. Ich verlange einfach nur, daß wir so vorgehen. Leg mir einfach die Fesseln wieder an, und dann verschwindet ihr, und in ein paar Stunden ist alles vorbei."

„Wenn Swanson stirbt ... wenn du ihn umbringst, ... dann ist das mehr, als ich zu ignorieren bereit bin, ... da ziehe ich den Schlußstrich."

Diese Worte hingen zwischen ihnen in der Luft.

Wenn sie Mike aus der Klinik trug, würde er ihr das nie verzeihen, da war sich Vicki ganz sicher. Wenn sie ihn verließ und Henry sofort die Polizei hierherschickte – was konnte da schiefgehen?

An Celluci hing immer noch der Duft einer anderen Frau – und Vicki hoffte seinetwegen, es sei der der Frau mit der Spritze, weshalb ein zweideutiges Lächeln auf ihrem Gesicht lag, als sie dem Freund nun wieder die Fesseln anlegte. „Irgendwie bringt mich die Sache ja auch auf Ideen!" Als ein sanftes Streichen über die Innenseite von Cellucis bloßen Armen ihm sofort eine Gänsehaut bescherte, packte sie den Hosenbund seiner Jeans mit den Zähnen und zog daran.

„Vicki!"

„Michael ..."

„Fitzroy, würden Sie bitte dafür sorgen, daß sie hier verschwindet?"

Vicki warf dem anderen Vampir einen warnenden Blick zu. Nachdenklich hob Henry eine Braue. „Er sieht ja ungeheuer appetitlich aus, aber ich befürchte, jetzt ist nicht der rechte Zeitpunkt."

Mike stöhnte auf, als Vicki mit einem Hechtsprung über das Bett setzte, eine Hand immer noch an seiner Hüfte. „Wenn du ihn auch nur anrührst", zischte sie, „dann reiße ich dich in Stücke, die so klein sind, daß du ..." Dann hielt sie inne, richtete sich auf und runzelte die Stirn. „Das hast du mit Absicht gemacht!"

„Ja." Wie schnell sich ihre territoriale Reaktion abrufen ließ, trotz aller Fortschritte, die sie gemacht hatten. Henry blickte von Vicki zu Celluci, der im Hintergrund mit seinen Fesseln kämpfte und mußte sich eingestehen, daß Vickis Reaktion wohl auch vor der Wandlung nicht anders ausgefallen wäre und von daher nicht als territoriale Reaktion bezeichnet werden konnte. „Seien Sie unbesorgt, Detective, ich trinke eigentlich nie um diese Uhrzeit. Sag Celluci ‚Auf Wiedersehen', Vicki, und dann laß uns gehen."

Leise vor sich hinfluchend wandte sich Vicki wieder dem Bett und Mike Celluci zu. Sie beugte sich hinunter, ließ ihren Mund direkt über seinen Lippen schweben, so daß sie bereits seinen Atem schmecken konnte und sagte: „Ich weiß gar nicht, ob ich das überhaupt schaffe: hier einfach rausgehen und dich allein zu lassen."

„Rede bloß keinen Schwachsinn: Es gibt nichts, was du nicht kannst."

„Bevormunde mich nicht, Celluci!"

„Dann hör du auf, dich so melodramatisch zu gebärden. Mir passiert nichts, bis die Polizei kommt." Seine Lippen streiften die ihren. „Geh jetzt."

„Laß uns lieber vorne rausgehen. Die Hintertür hat wahrscheinlich eine Alarmanlage."

„Die ich aber nicht sehen kann." Rasch fuhr Vicki mit dem Finger die Türkanten entlang. „Ich fühle auch kein Kabel. Unser Wagen steht gleich hier vor der Tür. Tun wir doch einfach, was Mike gesagt hat: Sehen wir zu, daß wir hier verschwinden." Sie drückte gegen den Türöffner; die Geräusche in der Klinik blieben unverändert. „Siehst du, kein Alarm. Hier schlafen schließlich auch Kranke, die sollen wahrscheinlich nicht durch Lärm verschreckt werden. Komm schon! Ein kleiner Wettlauf bis zum Auto!"

Wie Henry bereits festgestellt hatte: Es bedurfte nur einer kleinen Provokation, um eine territoriale Reaktion hervorzurufen. Sobald Vicki rannte, konnte er nicht anders, er mußte ihr folgen. Beide liefen so schnell, daß ein menschliches Augen ihrem Lauf nicht hätte folgen können und erreichten den BMW, noch ehe sich die Kliniktür wieder geschlossen hatte.

Er war sofort wach und einen Herzschlag später auch auf den Beinen. Er hätte nicht sagen können, was er gehört hatte, nur, daß er auf jeden Fall *etwas* registriert hatte. Wenn er im Gefängnis eines gelernt hatte, dann, einen leichten Schlaf zu pflegen. Draußen klappten leise zwei Autotüren, und sofort eilte er zum Fenster des Aufenthaltsraums der Angestellten, wo er gegen die Wand gepreßt aus dem Fenster schielte und ohne daß man ihn vom Parkplatz aus sehen konnte zusah, wie ein BMW zurücksetzte und davonfuhr. Die beiden Menschen im Wagen schienen sich zu streiten, ihm kam keine der beiden Silhouetten bekannt vor.

Wahrscheinlich Jugendliche, die irgendwo in Ruhe rummachen wollten. Er gähnte, dachte daran, sich wieder schlafen zu legen, dachte als nächstes daran, was die Ärztin wohl sagen würde, wenn etwas schiefliefe und kam dann zu dem Schluß, es könne nichts schaden, kurz nach dem ungebetenen Gast zu sehen.

Die Tür mit der Aufschrift *Schaltzentrale* war unverschlossen. Er wußte, daß er sie abgeschlossen hatte.

Leise, die Kreppsohlen seiner Schuhe hinterließen auf den blanken Fliesen keinerlei Geräusch, betrat er das versteckte Zimmer, wobei er schon halb damit rechnete, das Bett dort leer vorzufinden. Aber da lag der große Bulle immer noch, gefesselt und vollständig bewußtlos. Er schaltete die Deckenlampe an und hob eine Hand, um seine Augen vor dem gleißenden Neonlicht zu schützen. Der Körper auf dem Bett zuckte noch nicht einmal, als das Licht anging. Auch eine nähere Untersuchung des Eindringlings schien lediglich zu bestätigen, daß sich hier im Zimmer nichts verändert hatte.

Aber etwas war anders.

Hatte dem Bullen nicht eine Haarsträhne in der Stirn gehangen? Mit diesen Fesseln hätte er sich die unmöglich aus dem Gesicht streichen können.

Mit den Fingern überprüfte er den Sitz der Fesseln. Der Riemen am linken Handgelenk war im vierten Loch, der am rechten im dritten. Eigentlich schaffte er es immer, die Fesseln gleich fest zu ziehen, aber der Bulle hatte sich trotz Betäubungsspritze und obgleich er schon halb hinüber gewesen war noch ordentlich gewehrt und ...

Der Bulle hatte sich bewegt, und nun murmelte er etwas vor sich hin. Gut. Mittlerweile sollte die Wirkung des Beruhigungsmittels auch nachgelassen haben und der Mann in einem natürlichen Schlaf liegen. Im Gefängniskrankenhaus hatten sie oft Beruhigungsmittel eingesetzt, das war einfacher, als die Patienten zu behandeln. Er konnte also beurteilen, ob jemand unter Drogen stand oder nicht, und seiner Meinung nach hob und senkte sich der Brustkorb des Bullen in einem natürlichen Rhythmus.

Dann runzelte er die Stirn. Genau über der linken Hüfte zeigte sich im blaßblauen Leinenstoff der Jeans, mit der der Detective bekleidet war, ein dunkelblauer Halbkreis, wie ein feuchter Fleck ...

Er berührte den Fleck mit dem Finger. Fast war der Stoff ja wieder trokken, aber insgesamt sah es so aus, als hätte jemand an den Jeans des Bullen herumgekaut. Er packte den Halbkreis mit Daumen und Zeigefinger und zog daran.

„Ich will gar nicht wissen, was hier drin vor sich gegangen ist", sagte er dann, und die Haut auf seinem Nacken kribbelte, als er den Blick des Bullen auf sich ruhen fühlte. Er drehte den Kopf und sah in Augen, die ihn wütend anfunkelten. „Aber eins ist sicher, Typ: Du hast ein paar ziemlich merkwürdige Freunde. Willst du mir nicht sagen, warum sie dich wieder verlassen haben?"

„Ich weiß nicht, wovon Sie reden."

„Natürlich: Du weißt von nichts."

Celluci konnte nichts dagegen tun, daß sein Kopf zur Seite flog, als der Schlag ihn traf. „Leck mich doch!" fauchte er.

„Vielleicht." Das nächste Telefon stand im Aufenthaltsraum der Angestellten. „Wir werden sehen, was die Frau Doktor dazu zu sagen hat."

„Wo fährst du hin?" Vicki spie die Frage förmlich aus, ohne dabei die Zähne zu lockern, die sie fest zusammengepreßt hielt. Auch jetzt wieder saß Henry am Steuer, denn er hatte sich schlicht geweigert, ihr die Autoschlüssel zu übergeben, und zwar in einem Ton und mit so einer perfekten Fürst-der-Finsternis-Miene, daß jedes Argumentieren Zeitverschwendung gewesen wäre. Nur Mikes wegen war Vicki überhaupt wieder in den Wagen geklettert und bereute das nun die ganze Fahrt über heftig. Nur allzubald würde auch Henry es bereuen! „Zur Wohnung geht es da lang!"

„Hier oben gibt es an der Ecke ein Café, und wir brauchen einen Polizeibeamten, mit dem wir reden können."

„Mein Gott, Henry, wir sind in Vancouver! Hier gibt es an jeder Ecke ein Café." Womit sie versuchte, das Steuern zu übernehmen.

Als Henry das Steuer festhielt, folgte ein Kampf, der heftig, aber auch kurz war: Vicki war zweiunddreißig Jahre lang sterblich gewesen und machte sich keine Illusionen in Bezug auf die Überlebenschancen in einem fahrenden Auto, das außer Kontrolle geriet. Außerdem hatten sie die Sicherheitsgurte beim Angriff behindert.

„Anders als bei anderen Cafés gibt es bei diesem hier einen Parkplatz“, teilte Henry mit, als sie nun wieder auf dem Beifahrersitz saß und wütend aus dem Seitenfenster starrte. „Wo sie den Streifenwagen abstellen können.“

Tatsächlich stand auf dem Parkplatz des Cafés ein Streifenwagen.

„Na wunderbar, bestätigt ihr bloß immer schön alle Vorurteile!“ grummelte Vicki vor sich hin, während Henry den BMW parkte und den Motor abstellte. „Was nun?“

„Jetzt gehe ich da hin und unterbreche die Kaffeepause der beiden Wachtmeister mit der Geschichte von einer Leiche, die ich vom Seitenstreifen der Autobahn aus gesehen habe.“

Sie stieg zur selben Zeit aus dem Wagen wie er, dankbar dafür, den Raum, den sie persönlich für sich beanspruchte, wieder von dem seinen trennen zu können. „Ich kann es immer noch nicht fassen, daß du bei dieser Sache mitmachen willst. Verdammt noch mal: Ich kann ja noch nicht mal glauben, daß ich da mitmache! Henry, wir haben Mike einfach zurückgelassen!“ Nun, da das Auto als Barriere zwischen ihnen beiden fungieren konnte, erlaubte Vicki ihrer Wut, sich ein wenig aus ihrem eisernen Griff zu befreien – obwohl sie nicht hätte sagen können, auf wen sie nun genau wütend war. „Wir haben ihn im Stich gelassen. Wir haben ihn hilflos und allein zurückgelassen.“

„Das Risiko ist minimal, und es ist ein Risiko, das er einzugehen bereit ist, um diese Sache ein für allemal zu beenden. Die Polizei wird innerhalb einer Stunde dort sein. Was kann denn da schon schiefgehen?“

„Berühmte letzte Worte!“ Die Nacht roch hier an der Küste weniger stark nach Autoabgasen und heißem Metall als in Toronto, aber immer noch roch es nach zu vielen Menschen, die auf zu engem Raum zusammengepfercht waren. Vickis Gedanken wanderten zurück zur Klinik, und sie versuchte, nicht daran zu denken, daß in der Regel alles, was schiefgehen konnte, auch wirklich schiefging. „Ich habe ihn dort gelassen, weil er mich darum gebeten hat“, sagte sie, und ein silberner Blick bohrte sich in den Henrys. „Ich tue das für Mike. Aber dir war doch immer egal, was er von dir denkt.“

War es das? Michael Celluci ist ein ehrenwerter Mann, und manchmal sind die Meinungen ehrenwerter Männer das einzige, wodurch wir uns definieren können. Aber es ergab wenig Sinn, einen neuen territorialen Disput über die Zuneigung zu Michael Celluci vom Zaun zu brechen, auch wenn ihre Reaktion zuvor ihn eher amüsiert denn erzürnt hatte. „Ich bin nicht für

Selbstjustiz, Vicki, ganz gleich, wie mein Verhalten in der Vergangenheit gewirkt haben mag. Wenn ich für eine Lösung innerhalb des gesetzlichen Rahmens sorgen kann, dann sollten alle damit zufrieden sein."

„Eine Lösung innerhalb des gesetzlichen Rahmens?" wiederholte sie. Sie schüttelte den Kopf, legte die Hände auf das Autodach und bettete das Kinn auf das so entstandene Kissen. „Nur zu, und sorg dafür, daß du es gut machst."

Henry hegte keinerlei Zweifel daran, daß er in der Lage war, eine Geschichte zu erfinden, der die Polizei Glauben schenken würde. Diese Geschichte würde er mit genügend Einzelheiten anreichern können, damit die Beamten sich nicht nur gezwungen sahen, das Ganze zu überprüfen, sondern auch alles finden würden, was sie finden sollten. Eigentlich jedoch war weniger ein Beweis für Henrys Fabulierkunst gefragt als eine Probe seiner Überzeugungskraft. Letztlich war die Art entscheidend, wie er die Dinge vorbrachte, nicht die Geschichte selbst.

„Tut mir leid, wenn ich störe, aber kann ich Sie einen Augenblick sprechen?"

Der Wachtmeister auf dem Fahrersitz widerstand erfolgreich dem völlig unerklärlichen Bedürfnis, Haltung anzunehmen, stellte seinen Kaffeebecher ab und schaffte es, kurz und effizient zu antworten. „Aber sicher, Sir!"

Die Wachtmeisterin auf dem Beifahrersitz fragte sich, was zum Teufel wohl mit ihrem Partner los sein mochte, beugte sich vor, um einen besseren Blick auf den Mann werfen zu können, der ihre Kaffeepause störte und mußte dann feststellen, daß sie sehr geneigt war, fast genauso zu reagieren wie ihr Kollege.

Der uneheliche Sohn Heinrichs des VIII., Duke of Richmond und Somerset beugte leicht den Kopf und nahm damit die ehrerbietige Haltung der beiden Polizisten zur Kenntnis. „Ich habe ein paar Informationen, die es unter Umständen verdient hätten, von Ihnen überprüft zu werden." Henrys Vater wäre mit dieser Formulierung und dem Ton, in dem sie vorgebracht wurde, sehr zufrieden gewesen ...

Tony wurde wach, als Henry die Wohnung betrat. Er richtete sich auf der Couch auf und rieb sich die Augen. „Habt ihr ihn gefunden?"

„Ja."

„Da war Vicki bestimmt froh."

„Nicht wirklich."

„Mensch, Henry, du hast sie doch nicht auf dem Weg in die Klinik vernichtet?"

„Ich weiß nicht, wovon du redest."

„Diese Prinzennummer kannst du dir mir gegenüber schenken. Ich bin nicht in Stimmung. Wenn du Vicki nicht auf dem Weg zur Klinik vernichtet hast und ihr den Detective gefunden habt, warum ist Vicki dann nicht zufrieden?"

„Weil wir ihn dagelassen haben."

„Was habt ihr?"

„Es war seine eigene Idee. Er dachte, wenn wir ihn retten, alarmiert das die Leute, die hinter der ganzen Organdiebstahlsache stecken, und dann wissen die, daß wir ihnen auf der Spur sind. Also hat Celluci angeordnet, daß wir die Polizei benachrichtigen und ihr die Sache überlassen, solange die Beweise noch gut auffindbar sind."

„Wie sollen die Bullen eine Verbindung zwischen Celluci und der Leiche im Hafen herstellen, außer, Celluci fehlt eine Niere?"

„Der Detective scheint zu glauben, er wisse, wo die anderen Leichen begraben sind."

„Vicki hat ihn einfach so da in der Klinik gelassen?"

„Einfach so nicht. Er mußte an ihre guten Seiten appellieren."

Tony schnaubte. „Ich dachte, so was hat sie gar nicht, wenn es um Mike geht. Habt ihr der Polizei Bescheid gesagt?"

„Ich habe Bescheid gesagt, und mit einigem Glück reicht das aus, um meine Besucher zufriedenzustellen." Henry warf einen Blick auf seine Uhr. „Warum bist du nicht im Bett? Mußt du morgen nicht zur Arbeit?"

„Ich wollte erst wissen, ob es Mike gutgeht und er in Sicherheit ist, ehe ich wieder in Gerrys und Johns Wohnung gehe." Noch etwas schlaftrunken stand Tony auf, faltete ein wenig fahrig die Wolldecke zusammen, die er über sich gebreitet hatte und stand dann unsicher da, die Augen zu Boden gerichtet.

Henry seufzte und fragte sich, seit wann die Dinge zwischen ihnen beiden so verkrampft waren. „Es ist spät. In ein paar Minuten geht die Sonne auf. Warum bleibst du nicht hier, in deinem Zimmer?"

„Ich ..."

„Ich weiß."

Tony hob den Kopf, überrascht vom Verständnis in Henrys Stimme.

„Wenn dies alles hier vorbei ist, und das könnte es morgen abend gut sein, dann müssen wir miteinander reden, aber im Moment gibt es für dich keinen Grund, zu gehen."

„Wahrscheinlich nicht." Tony warf einen Blick auf die Uhr am Videorekorder, und seine Augen weiteten sich. „Henry! In fünf Minuten geht die Sonne auf."

„Das ist mir bewußt." Henry machte sich auf den Weg den Flur hinunter und bat Tony mit einer Geste, sich ihm anzuschließen. „Kannst du morgen vielleicht ein Auge auf die Nachrichten halten – die Morgennachrichten aufzeichnen, ehe du zur Arbeit gehst? Ich bin sicher, daß Detective Celluci Vicki und mich aus der Schußlinie hält, wenn das gewisse Etwas zu dampfen beginnt, aber mir wäre es lieber, ich wüßte genau, daß es ihm auch wirklich gelungen ist."

„Kein Problem. Ich stelle den Rekorder so ein, daß er auch gleich die Mittagsnachrichten und die um 18:00 Uhr aufzeichnet."

„Das heißt doch aber nicht, daß wir *Batman* nicht aufzeichnen können?"

Tony grinste. Es waren diese nicht vampirischen, nicht prinzlichen Seiten Henrys, die dafür gesorgt hatten, daß sie so lange zusammenbleiben konnten. „Reg dich ab, du kriegst deinen Comic." Nun standen sie an der Schlafzimmertür, Henrys Hand lag auf der Klinke, in wenigen Sekunden würde er sich bis zum Sonnenuntergang einschließen. Plötzlich wollte Tony diesen Augenblick gern ausdehnen. „Hast du eine Frage für die Geister, die für beide gelten kann?"

„Vicki schlägt vor zu fragen, ob dieselbe Person sie umgebracht hat."

„Was meinst du? Kann Vicki so was beurteilen?"

„Deswegen hatte ich sie ja gebeten zu kommen. Wenn alles gutgeht, wird das aber kein Problem mehr sein; wenn alles gutgeht, ruhen die beiden bei Sonnenuntergang in Frieden." Henry öffnete die Tür, streckte die Hand aus und streichelte Tonys Wange mit zwei Fingern. Alles, was ihm zu sagen in den Sinn kam, war „Auf Wiedersehen", aber diese Worte mochte er noch nicht sagen, und so sagte er lieber gar nichts.

„Ich halte das nicht aus! Dieses Schlafzimmer dünstet selbst im Stockfinsteren noch Rosa aus!“ Vicki knüllte das Kopfkissen zusammen und wälzte sich auf die andere Seite. Sie wußte ganz genau, daß das Schlafzimmer mit ihrer Laune nichts zu tun hatte, und außerdem war ihr auch klar, daß es außer dem Schlafzimmer nichts gab, woran sie ihre Laune hätte auslassen können.

Die Fahrt zurück zur Wohnung war einfacher gewesen als die Fahrt hinaus zum *Projekt Hoffnung*. Je mehr Zeit sie und Henry zusammen verbrachten, je stärker sie den Waffenstillstand zwanghaft aufrechterhielten, desto einfacher wurde es. Aber sie wollte immer noch irgend etwas umbringen.

Nicht Henry.

Mike.

„Es war falsch, ihn dort zu lassen. Ich weiß das – ich weiß es einfach. Warum habe ich nach all den Jahren“, fragte sie die inzwischen rasch enteilende Nacht, „plötzlich beschlossen, auf einen ...“

ELF

„Was ist denn hier los?"

Die Frage unterbrach den im Schwesternzimmer tobenden Streit, und Schweigen trat ein. Die beiden Polizeibeamten und die Nachtschwester wandten sich erleichtert der Stimme zu, die die Frage gestellt hatte; drei sehr unterschiedliche Gesichter, die jedoch alle den gleichen beredten Ausdruck trugen: *Gott sei Dank! Endlich jemand, der uns sagt, was zu tun ist.*

Erregt trat die Nachtschwester vor. „Dr. Mui, diese beiden Polizeibeamten wollen sich in der Klinik umsehen! Anscheinend hat jemand der Polizei gemeldet, hier sei am späten Nachmittag durch die Hintertür ein Körper ins Haus geschafft worden!"

„Wie bitte?" Dr. Muis gebieterischer Blick glitt von der Schwester zu den beiden Polizisten. „Hier ist heute überhaupt niemand eingeliefert worden. Ich muß Ihnen leider mitteilen, daß Ihr Informant sich geirrt hat."

„Der fragliche Körper befand sich nicht auf einer Bahre, sondern wurde der Aussage nach von einem großen Mann in einem roten T-Shirt getragen, der ihn sich über die Schulter geworfen hatte. Ich bezweifle, daß das die Art ist, in der Ihre Patienten gewöhnlich hier ankommen, Dr. ...?"

„Mui." Ebenholzfarbene Brauen hoben sich zu einem feingezeichneten Bogen. „Wer sind Sie?"

„Polizeiwachtmeisterin Potter." Mit einer Kopfbewegung wies die Beamtin auf ihren Kollegen. „Das ist Polizeiwachtmeister Kessin. Kommen Sie immer um diese Zeit in die Klinik? Es ist fünf Uhr morgens – ein wenig früh, um den Tag zu beginnen, nicht?"

„Ich arbeite zu den merkwürdigsten Zeiten." *Was Sie allerdings nichts angeht*, schwang ungesagt im Ton der Ärztin mit. „Wenn Sie mir nicht glauben, können Sie gern Schwester Damone befragen, sie wird es bestätigen. Was den heutigen Tag betrifft, so habe ich einen Patienten, dessen Krankheit ins vierte Stadium eingetreten ist – wenn sich für ihn kein passender Spender findet, wird er innerhalb einer Woche tot sein. Ich bin hier, weil ich nach ihm sehen wollte. Ich gehe übrigens davon aus, daß Sie beide unterzeichnete Organspenderausweise bei sich tragen?"

Dr. Mui erwartete ausdrücklich eine Antwort; es wäre unmöglich gewesen, sie ihr zu verweigern.

Ein holpriges Duett versicherte, dies sei der Fall, und Dr. Mui nickte. „Das ist auch gut so. Denn wenn Sie tot sind, haben Sie ja weiter keine

Verwendung für ansonsten völlig gesunde Organe. Hunderte von Menschen sterben jedes Jahr, weil es viel zu wenige dieser unterschriebenen Organspenderausweise gibt. Nun zu diesem Körper, der hier angeblich hereingetragen wurde. Wenn Sie das Klinikgelände durchsuchen wollen, dann haben Sie doch sicherlich einen Durchsuchungsbefehl, oder?"

Potter blinzelte ein wenig verwirrt; sie fühlte sich durch die moralische Belehrung und den anschließenden abrupten Themenwechsel leicht brüskiert. „Durchsuchungsbefehl, Frau Doktor?"

„Durchsuchungsbefehl, Wachtmeisterin Potter."

Potter fühlte sich stark an ihre Schulzeit an einer katholischen Grundschule erinnert. Sie gab sich Mühe, die damit verbundenen Gefühle zu unterdrücken – es half wenig, daß keine der Nonnen, die sie damals unterrichtet hatten, asiatischer Abstammung gewesen war –, räusperte sich und warf zur seelischen Stärkung einen Blick auf ihren Notizblock. „Wir hatten gehofft, uns ein wenig umsehen zu können, ohne einen Durchsuchungsbefehl beantragen zu müssen."

„Ach? Ich verstehe."

„Wenn wir einen brauchen, können wir jederzeit einen kriegen!" Wachtmeister Kessin wünschte, er hätte den Mund gehalten, denn nun richtete sich der unverwandte Blick der Ärztin auf ihn, und er hatte das unangenehme Gefühl, die Frau würde ihn gedanklich auf eine Waagschale legen und sofort für zu leicht befinden. *Seine Organe nehmen wir nicht. Er ist ein Dummkopf.*

„Aber natürlich können Sie das." Wobei der Ton, in dem die Ärztin das sagte, klarstellte, daß sie vom Gegenteil überzeugt war. Ehe sich einer der beiden Beamten durch den Ton beleidigt fühlen konnte, sprach sie auch schon weiter. „Aber das wird nicht nötig sein, denn nun bin ich ja glücklicherweise hier." Wachtmeisterin Potter schien etwas sagen zu wollen, wurde aber von der Ärztin daran gehindert, die mittlerweile leicht gereizt klang: „Hier im Haus befinden sich einige sehr kranke Menschen, Wachtmeisterin. Ich bin sicher, Sie haben nicht wirklich erwartet, daß Schwester Damone Sie hier unbegleitet herumlaufen läßt? Oder ihren Posten im Stich läßt, um Sie zu begleiten? Aber nun bin ich hier, und das löst alle Probleme. Was möchten Sie als erstes sehen?"

Hinter der Hintertür macht der Flur einen Bogen nach links. Dort finden Sie eine Tür mit der Aufschrift Elektrische Schaltzentrale. *Hinter dieser Tür befindet sich ein weiterer kleiner Flur, und von diesem Flur geht die Tür zu einem Krankenzimmer ab …*

„Ich denke, wir sollten bei der Hintertür beginnen, Frau Doktor."

„Gut. Schwester …"

Kurz flammte in beiden Wachtmeistern die Hoffnung auf, Schwester Damone möge aufgefordert werden, mit ihnen zu gehen, während Dr. Mui sie im Schwesternzimmer vertrat.

„… ich bin bald wieder zurück."

Die Hoffnung sank in sich zusammen und zerfiel zu Asche.

„Diese Tür ist nicht durch eine Alarmanlage gesichert?"

„Wie ich Ihnen bereits sagte, Wachtmeisterin Potter, haben wir hier im Haus ein Dutzend schwerkranker Menschen. Nehmen wir einmal an, jemand muß dringend das Haus verlassen und nimmt dafür diese Hintertür; ein unnötiger Alarm könnte reichen, einen oder zwei dieser Menschen umzubringen."

„So krank sind die?"

„Unsere Patienten sind hier, weil ihnen gerade noch zwei Optionen verblieben sind: Transplantation oder Tod. Ja, sie sind so krank, daß eine Alarmsirene sie zu Tode erschrecken könnte."

Wachtmeister Kessin runzelte angesichts der schweren Stahltür die Stirn. „Aber nehmen wir einmal an, jemand gelänge von außen ins Haus?"

„Die Tür läßt sich von außen nicht öffnen."

„Es gibt Leute, Frau Doktor, die es schaffen, jede Tür zu öffnen."

Dr. Mui lächelte. „Was würde einem eine Alarmanlage gegen solche Leute schon nützen?"

„Verschließen Sie immer die Tür zur elektrischen Schaltzentrale?"

„Zwei Punkte für Sie, Wachtmeister." Dr. Mui zog einen Schlüsselbund aus der Kitteltasche und steckte einen der Schlüssel ins Schloß. „Zum einen ist dies nicht die Tür zur Schaltzentrale. Sie führt zu einem kleinen Flur. Zum anderen: Nein, wir verschließen sie in der Regel nicht."

„Warum ist sie dann jetzt verschlossen?"

„Das kann ich Ihnen nicht sagen."

„Das Zimmer, nach dem Sie suchen, sieht aus wie ein beliebiges Krankenzimmer, nur sind die Wände aus unverputzten, gestrichenen Hohlziegeln, und es gibt nur ein Fenster, weit oben und nicht zu erreichen. Auf dem Bett liegt ein Mann ..."

Wachtmeisterin Potter trat über die Türschwelle und blieb abrupt stehen. Sanft mußte sie ihr Partner weiter in den Raum hineinschieben. Aus irgendeinem unerfindlichen Grund hatte die Polizistin das Gefühl, sie würde gerade aus einem tiefen, unergründlichen Brunnen steigen. Das mochte an der Beleuchtung liegen: Das Zimmer bestand ausschließlich aus glatten, schimmernden Oberflächen; nichts brach hier den intensiven Glanz der Neonröhren.

Der Mann auf dem Bett setzte sich auf und rieb sich leise grummelnd die Augen.

„Ein verborgenes Zimmer und ein Mann, der ganz offensichtlich kein Patient ist: Können Sie uns das erklären, Frau Doktor?"

„Dieser Raum sollte ursprünglich die Waschküche werden. Aber dann stellten wir fest, daß es kostengünstiger ist, außerhalb des Hauses waschen zu lassen. Da waren alle Leitungen bereits verlegt und wir konnten das Zimmer mit wenig Aufwand zu einem zusätzlichen Krankenzimmer umbauen. Was den Mann auf dem Bett angeht ...", hier wurde der Ton der Ärztin schärfer, „so handelt es sich um Richard Sullivan. Er ist einer unserer Pfleger und dürfte sich in diesem Raum gar nicht aufhalten, – was wohl auch erklärt, warum die Flurtür verschlossen war."

„Pfleger", wiederholte Kessin. „Das würde auch erklären, warum er Uniform trägt!" Dr. Mui warf dem Beamten einen verächtlichen Blick zu, woraufhin er einen hastigen Schritt zurücktrat: Schon wieder war er für zu leicht befunden worden.

Sullivan war aufgestanden und starrte nun, einen unverständlichen Protest murmelnd, verlegen auf die Matratze hinunter.

„Bitte wiederholen Sie das, Richard! Lauter, wenn es geht."

„Das Feldbett ist so unbequem!"

„Sind Sie der Pfleger, der laut Nachtschwester im Aufenthaltsraum der Angestellten schläft?" fragte Potter und wunderte sich darüber, daß ihr die ganze Angelegenheit so vorkam, als habe sie mitten in einer Fernsehsendung den Sender gewechselt.

„Offenbar nicht. Er ist der Pfleger, der *eigentlich* dort schlafen *sollte*." Mit einer ärgerlichen Kopfbewegung wies Dr. Mui auf die Tür. „Gehen Sie bitte in mein Büro. Wir unterhalten uns später noch."

„Einen Moment, Mr. Sullivan!" Als sich der Mann ihr zuwandte, sah Wachtmeisterin Potter, daß er die längsten Wimpern besaß, die sie je bei einem männlichen Wesen zu Gesicht bekommen hatte. Lang und dicht umstanden sie braune Augen, die so sanft blickten, daß jede Bedrohung, die man angesichts der Köpergröße des Pflegers empfinden mochte, sofort ad absurdum geführt wurde. Der Mann wartete geduldig, und die Wangen der Polizistin röteten sich, als ihr klar wurde, daß er ja auf sie wartete, darauf, daß sie den Mund öffnete. „*... fragen Sie ihn, wie er in das Zimmer gekommen ist.*"

Nur, daß sie das schon wußten.

„Besitzen Sie ein ... ähem ... ein rotes T-Shirt?"

Er nickte.

„Haben Sie es heute auf dem Weg zur Arbeit getragen?"

Der Pfleger nickte erneut. „Auf dem Weg zur Arbeit trage ich nie Uniform, denn die verschwitze ich sonst leicht. Ich bringe die saubere Uniform in einem Beutel mit."

„In einem Beutel?"

Riesige Hände zeichneten ein Rechteck in die Luft. „Ja, ein Beutel ... wie ein Kleidersack."

„Wie ein Kleidersack." Potter sah ihren Partner an und konnte feststellen, daß er die gleichen Schlüsse zog wie sie. Wenn man auf dem Seitenstreifen der Autobahn parkte, war es durchaus möglich, daß man aus der Entfernung einen Mann in einem roten T-Shirt, der einen Kleidersack über der Schulter trug, für einen Mann in einem roten T-Shirt hielt, der einen Körper über die Schulter geworfen hat. Das galt besonders angesichts der Tatsache, daß ein Körper ja gar nicht vorhanden war.

„Wenn Sie erst einmal das Zimmer gefunden haben und den Mann darin, und wenn Sie herausgefunden haben, wie er in das Zimmer gekommen ist, dann, da habe ich volles Vertrauen, werden Sie schon wissen, wie Sie in der Sache weiter vorzugehen haben."

Potter runzelte die Stirn. Vorgehen ja – aber in welcher Sache?

„Ich hoffe, wir haben den armen Kerl nicht in eine allzu große Bredouille gebracht." Kessin bog in die Mount Seymour Road ein, die zurück nach Nord-Vancouver führte. „Nicht gerade die Frau, mit der man sich gern anlegt, diese Ärztin. Überhaupt gehen mir Ärzte auf den Keks. Lassen die Leute vierzig Minuten und länger im Wartezimmer hocken, als hätte man sonst nichts anderes zu tun, aber wenn unsereins länger als drei Sekunden braucht, um auf einen Notruf zu reagieren, kreischen sie sich die Seele aus dem Leib." Er kratzte sich den Schnurrbart und warf einen Seitenblick auf seine Beifahrerin. „Welche Laus ist dir über die Leber gelaufen?"

Potter hatte geschwiegen, seit sie über Funk die Nachricht durchgegeben hatte, daß die Sache mit der Klinik ein Fehlalarm gewesen war. Nun zuckte die junge Frau die Achseln. „Mir ist da gerade etwas eingefallen: Den Kleidersack haben wir nie wirklich zu Gesicht bekommen."

„... ein Polizist aus einer Stadt am anderen Ende des Landes folgt Ihnen bis zur Entsorgungsstätte. Heute nacht haben wir dann zwei ungebetene Besucher, die ihren gefesselten Freund dann aber da liegenlassen, wo sie ihn gefunden haben und anschließend die örtliche Polizei vorbeischikken, damit die sich ein wenig umsehen soll. Unter dem wirklich schwachen Vorwand, sie hätten gesehen, wie hier durch die Hintertür ein Körper ins Haus geschafft wurde." Dr. Mui legte die Fingerspitzen beider Hände aneinander; es bildete sich ein kleiner Turm, über den hinweg sie Sullivan anstarrte. „Nun? Was sagt Ihnen das?"

Der Hüne seufzte. Die Ärztin stellte ihm nie Fragen, auf die sie nicht selbst eine Antwort wußte. „Daß wir aufgeflogen sind?"

„Nein – das sagt Ihnen, daß Cellucis Freunde nichts mit der Polizei zu tun haben wollen."

„Besonders gute Freunde können das kaum sein, wenn sie ihn gefesselt da auf dem Bett liegenlassen."

„Sie sind wohl davon ausgegangen, die Polizei würde ihn finden. Dann wären wir, wie Sie es so drastisch zu formulieren beliebten, in der Tat aufgeflogen."

„Sie haben mir schließlich befohlen, mich da ins Bett zu legen ..."

„Um die offensichtliche Tatsache zu tarnen, daß dort bereits vorher jemand gelegen hatte und daß Sie ihn in den Kofferraum Ihres Wagens legen sollen“, fügte sie sarkastisch hinzu, „das habe ich Ihnen befohlen, weil wir ihn sonst nirgendwo hätten hintun können.“

Das wußte Sullivan. „Also was jetzt? Soll ich ihn wieder hereinschaffen?“

„Nein. Seine Freunde, wer oder was immer das gewesen sein mag ...“, Dr. Mui runzelte die Stirn, denn sie haßte jegliche Unklarheit, „... haben ihn bereits einmal hier gefunden, und wenn sie ihn noch einmal finden, dann lassen sie ihn bestimmt nicht wieder einfach so liegen. Sie werden ihn in eins der Gästehäuser schaffen müssen.“ Mit diesen Worten griff die Ärztin in ihre Schreibtischschublade und zog einen einzelnen Schlüssel an einem Lederband hervor, den sie dem Pfleger quer durch das Büro hindurch zuwarf. „Gehen Sie in das Häuschen, das am weitesten vom Haupthaus entfernt liegt.“

Geschickt fing Sullivan den Schlüssel auf und ließ ihn in der Hosentasche verschwinden. „Das wird Mr. Swanson aber unrecht sein.“

„Um Swanson kümmere ich mich.“

Die sanften braunen Augen blickten um keinen Deut weniger mild, als der Pfleger vorschlug: „Ich kann ihn auch umbringen.“

„Den Detective? Machen Sie sich nicht lächerlich. Der Mann hat zwei völlig gesunde, sehr große Nieren – der perfekte Spender für einen von Swansons Kunden. Der Kunde ist ein so großer Mann, daß ich dachte, wir würden für ihn nie eine passende Niere finden, da unsere Bezugsquellen in der Regel ja eher unterernährt sind. Der Mann kann lebend noch allerhand Gutes tun.“

„Soll ich dann lieber bei ihm bleiben?“

„Ja, das wird wohl das beste sein. Sorgen Sie dafür, daß Ihr Wagen so steht, daß er vom Haus aus nicht gesehen werden kann. In ein, zwei Stunden gehe ich hinüber und erkläre Swanson die Lage. Sobald ich hier fertig bin.“

Der Weg nach oben schien durch viele Lagen klebriger Wattedämmung zu führen und er mühte sich ab, damit sich diese Watte nicht auf sein Gesicht legte. Irgendwo ganz weit weg schien ein Licht und zu diesem Licht wollte er hin. Celluci schaffte es, die Augen so lange zu öffnen, daß er Bäume sehen konnte und einen Weg, der mit Zedernholzschindeln gepflastert war. Dann legte sich die Dunkelheit wieder um ihn. Ganz am Rande seines Bewußtseins bekam er mit, daß er bewegt wurde, und ihm fiel ein, daß er gefangen war, daß er eigentlich kämpfen sollte, sich wehren, aber es schien ihm unmöglich, seinen Körper zum Gehorsam zu bewegen.

Er spürte, wie eine Matratze unter seinem Gewicht nachgab, und als sein Kopf gegen einen Stapel weicher Kissen sank, drang ihm ein schwacher Duft von Geißblatt in die Nase.

Wie es schien, befand er sich nicht mehr in der Klinik.

Als ihn nun unsanfte Hände ans Bett fesselten, überdachte Celluci, welche Möglichkeiten ihm noch verblieben waren und kam zu dem Schluß, daß er eigentlich gar keine Chance mehr hatte. Widerstrebend gab er der Wirkung des Betäubungsmittels nach, und seine Gedanken verharrten noch kurz bei den Leuten, die ihn hierhergebracht hatten. Fast taten sie ihm schon wieder leid.

Mann, wird Vicki sauer sein!

„Dr. Mui, das ist eine Überraschung!“ Ronald Swanson sah seine Besucherin höflich, aber nicht gerade willkommen heißend an und trat ein wenig zurück, damit sie in die Wohnung treten konnte.

„Ich weiß, daß dieser Besuch für Sie sehr unerwartet kommt“, erklärte Dr. Mui und trat an Swanson vorbei in den Flur des Hauses. „Aber das, was ich mit Ihnen zu besprechen habe, ließ sich nicht telefonisch klären, also mußte ich persönlich vorbeikommen. All Ihre Nachbarn kennen Ihre Verbindung zum *Projekt Hoffnung*, sie werden es ganz normal finden, daß ich hergekommen bin.“

„Das wird wohl so sein – außerdem sind meine Nachbarn weit weg, ich bezweifle, daß jemand Ihre Ankunft mitbekommen hat.“ Swansons Blick fiel auf das weiße Cabrio, das in der frühen Morgensonne glitzerte. „Neuer Wagen?“ Mit diesen Worten schloß er die Tür.

„Ich habe ihn letzte Woche gekauft.“

„Können Sie sich denn einen so teuren Wagen im Augenblick überhaupt leisten, Frau Doktor? Erst neulich haben Sie sich diese teure Eigentumswohnung gekauft – ich hätte gedacht, damit seien Ihre Ressourcen zur Zeit erschöpft.“

„Eine Eigentumswohnung in Yaletown ist eine bombensichere Investition, wie Sie selbst mir wiederholt versichert haben." Sie folgte ihrem Chef, der vor ihr her in die Küche gegangen war. „Was den Wagen betrifft: Ich habe Sie oft sagen hören, daß man immer bekommt, wofür man auch bezahlen kann, und die deutschen Ingenieure bauen ihre Produkte auf Langlebigkeit. Außerdem werde ich von Ihnen sehr gut bezahlt."

„Auch ich bekomme, wofür ich bezahlt habe." Swanson lächelte ein wenig nervös und wies auf den Küchentisch. „Ich frühstücke gerade. Wollen Sie mir Gesellschaft leisten?" Schon vor Rebeccas Tod war niemand mehr unerwartet zu Besuch in ihre Wohnung gekommen, und Swanson konnte sich nicht daran erinnern, je gesehen zu haben, wie seine Frau Besucher in der Küche empfangen hatte – aber das Frühstück einfach so stehenzulassen würde bedeuten, daß er einen ausgezeichneten Bagel umkommen ließ. Wozu sollte das gut sein?

„Herzlichen Dank, aber ich habe bereits gefrühstückt."

„Macht es Ihnen etwas aus, wenn ich weiteresse?"

„Natürlich nicht." Dr. Mui setzte sich auf den Stuhl, den Swanson ihr angeboten hatte und wartete, bis ihr Arbeitgeber um den Tisch herumgegangen war und sich ebenfalls gesetzt hatte. „Wir haben einen weiteren passenden Spender."

Seine Augen verengten sich, und er legte sorgsam seinen Bagel hin. „So rasch? Das bedeutet zwei in etwas über einer Woche. Drei in zwei Monaten. Meinen Sie nicht, daß wir damit Aufmerksamkeit erregen? Je regelmäßiger etwas geschieht, desto eher werden die Leute hellhörig."

„Das stimmt. Aber ich sehe mir die Größe dieses Organs an, und dann sage ich mir, daß der Spender einfach zu gut ist, um ihn wieder wegzuschicken. Er wiegt ungefähr 118 Kilo, ist gut 1,90 m groß, Ende dreißig und, was unsere Zwecke betrifft, in hervorragender körperlicher Verfassung." Was letztlich alles war, was ihr Arbeitgeber wissen wollte und zu wissen brauchte. Geduldig wartete Dr. Mui, bis Swanson verstand, worauf sie anspielte.

Das geschah bald. Der Makler lehnte sich zurück und starrte sie nachdenklich an. „Sie sagten doch, einen Spender dieser Größe würden wir nie finden."

„Dann habe ich mich eben geirrt."

„Dennoch ..." Swanson schüttelte den Kopf. „Drei in zwei Monaten. Das ist zu häufig, das macht mir Sorgen. Wenn man uns erwischt, tun wir damit niemandem einen Gefallen." Er verzog den Mund. „Am wenigsten uns selbst."

Dr. Mui lehnte sich vor und legte die Fingerspitzen aneinander. „Dieser Spender ist unter ungewöhnlichen Umständen zu uns gekommen. Wie dem auch sei!“ fügte sie hinzu, als Swanson protestierend die Hand hob. „Ich möchte nur darauf hinweisen, daß sich uns eine solche Gelegenheit später kaum je wieder bieten wird, wenn wir sie jetzt ungenutzt verstreichen lassen. Ich habe mir die Freiheit genommen, einiges an unserem üblichen Vorgehen zu ändern, damit wir nicht die Aufmerksamkeit erregen, um die Sie sich Sorgen machen.“

„Wenn mit diesem Interessenten nie ein Geschäft zustande käme, wäre das eine wahre Schande ...“

Sie wartete, während er die Sache in Gedanken von allen Seiten beleuchtete und vertraute voll und ganz auf Swansons Ruf: Angeblich ließ sich der Mann die Gelegenheit zu einem Geschäft unter keinen Umständen entgehen.

„Gut“, sagte Swanson dann auch letztlich. „Was haben Sie veranlaßt?“

Nun kam der schwierige Teil. „Sullivan ist mit dem Spender in eines der Gästehäuser gezogen. Der Mann selbst weiß nicht, wo er sich befindet, und so ist er nicht in der Klinik, wo er unter Umständen Aufmerksamkeit erregen könnte.“

Swanson setzte seinen Becher so hart auf dem Tisch ab, daß Tee auf die Tischplatte schwappte. „Und da machen Sie sich Gedanken darüber, daß meine Nachbarn *Sie* gesehen haben könnten?“

„Der Spender ist kurz nach Sonnenaufgang eingetroffen; ich bezweifle, daß irgend jemand ihn gesehen hat. Selbst wenn – Sie haben doch oft Gäste.“ Alle Käufer verließen das sorgfältig getarnte Krankenzimmer der Klinik so rasch das nach der Transplantation möglich war und erholten sich danach unter strenger Überwachung in einem von Swansons Gästehäusern, die ebenso sorgfältig abgeschottet waren wie das Zimmer und noch weniger leicht durch einen Zufall zu entdecken. Letztlich wunderte sich gewiß auch niemand darüber, daß ein reicher Mann auch reiche Freunde hat. „Ich kann nur noch einmal betonen“, sagte die Ärztin, „daß dieser Spender für diesen einen Interessenten höchstwahrscheinlich der einzige bleiben wird.“

„Aber ...“

„Alle notwendigen Vorarbeiten kann ich auch hier verrichten. Wir würden ihn erst im letzten Moment transferieren.“ Dr. Mui sah Swanson aufmerksam zu, wie er aufstand und zu einem Fenster ging, von dem aus man einen guten Blick über den gesamten Besitz hatte. Das nähergelegene der beiden Gästehäuser war durch die Bäume hindurch klar zu erkennen. „Aber natürlich ist es letztlich Ihre Entscheidung."

„Es kostet mich wohl dasselbe, ganz gleich, ob ich sage, Sie sollen den Spender fortschaffen oder ob ich sage, Sie sollen die Transplantation vornehmen."

Eine Antwort schien der Makler nicht zu erwarten, und so verharrte Dr. Mui schweigend.

„Na gut", seufzte Swanson dann und trank einen Schluck lauwarmen Tee. „Wie ich schon mehrfach gesagt habe: Es ist reine Geldverschwendung, eine Expertin anzuheuern und dann nicht auf sie zu hören. Sie sind hier die Ärztin, und wenn Sie meinen, dieser Spender sei die beste, vielleicht die einzige Chance für diesen einen Kunden ..."

„Da bin ich ganz sicher."

„Dann machen Sie die Sache. Ich rufe den Käufer an." Plötzlich richtete sich ein anklagender Finger auf die Ärztin. „Sind Sie auch ganz sicher, daß der Spender gesund ist?"

„Ganz sicher."

„Gut, denn nach dem letzten Fiasko wäre ein zufriedener Kunde genau das richtige für unser Geschäft."

„... leichte Regenfälle, die gegen Mittag nachlassen. Dann klart es auf, und Vancouver und Umgebung kommen in den Genuß eines wunderschönen Nachmittags mit Temperaturen, die über 27 Grad Celsius liegen können. Wie das Gartenbauamt ..."

Tony stellte den Fernseher leise und runzelte die Stirn. Das Medium Fernsehen vermittelte die Nachrichten mittlerweile derart direkt – manchmal kamen die Kamerateams ja noch vor der Polizei am Ort eines Geschehens an. Auch wenn die Behörden beschlossen hatten, die ganze Sache mit dem Schwarzmarkt für Nieren als Verschlußsache zu behandeln, bis die Ermittlungen abgeschlossen waren, hätte doch zumindest der Detective aus Toronto, den man in einer Klinik in North Vancouver zusammengeschlagen und an ein Bett gefesselt gefunden hatte, den Weg in die Nachrichten finden müssen.

Henry hatte gesagt, die Polizei werde in die Klinik fahren. Also war die Polizei in die Klinik gefahren – das zumindest stand fest.

„Zugegeben – der Rest des Landes kann Toronto nicht leiden. Aber sie werden ihn doch trotzdem nicht einfach so dagelassen haben, oder?"

Er stellte den Ton lauter, um die Baseballergebnisse hören zu können, stellte den Videorekorder so ein, daß er die Nachrichten um zwölf und um achtzehn Uhr aufzeichnen würde und schaltete den Fernseher dann aus, wobei er die ganze Zeit das Gefühl nicht loswerden konnte, daß irgend etwas schrecklich schiefgelaufen war.

„Das sind bestimmt die Nerven", schalt Tony sich selbst und stopfte ein sauberes T-Shirt in seinen Rucksack. „Sie haben es nicht in den Frühnachrichten gebracht – was heißt das schon? Es war wahrscheinlich noch zu früh." Er griff nach seinen Skates, seufzte dann auf und legte sie wieder auf den Boden. Rasch kritzelte er eine Nachricht – *bin bei Gerry* – und eine Telefonnummer auf ein Blatt Papier und heftete es mit einem Magneten, der für die Musikgruppe *Gandydancer* warb, an die Kühlschranktür.

Henry hatte fest damit gerechnet, daß bei Sonnenuntergang alles vorbei sein würde und ihn beim Erwachen keine Geister mehr am Fußende seines Bettes erwarten würden. Tony wollte nicht miterleben müssen, wie Doug und sein händeloser Freund auftauchten, um Henry zu zeigen, wie sehr er sich geirrt hatte.

„Ist er wach?"

„Ja. Er hat gepinkelt und ein Glas Wasser getrunken. Sollen wir ihm etwas zu essen geben?"

„Natürlich. Gehen Sie nachsehen, was sich in der kleinen Küche hier finden läßt."

„Ich koche aber nicht für den", murrte Sullivan.

Dr. Mui, die schon auf dem Weg zum Schlafzimmer war, blieb stehen, und der schwarze Koffer, den sie bei sich trug, schlug gegen ihre Beine. „Wie bitte?"

Einen Augenblick lang trat der riesige Mann von einem Fuß auf den anderen, hielt jedoch voller Trotz dem Blick der Ärztin stand. Dann senkte er die Augen, murmelte etwas Unverständliches und eilte in Richtung Kühlschrank.

„Richten Sie gleich genug, damit es auch für Sie reicht. Sie werden hierbleiben, solange er hier ist."

Er warf ihr über die Schulter einen besorgten Blick zu. „Was wird solange mit der Klinik?"

„Harry und Tom werden ein paar Tage allein fertig." Dr. Mui wartete, bis Sullivan mit der ihm aufgetragenen Arbeit begonnen hatte, und trat dann ins Schlafzimmer. „Ich weiß, daß Sie wach sind, Detective. Machen Sie die Augen auf."

Celluci kannte diese Stimme; er hatte sie schon gehört. Das war die Frau, mit der der Pfleger in der Klinik gesprochen hatte, die Frau, die ihm die Spritze verpaßt hatte. Mike hatte das Vicki gegenüber nicht zur Sprache gebracht, auch so war es schwer genug gewesen, die Freundin dazu zu bewegen, ihn einfach allein zurückzulassen. Aber für ihn hatte die leise, völlig fühllose Stimme der Ärztin und die kalte, klinische Diskussion, die sie mit dieser Stimme über sein Schicksal geführt hatte so geklungen, wie er sich immer die Stimme und Argumentation von Vampiren vorgestellt hatte: als seien Menschen nichts anderes als Vieh. Diese Frau klang weit eher wie ein Mitglied des Clubs der blutsaugenden Untoten, als Vikki das je getan hatte.

Nur daß die Sonne ja bereits aufgegangen war und diese Frau immer noch umherlief, äußerst wach war und auch, wie er sich eingestehen mußte, lange nicht so gefährlich aussah, wie sie sich angehört hatte. Er sah ihr zu, wie sie nun an sein Bett trat und fühlte sich plötzlich an eine Zeile aus dem allerersten Film über die Addams Family erinnert: *„Hallo, ich bin ein durchgeknallter Mörder. Wir sehen aus wie ganz gewöhnliche Leute."* Nicht gerade ein ermutigender Gedanke – wenn man alle Umstände in Betracht zog.

„Also!" Celluci war erfreut festzustellen, daß er weitaus weniger klapprig klang, als er sich fühlte. „Was haben Sie vor mit mir?"

„Also!" Dr. Mui machte sich über den Detective lustig, indem sie seinen Tonfall nachahmte. „Wie weit wissen Sie Bescheid?" Anfangs, als sie hatte feststellen wollen, ob Richard über den Besuch des Mannes vielleicht unnötig in Panik geraten war, hatte sie den Pfleger beauftragt, die Antwort auf die Frage, wieviel der Detective wußte, aus diesem herauszuprügeln. Dieser Versuch war ohne Erfolg geblieben, und so hatte sie sich am Ende dazu entschlossen, lieber auf Nummer sicher zu gehen, als unter Umständen hinterher etwas bereuen zu müssen. Der Mann war Sullivans Wagen gefolgt, irgend etwas mußte er also wissen.

„Offenbar spielt es keine Rolle mehr, was ich nun weiß oder nicht. Sonst wären Sie nicht hier drin bei mir."

„Schlau kombiniert, Detective!" Da die Gästehäuser in der Regel von Organkäufern bewohnt wurden, die sich von ihrer Operation erholten, war das Bett zwar mit Rüschen, Decken und Kissen eingedeckt, aber es handelte sich eindeutig um ein Krankenhausbett, und Sullivan hatte Celluci die Fesseln angelegt, mit denen diese Betten in der Regel für den Notfall ausgestattet sind. „Ich habe letzte Nacht eine Probe Ihres Blutes in einem Labor untersuchen lassen, und auch wenn Ihr Cholesterinspiegel leicht erhöht ist, sind Sie doch insgesamt ein kerngesunder Mann."

„Unter anderen Umständen wäre das jetzt eine gute Nachricht." Celluci mußte den Nacken in einem sehr schmerzhaften Winkel verdrehen, um die Frau nicht aus den Augen zu lassen, aber schließlich gelang es ihm, und er konnte zusehen, wie sie ihrem Koffer einiges an Gerätschaften entnahm. Die durchsichtigen Plastikbeutel, an denen ebenfalls durchsichtige Schläuche befestigt waren, kamen ihm durchaus vertraut vor, und als die Ärztin diese am Tischende ablegte, so daß einer der Beutel in der Luft baumelte, wurde ihm auch klar, worum es sich hier handelte: um Plastiksäcke zum Aufbewahren von Blut. „Oh mein Gott ..."

Dr. Mui sah auf Mike hinunter und schüttelte den Kopf. „Schauen Sie mich doch nicht so an, als sei ich eine Vampirin oder so, Detective! Ihr Blut wird einem sehr guten Zweck dienen."

Einem sehr guten Zweck? Mit einem Mal war Mike klar, daß für ihn kein Vorteil darin lag, so zu tun, als wisse er nichts. „Bluttransfusionen vor der Organtransplantation, damit der Körper die Niere besser annimmt?"

„Genau." Mehr wollte die Frau freiwillig nicht sagen. Schweigend ging sie weiter ihren Vorbereitungen nach.

Mike hatte schon oft Blut gespendet, bei vielen verschiedenen Gelegenheiten, aber diesmal konnte er seinen Blick nicht von der Nadel wenden. Sie sah aus, als sei sie mindestens zwölf Zentimeter lang und dick wie ein Strohhalm. Er zuckte zusammen, als die Ärztin die Innenseite seines Ellbogens mit Alkohol abrieb und versuchte, seinen Arm so weit es ging aus der Nähe des bedrohlichen Gummischlauchs zu entfernen.

„Es muß nicht wehtun", erklärte die Frau, die die Nadel bereits gezückt hielt. „Aber es kann. Wenn Sie sich bewegen, muß ich vielleicht zwei oder drei Versuche machen, ehe ich die Vene finde."

„Zwei oder drei Versuche?" fragte er und sah zu, wie die Nadelspitze sich senkte. „Wenn das so ist, kann ich, glaube ich, stillhalten."

„Sehr klug von Ihnen."

Sein Blut schoß hoch in den Schlauch und verschwand hinter der Bettkante. *Vicki wird wirklich ziemlich sauer sein!* Ein beruhigender Gedanke. Mike ließ den Kopf wieder in die Kissen sinken. „Wie soll ich Sie anreden?"

„Wenn Sie mich überhaupt anreden müssen, dann reicht Frau Doktor völlig."

„Sie werden mir nichts über Ihre Motive mitteilen, auch nicht über Ihre Methode und warum Sie davon ausgehen, daß man Sie schon nicht erwischen wird. Habe ich recht?"

„Da haben Sie völlig recht."

Er sah ihr bei der Arbeit zu und dachte, daß er mit seiner Vermutung wohl genau richtiggelegen hatte. Viel mehr blieb nun nicht zu sagen, und so schwieg der Detective. Langjährige Erfahrung hatte ihn gelehrt, daß nur wenige Menschen mit Stille umgehen können. Die meisten sind bereits nach kurzer Zeit geneigt zu reden, einfach nur, weil sie die Stille füllen wollen. Auf diese Art und Weise hatte Celluci einige Geständnisse eingefahren.

Diesmal gelang ihm das jedoch nicht, und schließlich war er es, der das Schweigen nicht länger ertragen konnte. „Sie wären ja auch prima davongekommen. Wenn man die Leiche im Hafen nicht gefunden hätte."

„Die Leiche im Hafen konnte nicht identifiziert werden. Die Polizei wird in keinem der örtlichen Krankenhäuser Unterlagen über eine Nierenoperation bei diesem Mann finden und dementsprechend davon ausgehen, er stamme von außerhalb." Die Ärztin bewegte sich schnell und geschickt, als sie den vollen Blutbeutel gegen einen leeren austauschte. Offenbar tat sie so etwas nicht zum ersten Mal. „Daß man ihm die Hände entfernt hat, führt zudem angesichts des jüngsten Blutbads in Mafiakreisen die Ermittlungen noch weiter in eine falsche Richtung. Die ganze Sache wird immer verworrener und komplizierter, und da niemand vortreten wird, um sich der Belange des Verstorbenen anzunehmen, werden die Einsparungen im Haushalt der Stadt bald dafür sorgen, daß man die Ermittlungen ganz einstellt."

„Die *polizeilichen* Ermittlungen", ergänzte Celluci bedeutungsvoll.

„Ihre Nachforschungen sind ja nun auch beendet", erinnerte ihn Dr. Mui. „Ihre Freunde wollen mit der Polizei nichts zu tun haben, und die Beamten, die sie geschickt haben ...", sie breitete die Hände aus, „... haben Sie ja nicht gefunden. Auch Ihre Freunde werden Sie hier nicht aufspüren können."

Sie haben ja keine Ahnung, wie findig meine Freunde sein können! Das sagte Celluci jedoch nicht laut, weil er auf keinen Fall die Wachsamkeit der Ärztin noch zusätzlich schüren wollte. Sie machte auf ihn ganz den Eindruck einer Frau, die Knoblauch über der Tür aufhängen würde, nur für den Fall der Fälle.

„Außerdem ...", ein Blutstropfen glitzerte an der Spitze der Nadel, die sie ihm jetzt aus dem Arm zog, „... werden Sie hier auch nicht lange bleiben." Rasch noch ein Wattebäuschchen und ein kleiner Verband – dann war die Ärztin auch schon auf dem Weg zur Tür.

„Frau Doktor?"

Mit einem ungeduldigen Ausdruck wandte sie sich noch einmal um, eindeutig ungehalten über die Unterbrechung und nur ungern bereit, irgendwelche Fragen zu beantworten.

Mike grinste: Ein wenig Charme konnte unmöglich schaden. „Werde ich je wieder Klavier spielen können?"

Dr. Mui preßte die Lippen zu einem dünnen Strich zusammen. „Nein", sagte sie und ging.

Wenig später, Mike prüfte gerade wieder einmal den Sitz seiner Fesseln, öffnete sich die Tür. Unwillkürlich spannten sich die Muskeln des Detective, entspannten sich aber gleich wieder, als nichts Gefährlicheres als der riesige Pfleger im Türrahmen erschien. Der Mann trug einen Suppennapf und lächelte strahlend.

„Frau Doktor sagt, ich soll Ihnen was zum Essen bringen."

„Wer sind Sie?"

„Sullivan. Mehr brauchen Sie nicht zu wissen."

Celluci verstand, warum Sullivan lächelte: Der Pfleger hatte den Fertigbrei aus Haferflocken in der Mikrowelle derart heiß werden lassen, daß er dem Detective die Mundschleimhaut verbrannte. Celluci konnte nichts dagegen tun, konnte noch nicht einmal einatmen und sich Kühlung verschaffen: Eine riesige Hand hielt sein Kinn umklammert und drückte ihm den Mund zu, bis er den Brei geschluckt hatte. Dem Brei folgte Orangensaft. Als Celluci husten mußte und der Saft ihm aus der Nase drang, glitzerten die milden braunen Augen des Pflegers fröhlich. Kuhaugen hatte Vicki sie genannt – auf Mike wirkten sie eher wie die Augen eines jungen Hundes. Eines jungen Hundes mit Tollwut, leider Gottes.

Ein Waschlappen schrubbte das Gesicht des Detective, bis sich die Haut so straff anfühlte wie nach einer Schönheitsoperation, und drückte ihm dabei Seife in den Mund.

„Mein Gott, wo haben Sie denn Krankenpflege gelernt?"

„In der Haftanstalt von Kingston."

„Sie haben auf der Krankenstation vom Kingstoner Knast gearbeitet?"

Sullivan nickte fröhlich.

„Warum?" Celluci spie Seife. „Weil Sie ein tief verwurzeltes Bedürfnis verspürten, zu helfen und zu heilen?"

Während Sullivan Mike quälte, war das Lächeln keinen Moment lang aus seinem Gesicht gewichen. Nun wurde es breiter. „Weil ich gern anderen weh tue, und kranke Leute können sich nur schlecht wehren."

Celluci mußte sich eingestehen, daß gegen diese Argumentation wenig vorzubringen war. Er stöhnte auf, als sich Sullivan auf seinem Oberschenkel abstützte, die Faust tief in die entspannten Muskeln drückte und sich ganz langsam hochhievte.

Dann verschlief Mike den größten Teil des Vormittags und wachte nur einmal kurz auf, als ihm jemand den Inhalt einer großen Wasserflasche in den Rachen kippte. Das geschah so rasch und heftig, daß Celluci keuchen mußte und fast erstickt wäre.

„Sie müssen den Flüssigkeitsverlust ausgleichen", verkündete Sullivan daraufhin vergnügt.

Das Mittagessen bescherte dem Pfleger einen ebenso großen Lustgewinn wie das Frühstück, nur daß es diesmal um heiße Brühe ging. Dann folgte ein schlurfender Gang auf die Toilette: Celluci waren weiter Hände und Füße gefesselt. Der Detective wußte, daß ein Fluchtversuch auf jeden Fall zum Scheitern verurteilt war, konnte es aber trotzdem nicht lassen, einen zu unternehmen.

„Wenn Sie das noch mal machen", grunzte Sullivan, als er den Kopf seines Gefangenen genüßlich gegen die Wand knallte, „dann breche ich Ihnen die Beine."

Celluci suchte noch nach einer witzigen Replik, als sein Kopf ein weiteres Mal Kontakt zur Tapete aufnahm.

„Jeden Donnerstag besucht Ronald Swanson das Hospiz, das er im Gedenken an seine tote Frau eingerichtet hat." Patricia Chou rannte, gefolgt von einem Kameramann, raschen Schrittes über den Parkplatz und hielt ihr Mikrophon direkt unter die Nase eines Mannes, der gerade aus einem funkelnagelneuen Chevrolet stieg. „Mr. Swanson, ein paar Worte bitte!“

Der Mann blickte auf das Mikrophon, dann zur Kamera und sah dann endlich Patricia Chou an. „Ein paar Worte zu welchem Thema?“ fragte er.

„Ein paar Worte über die Arbeit dieser Klinik. Ein Appell an die Bevölkerung, ihre Organspenderausweise zu unterschreiben, damit es Kliniken wie diese nicht länger geben muß!“ Die Reporterin lächelte, was ihr eine ungeheure Ähnlichkeit mit einem Hai verlieh. „Oder wollen Sie lieber die Gelegenheit nutzen und über Spenden reden, die sich bezahlt machen? Eigentlich ein Widerspruch in sich, oder? Ein ziemlich hinterlistiger Widerspruch, finden Sie nicht? Glauben Sie denn wirklich, es reicht, die Bezahlung verdeckt vorzunehmen? Daß niemand mitbekommt, wie in Wirklichkeit Organe gegen eine Entschädigung zur Verfügung gestellt werden?“

„Ich habe Ihnen nichts zu sagen.“

„Nichts? Aber irgend etwas hat doch eigentlich jeder zu sagen, Mr. Swanson.“

Jetzt war der Mann verärgert, nicht mehr nur verwirrt. „Wenn Sie das nächste Mal mit mir zu sprechen wünschen, dann machen Sie bitte einen Termin mit meiner Sekretärin.“ Mit diesen Worten schob er sich an der Frau vorbei und ging, die Schultern hochgezogen, mit großen Schritten auf die Klinik zu.

Geschickt tänzelte ihm der Kameramann aus dem Weg und ließ ihn doch keinen Moment lang aus der Linse. „Ihm nach?“ fragte er.

„Nicht nötig.“ Patricia Chou schaltete ihr Mikrophon ab und bedeutete dem Kollegen, dasselbe mit seiner Kamera zu tun. „Ich habe, was ich wollte.“

„Nämlich?“

„Ich wollte ihm mal ein wenig auf die Hühneraugen treten. Ihm Angst machen. Ängstliche Leute begehen Fehler.“

„Du kannst den Mann nicht leiden, was?“

„Um leiden können oder nicht leiden können geht es nicht, es geht darum, eine Geschichte zu bringen. Glaub mir, unter dem ganzen Getue, diesem ganzen Schmus von Geschäftsmann als Menschenfreund lauert eine astreine Geschichte.“

„Vielleicht ist er ja Batman?“

„Steig ins Auto, Brent, oder wir verpassen die Anhörung über den Etat der öffentlichen Bibliotheken.“ *Die Anhörung über den Etat der öffentlichen*

Bibliotheken! wiederholte die Reporterin frustriert im Geiste und fuhr mit quietschenden Reifen vom Parkplatz. *Ja, das ist wirklicher Journalismus!* Sie wollte Swanson so sehr, wollte ihn so gern ans Messer liefern, sie konnte das Verlangen danach förmlich auf der Zunge spüren. *Was wohl aus diesem Detective geworden sein mag ...*

„Ich bin am Auto mit Patricia Chou zusammengetroffen." Swansons Tonfall legte die Vermutung nahe, daß es dem Mann viel lieber gewesen wäre, sein Auto und nicht er wären mit Patricia Chou zusammengestoßen und die Reporterin hätte den Zusammenstoß nicht überlebt. Swanson betrat Dr. Muis Büro und schloß die Tür hinter sich. „Im Hinblick auf diese junge Frau muß irgend etwas unternommen werden."

„Beachten Sie sie einfach nicht." Dr. Mui stand auf und strich ihren makellos weißen Laborkittel glatt. „Sie versucht doch nur, Sie soweit zu bringen, daß Sie Ihr schließlich eine Geschichte liefern."

„Warum ich? In dieser Stadt wimmelt es von Fernsehteams und Filmproduktionen. Warum geht sie nicht hin und nervt irgendeinen Schauspieler?" Er fuhr sich mit der Hand über die kahle Stelle auf seinem Schädel, die vor Aufregung feucht geworden war. „Sie glauben doch nicht, daß sie wirklich irgend etwas weiß, oder?"

Ungerührt und prüfend betrachtete die Ärztin Swanson. Er war durch den Zusammenstoß mit der Reporterin eindeutig stark verunsichert. „Daß sie was weiß?" fragte sie dann, als gäbe es da wirklich nichts zu wissen.

„Wenn sie mein Haus beobachtet und Sie heute morgen da hat eintreffen sehen ..."

„Dann wird sie wie jeder andere auch annehmen, mein Besuch bei Ihnen habe etwas mit meiner Arbeit hier in der Klinik zu tun gehabt."

„Aber ..."

„Die Frau treibt Sie in den Verfolgungswahn."

„Ich muß Sie um Entschuldigung bitten, Dr. Mui." Swanson riß sich sichtlich zusammen. „Irgend etwas an dieser Frau bringt mich unweigerlich dazu, übertrieben zu reagieren."

„Diese Wirkung scheint sie auf die meisten Menschen zu haben", gestand ihm die Ärztin großzügig zu. „Haben wir einen Käufer?"

„Ja. Er wird morgen hier sein."

„Gut. Dann kann ich die Transfusionen einrichten, sobald er hier ist, und wenn alles gutgeht, können wir am darauffolgenden Tag die Transplantation vornehmen." Sie schob sich an Swanson vorbei und öffnete die Tür. „Wollen wir?"

„Ehe wir unseren Rundgang beginnen, wüßte ich gern, ob seit letzter Woche Veränderungen eingetreten sind, von denen ich wissen sollte", entgegnete Swanson und folgte der Ärztin in den Flur.

„Mathew Singh ist heute morgen gestorben."

„Mathew Singh", wiederholte Swanson voller Trauer und Wut. Seine Reaktion stand im krassen Gegensatz zu der klinisch unbeteiligten Distanz, mit der ihm die Ärztin die Neuigkeit mitgeteilt hatte. „Er war noch so jung – siebenunddreißig!"

„Aber er hing schon eine ganze Weile an der Dialyse. Vor zwei Tagen war er in die vierte Stufe eingetreten."

„Ach, das ist kriminell, einfach nur kriminell!" Nun überlagerte Swansons Wut seine Trauer, wie sie es letztlich immer tat. „Wir reden hier von einer unkomplizierten Operation, für die man sogar vergleichsweise einfach einen Spender finden kann, weil die Übereinstimmung so detailliert gar nicht sein muß wie bei anderen Verfahren, und trotzdem sterben immer noch Menschen. Was ist nur mit unseren Gesetzgebern los, daß sie nicht einsehen wollen, daß die einzige moralisch gerechtfertigte Vorgehensweise in dieser Frage darin besteht, bei einem Hirntot davon auszugehen, daß der Verstorbene einer Organentnahme zugestimmt hätte? Nehmen wir Frankreich – da gehen sie seit 1976 nach dieser Regelung vor, und bis jetzt ist die französische Gesellschaft daran nicht zugrunde gegangen. Na ja, abgesehen von diesem Jerry-Lewis-Ding, aber dafür kann man ja wohl kaum die Transplantate verantwortlich machen."

Während Swanson mit seiner Schmährede fortfuhr, die Dr. Mui nur zu genau kannte, arbeitete die Ärztin den Zeitplan für die nächsten achtundvierzig Stunden aus. Sie hatten immer sehr genau allen Einzelheiten Beachtung geschenkt, und so war es ihnen auch bisher gelungen, unentdeckt zu bleiben. Die Chancen, daß der unfreiwillige Spender Probleme machte, waren zwar nur gering, aber dennoch war der Mann eines der Details, denen man sich widmen mußte. Bei Transplantationen von Organen lebender Personen betrug die Anfangserfolgsrate 97%; bei Organen, die man Leichen entnommen hatte, 92%. Die Reichen konnten sich nicht nur die besten Medikamente leisten, um Reaktionen ihres Immunsystems auf die fremden Organe zu unterdrücken, sie hatten meist auch ziemliche Paranoia vor postoperativen Infektionen und verhielten sich dementsprechend. So hatten bisher alle ihre Käufer die Operationen erfolgreich überstanden und damit die Statistiken noch geschlagen. Vielleicht sollte man da in diesem einen Fall die zusätzlichen 5% einfach vergessen …?

Celluci erwachte mit einem Ruck aus einem Traum, bei dem es um ziemlich viel Blut gegangen war und, soweit er sich erinnern konnte, um nicht viel anderes. Einen Augenblick lang lag er still da, lauschte dem Klopfen seines eigenen Herzens, spürte den Schweiß, der sich unter den Fesseln auf seiner Haut gesammelt hatte, und wunderte sich darüber, daß er überhaupt hatte schlafen können. Aus der Anordnung der Schatten an der Schlafzimmerwand schloß er, daß es 16:00, vielleicht auch 17:00 Uhr sein mußte. Um 19:48 Uhr ging die Sonne unter. Spätestens, allerspätestens um 21:00 Uhr würde Vicki die Pferde satteln und zu seiner Rettung herbeieilen.

Bei ihrer Suche nach ihm würde sie die Klinik und alles, was sich ihr in den Weg stellte, auseinandernehmen. *Eigentlich schade, daß sie da nicht auf Sullivan trifft,* dachte der Detective und grinste bei der Vorstellung von einem Zusammenstoß seiner Freundin mit dem sadistischen Pfleger.

Wenn sie in der Klinik nicht fündig wurde, würde sich Vicki Swanson vorknöpfen. Wenn Swanson an der Sache beteiligt war, dann konnte Celluci noch vor Mitternacht mit einem Eintreffen der Kavallerie rechnen. Er war gern bereit, sich über die Frage, wie man die Polizei würde in die Ermittlungen einbeziehen können, erst dann wieder den Kopf zu zerbrechen, wenn er den eigenen Arsch gerettet und in Sicherheit wußte. Sollte Swanson jedoch unschuldig sein – und bisher gab es noch keinen einzigen wirklich eindeutigen Hinweis auf seine Beteiligung –, dann würde Vicki weitaus länger brauchen, um ihn zu finden.

Aber sie würde nur bis Sonnenaufgang Zeit haben.

Mike hatte das unangenehme Gefühl, bei Sonnenaufgang sei Stichtag, und das in mehr als einer Hinsicht. Der Verband über dem Einstich an seinem Ellbogen juckte, als wolle er ihm raten, nicht zu warten, bis jemand zu seiner Rettung kam. Sie hatten sein Blut genommen, was würden sie ihm sonst noch nehmen? War es noch lange bis zur Operation? Nach der Operation …

„Oh Gott, das ist genau das, was ich brauche – dann kann ich die ganze Ewigkeit lang bei Henry dem verdammten Fitzroy spuken!“

ZWÖLF

Sie waren noch da. Henry wußte es, noch ehe er die Augen ganz offen hatte. Die Schwere des Tages hob sich von seiner Brust, und statt dessen senkte sich die Gewißheit herab, daß die beiden Geister im Raum waren und auf sein Erwachen harrten. Es gab zwei Möglichkeiten: Entweder hatten sich diejenigen, die Celluci gefangenhielten, einer Verhaftung entziehen können oder es waren noch andere an der Sache beteiligt, und das war den polizeilichen Nachforschungen bisher entgangen.

Es gibt natürlich auch eine dritte Möglichkeit. Henry lag völlig ruhig da, lauschte den Geräuschen, die die vielen Leben rings um ihn her verursachten und versuchte, sich mit allen Sinnen an der Abwesenheit von Leben am Fußende seines Bettes vorbeizuschlängeln. Vielleicht war ihnen ein Vorgehen nach den Buchstaben des Gesetzes nicht ausreichend. *Sie wollen eine vernichtendere Rache, eine, die nicht so ...* leider war „legal" das einzige Wort, das ihm in diesem Zusammenhang einfiel, *... legal ist. So wird Detective Celluci, zur Zeit derjenige von uns, der am stärksten in das Geschehen einbezogen ist, am Ende an der Lösung des Falles gar nicht mehr beteiligt sein.*

Aber das hatte Henry von Anfang an gewußt: Eine alles vernichtende Rache, sollte es dazu kommen, würde trotz, nicht wegen Detective Celluci stattfinden. Der Versuch, innerhalb von Recht und Gesetz zu bleiben, war für Henry Ehrensache gewesen; nur hatte das ja leider nicht funktioniert.

Was war mit Vicki?

Selbst vor ihrer Wandlung war Vicki bereit gewesen einzugestehen, daß Recht und Gerechtigkeit nicht notwendigerweise dasselbe waren. Den finalen Schlag würde sie selbst zwar nicht landen können – jedenfalls nicht, ohne dabei die von Celluci klar gezogenen Grenzen zu überschreiten –, aber Henry bezweifelte stark, daß sie ihm in den Arm fallen würde, wenn er zu diesem Schlag ausholte. Beim bloßen Gedanken daran mußte er unwillkürlich die Zähne blecken und wütend knurren.

Dann aber ließ sich das offizielle Erwachen nicht länger hinauszögern. Henry öffnete die Augen.

Sie standen genau dort, wo sie in den vergangenen sechs Nächten gestanden hatten. Doug und der Kumpel, den ihm der Tod verschafft hatte. In den Schatten, die so dicht waren, daß selbst Henrys scharfe Augen sie nicht durchdringen konnten, wartete der unsichtbare Chor, bereit, der Stimme der Verdammten zusätzliches Gehör zu verschaffen.

Henry seufzte. „Ihr seid also noch da?"

Nicht gerade eine besonders originelle Frage und nicht die, die er eigentlich hatte stellen wollen. Offenbar schien sie auch den Geistern nicht zu gefallen; aber sie reichte aus.

Mike war nicht bei ihr in der Wohnung.

Vicki wußte das ganz genau. Wütend und mit gebleckten Zähnen starrte sie in die Finsternis, als könne sie diese mit schierer Willenskraft soweit einschüchtern, daß sie ihr ein paar Antworten lieferte. Celluci wußte ganz genau, wann die Sonne unterging. Wenn er hätte hiersein können, dann wäre er hiergewesen. Die Tatsache, daß er nicht da war, bedeutete ganz klar, daß er nicht dasein konnte.

Das wiederum hieß, daß irgend jemand, irgendwo dafür würde bezahlen müssen.

Während Vicki sich hastig in ihre Kleider zwängte und dabei ununterbrochen leise Drohungen und Verwünschungen ausstieß, hatte eine winzige Stimme in ihrem Hinterkopf ein paar Einwände vorzubringen. Es mochte doch immerhin auch angehen, daß der Detective von der Polizei festgehalten wurde, nicht wahr? Immerhin war der lange Arm des Gesetzes fest in den Fallstricken der Bürokratie verankert.

Vierzehn Stunden Bürokratie? konterte Vicki zornig, während sie tief in ihrer Reisetasche nach einem Paar frischer Socken fahndete. *Das geht selbst in Kanada nicht.*

Was, wenn er ein wenig länger geblieben ist, um mit den Kollegen zu plaudern? hatte das Stimmchen als nächstes einzuwenden.

Dann weiß ich wenigstens, wer hier zu büßen hat! Vicki hatte eine plötzliche Vision davon, wie sie Celluci bei den Ohren packte und an das rosa Bett nagelte, und ein wildes Grinsen glitt über ihr Gesicht.

Aber eigentlich glaubte die junge Frau keinen Augenblick lang wirklich, daß sich für Cellucis Ausbleiben eine einfache Erklärung finden ließe. Irgend etwas war schrecklich schiefgelaufen.

„Ich behaupte ja gar nicht, daß nichts schiefgelaufen ist!“ zischte Henry. „Ich sage lediglich, unsere Reaktion kann nicht darin bestehen, blind zu irgendwelchen Rettungsaktionen durchzustarten!“

„Was schlägst du statt dessen vor?“ Vicki stürmte an Henry vorbei in dessen Wohnung. Sie hatte seine Reaktion auf die Wut durchaus mitbekommen, die sie ihm, kaum hatte er die Tür geöffnet, vehement entgegengeschleudert hatte, schenkte dieser Reaktion aber keinerlei Beachtung. Seine Reaktionen auf sie, ihre Reaktionen auf Henry, all diese territorialen Imperative waren im Moment völlige Nebensache. „Sollen wir warten, bis er als Leiche im gottverdammten Hafenbecken treibt?“

Henry schaffte es, die Tür nicht hinter Vicki zuzuschlagen. Aber das gelang ihm auch nur knapp, und er verdankte den Erfolg mehr dem Schließmechanismus der Tür als der eigenen Selbstbeherrschung. „Laß mich zwei Dinge klarstellen, Vicki: Meine Autoschlüssel bekommst du nicht, und ehe *wir* losfahren, müssen *wir* uns weitere Informationen beschaffen.“

„Wir?“ wiederholte Vicki und lehnte sich über die Rücklehne der Couch, wobei sich ihre Finger direkt neben den Löchern, die sie am allerersten Abend in Vancouver dort hinterlassen hatte, in das grüne Leder gruben. „Deine Chance, mehr zu erfahren, war bei Sonnenuntergang, und du hast sie in den Sand gesetzt. *Ich* bin die Ermittlerin. *Du* schreibst Romane. Du hast mich um Hilfe gebeten, und ich werde deinem bescheuerten Auto schon nichts antun.“

„Weil du mein bescheuertes Auto gar nicht erst in die Finger bekommst, und in der Vergangenheit warst du durchaus bereit, meine Dienste in Anspruch zu nehmen.“

„Das war, als mir noch keine eigenen *Dienste* zur Verfügung standen.“

„Mit mir zusammen, Vicki. Oder gar nicht.“

Mit einem Ruck stand sie kerzengerade, und ihre Augen funkelten silbern. „Willst du mir etwa drohen?“

„Ich will dir helfen!“ spuckte er ihr aus zusammengepreßten Lippen entgegen.

Erstaunt sah Vicki ihn an, und langsam schwand das Silber wieder aus ihren Augen. „Warum?“

„Weil wir Freunde sind.“ Henry biß weiterhin die Zähne zusammen, und so klang diese Verkündung nicht gerade freundschaftlich, aber zumindest lagen seine Finger nicht um Vickis Hals, und das war doch sicherlich etwas wert. „Hast du das nicht immer gesagt? Wir seien Freunde? Es gäbe keinen Grund, die Freundschaft aufzukündigen, nur weil du einen neuen Lebensstil gewählt hast? Waren das nicht deine eigenen Worte? Für dich mag das eine Überraschung sein: Ich betrachte auch Celluci als Freund – zumindest als Waffenbruder." Henry verzog den Mund. „Meine Leute lasse ich nicht im Stich."

In Bezug auf territoriale Imperative galt, daß es Dinge gab, die Vicki zu teilen bereit war und andere, die sie unter keinen Umständen mit jemand teilen würde. Als Henry seinen Fehler erkannte und sich erinnerte, daß Celluci zu Vickis nicht teilbaren Besitztümern gehörte, da krallten sich Vickis Finger auch schon in seine Schultern. Mehr als 450 Jahre Erfahrung hatten keine Chance gegen die Wut der jungen Vampirin. In Bruchteilen von Sekunden ging Henry zu Boden, und Vickis Hände lagen so an seinem Nacken, daß ihre gekrümmten Daumen jederzeit die Arterien an beiden Seiten des Halses hätten aufreißen können. Vickis Zähne lagen bloß. Aus ihren Augen schossen silberne Pfeile, die sich schmerzhaft in Henrys Augen bohrten.

„Michael Celluci gehört mir."

Die Worte ließen keinen Handlungsspielraum, boten keine Möglichkeit zu einem Kompromiß, und für Henry gab es nur eine denkbare Antwort, denn es ging nicht an, daß er Vicki diesen Einschüchterungsversuch durchgehen ließ. Er war älter als sie, und sie befanden sich in seinem Revier.

„Glaub mir, Vicki, er ist nicht mein Typ."

Der Ton dieser Worte – leise und ruhig – vermochte, den Wutanfall zu bremsen; da sie zudem recht hochnäsig klangen, verhinderten sie, daß die Situation ins Melodramatische kippte.

Vicki blinzelte, lockerte den Griff um Henrys Hals und ließ sich auf die Hacken zurückfallen. „Ich hätte dich vernichten können!" grollte sie und klang dabei nicht länger wütend, sondern vielmehr peinlich berührt.

„Nein." Vickis Hände lagen weiterhin an beiden Seiten seines Nackens – so beschloß Henry, den Kopf lieber nicht zu schütteln. Was als nachdrückliche Unterstützung seiner Worte gedacht war, konnte völlig deplaziert wirken und schreckliche Folgen haben. „Ich glaube, darüber sind wir hinweg, du und ich."

„Ha! Also hatte ich recht und du unrecht."

Er konnte ein Lächeln nicht unterdrücken. Was das Leben in der Nacht betraf, war Vicki gerade erst drei geworden, und manchmal, so wie jetzt, machte sich das bemerkbar. „Ja", sagte er. Als Vicki nun aufstand, um wieder eine gewisse Distanz zwischen ihnen zu schaffen, erhob sich auch Henry. „Celluci hat immer dir gehört, Vicki", flüsterte er, als sie einander wieder gefahrlos gegenüberstehen konnten. „Wenn du das bezweifelst, bist du ihm gegenüber sehr ungerecht."

Wäre Vicki noch Mensch gewesen, hätte sie jetzt erröten müssen. Wie die Dinge lagen, ging sie Schritt für Schritt rückwärts, bis ihre Oberschenkel an die Couch stießen und versuchte, sich zu verteidigen: „Wenn er hört, daß du ihn zu den Deinen zählst, ist er wahrscheinlich zu Tränen gerührt." Da sie nun ohnehin bei der Couch stand, setzte sie sich auch. „Sehen wir uns die Nachrichten an, die Tony aufgezeichnet hat", sagte sie dann. „Vielleicht verschafft uns das ein besseres Bild von dem, was passiert ist."

Henry mußte sich ins Gedächtnis rufen, daß Selbsterkenntnis, was Gefühlsdinge betraf, noch nie zu Vickis Stärken gezählt hatte. Nachdenklich nahm er die Fernbedienung vom Couchtisch. Die Aussicht auf die Ewigkeit hatte den schützenden Panzer, den Vicki den größten Teil ihres Lebens getragen hatte, teilweise geknackt, aber es war noch genug davon übrig und harrte erst darauf, ebenfalls entfernt zu werden. *Das ist Cellucis Problem,* stellte Henry dankbar und erleichtert fest, und damit schaltete er den Fernseher ein.

Kein Beamter der Toronto Metropolitan Police war an ein Bett in einer Klinik in North Vancouver gefesselt aufgefunden worden.

Niemand war verhaftet und des Geschäftes mit Nierentransplantationen bezichtigt worden.

Henry stellte das Fernsehgerät ab, und seine Stirn war in so tiefe Falten gelegt, daß die rotgoldenen Brauen über der Nase zusammentrafen. „Ich verstehe das nicht", sagte er mehr zu sich selbst als zu Vicki. „Ich habe doch die Polizei zum *Projekt Hoffnung* geschickt."

Um ein Haar hätte Vicki ihm vorgehalten, er sei alt geworden und habe seine Überzeugungskraft eingebüßt. Aber die Juninächte waren kurz; sie hatte nicht die Zeit dazu, eine weitere Auseinandersetzung heraufzubeschwören, nur um Henry zu ärgern. „Dann haben sie ihn nicht gefunden."

„Besonders gut versteckt war er aber gar nicht."

„Dann war er nicht dort."

„Wenn sie ihn weggeschafft haben ..." Henry ließ den Satz unbeendet. Vancouver war eine große Stadt. Bei der Vorstellung, Michael Cellucis Geist könne ihn bis in alle Ewigkeit allnächtlich vorwurfsvoll am Fußende seines Bettes erwarten, lief Henry ein Schauer über den Rücken.

„Ich finde ihn bestimmt!"

„Wie?"

Mit fließenden Bewegungen, mehr denn je einem Raubtier gleich, erhob sich Vicki von der Couch. „Wir stellen erst einmal ein paar äußerst diskrete Ermittlungen an und finden heraus, was letzte Nacht, nachdem wir weg sind, in der Klinik los war. Dann ...", hier fingen ihre Augen an zu glitzern, „gehen wir mit Fingerspitzengefühl vor. Oder dem Gefühl in einem anderen Körperteil. Je nachdem, was wir gern herausreißen wollen, um unsere Fragen beantwortet zu bekommen."

Typisch! dachte Celluci und reckte den Kopf, um dem Verlauf des Schlauchs zu folgen, den man ihm intravenös gelegt hatte. *Gute Ärzte, böse Ärzte – keiner von denen macht sich je die Mühe, einem zu erklären, was sie gerade mit einem anstellen. Als hätte man kein Recht zu wissen, mit welchem Feuer man spielt.* „Entschuldigen Sie bitte, aber noch gehört dieser Körper mir!"

„Da haben Sie recht."

Verwundert drehte er den Kopf jetzt so, daß er in das völlig ausdruckslose Gesicht der Ärztin blicken konnte. Dann wurde ihm klar, daß er seinen letzten Gedanken laut ausgesprochen hatte. Zwar hatten frühere Versuche gezeigt, daß Reden nicht allzuviel nützte, aber trotzdem dachte der Detective, es könne kaum schaden, die nun einmal begonnene Unterhaltung auch fortzusetzen. „Wenn es Ihnen nichts ausmacht: Könnten Sie mir vielleicht bitte erklären, was Sie da gerade mit mir machen?"

„Ich gleiche den Flüssigkeitsverlust aus." Damit legte Dr. Mui einen vollen Blutbehälter in die kleine Kühltasche, die sie mitgebracht hatte.

„Sie wissen, daß Sie das Zeug da nicht unbegrenzt entnehmen können."

Dr. Mui schloß die Kühltasche und wandte sich zum Gehen. „Ja, ich weiß."

„Also ist auch ein Labor an der ganzen Sache beteiligt, nicht wahr?"

Die Hand bereits an der Tür blieb die Ärztin stehen und warf Celluci einen Blick zu, den dieser von seiner Lehrerin in der dritten Grundschulklasse her kannte, eine Frau, die ihn, wenn ihn sein Gedächtnis nicht trog, nie besonders gern gehabt hatte. „Seien Sie nicht albern. Die Labors tun einfach nur das, was man bei ihnen in Auftrag gibt. Es besteht gar nicht die Notwendigkeit, sie mit irgendwelchen Einzelheiten vertraut zu machen."

Gut, also keine bösen Labors. Das war nur eine ganz kleine gute Nachricht und trug nichts zur Verbesserung der Umstände bei, in denen Celluci sich im Augenblick befand. Aber wenn man die Sache insgesamt betrachtete, war die Nachricht doch auch ermutigend. „Was ist mit der Operation selbst? Sie brauchen einen Assistenten. Sie mögen gut sein, aber drei Hände haben selbst Sie nicht, und wenn zwei Leute gleichzeitig narkotisiert werden sollen, dann brauchen Sie noch dazu einen Anästhesisten."

„Warum gehen Sie davon aus, daß zwei Leute gleichzeitig narkotisiert werden sollen, Detective? In steriles Eis verpackt kann eine Niere nach der Entnahme fast achtundvierzig Stunden unbeschadet überstehen."

„Zwei getrennte Operationen erhöhen das Risiko." Celluci sprach so ruhig und unbeteiligt, als ginge es bei den bevorstehenden Operationen nicht auch ganz unmittelbar und intim um ihn. „Ich denke schon, daß Sie beide Operationen zur selben Zeit laufenlassen. Wenn nicht simultan, dann hintereinander."

Anerkennend legte Dr. Mui den Kopf schief. Sie widersprach nicht. „Das haben Sie sehr gut erkannt, Detective – und was wollen Sie damit sagen?"

„Ich frage mich, wie Sie die anderen Leute am Reden hindern."

„Warum fragen Sie sich das?"

Er zuckte die Achseln, soweit ihm das angesichts der Fesseln möglich war, und schenkte ihr sein schönstes Lächeln, das er so oft erfolgreich bei Zeuginnen eingesetzt hatte. „Ich habe sonst nicht viel zu tun."

„Das ist wahr." Vielleicht hatte die Ärztin die Mundwinkel um Bruchteile von Zentimetern gehoben – genau hätte Celluci es nicht sagen können. „Die anderen Beteiligten wissen nur so viel, wie sie wissen müssen, um ihre jeweilige Funktion zu erfüllen. Selbst wenn sie reden würden, dann hätte das, was sie sagen könnten, deutliche Grenzen. Aber sie verstoßen gegen das Gesetzt, also liegen die Chancen dafür, daß sie reden, in einem Rahmen, der ein kalkulierbares Risiko darstellt. Es würde Sie bestimmt erstaunen zu hören, wie leicht es ist, Leute zum Gesetzesbruch zu bewegen."

Celluci schnaubte. „Nein. Aber Mord ..."

„Wer sagt denn etwas von Mord? Diese Helfer wissen nur, was sie wissen müssen. Versuchen Sie jetzt, ein wenig zu schlafen. Sie haben morgen einen anstrengenden Tag vor sich."

Morgen. Noch lange nachdem die Ärztin gegangen war, hing das Wort bedeutungsvoll im Raum.

„In ungefähr einer Stunde werfen Sie einen Blick auf die Nährlösung und geben dem Mann eine Tasse Brühe."

„In einer Stunde fängt das Baseballspiel an“, murrte Sullivan und zog einen Flunsch.

Dr. Mui, etwas erstaunt darüber, wie offen sie mit dem Detective geredet hatte, schenkte dem Pfleger keinerlei Beachtung. Sie hatte die Welt, in der sie arbeitete, um sicheres Wissen herum aufgebaut, und wenn sie geglaubt hätte, Sullivan würde ihre Anordnungen nicht stets und in allen Einzelheiten befolgen, dann hätte sie den Mann dort gelassen, wo sie ihn gefunden hatte.

Die Fangzähne entblößt, die Finger so fest am geschnitzten Türgriff, daß das Holz schon zu splittern begann, riß Vicki ungestüm die Tür auf und setzte einen Fuß in die Klinik.

In der gedämpften Geräuschkulisse des Hauses war das vertraute Schlagen von Michael Cellucis Herzen nicht länger zu hören.

„Gottverfluchte, verdammte Scheiße!“

„Präzise formuliert.“ Henry war Vicki auf den Fersen gefolgt und schaffte es nun, sich an der Freundin vorbeizudrücken, ohne sie zu berühren. Wachsam musterte er sie aus den Augenwinkeln, nur für den Fall, daß sich ihre Wut einen weiteren Radius suchte, und fügte hinzu: „Der Detective hat offenbar das Haus verlassen. Was heißt das für uns?“

Vicki wies mit einem Kopfrucken auf die Schwesternstation. „Das heißt, daß jetzt eine andere Schicht Dienst hat als letztes Mal und eine andere Schwester hier ist, und die weiß nichts, gar nichts.“

„Nicht, daß die letzte Schwester besonders hilfreich gewesen wäre“, bemerkte Henry eher zu sich selbst als zu Vicki und achtete darauf, einen Sicherheitsabstand zu wahren, ehe er der Freundin den Gang hinunter folgte. Vickis Aufmerksamkeit galt ausschließlich Cellucis Rettung, und so hatte die Fahrt zur Klinik zwar einen ausgedehnten Knurrwettstreit mit sich gebracht, aber nichts Schlimmeres – unangenehm war es gewesen, aber durchaus überlebbar und nicht schlimmer als das, was Henry Mike tagtäglich hatte durchstehen sehen. Henry hätte nicht sagen können, ob das nun hieß, daß sich sein Verhältnis zu Vicki gebessert hatte oder ob das Gegenteil der Fall war, aber wenn sie ihn noch ein einziges Mal beim Fahren von der Seite her als alte Frau beschimpft hätte, wäre er versucht gewesen, die Beziehung neu zu definieren, indem er die Freundin hinaus in den fließenden Verkehr stieß.

Die Schwester war sich in keiner Weise der Tatsache bewußt, daß direkt hinter ihr der Tod lauerte. Sie stand vor dem Medizinschrank, und als sie sich umwandte, stürzte sie direkt in die Tiefen silbern glänzender Augen. Die braune Glasflasche, die sie aus dem Schrank genommen hatte, glitt ihr aus den Fingern, die unversehens heftig zu zittern begonnen hatten.

Ehe die Flasche auf dem Boden zerschellen konnte, fing Henry sie auf. „Wir sind letzte Nacht recht spät hiergewesen", sagte er. „Ich kann feststellen, ob sich hier gesunde Leben unter die kranken mischen. Ich glaube nicht, alle Besucher sind bereits gegangen. Tu rasch, was du zu tun hast und vermeide es, Aufmerksamkeit zu erregen." Das alles mit der Stimme vorgebracht, die er eingesetzt hatte, als er Vicki das Jagen lehrte. Wenn sie Glück hatten, würde sie auf diese Stimme hören. Vorsichtig stellte Henry das braune Fläschchen auf einem Tisch ab und ging, um an der Tür Wache zu stehen.

Vicki konnte an nichts anderes denken als an das Leben, das sie jetzt in Händen hielt und an das, nach dem sie suchte. Henrys Stimme, seine Worte, waren nur Teil der vielfältigen Geräuschkulisse der Klinik, und all diese Geräusche gingen im Jagdschrei, der durch ihren Kopf hallte, so gut wie unter. „Letzte Nacht", sagte sie ruhig und ungeheuer bedrohlich, „wurde in dem geheimen Zimmer hier ein Mann gefangengehalten. Wo ist dieser Mann jetzt?"

Die Schwester schwankte zwischen Angst und Verwirrtheit: „Geheimes Zimmer?"

„Das Zimmer im hinteren Teil des Gebäudes."

„Sie meinen die alte Waschküche? Da war niemand."

„Er war dort." Das klang noch bedrohlicher.

Die Schwester steckte in der Zwickmühle: auf der einen Seite das, was sie als Wahrheit zu wissen meinte, auf der anderen Seite die Wahrheit, die sie in den silbernen Augen lesen konnte. Sie wimmerte leise.

„Er war da!" wiederholte Vicki. Erregt hob ihr Hunger das Haupt; Vikkis Finger umklammerten weißgekleidete Schultern und bohrten sich in Fleisch. „Wo ist er?"

„Ich weiß es nicht!" Über die Wangen der Schwester, aus denen alle Farbe gewichen war, liefen Tränen, und die Frau schaffte es kaum, mit ihren zitternden Lippen überhaupt eine Antwort zu formulieren.

„Sie sagen es mir auf der Stelle!"

„Ich will nicht ...", ein unterdrückter Schluchzer teilte den Protest in zwei Hälften, „... nicht sterben."

Das Herz der Pflegerin schlug in raschem Stakkato, ihr Blut raste panisch – da fiel es Vicki schwer, überhaupt einen klaren Gedanken zu fassen. Der

Hunger ließ sich nur noch mit Mühe bändigen und verlangte von Vicki, nach der Furcht zu greifen, die da vor ihr stand, sie sich zu eigen zu machen. Zu reißen, zu zerfleischen, zu trinken. Schon war sie einen halben Schritt vorgetreten, den Kopf leicht im Nacken, die Nasenflügel geweitet, um den warmen, fleischigen Duft nach mit panischer Angst gewürztem Leben ganz in sich aufzunehmen. Noch war die Erinnerung an die betörende Erfahrung im Lagerhaus nicht verblaßt; es würde leicht sein, ganz loszulassen.

Tu rasch, was du zu tun hast.

Ja.

„Diejenigen von uns, die lernen, den Hunger zu beherrschen, die haben die Ewigkeit vor sich. Wer allerdings selbst vom Hunger beherrscht wird, den wird man rasch aufspüren und vernichten."

Auch dies waren Henrys Worte, allerdings eine Lektion, eine Erinnerung, die weiter zurücklag.

Mich beherrscht nichts und niemand.

Falls es für „Victory" Nelsons Leben ein Motto gab, dann ganz gewiß dieses.

Sie gab die Krankenschwester so abrupt frei, daß die Frau schwankte und gefallen wäre, wenn Vicki sie nicht in einer neuen, weitaus weniger gefährlichen Geste aufgefangen hätte. „Sie haben uns nicht gesehen, und solange wir uns hier aufhalten, werden Sie uns auch nicht sehen."

„Ich werde Sie nicht sehen", wiederholte die Schwester gehorsam, fast wie ein Gebet. „Ich werde Sie nicht sehen." Nun gab Vicki sie ein weiteres Mal frei; die Frau stolperte zur Seite und sank auf einen Stuhl. Einen Herzschlag später fand sie sich allein im Schwesternzimmer und war der festen Überzeugung, daß sie die ganze Zeit über allein gewesen war. Leicht verwirrt starrte sie auf das braune Fläschchen in ihrer Hand und fragte sich, ob es denn überhaupt angehen konnte, bei vollem Bewußtsein zu träumen, einen Alptraum zu haben.

„Fast hätte ich sie umgebracht." Der Hunger lehnte sich empört gegen seine Fesseln auf, und Vicki unterdrückte ihn, fest entschlossen, ein fast körperlich schmerzhaftes Gefühl, etwas Wichtiges nicht beendet zu haben.

„Ich weiß".

„Warum hast du dann nicht versucht, mich aufzuhalten?"

„Das war doch nicht notwendig, oder?" Henry warf einen Blick über Vickis Schulter; beide Vampire standen im Flur neben dem Operationssaal, und Vicki blätterte in einem Berichtsheft, das sie im Schwesternzimmer gefunden hatte. Da, wo sie standen, waren sie von allen anderen Bewohnern des Gebäudes vergleichsweise weit entfernt. „Ich muß mich einfach auf das verlassen können, was ich dir beigebracht habe, denn sonst hätte die ganze Ausbildung ja überhaupt keinen Sinn gehabt."

Vicki wandte den Kopf, um das Gesicht des Freundes erkennen zu können. „Hör bloß auf, dir jede Wiederholung von *Kung Fu* reinzuziehen. Du hörst dich an wie ein wichtigtuerisches Arschloch, und das sage ich dir zu deinem eigenen Besten, weil wir Freunde sind." Ehe Henry noch über eine Antwort nachdenken konnte, fügte sie hinzu: „Vielleicht hättest du dich ja einfach die ganze Zeit schon auf die Qualität deiner Ausbildung verlassen sollen."

„Die ganze Zeit über?"

Vicki verzog die Lippen. „Ja, die ganze Zeit über – von dem Moment an, wo ich in Vancouver eingetroffen bin."

„Du wirst dich doch aber sicherlich noch daran erinnern, daß ich dir beigebracht habe, daß sich unsereins nie das Revier mit einem anderen Vampir teilt."

„Was nur beweist, wie wenig Ahnung du in Wirklichkeit hast!" verkündete Vicki und wandte ihre Aufmerksamkeit wieder dem Berichtsheft zu. „Ah! Hier!" Zufrieden wies sie auf einen der Einträge: „Um 5:09 Uhr sind hier zwei Bullen aufgetaucht – ebenso eine Dr. Mui –, offenbar lag einer ihrer Patienten im Sterben. Sie hat die Bullen in der Klinik herumgeführt, und dann sind sie gegangen. Das heißt, sie hatten ihn weggeschafft, ehe die Bullen kamen. Diese elenden Schweinehunde."

„Ich verstehe nicht, wie ..."

„Das ist doch egal, oder? Komm!" Vicki schleuderte das Heft in den Operationssaal – sollten die sich doch fragen, wie es dahin gekommen war – und machte sich auf den Weg. „Ich glaube ja nicht, daß wir eine Nachsendeadresse finden, aber vielleicht haben die in dem Zimmer etwas vergessen, was uns weiterhelfen könnte."

Aber sie fanden nichts in dem verdeckten Krankenzimmer, außer dem Duft dreier Männer und einer Frau.

Angespannt stand Vicki neben dem leeren Bett und zwang sich, außer Mikes Leben auch noch eines der anderen zu identifizieren. „Dr. Mui."

Henry runzelte die Stirn; unter der gerade mühsam rekonstruierten Schicht Leben erkannte er in der Stimme der Gefährtin den Tod. „Was ist mit Dr. Mui?“

„Sie ist an der Sache beteiligt. Dies ...“, Vicki wedelte mit der Hand vor ihrem Gesicht umher und fächelte sich Luft in die Nase. „Das ist die Frau, die Celluci die Spritze gegeben hat.“

„Bist du sicher?“

„Da kannst du dich voll auf mich verlassen; ich lege großen Wert darauf, nie zu vergessen, nach welchen anderen Frauen er gerochen hat.“

Inzwischen habe ich das Gefühl, ich muß mich bei Mike entschuldigen, sinnierte Henry und trat einen Schritt zurück, um Vicki nicht im Weg zu stehen. *Mit territorialen Imperativen ist er weit besser vertraut, als ich angenommen hatte.* „Wohin jetzt?“

„Ins Büro von Dr. Mui.“

„... da ist er – sicher auf der zweiten! Nicht zu fassen – welch ein Tempo! Jeder andere in diesem Spiel hätte es gerade bis zur ersten geschafft!“

Augen und Aufmerksamkeit des Mannes waren auf den Fernseher im Nachbarzimmer gerichtet. Rasch knüllte Sullivan den Beutel, der die Salzlösung enthalten hatte, zusammen und versetzte der Vorrichtung, an dem der Beutel und der dazugehörige Schlauch gehangen hatten, einen heftigen Stoß. Einen Augenblick lang balancierte die Konstruktion aus rostfreiem Stahl in einem Winkel von 45 Grad zwischen Decke und Fußboden, dann ging sie mit einem Krach zu Boden, der die Begeisterung des Sportreporters fast noch übertraf.

Ungeduldig schob er die rostfreien Einzelteile mit dem Fuß beiseite, stürmte aus dem Zimmer und drehte im Nebenraum die Lautstärke des Fernsehers so hoch, daß der Ton reichlich verzerrt klang.

„Was freut Sie so?“ zischte er, nachdem er zum Bett zurückgekehrt war. „Sind wohl ein Oakland-Fan, was?“

„Bestimmt nicht.“ Es war Celluci nicht vorgekommen, als könne er anders als schmerzverzerrt dreinschauen. Man hatte die Nadel höchst unsanft aus dem Handrücken entfernt, und der Verband, der ein Bluten der Einstichwunde verhindern sollte, saß so fest, daß ein blauer Fleck garantiert war. Nun zuckte er zusammen, als die Menge im Kingdome lautstark auf einen besonders schönen Spielzug reagierte, wobei die Lautsprecher des Fernsehers begeistert knatterten und quietschten.

„Was denn dann?" Ärgerlich kniff Sullivan die Augen zusammen, als nebenan eine Schweigesekunde in einen Werbespot überging, der im Vergleich zur Stille davor fast ohrenbetäubend laut war. Wütend vor sich hin grummelnd stapfte er ins Nebenzimmer und drehte den Fernseher leiser. „Sie hatten wohl gedacht, das kriegt jemand mit und beschwert sich dann über den Lärm, wie?" Schwielige Finger legten sich um Mikes Nasenspitze und drehten mit Schwung. Knorpel krachten. „Halten Sie mich bloß nie für dumm."

Mike blinzelte, bis die Tränen, die ihm gegen seinen Willen in die Augen geschossen waren, verschwunden waren und schnaubte dann: „Wäre mir nie in den Sinn gekommen." Um die Wahrheit zu sagen, war ihm den ganzen Abend lang ohnehin wenig in den Sinn gekommen. Das mochte am Blutverlust liegen oder an den Nachwirkungen des Betäubungsmittels. Wie dem auch sein mochte: Bewußtes Nachdenken erforderte große Anstrengung, und die aufzubringen sah er sich nicht in der Lage.

„Warum grinst du sonst, du Scheißer?"

Aber die Anstrengung mußte gemacht werden, denn Celluci verfügte im Augenblick nur über eine einzige Informationsquelle. Er mußte zumindest versuchen, mehr über seinen Gefängniswärter herauszufinden – wenn er auch vielleicht mehr nicht zuwege bringen würde. Also wies er mit dem Kopf auf die Suppenschale, die neben dem Bett auf dem Nachttisch stand. „Frau Doktor hat Anweisung gegeben, mich zu füttern."

Sanfte Augen wurden zusammengekniffen. „Ja, und?"

„Also müssen Sie entweder den Fernseher lauter drehen und das Risiko eingehen, daß jemand ihn hört, oder Sie verpassen das Spiel. So oder so: Ich gewinne."

„Unter diesen Umständen sollte ich ihnen vielleicht einfach nichts zu essen geben."

„Und die Frau Doktor verärgern?"

Ganz offenbar war das etwas, was unter keinen Umständen geschehen durfte. In den riesigen Händen des Pflegers wirkte die Suppenschale wie eine Zwergentasse. Sullivan grinste heimtückisch. „Machen Sie mal schön den Mund auf – sonst mach *ich* Ihnen den auf."

Angesichts der tagtäglichen Konfrontation mit gewaltsamem Tod, der sich Polizeibeamte ausgesetzt sehen, haben diese Menschen zwei Möglichkeiten, mit der Gewißheit umzugehen, daß auch sie unweigerlich irgendwann einmal sterben müssen: Sie können diese Tatsache verdrängen oder so lange immerfort daran denken, bis der Tod kein Geheimnis mehr birgt und somit ebenso Teil ihres Lebens wird wie das Atmen. Celluci, der heftig spuckend fast an der Suppe erstickt wäre, die Sullivan ihm in den Rachen kippte, mußte sich eingestehen, daß er bei all seinem Nachdenken über den Tod das Ersticken an klarer Rinderbrühe nie ernsthaft für eine mögliche Todesart gehalten hatte.

Immer noch hustend rang der Detective heftig nach Luft, als Sullivan auch schon aus dem Raum eilte. „Pissen können Sie später", rief der riesige Mann seinem Patienten zu, womit er die Tür hinter sich zuknallen ließ.

Celluci gab sein Äußerstes, um sich nicht übergeben zu müssen – denn wenn er nicht am Erbrochenen erstickte, würde er darin liegen müssen, konnte sich jedoch für die zweite Möglichkeit ebensowenig erwärmen wie für die erste – und errang nach und nach wieder die Kontrolle über den eigenen Körper. Immer noch keuchte und schluckte er schwer, aber jeder Atemzug war schon tiefer als der vorhergehende, so daß es ihm schließlich gelang, einen letzten Brechreiz zu unterdrücken.

Als alles vorbei war, lag er reglos und erschöpft und fühlte sich, als habe er gerade zehn Runden lang gegen Mike Tyson gekämpft. Aber nun war ihm Sullivans Temperament schon wieder um einiges vertrauter – und er hatte einen Plan.

Nun gut: zumindest fast so etwas wie einen Plan.

„Hast du etwas gefunden?"

„Vicki, ich bin Schriftsteller. Ich schalte meinen Computer ein, spiele ein bißchen Solitaire, beantworte meine Mails und schreibe. Alles, was komplizierter ist, interessiert mich nicht, und ich verschwende keinen Gedanken daran." Mit gerunzelter Stirn starrte Henry auf den Bildschirm und schlug mit den Fingernägeln sanft gegen die Kante der Tastatur.

Vicki hob den Kopf von dem Schrank mit den Hängeordnern, den sie gerade einer aggressiven und intensiven Suche unterzog, und linste quer durchs Zimmer auf den Monitor. „Scheint, als bräuchtest du nur mit dem Cursor irgendwo draufzugehen und die Datei dann anzuklicken", bemerkte sie ein wenig ungeduldig.

„Hier ist alles verschlüsselt. Ohne Dr. Muis Kennwort kann ich hier gar nichts öffnen."

„Ich verstehe nicht, warum die paranoide Kuh kein Adreßbuch haben kann wie andere Leute auch", zischte Vicki, schlug eine Schrankschublade zu und öffnete die nächste. Sie wollte doch nur ein paar Adressen! Am liebsten natürlich eine mit dem Vermerk: *Versteck Michael Cellucis*. Aber wenn sie die nicht fand, dann würde ein anderer Vermerk es auch tun: *Hier wohnen die Leute, die die ganze Sache leiten und denen man Auskünfte über den Verbleib Michael Cellucis aus dem Leib reißen kann.* Damit wäre Vicki schon vollends zufrieden gewesen.

Henry spürte die Wut, die in der Freundin heftige und hitzige Wellen schlug, weshalb er es für klüger und sicherer hielt, Vicki keine Antwort zu geben. Zumal sie ja recht hatte: Ein gewöhnliches Adreßverzeichnis hätte ihre Suche um einiges einfacher gestaltet. *Irgendwie kann ich immer noch nicht recht glauben, daß wir das hier tun!* dachte Henry, wobei ihm nicht der Einbruch in Dr. Muis Büro Kopfzerbrechen bereitete.

Henry teilte Vickis Besorgnis um die Sicherheit des Detective aus ganzem Herzen, mußte allerdings feststellen, daß die Umstände ihn fortwährend ablenkten. Hier waren sie also, er und Vicki, und arbeiteten zusammen. Sicher nicht so, wie sie vor Vickis Wandlung zusammengearbeitet hatten, aber sie kooperierten in engem körperlichen Kontakt. Das war eine so durch und durch erstaunliche Sache, daß er zu gern jemandem davon erzählt hätte – allerdings vermochten leider Gottes nur zwei Personen die Tragweite dieser Ereignisse wirklich nachzuvollziehen. Wobei Vicki keinerlei Interesse daran hatte und für Henry wenig Befriedigung darin lag, mit sich selbst zu reden.

„In diesem Ding hier sind nur Patientenakten. Kommst du denn irgendwie weiter?"

Henry lenkte seine Gedanken sanft, aber nachdrücklich wieder auf die vor ihm liegenden Aufgaben. „Anscheinend hat Dr. Mui ein Modem. Könnte sie denn von hier aus auch in andere Computersysteme eindringen?"

„In Toronto könnte ich dir mit sechs Anrufen ein halbes Dutzend Leute besorgen, die so was im Schlaf machen. Kurz gesagt: Ja, könnte sie. Aber das hilft uns auch nicht ... ha!" Triumphierend richtete Vicki sich auf und schwenkte einen Ordner, den sie aus der untersten Schublade gezogen hatte. „Wenigstens die kanadische Regierung unterstützt noch die Papierindustrie! Laut der zentralen Zulassungsstelle von British Columbia hat sich die gute Frau Doktor gerade einen neuen Wagen zugelegt. Muß ja schön sein, so was." Vicki verstummte und konzentrierte sich auf die Durchsicht der Papiere. „Wußtest du, daß ihr Nachbarn seid?"

Sie zuckte leicht zusammen und tat einen Satz in Henrys Richtung, als der Freund ihr den Ordner aus der Hand riß, konnte sich dann aber zusammennehmen und riß ihn nicht wieder an sich.

„Nein, sie ist im anderen Turm, Phase zwei. Er ist erst in diesem Frühjahr auf den Markt gekommen, und die Wohnungen dort sind unglaublich teuer." Henry hätte sich fast die Muskeln verknotet, aber letztlich gelang es ihm, Vicki nicht am Arm zu packen, als diese zur Tür stürzte. Jetzt war nicht die Zeit, die Grenzen ihrer neuen Beziehung auszuloten. „Wo gehst du hin?"

„Wir wissen, wo Dr. Mui ist. Dr. Mui weiß, wo Mike ist." Im Raum schimmerten drei Lichtquellen: der Monitor und Vickis Augen. „Vielleicht ist er in ihrer Wohnung. Vielleicht haben wir den ganzen Tag nur dreißig Meter von ihm entfernt verschlafen."

„Das bezweifle ich. Das größte Verkaufsargument für diese Wohneinheiten ist das perfekte Sicherheitssystem: Sie haben dort Tag und Nacht volle Videoüberwachung. Es wäre für Dr. Mui viel zu riskant, Mike dorthin zu bringen."

Unter dem Druck von Vickis Fingern entstanden Beulen und Kuhlen in der Rückenlehne des Schreibtischstuhls, und das Metall stöhnte und ächzte protestierend. „Aber trotzdem wird sie wissen, wo er ist."

„Sie ist wahrscheinlich sogar bei ihm." Warum, das brauchte Henry nicht zu erläutern. Er warf erneut einen Blick auf die Papiere, die er immer noch in der Hand hielt und runzelte die Stirn. „Sie hat ihre Wohnung vom Immobilienbüro Swanson."

„Swanson? Der Name taucht bei diesen Ermittlungen immer wieder auf", zischte Vicki. „In dieser Fernsehsendung, in der es um Organspenden ging, dann hatte er die Computer gespendet, mit denen diese Straßenambulanz arbeitet, und jetzt hier ..."

Beide hatten zur selben Zeit dieselbe Idee, aber Vicki war schneller und erreichte die Tastatur des Computers als erste.

Swansons Name tauchte in der Tat immer wieder auf, und mit seiner Hilfe gelangten sie nun auch in Dr. Muis Computersystem.

„Wonach suchst du?"

„Nach Swansons Adresse." Es klang wie eine Drohung. „Am Tatort wird er nicht sein, er ist kein Arzt, hat dort also nichts zu suchen. Der Puppenspieler bleibt lieber im Hintergrund und zieht von dort aus seine Fäden." Vicki war zwischen der Notwendigkeit, Celluci so rasch wie möglich zu Hilfe zu eilen und ihrer tiefsitzenden Neugier hin und her gerissen, als sie sich rasch und methodisch Zugang zu immer neuen Dateien verschaffte. Dies war wahrscheinlich die einzige Gelegenheit in diesem Fall, sich ausführlich Informationen zu beschaffen, und die konnte sie doch unmöglich einfach ungenutzt verstreichen lassen.

Dr. Mui verfügte über extensive E-Mail-Archive, alle säuberlich geordnet, die sich in den meisten Fällen auf die Korrespondenz mit einem Geldinstitut bezogen.

„Schweizer Bankkonten?“ wagte Henry eine Spekulation.

„Unter anderem – und noch einiges andere, das nicht ganz so altmodisch ist. Anscheinend schickt unsere Frau Doktor reichlich Geld ins Ausland, in irgendwelche Steueroasen.“

„Ärzte verdienen nun einmal sehr gut.“

„Schon – aber hier geht es um mehr Geld, als sich selbst in British Columbia mit Privatpatienten erwirtschaften läßt, die für jeden Handschlag extra zur Kasse gebeten werden. Dazu kommen das Auto und die Wohnung. Ich denke, wir können getrost davon ausgehen, daß Swanson die Frau gekauft hat und daß sie nicht billig war. Er muß für die Nieren ein verdammtes Vermögen verlangen, wenn er bei diesen Ausgaben aus der Sache noch Profit ziehen will.“

„Welchen Preis hat ein Leben?“ fragte Henry leise.

Vicki drehte sich um und sah ihn an. Dann nickte sie. „Da hast du recht.“

Einen Moment lang dachte Henry, sie würden einander berühren können, ohne Blut, ohne Leidenschaft, in Freundschaft. Der Moment verging, das Gefühl blieb. „Wir dürfen nicht vergessen, daß Swanson das Geld, das er seinen Spendern bietet, immer wieder neu investieren kann.“

„Auch wieder wahr.“ Mit zu einem einzigen, dünnen weißen Strich zusammengepreßten Lippen fuhr Vicki den Computer herunter. „Jetzt wissen wir, wo er wohnt und sollten ...“

Sie beide hörten im selben Moment das Leben, das sich dem Büro näherte. Ledersohlen schlugen gegen Kacheln, kamen näher, schnitten ihnen den Fluchtweg ab.

„Was hältst du davon, den Schreibtisch durchs Fenster zu werfen?“

Henry schüttelte den Kopf. „Das würde zuviel Aufmerksamkeit erregen. Sie würden uns abfahren sehen und die Nummernschilder überprüfen. Das käme nur in Frage, wenn wir den Wagen hierlassen, also aufgeben wollen, und das haben wir sicher nicht vor.“

Die Bürotür ging zum Flur hinaus. Vicki stellte sich rechts davon auf und wies Henry mit einer Handbewegung an, sich links zu postieren.

Als die Tür aufging, wandte Vicki den Kopf ab, damit ihre empfindlichen Augen nicht vom grellen Flurlicht getroffen würden, packte die Hand, die nach dem Lichtschalter an der Bürowand langte und zog den fremden Mann, dem die Hand gehörte, mit einem Ruck ins Zimmer.

Henry schloß die Tür.

Eigentlich hatte Dr. Wallace in den letzten Jahren stets gedacht, es gäbe wenig, was er noch nicht gesehen hatte. Er hatte sich mit siebzehn Jahren freiwillig zur Kriegsmarine gemeldet, hatte in Korea gekämpft, war im Gegensatz zu vielen anderen, heil und an einem Stück wieder heimgekehrt, hatte die Vergünstigungen, die ihm nach dem militärischen Einsatz zustanden, genutzt, um Medizin zu studieren, hatte eine Zeitlang in Afrika bei den fliegenden Ärzten gearbeitet, um sich dann schließlich mit einer profitablen Internistenpraxis in North Vancouver niederzulassen. Wallace hatte erlebt, wie der Tod ohne Vorwarnung kommt und hatte auch gesehen, wie er sich in einem Menschen einrichtet, um diesen auf einer langen, intimen, finalen Reise zu begleiten. Aber er hatte nie zuvor erlebt, daß der Tod ein Gesicht trug wie das, das sich jetzt im Büro Dr. Muis über ihn beugte.

Das Zimmer war fast dunkel; nur vom Parkplatz her drang diffuses Licht durch die Fenster, und so konnte der Arzt wenig mehr erkennen als Schattenrisse und ein paar silberne Augen. Klares Silber wie blankpoliertes Metall oder Mondlicht, und diese Augen zogen ihn in Tiefen, die viel finsterer waren, als sie nach logischem Ermessen eigentlich hätten sein dürfen.

Wallace hatte immer gehofft, er würde dem Tod ruhig gegenübertreten können, wenn dieser letztlich kam, um ihn zu holen. Nun mußte er feststellen, daß er so ziemlich alles tun würde, um am Leben zu bleiben – wenn man ihn dazu auch nur ein wenig ermutigte.

„Was wissen Sie über Ronald Swanson?"

Das war nicht das, was Wallace erwartet hatte. Das war zu banal, zu weltlich, zu menschlich.

„Haben Sie mich gehört?"

Die Drohung war unmißverständlich. „Er ist reich, sehr reich, aber er ist auch bereit, Geld abzugeben, wenn er ein Anliegen für berechtigt hält." Der Arzt hielt klinische Distanz zum Geschehen, sprach, als halte er einen Vortrag, schaffte es so, seine Panik in den Griff zu bekommen. „Nachdem seine Frau an Nierenversagen gestorben war, fing er an, Transplantationsprogramme zu unterstützen. Er finanziert entsprechenden Projekten Anzeigen, zahlt für Schulungsprogramme – viele Ärzte haben keine Ahnung, wie sie mit dieser ganzen Organspenderfrage umgehen sollen. Swanson hat dieses Hospiz bezahlt."

„Mehr nicht?"

Es ging nicht an, jetzt nicht fortzufahren, auch wenn es eigentlich nichts mehr zu erzählen gab. „Persönlich kenne ich ihn nicht. Dr. Mui ..."

„Was ist mit Dr. Mui?"

Wallace hatte die plötzliche Vision von einer wilden Schlittenfahrt, von Wölfen, die am Schlitten hochsprangen, von Gefährten, die man diesen Wölfen zum Fraß vorwarf, um sich selbst in Sicherheit zu bringen. „Swanson hat sie selbst ausgesucht und zur Klinikleiterin bestimmt. Sie hat vorher als Transplantationschirurgin gearbeitet und galt als hervorragende Spezialistin, aber es gab auch Gerede von Fahrlässigkeit, was sich aber als völlig unbegründet herausgestellt hat, und eigentlich hat kaum jemand außerhalb des betreffenden Krankenhauses je davon erfahren."

„Könnte Swanson davon gehört haben?"

„Ich weiß nicht, aber es passierte zur selben Zeit, als seine Frau starb." Dr. Wallace fragte sich, ob sein Herz immer so laut und so schnell geschlagen hatte. So schnell durfte es eigentlich gar nicht schlagen. Ein Schweißtropfen fiel dem Arzt von der Stirn ins Auge, und das Auge fing an zu brennen. „Vielleicht hat er ihr ja aus dem Grund den Job hier angeboten."

„Sie ist ungerechtfertigt beschuldigt worden und hat von daher eine Wut auf das medizinische Establishment."

„Ich würde nicht so weit gehen, das zu sagen." Wallace faselte und wußte das auch, konnte aber nichts dagegen tun. „Zu mir sagte Dr. Mui – das heißt, wir haben miteinander gesprochen, als einer meiner Patienten hierher verlegt wurde, darum bin ich heute auch hier, um nach diesem Patienten zu sehen – sie wolle in ihrer Arbeit direkter mit Menschen zu tun haben und sich weniger mit Krankenhausverwaltung und dem ganzen legalen Schnickschnack abgeben. Hallo?"

Die Augen waren verschwunden, die Finsternis hatte sich gehoben, und er saß allein in einem leeren Büro und redete mit sich selbst. Es war vorbei. Er wollte lieber nicht zu lange und zu angestrengt darüber nachdenken, was es wohl gewesen sein mochte. Er wischte sich die feuchten Handflächen an den Oberschenkeln ab, stand auf und eilte zum Lichtschalter an der Tür.

Das Zimmer war voller Schatten, und die Schatten wiederum waren auch nicht einfach leere Schatten, sie enthielten Dinge. Dr. Wallace hatte den Verdacht, sie würden nun nie wieder einfach nur leere Schatten sein.

„Das hast du sehr gut gemacht."

„Behandle mich nicht so von oben herab!"

„Tue ich doch gar nicht." Henry legte den Rückwärtsgang ein und fuhr vorsichtig vom Parkplatz. Das letzte, was er jetzt wollte, war, unnötige Aufmerksamkeit zu erregen. Nummernschilder konnten überprüft und mit ihrer Hilfe die Halter aufgespürt werden. „Du hast ihm keine Erinnerung hinterlassen außer Angst. Ich war ziemlich beeindruckt."

„Beeindruckt?"

„Bitte vergiß nicht, daß du in dieser Existenz noch ziemlich jung bist. Du zeigst großes Talent."

Vicki schnaubte. „Das war nun wirklich von oben herab!"

„Ich habe versucht, dir ein Kompliment zu machen."

„Dürfen Vampire das? Anderen Vampiren Komplimente machen? Ist das nicht irgendwie gegen die Vorschriften?"

Henry bog in die Mt. Seymour Road ein, gab Gas, wechselte fast sofort auf die Überholspur und umrundete zwei LKW in einem Manöver, das ein Sterblicher nicht überlebt hätte. „Ich weiß, daß du dich mit Mike Celluci streitest, um so Spannungen abzubauen", knurrte er mit zusammengebissenen Zähnen. „Ich verstehe das sogar. Aber ich bin nicht Mike, und wenn du mit mir einen Streit vom Zaun brichst, wirst du feststellen, daß das ganz andere und sehr bedauerliche Folgen haben wird. Mittlerweile ist doch wohl selbst dir klar, daß keiner von uns letztlich verhindern kann, daß Auseinandersetzungen zwischen uns schnell über die verbale Ebene hinausgehen."

„*Ich* kann *mich* beherrschen."

„Vicki!"

„Tut mir leid." Vicki drehte und wand sich unbehaglich in den Sicherheitsgurten, die ihren Bewegungsspielraum beträchtlich einschränkten, stützte sich mit einer Hand am Armaturenbrett ab, während sich die andere, die auf ihrem Schoß lag, ununterbrochen öffnete und schloß, und richtete die Augen unverwandt auf die beiden identischen, verschwommenen Streifen, als die die Straßenlaternen sich ihr zu erkennen gaben. „Verdammt noch mal, Henry, kannst du nicht ein ganz kleines bißchen schneller fahren?"

Henry erinnerte sich plötzlich an die mit Schuldgefühlen gemischte Erleichterung, die er verspürt hatte, als Vicki nach dem Jahr, in dem sie von ihm gelernt hatte, wie sie ihr neues, fremdes Leben zu führen hatte, dann endlich nach Toronto zurückgekehrt war. Er hatte den starken Verdacht, daß seine Erleichterung, wenn sie ihn diesmal verließ, nicht von Schuldgefühlen getrübt sein würde.

Aber nur, wenn es ihnen gelang, Michael Celluci lebend zu finden.

DREIZEHN

„Scheiß-Oakland!“

Durch halb geschlossene Augenlider sah Celluci Sullivan auf sein Bett zukommen. *Auf in den Kampf!* dachte er. *Wann, wenn nicht jetzt?* Der Detective hatte durchaus noch ein paar Klischees mehr auf Lager, die alle auf die Situation gepaßt hätten. Aber er kam nicht mehr dazu, sie anzubringen und sich damit Mut zuzusprechen, denn nun packte ihn der Hüne bei der Schulter und schüttelte ihn heftig. Mike entspannte die Nackenmuskeln und ließ den Kopf haltlos auf dem Kissen hin und her rollen, wobei er hoffte, das möge so aussehen, als habe er nicht die Kraft, die unkontrollierte Bewegung zu verhindern. Große Schauspielkunst wurde ihm dabei nicht abverlangt: Sein Kopf fühlte sich an, als sei er lediglich mit einem nicht sehr stabilen Gummiband am Körper befestigt.

„Ich schnalle dich jetzt los und rate dir gut, bloß keinen Ärger zu machen, ich bin nicht in Stimmung. Die verdammten Mariners lagen bei Spielende drei Punkte zurück, und ich hatte fünfzig verdammte Piepen auf ihren Sieg gesetzt.“

Ein Daumen bohrte sich durch die Muskeln an Cellucis Unterarm bis zum darunterliegenden Knochen, und der Detective stöhnte leise auf.

„Hat wehgetan, was? Sollte es auch.“

Die erste Lederfessel fiel. Celluci ließ den nun befreiten Arm hochschnellen und versuchte, Sullivan am Hals zu packen.

Die Reaktion kam prompt und heftig: Von einer hinterhältigen Rückhand getroffen, flog der Kopf des Detective nach hinten. Sofort fingen dessen Lippen dort, wo sie zwischen Sullivans Handknöchel und Cellucis Zähne geraten waren, zu bluten an, und der Mund des Detective füllte sich mit Blut. *Du wolltest ihn wütend machen!* rief Celluci sich tapfer ins Gedächtnis, während er sich Mühe gab zu schlucken, ohne sich zu verschlucken. *Läuft doch alles nach Pla...* da zuckte ein fast unerträglicher Schmerz durch sein linkes Handgelenk und schnitt den Rest seines Gedankens brutal ab. Ohne daß er es hätte verhindern können, schossen ihm die Tränen in die Augen.

„Du hast wohl nicht zugehört, was? Ich hab’ dir doch gesagt, ich bin nicht in Stimmung für so einen Scheiß!“

In Mikes Kopf, gleich hinter den Augäpfeln, explodierte eine rote Sternschnuppe nach der anderen. Er glaubte zwar nicht, daß sein Handgelenk gebrochen war, aber dieser Glaube verschaffte ihm im Moment keine große Erleichterung. *Es ist nur der linke Arm, den brauche ich nicht,* sprach er sich Mut zu. *Gott im Himmel, hätte ich mir nicht was einfallen lassen können, was weniger weh tut?* Wenn es nur um den Verlust einer Niere gegangen wäre – Mike wäre geneigt gewesen, einfach liegenzubleiben und alles mit sich geschehen zu lassen. Wollte man jedoch den Verlust eines Lebens verhindern – und noch dazu des eigenen –, dann mußte man wohl bereit sein, ein wenig Unbequemlichkeit in Kauf zu nehmen.

Als die letzte Fessel fiel, versuchte Celluci, mit einem Satz aus dem Bett zu springen. Diesmal traf ihn Sullivans Schlag nicht unvorbereitet, und er war in der Lage, mit der Bewegung mitzugehen, so daß die Hand des Pflegers ihn nicht mehr ganz so hart traf wie beim Mal zuvor. *Also: Wie war der Plan gleich noch? Er schlägt mich bewußtlos, dadurch entsteht ein Durcheinander, und in dem Durcheinander haue ich ab?* Wenn er Glück hatte, rührte das dumpfe Pochen in seiner Schläfe von seinem Pulsschlag her und nicht von splitternden Schädelstücken. *Aber der Plan an sich ist prima.*

Das Zimmer drehte sich, als Sullivan Mike nun mit Gewalt vom Bett zog und auf die Füße stellte. „Eigentlich sollte ich dich da liegenlassen, dann kannst du ins Bett pinkeln!“

Celluci atmete schwer, und ihm war schwindelig, was bestimmt ebenso vom starken Blutverlust herrührte wie von der zweifachen Bekanntschaft mit Sullivans Faust. Trotzdem gelang es dem Detective, die aufgeplatzten Lippen zu etwas zu verziehen, was einem höhnischen Grinsen recht nahekam. „Das müssen Sie dann aber saubermachen. Vielleicht stehen Sie ja auf so was?“

Sullivans mild blickende Augen blinzelten, und der Pfleger lächelte. Das Lächeln enthielt all die kleinliche Grausamkeit, die die Augen nicht zu erkennen gaben. „Das denkst du also? Na, ich zeig dir mal, worauf ich wirklich stehe.“

Der erste Fausthieb quetschte Celluci die Luft aus der Lunge, und er wäre lang hingeschlagen, hätte ihn Sullivan nicht am Hemd festgehalten, wobei die Nähte des Hemdes in Cellucis Achselhöhlen schnitten und der Stoff des arg strapazierten Kleidungsstücks sich bis an seine Grenzen und noch darüber hinaus dehnte. Der Detective schlug wild um sich und versuchte, Sullivan zu treffen und gleichzeitig wieder Boden unter den Füßen zu gewinnen, war aber mit beidem nicht gerade erfolgreich.

Als ihn der zweite Faustschlag traf, spürte er den Schlag selbst schon gar nicht mehr, sondern lediglich dessen Folgen: Gerade hatte er noch aufrecht gestanden – zumindest mehr oder weniger – und im nächsten Moment lag er, mit dem Gesicht nach unten, der Länge nach auf dem Fußboden, wo er auch hingewollt hatte. Allerdings hatte er vorgehabt, zu diesem Zeitpunkt noch ein wenig besser beisammen zu sein.

„Weißt du, was ich immer wieder vergesse?"

Die Worte schienen aus sehr großer Entfernung zu kommen.

„Daß du Bulle bist."

Ach Scheiße.

Nun folgten plötzliche, rasche Fußtritte, die ohne erkennbaren Rhythmus auf Cellucis Hüften und Schenkel trafen. Das tat weh, hätte aber viel schlimmer sein können, wenn Sullivan keine Turnschuhe getragen hätte und es ihm möglich gewesen wäre, auch empfindlichere Teile des Detective anzuvisieren – genauer gesagt: wenn die Ärztin nicht so großen Wert auf die Unversehrtheit von Cellucis Nieren gelegt hätte. Celluci jedoch gab vor, schwer getroffen zu sein; er versuchte aufzustehen und fiel wieder zurück, wobei er sich aus Versehen auf sein linkes Handgelenk stützte. Er hatte vergessen, daß es so gut wie nicht mehr zu gebrauchen war. Nun mußte er nicht mehr so tun, als litte er! Leise wimmernd – wie gut es doch tat, wenigstens einen Teil des Schmerzes rauszulassen – kroch er so schnell es ging auf dem Bauch durch das Zimmer, bis er mit der Schulter an das eine Vorderbein der Kommode schlug, die an der Wand stand. Hart genug, das solide Möbelstück ins Wanken zu bringen.

„Ich wette, das hat weh getan!" Sullivan atmete ebenso schwer wie Celluci, aber nicht der Anstrengung wegen.

Mike lag da, den rechten Arm unter den Schrank geschoben, und tastete vorsichtig mit den Fingern über den Boden. Gerade als er dachte, er hätte einen Fehler gemacht, den er nicht überleben würde, trafen seine Fingerspitzen auf Metall. Er hatte nicht einmal mehr die Kraft für ein Lächeln übrig.

„Die anderen habe ich in die Finger bekommen, wenn die Ärztin mit ihnen durch war. Aber du sollst ja die Operation nicht überleben, also bin ich froh, daß wir jetzt ein wenig Zeit miteinander haben." Sullivan beugte sich vor, packte Celluci am Hosenbund der Jeans und zog den schweren Baumwollstoff mit einem Ruck hoch. „Auf die Beine mit dir!"

Celluci machte sich schlaff, wehrte sich nicht, half aber auch nicht und sparte seine Kräfte. Sein rechter Arm lag weiterhin lang ausgestreckt außer Sicht, und so sollte es auch so lange wie möglich bleiben. In dem Moment, in dem seine Hand unter dem Schrank hervorgezogen wurde, sammelte er all die Kraft, die er sich aufgespart hatte, in einer einzigen Bewegung: Er fuhr hoch und herum, holte aus und schlug das Rohr aus rostfreiem Stahl, an dem einstmals der Schlauch mit der intravenösen Nährlösung gehangen hatte, Sullivan direkt im Schritt zwischen die Beine.

Die milden Augen weiteten sich. Der Mund des Pflegers öffnete und schloß sich lautlos wie der eines Fisches, der an Land geschwemmt wurde, und dann ging Sullivan langsam zu Boden, wobei er beide Hände verzweifelt gegen sein Geschlecht preßte.

Celluci nahm die Bettkante zu Hilfe, zog sich langsam hoch, drehte sich halb um und hatte nun eigentlich vorgehabt, Sullivan das Stahlrohr an den Hinterkopf zu schmettern. Leider gelang es dem Pfleger, eine Hand auszustrecken und den Schlag abzufangen. Das Rohr flog einmal quer durch das Zimmer.

Wäre alles mit rechten Dingen und fair zugegangen, dann hätte man sagen können, die beiden Männer seien einander ungefähr gewachsen. So, wie die Dinge standen – und so, wie es um die beiden Gegner stand – hatte Celluci ohne Waffe keine Chance, und das wußte er auch.

Also preßte er sich den verletzten Arm an die Brust und stolperte durch das Schlafzimmer ins Nebenzimmer, hin zur Ausgangstür. Noch während er dort mit den Riegeln kämpfte, konnte er hören, wie Sullivan nebenan wüste Drohungen und Verwünschungen murmelnd auf die Beine kam.

Endlich war die Tür offen, und der Detective wankte hinaus in die Nacht.

„Der verdammte Schweinehund ist nicht zu Hause."

Auch wenn ihn eine doppelte Zypressenreihe vor den Blicken neugieriger Nachbarn schützte, stellte Henry die Scheinwerfer ab und raste die lange, sich windende Auffahrt hinauf und auf das dunkle Rechteck von Swansons Haus zu, das sich am Ende der Auffahrt in einen Kokon aus Sicherheitsscheinwerfern schmiegte. „Vielleicht ist er schon zu Bett gegangen. Das werden wir erst wissen, wenn wir nicht mehr im Auto sitzen."

„Er ist nicht da!" wiederholte Vicki, und ihre Stimme hob sich zu einem frustrierten Kreischen. Sie hätte nicht sagen können, warum sie sich dessen so sicher war. So, wie die dunklen Fenster in die Nacht hinausstarrten, schienen sie sagen zu wollen, das Haus sei leer, in seinem Inneren schlafe niemand oder habe alle Lampen ausgeschaltet, um ein wenig im Dunkeln zu sitzen und zu meditieren. „Niemand da", verkündeten diese Fenster. Henry hatte den Wagen kaum angehalten, da stand Vicki auch schon auf dem Zement der Einfahrt, alle Sinne aufs äußerste gespannt. „Ich habe dir doch gesagt, wir sollten erst einmal zu Dr. Mui gehen", knurrte sie nach ein paar Sekunden wütend.

„Wir waren uns doch einig, daß die Ärztin höchstwahrscheinlich bei ..." Henry hatte immer noch ein Bein im Auto, hielt nun aber inne und hob den Kopf in den Wind. „Vicki? Findest du auch ..." Den Rest des Satzes sparte er sich, denn Vicki rannte bereits auf die Rückseite des Hauses zu.

Soweit Celluci das beurteilen konnte, standen ihm zwei Wege offen: Er konnte einerseits versuchen, auf Gartenpfaden, die ihm völlig unvertraut waren, schneller voranzukommen als Sullivan, in der Hoffnung, so irgendwann auf eine Straße zu gelangen und somit unter Zeugen, vielleicht sogar in Sicherheit zu sein. Oder er konnte in die halbwilde Vegetation abtauchen, die links und rechts der Gartenpfade wucherte und hoffen, seinen Verfolger im Unterholz abzuschütteln. Als er fünf Meter vom Gästehaus entfernt immer noch so unsicher schwankend auf den Beinen stand wie ein Seemann auf Landgang, mußte er erkennen, daß jegliche Hoffnung auf Entkommen gering war. Selbst wenn Sullivan seine angeschlagenen Eier im Streckverband trug. Mike biß die Zähne zusammen, gab seinem mißhandelten Körper keine Chance, sich lautstark zu beschweren und stürzte sich in die Finsternis.

Das bißchen Mondlicht, das es hier und da schaffte, durch die Wolkenwand zu dringen, wurde von den hohen Bäumen daran gehindert, Celluci behilflich zu sein. Der Detective konnte noch nicht einmal die eigenen Füße sehen und nahm Hindernisse wie Büsche oder Bäume nur als Muster aus Schatten innerhalb von Schatten wahr. *Das war eine Fehlentscheidung! Ich bin kein Mann der Wälder!* Aber nun war es zu spät; zurück konnte er nicht mehr.

Hinter ihm knackte und krachte es in den Sträuchern, während Celluci sich mit dem Mut der Verzweiflung weiter einen Weg bahnte. Er mußte davon ausgehen, daß Sullivan auch nicht mehr sah als er selbst, mußte hoffen, daß der Lärm, den er auf der Flucht verursachte, von den Geräuschen geschluckt wurde, die sein Verfolger ja ebenfalls zu machen gezwungen war. Aber das war auch ungefähr die einzige Hoffnung, die ihm verblieben war.

Er stolperte über etwas, das sich mit scharfen Kanten durch seine Socke hindurch in den Knöchel bohrte, strauchelte, fing sich in letzter Sekunde und stellte fest, daß er sich nun auf einem recht steilen Abhang bewegte. Sollte er diesen Abhang hinauf- oder hinunterlaufen? Da er keine Ahnung hatte, wo er sich befand und wohin der eine oder andere Weg ihn führen mochte, schien ihm bergab keine schlechte Idee. *Scheiß drauf – soll die Schwerkraft für mich arbeiten.*

Ein Astende traf ihn mit solcher Wucht im Gesicht, daß sofort eine Beule entstand. Dornen, die er nicht sehen konnte, krallten nach seiner Jeans und schnitten blutige Kratzer in seine bloßen Arme. Der Abhang wurde steiler, Celluci schneller.

Er hob den linken Arm, um den Zusammenprall mit einem plötzlich auftauchenden Schatten zu vermeiden und hätte um ein Haar laut aufgeschrieen, als der Schatten sich als unnachgiebiger Baumstamm entpuppte, dessen Bekanntschaft sein ramponiertes Handgelenk nur äußerst ungern machte. Mit dem Schmerz kehrte auch das Schwindelgefühl zurück, und die Schatten um ihn herum begannen, sich leise zu drehen. Dann verlor der Detective das Gleichgewicht, und die Nacht rutschte seitlich von ihm weg.

Nun lief er nicht mehr, nun rollte er den Abhang hinunter, kollidierte mit Felsen und Bäumen, jeder hart genug, ihm weh zu tun, aber letztlich unfähig, seinen Fall zu bremsen. Er brach durch eine Art Unterholz – ohne Dornen, das war alles, was er mitbekam und worum er sich scherte –, beschleunigte sein Tempo, als er über eine Lichtung rollte und schlug an deren anderem Ende gegen eine Stützmauer aus Beton.

Dann war die Welt für eine Weile nicht mehr vorhanden ...

„Ich warne dich, du Arschloch! Wehe, du hast dir wirklich weh getan!"

... kehrte allerdings bald mit Schwung zurück.

Mike holte tief Luft – ein wenig erleichtert darüber, daß das weit weniger schmerzte, als er gefürchtet hatte –, und als dann der Mond wieder einmal den Wolkenvorhang beiseite schob, versuchte er, das Gesicht des Mannes, der neben ihm kniete, in allen Einzelheiten zu erkennen. Die Sicht war mitnichten perfekt, aber dennoch konnte der Detective deutlich wahrnehmen, daß die ochsenhaften Züge des Pflegers äußerst besorgt und erschrocken wirkten. „Das wird Frau Doktor nicht mögen … wenn ich als Spender nicht mehr tauge. Ich wette, Sie dagegen haben Nieren … mit denen sich etwas anfangen läßt …"

„Halt die Klappe. Halt bloß verdammt noch mal deine große Klappe."

Der Schlag mit der offenen Hand traf Celluci seitlich am Kopf, aber dem Detective tat jeder einzelne Knochen ohnehin derart weh, daß er die Bewegung stärker spürte als den eigentlichen Schmerz.

„Auf! Zurück in das verdammte Gästehaus, und da feßle ich dich derart ans Bett, daß du mich fragen mußt, wenn du atmen willst!"

„Sie werden mich … dahin tragen müssen."

„Tragen? Ich schleife dich hinter mir her, wenn es nötig ist!"

„Passen Sie auf … daß Sie die Ware nicht beschädigen!" Mit diesen Worten warf sich Mike auf Sullivans Füße und versuchte, den riesigen Mann aus dem Gleichgewicht zu bringen. Wenn sie beide auf dem Boden lagen, dann konnte mit ein wenig Glück …

Fleischige Finger packten den Detective an der Hemdbrust und rissen seinen Oberkörper vom Boden. Er sah die erhobene Faust gegen den Himmel ragen, ein Schatten, der aussah wie eine Keule – und dann war Sullivan fort, und Celluci fiel zurück und lag abermals flach auf dem Erdboden.

„Wie geht es Ihnen?"

„Fitzroy?" Celluci schluckte einen Mundvoll Blut, stützte sich auf seinem guten Arm auf und ließ sich von Henry helfen, während er leise schwankend aufstand.

Mitten auf der Lichtung hatte Vicki Sullivan in die Knie gezwungen und preßte mit einer Hand die Haut unter dem kurzen Haar so heftig zusammen, daß auf der Kopfhaut Beulen entstanden. Sie hatte den Kopf des Mannes so weit überstreckt, daß die Muskelstränge an seinem Hals Schatten warfen. Ihre Augen waren blasse Lichtpunkte in einem Gesicht voll schrecklicher, unmenschlicher Schönheit, das Mike fast nicht erkannt hätte.

„Vicki?" Die Freundin wandte ihm ihren brennenden Blick zu, und Celluci wußte genau, was sie gleich tun würde. Die Nacht war warm, aber ihm wurde plötzlich ungeheuer kalt. „Nein! Töte ihn nicht!"

„Warum nicht?" Ihre Stimme klang so anders; sie paßte genau zu Vikkis Gesicht, war verführerisch, unwiderstehlich, tödlich.

Er brauchte die Antwort nicht zu rufen, nicht einmal, um seinen Worten Nachdruck zu verleihen. Vicki konnte sein Herz schlagen hören, war in der Lage zu vernehmen, wie sich das Blut unter seiner Haut bewegte; da durfte er hoffen, daß sie auch seine Bitte verstand. „Weil ich dich darum bitte. Laß ihn gehen."

Vicki richtete sich auf. Die leisen Worte erreichten sie dort, wo Wut oder Furcht sie nicht erreicht haben würden. Sie gab ihren Gefangenen frei, warf ihm keinen einzigen Blick zu, als er laut schluchzend zu Boden sank und trat dann einen Schritt auf Celluci zu. „Laß ihn gehen?" wiederholte sie, und ihre Stimme klang mit jedem Wort menschlicher. „Bist du völlig meschugge? Er gehört mir!"

„Warum?"

„Warum? Wegen all dem, was er dir angetan hat!"

„Dann gehört er doch eher mir, oder?"

Ein Bruchteil der furchtbaren Schönheit wich leichter Verwirrung.

„Vicki, bitte, tu es nicht."

Da ziehe ich die Grenze.

Von der Beute her roch es nach Angst, und Vicki wandte sich wieder Sullivan zu. Nun, wo die Hand der Vampirin ihn nicht länger hielt, wimmerte er, als er ihre Augen auf sich gerichtet sah und warf sich zurück, dem Ausgang der Lichtung zu.

Der Hunger sang das Lied der Jagd, das Lied des Blutes.

Etwas anderes konnte Vicki nicht mehr hören.

Sie spannte die Muskeln, wollte loshetzen .. und dann war alles vorbei.

Henry ließ Sullivan zu Boden fallen, und der Kopf des toten Mannes rollte auf dem gebrochenen Nacken hin und her. Völlig ruhig, als hätte er nicht gerade einen Menschen umgebracht, erwiderte Henry über die Lichtung hinweg Vickis Blick.

Dann nickte er; Vicki wandte sich wieder Celluci zu, und nun, wo keine panische Angst mehr in der Nähe zu riechen war, beruhigte sich ihr Blut, und der Hunger verblaßte. Eigentlich hätte sie wütend sein sollen, denn es hatte ihr schließlich ein anderer die Beute vor der Nase weggeschnappt. Statt dessen empfand sie nichts als Dankbarkeit. Sie hatte am Rand eines Abgrunds gestanden und geschwankt, aber es war ihr um Haaresbreite gelungen, nicht zu stürzen. Rasch ballte sie die Hände zu Fäusten, denn sie wollte nicht, daß ihre Finger zitterten.

„Ist er tot?"

„Ja."

Celluci sah von Henry zu Vicki und mußte sich eingestehen, daß er bekommen hatte, worum er gebeten hatte. Vicki hatte es nicht getan;

Henry hatte es getan. Aber der Detective hatte Henry auch früher schon töten sehen, in einer Scheune außerhalb des Städtchens London im Bundesstaat Ontario. Was Henry war, das wußte er schon seit langem. Vampir, Nachtwandler, unsterblicher Tod. Henry. Nicht Vicki. Celluci schloß die Augen. Kaum hatte er die Lider gesenkt, da spürte er, wie sich ihm ein vertrauter Arm um die Schultern legte und eine ebenso vertraute Stimme warm an sein Ohr strich.

„Geht es dir gut?"

Er zuckte die Achseln, soweit er dazu angesichts der Umstände imstande war. „Es ging mir schon besser."

„Brauchst du einen Arzt?"

Irgendwoher nahm er ein halbes Lachen: „Bloß nicht."

„Dann laß uns hier verschwinden. Henrys Wagen steht vorm Haus." Sie zögerte, bereit, ihm den anderen Arm unter die Beine zu schieben. „Darf ich?"

„Laß dir das bloß nicht zur Gewohnheit werden." Vicki drückte kurz ihre Lippen gegen sein Gesicht und hob ihn dann vorsichtig hoch. Er hielt die Augen geschlossen. Manchmal braucht die Liebe eine kleine Hilfestellung, wenn sie blind sein will.

Swanson seufzte, als er in den Nisga Drive einbog und war dankbar darüber, bald wieder zu Hause zu sein. Das Galadiner zur Unterstützung der Transplant Society war eine höchst deprimierende Angelegenheit gewesen; die meisten Gespräche hatten sich um Lisa Evans' überraschenden Tod gedreht, und es war viel davon die Rede gewesen, wie sehr man sie und ihr offenes Scheckheft doch vermissen würde.

Als kurz vor ihm nun ein Wagen auf die Straße bog, wäre ihm das Entscheidende an diesem Fahrzeug um ein Haar entgangen: Das Auto kam aus seiner eigenen Einfahrt. Drei Menschen schienen darin zu sitzen, aber Swanson konnte nur den Fahrer klar erkennen, denn das Auto schoß mit einiger Geschwindigkeit an ihm vorbei. „Gefährlich", sagte er zu sich selbst und hätte nicht begründen können, warum. Ob jemand in seiner Abwesenheit das Haus ausgeräumt hatte? Er fuhr zwischen den Zypressenreihen hindurch, schüttelte den Kopf und schalt sich selbst einen Narren: Diebe fuhren selten BMW.

Aber dennoch: Hier in der Gegend war der Bentley das bevorzugte Transportmittel. So weit hergeholt schien die Idee mit den Dieben also gar nicht.

Das Haus machte einen ruhigen, unversehrten Eindruck. Swanson hielt vor der Garage und betrachtete aufmerksam das Gebäude, das im Glanz der hellen Halogenlampen, die aus Sicherheitsgründen überall an der Einfahrt angebracht waren, schweigend dastand. Er haßte Überraschungen. Als er seine Überprüfung abgeschlossen hatte, soweit das von außen möglich war, ließ er den Wagen stehen, wo er ihn geparkt hatte und ging hinüber zur Vordertür.

An der Alarmanlage hatte sich niemand zu schaffen gemacht; aber das mochte genausogut einfach nur heißen, daß sie einen der anderen Eingänge genommen hatten. Es gab vier davon – *nein, fünf,* korrigierte er sich und dachte an die großen, bis zum Boden reichenden Fenster des Eßzimmers, durch die man auf die Terrasse treten konnte. Rebecca hatte diese Fenster haben wollen. Swanson selbst hatte sie nicht mehr benutzt, seit seine Frau gestorben war.

Als er prüfend durchs Erdgeschoß ging, schalteten sich vor und hinter ihm ständig irgendwelche Lampen ein oder aus. Auch das war Rebeccas Idee gewesen, und nur die Erinnerung an seine Frau hatte Swanson bisher davon abgehalten, die Anlage demontieren zu lassen. Die Lampen gaben ihm immer das Gefühl, ihn verfolge eine Horde Gespenster.

Oben lag Rebeccas Schmuckkasten immer noch dort, wo sie ihn am letzten Tag hingestellt hatte. Swanson kannte die Ordnung in diesem Kasten ebensogut wie die Ordnung auf seinem Schreibtisch. Der Schmuck war nicht angetastet worden.

Diebe waren es also nicht gewesen.

Aber wer dann?

Er trat ans Fenster. Von hier aus hatte man einen Blick über die Rasenflächen, die zum Haus gehörten, über die weitläufigen Gartenanlagen, und man konnte sogar einen Blick auf die beiden Gästehäuser werfen, die in diskreter Entfernung vom Haupthaus verborgen an einem bewaldeten Abhang lagen. Ihr Standort war gewählt, um den Bewohnern größtmögliche Zurückgezogenheit zu gestatten. Swanson schien es, als dringe durch die Bäume, die das weiter entfernt stehende Haus umgaben, mehr Licht, als er eigentlich von seinem Standort aus hätte sehen dürfen.

Dr. Mui hatte einen Organspender in einem der Häuser untergebracht. Vielleicht waren die drei im Wagen Kollegen Dr. Muis gewesen.

Swansons Finger krampften sich um den Saum des Vorhangs und zerknautschten den kostbaren Vorhangstoff. Er hatte den Spender hier gar nicht haben wollen. Dr. Mui hatte nicht das Recht, Rebeccas Heim in eine Außenstelle der Klinik zu verwandeln. Rebecca hatte im letzten schrecklichen Jahr vor ihrem Tod wirklich genug Kliniken und Krankenhäuser gesehen, und da spielte es auch keine Rolle, ob die Entscheidung gut für das Geschäft war oder nicht; er hätte nie einwilligen, das Haus nie für diesen Zweck freigeben dürfen. Wenn ein Käufer die Erlaubnis bekam, sich dort in Ruhe und Frieden ein paar Tage zu erholen, war das eine andere Sache. Aber sein Haus dem Menschenschlag zu öffnen, der die Ware zur Verfügung stellte?

„Ich gehe jetzt runter und stelle fest, was da los ist. Wenn die Frau Doktor denkt, es sei besser für mich und für sie, wenn ich den Spendern nicht zu nahe komme, dann hätte sie mir nicht einen direkt auf die Türschwelle legen sollen."

Swanson wandte sich vom Fenster ab, warf einen Blick auf sein Spiegelbild im Spiegel über der Frisierkommode und fragte sich, ob er sich nicht lieber Zeit zum Umziehen nehmen sollte, ehe er sich auf den Weg zum Gästehaus machte. Dann aber zog er die Anzugärmel über die schweren goldenen Manschettenknöpfe und befand, es sei nicht nötig, sich mit so etwas aufzuhalten. „Wenn sich einer beklagt", verkündete er seinem Spiegelbild, „dann sage ich, es handle sich um eine offizielle Inspektionstour."

Wäre Rebecca noch am Leben gewesen, hätte sie jetzt gelacht und ihm etwas an den Kopf geworfen. Er hatte sie so gerne zum Lachen gebracht. Aber Rebecca war tot. Swanson sackte leicht in sich zusammen, ließ die Schultern hängen und verließ das Schlafzimmer, nachdem er die Kamee, die er in Florenz für seine Frau hatte anfertigen lassen, sanft und liebevoll gestreichelt hatte.

An der Hintertür schoß ihm plötzlich durch den Kopf, der Wagen könne auch etwas mit Patricia Chou zu tun gehabt haben. Die Reporterin hatte ihm bei seiner Ankunft bei der Wohltätigkeitsveranstaltung aufgelauert und von ihm wissen wollen, wem es nütze, wenn sich eine Schar reicher Leute zu einem teuren Essen niederließ – außer dem Restaurant, das das Essen servierte. Bis jetzt war die Frau peinlich darauf bedacht gewesen, ihn nur auf öffentlichem Gelände zu konfrontieren, aber Swanson hegte keinen Zweifel daran, daß sie eine Anzeige wegen Hausfriedensbruch gern in Kauf nehmen würde, sollte die Geschichte sich lohnen. Ms. Chou irritierte ihn zunehmend, und irgendwann einmal, bald schon, würde er in dieser Sache etwas unternehmen müssen.

Aufmerksam starrte er in die Finsternis, dorthin, wo der Radius der Sicherheitslampen endete und suchte nach einem Kamerateam. Erst als er völlig sicher sein konnte, daß niemand ihm zusah, trat er aus der Tür.

Je näher Swanson dem hellerleuchteten Gästehaus kam, desto unsicherer fühlte er sich. Als er dann um eine Ecke bog und vor sich eine geöffnete Tür erblickte, wußte er genau, daß irgend etwas nicht stimmen konnte. „Jede einzelne Lampe an!" murmelte er erbost und trat ins Haus. „Machen sich diese Leute eigentlich nicht klar, daß Strom Geld kostet?"

Das Häuschen war leer. Sowohl der Spender als auch Sullivan, den Dr. Mui als Aufsicht bei ihm zu lassen versprochen hatte, waren fort. Swanson runzelte die Stirn, als er die Fesseln am Bett sah und versuchte zu rekonstruieren, was geschehen sein mochte. Vielleicht waren die Leute im BMW Kollegen des Spenders gewesen, nicht Dr. Muis Kollegen. Vielleicht stammte dieser Spender auch gar nicht von der Straße, sondern war einer dieser einstmals so erfolgreichen Jungunternehmer, die in der jüngsten Krise so tief gestürzt waren. Einer, der unbedingt Geld brauchte, ganz gleich, aus welcher Quelle, um seinen Lebensstil aufrechterhalten zu können.

Das erklärte auch, warum Dr. Mui meinte, ihn nicht in der Klinik unterbringen zu können.

Vielleicht hatte der Mann in letzter Minute seine Meinung geändert, und seine Freunde waren gekommen, um ihn abzuholen.

Wo jedoch war der Pfleger?

Noch wichtiger: Was sollte er nur dem Kunden sagen, der um 14:17 Uhr mit dem Flugzeug aus Dallas eintreffen würde?

Die Lippen zu einem dünnen, wütenden Strich zusammengepreßt machte sich Swanson auf den Weg zurück zum Haupthaus, nachdem er in der Gästewohnung sorgfältig alle Lichter ausgeschaltet und die Tür geschlossen und verriegelt hatte. Er hatte das Durcheinander in den Rhododendren auf dem Hinweg übersehen, aber auf dem Rückweg stolperte er über einen abgebrochenen Zweig, wäre fast gestürzt und sah endlich, was geschehen war.

Auch wenn sich ununterbrochen Wolkenfetzen vor den Mond schoben, reichte das Licht, um Swanson zu zeigen, daß offenbar ein ziemlich großes Tier durch sein teures Unterholz getrampelt war. Es hatte in der Nachbarschaft schon vorher wiederholt Probleme mit Berglöwen gegeben, die Haustiere gerissen hatten, aber Swanson war bisher in dem Glauben gewesen, diese großen Katzen hinterließen auf ihren Reisen weniger auffällige Spuren. Für die Zerstörung, die hier auf seinem Privatbesitz angerichtet worden war, konnte sich seiner Erfahrung nach nur ein Mensch verantwortlich zeichnen.

Wenn nicht der Pfleger verschwunden gewesen wäre, wäre Swanson jetzt zum Haus zurückgegangen und hätte die Polizei verständigt. So, wie die Dinge insgesamt lagen, trat er vom Pfad hinein ins Unterholz.

Die Spur ließ sich auch im Dunkeln unschwer verfolgen. Kleinere Pflanzen waren zertrampelt, größere verbogen und ihre Äste geknickt. Dann verschwand der Mond hinter einer Wolke.

Langsam und vorsichtig suchte sich Swanson seinen Weg den Abhang hinunter und auf die Lichtung, die in der Stützmauer endete. Er fluchte leise, als er mit der glatten Ledersohle seiner Abendschuhe im feuchten Gras ausrutschte und auf ein Knie fiel. Er stützte sich auf etwas, was er für einen Baumstamm gehalten hatte und spürte plötzlich Stoff unter seinen Fingern.

Woraufhin der Mond wieder hinter der Wolke hervortrat.

„Oh Gott! Oh Gott! Oh Gott!"

„Was machen wir jetzt?"

Celluci sog geräuschvoll die Luft durch die Zähne, während er sich ganz langsam auf das Bett sinken ließ. Er war aus eigener Kraft vom Auto zum Fahrstuhl und vom Fahrstuhl in die Wohnung gelangt – zumindest zum größten Teil. „Nun überlegen wir uns genau, wie wir die Sache an die Polizei übergeben können, ohne euch beide da mit reinzuziehen."

„Das haben wir bereits versucht", knurrte Vicki und griff hinter sich in den Erste-Hilfe-Kasten, den Henry aus seiner eigenen Wohnung besorgt hatte. „Es hat nicht hingehauen."

„Also versuchen wir es noch einmal. In Ronald Swansons Garten liegt eine Leiche ...", *über die wir nicht reden werden,* ergänzte sein Tonfall, „... und wo sie schon mal da liegt, kann sie uns genausogut auch etwas nützen."

Vicki fing an, eine elastische Binde um das Handgelenk des Detective zu schlingen, der sanfte Rhythmus ihrer Bewegungen ein krasser Gegensatz zu der scharfen Wut, die aus ihrer Stimme klang. „Swanson ist reich und gut beleumundet. Wenn die Polizei in seinem Garten eine Leiche findet, dann denkt sie nicht gleich, er habe damit etwas zu tun. Besonders dann nicht, wenn er zur Tatzeit gar nicht zu Hause war und unter Garantie ein reiches und ebensogut beleumundetes Alibi hat. Außerdem wollen wir ja nicht nur Swanson, und nichts weist darauf hin, daß Dr. Mui mit Sullivans Leiche irgend etwas zu tun hat, außer der Tatsache, daß der Mann in der Klinik gearbeitet hat. Eine Klinik, die Swanson finanziert. Ich gehe jede Wette ein, daß Mui und Swanson eine plausible Erklärung einfällt, warum Sullivan, der Schweinehund, sich mal ein paar Tage da im Gästehaus aufgehalten hat."

„Vielleicht sollte ich dann hingehen und mich mit Mui unterhalten", meinte Henry.

Celluci öffnete die blutunterlaufenen Augen und starrte an Vicki vorbei Henry an. „Sich mit ihr unterhalten?"

Henry nickte. „Sie hat eine Wohnung im Nachbarhaus."

„Das hatten Sie im Auto bereits erwähnt."

„Also könnte ich vorbeigehen und sehen, ob sie daheim ist. Wenn wir dann Genaueres wissen, können wir entscheiden, wie wir weiter vorgehen wollen."

„Aber Sie werden nur mit ihr reden?" Als Henry nickte, atmete Celluci geräuschvoll und erleichtert aus und fügte hinzu: „Warum sagen Sie ihr dann nicht einfach, sie soll zur Polizei gehen, alles gestehen und sich stellen?"

Ehe Henry antworten konnte, hatte Vicki sich eingeschaltet. „Geh schon mal los. Ich erkläre Mike, warum das nicht in Frage kommt." Als Vickis Aufmerksamkeit noch ausschließlich Mike gegolten hatte, war es ihr nicht schwergefallen, mit Henrys Anwesenheit umzugehen. Aber nun beschwerte sich die Haut zwischen ihren Schulterblättern ständig mit einem Kribbeln darüber, daß ein *anderer* in ihrem Rücken stand. Es würde gut sein, all den strapazierten Emotionen ein wenig Ruhe und Distanz zu gönnen – sonst fielen Henry und sie womöglich noch in die alten Animositäten zurück.

Henry las Vicki die Untertitel aus dem Gesicht ab, bemerkte auch, wie die Freundin die ganze Zeit über körperlichen Kontakt zu Celluci hielt und verließ kommentarlos das Zimmer. Es ging nicht an, den beiden die Intimität zu neiden, besonders nicht, wenn man bedachte, was im Lagerhaus geschehen war. Es ging nicht an, und noch dazu war es gefährlich – das sagte Henry sich ein paar Mal, und mit diesem Gedanken im Kopf machte er sich auf den Weg.

Celluci wartete, bis er hörte, wie sich die Wohnungstür hinter Henry schloß. Dann packte er Vickis Arm, um zu verhindern, daß sie ihm Franzbranntwein in die offenen Kratzer an seinem Arm goß und verlangte: „Also los: eine Erklärung bitte."

„Die Erklärung ist eigentlich recht simpel." Sie entwand sich seinem Griff, säuberte die schlimmsten Schürfwunden und schenkte seinen Protestschreien keine Beachtung. „Wir können niemanden zwingen, etwas zu tun, was sein Überleben in Frage stellt."

„Das kannst du mir nicht erzählen. Die Leute entblößen für euch ihren Hals!"

„Die meisten genießen das."

Elf Tote in einem Lagerhaus in Richmond. „Aber einige auch nicht."

Vicki hörte in der Stimme des Detective die Erinnerung an Morde und seufzte. „Wenn Henry jetzt zu Mui ginge, um ihr zu sagen, sie müsse sich stellen, dann würde die Frau auch brav die Wohnung verlassen und vielleicht sogar bis zu ihrem Auto kommen, aber das wäre es dann auch schon. Außer sie hat keinen Funken eigenen Willen im Leibe, wovon wir angesichts der Dinge, die diese Ärztin in ihrer Freizeit so getrieben hat, nicht ausgehen können. Sie würde sich also spätestens dann, wenn sie im Auto sitzt, fragen, was zum Teufel sie eigentlich vorhat. Um sicher zu gehen, daß sie sich wirklich stellt, müßte Henry die ganze Zeit bei ihr bleiben, und das wäre ja nicht gerade der Sinn der Sache, oder?"

„Aber solange er bei ihr ist, redet sie? Dann kann er sie kontrollieren?"

„Wahrscheinlich." Vicki erinnerte sich an den Mafiaboß, der nach der Pistole gegriffen hatte, obwohl sie ihn noch nicht freigegeben hatte. Natürlich machte Henry solche Sachen auch schon viel, viel länger ...

Henry hatte die allumfassende, rund um die Uhr stattfindende Videoüberwachung im Nachbarhaus vergessen, und sie fiel ihm erst wieder ein, als er den Besucherparkplatz schon zur Hälfte überquert hatte. Er hatte sich rasch bewegt, weshalb wohl weder sein Betreten des Hauses noch die Erstürmung der Treppe auf irgendeinem Bildschirm erfaßt worden war. Aber vor Dr. Muis Wohnungstür würde er unweigerlich warten müssen, bis die Frau ihm öffnete, und er wußte beim besten Willen nicht, wie er verhindern sollte, daß man ihn dort filmte. Im 10. Stock verließ er das

Treppenhaus. Er konnte nur hoffen, daß die Ärztin rasch auf sein Klingeln reagierte. Bei Gelegenheiten wie dieser wünschte Henry oft, Bram Stoker hätte recht gehabt mit seiner Behauptung, bestimmte Gesetze der Physik gälten für seinesgleichen nicht. Wie praktisch wäre es jetzt, sich in Nebel verwandeln zu können!

Henry schenkte dem Paar, das sich gerade anschickte, seine Wohnung zu verlassen und auf den Flur zu treten, erst dann Beachtung, als ihm klar wurde, daß sie aus der Wohnung kamen, die direkt neben der Dr. Muis lag. Beide waren schwarz gekleidet, lachten und schwätzten nervös, als sie nun einen Augenblick lang in der halbgeöffneten Tür verharrten. Sicher hätte keiner von ihnen sagen können, was sie so nervös machte – doch da war Henry auch schon in die Wohnung geschlüpft, das Paar endgültig in den Flur getreten und die Wohnungstür geschlossen worden.

Henry stand hinter der Wohnungstür. Die Geschwindigkeit, derer sich seinesgleichen bedienen konnte, um nicht gesehen zu werden, war nicht dazu gedacht, größere Entfernungen zurückzulegen. Bald würde er trinken müssen.

Auch innerhalb der Wohnung gab es Videokameras, die sich aber nur einschalteten, wenn jemand versuchte, die elektronisch gesicherten Schlösser der Wohnungstür gewaltsam zu öffnen. Henry würde problemlos wieder gehen können, was er aber so schnell gar nicht vorhatte, denn er war froh, das Problem, im Flur herumstehen zu müssen, spontan, aber erfolgreich umgangen zu haben.

Abgesehen von all der Elektronik schien der Grundriß dieser Wohnung identisch mit der Henrys im Gebäude nebenan, wenn auch spiegelverkehrt. Henry ging leise den Flur hinunter und fragte sich, wo um alles in der Welt die Eigentümer dieser Wohnung den riesigen, 1,50 m hohen Wasserspeier gefunden hatten, der den Eingangsflur zierte.

Neugierig besah er sich den Stapel Post, der etwas unsicher auf dem Kopf des steinernen Wärters balancierte, und mußte feststellen, daß Carol und Ron Pettit offenbar eine Reihe esoterischer Interessen hatten. Belustigt legte er die Briefe auf ihren Hochsitz zurück und murmelte: „Denen tut es bestimmt leid, daß sie mich verpaßt haben."

Im Schlafzimmer des Ehepaars gab es rote Seidenbettwäsche und eine wirklich ansehnliche Anzahl Kerzen, die jede frei verfügbare Oberfläche zierten. Nach dem, was Henry der Post der Leute hatte entnehmen können, erstaunte ihn das nicht mehr, ebensowenig die ordentlich auf zwei Kleiderstangen aufgehängten Kleidungsstücke im begehbaren Kleiderschrank, durch die er sich zwängen mußte, um zur dahinterliegenden Wand zu kommen: Wie viele verschiedene Schattierungen von Schwarz es doch gab! Weit mehr, als Henry bisher für möglich gehalten hatte.

Er legte die Stirn an die Wand, die an Dr. Muis Wohnung grenzte und konnte gleich nebenan ein Leben spüren.

Ein schlafendes Leben.

Als Henry seine Wohnung gekauft hatte, hatte er sich nicht die Mühe gemacht, alle Konstruktionspläne und -angaben zu prüfen, die ihm zusammen mit den anderen Bauunterlagen übergeben worden waren. So hätte er nicht sagen können, woraus die Mauern in diesem Haus waren. Aber das spielte auch kaum eine Rolle: Selbst wenn Henry in der Lage gewesen wäre, die Wand zu durchbrechen, hätte er das nicht tun können, ohne sowohl die Ärztin als auch deren direkte Nachbarn oben und unten zu wecken.

Dann lächelte Henry. Zwar gehörte es nicht zu seinen Gewohnheiten, kopfüber Schloßfassaden hinabzuklettern, aber von einem Balkon zum nächsten würde er schon kommen, auch wenn die Frau Doktor auf ihrem Balkon ein Solarium stehen hatte, das ein wenig hinderlich sein mochte. Es war unwahrscheinlich, daß selbst die Balkone der Videoüberwachung unterlagen; dazu legten zu viele Menschen in Vancouver Wert auf nahtlose Bräune.

Als er sich abwandte, hörte Henry in der Wohnung der Ärztin ein Telefon klingeln.

Der Herzschlag der Schlafenden beschleunigte sich. Erneut lehnte Henry die Stirn an die Rückwand des Schranks.

Dr. Mui fand es furchtbar, mitten in der Nacht geweckt zu werden. Der Schichtdienst in normalen Krankenhäusern war einer der Gründe gewesen, warum sie die Arbeit dort aufgegeben hatte. Zugegebenermaßen einer der unwichtigeren, aber trotzdem ein Grund. Aber alte Gewohnheiten lassen sich nur schwer ablegen, und so war sie auf der Stelle hellwach. „Mui."

„Ich habe Ihren Pfleger tot auf meinem Grundstück gefunden. Das Gästehaus ist leer."

Dr. Mui knipste die Nachttischlampe an und sah auf ihren Wecker. Drei Uhr morgens.

„Haben Sie mich verstanden, Frau Doktor?"

Sie hielt den Hörer etwas vom Ohr weg, um nicht taub zu werden. „Ich habe Sie gehört, Mr. Swanson. Was ist mit dem Spender?"

„Hier ist niemand sonst. Nur eine Leiche!"

„Beruhigen Sie sich bitte. Wenn Sie hysterisch werden, ist damit niemandem gedient." *Wie hat es der Idiot geschafft, sich umbringen zu lassen? Damit ruiniert er alles!* „Haben Sie die Polizei verständigt?"

„Die Polizei? Nein ..." Deutlich vernehmbar holte Swanson tief Luft, und seine Stimme klang danach ein wenig gefaßter. „Ich fand die Leiche und ging zurück ins Gästehaus, um erst einmal Sie zu benachrichtigen."

Also war noch nicht alles verloren. Dr. Mui fing an, konstruktiv und zusammenhängend zu denken und nicht mehr nur zu reagieren. Entweder hatte der Detective über größere Kraftreserven verfügt, als sie für möglich gehalten hätte, oder seinen Freunden, die ihn ja schon einmal in der Klinik zurückgelassen hatten, war das Unmögliche gelungen, und sie hatten ihn noch einmal ausfindig gemacht. Aber eigentlich war das völlig egal. Sullivan war tot, der Detective verschwunden. Scheinbar waren die Freunde des Detective nach wie vor nicht willens, zur Polizei zu gehen, und offenbar galt das auch für ihn selbst, denn sonst wäre die Polizei längst am Ort des Geschehens gewesen.

„Dr. Mui? Sind Sie noch da?"

Sie verdrehte die Augen und fragte sich, wo sie wohl Swansons Meinung nach hingegangen sein sollte. „Ich schlage vor, wir halten unsere Verluste so gering wie möglich."

„Was schlagen Sie vor?" Er klang, als sei er kurz davor, völlig die Fassung zu verlieren. Das war gut; ein Mann ohne Fassung war viel einfacher zu manipulieren. „Aber die Polizei ..."

„Wenn sie wirklich vorgehabt hätten, die Polizei zu rufen, dann hätten sie das längst getan. Da Sie aber statt dessen mich angerufen haben, schlage ich vor, daß Sie auch tun, was ich Ihnen rate. Sie gehen jetzt zurück zu der Leiche und vergraben sie."

„Was soll ich?"

„Sie sollen sie vergraben. Sullivan hatte weder Familie noch Freunde. Wenn er verschwindet, bekommt das außer den Angestellten in der Klinik niemand mit, und um die kümmere ich mich."

„Ich kann ihn nicht einfach so begraben!"

„Genausowenig können Sie ihn wieder zum Leben erwecken. Da er nun einmal tot ist und wir nicht wollen, daß die Polizei oder die Öffentlichkeit erfahren, was wir so getrieben haben, schlage ich vor, Sie ziehen los und besorgen sich eine Schaufel."

„Ich kann ihn hier nicht begraben! Nicht hier."

Dr. Mui zählte langsam bis drei, ehe sie antwortete: „Dann legen Sie ihn eben in Ihren Kofferraum und fahren mit ihm hinaus in die Berge. In den Bergen verschwinden immerzu Menschen."

„Wohin soll ich denn in den Bergen fahren?" Swansons Stimme am anderen Ende der Leitung klang wie ein Wimmern. „Sie müssen kommen, Dr. Mui. Sie müssen mir helfen!"

„Mr. Swanson, Sullivan war über zwei Meter groß, ich bin knapp 1,60 m. Ich sehe nicht, wie ich Ihnen da groß helfen kann."

„Aber ich kann nicht ..."

„Dann rufen Sie eben die Polizei."

Nach einem langen Schweigen: „Ich kann nicht."

Zufrieden lehnte sich Dr. Mui zurück. Das hatte sie gewußt, sonst hätte sie den Vorschlag gar nicht gemacht. „Dann hören Sie mir jetzt genau zu, und ich helfe Ihnen, so gut ich kann." Je abhängiger Swanson von ihr war, desto besser. „Gleich am Eingang des Mt. Seymour Park gibt es einen alten Waldweg, der früher einmal von Holzschleppern benutzt wurde ..."

Sie waren alle hinüber ins Wohnzimmer gegangen, denn das Schlafzimmer hatte nur eine Tür, und in dieser Tür hatte Henry gestanden, was Vicki nervös gemacht hatte.

„Also erzählst du uns gerade, Ronald Swanson sei auf dem Weg, Richard Sullivan dort zu vergraben, wo Mikes Meinung nach all die anderen Leichen auch vergraben sind."

Henry nickte. „Ja. Genau das habe ich gerade erzählt."

„Dann auf – worauf warten wir?" Vicki wollte aufstehen, aber Mike zog sie wieder zurück zu sich auf die Couch. „Was ist?" wollte sie wissen und drehte sich um, um ihn wütend anzufunkeln.

„Sieh dir an, wie spät es ist", sagte der Detective müde.

„Mike, wir haben noch mehr als eine Stunde!"

„Was genau willst du in dieser einen Stunde tun?"

Sie starrte ihn eine halbe Ewigkeit lang an und warf sich dann zurück gegen die Sofakissen. „Ich weiß, sag es nicht! Du willst, daß Henry loszieht und einen Streifenwagen findet, um den Kollegen eine Geschichte aufzutischen."

„Nein. So, wie es hier in der Gegend regnet, brauchen die ein verdammt gutes Technikerteam, wenn sie auf der Lichtung alle Beweismittel finden wollen, die es dort zu finden gibt und die sie finden müssen. Ich will, daß die Sache auffliegt, und zwar ordentlich; so, daß niemand den Geist wieder zurück in die Flasche bugsieren kann."

„Du willst das?" Vicki wechselte einen Blick mit Henry: Hört, hört! Der Spuk war anfangs Henrys Problem gewesen – dann Vickis Fall. Aber nun hatten sie beide anscheinend nichts mehr zu sagen. Zu jeder anderen Zeit hätte sich Vicki das vehement verbeten. Aber nun, wo Mike endlich wieder sicher und halbwegs heil hinter ihr auf dem Sofa lag, schien es keine Rolle mehr zu spielen, wer nun das Sagen hatte. Ehrlicherweise mußte sich Vicki allerdings eingestehen, daß dieser Gemütszustand bei ihr wohl nicht ewig vorhalten würde. „Hast du eine Idee, wie du erreichen kannst, was du willst?"

Mit einem leisen Stöhnen – seine mißhandelten Muskeln mochten überhaupt keine Bewegungen mehr – griff Celluci in seine Gesäßtasche und zog seine Brieftasche heraus, der er eine Visitenkarte entnahm. „Ich werde Patricia Chou wecken. Immerhin habe ich der Frau die Geschichte versprochen."

„Meinst du wirklich, sie glaubt dir, wenn du ihr sagst, sie soll um drei Uhr morgens auf einen Berg steigen und auf eine sensationelle Erleuchtung warten?"

Celluci zuckte die Achseln, was er sofort bereute. „Sie ist wild entschlossen, Swanson festzunageln."

„Ja? Welche Rolle sollst du ihrer Meinung nach in ihrer Geschichte spielen?"

„Gar keine."

„Gar keine?" wiederholte Vicki, und ihre Lippen kräuselten sich spöttisch. „Das glaubst du doch selbst nicht."

„Offenbar war sie schon einmal bereit, ins Gefängnis zu gehen, um ihren Informanten nicht preisgeben zu müssen."

Vicki schnaubte leise, gab Celluci jedoch das Telefon. „Na, dann kannst du ja nur hoffen, daß sie *offenbar* auch diesmal bereit ist, dieses Risiko einzugehen."

Swanson bog in den Waldweg ein, der einstmals von schweren Holzschleppern befahren worden war. Krampfhaft hielt er das Steuer seines Wagens umklammert, und die Knöchel seiner Hände waren schneeweiß. Trotz der späten Stunde waren ihm auf dem Seymour Drive die ganze Zeit Autoscheinwerfer gefolgt, und er wäre fast durchgedreht, als sie ihn auch noch in den Nationalpark begleiteten. Sollten sie immer noch nicht verschwunden sein ...

Aber die Schweinwerfer waren fort.

Swanson hatte sich so sehr auf das Geschehen in seinem Rückspiegel konzentriert, daß er in den tiefen Fahrrillen der Staubstraße fast die Kontrolle über sein Fahrzeug verloren hätte. Er versuchte, die Geräusche nicht zu hören, die seine hinteren Stoßdämpfer von sich gaben, als die schwere Last im Kofferraum auf und ab geschleudert wurde, und zwang die teure Limousine zurück in die Fahrspur.

Hinter dem Gästehaus hatte eines dieser sportlichen Nutzfahrzeuge mit Allradantrieb gestanden, die gerade in Mode waren. Aber das Fahrzeug konnte eigentlich niemand anderem als Sullivan gehören, und Swanson hatte sich nicht dazu bringen können, sich hineinzusetzen. Auch so schon war es um seine Nerven schlimm genug bestellt; den zusätzlichen Streß, nicht nur den Toten spazierenzufahren, sondern das auch noch in dessen eigenem Auto zu tun, konnte er wahrlich nicht gebrauchen. Swanson wünschte, er hätte ein wenig von der kühlen Distanziertheit, die Dr. Mui auszeichnete, aber er konnte nicht verhindern, daß sich seine Gedanken unaufhörlich in einem wilden, chaotischen Wirbel um sich selbst drehten. Immer wieder mußte er durchleben, wie er Sullivans Leiche gefunden hatte, wie sein Telefongespräch mit Dr. Mui verlaufen war, spürte er das Gewicht der Leiche, als er sie in den Kofferraum gehievt hatte. Swanson war sich der Tatsache bewußt, daß er im Moment keinen klaren Gedanken fassen konnte – viel mehr als das nahm er jedoch bewußt nicht wahr.

Die Straße endete, genau wie Dr. Mui gesagt hatte, auf einer Waldlichtung. Swanson fuhr sein Auto so nah wie möglich an den verrottenden Stamm einer Douglastanne heran und schaltete Motor und Scheinwerfer aus. Die Dunkelheit, die ihn sofort umgab, sah aus wie einer der Vorhöfe der Hölle.

Dr. Mui hatte gesagt, es müsse im Dunkeln geschehen; Schweinwerfer im Wald bei Nacht würden unerwünschte Aufmerksamkeit erregen. *Was versteht man wohl unter erwünschter Aufmerksamkeit?* fragte sich Swanson.

Nach einer Weile wischte er sich die kalt schwitzenden Handflächen an der Hose trocken, stieg aus dem Auto und öffnete den Kofferraum.

Der tote Sullivan starrte ihn über eine breite Schulter hinweg an. Das Schütteln während der Fahrt hatte ihm den Kopf in einem anatomisch unmöglichen Winkel verdreht. Seine Augen traten hervor wie bei einem Tier im Schlachthof.

Swanson trat zurück und schluckte bittere Galle, unfähig, den Blick von der Leiche zu wenden. *Was tue ich hier? Bin ich verrückt? Ich hätte die Polizei holen sollen.* Er fuhr sich mit zitternder Hand über die feuchte Stirn. *Nein. Wenn ich die Polizei gerufen hätte, würde alles ans Tageslicht kommen, und ich wäre ruiniert. Ich käme ins Gefängnis. Dr. Mui hat recht. Ich vergrabe die Leiche, und niemand braucht etwas zu erfahren.* Swanson hatte im Verlauf seiner langen Karriere nie gezögert zu tun, was getan werden mußte, und er würde nicht ausgerechnet jetzt damit anfangen.

Mit zusammengebissenen Zähnen zog er die Leiche aus dem Kofferraum, hörte weg, als sie mit einem dumpfen Schlag auf dem Boden aufkam und versuchte, gar nicht daran zu denken, daß er es hier mit etwas zu tun hatte, das einst lebendig gewesen war. Er schleppte Sullivan gute zehn Meter vom Auto weg, ging zurück, um sich die Schaufel zu holen und begann zu graben.

„Das ist doch durchgeknallt. Das ist völlige, durchgeknallte gottverdammte Scheiße."

„Beherrsch dich, Brent, und nimm nicht solche Worte in den Mund. Halt die Klappe, er hört dich sonst noch."

„Wer?"

Patricia Chou packte den Arm des Kameramannes und verhinderte in letzter Sekunde, daß dieser, vom Gewicht der Kamera und der dazugehörenden Lampe, zu Boden ging, als er im Dunkeln über eine Baumwurzel stolperte. „Swanson."

„Du weißt doch gar nicht, ob er wirklich in dem Wagen war, dem wir gefolgt sind."

„Doch, das weiß ich."

„Dein Wissen beruht auf einem Anruf, den du um drei Uhr in der Früh erhalten hast?"

„So ist es."

„Auf mehr nicht?"

„Auf dem Anruf und einem überdurchschnittlich entwickelten Fingerspitzengefühl für eine gute Geschichte. Nun halt aber die Klappe."

So geräuschlos wie irgend möglich näherten sich die beiden der Lichtung. Da sie zu Fuß die alte Holzfällerstraße entlanggekommen waren, hatten sich ihre Augen bereits an die Dunkelheit gewöhnt und es bereitete keinem der beiden Probleme, Swansons Wagen selbst in den ihn umgebenden finsteren Schatten klar zu erkennen.

Dann hörten sie vor sich in der Dunkelheit gleichmäßige Geräusche, und die Reporterin hob die Hand. Brent gehorchte und blieb ein wenig schweratmend stehen.

„Hörst du ihn auch graben?" flüsterte die junge Frau fast lautlos.

Brent zuckte die Achseln und hob die Kamera auf die Schulter.

Seine Kollegin führte ihn nun um den Wagen herum und auf einen Schatten zu, der die Form eines Mannes hatte. *Wir haben ihn!* verkündete sie triumphierend im Geist, trat vor und gab Brent das Signal.

Ronald Swanson, der bereits knietief in der lockeren Erde stand, starrte zu ihr auf wie ein Tier, das auf der Landstraße in Scheinwerferlicht geraten ist: Er sah, wie sich das Unglück unaufhaltsam näherte und sah gleichzeitig keinen Weg, ihm auszuweichen. Die Leiche, die ausgestreckt neben Swanson auf dem Boden lag, diese unmißverständlich tote Leiche, war mehr, als die Reporterin sich erhofft hatte. Patricia Chou kniff die Augen zusammen, denn das grelle Licht, das auf Brents Kamera montiert war, blendete auch sie, betätigte dann mit dem Daumen den Einschaltknopf ihres Mikrophons, streckte es Swanson hin und fragte: „Haben Sie unseren Zuschauern irgend etwas zu sagen, Mr. Swanson?"

Sein Mund öffnete sich, schloß sich und öffnete sich erneut, aber der Mann gab keinen Laut von sich. Seine Augen öffneten sich, und die Pupillen zogen sich so weit zusammen, daß sie nicht mehr zu sehen waren. Dann ließ er die Schaufel fallen, griff sich mit der Hand an die Brust und brach zusammen, wobei er, mit dem Gesicht nach vorn, nur Zentimeter von der Leiche entfernt, in den Dreck sank.

„Mr. Swanson?" Die Reporterin hatte das Mikrophon immer noch eingeschaltet, kniete sich neben den Gestürzten und tastete hinter dessen Ohr nach seinem Puls. Noch lebte er, aber der Pulsschlag fühlte sich nicht gut an. Ärgerlich schnaubend griff die junge Frau in die Tasche, die sie am Gürtel trug, und suchte nach ihrem Handy. „Kriegt der gottverdammte Hundesohn einen Herzschlag oder so was, ohne daß er mir eine Stellungnahme geliefert hat?"

„Soll ich weiterfilmen?" fragte der Kameramann.

„Nein, schone deine Batterien." Mit einem triumphierenden Grinsen wählte die Reporterin 911. „Wir kriegen bestimmt jede Menge tolle Sachen vor die Linse, wenn die Polizei eintrifft."

VIERZEHN

Beim ersten Klingeln schnappte Tony sich den Telefonhörer. „Henry?"

„Hast du auf meinen Anruf gewartet?"

„Ich habe mir den Wecker auf eine halbe Stunde vor Sonnenaufgang gestellt, damit ich gleich drangehen kann, falls du anrufst." Gähnend schob sich Tony das Kopfkissen so zurecht, daß er sich bequem dagegenlehnen konnte. „Habt ihr Celluci gefunden?"

„Detective Celluci befindet sich sicher und wohlbehalten in Vickis Obhut, und sie besteht darauf, daß er den heutigen Tag im Bett verbringt und sich erholt."

„Wovon erholt?"

„Im wesentlichen von Blutverlust."

„Wie bitte?"

„Er hat offenbar unfreiwillig ziemlich viel Blut gespendet."

Tony lief ein Schauder über den Rücken. „Mann, dann ist Vicki wohl ziemlich sauer, was?"

„Das kann man sagen, und dann haben wir noch Swanson erwischt."

„Prima! Heißt das, keine Geister mehr?"

„So Gott will. Tony?"

Henry hatte derart betreten und peinlich berührt geklungen, daß Tony schon ahnte, welche Bitte als nächstes folgen würde. Niemand konnte behaupten, dem unehelichen Sohn Heinrichs VIII. sei die Anpassung an das zwanzigste Jahrhundert nicht gelungen; dennoch gab es einige Dinge, mit denen der Vampir einfach nicht zurechtkam.

„Ist es dir unter Umständen möglich, auf dem Weg zur Arbeit kurz hier vorbeizuschauen und das Videogerät so einzustellen, daß es mir die Nachrichtensendungen des Tages aufzeichnet?"

„Henry! Ich habe dir doch schon mindestens hundert Mal gezeigt, wie das geht!"

„Diese Tatsache ist mir durchaus bewußt."

Tony unterdrückte ein weiteres Gähnen und wünschte, er hätte sich vorsichtshalber eine Thermoskanne Kaffee neben das Bett gestellt. „Henry – was willst du nur tun, wenn ich nicht mehr da bin?" Nicht mehr da bin – die Worte hinterließen ein unbehagliches Echo in der nun folgenden Stille. Nicht mehr da bin – so dramatisch hatte es Tony wirklich nicht sagen wollen. *Es ist einfach zu früh am Morgen. Da arbeitet mein Hirn noch nicht voll.* Ergeben schloß Tony die Augen. „Henry?“

„Soll ich denn darum kämpfen, dich behalten zu dürfen?“ Die Worte klangen verführerisch und gefährlich, wie dunkle Wasser – auch wenn es sich fast so anhörte, als hätte Henry die Frage nicht an Tony, sondern mehr an sich selbst gerichtet.

„Henry, bitte, nicht ...“ Was nicht? Tony hätte den Satz nicht beenden können, also ließ er es.

„Wenn du nicht mehr da bist“, sagte Henry nach einer kleinen Weile und klang nicht mehr wie der Prinz der Menschheit oder der Fürst der Finsternis, sondern ganz einfach wie Henry, ein etwas einsamer Henry, „wirst du mir fehlen, und ich werde, wie Vicki es bei mir getan hat, darauf bestehen, in der Distanz zwischen uns keinen Grund zur Beendigung unserer Freundschaft zu sehen. Wenn Vicki und ich es schaffen, zusammenzusein, dann sollten wir beide es doch schaffen, getrennt voneinander zu leben.“

Tony tastete auf dem Boden neben dem Sofabett nach etwas, das sich zum Naseputzen eignete. Dann brachte er ein wackliges kleines Lachen zustande. „He! Ich habe dir doch immer schon gesagt, daß unsere Vicki eine verdammt schlaue Vampirin ist.“

„Du hast gesagt, sie sei eine verdammt furchterregende Vampirin.“

„Das ist doch dasselbe! Ich, ich sehe dich noch, ehe ich abhaue.“

„Ja.“

In diesem Wort lag ein Versprechen, das Tony beben ließ.

Dr. Mui hatte am Ende der Auffahrt zu ihrem Haus angehalten und wartete darauf, daß der Verkehr nachließ und sie sich einfädeln konnte; da pochte es an die Fensterscheibe ihres Autos. Erstaunt wandte sie den Kopf.

Patricia Chou preßte ihr Kontaktmikrophon gegen die Scheibe des Fensters auf der Fahrerseite. „Dr. Mui, heute morgen hat man Ronald Swanson neben der Leiche eines gewissen Richard Sullivan angetroffen; Sullivan arbeitete für Sie als Pfleger im *Projekt Hoffnung*.“ Nicht einmal feinste deutsche Ingenieurskunst konnte verhindern, daß die Stimme der Reporterin bis in das Wageninnere drang. „Möchten Sie dazu eine Stellungnahme abgeben?“

Ungläubig schüttelte Dr. Mui den Kopf, fuhr das Fenster einen halben Zentimeter weit herunter und sagte kurz und knapp, wobei sie es vermied, mit dem Kameraobjektiv, das sich jetzt über die Schulter der Reporterin schob, direkten Blickkontakt aufzunehmen: „Junge Frau, Sie sind ziemlich gestört!" Dann fuhr sie davon, wobei sie hoffte, den einen oder anderen Zeh der aufdringlichen Medienfrau unter die Reifen bekommen zu haben.

Weitere Reporter warteten an der Zufahrt zum Klinikgelände auf die Ärztin, aber diese bog auf den privaten Parkplatz ein, ohne ihre Geschwindigkeit zu drosseln, und so gelang es ihr, ohne Zwischenfall an den Medienleuten vorbeizukommen. Nur wenige Reporter zeigten so wenig Interesse an der eigenen körperlichen Unversehrtheit wie Patricia Chou.

In der Klinik selbst warteten an der Tür zur Schwesternstation zwei Polizeibeamte in Zivil.

„Worum geht es?" rief Dr. Mui den beiden von weitem zu und eilte mit großen Schritten durch die Eingangshalle. Sie würde die Auswirkungen des nachhaltigen Adrenalinstoßes später durchaus zu spüren bekommen, aber im Moment fühlte sie sich erstaunlich ruhig. Letztlich war alles doch nur eine Frage der Nerven – solange man die Oberhand behielt.

Die beiden Beamten stellten sich vor und baten darum, die Unterhaltung in Dr. Muis Büro verlegen zu dürfen.

Dr. Mui starrte die beiden Männer einen Moment lang mit gerunzelter Stirn an und fragte dann: „Wollen Sie mir etwa sagen, diese Parasitin wußte, wovon sie sprach?"

Der jüngere der beiden Polizisten warf seinem Partner einen Blick zu und wandte sich dann wieder an die Ärztin. „Parasitin?"

„Patricia Chou hat heute morgen praktisch versucht, sich in mein Auto zu zwängen, wobei sie mir gewaltsam die unglaubliche Geschichte auftischen wollte, Ronald Swanson sei neben der Leiche von Richard Sullivan aufgefunden worden. Sullivan arbeitet als Pfleger in dieser Klinik."

„Patricia Chou!" stöhnte einer der beiden Detectives.

„Warum erstaunt mich das nur nicht?" ächzte der andere.

Beide Polizisten hatten schon erleben müssen, wie Kollegen Patricia Chous beinharter Interviewtechnik zum Opfer gefallen waren; sie tauten sichtlich auf, und als Dr. Mui beiläufig vorschlug, man solle doch in ihr Büro gehen, damit wenigstens der Rest der Belegschaft zum Arbeiten käme, stimmten sie bereitwillig und fürsorglich zu. Fast schien es, als hätte allein die Sorge um das Wohl der Ärztin sie dazu bewegt, zur Klinik hinauszufahren.

„Wann haben Sie das letzte Mal mit Ronald Swanson gesprochen, Frau Doktor?"

„Kurz nach drei Uhr heute morgen", erwiderte Dr. Mui prompt, denn es war ihr klar, wie einfach sich ein solches Telefonat zurückverfolgen ließ.

„Erinnern Sie sich noch, was er gesagt hat?"

„Ich habe nicht die geringste Ahnung, was er gesagt haben mag. Swanson hat mich aus dem Tiefschlaf geholt, ziemlich lange und ziemlich wirr vor sich hingefaselt und wieder eingehängt, ehe ich feststellen konnte, worum es überhaupt ging."

„Sind Sie sich, was die Uhrzeit betrifft, ganz sicher?"

„Detective: Wenn mich mitten in der Nacht jemand anruft, dann werfe ich als erstes einen Blick auf meine Nachttischuhr. Geht Ihnen das nicht so?"

Beide Beamte mußten zugeben, daß sie auf nächtliche Anrufe ebenso reagierten.

Dr. Mui gab an, nicht zu wissen, warum Richard Sullivan wohl in Ronald Swansons Gästehaus gewohnt haben mochte, hob aber eine nachdenkliche Braue, als die Fesseln am Bett zur Sprache kamen.

„Haben Sie nicht auch im Bundesgefängnis von Stony Mountain mit Richard Sullivan zusammengearbeitet?" fragte der ältere der beiden Polizeibeamten, wobei sein Ton durchblicken ließ, daß er die Antwort bereits kannte.

„Das ist richtig. Richard Sullivan war Insasse und arbeitete als Pfleger auf der Krankenstation. Ich habe ihm dann, als er entlassen wurde, die Stelle in dieser Klinik verschafft, und ich habe auch darauf geachtet, daß er die Termine mit seinem Bewährungshelfer einhielt. Abgesehen davon", fügte sie mit einer gewissen Mißbilligung hinzu, „bin ich für das Leben des Mannes nicht verantwortlich."

„Sie haben beantragt, daß der Verwaltungsrat Sullivan einstellt. Dürfen wir fragen, warum?"

„Zu den Aufgaben eines Pflegers gehören auch einige unangenehme, und Sullivan hat diese stets erledigt, ohne sich zu beklagen. Das allein war es wert, ihm eine zweite Chance zu geben." Dr. Mui runzelte die Stirn, sah den jüngeren der beiden Polizisten unverwandt an und sagte: „Gerade wird mir klar, daß ich ja noch gar nicht gefragt habe, woran Sullivan eigentlich gestorben ist."

„Ja, das stimmt." Dem betroffenen Polizisten wurde unter dem strengen Blick unbehaglich, und ihm schoß urplötzlich der Begriff „Basiliskenblick" durch den Kopf. „Wir sind nicht befugt, diese Information weiterzugeben." Er warf seinem Partner einen Blick zu. „Ich glaube, wir haben jetzt alles?"

Ehe die beiden Beamten gingen, gaben sie der Ärztin noch den Rat, lieber mit den Reportern zu reden, wenn sie wollte, daß diese von ihrer Auffahrt verschwanden. Dr. Mui glaubte nicht, daß eine Stellungnahme etwas nützen würde, bereitete aber trotzdem eine vor und verlas sie. Zu ihrer großen Verwunderung stellten die Medienleute anschließend nur ein paar Fragen und packten dann ihre Kameras und Mikrophone ein, um wieder in die Stadt zurückzukehren. Anscheinend war Dr. Mui als Nachrichtensensation nicht wichtig genug.

Zumindest noch nicht.

Seit Dr. Mui die Leitung der Klinik übernommen hatte, war sie nie früher nach Hause gegangen, als ihr Dienstplan vorsah; so blieb sie auch an diesem Tag bis 16:15 Uhr, ging hierhin und dorthin und konzentrierte sich, für den Fall, daß man sie beobachtete, ganz auf die Arbeit mit den Patienten. Als sie ihre Stellung so gut wie unter den Umständen irgend möglich gesichert wähnte, packte sie ein paar Akten in ihre Briefmappe und ging hinaus zu ihrem Wagen.

Die Polizei würde im Verlauf ihrer Ermittlungen ihren Besuch in der Klinik sicherlich wiederholen, selbst wenn Ronald Swanson nie wieder zu sich kam. Dr. Mui hatte sich bemüht, so wenig Spuren wie möglich zu hinterlassen, war aber nicht so arrogant zu glauben, die Polizei könne nichts herausfinden. Eine Frau mit weniger Selbstbewußtsein hätte sich unter Umständen auf den Weg zum Flughafen gemacht. Dr. Mui aber, die nicht vorhatte, auch nur eine einzige ihrer Investitionen zurückzulassen, begab sich auf direktem Wege nach Hause, um dort in Ruhe Pläne zu schmieden.

Auch ohne die Augen zu öffnen wußte Henry, daß sich dieser Sonnenuntergang nicht von dem guten halben Dutzend davor unterschied. Immer noch standen die Toten am Fußende seines Bettes und harrten auf Gerechtigkeit.

„Wißt ihr, daß man Ronald Swanson dingfest gemacht hat?“

Ja, das schienen sie zu wissen.

Aber anscheinend war es ihnen nicht darum gegangen.

Das hieß, daß man sich nun wieder um vernichtende Rache Gedanken machen mußte.

„Multimillionär und Immobilienkönig Ronald Swanson liegt weiterhin im Lion's Gate Hospital im Koma. Die Polizei gibt die Identität der Leiche, die man bei ihm fand, nicht bekannt, ehe sie nicht deren nächste Angehörige ausfindig gemacht und informiert hat. Das gilt auch für die Todesursache. Bis jetzt scheint es für die Polizei in diesem Fall mehr Fragen als Antworten zu geben, auch wenn Detective Post uns versichert hat, daß die Ermittlungen Fortschritte machen."

Detective Post, ein attraktiver Mann Mitte dreißig, bewältigte seinen Auftritt vor der Kamera wie ein Profi. „Fakten stehen uns im Augenblick leider noch nicht zur Verfügung. Ronald Swanson wurde am frühen Morgen kurz hinter der Grenze des Mount Seymour Park gefunden, und zwar zusammen mit einer Schaufel und einer Leiche. Als man ihn entdeckte, erlitt Swanson das, was die Ärzte als schweren Herzinfarkt bezeichnen. Alles weitere ist, fürchte ich, im Augenblick Spekulation." Post warf den Fernsehzuschauern ein aufmunterndes Lächeln zu. „Aber wir werden mehr wissen, sobald Mr. Swanson wieder bei Bewußtsein ist und befragt werden kann."

Henry ließ das Videoband schneller laufen, um den Rest der Mittagsnachrichten zu überspringen und schaltete erst wieder auf normale Geschwindigkeit zurück, als der Vorspann zu den Achtzehn-Uhr-Nachrichten auf dem Bildschirm auftauchte.

„Die wichtigsten Neuigkeiten zuerst: Multimillionär und Philanthrop Ronald Swanson liegt weiterhin bewußtlos im Lion's Gate Hospital. In den frühen Morgenstunden des heutigen Tages ..."

Wenn die Polizei in der Zeit zwischen zwölf Uhr mittags und achtzehn Uhr irgend etwas herausgefunden hatte, dann gab sie es nicht bekannt.

„Warum zum Teufel buddeln die nicht einfach den Rest der gottverdammten Lichtung um!" brummte Celluci finster und rutschte unruhig auf dem Sofa hin und her. Möbel, die für kleine alte Damen gebaut waren, boten seinem Hinterteil nie genug Platz. Wahrscheinlich sollte er sich freuen, daß Fitzroy das Video hinüber in die Wohnung gebracht hatte, die Vicki und er bewohnten, aber er schaffte es einfach nicht, für wirkliche Dankbarkeit die nötige Energie aufzubringen.

Vicki streckte die Hand aus und schob den linken Arm des Detective zurück in die Schlinge. „Warum sollte die Polizei denn die Gegend umgraben?

Soweit die wissen, handelt es sich hier um eine Leiche, einen Einzelfall. Ein Gewaltverbrechen im Affekt. Ein Streit unter Liebenden, der außer Kontrolle geraten ist. Sie haben noch nicht einmal Anklage erhoben." Vicki runzelte die Stirn und sah mit geistesabwesender Miene auf die Bilder, die über den Fernsehschirm flackerten. „Wenn es Henrys Geistern nicht reicht, daß sich Swanson im Koma und in Polizeigewahrsam befindet, dann weiß ich nicht, was die noch wollen."

„Die Frage ist nicht, was sie wollen!" verkündete Mike. „Die Frage ist: wen! Henry? Spulen Sie das noch mal zurück, bis zu der Stelle, wo die Frau ihre Stellungnahme abgibt?"

„... bin natürlich erstaunt und erschüttert über das Geschehen. Sullivan war ein bewährter Mitarbeiter unserer Klinik. Er hatte es geschafft, sein Leben nach einem unglücklichen Start wieder neu aufzubauen."

„Knast", erklärte Celluci kurz. „Das ist sie: die Ärztin, die ..."

„Dein Blut geraubt hat!" Vickis Stimme klang so scharf, daß man sich daran hätte schneiden können. „Dr. Mui! Nun sind wir ganz sicher." Vicki sprang auf und blieb stehen. Wandte ganz langsam den Kopf und sah auf Mike Celluci hinab.

Der streckte den Arm aus und griff nach Vickis Hand. „Ich will sie doch auch!" sagte er grimmig. „Aber nicht so. Umbringen darfst du sie nicht."

Vicki schauderte, und die Bewegung lief wie eine Welle durch ihren ganzen Körper. „In letzter Zeit kommandierst du ganz schön viel rum!" murmelte sie, als das Zittern verklungen war. Dann setzte sie sich wieder, wobei sie Cellucis Hand nicht losließ, sondern sich daran festklammerte wie an einen Anker.

„Ich finde deine Selbstbeherrschung beachtlich", kommentierte Henry lobend.

„Tu bloß nicht so von oben herab, Henry!" Vickis Kinn fuhr hoch, aber sie schaffte es, ihre Wut zu zügeln, auch wenn alle Instinkte ihr befahlen, diesem *anderen* erst einmal irgend etwas an den Kopf zu werfen und ihn gleich danach aus dem Fenster zu befördern. „Also, was machen wir jetzt?"

„Ich bin ein Vollidiot!"

Vickis Blick verfärbte sich leicht, was reichte, um Henry an einem Kommentar zu hindern; dann tätschelte die junge Frau das leinenbekleidete Knie des Detective mit ihrer freien Hand und sagte tröstend: „Sei nicht so hart zu dir. Erklär uns lieber, wie du das meinst."

„Swanson ist gar nicht derjenige, der sich für diese Morde verantwortlich zeichnet! Deswegen sind Henrys Geister auch immer noch da."

„Es mag ja sein, daß er nicht selbst gemordet hat, aber er hat die Ressourcen zur Verfügung gestellt, durch die es dann zu den Morden kam."

Celluci schüttelte den Kopf. „Er hat die Ressourcen zur Verfügung gestellt, um die Nieren der Armen zu kaufen und sie den Reichen zu verkaufen – aber man kann als Armer auch gut mit einer Niere leben. In vielen Ländern der Dritten Welt sind solche Arrangements völlig an der Tagesordnung."

„Was genau willst du uns damit sagen?"

„Dr. Mui hat schon an den illegalen Transplantationen ziemlich gut verdient, aber dann sah sie einen Weg, noch mehr zu verdienen. Indem nämlich der Spender selbst die Sache nicht überlebt und sie das Geld einsteckt, das dieser für seine Niere erhalten hat. Ganz einfach."

„Aber ..."

„Wenn sie die Morde nicht vor Swanson hätte verbergen müssen, warum dann warten, bis die Spender geheilt waren? Sie hat aber gewartet – das wissen wir von der Leiche im Hafenbecken." Aufgeregt sah Mike von Vicki zu Henry und beantwortete dann selbst seine Frage. „Sie mußte die Spender so lange in der Klinik behalten, bis eigentlich ihre Entlassung angestanden hätte. Sonst wäre Swanson mißtrauisch geworden."

„Also hat er gar nicht gewußt, daß sie sie umbringt?"

„Dr. Mui hat mir selbst gesagt, sie finde, man müsse den Leuten jeweils nur so viel erzählen, wie sie unbedingt wissen müssen, um ihre Arbeit tun zu können. Vicki? Meine Finger sind taub!" Sie gab seine Hand frei, und der Detective massierte die weißen Fingerspitzen, bis das Blut wieder gleichmäßig floß. „Swansons Job war es, das Geld und die Käufer zu beschaffen."

„Nehmen wir einmal an, das sei so gewesen ...", damit gab Vicki Mike noch lange nicht recht, gestand ihm noch nicht einmal zu, womöglich wenigstens in diesem einen Punkt richtigzuliegen, „... warum fehlten dann dem ersten Geist die Hände?"

„Die Entsorgung der Leichen hatte Sullivan übernommen. Er wußte, daß dieser Typ noch nirgendwo mit seinen Fingerabdrücken aktenkundig war und dachte sich, er könne auch ein wenig Extrageld gebrauchen. Wahrscheinlich hat er im Gefängnis reichlich Kontakte zur Mafia geknüpft."

Vicki schüttelte den Kopf. „Reine Spekulation."

„Es spielt letztlich auch keine Rolle. Die fehlenden Hände haben uns schon einmal verwirrt und auf eine falsche Fährte gelockt, die der Mafia. Ich will nicht, daß uns das noch einmal passiert." Damit trat Henry ans Fenster. Er hatte immer schon am besten denken können, wenn er auf die Stadt hinabsah. Auf seine Stadt – trotz des unvertrauten Musters, das die Lichter tief unter ihm bildeten. Von seiner Wohnung aus blickte man über den False Creek, von Lisa Evans Wohnung aus auf den Parkplatz zwischen den Wohntürmen. „Mike hat recht. Dr. Mui zieht die Fäden. Swanson ist letzte Nacht völlig zusammengebrochen, als er Sullivans Leiche gefunden hat."

„Ja, sicher", schnaubte Vicki, denn Henry mochte sie noch weniger gern recht geben als Mike. „Er hatte Angst, daß die ganze Operation, wenn ich mal so sagen darf, mit einem Knall auffliegt!"

„Das glaube ich nicht." Henry spürte, wie sich Vicki hinter ihm empört aufrichtete und betrachtete weiter angeregt den Verkehr auf dem Pacific Boulevard. „Die erste Frage, die Mui Swanson stellte, galt der Polizei. Wenn Swanson von den anderen Morden gewußt hätte, wäre er nicht im Traum darauf gekommen, die Polizei zu benachrichtigen, und das wäre Dr. Mui klar gewesen. Als sie dann wußte, daß er außer ihr noch gar niemanden angerufen hatte, fing sie an zu planen, wie sich die Sache würde vertuschen lassen."

„Dr. Mui hatte Motiv und Gelegenheit", erklärte Mike. „Swanson hat ihr die Gelegenheit förmlich in den Schoß geworfen, und da wurde sie raffgierig."

„Dürftige Argumentation", grummelte Vicki, „äußerst dürftig. Dich hat man in einem von Swansons Gästehäusern festgehalten, oder nicht?"

„Das heißt aber noch lange nicht, daß Swanson selbst überhaupt wußte, warum ich dort war. Sie hätte ihm sonst etwas erzählen können."

„Wir dürfen das Wichtigste nicht vergessen", fügte Henry hinzu. „Nichts von dem, was letzte Nacht geschah, hat meine Geister beeindruckt. Weder Sullivans Tod noch Swansons Herzinfarkt."

Dr. Mui hatte Mikes Blut gestohlen, und Vicki war nur allzugern bereit, die Frau allein deswegen zu verdammen. Also tat sie, als hätten die beiden Männer sie letztlich doch noch überzeugt, nickte, setzte sich zurück und fragte trocken: „Die Indizien scheinen also darauf hinzuweisen, daß die Frau Doktor nicht nur bezahlte Handlangerin ist. Die Frau ist vielmehr ein opportunistisches, mordlüsternes, scheinheiliges, amoralisches Weib. Womit sich die Frage stellt: Wenn ich sie nicht umbringen darf, was sollen wir eurer Meinung nach denn dann mit ihr machen? Die Polizei verständigen, von einer öffentlichen Telefonzelle aus, mit einem anonymen Tip?" Vicki senkte die Stimme zu einem dramatischen Flüstern. „Sie kennen mich nicht, aber Sie sollten sich mal Dr. Muis Finanzen vornehmen. Lassen Sie sich von ihr erklären, wo das Geld herkommt."

„Sie hat wahrscheinlich eine Erklärung parat. Die Frau hat Ei..." Celluci hielt inne, als Vicki ihn mit einem silbernen Blick festnagelte und fuhr dann geschickt fort: „... Eier*stöcke* aus Stahl. Sie hat auf alles eine Antwort parat."

„Noch dazu hält sie in einigen Ländern, die für sie völlig sicher sind, ein kleines Vermögen versteckt. Von daher würde ich davon ausgehen, daß sie bald die Flatter macht. Wenn sie das nicht schon getan hat."

„Ich glaube nicht." Henry hielt den Kopf schief und starrte auf den sauber gestutzten Rasenstreifen, der die Grenze zwischen seinem Wohnhaus und dem Dr. Muis markierte. „Nebenan ist gerade ein Übertragungswagen vorgefahren, und ich glaube, die Frau, die gerade aussteigt, ist Patricia Chou."

„Wieso zum Teufel können Sie das von hier oben aus sehen?" fuhr Celluci auf. Dann fiel es ihm wieder ein: Henry verfügte genau wie Vicki über eine außergewöhnlich gute Nachtsicht. „Egal. Dumme Frage. Wenn das Patricia Chou ist, dann ist es der Polizei wohl endlich gelungen, sie von Swansons Krankenbett zu vertreiben – sie hat wahrscheinlich den ganzen Tag wie ein Geier über dem Mann geschwebt."

Vicki starrte Mike mit übertriebenem Erstaunen an. „Ich habe gedacht, die Frau sei eine Freundin von dir!"

„Wenn wir einen Moment lang die Tatsache außer acht lassen, daß ich diese Reporterin erst ein einziges Mal in meinem ganzen Leben getroffen habe: Seit wann bin ich den Fehlern meiner Freunde gegenüber blind?"

Vicki nahm sich vor, sich diese Spitze zu merken. Mike würde dafür bezahlen, sobald es ihm wieder besserging. „Wenn Ms. Chou da ist, ist auch Dr. Mui da – aber meine Frage ist weiterhin offen: Was tun wir jetzt?"

Mit dunkel schimmernden Augen wandte sich Henry vom Fenster ab. „Wir bedienen uns Ms. Chous, um sicherzustellen, daß die Frau Doktor morgen bei Sonnenuntergang in ihrer Wohnung ist. Dann konfrontieren wir die Angeklagte mit den einzigen uns zur Verfügung stehenden Zeugen. So würde es das Gesetzt doch vorschreiben, nicht wahr, Detective?"

Celluci fühlte sich in Dunkelheit gefangen und riß sich mühsam los; es war in den letzten beiden Tagen viel zu einfach gewesen, das Gesetz zu ignorieren. „Eigentlich ist es genau anders herum. Die Angeklagten haben das Recht, ihren Anklägern gegenüberzutreten."

„Schön." Henry nickte. „Auch das."

„Hören Sie, Henry, Sie können nicht einfach ..."

„Warum nicht? Gibt es ein Gesetz, das den Toten ein Mitspracherecht untersagt?"

„Sie wissen verdammt noch mal ganz genau, daß es so ein Gesetz nicht gibt. Es ist nur ..."

„Du kannst sie nicht mit den Geistern konfrontieren, Henry." Vicki schnitt Celluci das Wort ab, und ihr Ton machte klar, daß nunmehr ihrer Meinung nach in der Angelegenheit das letzte Wort gesprochen war. „Wenn ihr ... ihr Wirkungsradius groß genug wäre, dann hätten die beiden Geister die Ärztin doch schon längst konfrontiert. Du müßtest näher an die Frau herankommen, und das kannst du nicht."

„Das kann ich sehr wohl."

„Die beiden tauchen bei Sonnenuntergang auf. Das würde bedeuten, daß du bei *Sonnenaufgang* näher an die Mui herankommen mußt."

„Das weiß ich."

Dann würde dieses Revier mir gehören! Vicki tat mehr, als diesen Gedanken nur zu unterdrücken: Sie tilgte ihn aus. „Vergiß es, das ist zu gefährlich."

„Ist es denn weniger gefährlich, wenn ich die Geister nie loswerde? Wenn ich Abend für Abend die richtigen Fragen stellen muß und genau weiß, daß Unschuldige sterben, wenn ich einen Fehler mache?"

„Dann bringen wir eben die Frau zu den Geistern."

„Wie werden wir dann hinterher ...", er hatte sagen wollen „die Leiche los", aber nach einem Blick auf Cellucis Miene änderte er diesen Satz: „... die Polizei alarmieren?" Als Vicki die Frage nicht beantworten konnte, fuhr Henry fort: „Mein Plan sieht vor, auch Patricia Chou an der Sache zu beteiligen, denn diese Frau hat sich doch bisher als äußerst ..." – eine Reihe beschreibender Adjektive wurden in Erwägung gezogen und mit Rücksicht auf Vicki verworfen – „... effektiv erwiesen."

Celluci grunzte zustimmend. Mit Hilfe der Geister die Ärztin derart in Angst und Schrecken zu versetzen, daß sie sich in die Arme der Medien stürzte, um dann ein zweites Mal in dieser Angelegenheit mit Hilfe der Medien die Polizei zu benachrichtigen – mit diesem Vorgehen konnte er leben.

„Aber auch du bist an der Sache beteiligt, Henry. Wie willst du deinen Plan überstehen?"

Vickis Besorgnis war echt; ihre Worte gerade hätten auch jedem anderen, sterblichen Freund gelten können. Als Maßstab dafür, wie weit die beiden Vampire in kurzer Zeit gekommen waren, grenzte das nicht nur an ein Wunder. Es war ein Wunder.

„Nun heul nicht gleich vor Rührung! Beantworte einfach nur meine Frage."

Henry schüttelte den Kopf, immer noch etwas verwirrt angesichts der Geschwindigkeit, mit der die Evolution voranschritt. „Ich werde den Tag bei den Nachbarn der Frau Doktor verbringen, Carole und Ron Pettit."

„Sind das Freunde von dir?"

„Noch nicht." Henry schenkte Cellucis finster fragendem Blick keine Beachtung, nahm das Telefon und gab die Nummer ein, die er sich bei seinem früheren Besuch notiert hatte.

Da Henry zu keiner Auskunft bereit schien, beugte sich Celluci zu Vicki hinüber. „Was macht er da jetzt?" flüsterte er der Freundin fragend ins Ohr.

„Erinnerst du dich daran, wie Dracula Lucy dazu gebracht hat, das Haus zu verlassen?"

„Er stand draußen im Garten und hat nach ihr gerufen."

„Na, und genau das macht Henry jetzt auch."

„Dracula hat kein Telefon benutzt!"

„Die Zeiten ändern sich."

„Guten Abend. Carole, du mußt etwas für mich tun. Du mußt den Riegel von deiner Tür nehmen, Carole. So ist es recht, Carole, du weißt, wer ich bin."

Plötzlich wurde es im Zimmer heiß. Mike zupfte an seiner Jeans. Als Vicki sich zu ihm beugte und sein eines Ohrläppchen mit der Zunge berührte, entzog er sich mit einem Ruck dieser Einladung. „Nicht", murmelte er heiser. „Nicht hier und nicht jetzt!"

„Öffne die Tür, Carole, du bekommst Besuch. Es macht nichts, daß du nicht allein bist. So ist es recht, öffne die Tür. Ich bin gleich bei dir, Carole, warte auf mich."

„Das ist alles?" fragte Celluci, als Henry auflegte.

Henry zuckte die Achseln und dachte an den Wasserspeier. „Bei manchen Menschen geht es einfacher als bei anderen."

Celluci wünschte sich, er trüge nicht so enge Hosen, zischte irgend etwas Unverbindliches und machte sich daran, sich selbst einzureden, daß er jedenfalls nicht auf Henrys schmeichelnden Ton reagiert hatte.

Vicki und Celluci begleiteten Henry hinunter in die Eingangshalle und sahen ihm zu, wie er in das andere Gebäude hinüberging.

„Ich nehme an, er legt Carole und ihrem Mann nahe, die Wohnung zu räumen?"

„Wenn ich das wäre, würde ich den beiden nahelegen, die Wohnung bei Sonnenaufgang zu verlassen und erst vierundzwanzig Stunden später zurückzukehren."

„Bis Sonnenaufgang ist noch lange hin. Was macht er in der Zwischenzeit?"

Vicki wandte sich Celluci zu und starrte ihn an.

Dessen Ohren röteten sich heftig, und er sagte: „Vergiß es. Du solltest lieber selbst mit Ms. Chou reden."

„Warum?"

„Weil du dafür sorgen kannst, daß sie die Unterhaltung mit dir vergißt. Daß sie dich vergißt. Das kann ich nicht."

„Na, schönen Dank auch, daß du mir meinen Fall zurückgibst!" Vicki klopfte dem Detective sanft auf die Wange und ging auf den Ü-Wagen zu. Sie war gern bereit zu tun, was Celluci vorgeschlagen hatte. *Die Unterhaltung wird sie vergessen – und dich gleich dazu!*

„Sorgen Sie einfach nur dafür, daß sie bei Sonnenuntergang in ihrer Wohnung ist."

Obwohl Patricia Chou sich in den silbernen Tiefen von Vickis Augen verloren hatte, brachte sie immer noch genügend Willenskraft auf, zu protestieren. „Wie soll ich das Ihrer Meinung nach bewerkstelligen?"

„Nach dem, was ich gehört habe, bleibt ein Großteil dieser Stadt lieber zu Hause, als Ihnen über den Weg zu laufen."

„Eigentlich geht sie freitags auch nie in die Klinik ..."

„Woher wissen Sie das?"

„Ich weiß fast alles, und den Rest werde ich auch noch herausfinden. Deswegen haßt mich ja auch ein Großteil dieser Stadt." Die Reporterin lächelte vergnügt.

Vicki kannte dieses Lächeln – sie hatte es gerade vor drei Nächten noch gesehen, reflektiert in den Augen Bynowskis und Haidens, kurz bevor die beiden Männer ums Leben gekommen waren. Patricia Chou liebte ihre Arbeit. *Und da hat sich Henry Sorgen darum gemacht, sein Revier mit mir zu teilen!*

Henry eilte den Flur entlang an der Frau vorbei, die in der Tür stand und ganz offensichtlich auf ihn wartete.

Sicher in der Wohnung angekommen rief er die Frau leise beim Namen.

Sie wandte sich ihm zu. Carole Pettit hatte die vierzig bereits überschritten und kämpfte nicht gegen das Alter an. Sie hatte wohl versucht, ihr Äußeres dem pseudogotischen Dekor ihrer Wohnung anzupassen, sah aber eigentlich viel zu sonnengebräunt und gesund aus, als daß man hätte von einer erfolgreichen Anpassung reden können.

„Komm herein, Carole, und schließ die Tür hinter dir."

Henrys Hunger reagierte auf den Hunger in Caroles Gesicht und begann sich zu regen.

Irgendwann einmal wird es ihr langweilig, und sie verschwindet wieder. Oder in einem anderen Teil der Stadt geschieht ein neuer Skandal, und dann verschwindet sie auch wieder. Dr. Mui stand in ihrem Solarium und starrte ungehalten auf das Verdeck des Ü-Wagens, der auf dem Parkplatz direkt unter ihr stand; ein gelbes Rechteck, das sich irritierend deutlich vom Grau des Asphalts abhob. *Oder jemand wirft ihr einen schweren Gegenstand auf den Kopf, und dann VERSCHWINDET SIE!*

Patricia Chou hatte die Ärztin gezwungen, ihre Pläne für den Tag drastisch zu ändern.

Am späten Vormittag hatte sie alle Dinge erledigt, die sich vom Computer in ihrer Wohnung aus erledigen ließen. Ihre Telefonleitung war so sicher wie der Hacker, der zu diesem Zweck von Dr. Mui angeheuert worden war, sie hatte machen können, aber die Ärztin wußte sehr wohl, daß so etwas wie eine wirklich sichere Telefonleitung gar nicht existierte. Auch die Computeranlage der Eastside-Klinik und die im Drop In waren theoretisch sicher, aber derselbe Hacker, der für Dr. Muis PC zuständig gewesen war, hatte sich zu beiden Zugang verschafft, und das offenbar ohne große Schwierigkeiten. Wollte Dr. Mui außer Landes, ohne ihr Vermögen dabei aufs Spiel zu setzen und ohne eine Spur zu hinterlassen, dann gab es für sie noch ein paar Dinge zu tun, die sich nur persönlich und eigenhändig besorgen ließen.

Das alles hätte eigentlich nicht mehr als ein paar Stunden in Anspruch nehmen dürfen. Aber sobald sie ihr Auto vom Parkplatz gelenkt hatte, war im Rückspiegel der gelbe Ü-Wagen aufgetaucht. Patricia Chou verfolgte sie sozusagen mit ausgeschaltetem Mikrophon, ohne dabei irgendwelche Gesetze zu brechen, ohne ihr irgendwie zu nahe zu treten, ohne sie aus den Augen zu lassen.

So hatte Dr. Mui von den drei unbedingt notwendigen Gängen nur zwei erledigen können. Beim dritten ging es nicht an, daß sie Zeugen mitschleppte; so war sie nach Hause zurückgekehrt, selbstverständlich mit Patricia Chou im Schlepptau ...

Ihr Sender wird ihr schon nicht erlauben, hier ohne Ende herumzuhängen, und wenn sie abgerufen wird, kann ich loslegen. Es ist ja schon fast alles vorbereitet; kein Grund zur Panik. Wenn ich die Nerven behalte, besteht nicht die geringste Gefahr, daß ich auffliege. Dr. Mui ballte die Hände zu Fäusten, und ihre Nägel schabten am Fensterglas entlang. Mit bloßem Auge konnte sie gerade so eben ein schlankes, leinenbekleidetes Bein erkennen, das aus dem Inneren des Ü-Wagens ragte. *Ach, wenn jetzt ein LKW vorbeikäme und ihr das Bein abführe ...*

Den ganzen Nachmittag über hatte die Ärztin mit ansehen müssen, wie Patricia ihre Bekanntheit in der Stadt nutzte und jeden interviewte, der das Haus betrat und verließ.

Es war ein sehr langer Nachmittag geworden.

„Patricia, bitte!" flehte Brent verzweifelt und rieb sich mit den Knöcheln die blutunterlaufenen Augen. „Laß uns abhauen. Mehr kriegen wir hier heute nicht, und ich bin völlig fertig."

„Nur noch ein ganz kleines bißchen länger!"

Der Kameramann seufzte und ließ sich erschöpft gegen einen Sack mit Kabeln sinken. „Das sagst du seit einer Stunde."

„Diesmal meine ich es auch so." Chou schob den Kopf so weit aus der Tür, daß sie sehen konnte, wie sich die Unterseiten der Wolken am Himmel rot und gelb färbten. „Laß uns bis Sonnenuntergang warten."

„Warum? Was soll bei Sonnenuntergang passieren?"

In Patricias Augen blitzte sekundenlang ein Silberschein auf. „Ich habe keine Ahnung ..."

„Aber warum ..."

„... aber man hat mir eine prima Geschichte versprochen!"

19:43 Uhr. Mike sah von seiner Uhr auf und aus dem Fenster, wobei er die Augen leicht zusammenkneifen mußte. Die untergehende Sonne hatte das gegenüberliegende Gebäude in glänzendes Weißgold getaucht. Was auch passieren mochte – innerhalb der nächsten fünf Minuten würde es nicht geschehen. Dem Detective blieb immer noch Zeit, es zu unterbinden.

Sein rechter Daumen massierte den schartigen Einstich in seiner linken Armbeuge.

Vier Minuten.

Immer noch Zeit genug.

Drei Minuten.

Es ging nicht einmal so sehr darum, daß sie auf jeden Fall für den Tod der beiden jungen Männer verantwortlich war, die Henry heimsuchten, und wahrscheinlich noch für einige weitere Tode. Es ging auch nicht um das, was sie ihm persönlich angetan hatte.

Dr. Mui hatte die Hoffnung von Menschen ausgebeutet, denen im Leben außer Hoffnung nichts mehr verblieben war.

Zwei Minuten.

Mord konnte per Gesetz gesühnt werden; aber wenn selbst Henrys Geister nicht das Recht hatten, den Tod der Hoffnung zu sühnen, wer hatte es denn dann?

Um 19:47 Uhr erkannte Mike den Schnitzer in ihrem Plan. Da war es aber schon zu spät.

Henry hatte den Tag in einen Verdunkelungsvorhang aus dem Theater gehüllt auf dem Fußboden eines Einbauschranks verbracht. Die Pettits waren für alles, was er ihnen vorgeschlagen hatte, ungeheuer offen gewesen, und doch war es ihm schwergefallen, die beiden dann zum Gehen zu bewegen.

Nachdem sie ihm nun begegnet waren, wollten sie auch bei ihm bleiben. Es war ihm letztlich gerade genug Zeit verblieben, seinen Unterschlupf aufzusuchen und den Türgriff des Schranks in einen unbrauchbaren Metallklumpen zu verwandeln, da hatte auch schon der Sonnenaufgang Anspruch auf ihn erhoben.

19:48 Uhr. Sonnenuntergang.

Sie waren da. Henry spürte ihre Gegenwart stärker als je zuvor. Die ihn umgebende Luft war insgesamt eiskalt, und als er den ersten Atemzug tat, schien sich diese Eiseskälte nur ungern in seine Lungen zu begeben und überzog die Innenseite seines Mundes und Halses mit einer festen dünnen Schicht.

Wermut und Galle. Er schluckte zögernd.

Seine Hand ruhte auf dem Schalter einer kleinen Schreibtischlampe, die er mit in den Wandschrank genommen hatte. Ein helles Licht wäre ebenso unsinnig gewesen wie völlige Finsternis: Das Deckenlicht im Schrank hätte ihn selbst nur geblendet und die Geister so durchsichtig erscheinen lassen, daß sie genausogut hätten unsichtbar sein können.

Henry betätigte den Schalter seiner kleinen Lampe und konnte nun sehen, daß die beiden Geister, die ihn die ganze Zeit verfolgt hatten, ganz dicht an seine Füße gepreßt standen. Um die beiden herum – und um Henry – standen weitere. Henry hätte nicht sagen können, wie viele. Er konnte sie nicht zählen, denn sie waren einmal scharf, dann wieder unscharf: hier eine junge Frau, die eine Ecke der Oberlippe von einem Ring durchstochen, dort Augen, die gequält unter einem wilden Haarschopf hervorlugten. Gesichter. Körper. Der unsichtbare Chor hatte Gestalt angenommen.

Angst.

Von ihnen allen stieg Angst auf wie dichter Rauch und füllte den Raum, bis selbst Henry es nicht mehr ertragen konnte.

Dr. Mui wandte sich vom Fenster ab und starrte in die Schatten, die ihre Wohnung füllten. Sie hatte plötzlich das deutliche Gefühl, nicht mehr allein zu sein und hob abwehrend die Hand.

„Ich sollte wohl lieber Licht machen!“

Aber ihre Stimme drang nicht wirklich über ihre Lippen und schaffte es nicht, in der Stille irgendeinen Eindruck zu hinterlassen.

Ein Schritt. Zwei.

Schon stand sie mit den Schultern an der Fensterscheibe.

Henry war in die Ecke gedrängt worden und konnte sich nicht mehr erinnern, wann und wie er dorthin gekommen war. Der Schrank hatte sich mit den amorphen Umrissen zahlreicher Toter gefüllt, nur die ursprünglichen beiden hatten ihre Gestalt behalten. Alle, alle schienen sie zu warten.

Zu warten.

Worauf nur zu warten?

Henry wollte lediglich, daß sie verschwanden. Er hatte bereits den Mund geöffnet, wollte sie auffordern, ihn in Ruhe zu lassen, da erinnerte er sich. Ihn wollten sie ja gar nicht.

„Wer ist da?"

Sie – wer immer sie auch sein mochten – kamen näher.

„In der linken unteren Schublade meines Schreibtischs befindet sich ein Safe. Nehmen Sie das Geld und verschwinden Sie!" Das letzte Wort des Satzes entglitt der Ärztin und steigerte sich zu einem Aufschrei, ehe es verhallte.

Immer noch stemmte Dr. Mui die Füße gegen die mexikanischen Fliesen des Bodens. Das Fensterglas in ihrem Rücken knackte.

Er spürte ihr Leben. Sie war nicht direkt im Nebenzimmer, aber das spielte keine Rolle. Das Herz der Frau schlug so laut, daß er es bestimmt auch von seiner eigenen Wohnung aus gehört hätte.

Ich bin Henry Fitzroy. Einst war ich Duke of Richmond und Somerset, Herzog von Nottingham, Ritter des Hosenbandordens. Mein Vater war König, und ich bin der eingeborene Tod. Ich krieche nicht vor den Toten im Staub.

Nun erhob sich der Hunger, um sich der Angst zu stellen und verschaffte Henry genügend Spielraum, um auf die Beine zu kommen. Mit dunklen, zusammengekniffenen Augen. „Also?“ fragte er in die Runde. „Soll sie damit durchkommen?“

Auf diese Frage konnte es natürlich nur eine einzige Antwort geben.

Dr. Mui hatte Leben und Tod mit brutaler Effizienz ausgeteilt, durch einen selbstgeschmiedeten Panzer aus stahlharter Eigensucht gegen alle Gewissensbisse und Bedenken geschützt, die sie hätten plagen können. Nie hatte sie der anklagende Blick der Spender berührt, wenn diese feststellen mußten, daß der Ausweg aus Armut und Elend, den Dr. Mui ihnen bot, nicht der Ausweg war, von dem sie geträumt hatten.

Mit ihr hatte das alles nichts zu tun gehabt.

Bis jetzt. Nun hatte es nur noch mit ihr etwas zu tun.

Die Toten heulten ihre abschlägige Antwort auf Henrys Frage, und ihr Heulen war das von Menschen, die hatten erleben müssen, wie man sie um einen winzig kleinen Hoffnungsschimmer betrog und ihnen dann das nahm, was ihnen als letztes noch verblieben war: das Leben. Das Leben, das man ihnen einfach so nahm, ohne Leidenschaft, ohne Verzweiflung, ohne irgendeine Entschuldigung, rein aus Habgier.

Wieder und wieder schlug die Ärztin mit dem Kopf gegen das Fenster. Das Glas hielt stand, aber bei jedem Aufprall zeigten sich neue, karmesinrote Spuren.

Die Verzweiflung im Raum verschloß ihr die Augen, schloß ihr den Mund, schloß ihr die Nase, trieb ihr die Luft aus den Lungen, legte sich über sie wie feuchte Erde. Erstickte sie. Begrub sie.

Sie fiel auf alle Viere, rang nach Luft, keuchte, würgte, und die feuchten Enden ihrer Haare malten ihr blutige Linien ins Gesicht.

„Ich werde. Nicht. So. Enden.“ Ein Panzer, mit so vollkommener Arroganz geschmiedet, war nicht so einfach zu knacken. „Ich bin!“ atmete sie. „Ich lebe, und ihr seid tot!“

Triumphierend hob sie den Kopf und sah, wie die Schatten sich bewegten. Sah die letzten beiden Jungen, den, den sie gar nicht verwendet hatten, den, den man ohne große Umstände im Hafenbecken versenkt hatte, sah die anderen, all die anderen ...

Sie sahen auf sie herab.

Und waren tot.

Ihre Münder standen offen. Sie heulten die abschlägige Antwort auf Henrys Frage. Heulten Verzweiflung. Heulten Rache.

Zwangen die Ärztin, den Tod zu sehen, den sie ihnen hatte zuteil werden lassen.

Mit einem feuchten Krachen fiel der Körper auf das Verdeck des Ü-Wagens. Ein Bein baumelte schlaff an der einen Seite hinab, schwang vor, schwang zurück und hing dann still.

Fünf Meter entfernt auf dem Parkplatz klammerte sich Patricia Chou, die wie ein Wunder vom Glassplitterhagel verschont geblieben war, krampfhaft und mit schneeweißen Fingerknöcheln an den Unterarm ihres Kameramanns. „Hast du das?“ keuchte sie und achtete nicht darauf, wie rauh ihre Kehle aufgrund ihrer unmittelbaren Reaktion auf dieses sensationelle Ereignis geworden war. Professionalität hin oder her, auf einen schrillen Schreckens- und Panikschrei meinte Patricia Chou Anrecht zu haben. Später würde sie sich fragen, ob sie versucht hatte, mit ihrem Schrei den der herabstürzenden Frau zu übertönen, weil sie lieber ihre eigene Stimme hatte im Gedächtnis behalten wollen als dieses panische NEIN, das immer lauter geworden war, je mehr die Schwerkraft gesiegt hatte. Aber im Moment waren andere Dinge wichtiger. „Hast du das?“

Brent nickte und starrte weiterhin mit der Unberührtheit aller Kameraleute von Nordirland bis zum Libanon durch den Sucher. „Ich dachte, in diesen neuen Häusern seien die Fensterscheiben bruchsicher.“

„Bruchsicher schon, aber zerschmettern kann man sie dennoch.“

„Ja? Womit hat sie denn deiner Meinung nach das Fenster zerschmettert?"

Glas war heruntergefallen und mit dem Glas zusammen auch die Leiche – im Fallen noch lebend, aber letztlich doch eine Leiche –, aber sonst nichts.

Einen Moment lang schwiegen die Reporterin und ihr Kameramann, dann gab Patricia Brent ihr Handy, bat ihn, die Polizei zu benachrichtigen und eilte hastig zum Übertragungswagen, wobei sie im Geiste bereits die Liste der Dinge, die sie jetzt tun mußte und die Liste der Menschen, die es nun anzurufen galt, durchging. Sie machte sich Gedanken darüber, wie sich das schnell schwindende Licht am besten nutzen ließ. „Das hier ...", sagte sie sich, duckte sich unter dem baumelnden Fuß hindurch, der einen perfekt passenden gespenstischen Hintergrund für den Dreh abgeben würde und langte nach ihrem Mikrophon, „... ist doch wirklich mal eine erstklassige Story!"

„Wir alle wußten doch, daß das passieren würde", sagte Celluci, der am Fenster stand, beide Hände gegen die Scheibe gedrückt. „Wir alle wußten das!"

Vicki zog ihn vom Fenster weg und drehte ihn zu sich um. „Nein, das wußten wir nicht", sagte sie leise.

„Wir wußten es! Wir wußten, daß die Geister Leute umbringen. Sie hatten auch vorher schon Leute umgebracht."

„Sie ist durch eine bruchsichere Scheibe gesprungen, Mike. Niemand hat sie geschubst."

„Wir wußten es", wiederholte der Detective hartnäckig und schüttelte den Kopf. „Wir wußten es."

Vicki packte sein Gesicht mit beiden Händen und neigte seinen Kopf so, daß er sie ansehen mußte. In ihren Augen blitzte es silbern. „Nein, wir wußten es nicht", sagte sie.

Als die Polizei auftauchte, um ihre Stellungnahmen aufzunehmen – zusammen mit den Stellungnahmen der Bewohner aller Wohnungen, von denen aus man den Unfall hatte verfolgen können –, wurde ihnen eine angenehme Überraschung zuteil.

„Mike Celluci? Der Name kommt mir bekannt vor." Der junge Wachtmeister runzelte die Stirn. „Haben Sie vor kurzem ihren Kleinbus als gestohlen gemeldet, Detective?"

„Nicht seinen Bus, meinen." Vicki lehnte sich vor und flehte Celluci im Geiste an, jetzt den Mund zu halten. Es fiel dem Detective zu leicht zu vergessen, daß die Polizei in dieser Sache nicht notwendigerweise auf ihrer Seite stand. „Mir hat er gesagt, er hätte ihn nur verlegt. Er weiß noch, wo er ihn geparkt hat, ist aber irgendwie auf der anderen Seite der Stadt geendet und hat es bis jetzt noch nicht geschafft hinzufahren, um das Auto abzuholen."

„Das braucht er jetzt auch nicht mehr, denn der Wagen befindet sich nicht mehr an seinem ursprünglichen Standort. Zwei uniformierte Beamte haben ihn gefunden und davor bewahrt, völlig auseinandergenommen zu werden. Die Radmuttern saßen schon locker, aber sonst scheint nichts zu fehlen. Jedenfalls war der einzige Hinweis auf seinen Besitzer ein zusammengeknülltes Stück Papier im Handschuhfach, auf dem der Name Celluci stand. Inzwischen sind die beiden bestimmt auch schon dazu gekommen, die Daten der Nummernschilder durch den Computer laufenzulassen, aber man hätte Sie ja so oder so zu Hause nicht finden können, Ms. ..." Der junge Mann sah auf seine Notizen. „Nelson."

„Bestimmt sind die inzwischen dazu gekommen, die Daten der Nummernschilder durch den Computer laufenzulassen?" wiederholte Vicki mit spöttisch hochgezogenen Brauen.

Der junge Wachtmeister errötete heftig und konnte nichts dagegen tun, daß er sich nun plötzlich aufführte wie ein Polizeischüler im ersten Lehrjahr und nicht wie ein Veteran der Polizeihauptverwaltung Vancouver, der schon seit drei Jahren vereidigt war. „Wir hatten hier in letzter Zeit einige Gewaltverbrechen der Mafia zu beklagen, müssen Sie wissen, weshalb es viel zu tun gab, und dann ist uns vor zwei Tagen auch noch die gesamte Computeranlage zusammengebrochen, und wir haben es erst heute morgen geschafft, sie wieder zum Laufen zu bringen."

„Aber meinem Bus geht es gut?"

„Soweit ich weiß, ja."

„Wunderbar."

Als sie ihm zulächelte, war der junge Mann plötzlich froh, ein Notizheft auf dem Schoß liegen zu haben. Die Frau hatte etwas an sich – am liebsten hätte er sich auf den Rücken gerollt und mit dem Schwanz gewedelt, während sie ihm den Bauch kraulte! „Was also nun den Sturz Dr. Muis betrifft ..."

„Wir haben gar nichts mitbekommen."

„Gar nichts?“

„Wir waren beschäftigt.“

„Beschäftigt?“ Der junge Mann spürte erneut, wie seine Ohren rot und heiß anliefen. „Oh.“

Bald darauf ging er. Er beneidete den Detective um dessen Beziehung und hoffte, das Herz des alten Knaben würde imstande sein, der Belastung standzuhalten.

„Alle Welt wird einfach immer jünger“, grummelte Celluci, als sich die Tür hinter dem irritierenden Jungspund in Polizeiuniform geschlossen hatte. „Ich kann nicht sagen, daß mir das besonders gefällt.“

Vicki legte ihm die Arme um die Taille und lehnte sich an seine Brust. „Bei dem, worauf es ankommt, wirst du nicht älter, du wirst besser.“

„Erspar mir den Schmus!“ schnaubte der Detective und hob Vickis Kinn, um ihr ins Gesicht sehen zu können.

„Was?“

Du warst immer schon eine lausige Lügnerin, aber der Wachtmeister hat alles geglaubt, was du ihm erzählt hast.

„Mike?“

„Schon gut.“ Er seufzte und legte sein Kinn auf ihren Scheitel. „Ich komme mir nur gerade so alt vor.“

Sie drückte sich noch stärker an ihn, bis ihr ganzer Körper den Resonanzboden für seinen Herzschlag bildete.

„Henry und du, ihr ...“ Celluci blickte auf seinen Spinatsalat, aber der konnte ihm bei diesem Problem auch nicht helfen. Also sah er wieder auf und mußte feststellen, daß Tony ihn vergnügt lächelnd beobachtete. „Was ist?“

„Sie leben mit einer Vampirin zusammen, Mike. Warum bereitet Ihnen die Beziehung zwischen zwei Männern da solche Bauchschmerzen?“

„Wir leben nicht wirklich zusammen, aber ich weiß, was du meinst und stelle mich wirklich albern an.“ Mike schob etwas Grünes auf seine Gabel, das er nicht identifizieren konnte. Warum zum Teufel wollte man ihm zu seinem Burger keine Fritten servieren? In Vancouver war alles immer so verdammt gesund; er war froh, wieder abreisen zu können. „Trotzdem hast du meine Frage noch nicht beantwortet.“

„Ich ziehe aus. Aber wir bleiben Freunde."

„Also bleibst du in Vancouver?"

Tony zuckte die Achseln. „Mein Leben spielt sich jetzt hier ab. Ich habe Arbeit, ich habe Freunde, ich gehe zur Schule – warum sollte ich die Stadt verlassen?"

„*Er* ist hier." Mike legte die Unterarme auf den Tisch und beugte sich vor. „Du wirst dich nie von ihm befreien können. Bei jedem Schatten wirst du denken, er stecke darin. Es wird nicht einfach sein, dein Leben von seinem zu trennen."

„Ich gehöre ihm nicht, Detective, egal welchen Anschein es gehabt haben mag. Es wurde einfach Zeit für mich zu gehen, und das war uns beiden bewußt." Tony stocherte in seinem Salat herum, öffnete den Mund, schloß ihn wieder und sagte dann endlich, wobei sich seine Worte fast überstürzten: „So schwierig ist es denn auch wieder nicht. Sie würden das auch schaffen."

Mike ließ das eine Weile sacken, lächelte dann und schüttelte den Kopf. Er erinnerte sich an die Tage und Nächte, die nach der Wandlung gekommen waren, die er von Vicki getrennt hatte verbringen müssen. „Nein. Ich könnte es nicht."

„Sie sind noch nicht einmal wiedergekommen und haben sich bei dir bedankt?"

„Wenn es dir nichts ausmacht – ich bin eigentlich sehr froh, daß sie verschwunden sind." Die Toten hatten aufgehört zu kreischen, als das Herz der Ärztin aufgehört hatte zu schlagen, und nur das Herz der Ärztin: Diesmal war trotz der immensen Intensität des Schreis niemand sonst gestorben. Am Ende waren sie bei der Durchsetzung ihrer Rache – oder ihres Rechts – chirurgisch präzise vorgegangen. Das einzige andere Opfer war Henry gewesen – vielleicht, weil er so nah am Ort des Geschehens gewesen war, oder aber, weil er bewußt mitbekommen hatte, was vor sich ging. Er hatte all seine Kräfte aufbieten müssen, um zitternd und würgend, aber immerhin aufrecht aus dem Schrank zu treten. Am liebsten wäre er auf allen Vieren gekrochen. Er hatte verstehen können, warum die Ärztin elf Stockwerke tief gesprungen war, um dem Schrei zu entkommen.

Die Auswirkungen dieser schrecklichen Minuten konnte Vicki immer noch an seinem Gesicht ablesen. Sie streckte die Hand aus und legte sie nur ein paar Sekunden lang auf die Henrys.

Henry starrte auf Vickis Hand und dann in das Gesicht der Freundin. Noch vor weniger als einer Woche hätte eine Geste wie diese in ihm den Wunsch geweckt, sie zu vernichten. Nun tat es ihm leid, daß es bei einer kurzen Berührung bleiben mußte. Sechs Tage nur in 450 Jahren, aber diese sechs Tage hatten die Art, in der Henry sich definierte, von Grund auf verändert. „Schreibst du eigentlich immer alle Regeln um?"

„Wenn die Regeln schlecht sind."

Henry schüttelte den Kopf. „Ich frage mich, wie wir es nur all die Jahre ohne dich geschafft haben."

Vicki schnaubte. „Ohne uns, Henry. Die meisten unserer Art wandeln sich der Leidenschaft wegen, das hast du selbst erzählt, und niemand ist so leidenschaftlich wie ein Teenager. Du warst siebzehn. Wie alt waren die anderen? Vielleicht bin ich die einzige Erwachsene, die in all den Jahrhunderten dazugekommen ist."

„In dieser Existenz bist du noch ein Kind."

Sie grinste. „Zieh keinen Flunsch. Das ist schon bei einem sterblichen Mann ziemlich unattraktiv und erst recht bei einem der unsterblichen Untoten."

„Jahrhundertealte Traditionen ...", setzte Henry an, aber Vicki unterbrach ihn rüde.

„... haben sich so sehr doch gar nicht geändert! Wir sind immer noch einsam jagende Raubtiere, aber wir wissen wenigstens, weswegen. Der Geruch des Blutes eines anderen unserer Art treibt uns zu einem gefährlichen Kontrollverlust. Das heißt, wir würden wahllos töten, es wäre unmöglich, uns zu übersehen, und so würde man uns früher oder später aufstöbern und vernichten; unsere Stärke wäre kein Schutz, denn sie sind zahlenmäßig überlegen. So gehen wir allein auf die Jagd, um unser aller Sicherheit zu gewährleisten. Aber das heißt nicht, daß wir auch allein existieren müssen. Wenn wir uns genügend Zeit nehmen, können territoriale Imperative überwunden werden."

Henry hob die Hand, die Handfläche nach oben. Vicki ahmte ihn nach. Sie bewegten ihre Hände aufeinander zu, aber sie berührten einander nicht. „Größtenteils überwunden", stellte Henry dann mit einem traurigen Lächeln fest und ließ die Hand wieder fallen.

Vicki nickte; ihr Lächeln war vielleicht eher reumütig als traurig zu nennen. „Größtenteils", stimmte sie dem Freund zu. „Ehe Mike zurückkommt, möchte ich mich noch einmal für das bedanken, was du da auf der Lichtung für mich getan hast." Ihr Gesichtsausdruck änderte sich, als sie an jene Nacht zurückdachte, an das, was sie um ein Haar zerstört hätte. „Ich konnte mich nicht bremsen. Ich hätte Sullivan umgebracht, ganz gleich, wie sehr mich Mike dafür gehaßt hätte."

„Ich weiß. Du warst vielleicht beim Übertritt in deine neue Existenz erwachsen, aber in ihr selbst bist du noch ein Kind. Mit der Zeit wird deine Selbstbeherrschung besser werden. Selbstbeherrschung ist für uns alle das Härteste und am schwersten zu Lernende." Er sah hinunter auf die Lichter der Stadt, seiner Stadt, und lauschte einen Moment lang auf deren Herzschlag. „Das und wie wir verbergen können, was wir sind, ohne weniger zu werden, als wir sind." Henry schwieg erneut und fügte dann ernst hinzu: „Du darfst den Detective nie wissen lassen, wozu du in der Lage bist, Vicki. Er würde das nicht ertragen."

„Wovon redest du? Er weiß ..."

„Er glaubt nur zu wissen. Das ist nicht dasselbe. Erzähl mir: Wie hast du dich in jener Nacht im Lagerhaus gefühlt?"

„Das solltest du wissen! Deine Hände haben doch das Fühlen besorgt!"

„Vicki!"

Sie verschränkte die Arme und schüttelte den Kopf. „Darüber mag ich nicht nachdenken."

Henry wandte sich zu ihr um, und seine Augen glommen sehr dunkel. „Wie hast du dich gefühlt?"

„Ich weiß es nicht."

„Doch, das weißt du sehr wohl."

Nachdem sie sich selbst eine Zeitlang in Henrys Augen gegenübergestanden hatte, flüsterte Vicki: „Frei. Ich habe mich frei gefühlt."

Die Finsternis hob sich wieder. „Darf er das je wissen?" Henry wartete nicht auf eine Antwort. „Es gibt nur wenige Menschen, denen wir das Wissen darum, wer wir sind, anvertrauen können, und noch weniger Menschen, denen wir alles, was wir sind, anvertrauen können."

„Du warst für mich das Rätsel ..." Die Erinnerung stammte noch aus Vickis Leben als Sterbliche.

„Dann sei du nun Rätsel für Mike."

„Gehst du nicht mit uns hinunter zum Bus?“ fragte Vicki, als Celluci die Hockeytasche schulterte und Henry keine Anstalten machte, ihm zu helfen.

Henry schüttelte den Kopf und blickte sich in der fremden Wohnung um. „Ich glaube nicht. Ich werde mich hier von euch verabschieden und dann anfangen sauberzumachen.“

„He, ich habe schon saubergemacht!“

„Wer hat saubergemacht?“ empörte sich Celluci.

Vicki stieß ihm den Ellbogen in die Rippen, wobei sie durchaus berücksichtigte, wie stark sie war, aber doch auch dafür sorgte, daß er etwas spürte. „Ich habe geholfen.“

„Bestimmt!“ unterbrach Henry, ehe die beiden anfangen konnten, sich richtig zu streiten. „Ich will auch nur sichergehen, daß nichts zurückbleibt, was zu Fragen Anlaß geben könnte.“

„Du traust mir nicht zu, daß ich dafür schon gesorgt habe?“

„Um Vertrauen geht es hier nicht. Es ist eine Frage der Verantwortung. Mein Revier, meine Verantwortung. Wenn ich dich in Toronto besuche, werden diese Dinge in deinem Verantwortungsbereich liegen.“

Celluci zuckte zusammen. „Das meinen Sie nicht ernst! Ich meine nur ... sie war doch vor der Wandlung schon so revierbewußt!“

„Reg dich ab, Mike, dir platzt sonst noch irgend etwas. Er hat nur Spaß gemacht.“ Vickis Miene legte Henry nahe, nicht zu widersprechen und drohte widrigenfalls Schreckliches an. „Auf Wiedersehen. Ich rufe dich an, wenn ich zu Hause bin.“

Henry nickte und antwortete im selben Tonfall. Immerhin war es besser, die Sache locker zu nehmen, und es bestand ja auch wirklich kein Grund für einen tränenreichen Abschied. „Gib auf dich acht, Kleines, und vergiß nicht, daß du nicht alles weißt.“

Vicki grinste. „Noch nicht. Komm, Mike.“

„Eine Minute. Ich will kurz mit Fitzroy reden.“ Als Vicki nun zögerte, versetzte Mike ihr einen kleinen Stoß in Richtung Tür. „Allein.“

„Ein Gespräch unter Männern?“ Vicki sah von einem zum anderen. Henry sah rätselhaft aus; das war nicht verwunderlich. Celluci wirkte streitlustig – auch das war nicht verwunderlich. Wenn sie diesen beiden Männern nicht trauen konnte, auch wenn sie miteinander allein waren, dann hatten sie und Henry nicht wirklich etwas Neues zustande gebracht. Zwar konnte Mike ihr nicht trauen, wenn sie mit Henry allein war, aber ... „Okay!“ Wirklich okay hörte sich Vicki nicht an, aber sie hatte es geschafft, das Wort zu sagen, und darauf kam es schließlich an. „Ich warte unten am Bus.“

Keiner der beiden Männer sagte etwas, als Vicki die Tür hinter sich geschlossen hatte. Schließlich meinte Henry: „Jetzt ist sie im Fahrstuhl."

„Lassen Sie uns ganz sichergehen, daß sie auch drinbleibt." Als Henry ihm nach ein paar Sekunden zunickte, sagte Celluci: „Eine Sache wollte ich nämlich noch von Ihnen wissen: Warum haben Sie in jener Nacht auf der Lichtung Sullivan umgebracht?"

„Wenn er am Leben geblieben wäre, was hätten wir mit ihm anfangen sollen?"

„Gar nichts hätten Sie mit ihm anzufangen brauchen! Schlimmstenfalls hätte der Mann der Ärztin gemeldet, daß ich entkommen war, und das hat sie dann ohnehin mitbekommen, nachdem Swanson die Leiche gefunden hatte."

„Ohne die Leiche hätte Ms. Chou nie einen Aufhänger für ihr Exposé gefunden."

„Da waren die Tatsachen bereits geschaffen", erklärte Mike finster. „Warum haben Sie ihn umgebracht?"

„Eigentlich ist das doch gar nicht die Frage, die Sie mir stellen wollten, Detective." Henry ließ die Maske des Prinzen der Menschheit fallen; Celluci verdiente eine ehrliche Antwort. „Ich werde Ihnen die Antwort nicht geben, nach der Sie suchen. Da müssen Sie Vicki schon selbst fragen."

„Wird sie es mir sagen?"

„Sie ist Vampirin. Nachtwandlerin."

„Wie Sie?"

Fast hätte Henry gelächelt – aber der Detective hatte so ernst geklungen, daß er es nicht übers Herz brachte. „Nein", sagte er statt dessen sanft. „Nicht wie ich. Wissen Sie, ich glaube allmählich, daß Vicki keinem der Unsrigen gleicht. Aber sie ist immer noch die Frau, in die Sie sich verliebt haben."

„Auch die Frau, in die Sie sich verliebt haben?"

Das emotionale Band, die Liebe, wenn man so will, die uns veranlaßt, unser Blut einem Sterblichen zu bieten, übersteht die Wandlung nie. Das waren Henrys eigene Worte, so hatte er es Vicki bei ihrer ersten Unterhaltung nach der Wandlung erklärt. Henry hatte schon den Mund geöffnet, um diese Worte zu wiederholen, sagte dann aber zu seiner großen Verwunderung etwas vollkommen anderes: „Ja."

Zu seiner noch größeren Verwunderung streckte Mike ihm daraufhin die Hand hin. „Auf Wiedersehen, Fitzroy. Ich danke Ihnen."

Henry nahm die Hand, gab sie wieder frei und stand einen Augenblick später, von Vickis Duft umgeben, allein in der Wohnung. Schon jetzt fehlte die

Freundin ihm, aber vor ihm erstreckte sich mit einem Mal die Zukunft, die er einst für so unwandelbar gehalten hatte, wie die langen Jahre seiner Vergangenheit, verheißend und voll unendlich vieler Chancen.

Sieben Nächte hatte sie gebraucht – kopfschüttelnd rechnete Henry nach, ob es auch wirklich nur sieben gewesen waren –, eine einzige kurze Woche also, um etwas umzuwerfen, was er seit Beginn seiner nächtlichen Existenz für einen zentralen, unveränderlichen Bestandteil seiner eigenen Natur und der Natur von allen seinesgleichen gehalten hatte.

Sieben Nächte nur.

Henry konnte kaum erwarten, was sie in der Ewigkeit wohl alles anstellen würde.

Sie redeten nicht viel, bis sie die Stadt hinter sich hatten und auf dem Weg hinauf in die Berge waren. Das Radio lief; sie hatten einen der örtlichen Sender eingestellt, weshalb der Empfang entsprechend gut war. Gerade verlas der Nachrichtensprecher das Ende der Nachrichten. Die Polizei hatte auf der Lichtung, auf der man Swanson gefunden hatte, vier Leichen ausgegraben, und das Technikerteam der Polizei setzte die Suche nach weiteren Leichen fort. Dr. Muis Finanzen waren ans Tageslicht gekommen, und Patricia Chou war eifrig dabei, die Geschichte komplett aufzubereiten, um sie überregionalen Fernsehsendern anbieten zu können. Was das Wetter betraf, sollten auch die nächsten Tage noch klar und heiß werden, das hieß, man würde von den sonst doch allgegenwärtigen Regenfällen verschont bleiben.

Celluci lehnte sich im Beifahrersitz zurück und starrte aus dem offenen Fenster hinaus in die Schatten der Bäume, die in der Nacht an ihnen vorbeihuschten. Vicki fuhr wie immer zu schnell. „Vicki?“ *Ich werde Ihnen die Antwort nicht geben, nach der Sie suchen. Da müssen Sie Vicki schon selbst fragen.* „Wenn Henry Sullivan nicht umgebracht hätte – warst du auf dem Sprung, es zu tun?“

Plötzlich schien die Straße unglaublich eng. Vicki starrte angestrengt auf den gelben Mittelstreifen und spürte, wie sich die Nacht von allen Seiten her um die zerbrechliche Blechhülle schloß, in der sie hockte. Sie erinnerte sich an die Wut, die sie in jener Nacht empfunden hatte, und allein die Erinnerung reichte aus, sie erneut so wütend zu machen, daß sich ihre Finger um das Lenkrad verkrampften.

„Vicki?“

Mike wollte die Wahrheit gar nicht wissen; nicht wirklich. Eigentlich hätte Vicki auch nicht Henry gebraucht, um ihr das zu sagen: Sie hatte es selbst gewußt, und nun spürte sie, wie Mike neben ihr auf eine Antwort wartete. Sie roch seine Angst. „Nein. Natürlich nicht. Du hattest mich gebeten, es nicht zu tun.“

Vampirin. Nachtwandlerin.

Sie ist immer noch die Frau, in die Sie sich verliebt haben.

„Mike?“ Nun war Vicki an der Reihe, und auch sie hatte eine Frage, die unter Umständen zwischen ihnen beiden im Raum stehenbleiben würde. „Du glaubst mir doch, oder?“

„Ja, ich glaube dir.“ Mike drehte sich zu Vicki und berührte sie an der Schulter. Er hätte nicht genau sagen können, ob er mit dieser Geste die Freundin trösten oder sich selbst beruhigen wollte und wußte noch nicht einmal genau, ob es dazwischen einen Unterschied gab. „Du warst immer schon eine lausige Lügnerin.“

Nun gingen auch die Sportnachrichten zu Ende. Seattle hatte die Jays aus Toronto im Skydome neun zu drei geschlagen.

„Sie hören CHQM.“ Der DJ hörte sich genauso an wie all die unzähligen anderen DJs, die sie auf ihrer Fahrt durch das Land gehört hatten. „Hier ein Lied für alle Liebenden ...“

Sei du ihm Rätsel. Nein, mit Mike funktionierte das anders. Vicki löste den Blick von der Straße und grinste ihn an. „Meinst du, sie spielen das Lied für uns?“

„... deren Liebe zwar nicht für die Miete aufkommen kann“, fuhr der DJ fort, „die aber immerhin einander haben. Ja, richtig: Sie hören Sonny und Cher mit *I Got You Babe*.“

Mike packte Vickis Handgelenk, als sie sich vorbeugte, um das Radio auszuschalten. „Nein, laß. Ich glaube, langsam gefällt mir das Lied.“ Er schlang seine warmen Finger um Vickis kalte und hob sie an die Lippen. „Was nur zeigt, daß man sich im Laufe der Zeit einfach an alles gewöhnen kann.“

Einen Augenblick später wurde sein Griff fester und er knurrte: „An fast alles! Nicht mitsingen!“